# 英美小说与诗歌的
# 创作发展历程透视

主　编　杨友玉　马　菡　郑　玲
副主编　吴玉花　李小辉　郭龙娟　魏春燕

中国水利水电出版社
www.waterpub.com.cn

## 内 容 提 要

本书分为上下两篇,上篇为英国小说与诗歌的创作发展历程透视,主要对英国的小说与诗歌的创作发展情况进行了梳理,下篇为美国小说与诗歌的创作发展历程透视,主要对美国小说与诗歌的创作发展情况进行了梳理。上下两篇皆以时间为线索,对不同时期、不同派别的小说与诗歌的创作情况进行深入分析,并结合具体作家的代表性作品展开论述,可以为广大英美文学爱好者提供一些新的研究角度和思路。

**图书在版编目(CIP)数据**

英美小说与诗歌的创作发展历程透视 / 杨友玉,马
菡,郑玲主编. -- 北京:中国水利水电出版社,2015.4(2022.10重印)
ISBN 978-7-5170-3141-3

Ⅰ.①英… Ⅱ.①杨… ②马… ③郑… Ⅲ.①小说创
作-小说研究-英国②小说创作-小说研究-美国③诗歌
创作-诗歌研究-英国④诗歌创作-诗歌研究-美国
Ⅳ.①I561.07②I712.07

中国版本图书馆CIP数据核字(2015)第089132号

策划编辑:杨庆川　责任编辑:陈 洁　封面设计:崔 蕾

| 书　　名 | 英美小说与诗歌的创作发展历程透视 |
|---|---|
| 作　　者 | 主 编 杨友玉 马 菡 郑 玲 |
| | 副主编 吴玉花 李小辉 魏春燕 郭龙娟 |
| 出版发行 | 中国水利水电出版社 |
| | (北京市海淀区玉渊潭南路 1 号 D 座 100038) |
| | 网址:www. waterpub. com. cn |
| | E-mail:mchannel@263. net(万水) |
| | 　　　　sales@mwr.gov.cn |
| | 电话:(010)68545888(营销中心)、82562819(万水) |
| 经　　售 | 北京科水图书销售有限公司 |
| | 电话:(010)63202643、68545874 |
| | 全国各地新华书店和相关出版物销售网点 |
| 排　　版 | 北京厚诚则铭印刷科技有限公司 |
| 印　　刷 | 三河市人民印务有限公司 |
| 规　　格 | 184mm×260mm 16 开本 24.25 印张 620 千字 |
| 版　　次 | 2015年6月第1版 2022年10月第2次印刷 |
| 印　　数 | 3001-4001册 |
| 定　　价 | 82.00 元 |

# 前　言

作为世界文学的重要组成部分,英美文学对世界上很多国家文学的发展都产生了一定的影响。而在英美文学中,小说与诗歌的创作成就尤为突出。

英国的小说和诗歌历史悠久,是世界文学之林中一道亮丽的风景线。在漫长的发展历程中,社会的发展、科技的进步、各个时期文学思潮的冲击使得英国小说与诗歌由内部结构到外部形式都在不断探索、创新,最终达到了高度成熟和相当完美的艺术境界,显示出了旺盛的生命力和强大的影响力。综观整个英国小说和诗歌的发展历程,我们可以看到其间流派纷呈,名家辈出,杰作林立,成绩斐然。相对于英国小说与诗歌来说,美国的小说与诗歌则起步较晚,不过其发展速度却是不容小觑的。到目前为止,美国的小说与诗歌史上已经出现了众多世界闻名的优秀作家,他们通过自己的创作实践,丰富了小说与诗歌的流派和艺术形式、创作技巧,形成了美国小说与诗歌的繁荣局面,巩固了其在世界文学史上的地位。

为了深入了解英美小说与诗歌的全貌,分析其特色,我们对英美两国小说与诗歌的重要作家作品进行了详细的研读,编写了《英美小说与诗歌的创作发展历程透视》一书。本书共有十一章内容,根据国家的不同分为上下两篇,分别对英国小说与诗歌的创作发展历程和美国小说与诗歌的创作发展历程进行了透视。其中,上篇包括七章,依次对早期及中世纪英国小说与诗歌的创作发展、文艺复兴时期英国小说与诗歌的创作发展、17世纪英国小说与诗歌的创作发展、18世纪英国小说与诗歌的创作发展、19世纪英国小说与诗歌的创作发展、20世纪上半叶英国小说与诗歌的创作发展和20世纪下半叶英国小说与诗歌的创作发展进行了分析;下篇包括四章,依次对早期美国小说与诗歌的创作发展、19世纪美国小说与诗歌的创作发展、20世纪上半叶美国小说与诗歌的创作发展和20世纪下半叶美国小说与诗歌的创作发展进行了分析。在对英美两国每个时期的小说与诗歌创作发展历程进行具体阐述的过程中,注重文学思潮、文学运动以及重大事件对小说与诗歌创作的影响,并选择重要作家作品进行分析,以期能够勾勒出整个英美小说与诗歌创作的概貌。本书内容全面准确,叙述脉络清楚,逻辑严谨,语言简明扼要,具有一定的科学性、学术性和可读性。相信本书的出版能够为广大的英美小说与诗歌的研究者和爱好者提供一些新的研究角度和思路。

本书的主编由华北水利水电大学杨友玉,泸州医学院外国语学院马菡,黑龙江中医药大学郑玲担任;副主编由河南科技大学吴玉花,许昌学院李小辉、魏春燕,郑州成功财经学院郭龙娟担任。全书由杨友玉、马菡、郑玲统稿。具体分工如下。

第八章第二节,第十章,第十一章:杨友玉;

第六章,第九章:马菡;

第七章,第八章第三节:郑玲;

第四章:吴玉花;

第五章:李小辉;

第一章第一节、第二节,第三章:郭龙娟;

第一章第三节,第二章,第八章第一节:魏春燕。

　　本书在编写的过程中参阅了大量有关英美小说与诗歌方面的著作,也得到了诸多同行的帮助,在此一并表示衷心的感谢! 由于时间仓促、编者水平有限,书中难免存在疏漏或不当之处,敬请广大专家学者和读者不吝指正,以便本书日后的修改与完善。

编　者

2015 年 1 月

# 目　录

## 上篇　英国小说与诗歌的创作发展历程透视

# 下篇　美国小说与诗歌的创作发展历程透视

# 上篇　英国小说与诗歌的创作发展历程透视

## 第一章　早期及中世纪英国小说与诗歌的创作发展

英国文学史源远流长,盎格鲁-撒克逊时期是有史记载以来的比较靠近现代的阶段,从这一时期到中世纪,英国文学以诗歌成就最大,成为了后世英国诗歌创作的源头,同时,英国小说也在中世纪时期显露端倪。

### 第一节　盎格鲁-撒克逊时期的英国诗歌

盎格鲁-撒克逊时期的文学也称为古英语文学,主要包含的文学种类有诗歌、散文等,其中,古英语诗歌占有重要地位,主要分两类:吟游诗歌和僧侣文学。

#### 一、吟游诗歌

盎格鲁-撒克逊时期的吟游诗歌实际上是吟诵历史传说和诠释自然现象的歌谣。吟游诗人,被称为"斯可普"或"格利门"。前者自己创作,自己演奏,因而可称得上是真正意义的诗人;而后者则演奏他人的作品。但随着时间的推移,两者的区别日趋模糊,后来均指自作自唱的吟游诗人。吟游诗歌大多创作于8—10世纪之间,十分优美,而且妙趣横生,读者可以从中领略当时的历史传说、自然现象和有趣的冒险故事。这一时期的主要作品有《贝奥武甫》《航海者》《流浪者》《芬兹堡之战》《妻子的哀伤》等。

#### (一)《贝奥武甫》

《贝奥武甫》是盎格鲁-撒克逊时期出现的唯一一部完整诗篇,其作者已无从考证。它不仅是古英语时期最宝贵的文学遗产,而且是所有日耳曼文学中最古老的英雄史诗。

这首诗讲述了6世纪一位英雄——贝奥武甫的故事。全诗分为两部分,共3 183行:第一部分以丹麦王国的兴起开篇,当时的丹麦国王赫罗斯杰遇到很大的麻烦。12年来,他的宫殿一直受到海怪格伦德尔的骚扰。这头海怪来到宫殿后,总是恣意劫掠和吞食国王的臣民,而且力大无穷、凶狠异常。于是瑞典国王派侄子贝奥武甫及一些家臣去帮助赫罗斯杰。赫罗斯杰大摆宴席,热情接待这位英雄。等到了晚上,贝奥武甫在殿内等候海怪到来,然后便赤手空拳地与它搏斗。在激烈的战斗中,他趁海怪没有防备时,抓住它的一条胳膊,猛力把它扭断,于是海怪嚎叫着掉头逃回它出没的深潭巢穴,不久便一命鸣呼。格伦德尔的母亲恼羞成怒,咆哮着前来为儿子报仇,一气之下连杀国王的数个臣子,然后扬长而去。贝奥武甫尾随在她的后面,悄悄跟进她的藏身之处,然后与这头母海怪开始搏斗。在千钧一发的时刻,他取下洞壁上的一把魔剑,杀死了海怪。他提着两颗海怪头颅返回王宫,感激不尽的国王赠送给他重礼以示谢意。

第二部分写贝奥武甫回到瑞典,数年之后继承王位,其间风调雨顺,国泰民安。他在老年所面临的最后一次挑战是与一条火龙的战斗。很久以来,这条火龙不断骚扰他的国民,使得全国惶惶不可终日,老国王决心冒死为民除害。这一天,这个口喷烈火的怪物来到这里,扬言要彻底毁掉他的国家。于是贝奥武甫和一个侍卫起而应战,欲齐心合力把它杀死。战斗进行得非常激烈,双方都战到筋疲力尽,火龙终于不支而被杀死,但是贝奥武甫自己也受到致命的重伤而献出了生命。诗作最后以他的葬礼结尾。

《贝奥武甫》巧妙地将历史现实与神话故事融合在一起。它把古代文化中最优秀的成分与人类对未来的最美好憧憬有机地融为一体,描绘出人最崇高的品质和举止,刻画出人最理想的类型的状貌。这些不仅在当时,而且多少世纪以来,都激荡和发扬着世人心里最纯美的一面,促进了人的生活和世界面貌的改善。

作为一部民族史诗,《贝奥武甫》具有许多鲜明的特点。首先,贝奥武甫这个人物概括性地表现了古代盎格鲁-撒克逊人对英雄君主的拥戴和赞美,歌颂了人类战胜以妖怪为代表的神秘自然力量的伟大功绩。其次,这种题材与欧洲文学史上的民族史诗的传统是一脉相承的,它集历史事实和神话传说为一体。

## (二)《航海者》

《航海者》是在古英语诗集《埃克斯特诗集》里所发现的第一首诗歌。它和其他古英语诗歌一样,表现出古盎格鲁-撒克逊人的逆来顺受但坚韧不拔的精神,他们的苦痛和孤独,以及对精神升华的向往。

《航海者》把航海作为人生的象征。"生活是一趟旅行"的主题是文学作品的一个普遍特点。而在《航海者》中把天国作为他的航程的(或他的人生的)目的地。在讲过海上(或人生)的艰难——风暴、冰雹、悬崖峭壁、黑夜等以后,他决心踏上寻找永恒快活之路:

> ……
> 因此,我的思想现在
> 催促我的心灵到大海上澎湃的咸水
> 海浪里,一试自己的身手
> 我内心愿望在不断吁请我的精神
> 出发去寻觅那距此遥远的
> 另一族群的国土。

所谓"遥远的""国土",实际上是指"天国",而"另一族群"则是天国的"居民"。接下来,航海者说,尘世上没有任何人那么高尚、拥有那么多的赠品、年轻时那么英勇、行为那么大胆,或有一个主公对他那么礼遇,因而在他最后的航程中全无焦虑,而像上帝那样为他提供一切。他对世间

的一切——人间的犬马声色、鲜花、沃土——全无兴趣,他超越尘世,洞见未来,只想在波涛汹涌的大海上克服险阻而奔向天国:

> ……
> 因此,主所提供的
> 快乐对我来说比起这个死沉沉的
> 短暂的尘世生活来得更加真切。我永不相信
> 尘世的繁盛会永远延续。
> 三者之一——疾病、老耄,或战争,
> 在任何情况下,在我们凡世的
> 大劫前,总是对我们的威胁:
> 它们将剥夺命定该死者的性命。

《航海者》对人世的沉浮、荣枯、成败、悲喜、人际亲疏等诸方面的分析极富哲理性。他看到,曾几何时,王公显贵已不再,金银财宝变粪土,等到最后见到上帝之时,所面临的乃是主的盛怒。《航海者》在最后一部分规劝世人信奉上帝,以获得他的恩赐——永恒天国的极乐。

虽然全诗使用了很长的篇幅描绘天国的永恒,但是统观全诗,它依然是弥漫在一种悲戚的气氛里。这说明在诗人心目中,天国也无法与残酷的现实相抗衡,无法抹去在他眼前发生的灾难与死亡在他思想上留下的阴影。这是当时基督教仍未深入人心的一种表现。

## (三)《流浪者》

《流浪者》是一个流浪者的独白,但以第三人称的叙事形式写出。全诗共 115 行,由序诗、诗作主体和结尾组成。

《流浪者》的叙事者显然是一位深受基督教影响的诗人。他在序诗部分开宗明义,提出主以及主的恩惠和宽宏,并暗示依赖这些乃是对抗厄运的关键:"一个孤独(或隐居)的人常能得到恩惠,/他的主的宽宏,虽然心头凄风苦雨/他还得在海上长期漂泊,/双手还得去拨动冰冷的海水,/踏在流放的路上。命运真固执啊!"这几句序诗宛如一篇论文的纲要,决定了诗笔的走向,即诗主要讲流浪者的苦,但是也会说到一点天堂梦的甜及对天国的希望。

诗的主体部分是流浪者叙说自己离开主人和家园,在浪迹天涯过程中所经历的悲痛和孤单,以及他痛定思痛后的感想,大致可分为四个部分:第一部分写流浪者说到他的无家可归、饥寒交迫以及没有希望的境况。字里行间透露出他已经饱经沧桑,年轻时曾是一个英勇的武士,受过恩主的奖赏,拥有过自己的随从,但是现在一切都成为过去,自己这个战祸的幸存者却落得个孤苦伶仃,渴望得到安慰和友情;第二部分描述流浪者在梦里幻想自己又回归往昔、拥抱自己的主公、坐在主公身旁的亲切场景,但梦醒却又回到现实,自己孑然一身,唯有海鸥和霜雪为伴;第三部分讲流浪者倍感悲痛,忽又想到亡故的族人,他为他们歌唱,他急不可耐地扫视他们,但他们很快便从幻境中消失了,留下他一人无精打采地待在海上;第四部分包含几个内容:一是这个世界的沉沦和衰落,人世一切——地位、财物和虚荣——的倏忽即逝;二是暗示人的命运朝不保夕、岌岌可危;三是劝导世人积累经验,耐心,自控,认识人生的短暂和苦痛。

诗作的结尾旨在劝导世人信奉天国,但语言显得匆忙、空洞:"……他会好的,倘若他寻觅恩

惠,/天父的慰藉,我们一切安宁的根源。"这说明,在流浪者(叙事者)的思想里,苦难占绝对比重,而对天国和上帝的憧憬所占比例不大。

### (四)《芬兹堡之战》

《芬兹堡之战》是一个曾经广为流传的史诗型民谣的片断。芬兹堡是弗里斯兰人的国王芬恩的要塞和王宫。《芬兹堡之战》里面没有提到芬恩的名字或战事双方部族之名。由于这个片断没有首尾,它所讲故事的大体情节只能靠揣测来连接。它描写的可能是历史上发生过的战斗,即丹麦国王赫尼甫在名为芬兹堡的地方受到攻击的战斗。在《芬兹堡之战》这个片新开始时,赫尼甫到芬兹堡来看望他的妹妹——芬恩的王后,打算在此过冬。一个站岗的侍卫前来向赫尼甫报告说,他看到马厩在燃烧。赫尼甫说,以他看,外面不是东方破晓,也不是飞龙或马厩燃烧;他看到的是前来攻击他的士兵的火把。战斗开始后,赫尼甫和他的随从坚守5天,没有牺牲。其后,一个伤兵转过脸,对主人公谈话。片断至此戛然而止。

这次战斗在《贝奥武甫》里也曾提到过,写赫罗斯杰国王的宫廷歌手在一次宴会上,唱到"芬兹堡事件"或"芬兹堡大屠杀"。"芬兹堡事件"的情节发生在《芬兹堡之战》片断的内容结束之后。两者都是从丹麦人的观点出发叙事的。《芬兹堡之战》的内容全貌只能根据两处文字的比较结果而臆测。据"芬兹堡事件"说,丹麦人在坚守5天以后,开始突围,结果损失惨重,所余人数很少,赫尼甫王被杀身亡。弗里斯兰人也损失惨重,其中包括国王芬恩的儿子。但双方仍然坚持不下。后来,丹麦人的代表亨吉斯特和国王芬恩达成妥协,丹麦人归顺国王芬恩,国王答应他们享有与他的其他武士一样的特权,并处死任何嘲笑他们归顺的人。双方的死者遗体按照通常仪式焚烧。芬恩朝廷恢复正常,一冬无事。冬去春来,海上教堂开放,亨吉斯特急于外游,但他计划首先报复弗里斯兰人。后来两个丹麦人终于回到丹麦,激励国人奋起反对芬恩。丹麦派出舰队,在芬兹堡杀死芬恩,抢掠大量胜利品回到船上。芬恩的妻子随国人回到故土丹麦。亨吉斯特的下落不明。

### (五)《妻子的哀伤》

这篇诗作表现了一个妻子独自在住处黯然神伤的情形。故事叙述者嫁给了一个外国贵族,她的丈夫离开了她(可能是遭到流放),她的族人敌视她,她独自住在荒野里。诗歌里故事背景比较模糊,但可以猜测这个女人出嫁的目的是为调解族群间的争端。

这首诗勾勒出了一个高尚、理想的女人画像:"我的老爷(即丈夫)叫我待在这里。在这个国家,我没有几个亲人、忠实的朋友,所以我感到悲伤。之后我发现我丈夫的感受也如此,不幸,沉闷,心里藏着恨恨的想法。我们曾笑脸相对,有多少次立誓,唯有死亡——没有其他任何东西——能够把我们分开。那个誓言已经失效,我们间的友谊仿佛从未存在过。我必须尽力忍受我的亲人对我的腻烦……他也一定在同时心里痛苦,而脸上显出高兴,虽然他在承受着无休无止地涌上心头的哀伤。不论我的朋友(指丈夫)是在尽情地享乐,或是遭到流放而浑身霜雪地坐在一处悬崖峭壁之下——我的劳神的朋友,一身湿漉漉地坐在某处悲哀的厅里——他在忍受着极大的悲伤。他常常想起一个快活得多的去处。无精打采坐等所爱的人回家的人是最痛苦的。"

## 二、僧侣文学

597年,传教士圣·奥古斯丁奉罗马教皇之命,率领第一批僧侣来到英国,规劝肯特郡首领及其居民皈依基督教。由此,基督教开始在英国传播。于是在英国各地,新学校、新修道院和新尼姑庵宛如雨后春笋般出现,古希腊和古罗马的学术开始慢慢普及,基督教影响的主导地位开始形成。以战争、航海和暴力为内容的吟游诗歌慢慢让位于具有神圣的、宗教性主题的诗歌,后世称为"僧侣文学"。在这个时期出现了两个比较著名的诗人:凯德蒙(Caedmon)和基涅武甫(Cynewulf)。

## (一)凯德蒙的诗歌创作

凯德蒙(Caedmon)生活在 7 世纪末。他起初为修道院放牛,没有上过多少学。相传,凯德蒙是获得上帝的恩赐,开始歌唱和写作的例证。原本凯德蒙不会弹唱,感到很难堪。一天晚上他在睡梦中望见一个人站在他身边,要他唱支歌。他回答说他不会唱歌。那个人就让他唱唱关于上帝造世的故事。他突然发现自己唱得很好。他醒来后,就把梦里所唱写下来。这就是后人肯定出自凯德蒙之手的唯一的作品《对造物主上帝的赞美诗》。

《对造物主上帝的赞美诗》是凯德蒙的第一篇作品,也是现存下来的古英诗作品当中最古老的一首诗作。

《对造物主上帝的赞美诗》开启了后来在世人中广为传布的"凯德蒙诗派"或"凯德蒙式诗歌"的先河。在这首赞美诗里,凯德蒙把古日耳曼颂歌式民谣的内容和形式改写成宗教诗歌。例如他运用"变换"手法在 9 行赞美诗里对上帝的称呼变更了多次——"天国的守护者""鉴定者""光荣上帝""永恒的主""神圣的造物主""人类的守护者""万能的主"。变换是古英语诗歌风格中最重要的一种修辞手段。同时也值得注意的是赞美诗的押头韵、排比手法和运用少量音节的简明特点。

凯德蒙还有五首宗教诗歌:《创世记》《出埃及记》《但以理书》《朱迪丝书》以及《基督与撒旦》。但这些作品根据考证并非出于凯德蒙一人之手。因此,它们被后人称为"凯德蒙组诗"或"凯德蒙诗派"的作品。下面对《创世记》《出埃及记》进行简单介绍。

《创世记》是对《圣经·创世记》第 1 至 22 章的意译。经过多年的考证,评论界现在比较一致认为,此诗由两部分组成——《创世记 A》和《创世记 B》。《创世记 A》创作于 8 世纪左右,《创世记 B》包括 235～851 行,可能是 9 世纪某位诗人所作,而被插入诗里的。《创世记 A》开篇叙述天使们造反和被打入地狱的故事,基本上按照《圣经》的顺序,从开天辟地说到祭献以撒。这一部分表现出异教和基督教两种因素的混合。《创世记 B》虽然重复叙述堕落段落的内容,但具有本身的突出特色,如撒旦被描绘成了一个英雄人物,以响亮的声音唤醒堕落在地狱里的天使们奋起而和上天一比高低等。

《出埃及记》是以《圣经·出埃及记》的第 13、14 两章的内容为基础而写成的,主要叙说以色列人渡红海以及摩西排除万难领导他们奔向福地的英勇事迹。这首诗的特点是,一方面富于幻想,善用比兴手法,遣词用字谨慎,力求达到戏剧性效果等;另一方面,它也遵循日耳曼人的传统,运用古英语里常用的语汇和形象,把摩西刻画成一位日耳曼国王和英雄,把以色列人改变为一群日耳曼武士。这样做虽然令人有怪异之感,但基督教的热情和日耳曼的冷峻这种自然而巧妙的融会,却不乏动人之处:"啊!我们曾听四海八方的人们/到处说到摩西的决定,/他为世代所定的奇异的律条,/关于在罪孽一生死后/对一切正直人们在天国的/回报,对所有的生者的/永恒利益。一切愿意的人们,听啊!/人们的主公,真正的国王,/在荒野里敬重他的威力,/世间永恒的统管者,赋予他以力量创造许多奇迹。/他,人民之王,人群的聪慧/贤明的向导,勇敢的领袖,上帝之所爱。/他给法老的族人,上帝的敌人/以重创,当全胜的主/把他的族人的生死托付给/勇敢的领导者们,把占领福地的/任务托付给亚伯拉罕的子孙。"

另外,《出埃及记》中描写暴力流血的形象,酷似古英诗里常见的战斗景象,用这种形象描绘埃及军队溺死于红海、以色列人掠夺他们的遗物这样的场面,异常动人,但也因和古日耳曼诗歌传统相似,有些不太合适,也缺乏现实性:"他们开始在岸边按队分取/海水冲上来的赃品,古代的宝物、衣服和盾牌。他们均分/黄金和宝贵布匹,约瑟夫的宝物,/士兵们的财物。它们的主人已经死在/亡命之处,这支最强大的军队。"

## (二)基涅武甫的诗歌创作

基涅武甫(Cynewulf)是凯德蒙的后继者。他生活在 8 世纪或 9 世纪初,信仰非常虔诚,可能是一位教士。他熟谙拉丁文和宗教文学,他的诗歌词语生动流畅,诗律和谐优美。他在《海伦娜》一诗里有一段说到他自己:

> 由于我的身体日渐不支,年老而行将就木了,我就编织了言语的画面,把它美妙地组成一体;在黑夜这个牢笼里,我一再地思考和过滤我的思想。在智慧以它奇迹般的威力感动我的心思、给我展示更广阔的知识以前,我并不知道十字架的全部真相。我被恶行污染,被罪过锁住,被怀疑折磨,周身缠着玩世不恭之苦,直到威力无穷的王奇迹般地赋予我以知识,为我的老耄之年带来安慰;直到他把毫无瑕疵的圣恩施加于我,使之渗入我的内心,展现出它的光辉,逐渐使之扩展,让我的身体获得自由,使我的心扉顿开,释放出歌唱的力量,我一直快活、高兴地在世上运用着这种力量。

基涅武甫在这里一再强调尘世一切的虚无缥缈,劝告世人要向往天国、虔诚信奉上帝,以求免除地狱之苦而享受主的恩惠,永远享受光辉的主所赋予的遗产。

基涅武甫用盎格鲁方言创作诗歌。他的作品多属劝导世人弃恶扬善、宗教性强的文字,主要诗歌作品有《基督Ⅱ》《海伦娜》和《圣徒们的命运》等。

《基督Ⅱ》是《基督》一诗的一个组成部分。《基督》一诗共 1 664 行,存在于《埃克斯特诗集》中,包括《基督Ⅰ》《基督Ⅱ》及《基督Ⅲ》。第一部分包括 1~439 行,第二部分包括 440~866 行,第三部分包括 867~1664 行。第一部分主要内容是 12 首赞美歌,赞扬基督、圣母以及三位一体。这些圣歌比较短,多是在耶稣降临节教堂礼拜时供教徒们唱的。《基督Ⅲ》一诗把最后的审判戏剧化、感情化,其材料来源很多。

《基督Ⅱ》一诗有基涅武甫的签名,它取材于许多宗教性资料,但主要是以教皇格雷戈里的《布道书》中关于耶稣升天的第 22 章为底本,把教皇布道词的最后结论部分写成诗歌形式。这首诗以一个问题开始,"为什么圣子降生时在场的天使们未穿白色衣服,可是耶稣升天时他们在场却穿白色?"问题是对一个"贤明的人"提出的,诗人请这个人深思一下。接下来诗人描绘了升天情景:耶稣对圣徒们表示了最后祝愿后,由天使们迎接,在他们的颂歌中升天。

由于这首诗为对未来没有定见、无所适从的人民带来希望,所以它表现出一种盎格鲁-撒克逊诗歌里少见的快活情绪。在盎格鲁-撒克逊时代,各处小国山头林立,战祸连绵,同族之间又内讧不断,所以生活缺乏快乐和阳光,人民心里对未来总是感到惶惶不可终日。《贝奥武甫》一诗中所弥漫的悲观情绪已经表明,来自斯堪的纳维亚的北方神祇已经不能为人们心灵里的担忧带来肯定答案。基督教的到来对人们犹如久旱逢甘霖,因为皈依新的信仰,那种痛苦和不安似乎一时之间已经为之一扫。基督的福音为人们带来希望和保障,对天国和地狱存在的信仰,对上帝奖赏善行、惩处罪恶的笃信不移等,使得世人终于找到了盼望已久的归宿。《基督Ⅱ》说,人们有了上帝的护佑,不必再害怕魔鬼的攻击,上帝的圣子会降临"中土"拯救世人,上帝会为他的信徒带来报酬和安慰。天使将歌唱,善者将享福,主的胜过阳光的光辉将照射世人,朋友相爱,永生不死,永世年轻,永无烦恼,永远和平,永远光明等,全诗洋溢着希望和憧憬。

《海伦娜》这首诗作主要讲圣海伦娜受她的儿子康斯坦丁大帝的派遣,前往耶路撒冷寻回十字架的故事。她经过千难万险,终于找到真十字架。这首诗和不少其他古英诗一样,反映出当时基督教信仰在人们心态上业已留下烙印:他们认为自己犯有罪孽,渴望得到指点和光亮,以便在心灵里照亮希望的光:

> 就这样,我这个老耄而羸弱之躯即将离开这里,
> 已编织出语言的艺术,已奇异地收集齐我的材料,
> 在夜里的悲伤中已经时而深思
> 并理清我的思绪。我不清楚明了
> 十字架的真情,直至智慧
> 以其光辉的力量向我的头脑透露
> 一个宏大些的景象。我举止有玷污,
> 身为罪孽所缚,受到悲苦的煎熬,
> 痛苦地深为困境所扰,
> 直至伟大的国王,为安慰老年的我,
> 以极乐的方式教导我,赋予我以美好和惠顾,
> 使之倾泻入我的心头,
> 表现出它的美妙,使之再次变得博大,
> 为我的身躯松绑,开启了我的心扉,
> 打开我曾高兴地愉快地在世上
> 使用过的歌唱艺术。

此外,诗里对海上波涛汹涌的惊险景象的描绘在古英诗里应属文无剩语、曲尽其妙之作。

《圣徒们的命运》这首短诗以诗歌形式叙述殉教者的事迹,简略地讲述12位圣徒的生平及他们为传布福音死而后已的情况。这首诗显然是为达到说教目的而写的。诗歌的字里行间透露出当时人们对尘世和天国的认识。

# 第二节　中世纪英国小说的孕育

英国小说的崛起比英国诗歌要晚,在中世纪时期,仍然处于孕育状态。这一时期的希腊、罗马神话故事以及丰富的散文作品对英国小说的形成产生了深远的影响。

# 一、希腊、罗马神话与中世纪英国小说

希腊和罗马拥有大量的神话故事。它们不仅为西方的文学创作提供了极为丰富的素材,而且也成为英国小说重要的艺术源泉之一。据文学史料记载,英国早期的小说家在对古希腊和古罗马神话产生浓厚兴趣的同时,也刻意借鉴这些神话的故事情节或模仿其框架结构来创作最初的英语小说。

希腊和罗马神话是古代希腊和罗马人民对自然现象和社会生活的一种天真的解释,同时也是他们在原始氏族社会阶段所创造的一种丰富多彩而又较为完整的口头文学。在原始社会初期,由于人类的知识贫乏,生产力水平极低,因此,他们只得凭借自己的想象力来解释周围的世界,于是便产生了神话。从某种意义上来说,希腊和罗马神话既是远古时期人们将自然力量和生活现象神化和人格化的产物,也是他们对自然崇拜的结果。这些神话以口头的形式在民间代代相传,从而带有希腊和罗马各个历史时期的社会烙印。具体而言,希腊和罗马神话具有以下三个明显的特征。

首先,具有鲜明的人物形象。在神话中,人物始终占有主导地位。他们往往代表着某些自然力量,如天神宙斯、太阳神阿波罗等;或象征着某些美好的事物和品质,如智慧女神雅典娜、爱神阿佛洛狄忒等。在希腊和罗马神话中,许多人物具有不朽的魅力,他们勇敢、刚强、无私、聪明,是荣誉、尊严和威力的化身。

其次,具有引人入胜的故事情节。几乎每一个神话典故都是一个无可挑剔的精彩故事,如阿尔戈英雄乘船去海外寻找金羊毛的故事,以完成十二项英雄业绩闻名的赫拉克勒斯的传奇故事,特洛伊战争的故事等,情节曲折,给人留下了十分深刻的印象。

最后,具有一定的哲理性。它们在反映古希腊和古罗马原始氏族社会的生活本质和意识形态的同时,还揭示了一些深刻的道理。例如,有关普罗米修斯获取天火送予人类的神话不仅塑造了哲学史上一位崇高的圣者和殉道者的形象,而且也表现了人类祖先从自然界取火并学会用火的重大胜利,这无疑反映了人类从原始阶段向文明时期发展的必然规律。

希腊和罗马神话的上述三个特征对英国早期的小说产生了一定的影响。英国作家在尝试小说这一文学样式时也自觉地将鲜明的人物形象、生动的故事情节和作品的哲理性作为基本的创作要求。

在希腊和罗马神话中,荷马史诗《伊利亚特》和《奥德赛》无疑是英国小说的先导。这两部史诗不仅具有生动曲折的故事情节,而且还体现出结构的完整性和谋篇布局的合理性,因而成为早期英国小说家模仿的对象。其中,《伊利亚特》生动地描绘了特洛伊战争最后几十天的情况。这场持续十年的战争进入决战阶段,两军的冲突已达到白热化的程度。荷马史诗对战争的许多细节都进行了生动的描绘,如双方的军事会议、军事阵容、军事行动和主帅决斗等场面都得到了充分的展示。《奥德赛》详尽地记述了特洛伊战争之后伊塔刻岛首领奥德修斯在回乡途中长达十年的流浪和漂泊。智勇双全的奥德修斯在归途中一波三折,困难重重。他利用自己的聪明才智,并在神的帮助下,不畏艰难险阻,虎口余生,最终与妻子团聚。《奥德赛》对主人公十年海上漂泊的许多细节作了生动的描绘,其中既有惊险的场面,也有美丽的神话。值得注意的是,荷马在他的史诗中不仅展示了极强的谋篇布局能力,而且还体现了纯熟的创作技巧。他采用了许多鲜明的形象和生动的比喻来塑造人物,并采用了追述、倒叙、回忆和穿插的手法来叙述故事情节,使作品具有极强的可读性。

在中世纪的英国虽然并没有产生真正意义上的小说,但反映神话典故的希腊和罗马史诗以及各种长篇叙事诗通过游侠骑士、传教士和商人之手传入英国,成为市井百姓茶余饭后的消遣读物。这不但形成了滋生英国小说的土壤,而且还培育了英国小说的第一批读者。

总之,希腊和罗马神话不仅是世界文学宝库中的珍贵遗产,而且也对英国小说的形成产生了积极的促进作用。英国早期的小说家在神话典故和传奇文学的熏染之下获得了丰富的艺术灵感,他们从中摄取了大量的素材,并开始酝酿一种新的文学体裁——小说。

## 二、散文与中世纪英国小说

除了希腊、罗马神话外,散文也对英国小说的产生有着直接影响。英国散文比英国诗歌起步晚,但其发展步伐却非常迅速。随着社会的发展和生活的变化,诗歌这种文学样式对表现日趋复杂急剧变化的社会现实已力不从心,难以充分展示广阔的社会图景和丰富的生活内容。于是,散文作品以其容量宽大、内容丰富和形式朴实等优点开始受到青睐。从某种意义上来说,英国散文文学的崛起不仅是文学发展的客观规律和社会进化的必然产物,而且也是英国小说形成之前的一个重要过渡。

英国散文最早出现在盎格鲁-撒克逊时期的一些法律文件中。当时的散文大都用拉丁文撰写。在英国文学史上,比德(Bede,673—735)是最早的散文家之一。这位将毕生精力献给宗教事业的牧师曾用散文体撰写了大量的作品,其中包括布道、教徒生平、《圣经》评论和历史记载等。比德最重要、最著名的散文作品是《英吉利人教会史》。该书详尽地描述英国早年的一系列历史事件,真实地记录了盎格鲁-撒克逊人的生活方式,其中还收集了不少神话传说和宗教典故。这部散文作品语言流畅,结构清晰,是一部极有价值的散文作品。比德之后的另一位重要散文家是威塞克斯国王艾尔弗雷德大帝。由于艾尔弗雷德最早提倡用盎格鲁-撒克逊本族语言来改写和翻译早先优秀的诗歌和拉丁文作品,因此,他被不少评论家视为"英国散文之父"。在艾尔弗雷德大帝的影响下,英国的散文作品一度得到长足的发展。艾尔弗雷德亲自指导并参与编写了英国历史上最重要的文献之一《盎格鲁-撒克逊编年史》。这部著作的编写工作始于公元891年,一直延续到1154年为止,长达两个半世纪。这是英国文学史上规模最大、编写历史最长的散文著作之一,对英国散文风格的形成与发展产生了重要的影响。

到了中世纪,英国散文作品发展迅速,日趋成熟。不少作家开始采用这种更加自由和更加宽松的文学体裁来改写神话故事、宗教典故和民间传说。与此同时,以历史人物亚瑟王的传奇经历为情节的骑士小说开始在英国流传,并受到了广大读者的欢迎。有关亚瑟王的传奇故事最初出现在法语文本之中,至今保存下来的有好几种版本。尽管这位英国骑士在巴勒斯坦和中国等地的冒险经历纯属虚构,但它通过现实主义的手法得到了生动的描绘,因而在广大读者中引起了较大的反响。

当然,英国中世纪的散文作品尚处于其发展的初级阶段,离现代意义上的小说相距甚远。当时的散文作家看到了诗歌的不足之处,试图以一种更加朴实和自由的语言风格来表达思想、描绘生活和叙述故事。然而,他们尚未想到采用被我们今天称为小说的文学体裁,更未找到创作小说的有效方式与技巧。正因为如此,当时有才华、有影响的作家大都是诗人,如威廉·朗格兰(William Langland,约1332—1400)和杰弗利·乔叟(Geoffrey Chaucer,1340—1400)。乔叟的《坎特伯雷故事集》和威廉·兰格伦的《关于农夫皮尔斯的幻想》等作品都是当时颇有影响的长篇叙事诗。这些叙事性极强的诗歌不仅对英国中世纪散文作品的发展产生了重要的影响,而且也使作家看到了用散文体来叙述故事的可能性。

到了 15 世纪,随着英国封建制度的逐渐解体,城镇工商业和手工业发展迅速,英国的文化事业也日趋繁荣。英国印刷商、翻译家威廉·卡克斯顿成功地将印刷技术引入国内,这不仅使英国多种方言并存的混乱局面宣告结束,而且对建立在统一书面语言基础上的散文体的发展起到了推波助澜的作用。从某种意义上来说,印刷技术的应用也为英国小说的形成奠定了必不可少的物质基础。

值得注意的是,英国作家托马斯·马洛礼(Thomas Malory,1405—1471)的散文作品《亚瑟王之死》在艺术形式上已经与现代小说十分接近。它不仅使人们看到了英国小说的雏形,而且也向人们展示了这种新型的文学体裁的发展潜力和艺术魅力。

《亚瑟王之死》是英国文学史上最早的长篇叙事散文作品。这部作品最重要的艺术特征是成功地将有关亚瑟王的纷繁复杂的故事内容置于一个相对清晰和比较合理的框架结构之内,为英语长篇叙事散文作品的创作方式开了先河。这部作品以亚瑟王的人生经历和业绩为中心,生动地叙述了与这位传奇人物有关的一系列冒险故事,其中包括魔术师梅林、王后桂内薇尔和圆桌骑士们的故事以及寻找圣杯的故事。作品的前五卷主要描写亚瑟王与桂内薇尔王后的婚事,圆桌骑士的情况以及亚瑟王在异国他乡的一系列战争中所创的英雄业绩。第六卷至第八卷分别描绘了兰斯洛特爵士、佳瑞斯爵士和特利斯特拉姆爵士三位骑士的冒险经历。第九卷和第十卷描述了亚瑟王和其他几名骑士的几次马上比武和冒险行动。第十一卷至第十七卷详细叙述了亚瑟王的骑士们寻找圣杯的过程。第十八卷和第十九卷则集中展示了兰斯洛特爵士和桂内薇尔王后之间的偷情。作品的最后两卷描写了摩德里德爵士对亚瑟王的叛变和他俩在决斗中死亡的情景。作品结尾,兰斯洛特爵士见桂内薇尔王后已经成为修女,于是便返回自己的城堡。据说,他从此当了亚瑟王的守墓人。

《亚瑟王之死》不仅充分展示了作者的艺术才华,而且还使英国小说的雏形初现。

首先,它具有一个引人入胜的情节。整部作品紧紧围绕亚瑟王的生死和传奇展开,故事动人,情节曲折,且富有悬念。其间又穿插了许多次要情节,包括其他人物的比武、决斗、冒险和恋爱故事等,既有花前月下的绵绵情意,又有战场上的残酷厮杀,使作品产生极强的感染力。

其次,它展示了生动的人物形象。作者不仅成功地塑造了一个有血有肉的国王的形象,表现了他的勇敢、才华和喜怒哀乐,而且还描绘了诸如兰斯洛特和梅林等其他人物的形象。作者采用散文这种当时最新的文学体裁生动地描绘了中世纪骑士的形象,获得了当时的诗歌难以获得的艺术效果。

最后,它展示了丰富的生活内容和广阔的社会图景。作者以优美的语体描绘了亚瑟王时代的骑士生活,其中不仅有他们惊人的冒险行动和残酷野蛮的杀戮场面,而且也有他们不正当的男女之爱和争风吃醋。同时,作品还展示了中世纪英国的田园风光和秀丽景色,使读者看到了亚瑟王时代令人陶醉的湖光山色和葱翠碧绿的原野。

显然,《亚瑟王之死》体现了小说所具有的宽广性和包容性,充分展示了内容多和容量大的特点。

《亚瑟王之死》是中世纪英国散文作品的杰出范例。它以一种井然有序的框架结构和朴实流畅的散文风格表现了极为丰富的生活内容。马洛礼不仅成功地将一堆原本杂乱无章的素材变成一部伟大的杰作,而且还对小说创作进行了最初的尝试,从而使《亚瑟王之死》成为英国文学史上一部里程碑式的著作。

　　总之,英国散文作品在 15 世纪的发展符合文学发展的客观规律。随着封建骑士制度的逐渐消亡,英国社会发生了深刻的变化。原有的诗歌形式已经不大适应急剧变化的生活和日趋复杂的社会现实。因此,散文体作为纪实文学的重要手段面临了一次千载难逢的发展机遇,而英国小说的雏形也受到散文的影响而端倪渐显。

## 第三节　中世纪英国诗歌的创作

### 一、中世纪的英国诗人

　　中世纪较有代表性的诗人主要有玛丽·弗朗斯(Marie de France)、杰弗利·乔叟(Geoffrey Chaucer,1340—1400)、威廉·兰格伦(William Langland,约 1330—1400)和约翰·高尔(John Cower,约 1330—1408),下面就对他们的诗歌进行简单分析。

#### (一)玛丽·弗朗斯的诗歌创作

　　玛丽·弗朗斯(Marie de France)出生在法国,在英国写作,是 12 世纪后期的一位女诗人。她熟谙拉丁文、法文和英文。她的作品包括《玛丽·弗朗斯的故事》、伊索寓言式故事、《圣帕特里克的炼狱传说》以及《圣徒奥德薹传》等。其中,《玛丽·弗朗斯的故事》包含 12 首短诗,多为叙事性诗歌,主要内容是讲述主要人物的冒险以表现宫廷式爱情。这些作品的特点是人物刻画清晰,细节描写圆转活泼。

　　玛丽·弗朗斯曾在自己一篇故事的序言里签字说:“我叫玛丽,是法国人。”她在这篇序言里说到关于文学创作的一些想法。她认为,具有上帝所给予的语言天赋的人,应当用它来讲真理。作品里有些话可以说得隐晦一些,这样更能激励后人努力读书。她说自己写书也是为了清除恶念,忘却痛苦。她努力把拉丁文故事写成为日常语言。她想到了吟游歌手们的诗歌,觉得这些不应随着时间而逝去。于是她开始写诗,有时为寻章摘句而彻夜难眠。

#### (二)杰弗利·乔叟的诗歌创作

　　杰弗利·乔叟(Geoffrey Chaucer,1340—1400)是英国文学史上第一位杰出的诗人,被誉为“英国诗歌之父”。对于他的生平,根据人们对一些资料的研究,推断他约在 1340 年前后出生于伦敦一个富裕酒商家庭,接受了十分扎实的教育,会使用法语、拉丁语和意大利语等。少年时代他便成为一位王妃的侍从,以后多年在宫廷服务。他曾随军远征法国,被法军俘虏,又被国王赎回。他同王后的一位侍女结婚,这桩婚姻给他带来财运和皇室的恩宠。他的宦海生活经历相当丰富。他当过外交官,曾出使西班牙、法国和意大利,做过海关督察、保安官和肯特郡的议员。他的最后一个职务是文职。他死于 1400 年。

　　乔叟创作了大量的作品,包括《公爵夫人颂》《百鸟议会》《特洛伊拉斯与克瑞斯德》《坎特伯雷故事集》等。

　　目前,许多学者认为《公爵夫人颂》是乔叟的第一部重要诗作。该诗长 1 300 余行,大约作于

1369 年末或 1370 年初,是哀悼兰开斯特公爵第一位夫人的挽歌。1369 年 9 月,兰开斯特公爵冈特的约翰的夫人布兰奇死于鼠疫,年仅 27 岁。公爵夫妇感情甚笃,育有五位子女,长子即后来的英王亨利四世。这首诗歌采用了第一人称的叙述视角,开篇时间是夜晚。叙述者心情苦痛,辗转反侧,难以入眠。他只好打算通过读书来熬过这漫漫长夜。他所读的书中写道,国王塞克司在海难中身亡,王后闻之悲痛难忍,向女神朱诺求助。女神令睡神使王后入眠,并以国王塞克司的形象进入王后的睡梦中。叙述者受书中内容启发,向睡神求助,并许诺如果能够入睡,愿将奇妙的羽毛床献给睡神。而后,叙述者悠然进入梦乡。叙述者在梦境中走进树林,遇到了一位面容悲戚的黑衣骑士。骑士向叙述者讲述了自己的爱情经历和无法解脱的无尽悲哀:他经过数次努力,终于赢得白色美人的爱情,但是,心爱的人竟被残忍的死神夺去。黑衣骑士讲罢,便策马奔向城堡,叙述者也在钟声里醒来。

这首诗歌中精巧的梦境框架,对宫廷爱情的细腻描写等呈现出明显的互文性。诗人将梦幻框架与悼亡诗体巧妙结合,把对亡人的赞颂和对未亡人的慰藉共同融入诗中。此外,《公爵夫人颂》还体现了诗人在中古英语诗歌的局限下,对日常话语节奏的高度驾驭能力,以及爱情诗歌的创作开端。

《百鸟议会》是诗人的又一部重要作品,创作年代大约为 13 世纪 80 年代初。乔叟在这部长度为 700 诗行左右的作品中,再次利用梦幻框架,展开了诙谐幽默的叙事。与《公爵夫人颂》相似,《百鸟议会》的故事也是由于叙述者的阅读而展开。叙述者所读的《西皮奥之梦》中写道,西皮奥梦见他的祖父——著名的罗马将军带他飞往苍穹,在九霄云外的高处指点他向下俯瞰,观察蓦然间变得十分渺小的大千世界。祖父教导西皮奥要以公众利益为先,远离声色犬马的尘世诱惑。罗马将军的话语引得叙述者思绪万千,但是其时暮色四合,书上的字迹已不能看清,叙述者只得掩卷休歇。他在梦中与老将军相会,老人对他认真阅读有关自己的书感到高兴,作为鼓励,带领他去了丘比特的爱情之园。那天恰是各种禽鸟择偶的日子,自然女神宣布:禽鸟择偶须依照等级的高低决定先后顺序;雄禽应选择其最爱的雌禽,而且必须获得该雌禽的同意,才能结成伴侣。高贵的苍鹰在第一顺序择偶,一只极富魅力的雌鹰引发了众雄鹰的激烈竞争。在"情敌"们先后当众表达爱意之后,自然女神要各等级的禽鸟发表意见。不同阶层的禽鸟代表充分行使话语权,争论趋于白热化。与此同时,其他的禽鸟因为择偶进程受阻而渐渐变得急不可耐。自然女神出面维持秩序,要求雌鹰定夺自己的婚配,雌鹰表示要在来年才能做出决定。其余禽鸟的择偶得以继续进行,有情者终成眷属,成双成对地愉快离去,叙述者也在一片欢乐声中醒来。

诗歌内容显示,"百鸟议会"的召开日期是圣瓦伦丁节,即 5 月初左右。有研究者指出,该诗的写作应与宫廷当时发生的重要事件有关。此外,不同等级的禽鸟代表之间的辩论似在嘲讽国会中时常争吵和难以做出决定的情况,同时也折射了森严的等级制度正面临瓦解的社会状态。

《特洛伊拉斯与克瑞斯德》也是乔叟的代表作。这部长达 8 200 余行的诗歌创作于 1372 年至 1384 年间,讲述了一个婉转曲折的爱情悲剧。希腊军队围攻特洛伊城,该城的祭司卡尔卡斯占卜出特洛伊即将沦陷的厄运,便设法逃脱,投奔到希腊军营里。其女克瑞斯德是个年轻貌美的寡妇,没有随父亲逃走。骁勇善战的特洛伊王子特洛伊拉斯在神庙见到克瑞斯德之后,顿时被爱情的利箭射中而不能自持。特洛伊拉斯的好友彭大瑞恰好是克瑞斯德的舅舅,他得知此事后答应帮助特洛伊拉斯。在彭大瑞巧妙的劝说和安排下,克瑞斯德见到了英俊的王子,同意接受他做自己的情人。克瑞斯德的父亲提出以希腊方关押的一位特洛伊重要将领交换其女,特洛伊议会同意了他的要求。特洛伊拉斯为保护克瑞斯德的声誉,忍痛没有阻拦此事。临别时,克瑞斯德许诺十天之后就会回来,但她离开后就一去不返。特洛伊拉斯一直在痴情地等她回归,后来发现她又成了加利顿国王子的情人。深受伤害的特洛伊拉斯多次在战场上寻找情敌与其决战,但在一次战斗中被阿基里斯所杀。

对于这个爱情悲剧,乔叟并不是第一个描写的人,在特洛伊战争的记叙者狄克底斯的日记里出现了这个故事的雏形;在德吕士用拉丁文书写的《特洛伊亡国史》中,也有克瑞斯德与她的前后两位情人的记载;在 12 世纪末法国吟游诗人彭诺瓦创作的叙事诗《特洛伊传奇》中,也提到了这个爱情故事,并且情节密切连贯;13 世纪时,西西里作家基多用拉丁文将《特洛伊传奇》译成散文;意大利文艺复兴时期,薄伽丘又根据基多的翻译,写成长诗《爱的伤害》。到乔叟了手中,他充分发挥浪漫的想象力,使故事情节更加丰满和曲折化,深刻地展示了时常处于矛盾之中的人物内心;在文字表达方面,作者利用了隐喻、对称描写等修辞手段,使这部爱情悲剧充满着睿智的人生哲理。

这部长诗的另一突出之处是作者再一次熟练地使用了 7 行诗段形式进行创作。宫廷诗体的规律是:诗歌的每段有 7 行,每行有 10 个音节,韵脚为 abcbbcc。据有关专家研究,乔叟是第一位使用宫廷诗体创作诗歌的英国作家。

《坎特伯雷故事集》是乔叟最著名的作品,对英国文学产生了重要影响。这个诗体故事集共包括 24 个故事,主要讲的 30 名朝圣者要去坎特伯雷大教堂朝圣,在伦敦泰晤士河南岸一家小旅店里碰到,旅店主人哈里·贝利自告奋勇做向导。晚饭后,贝利提议他们在来回的路上每个人各讲两个故事解闷,先后次序由抽签决定。贝利还自荐为裁判,谁的故事讲得最好就可以白吃一餐好饭。按照乔叟的计划,本应是 120 个故事,虽然未完成计划,但《坎特伯雷故事集》仍然把一幅14 世纪英国社会全貌图展现在读者面前。下面,我们对其中的《巴斯妇的故事》《磨坊主的故事》《尼姑的神甫的故事》做简单介绍。

《巴斯妇的故事》写在亚瑟王时期,有一位年轻骑士强奸了一个女人,冒犯了骑士法典,愤怒的国王想立刻处死他,但王后打算给他一次机会,于是从中斡旋,让他得以缓刑。王后提了"女人最想要什么"这个问题,给了骑士一年零一天的时间去寻找答案。在寻找答案的途中,骑士遇到很多女人,她们给骑士的答案迥然不同,有的说想要财富,有的想要荣誉,有的想要快乐,有的想要华服,有的想要信任……时间很快过去了,时间仅剩下最后一天,骑士失望地往回赶,在路上看见一群美丽的姑娘在绿茵地上翩翩起舞,但当他走近时,那群姑娘却突然消失不见,只剩下一个年迈丑陋的老妪蜷缩在地上,骑士称她为"亲爱的妈妈",并将自己的困境告诉了这个老妪。让他吃惊的是,这个老妪竟然说,只要骑士能顺从她提出的任何要求,就能帮他的忙。年轻的骑士只能紧紧抓住这唯一的机会,答应了老妪的要求,并带她去见王后。老妪的答案竟然是"女人最想要的是能做全家的主人",而王后听到这个答案也非常高兴,骑士捡回了一条命,却在此时听到老妪的要求是要骑士娶她为妻。骑士进退两难,拒绝就意味着食言,自己作为一名骑士,绝对不能反悔;遵守诺言吧,这样一个又老又丑、都能做自己母亲的人如何能娶回家做妻子?万般无奈之下,骑士很不情愿地和老妪举行了婚礼,老妪看骑士并不愿意娶她,就谈到财产、美貌和忠贞等问题,说财富和高贵的出身并不重要,贫穷教给人什么为神圣,有英武行为的人才是真正的绅士,年长和平凡的女人都可以成为忠贞的妻子。骑士听了深受启迪,对生活的本质发生妙悟,表示愿意和她结婚。此时他揭起布帘,惊喜地发现他的妻子已经从老妪变成了世界上最年轻貌美的女人。

这个故事具有惊人的现代意味。女性的地位之所以能从社会底层提升起来并和男性地位平等,就是因为她们开始思考"女人最想要什么"这个问题。乔叟似乎感觉到了男女之间的不平等,觉得社会对女人缺少应有的关注。因为在乔叟提出这个问题之前,对于世人来说,女人的欲望是无关紧要的,大部分女人都不清楚自己想要什么。而在故事结尾,老妪对骑士的教导,意在指明她的美是灵魂美,而不是肉体美;男人应该看重女人的内在美德,而不是以貌取人。

《磨坊主的故事》写木匠约翰是一个占有欲很强而又小心眼的丈夫,他年轻的妻子埃莉森是一个狡猾的风骚少妇,专门欺骗她的男人来满足她的欲望,所以他试图"关禁"她。木匠家有一个房客叫尼古拉斯,他是一名学生,是埃莉森的情人。木匠不在家,尼古拉斯就会趁机找埃莉森幽会。另一个年轻人押沙龙也喜欢埃莉森,他是教区的一名牧师,但埃莉森却不喜欢他。一个星期六的晚上,诡计多端的尼古拉斯欺骗木匠说,星期一洪水将淹没世界,所以木匠必须找三个木桶拴在屋檐上,这样他们三个人才能幸免于难;并且只有听到他喊"水"字时,木匠才能剪断绳子,让木桶在洪水里漂。愚笨的木匠听信了尼古拉斯的鬼话,然后疲惫地睡在屋顶,而他的妻子却跟情人一起共度良宵。凑巧的是,押沙龙也在这天晚上来向埃莉森示爱。这惹恼了正在睡觉的情人,所以埃莉森决定要个计谋,让他永远消失。她让押沙龙靠近和她接吻,可她却把她的屁股伸出去。恼羞成怒的押沙龙愤愤离去,借了一块火红的烙铁回来报仇。但这一次尼古拉斯想要弄押沙龙,就把自己的屁股伸了出去,却没想到等待他的竟是火热的烙铁。被严重烫伤的屁股让尼古拉斯疼痛难忍,情不自禁地喊道"水,水,水",惊醒了屋顶睡觉的老木匠。老木匠误以为洪水已至,连忙剪断绳子,从屋顶摔下,身体严重残废,成为笑柄。

这个故事旨在告诫愚笨的男人,不要娶轻浮而狡猾的漂亮女人为妻。在这个故事中,木匠的嫉妒心、尼古拉斯的诡计多端、押沙龙的苦恋和报复心以及少妇的轻浮与调情等要素恰到好处地组合在一起,相得益彰,使其成为出色的作品。

《尼姑的神甫的故事》写一位克勤克俭的寡妇院子里住着一只公鸡与七只母鸡。有一天,公鸡梦见一只野兽潜伏在草丛里,想要伺机咬死他,他从噩梦中惊醒,而他最宠爱的那只母鸡却笑他胆小如鼠。公鸡确认为人在遭受厄运时都会事先在梦中得到预兆,并列举了很多例子。说完这些可怕的事情之后,公鸡又自我宽慰了一番。次日一早,公鸡早把昨夜的担惊受怕抛在脑后,像往常一样和母鸡们觅食寻欢。突然间,他发现草丛里有一只狐狸,大惊失色,拔腿就要跑,但狐狸叫住他,说自己是专门来欣赏他的歌声的,并一再曲意逢迎,说得公鸡心花怒放,闭着眼睛准备唱歌,此时狐狸冲上前咬住他的脖子,急忙向窝奔去。母鸡们吓得慌乱哭叫,引来了寡妇和她的女儿,他们一起带着棍棒追赶狐狸,公鸡见状,就对狐狸耍了个花招,从狐狸口中挣脱出来,侥幸得救。

《尼姑的神甫的故事》是一个寓言故事,情节极其简单,但乔叟和中世纪一般作家的普通做法一样,有意识地把故事的篇幅拉长,使之故事里套故事,在这简单的情节中又添加了很多材料。

总之,《坎特伯雷故事集》中的主人公来自社会的各个阶层,展现了广阔的社会画面。它的语言极为有特色,每个人所讲述的故事都体现出了自己的身份、爱好和生活经验。作品集中揭露了中世纪貌似神圣的僧侣们种种见不得人的丑行,肯定了爱情自由和婚姻幸福,宣传了人文主义思想,显示了作者对教会的痛恨。

## (三)威廉·兰格伦的诗歌创作

威廉·兰格伦(William Langland,约1330—1400)的生平主要是根据他的作品来推测的。他可能出身于穷苦自由民家庭,年轻时当过牧羊人,后来到伦敦靠唱弥撒音乐、抄写法律文件或做其他临时工维持生计。

《关于农夫皮尔斯的幻象》出现于1362年前后,起初有800行长,相传为兰格伦所作;后历经泰勒起义前后三十年间社会动乱时期多人修改扩充,最终成为15 000行的长诗。这是一首用中世纪梦幻故事的形式写成的教诲诗。诗中通过描绘梦中的景象来展现中世纪英国社会各方面的生活图景,采用寓言故事来除恶扬善,劝诫教谕。全诗分成两部分:第一部分是皮尔斯的梦境,第二部分是称为"寻求好、更好、最好"的一连串幻象。

《关于农夫皮尔斯的幻象》宣扬公正诚实,号召每一个人——无论是国王、牧师、贵族、农夫——忠于教会,履行宗教职责。它抨击奢侈挥霍和堕落腐化,提倡在上帝面前人人平等和诚实的劳动最为高贵。诗篇的第一个梦境是"人头济济的田野"。五月清晨诗人卧于山野,梦见田野之中人头攒动,各种阶层和职业的人物应有尽有。农夫在辛勤劳作,而别人却坐享其成。田野的一头是灰暗的监狱塔楼,里面住着虚假和罪恶;另一头是真理城堡,里面居住着上帝。人们徘徊其间,有的正探求走向真理的途径。人群之中一个突出的人物是贿赂夫人,代表当时社会的腐败。下一个梦境探讨七种罪孽,象征各种恶行的寓言人物一个个栩栩如生。他们来向正在田间耕作的皮尔斯探问通往真理的道路,皮尔斯要他们好好劳动,教育他们诚实的劳动是赎罪拯救的正途。农夫皮尔斯是真理和大众的化身,是平民智慧和圣徒品质的结合。后来的幻景继续颂扬信仰与道德,故事的戏剧性魅力和教谕性意义逐渐增强,最后在皮尔斯战胜死亡时达到高潮。诗人一觉醒来,天空中荡漾着复活节的钟声。

总之,长诗《关于农夫皮尔斯的幻象》以其宏大的篇幅、广阔的社会背景、强烈的艺术力量和它所体现的民主思想而堪称欧洲中世纪文学的一部佳作。

## (四)约翰·高尔的诗歌创作

约翰·高尔(John Cower,约1330—1408)是与乔叟和兰格伦同时代的另一位诗人。他出生在英国肯特郡一个富裕的郡议员家庭,与宫廷素有来往。他能得心应手地用法语、拉丁语和英语三种语言写作,一生的大部分时间都用来从事文学创作。

高尔主要有三部以不同文字写成的诗作,即用法语写成的《人类的镜子》,用拉丁语写成的《呼号者的声音》和最后一篇用英语写成的《一个情人的忏悔》。

《人类的镜子》用八音节诗行写成,长达29 000多行。它采用宗教寓言形式阐述人类的罪孽,探讨从教皇到耕夫各个社会阶层之中道德与罪恶的对立冲突。诗人生动描绘了宗教阶层的腐朽堕落和平民劳动者的苦难,以此表明他们堕落的根本原因在于人类深重的罪孽。

他的第二篇诗作《呼号者的声音》是对1381年的农民起义的反映。这首诗歌用古典挽歌式偶句写成,不押韵。诗的第一部分采用梦幻形式描写了一群形似凶猛野兽的人群摧毁了"新的特洛伊城"(隐喻当时的首都伦敦),以此影射当时的农民起义,还写到了起义领袖泰勒的死。高尔谩骂农民起义军,把他们比作侵害人类的野兽。但是,他在诗歌的第二部分考察农民起义原因的同时也揭露了统治阶级的恶行。他认为僧侣、士兵和农民三个等级的人都犯了罪,因而招致上帝的惩罚。高尔还特别无情地攻击了僧侣,责备他们破坏了基督遗训。

《一个情人的忏悔》用八音节偶体写成。诗篇包括120个用来说明人类七大罪恶的诗歌故事,由序诗和跋记贯穿起来。诗人把爱情与人类的兽性相联系,认为爱情不可避免地会把人类引向七大罪恶。高尔以一个劝善者的口吻要人们为自己的罪孽忏悔,宣扬禁欲主义思想。诗歌过分讲求说教规劝,读来不免枯燥单调。

总之,高尔被公认为是英国14世纪一位劝善的诗人,诗人乔叟称他为"弘扬道德的高尔"。

## 二、中世纪的英国民谣

中世纪时期,英国口头文学发展比较迅速,这一时期民间诗歌的创作十分活跃,大量引人入胜的通俗歌谣在民间广泛流传。

### (一)英格兰和苏格兰民谣

英国著名的民谣是英格兰和苏格兰民谣,它们多存在于苏格兰和英格兰交界之处。在这些距离城市文明较远的地方,这些民谣仍然是口头文学形式,声韵和节奏多保持原汁原味,感情天真纯朴。这种社会生活的分离与封闭状况,在 15 世纪以后就渐渐消失,民谣的创作也因此受到很大影响。

中世纪的民谣在当时发挥着讲故事以愉悦听众的作用。它们的传播者是吟游诗人。民谣的种类很多,如绿林民谣、政治民谣、历史民谣、史诗性民谣等。从内容看,这些民谣故事的题材多来自生活,包括关于爱情、大自然、悲剧与死亡、英雄故事、幽默故事、阴谋和背叛,以及历史上闻名的战役等方面。

民谣是一种比较原始的艺术作品。它以歌曲形式存在,富有抒情味道。它一般以第三人称叙事,不讲求艺术构思或布局,在结构上也不刻意雕琢。它不求婉转与微妙,但注重表达的力度。它的目的是让人一听就懂,不给人过多的感慨或想象空间。它的故事新颖、开阔,有阴晴圆缺,有悲欢离合,总能抓住听者的心弦。在语言上它不刻意雕琢,而是直抒胸臆,以近乎原始的诗意和感情感染听众,所以它表达直接、简明,以大众日常交际媒介与世人交流。

在中世纪的英格兰和苏格兰民谣中,最著名的要属关于罗宾汉的民谣。关于罗宾汉的民谣很多,都是歌颂中世纪英雄人物罗宾汉的。这些民谣相当古老,多数可追溯到 13、14 世纪。如果说亚瑟王是封建时代英国武士阶层的英雄,罗宾汉则是受苦受难的人民大众所推崇的民间大侠。他是人民大众想象出的侠义人物,历史上并无其人。他说过:"这个世道穷人没有朋友。国王自己的儿子都造反,起兵和他作战。贵族和僧侣们则争权夺利,扩充自己的领地,把农奴紧紧锁在他们为其耕作的土地上,不顾一切公正的习俗,从他们身上榨取尽可能多的赋税和徭役。"这个文学形象反映出人们的内心渴望,即能有人为他们的权益而振臂高呼,揭竿而起,向昏暗的当局和恶霸地主与教会讨个公道。

根据罗宾汉的民谣推断,罗宾汉是个撒克逊人,擅长射箭,生活在 14 到 15 世纪英国诺丁汉地区。他原本是一个家境殷实的自由人,拥有自己的家园和土地,他的农庄约有 160 多英亩肥沃的耕地。罗宾汉家在此生活已达数辈之久,可是附近寺庙的僧侣们对其家产垂涎三尺。罗宾汉涉世不深,年轻气盛,有很强的正义感,时时顶撞修道院院长,指责他和修道院的管家们对待农奴的恶毒行为。修道院对他恨之入骨。后来,罗宾汉见义勇为,杀了两个虐待农奴的武士,救出了一个穷苦奴隶,因而遭到官方追捕,被迫逃到诺丁汉的舍伍德皇家森林,他的家产随之成为修道院的财产。

在舍伍德森林中,罗宾汉和小约翰及小约翰的伙伴们一起成为绿林好汉。罗宾汉为人正直,为朋友不惜两肋插刀,所以很快就有一批好汉聚集在他的周围,其中不少是他从厄运中舍命救出的人。罗宾汉和他的绿林好友宣誓,"绝不伤害穷人、正直的自由民(yeoman)或讲礼仪的武士或其随从,绝不伤害妇女或有妇女在内的人群,但决心尽力济世扶贫"。他们主持正义,劫富济贫,是中世纪英国人民反抗封建压迫的典范。因此,他们为人民所爱,为富不仁者则恨之入骨。关于他们的传说故事,后来结集成《罗宾汉的故事》。

《罗宾汉的故事》把罗宾汉的故事进行了综述。这首民谣共 8 部分,456 个诗节,以及跋。这部作品分三条线叙事:第一条线讲罗宾汉劫一道士之款而济一武士之难的故事;第二条线讲罗宾汉和小约翰擒杀诺丁汉郡长的故事;第三条线说罗宾汉与国王的交道、国王最后赦他无罪、罗宾汉身归绿林的故事。这首民谣最后说到罗宾汉被骗杀的故事。下面是这首民谣的开首部分(文本取自《柴尔德民谣集》的第 117 首):

> 听呀听,身世自由的绅士们;/我将说到罗宾汉,/他是个好自由民。
>
> 当他走在大地上/罗宾是傲岸的绿林汉;/这个绿林好汉真客气/自古至今从未见。
>
> 罗宾站在巴恩斯德尔,/身子倚着一棵树;/身边立着小约翰,/自由农也非农奴。
>
> 还有好人斯卡洛克/还有磨坊主的儿子莫奇;/他从头到脚无一处/不露出大丈夫气。
>
> 接着小约翰就发了言/眼睛看着罗宾汉;/先生,您如果按时进餐,/那会让您身强健。
>
> 接着好罗宾对他说:我还没有想吃饭,/直到哪位狂权贵/或陌生客人到面前。……/或者某个骑士或随从/住在这里的西边。
>
> 罗宾在自己家/言行举止规矩全;/每天他都在饭前/三次弥撒听人念。
>
> 一次是说崇拜主,/另外讲的是圣灵,/第三次说到圣母,/他对这点心虔诚。
>
> 罗宾其人爱圣母;/唯恐犯下罪滔天,/他决不去伤害人,/如有女人在里面。
>
> "先生,"小约翰发话说,/"如果我们要生活,/告诉我们去哪里,/我们的日子怎样过。
>
> 我们要往哪里去、去何方,/我们到哪里过得安详,/我们到哪里去打劫、去何处抢,/我们到哪里打人和缚绑?"
>
> "没有关系,"罗宾说:"我们会过得好的;/可你要注意别伤害农民,/他们在田里犁地。"

在这首民谣里,许多故事说得绘声绘色,让人获得美的享受。例如罗宾汉向理查爵士借账与还账的故事,讲得非常出色,速度不紧不慢,口气稳健、扎实,幽默拿捏得不多不少。这个故事的艺术性突破了民谣的范畴,而接近史诗的高度了。

关于罗宾汉的民谣主要是讲述绿林好汉拔刀相助、打抱不平的事迹。其中很有意思的一个故事是《罗宾汉和寡妇的三个儿子》,讲罗宾汉化装救出被判死刑的三个年轻人,他们是一个寡妇的儿子,因杀了王室的小鹿而入狱待死。罗宾汉设法杀了州官,救出无辜。下面是《罗宾汉和寡妇的三个儿子》的节译:

> (一)
>
> 全年里有十二个月,/我听许多人都说啦,/可是全年最快活的一个月,/快活的五月就是它。
>
> (二)
>
> 罗宾汉去了诺丁汉,/步履轻盈走如飞,/在那与一傻老太遇见,/她站在路上正掉泪。

（三）

"怎么啦,怎么啦,傻老太？/你有啥话对我说？"/她说道,"诺丁汉镇有三人/今天就要被处决。"

（四）

"是他们烧了教区？"他问道,/"或者杀害了牧师？/是他们强暴了某少女？/或者占了别人妻?"

（五）

"他们没有烧教区,先生,/也没有杀死牧师,/他们没有强暴少女,/也没有占别人妻。"

（六）

"他们究竟干啥,"罗宾汉高声问,/"请你告诉俺——"/"因为杀了国王的黄鹿,/用的是你们人用的长箭。"

此外,关于罗宾汉的民谣还包括《罗宾汉和道士的故事》《罗宾汉与吉斯本的盖奕》《罗宾汉与主教》《罗宾汉与乞丐》《罗宾汉与金箭》《罗宾汉与勇敢的骑士》《罗宾汉与艾伦》等。

综合而言,关于罗宾汉的民谣故事情节复杂有趣,人物塑造特点突出,富戏剧性。而且可能是出于吟唱、娱乐民众的原因,这些民谣的叙事速度从容不迫,事事交代清楚。这些民谣故事情节很有趣味,艺术感染力强,有完美的性格塑造,有叫人揪心的悬念,有打仗、坐牢、伪装、逃跑等。罗宾汉民谣对罗宾汉这个人物的塑造很下功夫:他为人慷慨,遇事头脑冷静,心地虔诚,稍有一些抑郁,偶尔也表现出一些幽默感。在诗韵结构方面,这些民谣多由四诗行的诗节组成,四音步诗行与三音步诗行互换,第二诗行与第四诗行押韵。这些民谣随着时间的推移曾出现很多变化,但是从内容到形式,仍然可以看出中世纪的印记。

## （二）其他民谣

在罗宾汉民谣之外,还有许多关于其他内容的民谣。在这些民谣里最著名的是英格兰与苏格兰之间的边界民谣。这些民谣多涉及在英格兰与苏格兰两地边界地带所发生的争战情况。其中有两首——《切维蔡斯猎鹿记》和《奥特伯恩之役》讲的是同一次战役。这次战役在历史上实有其事。据历史记载,奥特伯恩战役发生在 1388 年,在战斗中亨利·柏西(亦称"霍特斯伯",意为"暴躁鬼")被俘,后来在 1403 年他在起兵反对亨利四世时被杀。

关于《切维蔡斯猎鹿记》,根据后人考证,这首民谣有可能是描写 1345 年或 1346 年苏格兰边地柏西家族与道格拉斯家族之间的争斗。当时诺森伯兰的亨利·柏西带领 4 000 人马袭击苏格兰,遇到安格斯伯爵威廉·道格拉斯的反抗,双方损失严重,苏格兰方面获胜。在《切维蔡斯猎鹿记》中说道,诺森伯兰的柏西勋爵,在打猎时一连三天越过苏格兰边界,于是引起双方的战火,苏格兰的道格拉斯伯爵前来参战,结果是柏西和道格拉斯两人均命丧沙场。《切维蔡斯猎鹿记》受到了伊丽莎白时代诗人菲利普·锡德尼、本·琼生与 18 世纪散文家约瑟夫·艾迪生的好评。

《奥特伯恩之役》在内容上稍有不同。根据这首民谣,苏格兰的道格拉斯伯爵率军攻打英格兰北部诺森伯兰的奥特伯恩城堡,在这个过程中,被柏西勋爵亨利·霍特斯伯偷袭,结果是道格拉斯被杀,而柏西勋爵被俘。据史书记载,道格拉斯家族的詹姆斯·道格拉斯伯爵 1388 年 8 月率领一队苏格兰人进攻诺森伯兰的亨利·柏西领地,在战役里受致命伤。他告诉他的部下把他隐藏在一处树丛里,以避免影响战局。战斗残酷地进行了一夜,柏西后来无奈承认失败,下马向一位苏格兰骑士下跪投降。

　　两首民谣对战事结果的两种不同说法表明,它们的作者的视角不同:一是从英格兰人的角度出发,一是站在苏格兰的立场。但是,拨开历史时空的迷雾,人们可以看到它们在内容上的共同点,即两位死者都被描写为英雄人物,表现出当时中世纪骑士精神依然存在,仍然是那个时代的主要价值标准;而诗歌里血流成河、尸横遍野,又充分说明两地人民所处的悲惨境地:

　　　　月光如水天拂晓,/刀光剑影亮花花,/可是许多英国勇士/拂晓前被对方杀

　　　　战场上他未留一个英国人,/……/在他的血液变冷前/他或者杀或生俘。

　　还有些民谣取材于亚瑟王传奇或《圣经》故事,如《加文爵士成婚记》《戴乌斯与拉扎若斯》等。一些民谣是描写劳动人民的聪明与智慧的,诸如《约翰王和主教》《狡猾的农夫》《起来把门闩上》等。

　　爱情也是中世纪英国民谣的一个常见题材,这些民谣多写暴力、尔虞我诈,多以悲剧为结尾。例如《小马斯格雷夫与伯纳德夫人》,这首民谣故事发生的地点是中世纪的苏格兰边地。这个地区在那个时代受到几个无法无天的大家族的骚扰。这几个家族之间有分有合,有时联姻,有时则反目,暴力和流血司空见惯。政府虽然努力控制局面,但是力不从心。其中一个家族是马斯格雷夫家族,它统占韦斯特莫兰郡北部的一些村镇,如小马斯格雷夫、大马斯格雷夫等。这首民谣讲述的是小马斯格雷夫和伯纳德勋爵夫人间的爱情悲剧:

　　　　小马斯格雷夫来教堂,/神父正读弥撒经;/可他想着美女人/不是圣母的恩宠。(第2诗节)

　　　　有一些人穿绿色,/其他人则着黑衣;/等伯纳德妻走进,/人群里她最美丽。(第3诗节)

　　小马斯格雷夫和伯纳德勋爵夫人互表爱慕之心,约定晚上在一处幽会。小马斯格雷夫明知凶多吉少,无奈胸中爱的火焰愈燃愈旺,两位情人相见,如胶似漆,曲尽其妙:

　　　　"你喜欢我的羽毛床吗,马斯格雷夫?/你喜欢我的被褥吗?/你喜欢我这位夫人/睡在你的拥抱里?"

　　　　"啊,我很喜欢你的羽毛床,/也很喜欢你的被褥,/但我更爱快活的夫人你,/睡在我的拥抱里。"

　　不料,随行的仆人把这件事告诉了伯纳德勋爵,勋爵前往捉奸。小马斯格雷夫和伯纳德勋爵对打,前者被杀害。伯纳德怒气不消,挥剑又杀了夫人。他事后后悔不迭,把两个情人葬在一处。这首民谣很有代表性,在莎士比亚时代家喻户晓。

　　中世纪的英国民谣虽然有不少描写婚姻或爱情,但民谣中的人物多为贵族男女,一般缺乏浪漫情趣,这些作品多数表现人在爱的过程里所经历的爱与恨等感情,以及忠诚与欺骗等现象。例如《美丽的玛格丽特与亲切的威廉》《托马斯勋爵与美丽的安尼特》以及《拉乌勋爵》等,讲述的都是一个内容,即心猿意马造成悲剧。也有讲由于命运而造成悲剧的故事,如《美丽的简尼特》《梅茜夫人》以及《桑德斯》等,还有《兰德尔老爷》写的是情妇杀情夫。《年轻人罕廷》与之内容相似,

这首民谣写罕廷因为不忠于爱情而遭劫难。罕廷对爱他的女人说,他要和一个更美丽的女人去相好,他的情人劝酒,把他灌醉,然后把他杀死,把尸体扔到河里。后来调查开始,她否认和他有过往来,或说他早已离开。最后他的尸体被发现,女人被判烧死在火刑柱上。

当然,英国民谣也有讲述美好爱情故事的,如《柴尔德·瓦特兹》。这首民谣写美丽的艾伦与柴尔德·瓦特兹私恋怀孕,柴尔德·瓦特兹叮嘱她待在家里。他警告说她会跟他受苦,但她依然跟随着他。他们回到家里,她就生下一个婴儿。柴尔德·瓦特兹为她准备了他城堡里最舒服的床铺,并保证他们尽快结婚。在这首民谣里,描写了一个骑士骑在马上,而女人在后面步行的画面,用来表现女人的忠贞不二:

> 柴尔德·瓦特兹骑马一整天,/她光脚跑在他身边,/但骑士:从不客气说,/艾伦,你也骑上来看看。
>
> 柴尔德·瓦特兹你骑慢点,她说,/你骑那么快干什么/这个孩子是你的,/它快把我肚子撑破啦。

玛格丽特一心不二,终于获得美好的结果。

又如《奥菲厄国王》,写奥菲厄国王和西方一位名叫伊莎蓓尔的佳人相爱,并娶回做王后。不料一天在国王外出打猎时,王后被仙境的国王以神标刺心。国王把众臣叫到面前,嘱咐他们看好王后的尸体。然而当众人睡去时,王后的尸体就消失了。国王哀痛不已,只身到荒野里寻找。他在荒野里一找就找了7年。有一天一队人马向他走来,他一眼看到人群里面有他的爱妻,他们朝山上一处房舍走去,国王尾随在后面,他们都进去了,但国王走近时,他眼前却是一堆灰色石头。

> 这时他取出竖琴弹/他可怜的心在发酸/他先弹出伤心声/尔后弹出快活音/接着他弹一欢乐曲/把哀伤的心给治愈。

最后他被带进仙境,他弹出同样的曲调,仙境王为酬谢他,准许他把爱妻带走。他回到国内,恢复国王权位。这首民谣旨在颂扬奥菲厄王对爱情的一心不二。

英国民谣中有不少带有迷信成分。例如,《乡下佬霍恩》是一个传统的爱情与迷信故事,讲述了英格兰一位英雄国王曲折的爱情经历。这首民谣落在纸上的时间是13世纪末期。它现存版本很多,有法国本《霍恩和瑞曼黑尔蒂》,有英语本《霍恩国王》以及《霍恩和琳尼德》,也有北欧本。其中《霍恩国王》把故事讲得更复杂些,所有版本内容都源于法国的传说。19世纪末民谣收集家柴尔德把《乡下佬霍恩》收入他编辑的民谣集,根据柴尔德的版本,故事讲乡下佬霍恩和国王的女儿公主琼相爱。霍恩给她一根银魔杖,而她给他一个钻戒,并告诉他说,宝石颜色一旦变浅,就表示他已经失掉她的爱情。这一天,他走在路上,发现宝石颜色变化,就立刻赶往公主琼的城堡。一个乞丐告诉他说,公主要嫁人。乞丐建议和他交换衣服。霍恩同意,于是一身乞丐打扮的霍恩进入城堡讨酒喝。当公主端过酒来,他便把钻戒掉在地上。公主问起钻戒来历,他实话相告。公主决定脱掉华丽服饰,换上乞丐衣衫,和他一起去沿街乞讨。这时他笑着对她说,他是伪装,公主将会成为一位高贵的夫人。

又如《厄舍尔井的妇人》,这首民谣讲一位住在厄舍尔井的富足的妇人送三个儿子出海(第1诗节),后来听说他们都已经命丧海上(第2、3诗节),心里万分凄苦。夜里,她梦见儿子们回家,于是忙着安排宴席,然后又为他们铺好床铺,自己则坐在床头,喜不自禁,最后慢慢入睡(第5、6、

7、8 诗节)。在第 7 诗节里,她兴高采烈地喊道:

> 生起火来,丫头们,/快从井里提水来!/今晚全家要欢宴,/因为儿子们无危殆。

在 8 诗节里,她显然已经让儿子们酒足饭饱,于是:

> 她为他们铺好床,/那床又大又宽敞,/她把披风围了肩,/安心坐在床边旁。

她就这样美滋滋地进入梦乡。忽然雄鸡啼鸣,大儿子对小儿子说时间已到,他们该走了(第 9 诗节);小儿子说,我们如果不走,就要倒霉了(第 11 诗节)。大哥说,再待一会儿吧,母亲醒来发现我们不在,她不等天亮就会发疯的(第 12 诗节)。但是不走是不行的,儿子们无可奈何地对妈妈说:

> 再见,我亲爱的妈!/再见,谷仓与牛棚!/再见,为妈生火的/你这美丽的女佣!

这首民谣具有催人泪下的艺术张力。

再如《艾莉森·格罗斯》,这首民谣描写一个名叫艾莉森的相貌丑陋的女巫用花言巧语把"我"引诱到她在一座塔上的家里。她抚摸"我"的头,梳"我"的头发,把"我"轻轻地抱到她的腿上,对"我"说,如果"我"做她的忠实情人,她会给"我"许多好东西。"我"马上说,"你"这个丑女巫,"你"给我滚开,"我"决不会做"你"的情人,"我"要马上离开。后面跟着合唱,有新内容,有重复。里面说到艾莉森是北方最丑的女巫,她拿给"我"看一件镶金花的猩红披风、一件配有珍珠的柔软丝绸上衣、一个镶着宝石的金杯,说只要"我"答应做她的情人,这些东西就都属于"我"了。但是"我"叫她滚开,就是贵重礼物也不能打动"我"去吻"你"那张丑陋的嘴。这时,女巫显然动怒了:

> 她身向右侧又圆转/草绿号角吹三响/她对月与星发誓/定叫"我"恨来世上。

接着她取出一根银杖,摇转三次,口中念念有词,"我"觉得心力渐渐不支,她就这样把"我"变为一只丑陋不堪的毛虫了。

中世纪的英国民谣里也有一些关于政治阴谋方面的题材,如《帕特里克·斯彭斯爵士》。这首民谣写帕特里克·斯彭斯爵士深通航海事务。他为人正直,因此触犯了朝中小人,他们便设计陷害这位忠义之士。他们怂恿国王命令他冬季出海。果然不出所料,他在海上遇到风暴,惨遭海难。其中,最动人的一个情节是帕特里克·斯彭斯爵士接到国王书信时的表情:

> 爵士看到第 1 行,/开口大声笑哈哈;/当他读到第 2 行,/两行泪水顺颊滑。

这反映出这位爵士内心细腻而复杂的心理:他知道他的大限到了,但他迎难而上,毫不退却。于是他排除异议,扬帆启程,最后在海上遇难,显示出大无畏的英雄气:

> 去阿伯多的半路处/海水深达 50 寻,/躺着好人斯彭斯,/脚边横着爵士们。

痛苦的家人日日望眼欲穿,但哪里有帆船的一点踪影:

他们的夫人整日坐,/手里空拿扇子扇,/盼着斯彭斯爵士/带着船只回家转

他们的夫人整日站,/金梳个个头上卡,/等着她们心爱人,/明知再也回不了家。

另外,英国民谣中也有表现这时期的一些价值观念的,如《三只乌鸦》。这首民谣虽然只有10诗行,但情景真切,伤感之情动人心弦:

（一）

树上立着三乌鸦,/望去一片黑压压。

（二）

一只和它伙伴谈,/"咱们到哪吃早餐?"

（三）

"那边绿色地里边,/死兵躺在盾下面;

（四）

"他的猎狗卧身边,/认真保护主安然;

（五）

"他的猎鹰盘旋着,/忙着赶走啄食鸟。

（六）

"那边走来一黄鹿,/肚子沉重慢慢走。

（七）

"她抬起他粘血的头,/舔净他的红伤口。

（八）

"她把他给驮上背,/带到一处土坑边。

（九）

"早上她把他埋葬,/自己只活到晚上。

（十）

"愿主赐予每个人,/这种犬、鹰与甜心!"

这首短歌表明中世纪人们所推崇的优秀品质:忠诚、挚爱、怜悯、公正;也在字里行间反映出战争的残酷、人民的哀戚、世态的悲凉以及人们希望和平与安定的愿望。

还有一些是描写家庭悲剧故事的。例如,《爱德华》的内容是子杀父,情节发展的必然性以及叙述重点的突出,使它获得民谣里不可多得的艺术性。《两姐妹》《凶狠的哥哥》《两兄弟》等写的都无非是父子反目、兄弟阋墙这种令人心惊肉跳的血腥题材。《巴比伦》《丽兹·宛》与《鞘与刀》等民谣写的是关于乱伦的故事。

# 第二章　文艺复兴时期英国小说与诗歌的创作发展

欧洲在14世纪到17世纪初出现了文艺复兴运动,它是漫长的中世纪黑暗混沌时期以后遍及欧洲许多国家的文化和思想运动,极大地促进了文学艺术和科学的繁荣发展。而深受文艺复兴运动影响的英国,在小说与诗歌的创作方面也呈现出了独特面貌。

## 第一节　文艺复兴运动与英国小说、诗歌

文艺复兴运动始于意大利,后来扩展到其他欧洲国家。而文艺复兴运动在英国的起止较晚,通过认为始于15世纪后期并延续到17世纪初期这一段时期。这一时期也是英国社会政治、经济等发生深刻变化,文学艺术出现空前繁荣的时代,小说与诗歌的创作都深受影响。

### 一、文艺复兴运动概述

文艺复兴运动是新兴的资产阶级思想家打着恢复古代希腊、罗马文化的旗号,在思想文化领域所进行的一场大规模的反封建、反教会的思想文化解放运动。

#### (一)文艺复兴运动产生的社会背景

从13世纪末、14世纪初开始,地中海沿岸的一些城市就陆续出现了资本主义生产关系的萌芽,市民中也逐渐发展出最初的资产阶级分子。到了15世纪末时,随着地理大发现和环球航行的成功,资本主义生产关系得到了进一步发展,新兴的资产阶级也不断产生。新兴的资产阶级在产生后,要求能自由地发展资本主义,从而用商品经济取代自然经济以求得自身的发展,同时要求用一种新的思想文化体系来反对封建的和宗教的精神禁锢,为资本主义的发展扫清道路。但是,他们的这一愿望与阻碍其发展的封建制度发生了尖锐冲突。为了反抗封建势力和封建制度,他们开始酝酿思想文化运动。于是,16世纪的欧洲展开了文艺复兴运动,带来一段科学与艺术革命时期,揭开了近代欧洲历史的序幕,也被认为是中古时代和近代的分界。

#### (二)文艺复兴运动产生的文化动因

文艺复兴运动是借助古代文化精神摧毁以"神"为中心的封建的宗教意识形态,建立以"人"为中心的资产阶级人文主义新的思想文化体系。因此,文艺复兴运动产生的文化动因主要有以下几个。

第一,在中世纪的欧洲,宗教文化和民间文化是并存的,而且两者处于不断的矛盾和斗争之中。但整体来说,中世纪欧洲的宗教文化一直占据着主导地位,而且僧侣们排斥一切异教文化,并力图将一切文化成果都纳入到宗教文化体系之中。随着宗教意识形态和文化体系的日益强化,民间文学中的进步作品、骑士文学中的非宗教因素以及某些下层僧侣创作中的异端思想就与

宗教文化和宗教文学开始了激烈的对抗。这些进步作品体现了与僧侣文学完全不同的具有世俗性、人民性的文化价值体系,与城市市民文学在文化精神上有着共同性。

第二,欧洲封建社会内部在13世纪前后便产生了城市市民的文化形态,这是早期资产阶级文化形态的胚胎和因子。城市市民文化是一种与教会文学性质完全不同的文学,它既反映了中世纪独特阶层的城市市民的思想感情和愿望要求,又有着强烈的反封建和反教会的倾向,还在艺术表现上呈现出近代艺术的明显特征,从而明确展示出城市市民独特的文化品位。到了14世纪时,随着社会生产力的进一步发展,城市市民文化会适时而强劲地发展起来,并成为文艺复兴时期人文主义思想体系的重要来源和组成部分。同时,城市文化也适时发展成了早期资产阶级的文化形态和文学形态,并开始出现城市市民文学作品,如彼特拉克、薄伽丘、乔叟和拉伯雷等人的作品中都蕴含着大量市民文化因素,包容着大量的市民文化情趣。

第三,古希腊、罗马文化的重新发现直接推动了文艺复兴运动的产生。古希腊、罗马进步文化是欧洲文化与文学的源头,包含着一种朴素的、唯物主义的积极乐观精神,其优秀的文学作品是对古代人生的艺术反映,还具有与中世纪宗教文化完全不同的人文精神。在东罗马帝国灭亡后,有大批的学者流亡西欧,从而给欧洲带来了大量的古典文化珍品。到了13世纪末、14世纪初时,一批欧洲作家开始研究古希腊、罗马的古典文化,而新兴资产阶级更是在古希腊、罗马的优秀文艺作品中发现了许多可以与封建神学相抗衡的积极因素,于是直接打出了"回到希腊去"的旗号,声称要把久被淹没的古代文化"复兴"起来,使之"再生"。由此,文艺复兴运动开展起来。

总体来说,文艺复兴运动就是在社会进步导致的多种文化相互碰撞、不断融合的过程中产生的。

## (三)文艺复兴运动的文学成果

文艺复兴运动以人文主义精神为核心,提倡人性,倡导个性解放,反对神性,反对迷信愚昧的神学思想。而在人文主义精神的推动下,欧洲的新文学开始以人文主义思想为内容,并产生了一批极具影响力的人文主义文学作品。

### 1. 人文主义文学的发展历程

人文主义文学的发展,一般认为经历了三个阶段。其中,第一个阶段是人文主义文学产生与发展的早期,时间大致是从14世纪初到15世纪中叶,主要的成就在意大利。在14世纪时,随着社会生产力的发展以及人们思想的逐渐解放,强调个性解放和享受世俗生活成了当时人文主义文学家对神学体系否定的主要方式。究其原因,主要是当时的人文主义文学家更多地是从神权否定人权、神性排斥人性等感性角度感受到了神学体系的不合理,他们对基督教神学本质的认识还没有达到后来那种科学理性的程度。第二个阶段是人文主义文学发展的中期,时间大致是从15世纪下半叶至16世纪上半叶,主要的成就在法国,但意大利和英国的人文主义文学也获得了较大发展。在这一阶段,人文主义文学的主导趋势是对巨人的形象进行描绘、对巨人的思想和行动进行展示。究其原因,主要是新一代人文主义文学家在早期创作的基础上,已经认识到单纯对人的本能欲望进行讴歌、对人的个性要求进行展示是对人本身缺乏深入认识的反映。他们认为,只有切实展现出人的巨人风采和理性力量,才能将人在世界中的地位更加清楚地反映出来,也才能真正理解人的尊严和价值。第三个阶段是人文主义文学发展的晚期,时间大致是从16世纪下半叶到17世纪初,主要的成就在西班牙和英国。在这一阶段,人文主义文学已经发展到了登峰造极的程度,在主题方面除了对人性进行讴歌、对巨人风范进行展示外,还开始对人自身的矛盾进行关注,并将探讨由于人性的弱点所造成的社会丑恶现象作为基本的文学人物。这种对人自身及人与世界关系的认识,客观上既是对人文主义进步性与局限性的艺术总结的反映,也更加具有对神学体系进行否定的巨大价值。

## 2. 人文主义文学的核心

人文主义文学的核心是对人的关注。在中世纪时,封建教会和反动僧侣出于维护封建统治的需要,利用文学艺术形式对神学观念大肆鼓吹,推崇上帝的绝对权威,文学成了宣传神学思想的工具。而人文主义文学反对中世纪封建教会鼓吹的以"神"为本,和当时的科学、哲学、艺术等领域一样,其文化主旨精神的核心是对人的关注,主张以"人"为本,肯定人的价值与尊严。而且,人文主义者在受古希腊、罗马文学的强大传统、中世纪文学中的英雄形象、传说中的巨人风貌以及但丁创作中的崭新意识的影响下,明确提出了"人不认识自己,就不能认识上帝"的口号,坚信人是"宇宙的精华,万物的灵长",利用自己的创作,通过对艺术形象的描绘,颂扬人的理性和力量、价值与尊严,着力塑造无论在智力上还是在体力上均具有"巨人"风采的崭新形象,并以此与僧侣们鼓吹的神学权威相抗衡。

## 3. 人文主义文学的主题

文艺复兴时期,人文主义文学家对各种世俗的封建势力十分反对,而为了与封建压迫和奴役相抗衡,他们歌颂友谊、美德、才能,提倡平等;鼓吹自由、仁慈、博爱;主张个性解放、爱情自由;反对封建等级制度和门第观念,为反对包办婚姻。同时,人文主义文学家以现实为基础,从普遍人性的观念出发,对摧残人性、腐化堕落、伪善欺骗天主教会的种种恶行进行了深刻的揭露和辛辣的讽刺,如教士、修女、主教等教会人士同样有普通人的欲望,有追求现世享乐的要求,对天主缺乏敬畏之心,往往为了满足个人的欲望置教规教条于不顾,并做出种种暴虐、丑陋、卑劣、猥琐的行为等。应该说,人文主义文学家对天主教会和世俗封建势力的批判还停留在道德和感性的层面,但它无疑开启了资产阶级文学的批判传统,为日后的资产阶级革命进行了初步的思想准备。

文艺复兴时期,人文主义文学家还提出了有关国家命运的问题,不仅较为深刻地反映了民族历史的内容,而且充满着爱国主义的激情。例如,莎士比亚的历史剧《亨利六世》《查理三世》《约翰王》等对英国通过曲折道路走向民族统一、走向中央集权的必然趋势进行了深刻反映,并表明了自己的爱国热情和对开明君主制的向往;塞万提斯的戏剧《被围困的努曼西亚》以古代西班牙努曼西亚城居民抵抗罗马侵略者的历史事件为背景,展现了一位誓死抗敌、最终以身殉国的西班牙少年的壮烈事迹,充满了强烈的爱国主义精神;彼特拉克的政治长诗《我的意大利》,从头至尾都洋溢着一种高昂的爱国主义激情。

## 4. 人文主义文学的题材

人文主义者认为人的个性欲望是人的本质所在,是人的天性;幸福在今世而非来世,而且人有追求幸福与个人自由快乐的权利;理性是人和谐发展、追求进步与幸福的重要条件,人在理性的力量下会变得高贵,因此人文主义文学家在创作中将描写现世生活作为首选题材,让现世生活场景中上演的一部部现实人生的悲喜剧进入文学创作。

## 5. 人文主义文学的艺术特色

人文主义文学有着自身鲜明的艺术特色,具体来说体现在以下几个方面。

第一,人文主义文学在创作方法上,用关注现实、关注人生的新方法取代了中世纪宗教文学中以"寓意"和"象征"为特点的基本创作方法,并将现实主义与浪漫主义有机结合了起来。具体来说,人文主义文学家崇尚理性,在创作方法的选择上也是偏向写实主义,并继承了欧洲古代优秀的文学传统,对欧洲历史大变动时期的社会生活进行了广泛而生动的描写,并将这一时期人性觉醒的现实展现了出来;人文主义文学家也继承了古希腊、罗马乃至中世纪民间文学、骑士文学中浪漫的、幻想的艺术手法,利用了中世纪民间故事和骑士文学中的浪漫主义元素,不过这也建立于在创作中剔除了中世纪文学中的"玄学"和"神秘"的成分的基础之上。现实与浪漫的有机结合,使文艺复兴时期成了欧洲文学发展史上辉煌的一页。

第二,人文主义文学在艺术追求上,力求展示人的精神世界、情感特征、欲望要求等内容。人文主义文学汇总,充满了"情""欲",展现的或者是充满昂扬乐观的进取精神,或者是蕴含人的困惑、渴望及其激情,或者是展示令人愉快的生活情趣,生机勃勃。

第三,人文主义文学在创作风格上,受到了巴洛克风格的影响。"巴洛克"一词的原意是"形状不规则的珍珠",后逐渐发展成一个艺术批评用语,特指产生于 16 世纪后期、兴盛于 17 世纪的一种艺术风格,其特点是宏大、华丽、雕饰、扭曲、夸张。在 16 世纪后期至 17 世纪初,人文主义文学在走向高潮之际,受到了巴洛克风格的影响,具体表现在对乔装、误会、突变、戏中戏等手法的应用,对忧郁、沮丧、悲哀情感的夸大,对放纵、狂癫、怪诞甚至残酷行为的迷恋,甚至混淆现实与幻想的区隔,破悲喜剧界限,语言上的矛盾修饰法等方面。在巴洛克风格的影响下,人文主义文学对人心理世界的理解更加深入,也使人文主义文学的艺术表现力得到丰富。

## 二、文艺复兴运动与英国小说、诗歌

在文艺复兴运动的影响下,英国文学的各种体裁都得到了长足的发展,其中成就最大的是小说和诗歌。

15 世纪中后期时,有一批学者到意大利游学,接受新思想新文化的熏陶,成为英国早期人文主义者。他们回国后大量翻译、传播古希腊罗马文化典籍和意大利、法国的文学艺术,从而掀起了英国的文艺复兴运动。而在英国早期的人文主义者中,最杰出的代表是托马斯·莫尔、托马斯·魏阿特和亨利·霍华德·萨里。其中,托马斯·莫尔是一位人文主义小说家,其空想社会主义小说《乌托邦》对英国资本原始积累时期"圈地运动"的罪恶进行了揭露,还指出了社会罪恶的原因在于私有制,而要消灭私有制就需要建立一个没有人剥削人的、美好的"乌托邦"社会。这部小说可以说为人文主义文学谱写了辉煌的篇章,也被认为是欧洲最初的空想社会主义著作之一。托马斯·魏阿特和亨利·霍华德·萨里都是诗人,他们分别引进了意大利的商籁诗体和无韵诗体,并专注于抒情诗歌的创作,还共同创立了英国抒情诗派。

16 世纪到 17 世纪初时,英国的文艺复兴运动与人文主义文学都进入鼎盛时期。这一时期,出现了一大批举世闻名的小说家和诗人,也出现了众多有影响的人文主义小说与诗歌。就人文主义小说家和小说作品来说,有托马斯·奈什的《倒霉的旅行者》、托马斯·德洛尼的《纽伯利的杰克》、约翰·黎里的《尤弗伊斯:对才智的剖析》《尤弗伊斯和他的英国》等;就人文主义诗人和诗歌作品来说,有埃德蒙·斯宾塞的长诗《仙后》、菲利普·锡德尼的诗集《爱星者与星星》等。

# 第二节　文艺复兴时期英国小说的创作

文艺复兴时期是英国小说开始形成的时期,并出现了一群热衷于开发小说领域的小说家,较为著名的有托马斯·莫尔(Thomas More,1478—1535)、托马斯·奈什(Thomas Nashe,1567—1601)、托马斯·德洛尼(Thomas Deloney,1543—1600)、菲利普·锡德尼(Philip Sidney,1554—1586)、约翰·黎里(John Lyly,1554—1606)、罗伯特·格林(Robert Greene,1558—1592)等,下面具体分析一下他们的小说创作。

## 一、托马斯·莫尔的小说创作

托马斯·莫尔(Thomas More,1478—1535)出生于伦敦的一个富裕市民家庭,早年曾就读于牛津大学,深受人文主义熏陶。他还曾出任过众议院议长、最高法官、财务大臣、兰加斯德公国首相等职。1535 年,莫尔因反对圈地运动、抗拒国王兼揽教权被亨利八世斩首。

莫尔一生的著作颇丰,写过小诗、短剧、小说、散文等,其中成就最大的是小说。而在莫尔的小说中,最重要的作品是用拉丁文写成的对话体幻想小说《乌托邦》。

《乌托邦》的全称是《论最优良的国家制度和新发现的岛国乌托邦》,基本内容是莫尔与葡萄牙航海家希斯拉德的对话,并在此基础上系统提出了空想社会主义理想,在人类思想发展史上占有极其重要的地位。

全书共分为两个部分,在第一个部分中,莫尔借希斯拉德之口说出了当时的社会现状:英国发生了"羊吃人"的惨剧,商人、农业资本家乃至主教圣徒退耕养羊、牟取暴利,逼得广大农民流离失所,或沦为盗贼,"受绞刑处分",或做乞丐,"被送进监狱";贵族豪绅"像公蜂一样,一事不做,靠别人的劳动养活自己"。据此,莫尔对欧洲各国的社会政治制度进行了严厉批评、对英国对外掠夺和对内压榨的残暴政策进行了猛烈抨击,从而深刻揭露出资本主义原始积累的残酷性,并进一步指出一切灾难和罪恶的根源在于私有制,只有废除私有制才能实现社会正义。在第二部分中,莫尔借希斯拉德之口道出了他理想中的"乌托邦"社会:道路宽广,茅舍整齐,花木繁茂,窗明几净;没有私有制,没有暴政、战争和宗教狂热,没有剥削、压迫;没有城乡对立,没有流血犯罪;国家管理人员均由民主选举产生,任期也有限制。在这里,公民一律平等,人人劳动,各取所需;人们崇尚科学、文化、教育和艺术,丰衣足食,安居乐业。这既是莫尔自己心中的理想国,也是人民群众对于理想社会的向往。

总体来说,这部小说的构思新颖,想象丰富,情节奇妙,语言优美,讽刺深刻,对后世描绘理想社会的文学作品影响很大。不过,这部小说也有一定的局限性,如莫尔由于受到当时社会历史条件的局限,所描绘的理想王国显得十分虚幻,其个别主张即使现在看来也纯属空想;将理想王国建筑在落后的家庭手工业生产的基础之上,且存在奴隶劳动,因此实际上是对宗法社会的美化等。但是,这并不能影响这部小说在英国小说史甚至是整个英国文学史上的地位。

## 二、托马斯·奈什的小说创作

托马斯·奈什(Thomas Nashe,1567—1601)出生于英国最东端的洛斯托夫特的一个牧师家庭。1586年,他于剑桥大学毕业,之后到法国和意大利游历。1589年,他回到伦敦,并开始进行文学创作,在小说、诗歌、戏剧和散文方面都有所造诣。1601年,奈什不幸英年早逝。

奈什的小说注重揭示英国社会的阴暗面,并明确表明了自己对当时英国的社会局势、宗教斗争、文学创作和日常生活的态度,这在其最重要的小说作品《不幸的旅行者》中有着鲜明的表现。这部小说在出版后,被不少评论家认为其是英国第一部以流浪汉的传奇故事为题材的流浪汉小说,作者也被认为是一个有血有肉的流浪者。

《不幸的旅行者》通过描写主人公杰克·威尔顿的冒险经历,生动展示了16世纪英国乃至整个欧洲大陆的社会现实。杰克是亨利八世的骑士侍从,平时喜欢耍小聪明和搞恶作剧,并通过欺骗贵族和军官来勉强维持生计。后来,他随萨里伯爵去了荷兰、法国、德国、意大利和威尼斯,目睹了当时欧洲大陆的混乱局势,还遇到了很多其他国家的著名作家、看到了德国皇帝与浸礼教徒之间的冲突,听到了马丁·路德与卡莱洛斯泰斯之间的宗教辩论。而杰克到达威尼斯后,还冒充萨里伯爵与意大利名妓私奔。不久,萨里伯爵就找到了他,并将他奚落了一顿。之后,他又随萨里伯爵去了罗马。在小说的最后,杰克对自己的行为表示忏悔,并改邪归正,还与那位意大利名妓喜结良缘。

这部小说的情节生动,描写逼真,形象地勾勒了一幅英国社会生活的真实画卷。同时,这部小说运用了多样化的艺术手法,如在塑造人物时,自始至终围绕着人物展开,而且不仅注重表现人物的言行举止,还注重揭示人物的喜怒哀乐,从而较为充分地展示人物的性格发展;在谋篇布局时,以主人公在英国军队围攻图尔尼城时临阵脱逃开局,并以他改邪归正重新回到军队服役而告终,首尾既遥相呼应,又形成强烈的反差,同时巧妙地将历史的事实和虚构的事件交织在了一起,使小说有了较强的艺术感染力;在运用语言时,表现出平实朴素、自然妥帖的特点。

这部小说也存在着明显的缺陷,如结构混乱、视角不清、情节不连贯等。但是,这并不影响其成为英国早期小说的杰出典范。

## 三、托马斯·德洛尼的小说创作

托马斯·德洛尼(Thomas Deloney,1543—1600)的出生地不详,生活经历也鲜为人知。据说,他曾经在英格兰东部城市诺里奇当过丝绸工,后来移居伦敦。他早年爱好文学创作,曾写过不少民谣,并常年流浪于城市和乡村之间,像盎格鲁-撒克逊时期的吟游诗人一样宣传自己的民谣,同时对英国的社会现状有了深入的了解。后来,他因创作的民谣多涉及时事和现实生活激怒了英国统治当局,不得不过了一段隐居生活。从此以后,他便转向了小说创作。

德洛尼的小说主要以商人和手工业者等新兴的资产阶级为主人公,不仅对这个阶级的责任感、工作热情、致富心理和冒险精神进行了生动描绘,而且真实揭示了原始资本的积累过程。其最重要的小说作品是《纽伯雷的杰克,英国著名和杰出的布商》《文雅的手艺》和《里丁的托马斯》。

《纽伯雷的杰克,英国著名和杰出的布商》讲述的是一位编织学徒工在市场经济的竞争中如何发迹的故事,因而被认为是一部描写英国资本主义萌芽时期原始积累过程的现实主义小说。

小说的主人公杰克在一个小纺织工厂当学徒工,平日勤奋工作,任劳任怨。后来,工厂师傅去世,而他凭借自己精明的头脑和出色的管理能力,使这个小纺织工厂逐渐发展壮大,并最终成为英国当时最大的工厂之一。一天,国王亨利八世来厂参观,杰克在家设宴招待国王,并与国王进行了真诚交谈,还因此获得了国王对自己工厂发展的支持。此后,杰克的纺织工厂不断壮大,他本人也成为"英国著名和杰出的布商"。

这部小说成功地塑造了一个从学徒工逐步发迹的资本家形象,不仅是对新生的资产阶级作了正面描述,而且对这股正在日益壮大的社会力量予以了充分肯定。当然,这部小说中也有不少描写工人的贫穷和饥饿的片段,虽然在一定程度上表明了作家对劳动人民的同情,但并不能影响作家对资产阶级的歌颂与赞美。

《文雅的手艺》由一系列分散独立的小故事组成,通过讲述英国各个时期的制鞋工人凭借"文雅的手艺"在竞争激烈的环境中成为鞋铺老板的故事,展现了英国手工业者是如何通过奋斗在资本主义初级阶段获得成功的。

在这部小说中,最为精彩的一个小故事是关于15世纪的制鞋工人西蒙·埃尔的。西蒙曾在鞋铺当学徒工,后来凭借自己的勤劳与智慧在生产和经营中获得了成功,并当选为伦敦市长。通过这个小故事,作家试图在告诉读者:当封建社会全面解体而资本主义经济正处于萌芽状态时,小人物没有必要哀叹人生,也没有必要自惭形秽,因为人人都可能在这个时期获得成功。

《里丁的托马斯》反映的同样是英国手工业者在资本主义初级阶段通过奋斗获得成功的主题。小说中对12世纪上半叶英国6个布商的生活进行了生动描绘,而作家在描写他们的生活时,都立足于现实,因而充满了现实主义精神。

总体来说,这三部小说对新兴资产阶级在现实社会中的冒险行为进行了真实揭示,对资本主义原始阶段资产阶级的发迹过程及其在社会、政治和经济活动中的作用进行了集中而生动的表现。不过,这三部小说的篇幅都过短,因而结构、情节都较为简单,对人物形象的塑造也不够丰满。

## 四、菲利普·锡德尼的小说创作

菲利普·锡德尼(Philip Sidney,1554—1586)是英国小说的伟大开拓者之一。他出生于肯特郡的一个贵族家庭,父亲曾担任过爱尔兰总督。他曾就读于牛津大学和剑桥大学,毕业后作为查尔斯国王的信使游历了法国、德国和意大利等欧洲国家,回国后则在伊丽莎白女王的宫中任职。1577年,他作为英国特使被派往德国吊唁国丧并试探德、英结盟反对西班牙的可能性。回国后,他成为国会议员,并在1583年被封为了骑士。1586年,锡德尼在与西班牙人的战斗中壮烈牺牲。

锡德尼在其短暂的一生中,大部分时间都在从政,但其在从政之余也进行着文学创作。1590年,他以其丰富的想象力和非凡的艺术才华创作了英国文学史上第一部"田园传奇小说"《阿卡狄亚》,发表后被誉为是"18世纪之前发表的最重要、最富于独创精神的英国散文小说""英国16世纪最优美的一部骑士小说"。

《阿卡狄亚》生动地描绘了皮洛克利斯和缪西多勒斯两位王子的冒险经历。皮洛克利斯和缪西多勒斯在一次出海时,因船只沉没,皮洛克利斯被海盗抓去,缪西多勒斯则被牧民所救,并被带到了山清水秀、阳光明媚、一派美丽的田园风光的阿卡狄亚王国。后来,皮洛克利斯从海盗那里逃脱,邂逅并爱上了阿卡狄亚国王的女儿菲洛克利娅,并男扮女装混入了王宫。不久,缪西多勒斯找到了皮洛克利斯,并对阿卡狄亚国王的另一个女儿帕梅拉产生了感情。此时,阿卡狄亚王国原来的王位继承人赛克洛皮娅将国王的两个女儿和皮洛克利斯关进了自己的城堡,并逼迫两个公主中的一位与自己的儿子结婚,而皮洛克利斯则凭借自己的机智和勇敢将两位公主救了出来。之后,又经过了一系列的事件,皮洛克利斯和缪西多勒斯的真实身份被公布于众,也与两位公主喜结连理。小说最后以阿卡狄亚的庆典活动和欢歌笑语而告终。

这部小说充满了悬念,人物关系也较为复杂,还成功运用了古典史诗中常见的艺术手法来描述两位王子的传奇经历,其中既有悲剧,又有喜剧;既有田园诗,又有挽歌,从而创造了一种骑士小说中从未有过的美感。正如某位评论家所说:"毫无疑问,锡德尼的主要艺术特征是美。他在自然界、文学中、男人和女人身上以及整个生活中都看到了这种美……《阿卡狄亚》充满了这种美。"①

这部小说也充满了政治寓言性,具有一定的政治意义。作家在小说中描写宫廷的矛盾和纠纷旨在向人们揭示这样一个事实:如果君主和王子的行为愚蠢或不负责任,国家便危在旦夕。另外,这部小说将散文的叙述和诗歌的抒情交织一体,因而行文优美,比喻生动形象,富有诗意。

## 五、约翰·黎里的小说创作

约翰·黎里(John Lyly,1554—1606)可以说是英国文艺复兴时期最为重要、最有影响力的一位小说家。他出生于肯特郡的一个书香门第,祖父是一位著名的学者,专攻希腊文法,曾主编英国的第一部拉丁文法。黎里早年先后在牛津大学和剑桥大学学习,但成绩平平,对逻辑和哲学等课程没有多大的兴趣。然而,他却是一位思维敏捷、才华横溢的才子。大学毕业后,他到了伦敦,跻身政界,奔走于权贵之门。同时,他在伯里勋爵的庇护下,开始了文学创作,并希望凭借自己的文学成就获得伊丽莎白女王的认可。然而,他始终未得到女王的赏识,因而一生怀才不遇,郁郁不得志。不过,黎里的文学创作努力并没有白费,他所取得的文学成就使其在英国文学史上获得了一席之地。

黎里的小说有着鲜明的现实主义特色,而且突破了先前传奇文学和罗曼司固有的模式,在谋篇布局和叙事方式上为日后的现实主义小说提供了可资借鉴的依据。《尤弗伊斯:对才智的剖析》和《尤弗伊斯和他的英国》是黎里最为重要的两部现实主义小说,也开了英国现实主义小说的先河。

《尤弗伊斯:对才智的剖析》是一部教育性小说,主要描绘了英国绅士的风范与形象,同时以两个年轻绅士与同一个女人的恋爱关系为主线对当时英国的社会风貌和生活气息进行了深刻反映。尤弗伊斯本是一个希腊词,意思是善良的或有教养的人,这里用做主人公的人名。尤弗伊斯是一位英俊潇洒、翩翩年少的雅典人。他虽出身高贵,受过教育,但举止轻浮。他经常出入各种社交场所,还喜欢游山玩水、广交朋友。一次,他到意大利的那不勒斯城游玩时,碰到了一位贤明的长者,并被告知要提防各种诱惑,否则会给自己带来厄运,但他满不在乎。后来,他在一个社交场所中结识了菲罗特斯并成为好友。当菲罗特斯把自己的女朋友露西拉介绍给尤弗伊斯时,尤弗伊斯却喜欢上了露西拉,并不时向露西拉暗送秋波。为此,尤弗伊斯与菲罗特斯经常发生口

---

① 侯维瑞,李维屏:《英国小说史》,南京:译林出版社,2005年,第45页。

角。后来,尤弗伊斯获得了露西拉的爱情,并准备与她结婚。但这时,露西拉却无情地抛弃了尤弗伊斯而倒向另一个与她很不相配的求婚者的怀抱。在冷酷的现实面前,同样失恋的尤弗伊斯与菲罗特斯因同病相怜,终于言归于好。在小说的最后,尤弗伊斯失望和厌恶地离开那不勒斯返回雅典。

在这部小说中,黎里成功地运用了一种被批评家称作"尤弗伊斯体"的散文对主人公的言行举止进行了生动描绘,从而产生了一种特殊的效果。"尤弗伊斯体"有几个鲜明的特点:运用古典诗歌中的头韵法,即通过句中几个临近的词汇为首辅音的重复来强调语言的音韵美和节奏感;运用牵强、复杂的比喻,这些比喻多半来自古代神话和自然界生物,还经常与形象叠用;运用寓言故事;运用均衡句型;运用整齐的对偶;运用大量的珍禽异兽的典故;运用双关语等。例如下面的这段话:

> 细水晶比硬玉石裂得更快,最绿的山毛榉比最干的橡木烧得更快,最美的丝绸烂得快,最甜的酒变成最酸的醋,疫病确实最大限度地感染最清秀的面庞,毛虫钻进最成熟的水果。最精巧的才智只要遇到一点诱惑就会走向邪恶,并最容易屈服于虚荣。

在这段话中,有大量的比喻充斥其中。

又如菲罗特斯写给尤弗伊斯的信中的一段话:

> 难道你不知道一个好朋友应该像一只在黑暗中发光的萤火虫?或者像在火中能散发出最诱人的香味的乳香?或者至少像一朵在蒸馏室中比在枝条上更香的大马士革蔷薇?或者……

在这段话中,采用了一系列生动的形象来比喻"好朋友",令人耳目一新。

"尤弗伊斯体"在产生后受到了很多学者的欢迎,但这种文体也有一些明显的缺陷,如刻意雕琢、过分修饰等,因而也受到了一些学者的批评。

总体来说,这部小说的情节十分简单,但是为构筑小说的框架以及为人物之间的对话和书信来往提供一个较为坚实的基础。

《尤弗伊斯和他的英国》是《尤弗伊斯:对才智的剖析》的续篇,对当时英国的上流社会和宫廷生活进行了真实的反映。尤弗伊斯与好友菲罗特斯一起来到英国,在宫廷里度过了一段美好的时光。菲罗特斯在宫中向一位名叫卡米拉的漂亮姑娘求爱,但却遭到拒绝。随后,他在一位夫人的撮合下同美丽的弗兰西斯小姐结婚。尤弗伊斯极力反对好友的婚事,认为男人应致力于做学问或追求事业而不应谈情说爱。为此,他与菲罗特斯进行了一番舌战,但因未达到目的便到山林中隐居起来。在小说的结尾,尤弗伊斯不仅变得更加成熟,而且对人生有了深刻的感悟。

这篇小说的内容十分风趣幽默,而且作家在这部小说中依然追求着语言的雕琢,但他的文笔与他的主人公一样,已经显得日趋老练与成熟了。

《尤弗伊斯:对才智的剖析》和《尤弗伊斯和他的英国》在叙述笔法方面也很有特色,在故事情节当中有意插入了人物之间大量的对话、书信和一些无关紧要的细节,甚至出现了一篇批评牛津大学教育制度的论文,从而中断了故事情节,这样的叙述笔法不免有些松散和凌乱,但在诗歌一统天下的英国文坛,尤其是当作家尚未找到小说理想的创作途径之前,黎里的艺术探索和尝试是难能可贵的;运用了戏剧性的笔法,正如高尔基所说:"在全书(《尤弗伊斯:对才智的剖析》和《尤弗伊斯和他的英国》)中,不论是在意大利的那不勒斯港,还是在船上,或在多佛到伦敦的途中,黎里都是以剧作家的手法来处理它的素材,对情景和人物的详尽描写,对剧中人物心理的解释,都是用对话方式来实现的。小说中其他部分则可以被看成一系列舞台指示。"①

## 六、罗伯特·格林的小说创作

罗伯特·格林(Robert Greene,1558—1592)是英国文艺复兴时期小说写得最多而生活却最贫困的作家。他出生于英格兰,早年在剑桥大学就读,并在读书期间开始了文学创作。1583年,他获得剑桥大学的文学硕士学位,并发表了自己的第一部小说《哺乳纲》。后来,他去了伦敦,进入牛津大学深造,并坚持文学创作。到1590年为止,他采用黎里的"尤弗伊斯体"散文体创作了15本"爱情小册子",并发表了许多诗歌、戏剧和散文作品。1592年,格林在忍饥挨饿中走完了自己的一生。

格林的小说大都以生活在英国社会底层的平民百姓为对象,不仅对他们的喜怒哀乐和丑行陋习进行了生动的描绘,而且借此对当时英国社会中的流氓习气和欺诈行径进行了揭露,还对伊丽莎白时代的社会现实从一个侧面进行了反映。格林的小说作品数量较多,有《哺乳纲》《尤弗伊斯,及其对菲罗特斯的责难》《科生纳基的重要发现》《潘朵斯托》《梅纳风》《再见吧,愚昧》《诈骗术》《菲勒梅拉》等,其中影响较大的是《潘朵斯托》和《梅纳风》。

《潘朵斯托》是一部充满了传奇色彩的小说,不仅刻画了波希米亚国王潘朵斯托的形象,而且描绘了流行于该国的种种骗人的把戏,具有情节有趣、在风格上模仿"尤弗伊斯体"等特点。有不少评论家指出,这部小说为莎士比亚创作《冬天的故事》提供了不可多得的素材,但是这部小说对人物的处理不够老练,尤其是在表现人物的情感和动机方面缺乏逻辑性与可信性,因而在艺术质量上无法与莎士比亚的《冬天的故事》相提并论。

《梅纳风》又名《格林的阿卡狄亚》,是格林最为著名的一部小说。小说生动地描绘了牧羊人梅纳风与塞弗斯蒂娅王妃之间的浪漫爱情。美丽的塞弗斯蒂娅王妃及其儿子被父王达姆克利斯赶出宫廷,母子俩坐着小船在海上漂泊。不料,王妃的儿子被海盗劫走,她的船则漂到阿卡狄亚。牧羊人梅纳风见到王妃萌生爱慕之情,而王妃的丈夫麦克辛姆也来到了阿卡狄亚。经过一场主人公隐姓埋名和阴差阳错的"错误的喜剧"之后,最终王妃与其丈夫和儿子重新团聚,而梅纳风则与其过去的情人佩莎娜重归于好。

这部小说与锡德尼的《阿卡狄亚》一样,以王子或公主的冒险经历和浪漫爱情为线索,并展示了较为错综复杂的故事情节,还掺入了不少抒情诗,这不仅充分显示了文艺复兴时期英国作家所关注的焦点,而且证明了16世纪英国小说深受诗歌的影响。

## 第三节　文艺复兴时期英国诗歌的创作

文艺复兴时期的英国诗歌,数量之多、质量之高、技巧之多种多样都是空前绝后的。而且,这一时期的诗歌激情洋溢,声韵悦耳,基调属阳光型,是当时世人乐观向上精神的一种反映。托马

---

① 何其莘:《英国戏剧史》,南京:译林出版社,1999年,第54页。

斯·魏阿特（Thomas Wyatt,1503—1542）、亨利·霍华德·萨里（Henry Howard Surrey,1517—1547）、约翰·斯凯尔顿（John Skelton,1460—1529）、菲利普·锡德尼（Philip Sidney,1554—1586）、克里斯托弗·马洛（Christopher Mariowe,1564—1593）、埃德蒙·斯宾塞（Edmund Spenser,1552—1599）、威廉·莎士比亚（William Shakespeare,1564—1616）等都是这一时期较有影响的诗人,下面具体分析一下他们的诗歌创作。

## 一、托马斯·魏阿特的诗歌创作

托马斯·魏阿特（Thomas Wyatt,1503—1542）出生于肯特郡阿灵顿镇的一个贵族家庭,12岁时进入剑桥大学的圣·约翰学院学习,17岁时即获得了文学硕士学位。魏阿特还是英国国王亨利八世的宠臣,曾先后去法国和意大利执行皇家使命。而当他在意大利执行皇家使命时,因接触到那里的爱情诗歌而对诗歌创作产生了兴趣。自此,他在吸取英国民歌精华的同时,运用英语创作"商籁体"的爱情诗。1542年,魏阿特在前去会见西班牙大使的途中去世了。

魏阿特的诗歌多数描写爱情,在体式上不仅有十四行诗,还有英国本土式的小巧的舞曲式诗作。魏阿特的十四行诗不同于意大利的十四行诗,意大利十四行诗的韵律通常由两节四行诗加两节三行诗组合而成（即4,4,3,3）,韵脚为 abba abba cdc dcd,魏阿特的十四行诗则对其进行了改造,变成了三节四行诗加一副对句（即4,4,4,2）,韵脚为 abba abba cddc ee,从而为英国诗歌的成熟和发展拓宽了路子。另外,魏阿特的十四行诗多数是情调偏向于自白或自传性质,感情充沛,富于戏剧性,词语简练,效力遒劲,气氛多哀戚,如《他们躲着我》《我的诗琴,醒来吧》《在永恒中》等。

魏阿特的英国本土式的小巧的舞曲式诗作,写得很有特色,如《别忘了》一诗:

> 别忘了我俩结识
> 在浮生厌倦之际;
> 从此迷恋你,殷勤无比,
> 别忘了!

这首诗写的是一个痴心的恋人祈求一个薄情女子别忘了他的深深眷恋,连续多次重复"别忘了",有一唱三叹之妙韵。

总体来说,魏阿特的诗歌有着英国早期本土诗歌的特征,虽然所表达的主题仍是贵族男女之爱,但它强调的是男女之间的俗世的真爱,而并不是中世纪传奇中的那种虚无缥缈的精神之爱。因此,魏阿特的诗歌有着浓郁的文艺复兴时期的时代气息,并为英国爱情诗歌的创作开创了新的传统。

## 二、亨利·霍华德·萨里的诗歌创作

亨利·霍华德·萨里（Henry Howard Surrey,1517—1547）出生于一个大贵族之家,父亲是公爵,堂姐是亨利八世的王后、伊丽莎白女王的生母。他自幼接受骑士教育,后继承父亲的爵位,通常被称为萨里伯爵。1544—1546年间,他参加了苏格兰与法国的战争,作战英勇,屡立战功,后被提升为军官。1547年,萨里因在亨利八世的王位继承问题上固执己见而被指控犯有叛国罪,继而被逮捕入狱,最终被斩首。

萨里的一生虽然十分短暂,但其在诗歌创作方面颇有成就。他进一步改造了十四行诗,并最终确立了英国十四行诗的地位;引进、改造了无韵诗体(即素体诗),并使其成为英国诗歌中举足轻重的诗体之一,从而将英国诗歌演进的一种可能性变得逼近现实,为后来者提供了进一步精雕细刻的"胚胎"技巧。

萨里的诗作多描写爱情,或"他的美丽的杰拉尔丁",内容充分显示出他忠诚于骑士的爱情观。而且,萨里在这些爱情诗里通常扮演一个才艺精深、举止优雅的绅士角色,这对英国诗歌产生了良好影响。不过,萨里的诗歌质量不高,具备永恒性的作品更是极少,但他严谨的创作态度、对诗歌技巧一丝不苟的把握,使诗作的字里行间洋溢着一种感人的优雅和妩媚。

## 三、约翰·斯凯尔顿的诗歌创作

约翰·斯凯尔顿(John Skelton,1460—1529)出生于诺福克郡,先后在剑桥大学和牛津大学读书,他在1488年成为牛津的"桂冠诗人"(修辞学高等学位),1493年剑桥大学也给予他这个学位。从1496年到1501年,他担任亨利王子即后来的亨利八世的老师。后来,他因卷入宫廷争执而入狱,但没多久便被释放。1503年,他远离宫廷,成为一个教区的牧师。1512年,他又返回亨利八世的朝廷,直至去世。

斯凯尔顿在诗歌创作方面取得了一定的成就,以独有的斯凯尔顿式诗歌闻名于世。所谓斯凯尔顿式诗歌,就是一种篇幅较短、流畅多变、韵脚频繁重复的打油诗,诗中常常充满既吸引人而又令人迷惑的淫秽的文字游戏。《麻雀菲利普》《鹦鹉说吧》《埃莉诺·拉明吉的酒坛》等都是典型的斯凯尔顿式诗歌。

斯凯尔顿还有一首很特别的诗歌《桂冠》。在这首诗作中,他将自己说成是世界伟大诗人之一,由此可以推测他是一个非常自负的人。

斯凯尔顿的诗歌对第二次世界大战后的英国诗坛产生了相当大的影响。如今,斯凯尔顿还时常因他对现当代诗歌的影响而被提及。

## 四、菲利普·锡德尼的诗歌创作

菲利普·锡德尼既然英国文艺复兴时期一位著名的小说家,也是英国文艺复兴时期一位著名的诗人。他积极致力于诗歌的创新,不管是韵律、节奏还是诗行、诗节,没有哪个诗歌元素不是他创新实验的对象。而且,他继承和发扬了前人开创的无韵诗体的传统,并把十四行诗锤炼成一种能够表现深广内容的诗体,还将其扩充为组诗。经过他的不断努力,英国的十四行诗展现出了新的活力。

《爱星者与星星》是锡德尼最重要的诗作,由108首十四行诗和11首歌谣组成,描写了阿斯特罗菲尔(意即古希腊语"爱星者")和斯黛拉(意即意大利语"星星")的爱情。同时,诗人在这部诗作中暗含了一个故事框架,即爱星者爱上了星,但是却遭到了星的拒绝,于是爱星者便将自己的痛苦倾注到了诗歌之中,因此这部诗作实际上是诗人对自己情感的真实表达。

这部诗作总体来说以爱星者为第一人称,展现了他对爱人及自己的责问、对爱情的意义的追问,而星的声音只出现在短歌的对话中,并且出现的次数并不多。需要指出的是,《爱星者与星星》中的组诗虽然与意大利式的十四行诗相似,但是却经过了锡德尼的本土化改造,通过对话的形式,让情景在十四行诗的形式下达到了最具戏剧化的程度,从而增强了十四行诗的感染力,这可以说是锡德尼对英国诗歌的发展做出的重大贡献。

## 五、克里斯托弗·马洛的诗歌创作

克里斯托弗·马洛(Christopher Mariowe,1564—1593)出生于一个贫困之家,幼时曾在坎特伯雷的国王学校学习,并萌生了戏剧创作的兴趣。后来,马洛靠奖学金在当地学校和剑桥大学求学并获得学位。毕业后,他潜心进行文学创作,发表了不少的戏剧、诗歌作品等。1593 年 5 月 30 日,马洛因与人发生口角被刺死。

马洛在文学上的成就主要是在戏剧方面,但在诗歌方面也取得了一定的成就。他改进了无韵诗,去掉了双行押韵的限制,从而使诗歌的语言更加灵活圆转,表达效力也骤然增加。而且,马洛的无韵诗写得十分雄伟、有气魄,富有想象力,也充满了生气和张力,因而被称为"雄伟的诗行"。

《深情的牧羊人致恋人》是马洛最为著名的一首无韵诗作:

> 与我同住吧,做我的爱人,
> 让我们的喜悦在这里发芽,生根;
> 这里有起伏的山峦,峻峭的峡谷,
> 还有连绵的稻田随风起舞。
>
> 在那里,我们坐在山岩上,
> 看那牧羊人喂着羊群,
> 我们坐在河边,听河水哗哗作响,
> 还有美丽的小鸟唱着情歌。
>
> 在那里,我要用玫瑰为你做床,
> 千朵玫瑰异常芬芳,
> 让我为你戴上美丽的花环,
> 为你的长裙上缀满桃金娘。
>
> 从羊羔身上剪下最好的羊毛,
> 为你做件漂亮的长袍,
> 为御寒把你的鞋密密地缝纫,
> 鞋扣要用纯正的黄金。
>
> 用草和藤为你编织腰带,
> 把珊瑚作扣,拿琥珀当钮,
> 如果这些能让你心动,

那么与我同住吧,做我的爱人。

银盘为你装上美食,
这佳肴让神仙也垂涎,
那张象牙制成的餐桌,
旁边坐着你和我。

牧羊少年在每个五月的早晨,
为你纵情舞蹈,把高歌欢唱,
如果你为此心动,愿意打开爱之门,
那么与我同住吧,做我的爱人。

诗中,诗人通过描写牧羊人召唤牧羊女共尝田园生活乐趣,表达了对纯真爱情的赞美。另外,全诗包括七个四行诗,每行八个音节,韵式为 aabb。

## 六、埃德蒙·斯宾塞的诗歌创作

埃德蒙·斯宾塞(Edmund Spenser, 1552—1599)出生于伦敦的一个并不富裕的织布工家庭,但因为与兰开斯特的名门望族有关系,因此得以进入商业泰勒学校学习。后来,他又进入剑桥大学深造,毕业后任英驻爱尔兰总督的秘书,并长期居住在英格兰。1598 年,因爱尔兰的一次农民起义,斯宾塞所在的城堡被烧毁,于是回到了英格兰,不久因病去世。

斯宾塞对英国诗歌最大的贡献是创造了"斯宾塞诗节",开创了英国诗歌的新局面,直到三个世纪之后的浪漫主义诗人拜伦、济慈、雪莱等还在竞相采用,从而为斯宾塞赢得了"诗人中的诗人"的美誉。"斯宾塞诗节"由 9 诗行组成,前 8 行是 5 步抑扬格,第 9 行是 6 步抑扬格,脚韵的安排是 ababbcbcc,b 韵重复 4 次,c 韵重复 3 次。这种诗体在情绪上没有很大的起伏,读来如涓流潺潺,如细雨绵绵,表达平顺而流畅,这在其代表诗作《仙后》《牧羊人的日历》中有着鲜明的体现。

《仙后》被认为是"英语文学中与圣经中的追寻式浪漫故事的主题最接近的故事",也被认为是英国第一部资产阶级的"民族史诗"。它以亚瑟王子追求仙后为线索,讲述了亚瑟王参与仙后派往帮助人们解决麻烦事的仙国骑士的冒险故事。该诗遵照荷马、维吉尔、阿里奥斯托、塔索、赞诺芬等人的经典著作精神,采用荷马和维吉尔的史诗结构,用 12 卷的内容形成了一个连贯的道德寓言故事,里面的事件和人物都有自己特殊的象征意义;每卷描绘一个骑士,每位骑士代表一种美德,合起来共 12 种。但是,每位骑士所代表的那一种美德并不是生来就有的,而是在不断的磨炼和锻造中获得的。而且,诗中的这些骑士与其说是中古骑士,不如说是伊丽莎白时代的朝臣。他们与之战斗的各种妖魔鬼怪,可以看成现实中的罗马天主教、西班牙国王,以及贪欲、野心等邪恶势力,而仙后则是象征英国民族的伊丽莎白女王。因此,这首诗作表现了诗人的尚武精神、爱国主义激情,体现了诗人的人文主义思想,即在政治上主持正义,实施法制;在宗教上反对罗马天主教、廉洁教会;在道德上修身养性,克制各种欲念及其野心,还显示出资本主义上升时期资产阶级的精神面貌。

《仙后》也是一首充满了浪漫气息的史诗,读来有些像意大利诗人阿里奥斯托的《疯狂的罗兰》，到处充满冒险与奇迹、各种妖魔鬼怪以及厮杀的骑士与神秘的城堡；故事的情节复杂，事件引人注目，人物气概豪迈，描绘细腻周到。不过可惜的是，这首诗作并没有完成。

《仙后》还是一首关于性别与王权的史诗，它颂扬女王的统治，但又指出女王的统治需要男性的辅佐，从而表现出"男权依然为中心，女性处于从属地位"的思想，如第 5 卷第 5 章第 25 节中所写：

> 具有美德的女人应当明了
> 女人生来就该谦卑和服从
> 除非上天安排她做合法的君主。

《牧人日历》由 12 首情节连贯的田园牧歌组成，每首以一年中一个月份为标题并以对话形式出现，而诗中的主人公科林实际上是诗人的化身，赶着羊群，吹着笛子，唱着表达爱情、悲哀及怨艾的美妙歌声，同时也表现出了自己对社会的态度。其中，《1 月》描写的是主人公科林对自己的不幸爱情的抱怨。他爱上了乡下女孩罗莎琳达，但女孩竟粗鲁地对待他的强烈感情，而受到伤害的他决定不再作诗。《2 月》通过年老的牧羊人西诺特向年轻的牧羊人库迪讲述橡树和树丛的寓言故事而被库迪打断的事件，表现了老年人与青年人之间的关系。《3 月》中两个年轻的牧羊人欢迎着象征爱情的春天的到来，同时，牧羊人托玛林与爱神朱庇特见面。《4 月》讲述了西诺特发现霍宾诺尔因为克林的不快而伤感，与科林比赛作诗的故事。《5 月》通过牧羊人皮尔斯和帕林诺德的对话，对神甫人员的不轨以及教会的堕落进行了指责。《6 月》继续讲述了科林与霍宾诺尔的故事，他们互相羡慕。《7 月》返回《5 月》的主题，继续批评神甫们的恶劣作为，并把神甫们的行为与基督作比较。《8 月》讲述了牧羊人威利与帕里格特赛诗的故事，库迪做裁判。《9 月》记述了牧羊人迪戈特在旅行途中看到的城市中的不幸与痛苦。《10 月》展现了库迪与皮尔斯展开的关于写作的争论。《11 月》是科林歌颂古迦太基女王黛铎的一首诗作，由悲伤转向欢欣。《12 月》是科林对自己人生的回忆与思考。

《牧人日历》虽然由 12 首田园牧歌组成，但中心故事具有一定的连贯性，而且主人公科林几乎出现在各篇谈话中，因而在很大程度上确保了整体性。

《仙后》和《牧羊人的日历》都是长诗，而斯宾塞除了创作长诗外，还创作了一些短小而可人的小诗，代表性的诗作是《爱情小唱》。

《爱情小唱》由 89 首短小的情诗组成，它是斯宾塞献给爱妻的一组十四行诗。诗中赞颂人间美好的感情和美好的事物，把爱情化作抽象的理念，强调灵与肉的结合，理性与情感的统一，表现出人文主义思想与清教思想的矛盾。另外，诗中的情感细腻，乐感极强，首首可诵，如第 34 首：

> 如同一只船驶在茫茫的海面，
> 凭靠某一颗星辰来为它导航，
> 一旦风暴把它可靠的向导遮暗，
> 它就会远离自己的航道漂荡；
> 我的星辰也常常用它的亮光
> 为我指路，现已被乌云笼罩，
> 我在深深的黑暗和苦闷中彷徨，
> 穿行于周围重重的险滩暗礁。

> 但是我希望,经过这一场风暴,
>
> 我的北斗呵,我那生命的北极星,
>
> 将重放光芒,最终把我来照耀,
>
> 用明丽的光辉驱除我忧郁的阴云。
>
> 在这以前,我忧心忡忡地徘徊,
>
> 独自儿暗暗地悲伤,愁思满怀。

在这首诗中,诗人形象而深刻地表达了自己的爱情观。他将爱比作是为生命导航的北极星,这也暗示出诗人所歌颂的女子正是他诗歌创作灵感的源泉。

又如第 75 首:

> 一天,我把她的名字写在沙滩上,
>
> 海浪来了,把它洗刷掉;
>
> 我再一次把她的名字写在沙滩上,
>
> 潮水来了,把我的辛苦变成徒劳。
>
> "自负的人啊,"她说,"你这是白费力气,
>
> 企图使凡尘的事物不朽;
>
> 我自己也将会像这样归去,
>
> 我的名字同样会消失无影踪。"
>
> "不,"我说,"让卑微的东西去图谋,
>
> 可结果仍要归于死亡,而你的美名将长久:
>
> 我的诗让你珍贵的美德永恒,
>
> 还使你的美名在天堂长留。
>
> 死亡可以征服整个的世界,
>
> 然而我们的爱将永存,生命不朽。"

在这首诗中,诗人传达了自己对爱情的理解。而诗人在传达自己对爱情的理解时,运用了对话的形式,很有特色。

总之,斯宾塞的诗歌创作成果巨大,可以说是英国文艺复兴时期最伟大的诗人。

## 七、威廉·莎士比亚的诗歌创作

威廉·莎士比亚(William Shakespeare,1564—1616)出生于英国中部沃里克郡的斯特拉福镇的一个富裕市民的家庭,曾进入当地最好的文法学校读书,学习了拉丁文,也接触了大量古罗马作品,还对戏剧创作产生了兴趣。14 岁时,莎士比亚因家道中落不得不辍学,不久又去了伦敦,因为在他看来伦敦不仅是一个谋生糊口的理想场所,也是一个满足他戏剧兴趣的神往之地。到了伦敦后,他最初在剧院当杂役,后来参加了剧团,做跑龙套的演员和提词人等。25 岁时,他开始编写剧本,并获得了巨大成功。1610 年,莎士比亚离开伦敦,回到故乡斯特拉福镇,并坚持创作,到 1612 年时共完成了 39 个剧本、两首长诗和 154 首十四行诗。1616 年 4 月 23 日,莎士比亚离开了人间。

　　莎士比亚的诗歌中,两首长诗《维纳斯与阿都尼》《鲁克丽丝受辱记》是他为了取得贵族的资助、支持和保护而创作的,因而阿谀奉承的氛围十分浓郁,没有太大的艺术价值和思想价值。但是,他的 154 首十四行诗写得非常出色。

　　莎士比亚的十四行诗由三组四行诗和两行对偶句组成,韵律是 abab cdcd efef gg;主题是对纯真的爱情和真挚的情感进行歌颂,这也反映出诗人对真善美的追求;构思奇妙,情感真挚,语言精练,且充满了智慧,如第 5 首:

　　　　时光啊,你用精湛的工艺雕琢
　　　　众人久久凝视不舍得眨眼的面庞,
　　　　可你又终将变得残酷无情,
　　　　将那花容月貌摧残。
　　　　永不止步的时光把夏季带到
　　　　可怕的冬季,并把它扼杀。
　　　　生机被寒霜冻僵,绿叶也枯萎凋落,
　　　　白雪掩埋了美,满目一片荒凉;
　　　　如果那时未曾提炼夏之精华,
　　　　让它凝成香露锁进玻璃瓶,
　　　　美与美的馨香将会一起消失,
　　　　美与美的记忆也随之消逝。
　　　　提炼过的鲜花,纵然遭遇寒冬,
　　　　流失的也只有颜色,芬芳会永远荡漾。

　　诗中,诗人通过描写春、夏、秋、冬四季轮替,展现了时光扼杀一切美好事物的残忍。与此同时,诗人设想,如果能够提炼、记载四季之美、容颜之美,那么美就可以永恒存在。因此,这首诗也表达了诗歌能带来永恒的思想。

　　又如第 29 首:

　　　　当我命运不济,又遭人白眼,
　　　　独自哭泣自己为何被世人遗弃,
　　　　徒然地向着聋耳的苍天呐喊,
　　　　顾影自怜,咒骂命运的多舛,
　　　　想自己像别人那样:或前程锦绣,
　　　　或仪表堂堂,或交友广泛,
　　　　愿有这人的才华横溢,那人的广博学识,
　　　　平素最得意的也不再惬意;
　　　　我胡思乱想,几乎看清自己,
　　　　偶然记起了你,我的精神
　　　　像破晓的云雀冲破了大地的阴郁
　　　　飞上天门,把赞美诗来吟啼;
　　　　记忆里珍藏的你的爱宛如瑰宝,

纵然帝王拿江山交换,我也不要。

诗中,诗人表达了希望自己在肉体和精神才智等方面都得到充分发展的人文主义理想。具体,我们也可以窥见人文主义者所钦佩的美貌、友谊、学问、才能、爱情等品质。

# 第三章 17世纪英国小说与诗歌的创作发展

1603年,伊丽莎白女王的去世标志着一个辉煌时代的结束。事实上,在她统治的最后几年中,英国社会已经出现了腐败黑暗和动荡不安的局面。之后的资产阶级革命、斯图亚特王朝复辟不仅使整个国家长期处于混乱无序、动荡不安之中,而且也使这个时期的文学创作与文艺复兴时期相比黯然失色。这个时期,小说领域出现了约翰•班扬和阿弗拉•班恩等杰出的小说家,他们的创作实践为英国小说早日告别雏形期并步入一个新的发展阶段做出了积极的贡献。诗歌方面,其发展则有所趋缓。

## 第一节 资产阶级革命与英国小说、诗歌

伊丽莎白时代逐渐发展起来的资本主义,在17世纪已经进入迅速壮大期,强烈冲击着封建贵族占主导地位的社会结构。加上伊丽莎白女王统治晚期的英国社会已矛盾重重,危机暗伏,终于在17世纪爆发了持续不断的资产阶级革命。这个时期的英国资产阶级革命包含有议会斗争、内战、克伦威尔独裁、王政复辟和光荣革命这几个阶段。

1640年至1642年是议会斗争时期。1640年,查理一世召开国会,试图征款,但遭到了国会的拒绝。国会组建了军队,囊括了政治、军事大权。资产阶级和新贵族联合利用议会,起草了《大抗议书》,同国王进行斗争,要求限制王权,取消国王的专卖权,查理一世拒绝接受《大抗议书》,和议会决裂。代表贵族利益的王室与代表资产阶级利益的国会之间的冲突愈演愈烈。

1642年至1649年是内战时期。查理一世于1642年离开了伦敦,招募军队,用武力对抗国会,于是内战爆发。克伦威尔带领一支主要由自耕农和城市平民组成的骑兵,在马斯顿荒原战役、纳西比战役等战役中多次击溃王党军。查理一世被俘,并被送上了断头台。1649年,内战结束,英国宣布成立共和国。内战期间,国会中反对派领袖克伦威尔升任为国会军的统帅。他在打败国王军队的战斗中表现十分出色,共和国的政府即由他主持。

1649年至1660年是克伦威尔个人军事独裁时期。革命后不久,资产阶级革命阵营出现分裂。为了压制"平均主义者"和"掘地派"的自由平等诉求,维护大资产阶级的利益,克伦威尔解散了议会,宣布自己就任英格兰、苏格兰以及爱尔兰的"护国主",实施独裁统治。

1660年至1688年是王政复辟时期。克伦威尔死后,国会中的军人领袖于1660年召回流亡布鲁塞尔的查理二世。于是,斯图亚特封建王朝(查理二世)复辟,但是英国国内的许多问题仍然悬而未决,特别是宗教问题,而查理二世还推行反动政策,损害了资产阶级和新贵族的利益。

1688年詹姆士二世的女儿玛丽和女婿威廉回国执政,发动宫廷政变,没有流血就获得成功,这便是英国历史上所谓的"光荣革命"。各派政治力量达成妥协,君主立宪制得以确立,国家权力转移到了由资产阶级控制的议会手中。1689年议会通过了《权利法案》,英国确立了资产阶级专政。

英国资产阶级革命的一个显著特征是其具有浓厚的宗教色彩,所以它也叫清教徒革命。新

兴资产阶级倡导清教主义信念,反对"君权神授"的思想,试图在罗马天主教与英国新教之间寻求一条中间道路。作为一种生活态度,清教主义主张勤俭节约、辛勤工作、反对享乐,在资本积累时期有一定积极意义。由于克伦威尔领导的"新模范军"主要是由清教徒组成的,清教精神成了他们革命的信条,因此英国资产阶级革命往往又被称作"清教革命"。17世纪的英国政治对文学的影响主要有以下几方面:一是宗教纷争,清教成员主张"纯洁"教会,反对教会腐败和上层社会的奢侈和享乐,宣扬勤奋工作、勤俭节欲;二是资产阶级和封建贵族之间的激战以及随之产生的革命意识;三是英国在哲学与科学领域取得了巨大成就。

17世纪的英国文学,相继出现过人文主义文学、巴洛克文学、资产阶级革命文学和古典主义文学,时代风云的投射和思想意识的革新,使之呈现出复杂的局面。同时,随着科学的发展,17世纪初叶的一些想法,如宇宙由四种因素(火、土、水、气)组成,人由四种体液(胆汁、血液、黏液、忧郁液)组成等,在许多作家看来是天经地义的,这是他们在作品里经常运用的象征或比喻的源泉。

从伊丽莎白后期开始,到王政复辟时期以后,英国文学作品总的质量在下降。在这种交替时期,社会生活出现混乱,人们无所适从,反映现实的文学作品于是出现多元现象。一边是描写暴力、色情以及琐碎事情,一边是坚持基督教理想和清教革命精神,此外还有冷静的哲学思考以及对自我和个人生活的高度重视与深刻剖析等,不一而足。

英国资产阶级革命时期的小说创作很少,其中较为著名的要数17世纪王政复辟时期和弥尔顿一样坚持在逆境中写作的清教徒作家——约翰·班扬。班扬以其寓言小说的新形式将英国早期小说又向前推进了一大步,被视为英国近代小说的先驱。

诗歌的质量也在大幅度下降。此时,诗坛有清新的诗歌出现,这就是"抑扬(或英雄对偶式)"诗歌。沃勒(Edmund Waller,1606—1687)使它成为人们喜爱的诗歌形式。德莱顿(John Dryden,1631—1700)也对这种诗歌形式做了改善,使其到了18世纪成为英国诗歌的主要表达媒介。此时期有一股逆流,即内容极不健康的诗作,把美德、真理和诚信当作笑料,威胁到社会的道德基础,使抒情诗失去了应有的光辉。在此时期的诗坛中,最为耀眼的是约翰·弥尔顿和安德鲁·马维尔等人。

# 第二节　17世纪英国小说的创作

17世纪的英国政权更迭频繁,社会秩序混乱不断,使得此时的文坛相对暗淡。但在小说领域,依然出现了约翰·班扬(John Bunyan,1628—1688)和阿弗拉·班恩(Afra Behn,1640—1689)这两位坚持在逆境中写作的杰出作家,他们的小说作品在英国文学史上具有鲜明的过渡特点。

## 一、约翰·班扬的小说创作

约翰·班扬(John Bunyan,1628—1688)出生在贝得福郡附近一个名叫埃尔斯托的村庄,家庭贫苦,只接受了一点启蒙教育。16岁时,他应征入伍,参加了内战。其间,他结识了不少清教运动的领袖和社会各阶层人士,为他以后从事小说创作收集了重要的素材。英国资产阶级革命时期,他参加了议会军,反对封建王朝。退役还乡后以补锅为生,开始对宗教发生兴趣,1648年,班扬与一位出身清教徒家庭的姑娘结婚,成了热情的清教布道者。不久加入了浸礼会。他专心致志地传教、布道,却由于无证传教触犯了英国当时的教规,还参加了秘密会议,于 1660 年遭逮捕,拒绝认罪后被关押了 12 年之久。在监禁生活中,班扬并没有停止传教、布道活动,他还奋笔疾书,陆陆续续写下了诗集《狱中沉思》、一部具有浓郁的宗教色彩的自传《功德无量》,还有很多宣传宗教的小册子。1672 年,班扬出狱,并担任地方教会的牧师,继续从事传教、布道活动。1675 年,他的传教执照被吊销,次年,他因无证传教而再次入狱。在狱中,他开始起草《天路历程》。6 个月后,他获准出狱,随后仍以补锅为生,并继续写作、传教。班扬一生经历坎坷曲折,年轻时贫困交加,在狱中度过了中年时代,而晚年风尘仆仆。1688 年 8 月,他被大雨淋湿发高烧而离开人世。

班扬并没有受过良好教育,却在一个尚不具备小说理论的时代中成功地写出了当时最优秀的小说,是英国小说史上一位举足轻重的人物。他一生致力于清教事业,这决定了他作品的民主倾向和宗教寓言性质。班扬信念坚定,自学成才,被誉为"自然天成的天才",前后完成了十多部作品。其中最重要的是三部小说:《天路历程》《败德先生传》《圣战》。

《天路历程》是 17 世纪英国最重要的一部小说,也是英国历史上最流行的小说之一。班扬成功地采用梦幻的形式写成英国文学中第一部宗教寓言体小说。它分为上下集,上集于 1678 年发表,下集于 1684 年面世。在这部小说中,班扬生动地描述了自己在梦中遇到的情景,将人的各种优点、缺点以及介于两者之间的品质都进行了拟人化的处理。书中人物的对话采用剧本的形式,人物的名字一律放在书页的左边。上集开篇写道:

> 一个人穿着破烂的衣服,站在一个地方,背对着自己的房舍,手里拿着一本书,背上负着一个沉重的包袱。我正看着,只见他打开书本一边阅读,一边流泪,全身颤抖,后来情不自禁地伤心起来:"我应该做点什么?"

"我"是小说的叙述者,这个人就是朝圣者,名叫"基督徒",那本书就是《圣经》,而背上的包袱就是尘世间的烦恼和忧虑。"基督徒"之所以忧心忡忡、心神不宁,因为他从传播福音的人即"福音使者"口中得知,他的家乡城市"毁灭城"将要被大火烧毁。于是,他将这一可怕的消息公诸于众,并劝说家人和邻居赶快逃离。但众人并不相信他,拒绝听从"基督徒"的劝告,甚至将他视为疯子。"基督徒"不顾妻子儿女的反对,便决定自己一个人走,他在"福音使者"的指引下踏上了去天国的遥远的路程。起初,一个名叫"易变"的朋友愿意与他同行,但陷入困境后,"易变"中途退却,而"基督徒"义无反顾,勇往直前。途中遇到了"世智""传道""合法""尽忠"等人,并得到了他们的帮助和指点。他们在穿越"名利镇"时遭到逮捕,受到了"恨善"法官的审判,最终"基督徒"逃了出来,并得到新朋友"希望"帮助,两人一同前行。他们后来因为受到一片可爱草地的诱惑而偏离了大路,并被"绝望"抓住,然后被投进了"怀疑"城堡的地牢里。他们受尽了"绝望"给的各种折磨,但依靠精神的力量和一把叫作"允诺"的钥匙,终于逃出了地牢。他们还路经"至美屋""羞辱谷""困难山""死亡阴影谷""快乐山"等地,最后到达天国城。他们终于见到了天国,里面一片辉煌,街道都用黄金铺就。但是要进入天国,他们还得渡过一条又宽又深的冥川。他们勇敢地跃入川中。但是当"基督徒"发现自己直往下沉时,四周一片黑暗,他感到"巨大的恐惧"。这时"希望"将他托住,给他以安慰,最后这两位朝圣者终于抵达彼岸。两位"光明仙子"迎接他们,护送他们走向天国。此时"我"看见他们的衣服都像黄金一样在闪耀,"我"希望自己能够成为他们其中的一员,然后"我"醒了。这与《天路历程》的副标题:"从这个世界到未来的世界:以梦境的形式加以表现"相呼应。

《天路历程》的下集主要描述了基督徒的妻子女基督徒及其子女、朋友和邻居"宽恕"一起出发，去追随基督徒的过程。在这些新的追随者中，有一位名叫"仁慈"的先生一路上作他们的向导和保镖，为他们战胜巨人"绝望"和其他妖魔鬼怪，最终他们这些人也到达了天国。不过在很多人看来，《天路历程》的下集与上集之间在艺术上有一定距离，二者的文学地位也不可同日而语。

可以说，《天路历程》中的"基督徒"的历程不仅是物质意义上的跋涉，而且也是一次精神上的旅程。小说目的在于通过对主人公"基督徒"去天国寻求救赎的旅程的描写向读者宣传正统的宗教思想，他试图告诉读者，人们只有像"基督徒"那样对上帝坚信不疑，强化原罪意识和赎罪心理，才能完全摆脱罪孽，悔过自新，到达美好和永恒的境界。由此使得小说具有了深刻的道德启示和宗教意义。

《天路历程》不只是一篇具有说教性质的宗教寓言，还是一部优秀的现实主义小说。作者用具有寓意性质的人名和地名对当时英国现实社会生活作了相当广泛的批判性描绘。尽管作者自称经历过一番梦幻，但撩开梦幻的面纱，展现在读者面前的是 17 世纪英国社会的一幅现实主义图景。"基督徒"通过重重危险和种种磨难一路向天国朝圣，于是个体生存的经验和抽象概念都变成一个个有血有肉的、具体实在的象征性角色，包括"易变""世智""传道""合法""尽忠""恨善""希望""绝望""允诺""光明仙子"等。这些都是栩栩如生、活灵活现的寓意化人物。一些地名也含有明显的讽喻意义，如"名利镇""怀疑""至美屋""羞辱谷""困难山""死亡阴影谷""快乐山"等。

虽然《天路历程》的故事属于寓言范围，但书里所描绘的场面却是地道的英国风光，所用的语言是 17 世纪英国典型日常生活语言。书中包含了大量尖锐的社会批判。"名利镇"的部分最为经典：

> 这时我在梦中看见他们走出旷野，不久就看见前面有一个市镇，它名叫浮华，镇上有个市集叫作浮华市集。那个市集终年不散。它所以名叫浮华市集，是因为那市镇比浮华还要轻浮，还因为那儿买卖的东西没有一件不是浮华的。就像哲人所说的，"所要来的都是虚空。"这市集并不是新近设立起来的，而是老早就有了的；让我把它的起源告诉你们。

> 差不多五千年以前就有旅客像这两位忠实的人一样到天国去；魔王、魔鬼和众喽啰从旅客所走的路线看出，浮华市是他们到天国去的必经之地，他们就设法在那儿建立一个市集——在市集上卖的是各种各样浮华的东西，并且终年不散。因此，市集上卖的尽是这样的东西：房子、地皮、职业、位置、荣誉、升迁、爵位、国家、王国、欲望、快乐以及各种享受，如娼妓、鸨母、丈夫、儿女、主人、奴仆、生命、鲜血、肉体、灵魂、金银、珍珠、宝石，等等，并且在市集上随时都可以看见变戏法的骗子、斗技、赌博、小丑、仿效人的人、无赖、恶棍等，无所不有。这儿还可以一钱不花地看到偷窃、谋杀、通奸、发假誓的人，令人触目惊心。

> 就像在别的比较不重要的市集上那样，那些市集上有大小街道，它们那些独特的路名表明了它们所卖的货色；在这儿也有独特的地方、街、路（就是说，国家和王国），在那些地方可以很快找到这市集上的货物。这儿有英国街、法国街、意大利街、西班牙街、德国街，出售着各种浮华的物品。不过就像别的市集那样，有一种货物是那个市集上的主要货色，在这个市集上罗马的货物和商品特别受到推荐；只有英国和有些国家的产品在

那儿不受欢迎。

"名利镇"最初由魔王别西卜(撒旦在地狱的朋友)建立,在那里标价出售各种人类名利(如财产、地位、国家、丈夫、妻子、灵魂、荣耀、欲望和快乐)和各式各样的人与罪孽(如偷窃、谋杀、通奸、伪证)。城市分成不同街区,意指不同国家和不同宗教派别。"名利镇"是罪孽的缩影,比喻堕落的人类世界及其所有罪恶。它讽刺复辟时期腐败堕落的英国,当时王子贵族们生活放荡荒淫。它也真实地反映了当时社会底层人民的普遍情绪,以及对议会与国王之间妥协的不满。不用说,这本书有着浓厚的宗教色彩,它急切地呼吁人类灵魂信仰和期望天国的幸福。班扬通过对"名利镇"的描绘生动地展示了一幅关于英国社会风尚的现实主义的图景,由此反映了作者敏锐的洞察力,而且也充分体现了作品的现实性和时代性。

《天路历程》还具有深刻的象征意义,班扬把人生比作朝圣的艰难天路,把人比作天路的朝圣者,在充满名利、绝望等对灵魂构成威胁的世界上,"基督徒"寻求救赎的朝圣历程象征人类摆脱尘世间烦恼和焦虑、追求美好永恒未来的过程。这个象征具有普遍的意义,其中所蕴含的感情力量十分强大,所产生的感染力量也不同凡响。

此外,《天路历程》一个很重要的艺术特征就是作者巧妙地将梦境与现实交织一体,这种叙述笔法也许俗不可耐,然而在一个小说尚未告别雏形期的时代,这无疑体现了班扬某种前瞻性的艺术构思及其对小说的驾驭能力。实际上,班扬不仅充分发挥了梦境的艺术功能,而且还成功地使其成为折射现实世界的一面镜子。他借助一个看来纯属虚构的梦境对当时的英国社会作了广泛而又深刻的批判性描述。

《天路历程》还以它的散文文风而著名。它很好地融合了《圣经》语言的基本特点和民间语言,以简洁朴实的语体来叙述引人入胜的故事,细节描写生动有趣,人物塑造鲜明具体,使作品产生极强的艺术感染力。此外,这本书中有很多家常的语言、熟悉的句子、生动的比喻,丰富了英语语言,因此具有巨大价值。由于《天路历程》充满了浓郁的宗教性,和布道讲稿性质相近,一些文学史家将《天路历程》与但丁的《神曲》、奥古斯丁的《忏悔录》并列为世界三大宗教体文学杰作。

《败德先生传》于 1680 年出版,是班扬的另一部现实主义小说,以讽刺的笔调描绘了复辟王政时期英国社会的腐败与罪恶。小说共有七部分,开首时有《作者致敬读者》作开篇。故事的叙事采取对话形式,故副标题是"智慧先生和关注先生的对话"。小说通过"智慧先生"和"关注先生"之间的对话描绘了一个名叫"败德先生"(即"坏人")的一生。"智慧先生"讲最近过世的败德先生的生平,"关注先生"作评论。"败德先生"是 17 世纪末英国奸商的典型形象。败德先生年轻时显示出恶毒本性。他哄骗一个富有的女人和他结婚,然后使她一败涂地;他做买卖时通过假装破产以欺骗债主,而对顾客则缺斤少两;他因醉酒在回家路上摔断了腿,在病榻上表现出为期很短的忏悔。他的妻子死于绝望。败德先生再婚,他的第二个妻子比他还恶毒。最后败德先生暴病而死。班扬通过这一不法商人的形象详尽地描述并无情地揭露了当时风行于英国社会的贪婪、狡诈、欺骗和腐败等丑恶现象。在这部小说中,作者的现实主义手法继续得到了充分的展示,从而使 17 世纪英国社会的种种不道德行为一览无遗。

《败德先生传》在艺术形式上出现了新的变化,尽管它依然具有寓言的特征,但它不再以梦境的形式由第一人称进行叙述,而是通过"智慧先生"和"关注先生"两人之间的对话来揭示刚死不久的"败德先生"的恶劣行径。然而,他俩之间的对话有时显得冗长和乏味。这不仅反映了凭借"对话形式"叙述长篇小说的难度,而且表明英国早期的小说在谋篇布局和叙述形式方面还不够成熟。尽管如此,《败德先生传》是继《天路历程》之后的又一部重要小说,它也为后人深入研究英国小说艺术的发展提供了重要的参考价值。比如书里对查理二世时代英国现实生活的鲜明描写,就是一个很好的历史记录。小说充满清晰的地方色彩,对日常生活中存在的各种诱惑及对败德先生的恶迹的描述,文笔细腻,情节很逼真,虽有说教味道,读来并不乏味。

1682年,班扬发表寓言小说《圣战》,描写邪恶势力企图攻占人的灵魂的城池。小说叙述的是上帝创造的曼索尔城(Mansoul,意为人的灵魂)失陷与复得的故事。第阿波勒斯通过诡计先后两次占领宇宙之城曼索尔城,而曼索尔城的建造者契代国王先派波纳基斯和另外三个船长去夺回城池,后来又派自己的儿子爱么麦尔亲自率部队围城,最终夺回了曼索尔城。作品以宗教讽喻的形式揭示了邪恶力量的强大和神之子对人的灵魂的拯救,再现了资产阶级革命时期的内战场面,反映了清教徒革命的胜利,表现出作者进步的思想倾向。

## 二、阿弗拉·班恩的小说创作

阿弗拉·班恩(Afra Behn,1640—1689)出生在英格兰的肯特郡,早年随父亲移居西印度群岛的苏里南。1663年,她返回英国,并嫁给了一位商人。丈夫死后,班恩生活困苦,身无分文。在第二次英荷战争爆发前夕被派往荷兰从事情报工作,但收入微薄。战争结束后,班恩因债务问题而坐牢。几年后,班恩获释出狱,并开始从事文学创作,以文为生。她一生追求独立与自由,并勇敢地维护女性的权利,因而被不少批评家视为现代女性的先驱。由于她在文学创作中成绩卓著,因此,她去世后被葬在西敏寺的诗人角里。

班恩是英国王政复辟时期的剧作家、小说家、诗人,也是英国最早的女性职业作家。她一生创作了大量作品,涉足多个文学领域。她是公爵剧院的主要剧作家,还编辑杂文集,翻译法语诗歌和散文,创作诗歌和小说。尤其是她的小说创作实践在英国小说由雏形走向成熟的过程中起到了重要的推动作用。她最著名的小说是1688年发表的短篇小说《奥隆诺科,或皇家奴隶》。

《奥隆诺科,或皇家奴隶》讲述了一个非洲王子被强行卖到美洲为奴的故事。小说主人公奥隆诺科是非洲一个国王的孙子和王位继承人。他与一位将军的女儿英姆埃达相爱。不料,老国王也看上英姆埃达,当他得知这对青年男女相恋时便极力阻挠,甚至将英姆埃达卖到国外去当奴隶,而奥隆诺科则遭到一名运送奴隶的英国船长的诱捕,被押往英国的殖民地苏里南。不久,奥隆诺科和英姆埃达两人在苏里南重新团聚。后来,奥隆诺科因鼓动其他奴隶逃跑而遭到当局的追捕。在绝境中,奥隆诺科为了不让英姆埃达再受到残忍的迫害,迫不得已将她杀死。而奥隆诺科自杀未遂被捕获,最终仍被残酷地杀害。小说通过描述一对非洲青年的悲惨命运,无情地揭露了英国殖民主义者的残暴行为。奥隆诺科出身高贵,但却沦为"皇家奴隶",最终成为腐朽制度的受害者。即便连奥隆诺科这样一位王孙公子也未能幸免于难,其他奴隶的境况也就不言而喻了。作者详尽地描述了那些自称是基督徒的英国殖民主义者残酷压迫奴隶的情况,对统治者和殖民主义者的血腥暴行进行了深刻的揭露。小说充满了现实主义的描写镜头,常常使读者感到身临其境。

此外,与16世纪的英国小说相比,《奥隆诺科,或皇家奴隶》在艺术形式上显得更加成熟。小说情节生动曲折,人物形象有血有肉,框架结构清晰合理,体现了作者较强的谋篇布局能力。值得一提的是,作者在这部小说中掺入了不少近似于学术论文的篇章,深入探讨了作者本人对诸如宗教之类的抽象问题的认识与思考。

　　总之,《奥隆诺科,或皇家奴隶》是继《天路历程》之后又一部具有较高艺术水准的英国小说,也是英国文学史上第一部对奴隶表示同情的作品,暗含了班恩对殖民现象的抨击。

　　大体上而言,尽管英国早期的小说在谋篇布局、人物塑造和艺术手法方面还不尽如人意,但早期小说家在努力使小说根植于本土的过程中充分显示了他们的艺术才华和创作潜力,他们的创作实践和艺术成就为18世纪英国小说的全面崛起奠定了重要的基础。

# 第三节　17世纪英国诗歌的创作

　　17世纪初,英国的诗歌发展缓慢,大手笔也不多,但并不荒凉,还呈现出了百花齐放的态势,同时表现出新的创作特征,“当年成百个诗人竞写十四行诗的场面不见了,以彼特拉克为代表的意大利诗风减弱了,学习的对象转到了古罗马和希腊诗人。”[①]17世纪的英国诗歌大体可以分为两个阶段:早期与内战、复辟时期。

## 一、17世纪早期的诗歌创作

　　17世纪上半叶,英国局势动荡,诗歌领域出现了“玄学派”和“骑士派”两个主要流派,带有明显的巴洛克风格。玄学派和骑士派诗歌的共同特点就是语句雕琢、意象奇幻,但缺乏严肃真实的情感,表现出对动荡复杂现实的逃避。

### (一)玄学派的诗歌创作

　　17世纪的英国,出现了一批以约翰·多恩(John Donne,1572—1631)为首的诗人群体,他们创作诗歌多以爱情、隐居生活和宗教感情为题材,反映了在斯图亚特王朝日趋反动和旧教势力重新抬头的历史背景下人文主义入世思想的危机;为了能达到令人惊奇的艺术效果,他们喜弄玄学,喜欢从科学、哲学、神学中摄取意象,并将各种看似庞杂无章的意象熔于一炉,常在诗歌里面显露出微妙的哲学思辨,用庞杂的意象和复杂的哲学思辨来对动荡混乱的现实社会加以再现,具有很浓的学究气,充满了“奇想”“巧智”和独具匠心的比喻;诗歌继承了伊丽莎白时代诗歌复杂精妙的语言特色,韵脚复杂,但是较为口语化。因此,这群诗人被后人称之为“玄学派”。除了约翰·多恩外,还有乔治·赫伯特(George Herbert,1593—1633)、安德鲁·马维尔(Andrew Marvell,1621—1678)、理查德·克拉肖(Richard Crashaw,1613—1649)、亨利·金(Henry King,1592—1669)、亨利·沃恩(Henry Vaughan,1622—1695)、托马斯·特拉恩(Thomas Traherne,1636—1674)等。在这里,我们主要对他们的诗歌创作进行分析。

　　约翰·多恩(John Donne,1572—1631)生于一个富有的五金商人家庭,母亲是天主教名门之后。他4岁丧父,11岁便进入牛津大学学习,3年后离开,又进剑桥大学待了3年,但在两所大学均未获得学位。1592年,多恩开始在伦敦的林肯法学会研习法律。1598年,他被任命为女王掌玺大臣的秘书,后因婚姻问题几乎断送前程。1614年,多恩皈依国教,相继出任王室牧师、伦敦圣保罗大教堂教长等教职,直到去世。

---

①　王佐良、何其莘:《文艺复兴时期文学史》,北京:外语教学与研究出版社,1996年,第357页。

多恩是玄学派诗歌的创始人和杰出代表,是一连接两个不同文学时代的人物。他的前半生充满风流韵事,后半生竭尽宗教之虔诚,其诗歌也正好可以分之为爱情诗和宗教诗。爱情诗多写于 1614 年以前,主要收入《歌与十四行诗》,其中著名的诗作有《跳蚤》《别离辞·节哀》《殉爱》《歌》。内容上,或者写离别和死亡,表达精神之爱、及时行乐思想;或者对女性采取怀疑态度的。艺术上,多恩的爱情诗往往采用说理辩论的方式和奇特的比喻,从天文、地理、哲学和神学中摄取意象。例如,《跳蚤》借助跳蚤的意象作为男女之间爱情的见证,最能反映多恩的玄学风格。把跳蚤和爱情同日而语,一边是污浊,一边是清纯,意象可谓怪诞得出奇,比喻可谓牵强得无与伦比,但几百年过去了,人们依然记忆清晰,依然读着兴趣盎然,足见其魅力。《跳蚤》打破人们通常的思维模式,很有些荒诞地把跳蚤与爱情相提并论。这首诗包括三个诗节,写的是一个男人向他所爱的人求婚。在诗作的开始(第 1 诗节),诗人把因咬吸了一对情人血液的跳蚤,说成是两人由此结合的"婚床":

> 它先叮了我,现在又叮了你,
> 我们的血液在它的体内合一;
> 这只跳蚤就是你和我,就相当
> 我们的婚床和我们结婚的教堂。

男人请女人注意,一只咬过他的跳蚤现在正在吸她的血,他们两人的血在这只跳蚤身上融合到一起。所以,他觉得(根据 17 世纪流行的婚姻观念)他们两个人已经结婚了。之后,当他看到女人抬手要拍死跳蚤时,就立刻恳求她不要打死它,因为杀死它,女人会犯下谋杀、自杀和亵渎神灵三条罪状(第 2 诗节):"啊,住手,饶恕跳蚤里的三条命,/我们在它里面几乎是——不——早已结为连理。/这只跳蚤就是你和我,它是/我们的新婚床铺和新婚庙宇。/虽然父母心不情愿,连你也是,可我们还是/在它活着的黑体里相遇、受到护庇。/传统虽然会让你把我杀死,/可不要另外再绕上你,/还有亵渎,杀生三个犯三项罪。"

第 3 节讲女人终于拍死了跳蚤,男人感到悲伤、绝望、可惜,把她的残忍和错误看作是对自己的拒绝。这首诗让人们清楚地看到玄学奇想是何等的荒唐、不合情理、不可理喻。跳蚤是世界上最污秽、最令人作呕的寄生虫,而爱情则是生命中最甜美、高贵、纯洁的人类感情。多恩的独一无二就在于,他的想象可以进行这种出人意表的跳跃,从常规突然变换到脱离常规,从具体突然变换到抽象,并且让人觉得合理、可以接受。

《别离辞:节哀》也是多恩玄学诗的范例。这首诗是多恩前去法国之际作为礼物写给他妻子的。全诗包括 9 个诗节,每节 4 诗行。第 1、2、3 个诗节中,他表达了对妻子深深的爱,但认为把这种爱公之于众是"俗气的"。他告诉妻子,也告诉自己,不要为分离而哭泣:分别的时候不要流泪(第 6 诗行),尽管旅途遥远(第 11、12 诗行),这夸张地描写了他们爱情之深。他说,"我们"的爱比普通恋人们的爱要高尚,因为"我们""互相在心灵上得到了保证",而对肉体方面并不甚在乎(第 4、5 诗节),但是我们也无法忍受分离,"我们"唯一能接受的就是把分离当作是"我们"爱的延伸(第 6 诗节)。最后三诗节体现出诗作的含义。在这里,多恩运用玄学想象,选取一个诡异的意象作为表达媒介:

> 就还算两个吧,两个却这样
> 和一副两脚规情况相同;

你的灵魂是定脚，并不像
移动，另一脚一移，它也动

虽然它一直是坐在中心，
可是另一个去天涯海角，
它就侧了身，倾听八根；
那一个一回家，它马上挺腰

你对我就会这样子，我一生
像另外那一脚，得侧身打转；
你坚定，我的圆圈才会推
我才会终结在开始的地点。

　　这种表达方式的新颖之处在于，诗人将分离但灵魂相依的情侣比作坚硬的圆规的两只脚。圆规是稳定（它的两脚）和完美（它画的圆）的象征，因此也是稳定而完美爱情的象征。圆规的两脚一起移动，就像相爱的两个灵魂，分离、重聚，其中一脚在外"漫游"画圆，但终归会在结束之后"回家"。在最后一诗节里，诗人把妻子比作稳固在中心的一只脚，而把自己比作画圆的一只，表明要急切地回到圆圈的尽头。这个比喻被公认为英诗中最著名的比喻之一。在语气和情感方面，这首诗沉稳、严肃、平静、超脱，但也显得低调、有些压抑，所以当真爱处于突出地位时，诗作又透露出一丝忧虑意识。

　　《殉爱》把爱情和宗教同日而语。全诗共有 5 诗节。第 1 诗节的重点在最后一诗行，"只要你让我去爱"（第 9 诗行），意思是说，大家做什么都可以，"我"不会干涉，但条件是你们也不要阻碍"我"去爱。第 2 诗节的重点在它的第 1 诗行，"啊，啊呀，我的爱损伤到谁了呢？"（第 10 诗行）"我"的唉声叹气、眼泪、冰凉、炽热又会让谁遭了难？第 3 诗节重点在最后一诗行，"这一爱情［证明我们］是神秘的"（第 27 诗行），把爱情和宗教相提并论。第 4 诗节的重点表现在最后两诗行，"这些赞美诗将确认/我们是殉爱者"（第 35、36 诗行）。最后一诗节大意是说，在"我们"殉爱之后，世人们将会祈求上苍，把"我们"的爱情定为"典范"（第 45 诗行）。这首诗歌的写法别具一格。它从题目开始就让人纳闷、惊诧。它的英文题目（"Canonization"）的原意是"奉为圣人"，显然有两层意思：一是先发制人，造成一种先入为主的效果，给人一种诗歌的内容将和宗教信仰有关的期望；二即强调爱与信仰的同等重要性。两层意义又相互衬托和辉映，让读者在期望和实际的误差中得到更深刻的感受。

　　《歌》所描写的爱与《别离辞：节哀》中的爱情截然不同。《歌》反复强调的是：世界上根本没有所谓的单纯的爱情。所以，这首诗的主题思想在本质上是消极的、负面的，所代表的乃是一种愤世嫉俗的人生态度。这首诗由 3 诗节组成，第 1 节列举了生活中的各种不可能，暗示寻到真爱也同样不可能。诗人在第 2 诗节中说，一个人即使游历得再广、再远、再久，也不会找到一个真正的好女人，暗示真正的爱是根本不存在的。在最后一诗节中，作者质疑所有声称自己已经找到好女人的人。

　　1615 年，多恩出任教职，其创作内容也从早年的世俗诗歌转向宗教诗文的写作。多恩把他写的神圣十四行诗题献给他的惠顾人——诗人乔治·赫伯特的母亲麦格达夫人。这些诗歌分为两组,第1组包括20首左右(不编号),第2组共19首(编号)。人们的评论多集中在第2组,较为著名的是《三位一体的上帝,敲打我的心吧,因为,你》《在圆形地球的想象的角落,吹起》《死亡不要骄傲》和《献给圣父上帝的赞美歌》。这些十四行诗的个人色彩浓重,实际是向上帝祈求恩典,所以首首感情激扬、充沛。诗人形容上帝和教会的语言与描写世俗爱情的语言完全一致。他的诗歌一方面说到寻找真正宗教信仰的困难,一方面叙述他的沉重负罪感。《三位一体的上帝,敲打我的心吧,因为,你》最有代表性:

> 三位一体的上帝啊,敲打我的心吧,因为,你/尚且敲打、呼吸、照耀、设法补救;/所以我才能站起,立住,克服自我,而/借助您的力量,打碎、敲打、燃烧而焕然一新。

短短几行诗就把一个诚心诚意祈求上帝惩罚和拯救自己的心理勾勒得淋漓尽致。

《在圆形地球的想象的角落,吹起》的内容按照十四行诗的传统结构,可以分为两部分。第1部分是前8诗行,主要说末日到来及上帝审判,人们将会目睹上帝的尊容,不再品尝死亡的痛苦。第2部分为后6诗行,诗人把自己分离出来,说自己罪孽最深重,请求上帝允许他在人世再待一会儿,祈求上帝教导他如何在人世忏悔,以获得上帝的宽恕。

在《死亡不要骄傲》里,讲话人对死神说,你不要骄傲,你虽然被称为"强大、可怕",但你不是那样的。它认为死亡杀死的人,并没有真死,"你杀不死我"。休息和睡眠有点像死亡,它们让人感到心旷神怡。死亡也许如此,人们早死会使筋骨得到休息,灵魂得到拯救。讲话人说,死亡是"命运、机遇、国王和绝望者"的仆从,被迫使用战争、毒药以及疾病等手段。讲话人说,鸦片和咒符也可以让我睡去,比死亡的打击来得更好,所以死亡不用骄傲。死亡只是一段小憩,然后死者醒来进入永恒生命,那里死亡不再存在。死亡本身会死去。多恩的圣诗里表现出诗人的虔诚和深思熟虑。

《献给圣父上帝的赞美歌》主要写罪孽、畏惧以及宽宥。里面的名句"您肯原谅吗"一再重复,表达出祈祷者的高度虔诚、朴素和谦卑。

尽管多恩的佳作被列于世界最伟大的诗作之中,但它也有明显的缺陷。多恩作品的质量参差不齐:他的一些诗作结构严谨,主题高尚;但另外一些诗作却仿佛是叙述琐事的打油诗,有的诗中意象和想法有点放荡,形式不够流畅、通顺。但是,无论如何,多恩的才华和优雅已经使他一直位列英国的主要诗人之中。现代派诗人叶芝、T·S·艾略特等都从多恩的诗歌中广泛汲取营养并广为传布,多恩因而被看成是现代派诗歌的先驱。

乔治·赫伯特(George Herbert,1593—1633)生于一个很有威望的威尔士家庭,他的母亲是约翰·堂恩以及其他几个学者和诗人的惠顾人。赫伯特在剑桥大学三一学院就读,在那里用拉丁文写诗。1620年他成为大学的发言人,1624年当选为议员。后来由于惠顾人的过世及新王继位,赫伯特未能如愿进入宫廷做官,或在教会平步青云。1630年,经过多年的犹豫,他终于成为神甫。乔治·赫伯特是最早受多恩诗风影响的诗人,被誉为"玄学派诗圣"。他创作了大量的宗教诗歌,主要收录在1633年出版的诗集《圣殿》中。赫伯特的诗作以上帝、爱和人的拯救为主题,尤其表达了"上帝和我的灵魂之间的矛盾"、世俗生活和宗教生活的矛盾,带有强烈的宗教色彩。赫伯特在诗歌形式上力求创新,比如把诗歌排成神坛和鸟翼的形状,他的诗歌语言亲切流畅,极其口语化,格律多变,富于音乐感和戏剧性。他的比喻虽然往往来自日常生活中的事物,但巧妙贴切。

诗集《圣殿》以一首长的序诗《教会门口》开始,以一首长的诗歌《地上教会》结尾,里面共收入

177 首抒情诗作,包括十四行诗、短歌、赞美诗、挽歌、沉思诗、对话诗、象形诗等。赫伯特自己形容说,这是一本描绘"上帝和他本人灵魂之间发生的思想矛盾"的诗集。

赫伯特的象形诗歌读来很有意思,正如前面提到的,他常把诗歌排成神坛和鸟翼的形状,比如《圣坛》:

一个圣坛,主啊,您的仆人设起,

由一颗心做成,用眼泪固定:

它的各部分恰如您亲手所设;

工人的工具一概没有动过。

就是这一颗心

是这样的石头,

除了您的威力

谁也切削不成。

因此我的硬心

它的每个部分

在这架构里相遇

赞美您的圣名:

如果我有 机会 保持 平静

这些 石头不 会停止 赞美。

啊,让我做您荣辛的 牺牲品 吧,

使这个圣坛神圣 化而 成为 您的。

这首诗各行的排列形状就呈现为教堂里圣坛的形状。

安德鲁·马维尔(Andrew Marvell,1621—1678)出生在一个信奉卡尔文教的家庭,在英国内战中他支持共和一边,反对王室。约翰·弥尔顿担任克伦威尔的拉丁文秘书期间(1657—1659),他担任弥尔顿的助手,并于 1659 年进入国会。在王政复辟后,他仍被选为国会议员。20 世纪早期,随着玄学诗的复兴,他也变得为大家所熟知。尽管他的作品带着一些玄学色彩,但他有自己独特的风格。他把玄学的成分与伊丽莎白时期的特点,在诗歌创作中巧妙地结合在一起。他喜欢采用双韵体进行写作。在一定意义上,他的努力为这种诗体后来在约翰·屈莱顿和亚历山大·蒲柏手中达到完美的境地而铺垫了道路。

马维尔既有吟诵自然的抒情诗,又有写表达沉思的哲理诗,被认为是英国诗坛歌颂的"花园"之美的第一人。不过论者最长提及的是他那首哀叹岁月无情、青春短暂的传世名作《致他的娇羞的女友》。这首诗虽具有玄学派的激情和说理风格,但更明快流畅,意象夸张奇妙,语言轻盈生动,是歌颂人文主义现世幸福的杰出诗篇。诗的叙事者是个年轻人,他劝他的意中人不要再停步不前,劝她接受他的爱,不要再浪费她最美好的青春。这首诗包括 3 诗节,采用双韵体写出。在第 1 部分(第 1～20 诗行)中,年轻人热切地说,如果我们有足够的时间和地方,你的娇羞和它所引起的拖延并无可非议,也算不上什么罪孽过失。然后他夸张地详细列举出无限的时间和空间,能给恋爱中的年轻人所带来的一系列可能的娱乐:他们可以在印度的恒河河畔寻找宝石,在英国亨伯河边望洋兴叹;他可以在《圣经》记载的大洪水泛滥前开始爱她,她可以拒不接受他,"直到犹太人把自己的信仰改变"(第 10 诗行)。他接着说:

> 我将用上一百年时光来赞美/你的明眸,凝视你的秀眉;/用上二百年膜拜你的酥胸,/再花三万年把其余部分赞颂;/每一部分至少要一个时代,/最后的时代才打开你的心怀。

这部分的语气既严肃又滑稽。

但第 2 部分(第 21~32 诗行)开始就用"但是"一词,不仅在内容上,而且在语气上,都出现截然的变化,给人一种突然的感觉。年轻人说,沙漠出现在眼前,你的美丽将和我的爱情与倾慕一起消失,你的贞节与荣耀将与我的热情一起化为灰烬,而我们将不情愿地面对死亡:

> 而在我们前面则茫茫一片,/是那永恒的沙漠浩瀚无边。/
> 再无处寻觅你的玉容花貌,/在你的大理石家中也不会听到/
> 我回荡的歌声;蛆虫将会搅动/由你长期保持的处女的童贞,/
> 你的美古芳名将化为尘埃,/我的欲望也将成一堆烟灰;/
> 坟墓虽是个美好幽静的地方,/但无人会在那里拥抱,我想。

死亡本是一沉重的话题,可是在这里,诗人运用既是私密性很强的好地方却又不能拥抱这一悖论,从而以表面上的轻松传达了内在的死亡本质特性。

因此,在第 3 部分(第 33~46 诗行)中,年轻人邀请他的意中人一起充分利用他们的青春和热情,在老去之前尽情欢娱。他异常急切地说,我们也许无法阻止太阳升起,但我们可以一起使它快跑,把我们的欢乐时光更早带来:

> 因此趁你还保持着青春的红颜,/像清晨的露珠一样明亮鲜艳,/
> 趁你的心灵仍能从每个毛孔/喷吐出热情,好似烈焰熊熊。/
> 让我们尽情行乐莫错过时机,/就像食肉的猛兽在爱中嬉戏,/
> 宁肯把我们的时间立刻吞掉,/也胜似在缓慢的咀嚼中郁郁枯凋,/
> 让我们把我们拥有的全部力量/和温存卷成一个球的模样,/
> 让我们在粗暴撕打中将欢乐撕扯,/好从生活的铁门中穿越而过;/
> 这样,我们纵使不能让太阳/停下,也能让它欢乐地奔忙。

这一部分点出了诗歌及时行乐的主题。

《致他的娇羞的女友》以双韵体四音步抑扬格写成,紧密相连的诗行表示动态的连续和速度的加快。该诗以多样的、贴切的、有效的意象而著称。

理查德·克拉肖(Richard Crashaw,1613—1649)原在剑桥大学读书,受到英国国教影响,成为英国国教神父。1643 年内战中,英国清教徒占领剑桥大学,克拉肖慌忙逃往巴黎,在那里投靠了流亡的英国王室,并于 1645 年皈依罗马天主教,而且从此笃信它的礼仪和信条。

克拉肖在宗教诗歌创作方面受到赫伯特的影响。他仿效赫伯特的诗集《圣殿》,将自己的诗集命名为《迈向圣殿》。克拉肖有着与赫伯特相同的宗教愿望,他运用诗歌形式描写他对基督教信仰的辉煌的印象和感受。他的作品反映出他对基督教的生活的反思以及对基督教教会的象征物的认识,表现出他的虔诚信仰的神秘性热诚。克拉肖还有很多诗作是讲罗马天主教的礼仪的。这些诗作收入诗人死后 3 年才发表的诗集《我主上帝神圣诞生赞美歌》。这部诗集里有不少诗作是早期作品的修订。

克拉肖诗作的内容常常涉及天使、婴儿时的耶稣、耶稣受难时的伤口和外流的鲜血、圣母所经受的痛苦和煎熬、殉道者们的痛苦、麦格达琳的忏悔泪水等。他善于运用性爱意味浓重的浪漫性语言。某些词语和意象重复出现在他的诗作里，包括接吻、鲜血、眼泪、奶、金银、珠宝、钻石、星辰、甜蜜的、亲爱的等。一些意象的组合具有典型的玄学派诗歌的特点，平淡里现奇绝，异乎寻常，出人意表。例如，在《哭泣者》一诗里，诗人形容麦格达琳的哭泣说："你面朝天地哭泣；/天的胸部饮入柔和的溪水。"诗人还把这个女人的眼泪说成是"苦痛的珍珠""天使的美酒""金色的溪流""美丽的洪水"等。他把"天的胸部"及"柔和的溪水"以及其他完全不同及不和谐的意象凑在一处，这也就是玄学派诗歌的重要特征。

克拉肖善于表现宗教顿悟类的体验。《迈向圣殿》里有些诗歌很有代表性，如《十字架上的耶稣》《关于我们受难的主的伤口》《写给殉教的婴儿们》等。尤其是从《十字架上的耶稣》一诗里可以窥见克拉肖的宗教热情：

> 你不息的双脚再不能奔波，/为我们和我们永恒的幸福，/
> 如往日那样。那算得什么？/让他们，唉！在洪水中沉浮。/
>
> 你再不能将赐予的手举起，/但它仍将赐予永不休；/
> 它赐予，它本身就是赠礼！/它赐予，虽受缚；虽受缚，仍自由！

克拉肖也发表了一部非宗教诗歌集——《缪斯的快乐》，其中的诗歌显示出诗人的诗才的另一侧面。《音乐的对决》便是例证。这首诗歌讲到一场发生在一个吹笛子者和一只夜莺间的音乐比赛。夜莺敞开歌喉，与笛子的音乐相比美，最后死去。诗人巧妙地捕捉两个比赛者的各种声韵和情绪，让读者感叹不已。这首诗还表现出诗人在掌握节奏和遣词用字方面的能力，技巧精深、娴熟，诗作产生出美妙的音乐效果。

亨利·金（Henry King，1592—1669）曾被封为主教。他写过一些挽歌，其中包括纪念约翰·堂恩和本·琼生的挽歌。著有诗集《诗歌与赞美诗》，于 1843 年出版。他的《殡仪》一诗里的比喻受到诗人艾略特的推崇：

> 在那里等着我，我不会误期，
> 将与你在那幽谷中相遇。
> 你不必为我的延搁担心；
> 我已经走上赴约的途程，
> 跟随你，紧紧将你追赶。
> 尽愿望之所及，悲伤之所感。
> 每一分钟是小小的一度，
> 每一点钟又近你一步。
> 每当我夜晚休息睡眠，
> 翌晨更接近西方的终点，
> 又走了将近八小时航程，
> 当睡眠吹动它困倦的风……
> 但听啊：我的脉搏像轻鼓

敲击着,告诉你我在赶路;

尽管速度似有些缓慢,

我终将坐下,在你的身边。

这首诗表现死亡的主题,诗人以生命意义上的"脉搏的敲击"和生命运动中的"赶路"来表现奔赴永恒的死亡的进程。

亨利·沃恩(Henry Vaughan,1622—1695)生于威尔士,在牛津大学读书,英国内战爆发后回到家乡,在那里度过一生。内战时期他曾短期站在国王查理一世一边,晚年行医。他1650年发表《燧石的火花》,1651年发表《阿斯克的天鹅》。两部书都和他的家乡有关。前者谈到威尔士的地貌峥嵘,人们吃苦耐劳;后者说到他的家乡附近的一条长流不息的小河。沃恩还创作了一些其他诗歌,有世俗内容的,其写作模式是本·琼生式的;也有宗教内容的,其写作模式则是乔治·赫伯特式的。他有26首诗歌的题目从赫伯特的《圣殿》诗集里获得启示,有几首的韵脚模仿赫伯特,许多诗歌以引用赫伯特的诗行为开首。今天他的名声几乎完全决定于他的宗教诗歌。他的宗教诗集《燧石的火花》1655年发表第2版,增补了第2部分。这部诗集表现出沃恩的宗教热情。所谓"燧石的火花"是指他的宛如顽石一般的心受到上帝掷出的光的雷击,而出现转变的状貌。

托马斯·特拉恩(Thomas Traherne,1636—1674)是17世纪英国最后一位玄学派诗人。他出生于英国赫里福德市的一位制鞋商家庭,早年在牛津大学接受教育,于1660年被任命为英国国教的牧师。特拉恩一生创作很多作品,但生前只发表过一部,即1673年出版的《罗马的伪造品》。这是一部专业性很强的论文,旨在证明教皇康斯坦丁的天赋是假的。在特拉恩去世的第二年,即1675年,他的散文作品《基督教的道德规范》得以出版。他在这部作品中强调善的力量,认为善是强大的,它必将战胜邪恶。人们对特拉恩的文学贡献的认识始于1897年。当时有人在伦敦的书摊上发现了特拉恩的两部手稿,其中一部为诗集,一部为散文集。诗集于1903年以《诗歌》为题出版,散文集名为《沉思的世纪》,于1908年出版,从此引起了人们对他的关注,同时也确立了特拉恩在文学史上的地位。

特拉恩的作品多为他本人对宗教、宇宙和爱的深刻思考。他作为诗人和牧师,看到上帝所创造的世界的美与和谐,试图用自己独特的方式体现和再造这种和谐。他在作品中表达出对上帝的宛似热情儿童般的爱,坚信在人与上帝之间存在着紧密联系。他认为,对上帝的崇敬莫过于对上帝所创造的世界的热爱;世界是美好的,人应该从世界中获得快乐。因此,他被誉为"快乐诗人"。特拉恩的作品承载着永恒的善的主题,闪烁着上帝的光辉,视野广阔,想象力丰富,语言简练,具有很强的可读性。

总之,玄学派诗人的创作实践表明,文艺复兴时期以抒情占主导地位的甜美诗风已经式微。玄学派诗歌因缺乏弥尔顿史诗的磅礴气势,在18、19世纪没能受到人们的重视。20世纪初,现代主义诗歌反对浪漫主义的滥情化倾向,褒扬多恩等人将情感和理智巧妙融为一体的创作手法,玄学派诗歌的成就和价值得以重新确认。所以说,玄学派诗人对诗歌艺术形式方面的探索卓有成效,显示出强烈的创新精神和超前意识,带来了诗歌的变革。

## (二)骑士派的诗歌创作

骑士派主要是指受本·琼生(Benjamin Jonson,1573—1637)古典诗风影响而创作的诗歌流派。他们认为自己属于"本·琼生部落"，并曾公开宣称自己是"本之门徒"。本·琼生精通古希腊、罗马文学，他的诗歌讲究节制和典雅，韵律优美，常常引用典故。因此，骑士派诗人多喜欢写抒情诗。他们多出身贵族，内战时期参加过王军或者王党，他们所写的诗歌在内容上多表现骑士为捍卫国王而勇敢杀敌的荣誉感以及俗世爱情、调情作乐等，继承了文艺复兴时期的享乐思想，反映贵族阶级的没落情绪；在艺术上，"大量继承了伊丽莎白时代戏剧的优雅、风韵、巧妙措辞和抒情美"[①]，遵循古典主义原则，推崇和谐和规律，讲究古典精练的形式和严格的韵脚，音调优美，明白晓畅，对其后兴起的古典主义诗歌，尤其是德莱顿和蒲柏的作品，产生了重大影响。

骑士派诗人主要代表有罗伯特·赫里克（Robert Herrick，1591—1674）、约翰·萨克林（John Suckling，1609—1641）和理查德·洛夫莱斯（Richard Lovelace，1618—1657）等。在这里，我们主要对他们的诗歌创作进行分析。

罗伯特·赫里克（Robert Herrick，1591—1674）生于伦敦，父亲是伦敦最富裕的金匠。1613—1617 年间就读于剑桥大学圣约翰学院，，四年学习生活期间没有停止过诗歌创作。毕业后他住在伦敦，经常出现在本·琼森与朋友饮酒作赋的小酒馆中，学习了不少诗歌创作的艺术手法，也结交了不少宫廷人士。1627 年左右，他作为随军牧师跟随白金汉公爵远征法国。两年后，他得到一个乡间牧师的职位，为时 18 年。在当牧师期间，他创作了大量的优秀诗歌，包括《作别诗歌》。1647 年，赫里克的牧师职位被收回，他返回伦敦，整理诗稿，于 1648 年出版诗集《金苹果园》。他的另一部诗集《圣诗集》与《金苹果园》装订在一起同年出版。其中，《金苹果园》收集诗歌约 1 200 首，其中大多数是短诗，具有格言警句的性质，诗歌题材范围较宽，但主要歌颂爱情，感叹青春和美丽短暂易逝。此后，赫里克似乎再也没有发表什么作品了。共和国期间，他一直居住伦敦，复辟后不久返回乡下，并再次担任牧师，直至去世。

赫里克的艺术手法精湛，除了模仿本·琼森之外，他还从古希腊、罗马的古典抒情诗人那里吸取灵感。他的诗歌讲究技巧，注重韵律和音乐效果，通过对韵脚的灵巧运用来创造十分优美的旋律。在诗行和措辞方面，赫里克仿效本·琼森的简洁明晰，但同时也融进自己独特的自然流畅和精巧之美。

《劝少女:珍惜时光》是赫里克抒情诗中最为脍炙人口的一首，诗人写出了与唐诗《金缕衣》里的诗句"花开堪折直须折，莫待无花空折枝"相似的诗句：

> 玫瑰堪折君须折，
> 时间是不住地飞；
> 今天露着笑靥的花朵，
> 明天也许会枯萎。

这些诗句可谓清新飘逸，优美而耐人回味。运用两个类比，隔行押韵，四个诗节的韵脚互不重复，节奏感、音乐性都非常强。以玫瑰来喻指少女如花一般的青春，指出太阳如华灯，匆匆西坠，时间飞逝，花转瞬枯萎，劝告少女青春易逝，红颜易老，明确表达了及时行乐、享受青春的主题。

---

① ［美］安妮特·T·鲁宾斯坦著，陈安全等译：《英国文学的伟大传统》（上），上海：上海译文出版社，1998年，第 163 页。

　　赫里克的情歌也写得相当成功,抒情的范围较广。《致朱丽亚》和著名的情歌《致安济亚》中,抒情的成分极为强烈,感情极为纯真,爱情之火似乎已经触灼诗人内心的幽深之处,真情的流露十分大胆直接:"你是我的生命,我的爱情,我的心,/我的双眼,/我身体的每一部分,/愿为你生愿为你死。"

　　由于自身生活经历的缘故,赫里克对乡村的环境和花鸟树木怀有真实的情感,他的许多诗作能够把对自然景物激情充沛的描绘和对乡村静谧生活的渲染紧紧地结合在一起。《乡村生活》一诗从黎明日出写至黄昏宴会上人们饮酒作乐,象征英格兰普通一天的生活。抒情诗《科林娜五月游》充分反映了赫里克的诗歌天才。这些诗中含有大量的鲜明意象,它们仿效斯宾塞的抒情诗《牧人日历》的风格,把古典的典故和俗语短语简洁地结合在一起,不拘格式,不落窠臼,表现出如梦如幻的爱情感伤,而对自然界和乡村生活的田园式描绘更使全诗增添了不少情趣和些许暖色。

　　约翰·萨克林(John Suckling,1609—1641)出生于诺弗克的一个贵族家庭,父亲是查理一世国王的宫廷管事。1623年,他就读于剑桥,21岁时旅游法国、意大利等国,回国后不久即被授予爵士称号。1631年他参加瑞典军队,为新教而战,后返回英国,一直与王室相伴。这一时期,他创作了大量抒情诗歌。第一次主教战争爆发后,萨克林放弃了诗歌创作和王室生活,亲自奔赴战场为国王而战,属于典型的保王党和骑士派诗人。1640年萨克林与他人密谋,企图为国王谋取军队的控制权,后来事败逃往法国。1642年自杀身亡。萨克林的诗集《碎金集》在他死后4年出版。另一部作品《最后遗作》于1659年出版。萨克林的抒情诗有如骑士派其他诗人的诗歌,受本·琼森的影响也十分明显。萨克林的诗歌轻松活泼,直接明了,诗节简朴,用词普通。他的诗有时戏谑自嘲,较为粗糙。《哎,如此情意不专,哎,如此徒劳无益》一诗中透出诗人微妙的想象力和流畅的文风,也流露出诗人愤世嫉俗般的肆意恣睢和喧器。《婚礼的歌谣》是一首十分清新可爱的诗作。诗人笔触灵妙,想象温柔至爱,对新婚之美的描绘十分生动有趣。诗的结尾以嘲讽的目光扫视文明的社会,全诗隐含着一种对乡村社会的同情之心。

　　理查德·洛夫莱斯(Richard Lovelace,1618—1657)出生于肯特郡一个有影响的贵族家庭,求学于牛津和剑桥。1642年,他受肯特郡保王党的推选去下议院送交所谓的"肯特郡请愿书",要求恢复主教制度和王位,结果请愿书被焚烧,洛夫莱斯被关押数周。他在监狱中创作了著名的小诗《狱中致阿尔济亚》。获释后没有亲自参加内战,但为了王室他捐出了马匹、武器和地产。1646年,他来到法国,站在路易十四一边同西班牙作战。1648年返回伦敦后再度入狱,直至查理一世被处决后才获释。他在狱中创作的诗集《鲁卡斯特》于1649年正式出版。洛夫莱斯后来一直住在伦敦,经济十分拮据,最终在贫困悲惨中死去。翌年,他的兄弟出版了他的遗作《鲁卡斯特遗集》。

　　洛夫莱斯创作的诗歌大多属于抒情、写景或恭维颂德之类的作品,内容涉及战争、爱情、效忠、荣誉等,表现出中世纪的骑士精神。洛夫莱斯虽非"本·琼森之门徒",但受琼森影响的痕迹依稀可见;同时,他也借鉴古典诗歌和玄学派的警言隽语。值得一提的是,洛夫莱斯的两首小诗《狱中致阿尔济亚》和《参战前致鲁卡斯特》集中体现了骑士派所崇尚的爱情、美和对王室忠诚三大主题,常为后人所传诵。在前一首诗中,诗人虽然身陷囹圄,但仍然不忘效忠王室,并怀念爱情,享受心灵的自由:"当爱神展开自由的羽翼/在我这重重的牢门内翱翔,/把圣洁的阿尔济亚带到这里,/扒着铁栅低声地倾诉衷肠;/当我被他的乱发缠住,/被他的双眸羁留,/在空中纵情嬉戏的神物/也不如我自由。"总之,《狱中致阿尔济亚》和《参战前致鲁卡斯特》充满机智巧妙之语,毫无迂腐冗长的痕迹,纯朴自然,不事雕饰。洛夫莱斯的诗歌通常采用警句式的简练手法和歌谣般的节奏,结构明晰,韵律和谐,如"石头砌不成一座监狱,/铁栅也编不就一个牢笼"一类诗行,常为读者广泛传诵。

## 二、内战、王政复辟时期的诗歌

17 世纪下半叶,英国诗歌更多地反映出革命与复辟的现实,英国诗坛出现了一批人称"保皇派"的诗人,他们的风格清爽、典雅,但有些做作。与之不同,当时活跃在英国文坛的弥尔顿是一个革命诗人。他的作品充分表现了不屈不挠的革命精神,唱出了无与伦比的时代最强音。与保皇派、弥尔顿在政治上的坚定立场又不同的是德莱顿,他反复无常,在政治上、宗教上随波逐流,但在文学上成绩斐然,创作宏伟,他写的双行押韵"英雄诗体"成为古典主义诗派的模范格式,后成为 18 世纪英国主要诗体。

### (一)保皇派诗人的诗歌创作

保皇派诗人的代表人物有埃德蒙·沃勒(Edmund Waller,1606—1687)、亚伯拉罕·考利(Abraham Cowley,1618—1667)、查尔斯·塞德雷(Sir Charles Sedley,1639—1701)、查尔斯·萨克维尔(Charles Sackville,1638—1706)、约翰·德纳姆(John Denham,1615—1669)、约翰·维尔默(John Wilmot,1647—1680)等人。可以说,保皇派诗人是 18 世纪诗歌的先驱,受到 18 世纪诗人们的崇敬和拥戴。在这里,我们主要对他们的诗歌创作进行分析。

埃德蒙·沃勒(Edmund Waller,1606—1687)生于英国哈特福德郡的考利舍,曾就读于伊顿学院和剑桥大学。他 16 岁进入英国议会,是当时著名的演说家,具有非凡的语言天赋。在政治上,沃勒最初站在议会一边,反对国王;后来又转而支持查理一世反对议会,策划了"沃勒计划",试图帮助国王恢复王室的权力。结果事情败露,沃勒被流放,1651 年被赦免。他在王政复辟后再次进入议会,直到去世。

1645 年,沃勒发表《诗集》,很受欢迎。沃勒的诗歌有一些是带有政治色彩的颂诗。他审时度势,见风使舵。例如,《献给摄政王的颂诗》赞美了克伦威尔,表明了沃勒的共和思想。在这首诗中,沃勒肯定了克伦威尔政权,称赞该政权使国家结束无政府状态,免于内战之苦。在诗中,沃勒把克伦威尔比作《圣经》里的大卫王。在《关于最新风暴和殿下的死亡》一诗中,沃勒把克伦威尔的死亡比作是创建罗马城的罗穆卢斯国王之死,对他增强国力的功绩予以赞扬。然而,在王政复辟时期,沃勒于 1660 年出版的诗歌《献给国王,在陛下荣归之际》,又对查理二世大加赞美,把查理二世比作希腊神话中独眼巨人库克罗普斯的眼睛,表达英国人民极力要求君主政体复辟的意愿。

在玄学派诗歌盛行的时代,沃勒独树一帜,采用概括性陈述和容易理解的意象,强调通过倒装和对称来限定语句,诗歌语言流畅,风格典雅。沃勒最大的贡献在于把英雄偶韵诗体引入英语诗歌创作,规范诗歌的语句和用词,使用响亮的韵脚,强调智慧和客观性。这种诗体在英国一度盛行,到 17 世纪末、18 世纪上半叶,成为英国诗歌的主要表现形式。德莱顿称其为第一位把写作变成艺术的诗人。

亚伯拉罕·考利(Abraham Cowley,1618—1667)生于伦敦一个富裕的文具商家庭,在剑桥大学受教育。他 15 岁时发表第一部诗集《诗歌之花》,里面收入五首诗歌,其中一首是他在 10 岁时写成的。他 20 岁时写出一部田园式剧作、一部拉丁文喜剧。内战时,他离开剑桥,随王室到法国,1647年发表诗集《情人,或几首爱情诗》。他1654年回国,被监禁,出狱后在牛津学医,成为医生。王政复辟后,他回剑桥工作,后来得到王室封地,就安顿下来写文章,也研究植物学。考利去世后葬在西敏寺乔叟和斯宾塞旁边。考利的作品包括《情人》《品达式颂歌》,以及关于大卫王的史诗。1668年,他的全集出版,包括他的一些著名散文。考利在世时声望很高,但后来就逐渐被人遗忘。但是在今天,他的一些诗行依然值得欣赏与推敲,如《燕子》:

> 多嘴的鸟啊,你为何一大清早
> 就在我窗前啾啾乱叫?
> 狠心的鸟啊,今天你从我臂中,
> 从臂中夺走了我的一个好梦。
> 醒时双眼看到的一切东西,
> 都无法与那梦中的景象相比。
> 你怎能将你造成的损失弥补,
> 你所带来的比梦一半都不如,
> 不如那梦的一半美好、可爱,
> 尽管人们说是你把春天带来。

这首诗写的是燕子的叫声夺走了人的美梦,语言清新俏皮,读来自是别有风味。同时,它也是一首格律诗,每两句一韵,扬抑格。

查尔斯·塞德雷(Sir Charles Sedley,1639—1701)是肯特郡一位男爵的后代,早年曾就读于牛津大学,但未获得学位,后来出任肯特郡新罗姆尼区的议员,活跃于政坛。塞德雷才智过人,浪荡不羁,得宠于查理二世,经常出入宫廷,以在王政复辟时期对文人进行资助而著名。塞德雷的诗歌清新自然,韵律精巧,感情真挚,给人留下较深的印象。他的代表作有《菲丽斯是我唯一的欢乐》和《致西莉亚》等。这些诗歌至今还深受人们喜爱。塞德雷有较高的诗歌创作才能,以至于他的戏剧《桑园》也采用英雄偶韵诗体写成。除创作抒情诗之外,塞德雷还翻译了古罗马诗人维吉尔的《第四部田园诗》和《牧歌》。

查尔斯·萨克维尔(Charles Sackville,1638—1706)是英国诗人多西特五世伯爵之子,没有接受过学校教育,但在家聘有家庭教师,曾由家庭教师陪同出国游历。萨克维尔深受查理二世的喜爱,曾出任查理二世议会议员,有廷臣和才子之誉。萨克维尔一生慷慨大方,经常对当时的文人解囊相助。当时许多著名诗人、作家如德莱顿等,都得到过他的资助,所以他在当时文人中享有很高声誉。萨克维尔的文学作品并不多,但他在当时得到很高评价。马修·普赖尔赞扬他的诗作处处熠熠生辉,称他的写作风格几乎无人可比,他的每一部作品都是真金,具有内在价值。他最著名的作品为《致所有现在陆上的女士们》。1665年他参加第一次英荷战争,这首诗作于一场重要的战斗之前。这是一首叙事性诗歌,节奏舒缓,诗中讲述了将去战斗的战士的复杂心情,生动描绘了他们的恐惧、无奈、思乡以及对战争的怀疑等情绪,行行诗句都反映出诗人天生的智慧和真挚的情感,表达出诗人厌恶战争、要求和平的思想感情。

约翰·德纳姆(John Denham,1615—1669)生于都柏林,是爱尔兰财政部首席男爵约翰·德纳姆之子,曾在牛津大学接受教育。1636年,他把古罗马诗人维吉尔的史诗《伊尼依德》第2册的部分内容意译成英语,并于1656年以《特洛伊的毁灭》为题出版,同时附有一篇关于翻译艺术的精彩韵文,但没有引起注意。后来德纳姆完成5幕悲剧《智慧》,1641年上演,1642年出版。这为他在文学界赢得了一席之地。德纳姆最成功的诗作是《库珀山》。诗歌以德纳姆家周围的景致为描写对象，融景物描写与道德反思为一体，表现出诗人的艺术性和深刻的思想。诗人站在库珀山上，极目远眺，周围的一切尽收眼底，就连伦敦的远景和古老的圣保罗教堂也被纳入视野。远处的山峰，近处的幽谷，高高的温莎塔和潺潺的泰晤士河，都被描写得活灵活现，被赋予一种不寻常的意义。诗人为景物敷设各种想象的色彩，以期确切地表达自己的思想，诗中出现的高塔、河流、森林、高山的名称都不是特指，而是具有普遍适用的特点，在英国乃至欧洲的任何地方都可以找到这种地方。德纳姆把喧嚣的城市生活与宁静快活的乡村生活作对比，提到大教堂在查理一世的资助下得到修缮的历史，预言说教堂将永远坚固如初。森林环绕的肥沃山谷使诗人想到关于农牧之神、林中仙女和森林之神的古老故事。诗人在详尽描写狩鹿的经过之后，旁骛笔锋，对当时人们侵犯宗教自由、蚕食修道院的现象进行恰到好处的评论。

《库珀山》的最大特点就是简练。德纳姆在诗中表现出高贵的气质和典雅的艺术风格。他迎合当时的艺术品位，贴切自然地使用对照和暗喻手法。他的不断出现的对比和偶尔出现的警句，把对周围景物的观察融为一体，使之与内容相得益彰。在诗中，德纳姆也使用了偶句，证明这种形式在当时不是固定的格律形式，而是为了实现简洁和清晰所进行的一种尝试。

除《库珀山》外，德纳姆还创作了一些即兴与抒情诗。如《悼亚伯拉罕·考利先生的去世》《悼亨利·黑斯廷斯大人去世的挽歌》《大卫赞美诗的一个译本》等。其中，《悼亚伯拉罕·考利先生的去世》作为一首挽歌，不但写得非常优美，而且哀婉动人。

约翰·维尔默(John Wilmot,1647—1680)出生于牛津郡，14岁取得了牛津大学文学学士学位。在游历了法国和意大利之后，维尔默回到了伦敦，开始浪迹于英国宫廷。由于在一次对荷兰的海战中表现神勇，他成了英国的英雄。然而，由于他随意而放任的个性，他常受到查理二世的宠爱和惩罚。他与查理二世最为出名的一次对话是："他(查理二世)从来没有说过任何愚蠢的话，也没有做过任何一件明智的事。"查理二世对此的回答是："的确如此——这是因为话是我讲的，但是事情是我的部长们做的。"维尔默是英国文学史上的"快活才子"之一，也是声名最为狼藉、道德最为堕落的文人之一。他还被认为是淫秽作品的鼻祖。他诗作中情绪复杂的特性使很多批评家把他归纳为最后一代玄学派诗人，他的讽刺才华又使他成为启蒙运动诗人的先行者。他的代表作《反人类的讽刺》尖锐地讽刺了人类的本性和人类虚假的理性和乐观主义精神。他的《无味的历史》对查理二世政府进行了无情的打击。现如今，维尔默的作品由于其体现的机智和想象力而深受评论家的推崇。他的诗作也由于其表现的反叛精神和虚无主义而重新为人们所挖掘。

## (二)约翰·弥尔顿的诗歌创作

约翰·弥尔顿(John Milton,1608—1674)生于伦敦一个富裕的清教徒家庭，其父亲具有较高的文化修养，在音乐和古典文学方面造诣很深。弥尔顿自幼好学，接收了古典文学的熏陶和人文主义思想的影响。1625年，他进入剑桥大学基督学院学习，并开始进行诗歌创作。从剑桥大学毕业后，弥尔顿隐居在霍顿的乡村别墅中，闭门攻读文学6年，希望能够写出伟大的诗篇。1639年，英国国内奏响了革命的序曲，弥尔顿迅即启程回国，从教育和宣传入手开始了他的革命事业，持续了20年。1652年他双目失明，但因此创作了著名的十四行诗《当我想到我的眼睛是如何失明的时候》，充分地说明了他信仰的虔诚、革命的激情和高尚的情操。1660年革命遭受了重大挫折，弥尔顿遭到迫害，作为"弑君者"的辩护人被关押，虽免于一死，但财产被没收，著作被焚毁,行动受到监视。但他始终坚持革命立场,全力投入到诗歌创作中,呕心沥血地完成了辉煌的三大诗作:《失乐园》《复乐园》和《力士参孙》,达到了他创作的最高峰。1674 年 11 月,弥尔顿因痛风发作导致心力衰竭,在贫困中病逝。

弥尔顿是 17 世纪最伟大的诗人,英国最杰出的资产阶级革命作家。他在诗歌多个领域都取得了突出的成就,不仅写出了优秀的田园挽诗、抒情短诗,精美的十四行诗、牧歌,出色的诗体悲剧,还写出了伟大的史诗。在他众多的诗作中,最具有代表性的就是史诗《失乐园》。

《失乐园》取材于《圣经》,当中的亚当、夏娃被逐出乐园情节出自《旧约·创世记》,撒旦反叛情节取自《新约·启示录》。这部史诗共包含 12 卷,每卷卷首提供内容梗概,诗行采取每卷重排页码的形式。

第 1 卷(共 798 诗行)开宗明义,诗人说明自己的本意是以其精湛的诗笔讴歌全能的上帝。这一卷叙述上帝宣布立神子为诸神之长,统率天国。堕落的天使领袖撒旦心怀不满,率领众天使奋力反抗上帝,但惨遭失败。撒旦率领三分之一的天使反叛上帝失败以后,被打入地狱,在火海里受罪。他们经过 9 天 9 夜苏醒过来。撒旦不甘失败,想重整旗鼓,决心复仇,并提出"以计取胜"的富有政治智慧的战斗口号(第 1 卷第 121 诗行)。堕落的天使们果然起而响应,马上决定要想方设法破坏上帝缔造伊甸园的计划。于是他们在深渊中大兴土木,筑起巍峨的"万魔殿",和天堂分庭抗礼。这一卷除前 50 诗行外,通篇讲撒旦,主要赞扬撒旦永不言败的大无畏精神。

第 2 卷(共 1 055 诗行)描绘撒旦等人讨论计划的情况。各位叛王纷纷发表意见。莫洛克主战,彼列主和,马蒙则认为最好在地狱建立帝国。最后决定到上帝新创造的世界里去诱惑新族类,拓展疆土,打击上帝。堕落天使们决定依照撒旦的建议,探查上帝是否按照古代神谕所预言的那样,正在创造一个新的世界和族类。魔王撒旦自告奋勇前去侦察。

第 3 卷(共 742 诗行),上帝对圣子预言,撒旦将成功地引诱人类堕落。圣子表示愿意挺身而出为人类赎罪,帝盛赞圣子,说将会把他化作肉身,宣称他的声名将高于天地间的一切。众神欢呼礼赞,琴声大作。而此时,撒旦已来到亚当、夏娃居住的伊甸乐园。

第 4 卷(共 1 015 诗行),撒旦来到乐园,乐园的美丽景色顿时映入眼帘,惊叹人类亚当与夏娃的美妙,决心怂恿他们背离上帝,无意中还得知他们不能吃乐园知识树上的禁果。太阳神尤烈儿告诉了乐园管理者大天使加百列注意撒旦的行踪,撒旦无计可施,暂时离去。

第 5 卷(共 904 诗行),夏娃告诉亚当她的噩梦,一个天使请她吃禁果。上帝派天使拉斐尔前去劝诫亚当,提醒他们要服从上帝以及他目前的危险处境,并告诫他要珍惜当前的快活生活等。拉斐尔遵命前往,和亚当与夏娃畅谈,亚当提出问题,天使一一作答。上帝告诉圣子撒旦在破坏他的大计;圣子决心前去迎战。撒旦召集下属前来,商量对待圣子的策略,亚必迭与他决裂。

第 6 卷(共 912 诗行),天使拉斐尔继续对亚当讲述撒旦一伙被上帝击败、打入地狱的经过。亚必迭回到上帝一边,受到热烈欢迎。撒旦及其部下败于圣子之手,圣子班师回朝。拉斐尔说,同一个撒旦正在乐园施罪孽,挑唆他们违背上帝的意旨,并劝告亚当和夏娃抵制魔鬼的引诱。

第 7 卷(共 639 诗行),拉斐尔讲述上帝在赶走撒旦一伙以后宣布要创造另外一个世界,派遣圣子去在 6 天内完成创造工作。第 6 天上帝对圣子宣布,按照他的形象造人。

第 8 卷(共 653 诗行),亚当询问天体运行之事。拉斐尔说,上帝有意隐藏他希望人和天使们崇拜但不打听的一些秘密。亚当开始讲他自己问世后的生活故事。他在乐园里游荡,做了一个美梦,上帝领他到一处美妙的花园里,说除知识树外,他可以随心所欲地动用园里一切。亚当要求伴侣,上帝就造出了夏娃。亚当第一次感到激情的冲动。拉斐尔走之前一再告诫亚当,一定要遵从上帝,他的子孙的快乐和痛苦都在于他的行动。

第 9 卷(共 1 189 诗行),撒旦仍然不死心,并寄身于蛇,趁夏娃独处之时,花言巧语引诱夏娃违背上帝戒规,偷尝了智慧树上的果子。亚当知其犯罪,决定和她同死,也吃了禁果。食后,两人眼睛明亮,失去了天真,变得聪明起来,以裸为羞,于是缝起树叶来遮羞,开始互相埋怨。

第 10 卷(共 1 104 诗行),乐园的天使们向上帝禀告说,撒旦已经无法阻拦,他的计谋已经得逞。圣子判处蛇永远爬行、受人诅咒;夏娃要经历生育痛苦,听从丈夫的意志;亚当必须劳作,汗流满面才能糊口,生来自泥土,死后亦回归泥土。与此同时,撒旦的女儿"罪"和儿子"死"遵照撒旦的路线,在"混沌"筑起一条通往乐园的大路。而撒旦气质高昂地回到"万魔殿",不料与众天使皆变形为蛇。他们面前显现出禁果树景象,却都苦于无法吃到果实。上帝决定更新天地,让四时取代永恒的春天,出现各种暴力和痛苦,人类将忍受自然力的摧残以及自相残杀。亚当夏娃二人求上帝赦免。

第 11 卷(共 992 诗行),圣子向上帝求情,上帝允许减轻对人的惩罚,但他下令将亚当和夏娃驱逐出乐园。天使米迦勒带亚当去伊甸园内最高的山上,向他讲述未来的情况:人类可以享用"智慧"和"知识",但为原初的罪恶而永远承受痛苦和磨难。

第 12 卷(共 649 诗行),米迦勒告诉亚当,人世再生后许久人们过着虔诚和平静的生活。后来人心又变,人世继续堕落,上帝决定选出一个圣洁的民族显示圣恩,亚伯拉罕和他的后代入选,迦南为福地。上帝在圣山制定圣法,约书亚率众进入迦南。而后大卫王的继承者不敬,上帝动怒,一个大国侵入。圣子诞生,将受到迫害,最后被处死,以为人类赎罪,三日后再生,挫败撒旦和死亡。他 12 名圣徒会传播圣谕,人类继续堕落,最后审判日将到来。亚当得知上帝的公正,表示愿意服从上帝。米迦勒劝亚当信仰、爱戴上帝,告诉夏娃上帝的秘密,然后带他们走出伊甸乐园,来到人世间。

《失乐园》采用倒叙手法,分两条线索来铺展情节。人类始祖亚当、夏娃偷吃禁果失去地上乐园的故事是史诗的第一主线;撒旦率军反抗天帝,被打入地狱而失去天上乐园的故事是史诗的第二线索。两条线索在第 9 卷中撒旦引诱亚当、夏娃犯罪时交汇。

作为约翰·弥尔顿一生中最伟大的诗作,《失乐园》这部描写人类堕落的长篇史诗中有不少经典的人物形象,但对撒旦的描写最圆满、最突出、最成功。全诗以很大篇幅描绘撒旦,描绘他在天堂失宠,图谋复仇,诱致夏娃食禁果等一系列反叛行为,以及他的百折不挠、自强不息的豪情气概。在《失乐园》中,撒旦的形象被刻画得英勇庞大,气势宏伟。弥尔顿不吝笔墨地写撒旦的气宇轩昂、勇敢无畏,写他的悲壮、他的傲岸,无疑渗透着自己的反抗精神,尤其是第 1 卷和第 2 卷对撒旦的描写。

第 1 卷通篇是撒旦的自我表白,他对上帝自然是百般诋毁,并显示出百折不挠的英雄气质。他不向逆境低头,在失败中寻找东山再起的时机。他的气势惊天动地,他的姿态大义凛然:"弱者是可怜虫";"在地狱君临天下强于在天国卑躬屈膝"。他具有领导人物所需要的胆略和智慧、贯通古今的知识、表达见识的口若悬河的口才,以及见机行事的通达。他有着王者的赫赫气概,当他挺立起自己硕大的身躯,手握长矛,背负巨盾,跋涉热浪高声疾呼时,"整个空洞的地狱深渊都响起了回声"。昏迷的部下们一听到他的声音,不顾剧痛振翅而起,就如当初服从"伟大首领的卓越号令"一样,聚集在领导者的周围。他号召他们东山再起,自己一马当先,去完成艰巨的使命。他的追随者,诗人形容他们宛如春天的蜜蜂,年轻力壮,成群结伙,在清露和鲜花中间往来不停地飞翔:

他们向他卑躬敬畏地弯腰，

歌颂他，好像天上至高的神一样；

并且都表示自己对他的谢意，感谢

他为了大众的安危而忘己的精神。

第2卷中，作家继续称撒旦是王者赫赫，显现出信心十足、所向披靡的气概。第1和第2两卷形容撒旦时多有褒扬词语。

撒旦及其追随者反抗上帝及其权威，尽管最后惨遭失败，但弥尔顿显然是站在撒旦一边的。诗中所容纳的不畏强权、反抗专制的革命内容是十分明显的。撒旦与上帝的冲突和对抗实际上是当时英国社会代表自由的国会和专制顽固的王政势力之间斗争的写照。德莱顿认为撒旦反抗上帝可能暗示弥尔顿反抗复辟的查理二世。

《失乐园》有着自己独特鲜明的艺术特色，风格浑朴、高雅、庄严，引人入胜，读来颇有荷马、维吉尔的作品的味道。

第一，长诗风格宏伟，格调高昂。弥尔顿用一万多诗行来吟咏天堂、地狱以及上帝、人类和魔鬼之间发生的故事，过去、未来和现在的情景交错展开，结构巧妙而宏大。人物活动的场景气势雄浑，人物塑造也显出恢宏的气魄。诗人还擅长以神话传说和雄伟事物作喻，多采用气势强烈的跨行诗句，有力地突出了全诗的宏大壮丽和高昂格调。

第二，史诗的讽喻巧妙而隐蔽。弥尔顿借用"《旧约圣经》中的词句、热情和幻想"，来反映资产阶级的革命斗争。《失乐园》在宗教的外衣下，潜伏着弥尔顿的政治思想。在《失乐园》中，诗人借天使米迦勒之口，痛斥反动国教的主教牧师们是"残暴的群狼"，指责他们僭用灵权，沽名钓誉，"把一切天上神圣的奥秘"，变成自己的私利和野心。亚必迭的形象是革命失败后诗人的自我写照，却借助反抗撒旦谋反的形式表现出来。

第三，节奏和音调十分出色。《失乐园》是弥尔顿失明后口授而成，采用了抑扬格五音步无韵体诗，多采用"弥尔顿式"的连贯长句和独特的拉丁文句法，声响极为悦耳，韵律特别优美，全诗抑扬顿挫，流畅而变化多端，整首诗如长江大河奔腾澎湃、气势非凡，常能动人心弦，丁尼生称之为教堂里奏出的"风琴乐音"。

此外，《失乐园》还创造性地采用了中世纪文学的象征和寓意手法。诗中不同背景中某些词语的象征性重复，复杂的明喻夹杂着暗喻，具有拉丁意义的双关语，无意识地运用一些反讽意义的短语，加上大量的《圣经》典故和暗引，这一切使全诗有海纳百川而成汪洋的气魄。

总之，《失乐园》折射出英国17世纪的时代精神。人类被逐时的凄惶，撒旦失败后的创痛，都流露出那个特定时代人们的苦闷和忧伤。诗人在卷首表明史诗的主旨是"阐述永恒的天理，向世人昭示天道的公正"，寓意深刻。当时资产阶级革命又被称为清教革命，清教徒弥尔顿又是光明磊落的革命斗士，清教思想与革命思想交织在一起，奏响了《失乐园》的主旋律。

### (三)约翰·德莱顿的诗歌创作

约翰·德莱顿(John Dryden,1631—1700)生于提彻马西村一个富足的乡村家庭。1644年，他被选送到威斯特敏斯特学校，享受国王奖学金待遇。1650年，德莱顿进入剑桥三一学院，学习古典作品、修辞和数学。1658年，德莱顿发表他的第一部力作《英雄诗章》。1660年，他又创作了《正义归来》，为君主制唱赞歌。王政复辟之后，德莱顿开始效忠新政权。为了表示对复辟的欢迎,他于1662年发表了《献给神圣的陛下:贺国王加冕》和《致大法官》。1667年,写出了长诗《神奇的年代》,这首诗对他后来获得"桂冠诗人"称号起到了关键的作用。之后,德莱顿迎来了自己一生中最大的成就:讽刺诗。他的模仿史诗《莫克弗莱克诺》不仅使描写对象以出人意料的方式显得十分重要,而且使得荒诞可笑的事物成为诗歌创作的材料。随后创作的《押沙龙和阿克托菲尔》(1681)和《勋章》(1682)延续了这种讽刺风格,抨击阴谋篡权的辉格党,以古讽今,文笔诙谐犀利。此外还有宗教诗《俗人的信仰》(1682),陈述宗教见解,表达对英国国教的歌颂和对天主教的斥责。1687年4月,德莱顿的颂诗《鹿与豹》问世。1687年的《圣·赛西里亚日颂歌》是德莱顿为庆祝基督徒殉道者圣·赛西里亚日而创作的。1688年,德莱顿托的"桂冠诗人"地位被马斯·沙德韦尔取代,从此他以写作为生,直到去世。

德莱顿一生才华横溢,创作了大量诗歌,尤以颂诗和政治讽刺诗而闻名。《英雄诗章》是德莱顿的第一部重要作品,主要是歌颂克伦威尔的功绩。诗歌流畅而有力,虽为颂扬之作却丝毫不给人以曲意逢迎之感。文章既没有攻击王权,也不涉及克伦威尔的宗教信仰。《神奇的年代》共304节,它以历史事件为题材,描写的是发生在1666年的两件大事:英国海军击败荷兰和伦敦大火。该诗采用五音步四行诗节,内容冗长,主要是歌功颂德。《俗人的信仰》共456行,采用英雄双行体写成。在这首诗中,德莱顿坦率地分析了当时的主要宗教问题。以下主要对下德莱顿的重要代表作《押沙龙和阿克托菲尔》《鹿与豹》《圣·赛西里亚日颂歌》进行简要分析。

《押沙龙和阿克托菲尔》是德莱顿最好的政治讽刺诗,也被认为是英语文学中最伟大的政治讽刺诗。该诗采用英雄双行体,引入《圣经》人物和故事来嘲笑辉格党企图立蒙玛姆斯公爵为查理二世继承人的做法。该诗由两部分构成,第一部分于1681年问世,由德莱顿执笔;第二部分发表于1682年,除了几段文字之外,其余文字是他人写的。该诗是个寓言,借用押沙龙反对大卫王的《圣经》典故来书写蒙玛姆斯反叛、天主教阴谋和驱逐危机等当时的政治事件,将蒙玛姆斯比作押沙龙,查理二世比作大卫王,夏夫兹伯里比作阿克托菲尔,将白金汉(德莱顿的宿敌)塑造成不忠的仆人泽姆瑞。押沙龙造反的故事见于《圣经·旧约》第十四和十五章。《押沙龙和阿克托菲尔》就讲述了最初的骚乱,并将谋反的主要责任归在夏夫兹伯里身上,将查理二世刻画成忠诚可敬之士。

《鹿与豹》诗共有三部分:第一部分采用寓言方式描述了英国国内的各个教派;第二部分用雌鹿代表天主教,用豹子代表英国国教,描写二者之间的论战;第三部分继续这二者之间的对话,并展开德莱顿个人的宗教讽刺。德莱顿高明之处在于成功运用妙趣横生的诗行进行论证和说理。

《圣·赛西里亚日颂歌》优美无比,先后被17和18世纪的两位著名音乐家谱成曲子传唱。在这首颂歌中,德莱顿写道:音乐从混沌之中创造了整个世界,天籁之音创造了整个宇宙;从最高音阶到最低音阶的音律代表着伟大的造物之链,人是这一链条上最后的造物;音乐能唤醒人们身上的各种感情;圣·赛西里亚的音乐恰如天籁之音,引得各位天使也不知不觉从天上来到人间。

总体来说,德莱顿通过创作讽刺诗、颂诗和宗教诗等确立了一种标准的诗歌形式——英雄双行体,标志着英国诗歌中古典主义的确立,这无疑为18世纪的蒲伯等人的诗歌创作奠定了坚实的基础。

# 第四章　18世纪英国小说与诗歌的创作发展

18世纪以"理性崇拜"为核心,反对君主王权,崇尚自然理性的启蒙思想笼罩着英国,人们不仅强烈要求废除对抗封建残余势力,而且也希望建立一个自由、平等、博爱的"理性王国",在这样的一个背景之下,英国的小说与诗歌创作产生了新的发展。在小说创作领域,现实主义小说和感伤主义小说比较流行。在诗歌创作领域,古典主义诗歌和感伤主义诗歌的创作成就比较突出,同时,浪漫主义诗歌出现了萌芽。可以说,18世纪的英国,无论是在小说创作领域还是在诗歌创作领域都是值得我们去关注的。

## 第一节　启蒙运动与英国小说、诗歌

18世纪欧洲历史发展的总趋势是广大人民的反封建斗争空前激烈。1789年的法国大革命就是这一历史时代的表征。这次革命的意义远远超出法国的国界,预示了整个欧洲的历史趋势。正如马克思所指出的:它不是一国范围的革命,而是"欧洲范围的革命";它"不是社会中某一阶级对旧政治制度的胜利",而是"宣告了欧洲新社会的政治制度";它不仅反映了它本身发生地区的要求,"而且在更大得多的程度上反映了当时整个世界的要求"①。在这样的一个背景之下,欧洲掀起了启蒙运动。

站在启蒙运动前沿的是法国的伏尔泰、孟德斯鸠、狄德罗、卢梭等启蒙思想家。他们以资本主义经济发展为基础,以自然科学主义和唯物主义哲学为指导,以人文主义思想为根基,崇尚理性,提出"自由、平等、民主"等口号来鼓动民众与他们一起向旧观念挑战。启蒙运动是文艺复兴反封建、反教会斗争的继续和发展,不过,在资产阶级革命迫在眉睫的形势下,它比那时的人文主义运动带有更加强烈、更加明显的政治革命的性质。

启蒙主义者对封建制度及其上层建筑进行了全面的有力的批判。他们认为宗教迷信和专制政治是封建制度罪恶的集中表现,是"拴在人类脖子上的两大绳索"(狄德罗),因此,科学与进步的死敌就是宗教。启蒙主义者以唯物论批判宗教和封建制度的理论基础——唯心主义,以自然神论或无神论来否定基督教的神权和宗教偶像,他们还以"自然法则"和"天赋人权"的理论来反对封建专制统治和贵族特权。

利用"理性",启蒙思想家对封建制度进行了批判。他们认为,人的理性是一切现存事物的最高裁判。恩格斯指出:"他们不承认任何外界的权威,不管这种权威是什么样的。宗教、自然观、社会、国家制度,一切都受到了最无情的批判;一切都必须在理性的法庭面前为自己的存在作辩护或者放弃存在的权利。……以往的一切社会形式和国家形式、一切传统观念,都被当作不合理

---

① 马克思:《资产阶级和反革命》,见《马克思恩格斯选集》(第1卷),北京:人民出版社,1972年,第321版。

的东西扔到垃圾堆里去了。"①

启蒙运动的兴起,带来了启蒙文学的兴盛。启蒙文学具有反封建、反教会的性质,其核心是理性崇拜。在这样的一个背景之下,英国成为启蒙文学中的佼佼者。

18 世纪时,英国经历了剧烈而深刻的社会变革。1688 年的"光荣革命"推翻了复辟王朝,确定了君主立宪政体,建立了资产阶级和新贵族领导的政权。此后,资本主义制度在英国逐步确立。在这一时期,贵族土地所有制向资本主义生产方式过渡,金融投机活动在为金融寡头和工商业者的经济利益服务的国家政策保护下日趋发展。英国政府以殖民制度、保护关税制度、国债制度和近代课税制度等来促进工商航海业的发展。同时,为了获得更多的市场,政府加强对外掠夺,连年进行殖民战争。英国殖民者依靠残酷的暴力,对印度进行了赤裸裸的洗劫。他们用种种掠夺手段攫取他国财富,积累了巨额资金,为工业革命提供了必要的经济前提。

当时英国社会上日益高涨的反封建运动及新兴资产阶级登上政治舞台决定了资产阶级启蒙主义时期文学的特征,即主要描写资产阶级的生活,表现他们的情感和愿望,歌颂资产阶级的精神风貌,同时,它又以"理性"为武器,兼具扫荡封建残余的任务。

18 世纪初期,古典主义在英国显示有重要的地位,随后现实主义、感伤主义、浪漫主义逐渐兴起,并影响了欧洲其他国家。

受古典主义、现实主义、感伤主义的影响,英国的小说与诗歌创作在 18 世纪呈现出了不同的面貌。在小说创作领域,小说家大都关心社会问题,他们借鉴人们日常生活用语进行创作,采用现实主义的表现手法,并将故事融入其中,描写现实生活和生活中的人物,注意描写环境和刻画人物性格,使用日常生活中的语言。有的强烈表达了资产阶级思想感情和愿望,有的对封建阶级进行揭露,其共同点是都脱离开英雄主义及中世纪浪漫主义的影响,更注重塑造有血有肉的丰满的人物形象。他们的作品较广泛地反映了初期资本主义社会的现实生活,适应了日益增长的中产阶级各种读者的要求,并为 19 世纪的现实主义文学发展准备了条件。与此同时,受感伤主义的影响,感伤主义小说颇为流行,感伤主义强调情感的宣泄,并通过自然景物、忧郁环境和人物的不幸遭遇,有意识地努力唤起悲伤之情,来加以分析、欣赏和享受。感伤主义作家在创作上突破理性原则的束缚,强调感情的力量,使整个文学的基本情调发生转变。他们夸大情感作用,细致描写人物的心情和不幸遭遇,对受压迫者的疾苦表示怜悯。他们的资产阶级人道主义思想对 19世纪浪漫主义的产生和发展具有很大的影响。

在诗歌创作领域,诗人们主要是借用古典主义的表现手法来描写当代资产阶级的生活,作品中充满了肯定现实生活,满足于现存秩序的思想情绪。受感伤主义的影响,在诗歌创作领域,出现了一批创作带有感伤色彩诗歌的诗人,从而形成了感伤主义诗歌这样一个类别。在古典主义诗歌流行的同时,一股反古典主义的诗歌创作潮流也在涌动着,这股潮流最终导致了诗歌创作的浪漫主义倾向。

---

① 恩格斯:《社会主义从空想到科学的发展》,见《马克思恩格斯选集》(第 3 卷),北京:人民出版社,1972年,第 404～405 页。

# 第二节　18 世纪英国小说的创作

18 世纪是英国小说崛起的世纪,在这个世纪中,英国社会发生了巨大而深刻的变化。随着君主立宪制的确立,资产阶级和新贵族领导的新政权得到了稳固,并最终让资本主义制度在英国确立了起来。随着政治格局的转变,文学艺术以及思想领域都受到了一定的冲击,小说作为 18 世纪英国文学的主要样式,以其特有的手法将当时英国社会变化发展呈献给了读者,从而掀起了英国文学史上崭新的、充满生机的一页。

## 一、18 世纪英国现实主义小说的创作

与之前的小说创作相比,到了 18 世纪时,英国的小说基本成型。在这一时期的小说创作中,现实主义创作手法受到了小说家们的青睐,从而产生了一批现实主义小说作品。在这些现实主义小说作品中,小说的主人公不再是神话、历史传说或过去的文学经典,也不再是王公贵族或骑士,而是普普通通、切实可信的中下层人物。在叙述方式上,他们继承了流浪汉小说的叙事模式,中心人物主要为推进情节服务,故事情节以单线发展为主,仍处在"故事小说阶段"或"生活故事化的展示阶段"。在这一阶段进行现实主义小说创作的主要是丹尼尔·笛福(Daniel Defoe,1160—1731)、乔纳森·斯威夫特(Jonathan Swift,1667—1745)、亨利·菲尔丁(Henry Fielding,1707—1754)和萨拉·菲尔丁(Sarah Fielding,1710—1768)。在这里,我们主要对他们的现实主义小说创作情况进行分析。

### (一)丹尼尔·笛福的现实主义小说创作

丹尼尔·笛福(Daniel Defoe,1660—1731),原名为丹尼尔·福(Daniel Foe)。他出生于伦敦一个中下层阶级的小商人家庭,父亲经营一家肉店。他从小在专为不信奉国教的新教徒设立的学校中学习,受到了良好的教育。他的家人希望他能够成为一名神职人员,但是后来他中途辍学,放弃了成为牧师的打算,从事经营内衣、烟酒、羊毛织品、制砖业等商业贸易。从学校毕业后,笛福作为一名商人在欧洲各国游历,曾经到西班牙、意大利、法国和德国经商旅游,颇有成就。

1684 年,笛福与一富商的女儿结了婚,妻子的一笔陪嫁费便成了他的商业投资。1685 年,笛福参加了蒙默思公爵率领的新教教徒暴动,反对信奉罗马天主教的国王詹姆士二世,暴动失败后,他被迫出国而在欧洲客居,在此期间,他一直撰写文章抨击詹姆士二世。1688 年,荷兰信奉新教的威廉三世登陆英国,笛福参加了威廉三世的军队,并成为其狂热的追随者,对建立一个新政府表现出浓厚的兴趣,为此还发表了一些政论文。1692 年,他因盲目投资、经营不善宣告破产,为了谋生,干过各种工作,从事写作。1695 年,他返回英国,并将自己的姓氏改为"笛福"。1702 年,笛福发表了政论《铲除新教徒的捷径》,运用反讽手法抨击政府对非国教徒的迫害与限制,反对国教压迫不同教派人士。这篇言辞激烈、讽刺辛辣的政论使教会和政府大为恼怒,1703 年,政府下令逮捕笛福,次年 5 月笛福入狱。除了判处罚金和入狱外,他还被戴枷示众。在示众的前几天,他写了一首《立枷颂》讽刺了法律的不公。后来,在牛津伯爵罗伯特·哈利的帮助下,笛福最终出狱。

　　1704 年,笛福创办了《法兰西与全欧政事评论报》,这是英国第一份不依赖政府而讨论政治思想的刊物,报上的文章也几乎均出于笛福之手,无所顾忌的言论使他树敌颇多,在此期间,他又因为写文章而短期入狱。1713 年这份报刊停办后,他又办了几个刊物,但很快便停刊。之后,年迈的笛福逐渐把精力转移到文学创作上来,尤其是他的许多著名的小说都是在这个时期创作的,如《鲁滨逊漂流记》。但是由于债台高筑,他不得不离家躲藏起来,他最后的三年时光是在贫困中度过的,1731 年 4 月 26 日,笛福在摩尔菲尔德的家中去世。

　　笛福一生写作勤奋,作品甚丰,一生发表了 200 多部散文作品,广泛涉及政治、经济、宗教、哲学、婚姻、文化等各个领域。他还办过多种报纸,被称为“现代新闻报道之父”。他的创作可分为 60 岁以前和 60 岁以后两个阶段。60 岁以前他以写政论文、新闻报导为主,60 岁以后则以小说创作为主。他共创作了 15 部现实主义小说,大都以真实的社会生活为基础,运用现实主义的表现手法,在人物塑造、细节和语言描写方面独树一帜。其中,较为著名的有《鲁滨逊漂流记》《摩尔·弗琳德斯》《罗克珊娜》《海盗船长》和《大疫年的回忆》。

　　《鲁滨逊漂流记》是笛福的小说中最著名的一部。小说参照了离家出走并被困在荒岛上的水手亚历山大·塞尔科克的真实经历。在这部小说中,小说的主人公鲁滨逊不安于平庸、舒适的家庭生活,总想干一番事业,任何艰难险阻都改变不了他的决定。19 岁时,他不顾父母反对和苦劝,只身前从舒适的家中出走去海外经商闯荡。他第一次出海时,乘坐的船只便因遇到风暴而沉没了,但他侥幸逃命并到了英国。不过,他并没有被第一次的不幸出海经历所吓倒,而是又开始了第二次出海。在这一次的出海过程中,他赚到了一些钱,并学到了许多航海和数学知识。不久之后,他又开始了自己的第三次出海。但这一次,他并没有像上次那样幸运,而是在途中不幸为土耳其的海盗船俘虏,被卖到北非做了奴隶,后来他趁出海打渔驾船逃离北非,被一艘葡萄牙船所救,并随船来到巴西。在巴西,鲁滨逊经过多年努力建立了自己的种植园,并取得了可观的经济利益。为了能够扩大种植园的规模,他在朋友的怂恿和劝说下决定去非洲购买黑奴,于是又再次出海。在这次出海的过程中,鲁滨逊所坐的船遇到了风暴,不幸触礁,只有鲁滨逊漂流到了一个荒岛上,从此,他便开始了一个人在荒岛上的生活。在流落荒岛十二年后的一天,鲁滨逊在沙滩上发现了人的脚印。后来,他成功地从以人为食的野蛮人手中救下一个即将被杀死的土人,并用获救那天的日子给他起名“星期五”,让他成为自己的仆人。“星期五”非常勤劳、聪明,很快就能用英语与鲁滨逊进行交流。从“星期五”那里,鲁滨逊得知不久前失事船只上的西班牙海员已被食人族救起。鲁滨逊感到这是与西班牙人取得联系的途径。于是,他们打造一条小船,准备离开。在将要离岛时,他们忽然发现 21 个食人族正乘独木舟向他们驶来,鲁滨逊和“星期五”杀死了大部食人族,救下 3 名俘虏。八天后,一艘英国船朝海岛驶来,船上水手哗变,船长和两名忠实于他的水手被抛在岛上。鲁滨逊和“星期五”帮助船长制服了叛变的水手,最终乘船回到了英国。到达英国后,鲁滨逊发现只有两个姐姐还健在,其他家庭成员都已故去。鲁滨逊从一位寡妇手里拿回了自己的财产后便到里斯本去见了他的恩人——那位葡萄牙船长。他从年迈的船长那里得知,他在巴西的庄园经营得很好,之后他决定把庄园卖掉,这使他赚了一大笔钱。他把其中的一部分赠予两个姐姐和那位寡妇。他还多次回岛看望,派人继续开垦,成为该岛的统治者和立法者。

　　在这部小说中,笛福成功地塑造出了一个典型的资产者形象,恩格斯曾经评价鲁滨逊是“一个真正的‘资产者’”,这是因为他“第一次证明了人的活动能够取得什么样的成就”;他也不满足

"沦落为一个仅仅处在自然状态的生物"[①]，他用人类所特有的智慧改善自己的生活，他用资产阶级的文明去衡量自己的成就，他体现出了资产阶级的性格特点。比如鲁滨逊出身平民，无遗产可得，他靠自己辛勤艰苦的劳动、奋发进取的精神、坚韧不拔的毅力及敢于冒险不惧困难的热情，与人斗，与大自然斗，逐步创造和积累了财富，这与资产阶级的进取精神十分吻合。鲁滨逊虽身处荒凉的孤岛之上，但他的所作所为充分表现出了一种新资产阶级积极向上的典型人物的特征，或者说他是个处在上升时期的资产阶级、尤其是中小资产阶级的理想化身。与此同时，鲁滨逊的行为也染上了殖民者的色彩。书中的许多描写暴露出鲁滨逊不折不扣的殖民者心态。比如，在鲁滨逊流落荒岛，环顾四周时，他心里这样想：

> 这一切现在都是我的，我是这地方无可争辩的君王，对这儿拥有所有权，如果可以转让的话，我可以把这块地方传给子孙后代，像英国采邑的领主那样。

当他救出星期五的父亲和在岛上落难的西班牙人时，他自豪地宣称：

> 全岛都是我的财产，因为我具有一种毫无疑问的领土权。其次我的百姓都完全服从我，我是他们的全权统治者和立法者。

很显然，这种典型的殖民统治者形象反映出英国资本原始积累时期所特有的气息和风貌，表现出资本主义发展时期的社会面貌。可见，虽然鲁滨逊的形象是正面的、光彩的，但从另一方面来看，这一形象是平面的：他感情枯竭、想象力衰退，过于务实，缺乏温情和人性，他不需要爱情和家庭，只有强烈的物的占有欲；他也不需要平等的族类，只接受"主/仆"这种征服与被征服的人际关系。

小说一开始就通过鲁滨逊的父亲对他的教诲，把当时英国社会中地位不断上升的中产阶级的心态淋漓尽致地勾勒了出来：

> 父亲严肃而又十分明智，由于预见到我计划中存在危险，他给我的忠告严厉又精辟……他问我除了仅仅想在海外瞎闯外，我还有什么理由离开自己的家庭和故土呢！在家里，我可以依靠家人的帮助，有着光明的前途。通过自己的努力和勤奋，可以过上一种安逸而舒适的生活。他告诉我，那些到海外去冒险、去创业，或是想以此扬名的人，一种是穷途末路之人，另一种便是充满野心的人。这两种情况，对我来说，是高不成低不就。他说我的社会地位居于两者之间，也可以称作中间的阶层。以他长期的社会体验，他认为这恰是世界上最理想的阶层，最能予人以幸福。这不同于那些体力劳动者那样吃苦受累，也不像那些上层阔人那样，被骄奢、野心、猜忌所充斥而感到烦恼……他要我认识到，上层社会和下层社会的人都会经受生活的不幸，而中间阶层的人则很少遇到灾难，更不会像前两种人的生活那样大起大落……只有中产阶层的人们才最有机会享受生活中的一切美好品德和舒适欢乐，平和、富裕是中产人家的随身之宝。他又说，遇事沉稳，温和谦逊，健康的体魄，愉快的交际，令人欢喜的娱乐，称心如意的志趣，所有这些幸福都属于中间阶层的人们。中间阶层的人们可以平稳安闲地过日子，不必劳心费

---

① 聂珍钊：《外国文学史》，武汉：华中师范大学出版社，2010年，第117页。

力为每天的面包而过着奴隶般的生活，使得身心得不到片刻的安宁；也不必为成名发财的欲望所困扰，只不过想愉快舒适地生活，品尝着生活的甜美，在没有苦难的生活中，越发地体会到生活的幸福。

这段话是鲁滨逊向他的父亲表明自己准备到国外探险的打算时，他的父亲对他说的。从这段话中，我们可以看到父子二人所持的不同观点。这两种观点反映了当时英国社会中存在的两种不同的人生态度和思维方式。这两种方式看似矛盾，实际上却相辅相成，前者在英国国内建立起了当时世界上最完善的政治法律制度并促进了资本主义工业体系的产生和发展；而后者则推动了英国对外扩张，击败欧洲其他列强，在海外建立殖民地，掠夺殖民地人民的财富和资源，并贩卖黑奴赚取高额利润等。二者均为英国资本原始积累的顺利进行创造了条件。

总之，《鲁滨逊飘流记》具有多重的结构特征，它将冒险故事、人物传记、异域游记、自给自足的乌托邦幻想以及政治经济寓言熔于一炉，在具有强烈真实感的表面之下为读者提供了多种不同理解的启迪。因此，这部小说的社会认识意义远远超过了作者本人及当时评论家们的预见和想象，也超越了小说本身的价值。作为英国文学史上的一个里程碑和新起点，《鲁滨逊飘流记》是英国文学发展到18世纪的特定产物。它在结构技巧上既具有当时虚构作品的许多特征，同时又反映了笛福新颖奇特的独创性，但从整体上来看，可以说，使笛福成功的主要不是这部小说的艺术性，而是小说中人物的生存状况、生活态度和各种不凡遭遇以及奋斗的精神特征。

《摩尔·弗琳德斯》与《鲁滨逊飘流记》具有相似的结构，这部小说的主人公摩尔出生在狱中，母亲是一个惯犯，后来被放逐到英属美洲殖民地弗吉尼亚。摩尔在英国被别人抚养长大，过着较为舒适的生活，对自己的身世也一无所知。后来她不幸遭该家哥哥的诱奸，又被迫嫁给他弟弟，她的人生从此开始了新的转折。她一再婚嫁，并做过几个男人的情妇。第一任丈夫病死，第二任丈夫弃她而去，第三任丈夫竟是她同父异母的兄弟，她发现这一乱伦婚姻后便撇下丈夫和孩子独自回到英国。第四任丈夫是她最为挚爱的詹姆斯，但是迫于经济的需要，她在48岁时不得不和第五任丈夫结婚。后来，她的第五任丈夫因为经济破产而死去。摩尔此时的生活陷入到了绝境，因为年老色衰，她不能再通过婚姻的方式来获得经济上的改变，所以她走上了盗窃的道路。受盗窃需要的影响，她采用假名、假身份混迹于人群中，从小偷小摸到大偷大盗，从城市到乡村，从一个人单枪匹马行动到合伙聚群地干。她偷出了瘾，以致最后被抓住投入出生地的新门监狱。在狱中，摩尔巧遇第四任丈夫詹姆斯，两人双双发配去了弗吉尼亚。醒悟后的摩尔决心痛改前非，重建新生活。不久，她意外地从母亲那儿继承了一个种植园，使晚年生活过得充实而幸福。

《摩尔·弗琳德斯》是笛福描写英国女性生活的第一部作品。在这部小说中，摩尔的犯罪与鲁滨逊的冒险一样，原动力都是"金钱"。通过对女主人公一生的坎坷经历描写，这部小说反映了英国下层女性在男权社会中的挣扎，展现了她们的复杂心理状态。摩尔渴望爱情，周旋于众多男性中间，希望找到经济上的靠山，然而一次次的欺骗使她不再相信爱情；在金钱的驱使下，摩尔又不择手段，在环境的逼迫下走上堕落的道路；然而，摩尔又有本性中善良的一面，她常常因为罪孽的举止处于内心的自责中。摩尔渴望体面和富有，她说："口袋里有了钱，你会处处感到自在。"她向上帝祈求："请不要给我贫穷，否则我要去偷。"但贫困和不幸等种种厄运不断向她袭来，使她不得不走上犯罪的道路。从小说中我们可以看出，笛福认为社会应该为摩尔的堕落负主要责任。

在摩尔的身上，我们可以看出她主要具有三个性格特点。

第一个性格特点，摩尔既有当代女性的独立意识，同时也有对男性的依赖性。当她的初恋被愚弄后,她不再相信男性。在她的第一任丈夫死后,她利用自己的年轻和美貌周旋于各个爱慕者之间,产生了对男性的优越感,从而觉得自己不用再依靠男性:

> 现在我在世上真可以说是无牵无挂。我还年轻,仍很漂亮……很快,我就以"漂亮的寡妇"出名了……一大批傻瓜都围着我转。他们对我是千般献媚,百般追求,还自称是我的情人。但他们当中我一个也看不上眼。现在,这些男人设下的陷阱,我可以一眼看穿,决不会再陷进去了。我现在的情况与上次(初恋)大不一样。现在我自己袋里有钱,用不着向他们求什么。我已经被称之为"爱情"的弥天大谎欺骗过一次了,这种把戏应该结束了。我已铁下了心:要么嫁人;要嫁就要嫁得好,否则宁愿不嫁。

但是随着时间的流逝,摩尔知道自己会失去年轻和美貌的资本,于是她又产生了对男人的依赖性,希望可以找到一个人做靠山。

第二个性格特点,摩尔既有对强烈的拜金主义意识,又有对真情的渴望。为了金钱,摩尔不择手段,但是到了中年以后,她希望自己可以成为一个贤淑的妻子,为此,她和她的第四任丈夫过了5年平静的生活,但是当她的丈夫失去金钱后,她再次产生了对金钱的欲望:

> 我现在的处境真是悲惨到极点了。在好几方面,比以前任何时候都要糟糕。首先,我的青春已逝去。从前我还能做男人的情妇。但现在,我可以说,已是人老珠黄不值钱了。
>
> ……
>
> 在这样凄凉颓丧的心情下,又过了两年。本来就少得可怜的钱更是一天天少下去。我的处境是这样的悲惨,我只能哭哭啼啼,无计可施。这无异于等死,我没有任何指望有人会来帮助我,也没可能指望上帝会帮助我。由于我整天痛哭流涕,可以说泪水也流干了。我越来越穷了,真是到了走投无路的地步。

由于再也无法从男人那里获得体面生活必需的经济支持,摩尔最终堕落成了一个窃贼。

第三个性格特点,摩尔既不断地进行着道德上的堕落,又时常会自责。在与不同的男性交往过程中,摩尔常常会反省自己的不检点行为,把自己称作妓女,而随后却为自己辩解,认为自己是生活所迫:"如果我不能做个正派的女人,那是因为贫困,而不是因为情欲",认为自己一旦结婚,肯定会是个忠实、贤惠的妻子。后来由于"生活所迫"成为盗贼后,在犯罪的泥潭越陷越深的过程中,摩尔也不止一次地对自己突破人类最基本的道德底线而忏悔不已,而这种内心的自责并没有阻止她继续犯罪。自责过后便又是新一轮技艺更加高超的偷盗行为。这样的循环往复使摩尔最终成为伦敦小偷们崇拜的教母,也最终使她与她的母亲一样被抓进了新门监狱。

总之,《摩尔·弗琳德斯》成功塑造了一位具有性格深度的主人公,她勇敢聪明,个性鲜明,富有激情。不少评论家认为这是一部可以和《鲁滨逊漂流记》相媲美的伟大小说。

《罗克珊娜》曾有一个副标题叫"一个幸运的情妇"。与笛福的其他小说相比,这部小说的主人公经历更为丰富、性格更为独特,其命运也一波三折、更为凄惨。小说的主人公罗克珊娜出生于法国的一个新教徒家庭。虽然从小就很聪明、能干,但罗克珊娜却不幸流落伦敦。由于长得很漂亮,15岁时罗克珊娜就嫁给了伦敦的一位大酒商,过上了富贵的生活。然而好景不长,丈夫的挥霍奢侈使得他的财产迅速缩水,再加上生意破产,这位富有的商人选择了离开,留下了毫无经济来源的罗克珊娜和5个年幼的孩子。出于无奈,罗克珊娜硬着心肠送走了5个孩子,之后又利用自己的天生丽质作为赚钱的资本。她用漂亮的谎言及高超的手腕与富豪、爵爷们打交道,并赴欧洲各国,成为不少名流、富豪乃至德国亲王的情妇。她口袋里的钱一天天多了起来,但虚荣心及对金钱的欲望也越来越大。虽然她希望自己不要干坏事,免得死后入地狱,但仍不择手段地聚敛财富。后来她终于结束了"幸运情妇"的生活,与荷兰一商人结婚。当她打点行装准备去荷兰定居安度晚年时,她与前夫所生之女突然造访认母。她的真相因此将彻底暴露,罗克珊娜陷入了认不认女儿的困境。忠心的女仆艾米欲杀其灭口,罗克珊娜害怕靠欺骗和隐瞒建立起来的舒适生活会毁于一旦,竟同意了杀人灭口的建议,最终导致女儿消失。

与《摩尔·弗琳德斯》一样,《罗克珊娜》也反映了一位聪明美貌、机智勇敢,爱丈夫,爱孩子,并不是天生的"女贼"或"荡妇",而最终因为环境的原因被迫走上了堕落乃至犯罪的道路的女性形象,揭示了在黑暗社会环境中,清白的弱女子为了生计一步步走向堕落,她们是"畸形社会制度下的牺牲品"[①]。由于对这些女性的深切同情,所以在小说中,笛福未将罗克珊娜写成坏女人,而是还处处显露出她们具有人性善良的一面,这也证明在他看来,贫困是导致她们所做的一切的主要根源。在小说中,罗克珊娜说出了贫穷的可怕:

> 贫穷是我的陷阱,多可怕的贫困!过去的处境太悲惨了,一想到再过那样的日子,我的心都会发抖。
>
> ……
>
> 我的判断是正确的,但我的处境诱惑着我这么做;前景是可怕的,但回顾过去则更可怕,那缺少面包的吓人情景,以及想到可能再过那种痛苦万状的贫穷生活,这都促使我下定决心,做出以上的让步。

对于罗克珊娜来说,男人只是她牟利的工具,而不是恋爱的对象。

《海岛顿船长》出版于1720年,主要讲述的是主人公幼年被绑架,当了海盗,在非洲和东方冒险致富的故事。批评家认为它是一部现实主义杰作。小说主人公年幼时曾是富商的孩子,被人诱拐后卖给一个吉普赛女人,取名鲍勃。后来,吉普赛女人被绞死,鲍勃跟着一个船主出海。船被海盗劫持,鲍勃又给一名舵手做仆人。因为受到主人的百般虐待,他加入了哗变船员的行列,不料这场斗争最后因被人告密而失败。鲍勃等一行人被流放到一个荒岛上。在岛上,他们造了一条船,并航行前往非洲大陆冒险。由于鲍勃的领导才能出色,被众人拥戴为辛格顿船长。在航行冒险的过程中,他们先是在大西洋边的黄金海岸掠夺了大量象牙和黄金,后来又成为海盗,驾船独自在亚洲和非洲抢掠商船,劣迹斑斑。在小说最后,鲍勃和威廉几经周折终于脱离海盗行当,携巨额财富回到英格兰过上了安定的生活。

在这部小说中,笛福揭露了强势的欧洲文明对弱势的亚非文明的进攻和征服。作为一名坚定的新教教徒,笛福在小说中对没有宗教信仰、无恶不作的海盗进行描写,含有一定的寓意。由于塑造人物略显粗糙,缺乏对人物内心世界的细腻刻画,《海盗船长》的影响力不如《鲁滨逊漂流记》。

《大疫年的回忆》出版于1722年,主要讲述了1665年伦敦发生大瘟疫时所发生的事。这部

---

① 高尔基:《俄国文学史》,上海:新文艺出版社,1956年,第457页。

小说通过目击者 H.F. 对当时的悲惨情景进行了描绘、小说写道：

> 我们在街道上行走时经常能听到女人和孩子们尖利的哭叫声从路旁的房屋的门窗传出来，她们可能在为垂死的，或已经死去的亲人而悲恸欲绝。这样的哭声足能使世上最冰凉的心融化。每家每户的人几乎都在痛哭流涕，但这只是在疫情发生的初期。到后期，人们的心逐渐地硬如磐石，因为死亡对他们来说早已成了家常便饭。他们不再为朋友的死而伤心动情，因为也许在不久之后，他们自己也将随之而去。

在这次瘟疫中，很多的家庭被官方隔离，富人还能请医生和护士进行治疗和护理，但穷人只能在绝望无助中等待死亡。有些人选择逃离伦敦，但是这些人往往会被其他地区的居民拒之门外，同时他们也会受到当地警察的驱赶和围攻，因为这些地区的人害怕伦敦出来的人将瘟疫带过来。

随着瘟疫的不断蔓延，人们开始变得很迷信，认为这是上帝在对人类进行惩罚，很多人都声称自己见到了鬼魅。在这样的一种状态下，一些人开始冒充先知、圣人，装神弄鬼，骗取金钱。

为了阻止瘟疫的蔓延，伦敦的各级官员采取了很多的紧急措施，一些心地善良的人也进行了捐赠，对生病的人表示了关心。H.F. 在叙述的过程中对这些人进行了赞扬，同时也指出了某些措施的局限性。

虽然作为历史小说而言，《大疫年的回忆》里面虚构的成分还较多，但是这部作品对于历史小说后来的进一步发展起到了一定的促进作用。

## (二)乔纳森·斯威夫特的现实主义小说创作

乔纳森·斯威夫特(Jonathan Swift,1667—1745)生于爱尔兰的首府都柏林，父母是英格兰人，父亲在他出生前几个月去世。因为家庭一贫如洗，母亲独自抚养遗腹子极其艰辛，斯威夫特不得不多年接受亲友的微薄、不甚情愿的周济，得以完成在都柏林大学三一学院的学业。很多文学史家因此认为，童年时期深深感受到的卑微和渺小，是导致斯威夫特后来桀骜与傲岸性格的主要原因之一。

斯威夫特在毕业后往来于伦敦和爱尔兰，为寻找工作而奔波，1689 年，他终于获得了独立工作的机会，成为摩尔庄园威廉爵士的秘书。在担任秘书漫长的 11 年间，斯威夫特体会到生活的酸甜苦辣和世态炎凉。威廉爵士对待斯威夫特十分严苛，仅将其作为下人看待，因此在心理上受到严重的压抑和创伤的斯威夫特常常躲在爵士的图书馆里发奋阅读，并在 10 年的时间如饥似渴地阅读了大量古典文学名著，这为他日后的文学创作奠定了良好的基础。1710 年，斯威夫特在爱尔兰一个偏僻小城里当了牧师。这时他常常往来于爱尔兰和伦敦之间，接近执政的辉格党，开始从事社会政治活动，并继续从事文学创作，写了大量政论文章。1710 年底至 1714 年，斯威夫特又靠拢了托利党，并为托利党的内阁大臣服务，主编报刊《考察家》，发表了不少政论作品。这时，他已成为极有影响的政治人物之一，但并未担任任何正式职务，也不受统治集团的收买。1714 年托利党失势后，斯威夫特定居爱尔兰，任都柏林的圣佩特里克大教堂教长。在那里，斯威夫特见识到了爱尔兰民不聊生、盗匪横行的社会现状，开始为这个苦难深重的民族鸣不平。他将关心与笔锋转到为爱尔兰人民争取独立自由和对英国统治者的批判方面。1726 年，斯威夫特完成了自己唯一的一部小说《格列佛游记》。10 年后，斯威夫特身染重病，精神分裂，头晕耳鸣，1743 年则完全陷入昏迷状态，1745 年病逝，被安葬在他晚年当过教长的教堂里，享年 78 岁。

作为斯威夫特唯一一部小说作品,《格列佛游记》以其独特的艺术性获得了英国评论界的高度赞誉。这部小说由四卷组成,讲述的是外科医生格列佛随船出海,经过利立浦特国(小人国)、布罗卜丁奈格(大人国)、飞岛、马国等虚构国度的离奇旅行和遭遇。

小说开始时,主人公格列佛乘坐的"羚羊号"在太平洋上遇风暴,船触礁沉没,他只身脱险,被风浪刮到利立浦特岛上,成为利立浦特国的俘虏:

> 我想站起来,却动弹不得;由于我恰好是仰天躺着,这时我发现自己的胳膊和腿都被牢牢地绑在地上;我的头发又长又厚,也同样地绑着,从腋窝到大腿,我感觉身上也横绑着一些细细的带子。我只能朝上看。太阳开始热起来了,阳光刺痛了我的眼睛,我听到周围一片嘈杂声,可我躺着的姿势,除了天空什么也看不到。过了没多大一会儿,我觉得有个什么活的东西在我的左腿上蠕动,轻轻地向前移着,越过我胸脯,几乎到了我的下巴前。我尽力将眼睛往下看,竟发现一个身高不足六英寸、手持弓箭、背负箭袋的人!

利立浦特国的居民身长不满六英寸,格列佛置身其中,仿佛山一般高大。他被拉到京城献给国王,由此见识了利立浦特国的种种风俗和制度。利立浦特国里有两党,即高跟鞋党和低跟鞋党;宗教有两派,大端派与小端派,以进餐时吃鸡蛋是从大端或是从小端打开为准:

> "……在外国人看来可能我们的国势显得很昌隆,实际上却被两大危机所苦:一是国内党争激烈,一是国外强敌入侵的危险。至于第一个,你要知道,七十多个月以来,帝国内有两个党派一直在钩心斗角。一个党叫作特莱姆克三,一个党叫作斯莱姆克三,区别就在于一个党的鞋跟高些,另一个党的鞋跟低些。事实上,据说高跟党最合古法,但不论怎样,皇帝却决意一切政府行政管理部门只起用低跟党人。这一点你是一定觉察得到的,皇帝的鞋跟就特别的低,和朝廷中任何一位官员比,他的鞋跟至少要低一'都尔'('都尔'是一种长度,约等于十四分之一英寸)。两党间积怨极深,从不在一块儿吃喝或谈话。据我们估算,特莱姆克三或高跟党的人数要超过我们,但是权力却完全掌握在我们手中。我们担心的是,太子殿下有几分倾向于高跟党,至少我们清清楚楚地看到他的一只鞋跟比另一只要高些,所以走起路来一拐一拐。而正当我们内息方殷的时候,却又受到不来夫斯库岛敌人入侵的战争威胁。那是天地间又一个大帝国,据我们所知,他的面积与实力和我皇陛下治下的这个帝国及其他一些大国几乎不相上下。至于我们听你说到过世界上还有其他一些王国和国家,住着像你一般庞大的人类,我们的哲学家对此深表怀疑,他们宁可认为你是从月球或者其他某个星球上掉下来的,因为身躯像你这么大的人只要有一百个,短期内就肯定会将皇帝陛下领地上所有的果实与牲畜吃个精光。再者说,我们六千月的历史除了利立浦特和不来夫斯库两大帝国外,也从来没有提到过其他什么地方。我下面要告诉你的是,这两大强国在过去三十六个月里一直在苦战。战争开始是由于以下的原因:我们大家都认为,吃鸡蛋前,原始的方法是打破鸡蛋较大的一端。可是当今皇帝的祖父小时候吃鸡蛋,一次按古法打鸡蛋时碰巧将一个手指弄破了,因此他的父亲,当时的皇帝,就下了一道敕令,命令全体臣民吃鸡蛋时打破鸡蛋较小的一端,违令者重罚。……"

从利立浦特国国王对格列佛所说的话中我们可以看到,国王的朝廷里到处是阴谋诡计,两个对立的政党尔虞我诈,相互倾轧纷争。

后来,利立浦特国王一心想灭掉敌国布来夫斯古,便派格列佛去把对方的舰队全抢过来。但格列佛不愿意,便潜水逃到布来夫斯古,修好小船后起航回家。

休整了一段时间后,格列佛登上"冒险号"向北美航行,在布罗卜丁奈格岛找淡水时被岛上的巨人抓获。布罗卜丁奈格的一切都高大得出奇,比如猫就有3条牛大,狗状如4只大象,田间小埂仿佛公路一般宽。这里国王贤明,法律公允,人民诚实善良,和睦相处。抓他的人是个农民。他把格列佛当作玩具给女儿玩。为了赚钱,这个农民又把他当作小玩艺装入手提箱里,带到各城镇表演展览,累得他奄奄一息。后来,王后为消遣而买下他。国王也召见他。格列佛与国王连续几天在一起讨论许多政治问题。后几经周折与艰辛,格列佛终于回到英国。

回到英国后,格列佛再次出海。他乘坐的"好望号"在马来亚一带遭海盗劫持。他被单独放在小帆船上,漂流到一个小岛上。一天,他发现空中有一个飞岛(勒皮他)。飞岛上的人把他吊上去。他们长得奇形怪状,整天担心天体突变、地球和彗星撞击并爆炸,等等,因此惶惶不可终日。格列佛还从天文学、天体力学,特别是磁学角度说明了"飞岛"的原理:飞岛上居住的是统治者,他们过着衣食富足的生活,并且可以通过飞岛的移动来控制下方的巴尔尼巴比岛上的阳光和降水,以此惩罚那里不听从他们的人。格列佛来到巴尔尼巴比岛参观时,那里的人民正因为反对飞岛上的统治者而遭受惩罚,缺吃少穿,土地荒芜。离开飞岛和巴尔尼巴比岛后,格列佛来到格勒大锥岛。那里的总督精通招魂术,在他的帮助下,格列佛见到了许多历史名人并和他们交谈。后来,格列佛离开格勒大锥岛,来到拉格奈格岛,见到一群长生不死的人。这种人只是长生不死,不是长生不老。而且他们想死也不能死,并因此伤感。最后,格列佛搭荷兰船只经日本回到英国。

对于航海生活,格列佛并没有厌倦,在他担任"冒险家号"船长后,再次起航,去往北美。航行途中,船员哗变,阴谋夺取了船只,他们把格列佛抛弃在海滩上。格列佛涉水上岸,进入智马国。在这个国度里,居主宰地位的是有理性、公正、诚实的智马,供智马驱使的是一种形似人类、生性卑劣、贪婪的畜类——耶胡。在智马国,格列佛努力学习智马的语言,由此得以和他的智马主人交谈,介绍自己的身世、来历和航海遭遇等。格列佛还通过自己的经历和观察,把耶胡和智马的方方面面进行对比、总结,觉得智马值得崇拜,并决定在智马国定居。然而,智马国却决定消灭耶胡,格列佛因为是一只有理性的"耶胡"而幸免,但必须离境。他被迫离开,经里斯本回英国。然而,在智马国5年的生活使得格列佛变成一个嫉恨人类的人,宁愿住在马厩里,与马为友。虽然他后来慢慢和家人亲近起来,但还是有很强的排斥感。

虽然《格列佛游记》勾勒出一个虚构的、童话般的神奇世界,但它以当时英国社会的真实生活为基础。小说集中反映了18世纪英国社会的各种矛盾,极其尖锐地讽刺和批判了英国君主制度的腐败和丑恶,淋漓尽致地揭露谴责了宫廷、议会、军界、警察、司法、文化、宗教等各领域中的黑暗与罪恶,狠狠地鞭挞了英国统治者所推行的对外疯狂掠夺、对内残酷剥削的血腥政策。其深刻的思想内容、现实的社会意义和精湛的艺术风格相合使这部小说在小说形成之初就独辟蹊径,独树一帜。

除了嘲讽英国的社会现状以外,斯威夫特还在更深的层面上,对自希腊以来的乌托邦思想和乌托邦文学进行了戏仿。这其中主要包括社会体制、科学价值,乃至人性本身等几个方面。

从社会体制方面看,婚姻、教育、"贤王"是斯威夫特戏仿的重点。关于婚姻,斯威夫特在关于利立浦特的故事描述中写道:"男女的结合是以自然规律为基础的,目的是繁衍后代;利立浦特人也是这样做的,即男人和女人像其他动物那样结合在一起……并按照自然规律行事。"在关于智马国的描述中,斯威夫特对智马国的婚姻进行了阐述。成年后的智马结婚时,"不是出于爱",而是因为婚姻"是有理性的动物必然的行为之一"。关于教育,斯威夫特在写关于利立浦特的教育情况时,指出在利立浦特,孩子必须被送到国家办的托儿所,接受与自己所属的社会阶层相匹配的教育:贵族的孩子被培养成贵族,平民的孩子被培养成平民。关于"贤王",斯威夫特在写布罗卜丁奈格的故事时,对那里的国王进行了描绘,虽然布罗卜丁奈格的国王是贤哲、哲学家,但是他并不能完全解决国内的各种矛盾:"一直以来,他们(大人国国民)和整个人类患有同样的疾病:贵族争权力,民众要自由,国王要专制。尽管国家的法律对三方的要求都有所限制,但是有时还是会被某一方所破坏,曾不止一次地引起内战"。所以,《格列佛游记》里的贤王形象只是作者用于嘲弄前人乌托邦思想的工具而已。

在探讨科学对于人类生活的价值问题方面,斯威夫特也持有不同于前人的观点。此前在 17 世纪,随着现代科学的兴起,当时的多数人都对它的力量寄予厚望,甚至盲目夸大其作用。在这种历史背景下,斯威夫特逆其道而行之,冷静地思考现代科学的作用,用夸张、幽默的手法塑造出一幅反乌托邦的科幻图景。从《格列佛游记》的第 3 部分,尤其是格列佛在空中的飞岛和地上的巴尔尼巴比岛上的游历,可以看出,斯威夫特对当时人们迷信现代科学很不以为然。

在对人性的揭露方面,斯威夫特提出了自己的看法。如果说小人国、大人国、飞岛等地的居民在可恶之余,还能令人捧腹的话,那么在智马国,耶胡的形象就只能令人作呕了。格列佛把耶胡和智马看作对立的两种形象:前者代表野性和邪恶,后者代表理性和美德。但是他作为叙述者,和耶胡、智马一样都是作家嘲讽的对象。在斯威夫特看来,第 4 部分的核心不在于耶胡与智马的对比,而在于格列佛本人的认识转变过程:他开始认为自己是耶胡,然后逐渐向智马靠拢。

总之,《格列佛游记》包含了十分丰富的内容,具有很强的讽刺意味,因此在英国文学史上占有重要地位,为后来英国讽刺文学的发展起到了重要的推动作用。

## (三)亨利·菲尔丁的现实主义小说创作

亨利·菲尔丁(Henry Fielding,1707—1754)出生于英国西南部萨默塞特郡的一个破落贵族家庭,父亲是个陆军军官。菲尔丁 11 岁时,母亲去世。13 岁时,他进入贵族伊顿公学读书,20 岁进入荷兰莱顿大学攻读学位。大学期间,因为经济拮据,菲尔丁不得不中途辍学,返回伦敦,从事戏剧创作和演出活动。返回伦敦后,菲尔丁陆续创作和改编了 25 个剧本,并组织了"蒙古大帝剧团",租下一座剧院,取名"小剧院"。他自任经理,组织演出,十分受观众的欢迎。可以说菲尔丁的创作活动是从编剧开始的,他翻译、改编了莫里哀的戏剧《屈打成医》《吝啬鬼》,并创作了多个社会和政治讽刺喜剧,这触怒了当权的辉格党,于是菲尔丁被迫停止了戏剧创作,转而从事新闻工作和小说创作。

为了日后的前途和生活,31 岁的菲尔丁中断了文学创作,开始学习法律,他用 3 年时间修完 7 年的课程,并于 1740 年获得律师资格,后被任命为伦敦威斯敏斯区的法官。这项工作使他有机会走街串巷,访贫问苦,接触到英国社会各阶层的人和事,加深了他对社会的了解和认识。期间,菲尔丁从未放弃过文学创作。他曾主编杂志《不列颠信使》,发表了大量杂文、书简和特写,为他日后的小说创作奠定了基础。虽然生活一直不富裕,但是菲尔丁总能保持乐观奋发的精神。颠沛流离的贫困生活和紧张劳累的工作使他步入中年后便疾病缠身,乃至四肢瘫痪。1754 年他携家眷赴葡萄牙里斯本求治,两个月后不幸病重去世,安葬在当地的英国墓园中。

在菲尔丁创办杂志期间，塞缪尔·理查逊发表了自己的劝世小说《帕米拉》，由此激起了菲尔丁创作小说的热情，他模仿理查逊的笔法创作了嘲讽这类作品的小说。1742—1751 年间他发表了 4 部小说作品，即《约瑟夫·安德鲁》《大伟人江奈生·魏尔德传》《汤姆·琼斯》《艾米莉亚》，在这些小说中，菲尔丁采用现实主义创作手法对人性进行了探讨。

在《约瑟夫·安德鲁》中，小说的主人公约瑟夫·安德鲁斯正直、善良，从小在地主鲍培爵士家里干活。当他 21 岁时，已经长成一个俊秀、壮实的青年。此时，男主人去世了，女主人鲍培夫人不断引诱他，但是约瑟夫坚决拒绝了鲍培夫人，因为他早已爱上了同为仆人，但是已经回到乡下老家的方妮。由于求爱受拒，鲍培夫人恼羞成怒，解雇了约瑟夫。约瑟夫打算去乡下寻找方妮，但却遭抢劫，被剥光衣服。后来约瑟夫在乡村客栈巧遇上了一个善良的牧师亚当姆斯，亚当姆斯正准备去书商处洽谈著作出版事宜，却忘记把书稿带来，只好回去取。于是两人同行，在经过一个树林时，约瑟夫见义勇为救下了一名遭到袭击的女子，不料此女子正是前来寻找约瑟夫的方妮。三人决定一起回家，在这一路上，三人遇到形形色色的人以及各种事情。在他们一度濒临绝境时，受到了仁厚好客的威尔逊先生的帮助，威尔逊向他们讲述了自己的幼子早年被吉普赛人窃走的事情。回到家乡后，约瑟夫准备和方妮结婚，并邀请亚当姆斯为他们主持婚礼。鲍培夫人听说了两人准备结婚后，就依仗自己在当地的势力，威胁亚当姆斯不许为这两人主持婚礼。亚当姆斯没有向鲍培夫人低头，断然拒绝了鲍培夫人的无理要求。被拒绝后的鲍培夫人又想出新的花招来陷害约瑟夫等人，此时，约瑟夫的姐姐帕米拉和丈夫来走亲戚，鲍培夫人趁机联合家人对约瑟夫施加压力，认为既然约瑟夫的姐姐帕米拉既然已经嫁到鲍培家，成为贵妇人，那么弟弟约瑟夫如果娶了穷姑娘方妮就太不成体统了。然而，通过一系列巧合证明，方妮原来是帕米拉的妹妹，在幼年时被吉普赛人拐卖才失散的，而约瑟夫并不是帕米拉的弟弟，是身份高贵的威尔逊丢失的儿子。最终，约瑟夫和方妮两个有情人终于喜结良缘，过上了幸福快乐的日子。

这部小说有着较高的现实主义价值，它对当时社会道德、风尚、观念等进行了真实的描述和深刻的批判。在小说中的许多部分，菲尔丁都运用了流浪汉小说或路上小说的典型模式，即以主人公在旅途上的见闻和奇遇冒险来展示社会各个阶层。同时，菲尔丁也继续发展了小说的现实主义成分，并且第一次提出了直接临摹自然的口号，他认为"严格局限于自然，把自然模仿得恰到好处"。他声明，"在这部作品里，没有一个角色或动作不是从我自己的观察和经验中记录下来的"。[①] 这部小说为后来现实主义小说的发展提供了一些启示。

在《大伟人江奈生·魏尔德传》中，菲尔丁讲述了江奈生·魏尔德的故事。江奈生是一个贪婪残酷的黑帮头目，他一边做政府的眼线，一边遍设组织，广泛作案，并对手下人肆意剥削。和无恶不作的魏尔德相比，珠宝商哈特利夫为人善良、诚实，待人慷慨大方，和自己的妻子孩子过着安分守己的生活。哈特利夫对老同学江奈生无比信任，但是后者却利用这种信任与他人勾结，设计骗走哈特利夫的大部分财产，害得他坐牢，并拐走了他的妻子。江奈生将哈特利夫的妻子哄上一条船，正当他露出恶人的本质时，一条法国船驶来，救了哈特利夫太太，把江奈生扔到一条小筏子上，任其生死。但是江奈生竟然遇救并回到了伦敦，并向官府诬告哈特利夫唆使妻子拐带珠宝潜逃，哈特利夫因此被判死刑。正当江奈生春风得意之时，他忽然因为一件小事露出破绽而被关入监狱。在狱中，江奈生仍旧为了与对手争夺控制和掠夺其他犯人的权力而进行激烈的斗争。最终，历尽磨难的哈特利夫夫妇终于团圆，而"伟人"江奈生被判了绞刑。

---

① 菲尔丁著，王仲年译：《约瑟夫·安德鲁斯的经历》，上海：新文艺出版社，1957 年，第 36 页。

在这部小说里，最为精彩的地方是关于江奈生入狱之后的描写。在关押江奈生的监狱中，骗子、无赖和强盗们分成两党，魏尔德代表其中一党与对手为争夺控制和掠夺其他犯人的权力而进行激烈的斗争。整个监狱实际上就是英国社会的缩影。在江奈生的身上，我们可以看出菲尔丁的寓意。江奈生不仅仅是个恶贯满盈的窃贼，菲尔丁还通过这个形象那些伪善而残暴的"伟人"形象进行了揭露，指出这些"伟人"有操纵人民命运的君主或首相，也有祸国殃民的政客，他们的本质和强盗一样，凭借自身的地位和权力欺压普通的百姓，用漂亮的辞藻和空洞的诺言欺骗人们，为了争权夺利相互倾轧，他们只会带给人们无尽的痛苦。

在《汤姆·琼斯》中，菲尔丁通过描述弃儿汤姆·琼斯和乡绅之女索菲亚的爱情，向读者展现了一幅广阔而真实的18世纪中叶英国社会生活风貌的全景图，代表了菲尔丁小说艺术的最高成就。该小说共有18卷，规模宏大，构思精巧。小说的故事分别在乡村、旅途及伦敦三个不同背景下展开。

在乡村，忠厚富有的乡绅奥尔沃绥与妹妹布里吉特两个人一起生活。有一次，奥尔沃绥因事去伦敦三个月，回来后却发现家中出现一个弃婴。经过一番调查后，奥尔沃绥认为孩子是家中女仆珍妮·琼斯的，由于珍妮不愿说出婴儿的来历，便承认自己是婴儿的母亲，于是奥尔沃绥辞退了珍妮，收弃婴为养子，取名汤姆·琼斯。乡村教师庞立支被怀疑是汤姆的父亲，不得不离家出走。不久之后，布里吉特结婚生下了儿子布立非，后来她的丈夫身亡，布立非便由奥尔沃绥抚养，并立其为继承人。随着两位年轻人逐渐长大，他们各自的性格特点逐渐暴露出来。汤姆忠厚而诚实，而布立非则居心险恶、虚伪自私，他经常还联合私塾教师处处与汤姆为敌，欺负汤姆。长大成人之后，汤姆与相邻庄园主魏斯顿的独生女索菲亚彼此相爱，然而布立非也看上了魏斯顿的财产，极力追求索菲亚，终于使尽各种手段将汤姆赶出家门，准备和索菲亚订婚。索菲亚心中只爱着汤姆，于是她决定逃往伦敦投奔亲戚贝拉斯顿夫人，并寻找汤姆。

汤姆离开家之后，在流浪的过程中救了沃特尔夫人，而这位沃特尔夫人就是当年被奥尔沃绥怀疑为汤姆生母的珍妮，她现在已经沦落为风尘女子。汤姆与沃特尔夫人同行来到旅馆，由于被沃特尔夫人勾引，汤姆与她发生了关系。恰巧，索菲亚也来到了这家旅馆，当她知道自己的爱人与别人发生关系后愤然出走伦敦，仅仅给汤姆留下了一个字条。看到字条后，汤姆立刻起身前往伦敦寻找索菲亚，但却始终找不到爱人的半点踪迹。渐渐地，汤姆的经济开始捉襟见肘。在一次假面舞会上，贝拉斯顿夫人看中了汤姆，最终，没有经济来源的汤姆接受了贝拉斯顿夫人在物质上对他的帮助，成为贝拉斯顿夫人的情人。后来，贝拉斯顿夫人知道了汤姆与索菲亚的爱情故事，为了拆散二人，贝拉斯顿夫人提议让索菲亚嫁给费拉莫伯爵，但索菲亚看穿了贝拉斯顿夫人的诡计，拒绝了贝拉斯顿夫人的提议。一计不成，贝拉斯顿夫人又生一计。她让费拉莫闯进索菲亚的房间强行不轨。此时，索菲亚的父亲魏斯顿赶到，斥退了费拉莫。后来，贝拉斯顿夫人与费拉莫勾结起来陷害汤姆，汤姆为了自卫打伤别人，布立非也赶到伦敦，为了将汤姆置于死地，他捏造伪证，诬告汤姆杀人，最终汤姆以杀人罪下狱。

原本汤姆会被处以死刑，但是汤姆和布立非以前的私塾教师在临死前良心发现，承认自己多次诬陷汤姆；被汤姆打伤的人也并没有死，很快就痊愈了，因此汤姆被释放。同时，珍妮又揭露了布立非做假证的事情，并向奥尔沃绥说明汤姆其实是布里吉特和奥尔沃绥某个朋友的儿子的私生子，布里吉特在临终时也曾将这件事告诉了家庭律师。最后，布立非的种种阴谋诡计败露，奥尔沃特取消了布立非继承人的资格，将汤姆立为新继承人。索菲亚的父亲魏斯顿在经历了种种事情后，终于改变了对汤姆的看法，同意了他和女儿的婚事，汤姆和索菲亚最终幸福地生活在一起。

这部小说出场的人物众多，从贵族、乡绅、商人到冒险家、守林人，从教师、军官、店主到流氓、小偷、强盗均在小说中有生动的刻画，小说场景也同样丰富多彩，从乡村到城市，从旅店、戏院到法庭、监狱，从集市、商店到上流社会的沙龙都有涉及，整部作品结构完整、情节生动、语言诙谐而精练，讽刺挖苦妙趣横生，加上作者不时插入高超见解，使其成为一部极有艺术感染力的经典小说。其中，汤姆并没有被塑造成一个十全十美的人，他既有普通人的优秀品德如心地善良、天性朴实、对人诚恳、豪爽侠义等，又有普通人的缺点如落拓不羁、容易感情冲动、行事草率等，是个洋溢着人性的、有血有肉的人，他占据了小说的中心地位。作者对他的态度是平等的，既无神化、美化的拔高，又无丑化、俗化的贬低，只是如实地加以描写，充分显出了现实主义创作手法的特点。对后来现实主义小说人物性格的塑造起到了重要的影响。

在《艾米莉亚》中，菲尔丁描写了一对夫妇婚后的各种遭遇。小说的女主人公艾米莉亚出身富贵，但是她甘愿下嫁给贫穷的军官布斯上校，而布斯上校性情急躁、轻率。不久，英国和西班牙开战，布斯去前线作战，两次负伤，还升为了上尉。在他负伤期间，艾米莉亚前去探望，在艾米莉亚离家之后，艾米莉亚的姐姐贝蒂来信说她们的母亲病故了，并把遗产都留给了自己，只给了艾米莉亚10英镑。战争结束后，布斯与艾米莉亚回到了英国，由于布所在的连队被撤消了，他失去了原有的职务，只能依靠半份饷银度日。由于生活窘迫，布斯与艾米莉亚欠了很多的债，不得不东躲西藏，一家人生活极不安定。为了过上安定的生活，布斯很想找份工作，于是很多图谋不轨的人就利用给布斯找工作的借口接近美貌的艾米莉亚。这其中有玩弄女性的贵族，也有布斯的好友。而布斯的一些弱点也被人所利用，在一次入狱后，布斯和以前的恋人旧情复燃，但却没有勇气向妻子坦诚这件事。那位女士不断的用此要挟布斯，艾米莉亚也遭受了很大的考验。但是困难并没有将她压倒，艾米莉亚仍然保持着贞洁的情操和坚毅的性格，她宽恕了丈夫的过错，尽力做到一个妻子的责任。在又一次入狱后，布斯从一个人的口中听说了艾米莉亚母亲的遗嘱其实是伪造的，其实她将大部分遗产留给了艾米莉亚。于是，二人拿回来应该属于他们自己的遗产，最终苦尽甘来，过上了幸福的生活。

在这部小说里，菲尔丁通过贫民窟、监狱、法院等，展现了英国社会当时的现状，对治安法官、律师、狱卒等一群枉法受贿、执法犯法的人员进行了讽刺与揭露。与以往小说中具有大量的诙谐语句不同，《艾米莉亚》体现出了一种阵阵感伤情调，这在一定程度上反映出了兴起的感伤主义对现实主义小说创作的影响。

### (四)萨拉·菲尔丁的现实主义小说创作

萨拉·菲尔丁(Sarah Fielding，1710—1768)是亨利·菲尔丁的妹妹。在母亲去世后，萨拉被父亲送到索尔兹伯里的寄宿学校。18世纪40年代，萨拉住在伦敦，有时在哥哥家，有时又和其他姐妹们住在一起。在这个时期，萨拉开始了文学创作。在寄宿学校期间，萨拉曾阅读了大量的英国诗歌和法国文学批评著作，熟知古希腊罗马的经典作品，这为她进行文学创作打下了良好的基础。1744年，萨拉的第一部小说《大卫·辛普尔寻友历险记》获得了出版，在这之后她又创作了《大卫·辛普尔：最后卷》《家庭女教师，或小女子学校》等。1768年，萨拉在英国去世。

在《大卫·辛普尔寻友历险记》中，萨拉借鉴了堂吉诃德的冒险经历，描写主人公大卫·辛普尔寻找朋友的故事。大卫在一个堕落的世界中不断探求真理，试图寻找真正的友谊，最终通过善良的本性和道德的力量获得成功。由于受到弟弟的欺骗，大卫十分伤心地离家出走，在路上，他遇到了卡米拉和她的兄弟瓦伦丁以及辛西娅。他们虽与社会格格不入,倒也相安自得,组成了小小的四人亲情乌托邦。小说结尾时,大卫和卡米拉成为一对新人,获得了某种情感的满足。但大卫的故事并没有全部结束,萨拉在《大卫·辛普尔寻友历险记》的续集《大卫·辛普尔:最后卷》中对大卫的故事进行了进一步的讲述。她让大卫和他的亲友们在人间漂泊,历经财产损失、希望受挫和最后的死亡等一连串的不幸,以此深刻揭示天真善良终被社会环境和人间邪恶所毁灭的严酷现实。

在关于大卫的故事中,萨拉通过辛西娅的女性视角向我们展示了 18 世纪的英国社会和世俗人情。例如,她与三位绅士同乘一辆马车旅行,路程不算很长,但却受尽了三人轮番不断的"骚扰"。萨拉以类型特征来指称这三个人:一个是"教士",代表神职人员和信教的群体,另一个是"无神论者",代表不信教的大众,还有一个是蝴蝶,代表对女人有着非常兴趣的花心大少。这三个人基本上代表了所有的英国男人。

辛西娅坐在车里,静静地想着自己的事,根本没有留意身边的男人,而那三个男人早就瞄上她了。先是"教士"开口,他竭力赞美天气,以引起辛西娅的注意。辛西娅出于礼节只得敷衍,而"教士"却更起劲了。"无神论者"和"蝴蝶"此时也坐不住了,"无神论者"故意打了个哈欠,抱怨这天气过于沉闷无聊,"蝴蝶"懒得谈天气,直接对辛西娅说他对自然毫无兴趣,只喜欢女人,并立刻向她求爱。辛西娅对这三个人厌恶至极,不再理睬他们。三个男人于是相互之间开始拿女人做话题进行聊天,进行无聊的争论。辛西娅只能不动声色地忍受他们的种种粗鄙的言论。

进入旅店后,"无神论者"和"蝴蝶"自去饮酒,辛西娅稍事休息后走进花园坐了下来,想好好享受一下这难得的清静。不料"无神论者"闯了进来,辛西娅见状想立刻抽身离开,"无神论者"却缠住不放,恳求一定要让他把话说完,接着开始赞美她善解人意,还说聪明的女子根本无须考虑世俗的礼数,只要两人相爱就可以尽情享受欢乐。面对"无神论者"的无礼行为,辛西娅对其进行了斥责。第二天,马车在途中翻倒,"无神论者"受了伤,只好提前结束旅程,"蝴蝶"也到达了目的地,只剩下"教士"单独和辛西娅在一起。他先是长篇大论地谈论爱情,接着又对她表达爱慕之心,然后是向她求婚,被辛西娅拒绝了。受此影响,辛西娅到伦敦后她发誓将永远不同男人说话。

小说还生动表现了女子渴望受到教育却遭受限制的问题。辛西娅向大卫倾诉道:

> 我喜欢读书,渴望获得知识。可是不论我问什么,人们总会说,你这种年龄的女孩子是不该知道这些事的。如果我喜欢上的书不属于那些浅薄的浪漫故事就会被人强行夺走,因为,小姐是不应该过深探究事情的,那样会把脑子弄坏。最好只做些对女孩子有用的针线女红,读书、钻研学问永远不会帮我找个好夫君的。

这段表白充分显现了辛西娅的叛逆性格,也预示了她未来的婚姻和生活不会顺利。

在《家庭女教师,或小女子学校》中,萨拉讲述了发生在一所寄宿学校中的故事。在小说中,提澈夫人试图改变 9 个女孩子的行为,因为她们先前获得的教育和成长环境使她们变得自私而且冲动。这些女学生一面阅读童话和戏剧,一面将自己的生活故事写下来。在老师的教育和自己的努力下,她们学会思考自己的人生,认识到自己过去的错误,真正成熟起来。

从整体上来看,萨拉通过小说表现出了对人性的深入观察及对人类缺点的包容态度,她的创作具有几个特征。

第一,她在自己的小说中加入童话因素,这在当时是一种大胆的创新。她游刃有余地穿梭于现实主义和童话因素之间,让读者在憧憬童话般世界的同时,也清醒地认识到社会现实的存在。

第二,她通过自己的小说反映出她对儿童成长以及教育方式的关注。她一方面在小说中大胆地流露出对真诚与坦率的赞美,及对一切虚伪与做作的讽刺,另一方面她将教师的教育与学生的自觉成长联系在一起,反映出这两种力量对于儿童健康成长的重要性。

第三,她注重从女性的角度观察社会。在她的大多数作品中,她都试图表现女性在充满陷阱和诱惑的社会中追求美德的过程。更重要的是,她表面上描写的是与 18 世纪英国社会传统价值观相符的女性,但在深层意义上,往往隐含着女性依靠自己的智慧和力量去生活的独立思想。

总之,萨拉的小说创作为英国女性小说的创作提供了一条新的创作方向,对后来英国女性小说的发展起到了重要的影响。

## 二、18 世纪英国感伤主义小说的创作

18 世纪时,感伤主义在英国的发展是不容忽视的,它"致力于用感人肺腑、催人泪下的情感宣泄来进行伦理指导,注重情感、心理的表现与分析,这为现实主义小说发展到浪漫主义起到了一定的推波助澜作用"。① 在感伤主义小说的创作中,比较有代表性的作家有塞缪尔·理查逊(Samuel Richardson,1689—1761)、劳伦斯·斯特恩(Laurence Sterne,1713—1768)和奥利弗·哥尔斯密(Oliver Goldsmith,1730—1774)。在这里,我们主要对他们的感伤主义小说创作情况进行分析。

### (一)塞缪尔·理查逊的感伤主义小说创作

塞缪尔·理查逊(Samuel Richardson ,1689—1761) 出生于英格兰的一个细木工家庭,儿时的梦想是长大后当一名传教士,在校读书时他就有一个贴切的绰号"一本正经"。但由于家境贫穷,理查逊中学毕业后就去伦敦做了印刷厂的学徒。由于理查逊工作勤奋,因此很得老板赏识,并将自己的女儿嫁给了他。理查逊通过自己的努力和奋斗,逐渐发展成伦敦十分有名的出版商。他开始开印刷厂,成为众议院院刊的发行人、书业公会的理事长、王室印刷代理人。他先后结婚两次,有过 12 个孩子,但妻子早逝,子女夭折过半。不过,他的身边不乏女性朋友,他与她们有大量书信往来,这为他后来创作书信体小说提供和积累了素材。而且,长期与女性的交流也让他深入了解女性心理,使他有可能细腻地描写女性心理。

理查逊进行文学创作的时间较晚,他在 51 岁的时候才开始走上文学创作的道路。他的第一部小说《帕米拉》带有强烈的感伤色彩,一经出版便在英国文坛引起了轰动。继《帕米拉》之后,理查生又写了《克拉丽莎》(又名《一个少女的历史》)和《查尔斯·格兰迪森爵士的历史》,其中以《帕米拉》和《克拉丽莎》的影响最大。1761 年,理查逊悄然离世,被安葬在伦敦他自己的印刷所附近。

作为描写家庭生活的感伤主义小说第一位代表人物,理查逊小说中热烈而感伤的情绪和高度敏感的主人公形象给读者留下了难忘而深刻的印象。在《帕米拉》中,理查逊讲述了一个美德有报的故事。小说的主人公帕米拉是一个乡绅家的女仆。她出身于一个穷苦家庭,父母在她小的时候就对她进行了良好的道德伦理教育。12 岁的时候,为了糊口,帕米拉来到乡绅家当女仆。乡绅家的女主人心地善良,她让帕米拉读书,学习音乐、舞蹈、弹琴,掌握缝纫、刺绣等技能。为提高帕米拉的写作能力,她还鼓励帕米拉经常与父母通信,把身边的事告诉他们。帕米拉 15 岁那

---

① 侯维瑞,李维屏:《英国小说史》(上).南京:译林出版社,2005 年,第 135 页。

年,女主人不幸去世。女主人的儿子 B 是一个感情不专的花花公子,他看中了帕米拉的容貌、身材及可爱的模样,便利用帕米拉的处境频频对她欲行非礼,企图破坏她的贞操,并试图让她落入假结婚的圈套。但是,帕米拉并不为此所动,她义正词严地拒绝了 B 先生的无理要求。B 先生恼羞成怒,欲强行占有帕米拉,但她极力抗争,坚守贞洁。在帕米拉决意离开 B 先生的庄园时,不甘心的 B 先生指使下人将她囚禁在庄园,帕米拉试图逃跑,但是最后失败了。在此期间,B 先生翻看了帕米拉写给父母的信,被她的高尚品德所感动,逐步改变了对帕米拉的做法和看法,从而真心欣赏和认真地爱上了她。而帕米拉也被 B 先生的真心所打动,在不知不觉中爱上了他。最后,B 先生不畏世人的议论和讥笑,不顾身份和门第的巨大差异,正式迎娶了帕米拉为妻。婚后的帕米拉以博大的胸怀宽容和原谅了以前对她有恶举的人和婚后外遇的丈夫,她的真情和美德赢得了丈夫的忠诚和众人的称赞和尊重。

在这部小说中,理查逊通过把帕米拉当作女德的典范,以“忠贞”为女德的核心,反映了清教徒的道德观念,其中所包含的颠覆因阶层差异而产生的道德秩序,让下层女仆的道德感超越所谓上流社会的道德等意识具有一定的社会进步性。此外,理查逊在这部小说中还第一次运用了心理描写的写作方式,例如当帕米拉接受 B 先生真诚的求婚时,他将帕米拉喜悦、担忧、迷茫的复杂心理活动深刻地描绘出来:

> 虽然前程十分令人称心如意,但生活状态这样改变以后就再也不能恢复到原先的状态了。在那神圣庄严的环境中,总有一种十分令人敬畏的东西压在我心头。我不能不感到奇怪,大多数年轻人是那么缺乏考虑、仓促地进入了发生如此变化的新生活状态之中。

这种描写为小说艺术的发展做出了十分重要的贡献,让读者对人物有一种全新的立体感受。《帕米拉》出版之后,在英国文坛引起了争论,其争论中的焦点在于帕米拉到底有没有美德?对此,评论界有两派意见:支持帕米拉的一派认为,帕米拉是女性自尊自爱的典范,她拒绝物质诱惑而坚守贞洁;反对派则指责帕米拉心机过重,虚伪造作。实际上,“他们都没有考虑到,理查逊的作品和 18 世纪女性观所经历的历史性转折有密切关系。当时出现了从明显的厌女观到理想女性形象塑造的转变。在这种意识形态的转变中,理查逊一方面力图使女性自我探索的途径合法化,另一方面又要在当时严格限制女性发展的体制中做出妥协。”[①] 所以,小说既表现了帕米拉对男权社会的抗争,也表现出她对等级制度的顺从。

在《克拉丽莎》中,理查逊讲述了克拉丽莎的故事。这部小说由五百四十七封信组成,共分四卷,有一百多万字,在篇幅上堪称英国小说之最。小说的主人公克拉丽莎有着良好的家世,她纯情漂亮、聪慧高雅。贵族子弟拉夫雷斯本来打算向克拉丽莎的妹妹求婚,却被克拉丽莎的美貌打动,转而迷恋上了克拉丽莎。克拉丽莎的妹妹因为嫉妒,挑唆表哥与拉夫雷斯决斗,使表哥受伤。因为这次意外事故,克拉丽莎的家人十分愤怒,于是禁止克拉丽莎与拉夫雷斯交往,并想把她嫁给粗俗、丑陋的富家子弟索尔姆斯,克拉丽莎为此陷入了痛苦和焦虑之中。后来,克拉丽莎在拉夫雷斯的帮助下逃出了家。克拉丽莎原本以为自己可以从此过上幸福的生活,但是没想到拉夫雷斯虽然有着潇洒迷人的外表、反应敏捷的头脑,但是却有着无比丑恶的灵魂。他将克拉丽莎骗

---

① 常耀信:《英国文学通史》(第 1 卷),天津:南开大学出版社,2010,第 738 页。

到一家表面上是寓所实际上是妓院的地方，并且多次企图占有她，克拉丽莎竭力维护自己的贞洁，对拉夫雷斯的丑恶嘴脸和背信弃义的行径感到非常痛苦。最后，卑鄙的拉夫雷斯用药酒使克拉丽莎失去知觉，并趁机占有了她。失身后的克拉丽莎万分绝望，从拉夫雷斯那里逃走了。逃走之前克拉丽莎写信给拉夫雷斯说："像你这样强暴我的人，永远别想逼我为妻。"最终，克拉丽莎选择了以死抗争，决定通过死亡获得灵魂的净化。她平静地对待死亡，将一切后事安排得十分有序，甚至预订了棺材。她原谅了曾经折磨过她的人们，期待着进入天国。拉夫雷斯最后良心发现，死于与克拉丽莎表兄的决斗中。

虽然《克拉丽莎》与《帕米拉》一样，也是为了道德教训，但是与《帕米拉》相比，《克拉丽莎》有了明显的进步：《克拉丽莎》的悲剧式结尾比《帕米拉》的喜剧式结尾更具有感染力和震撼力，也正是克拉丽莎的悲惨处境和痛苦的心境打动了众多读者，甚至有读者写信要求理查逊让克拉丽莎活下去。另外，《克拉丽莎》比《帕米拉》表现了更多、更深刻的内容，其所触及的社会问题和道德问题也比《帕米拉》更深刻、更成熟。在《帕米拉》中，反映的大多是单线的矛盾，叙事主线也只是帕米拉与父母之间的来信。但是在《克拉丽莎》中，不仅有主人公的信件，还不时加入新的通信者，同一件事同一个场面，会用几种不同的视角叙述，增加了叙述的丰富性和曲折性，其反映的人际关系更为复杂，这种多方面的描述也把书信体小说推向一个更高的境界。这部小说在一定程度上也揭露了当时普遍存在的妇女婚姻不能自主的现象，对贵族资产阶级的利己主义有一定的批判意义。

在这部小说中，"空间"是一个含义深刻的象征物。父权和男权对女性的控制是从"空间"开始的。克拉丽莎与她的父母及拉夫雷斯的关系就是通过"空间"的转换来实现的。每当克拉丽莎不愿服从父母指令时，她就走出客厅回到自己房间，来表示抗议和保持独立。她的母亲也总是通过逼迫克拉丽莎走出闺房来迫使她就范。另外，罗伯特对克拉丽莎的"征服"也是通过控制她的行动空间来实现的。当克拉丽莎在罗伯特的诱骗下离开家门时，那意味着她离开了父权统治，而掉入男权的另一个魔掌里。当她进入妓院时，她的自主性被进一步摧毁。而罗伯特对她的强奸是对她的最严重的空间侵犯。最后，在她的棺木里，她的身体才有了完全属于自己的空间，她的灵魂也只有在天国里得到自由。

总之，理查逊的小说创作体现出了感伤主义的色彩，同时，理查逊也开始集中描写一件事的始末，脱离了以主人公的各种见闻和经历为主要线索的传统写法，并且不再以奇闻轶事来吸引读者，而是以生活中的道德、婚姻等问题为其主要内容，摆脱了传奇故事的影响，使小说从客观转向了主观，从外界转向了内心。另外，理查逊所采用的书信体的形式和第一人称叙述为作家，提供了一条进入主人公心灵深处的捷径，使主人公和读者能有效地进行情感交流。

## （二）劳伦斯·斯特恩的感伤主义小说创作

劳伦斯·斯特恩（Laurence Sterne，1713—1768）出身教会世家，曾祖父是约克大主教，叔父是约克地区的副主教，但他的父亲只是个低级陆军军官。在最初十几年里，一家人随部队的迁移而居无定所，过着流动的生活。18岁父亡，斯特恩靠亲戚资助读完中学后进入剑桥大学的耶稣学院，在那里他读了大量奇文异书，对文学产生了兴趣。毕业前一年他患肺结核咯血，肺病后来折磨了他一辈子。毕业一年后，他就任一小教区的牧师，收入低微但较固定。由于牧师工作较为清闲，他有不少余暇从事自己喜欢的各种活动，如绘画、读书、狩猎等。1758年，45岁的斯特恩开始进行文学创作，创作了卷帙浩繁的《项狄传》。头二卷完成后，约克的书商因书中有含沙射影攻击当地人和事而拒绝付印,经修改后才获出版。此后的几卷在伦敦得以发表,即刻引起轰动,有人咒骂他,如理查逊、约翰逊博士等人指责他用粗野、猥亵、杂乱的文笔写作,有伤风化。更多的人赞扬《项狄传》一书,有人为他写传、画像、请他吃饭,仿佛一夜间他成了英国的名流。

1762 年,他在家人陪同下到法国治疗肺病,在巴黎红极一时,狄德罗等法国知名作家、哲学家均热切与他结交。在创作《项狄传》期间,他以在法国与意大利疗养、旅游为素材,创作了另一部小说《感伤的旅行》。该书 1767 年底完稿,第二年 2 月出版。在忙着出版该书时他再次发病,那时妻子已和他永久分居,他的最后一个情人也离他而去。孤独染病的斯特恩在 1768 年 3 月与世长辞,景况甚为凄凉。

与理查逊的感伤主义小说把感伤和道德紧密糅合的创作不同,斯特恩的感伤主义小说创作更注重情节的幽默和风趣、心理的感受和体验,《项狄传》和《感伤的旅行》充分显示出了他的这种创作特点。

在《项狄传》中,斯特恩并没有设置严谨的故事框架,小说人物和情节大都零零散散、断断续续地随意越出、跳进。全书共有 9 卷,以项狄家的客厅为背景,由特立斯特拉姆叙述,从他还在母腹中说起。表面上看,这似乎是要讲述项狄家的家史,但实际上,斯特恩对此的描写既少又模糊,读者即使读完全书也仍理不出头绪来。此外,冗长的插话更使故事显得无序而烦琐。读者只知项狄的父亲瓦尔特爱好哲学,满脑子荒唐无稽的怪念头,到处发表哲学议论。他的妻子温顺、忍让,因不愿与丈夫争论哲学问题而遭其谩骂。项狄的叔父托比是该书性格最鲜明的人物。他是个退伍军人,纯真善良,豁达大度,是斯特恩理想人物的化身。"主角"特利斯特拉姆在第四卷才出世,第六卷刚到穿裤子的年龄,以后便不知去向。书中还有位也爱侈谈哲学的乡村牧师约里克,他不时在书中发表自己对生活的观点。

从整体上看,整部小说充满长篇议论和插话(作者认为插话是"阅读的生命与灵魂"),并不时出现一张空白页让读者去遐想,或一张黑页以哀悼死者,或线条、图表、凌乱放置的标点,斜体字、黑体字、大小写交替出现,让读者既感新奇、激动,又觉迷惑、不安。由于在小说中可笑和感人的故事交织,叙述、抒情和议论随意穿插,时序凌乱,物景不停转换,人物内心世界杂乱无章,情绪变化无常,因此,这部小说中对后来意识流手法和奇特的形式产生了一定的影响。

《感伤的旅行》是一部极富感染力和影响力的游记小说。在这部小说中,斯特恩没有采用以往写游记的传统,在见闻上也没有多花什么心思和笔墨,而是让读者追随他进行一次"情感"的旅游。小说主要描写约里克在法国、意大利的旅行,包括各种冒险经历和爱情奇遇。"约里克"这一名字来源于《哈姆雷特》一剧中小丑约里克的名字,将对生活的辛辣嘲讽和浮生如梦的死亡意念结合在一起,这本身就具有感伤的特征。跟随着约里克的足迹,我们可以感受到约里克的性格特征。他是一个典型的多愁善感的人物,他常被相互交织的感触推向一种哭笑不得的状态,"我放声大笑,直笑到号啕大哭,而就在同样伤感的时刻,我号啕大哭,直哭得放声大笑"。任何一件小事都会触动他那敏感的神经,动辄为一头驴,或者关闭在笼中的小鸟落泪,他认为"可爱的敏感性,这是我们一切珍贵的喜悦的感情和我们一切高尚的悲哀取之不尽的源泉"。例如,当他去看望不幸的玛丽亚,发现玛丽亚独自坐在一条小溪边,神志依然不清醒时,他的做法是这样的:

> 我靠近她坐下,玛丽亚由着我用手帕擦去她不断落下的眼泪——我擦了她的泪水就忙着用手帕擦自己的……依然又去擦她的……再擦自己……再擦她的……而就在我这样擦着眼泪的时候,我感到内心生出一种无以名状的感情,我敢说那是一种无法用任

何物质和运动理论解释得了的感情。我十分肯定自己有一个灵魂,那些唯物论者写出来毒害这个世界的所有书籍都无法令我相信我没有灵魂。

文中利用感伤的笔调摹写了诸如眼泪,需要人呵护的柔弱的玛丽亚,以及人物的真挚的同情心和无法控制的感情。

约里克在做每一件事情的时候都会瞻前顾后,心里都会闪出无数个念头。例如,他动身去巴黎时发现一位女士与他同路,他想邀她乘自己的马车同往,又顾虑重重,于是他开始剖析自己邀请那位女士的种种动机,发现里面有邪念,有伪善,有各种杂念在脑海中升腾。但结果是他还是请那位女士上车,因为他听从第一感觉,而不是凭以后的理智分析去行事。寻求善良爱心是作者旅行的目的之一,结果他在一个痛失驴子的主人身上找到了。和主人朝夕相伴的驴死了,主人悲痛不已,他哀伤地摆弄着驴的遗物,凝望着要与驴分享的面包,思绪万千。在他身上,悲哀怜悯又跟滑稽幽默结合在一起,形成一种独特的感伤情调。可以说,斯泰恩在小说中把偶然的感触、自私的心理和敏锐的感受交织在一起,用细致真挚的手法抒写出了普通人的命运和体验,将笔触深入到了人物情感的非理性层面。

这部小说的结尾也别出心裁,意味深长。约里克牧师发现他得与一位女士合用一间房间,在黑暗中共度一宵。一本题为《闺阁千金》的书从两床之间的柜子里滑出,横在两人之间,像是有意要保护什么似的。约里克牧师兴奋起来,情不自禁地伸出手去:

> 于是我伸出手去却一把抓住闺阁千金的……(结尾)

句子尚未完结小说却戛然而止。读者虽然未被告知牧师一把最终抓到什么,但是他们知道在兴奋激亢之间牧师产生了欲望并采取了行动。社会、宗教加在情欲上的禁忌动摇了。

总之,斯特恩对小说艺术进行了大胆的探索,并对小说的观念进行了拓展与更新,从而丰富和补充了现实主义小说,并为20世纪盛行的小说创作的实验与革新奏响最早的音符,因而他被有的评论家冠为"后现代主义的鼻祖"。

## (三)奥利弗·哥尔斯密的感伤主义小说创作

奥利弗·哥尔斯密(Oliver Goldsmith,1730—1774)出生在爱尔兰韦斯特米恩一个乡村牧师家庭,他的父亲边做牧师边务农,家境极为窘迫。2岁那年,哥尔斯密斯跟随家人迁往利沙耶附近的一个村庄,这个村庄就是哥尔斯密斯在《荒村》等作品中一再提及的地方。哥尔斯密长得既矮小又丑陋,9岁时得的一场天花又在他脸上留下难看的疤痕,因而备受他人的嘲笑和欺凌。他15岁时进入都柏林的三一学院学习神学,但因相貌和经济的原因,经常遭受富家子弟乃至导师的奚落、嘲弄和欺侮。哥尔斯密自尊心极强,决意要跨洋逃往美国,幸被家人追回。最后终于完成学业,于1750年获得了学士学位,却未获得牧师职位。后来,在亲友的资助下,哥尔斯密先后去爱丁堡和荷兰莱顿大学专攻医学。但是他的兴趣所在却是古典文学,学医兴致不大,故未获得学位。在此期间,他游历欧洲诸国,沿途以吹笛、接受施舍来度日,这些经历成为他后来文学创作的宝贵源泉。

回国后,哥尔斯密做过很多工作,如医生、校对、助理教师等,后来以雇佣文人为生。他写了许多不同类型的作品,在诗歌、小说、散文、戏剧等领域都取得了一定的成绩。其中,在小说领域,他的代表作《威克菲尔德牧师传》。

《威克菲尔德牧师传》是英国文学史上较早出现的感伤主义小说,主要描述了威克菲尔德的乡村牧师普里姆罗斯一家悲欢离合的坎坷经历。普列姆罗斯心地仁慈、乐善好施,有一笔不小的财产、一个十分能干的妻子、四个子女,一家人过着与世无争的生活。但他的财产一下子化为乌有,儿子的婚约被毁,女儿或被诱奸,或与人私奔,他自己也在恶棍的陷害下遭受牢狱之灾,全家都陷入了一系列不幸的苦难,一连串的打击使牧师身心交瘁。后来在好心人的帮助下,牧师一家绝处逢生,重新团聚,原本丢失的财产也回来了。恶棍被普列姆罗斯的仁义道德感动,也被自己叔父的教导所感化,忏悔了过去的种种恶行劣迹,与普列姆罗斯的大女儿成婚。

这部小说虽然在情节和人物方面没有多少独到之处,但是却充满了朴素的道德和乐观的品质,这在一个辛辣的讽刺十分流行的时代中显得难能可贵。另外,在这部小说中,哥尔斯密用清新、平静而素淡的风格讲述了这样一个充满温情和忠诚的家庭的一系列变故,增添了故事的感染力。同时对普里姆罗斯这个形象的塑造,哥尔斯密也抓住了他的主要特征:他一身兼备"世上三种最完美的品质:他是一个好牧师、好丈夫和好父亲。他富裕时依然淡泊简朴,危难时也不失高贵庄重"。他以讲道劝善为神圣职责,坚信人性本善和人类能在社会中和谐相处,当恶棍桑希尔以欠债为名将牧师抓起来时,村民义愤填膺,暴动迫在眉睫。为顾大局,普里姆罗斯牧师将他们劝息下来,自己迈入债务人的监狱;当大儿子乔治被投入大牢时,牧师振作精神为众囚徒作了一次动人的布道,告诉他们受苦受难的人将会在来世得到报答。牧师这种高尚仁厚、逆来顺受及泰然处之的品质感动了村民及牢中的囚徒,甚至也震动了桑希尔那颗卑鄙龌龊的心灵。可以说,普里姆罗斯是这部小说乃至整个普里姆罗斯家族的核心,他以坚强、乐观的心态,在不管发生什么变故的情况下,都不因环境而气馁,不因失败而放弃,总是以积极的心态和情绪感染着周围的家人和朋友,他用一颗博爱之心和一张"愉快的脸"来温暖并鼓励着连遭不幸的家庭,从而让这个家庭最终走出了困境。

从整体上看,这部小说的独特之处还体现在以下几方面。

首先,这部小说在继承并进一步发展了感伤情调之外,形成了自己的特色。小说中的普罗姆罗斯作为自己和家庭不幸的讲述者,以强调克制和信仰冲淡具体环境下的感伤成分,小说热情地肯定了牧师所代表的善照和宽厚,没有体现出对人物的指责,而是采取人道主义的态度,极力宣扬了善照,正义和同情心。

其次,这部小说具有一定的前瞻性。在这部小说中,哥尔斯密赞美了乡间清新和家园的恬静,并指出人越接近自然就越能保持正直和善良。在这个意义上,这部小说可以说是顺从了文学的大潮流,体现出了后来 19 世纪突起的浪漫主义中的回归自然和理想倾向。

最后,这部小说还具有不少的现实主义特点。例如,对乡间日常生活的描述,对世事的敏锐观察,都具有现实性。小说中的主人公普罗姆罗斯的身上除了优点之外,也带有些许功利色彩,同时也有一些因天真而造成的缺点,如虚荣心以及在某些时候和某些事情上的古怪的念头等,这些都加强了人物的真实性。

总之,哥尔斯密通过自己的小说创作让英国的小说有了新的发展,同时,也让感伤主义小说具有了新的特色,进一步丰富了感伤主义小说的内容与写作手法。

# 第三节  18 世纪英国诗歌的创作

纵观英国 18 世纪的诗坛可以看出,这一时期英国诗坛主要盛行的是古典主义诗歌和感伤主义诗歌,诗歌匀称、平衡、理性化,艺术上精雕细刻,对后来诗歌的发展方向产生了重要的影响。此外,在 18 世纪末期,一些有着浪漫主义倾向的诗歌创作开始崭露头角,为后来 19 世纪浪漫主义诗歌的迅速发展奠定了基础。

## 一、18 世纪古典主义诗歌的创作

古典主义诗歌主要是借用传统的诗歌技法来抒写当代生活,尤其是伦敦中上层社会的生活,表现出一种肯定现实生活,满足于现存秩序的思想情绪,充满了理性的力量。在新古典主义诗歌创作中,主要的代表作家有亚历山大·蒲柏(Alexander Pope,1688—1744)、马修·普赖尔(Matthew Prior,1664—1721)、托马斯·帕内尔(Thomas Patnell,1679—1718)、约翰·盖依(John Gay,1685—1732)和亨利·凯里(Henry Carey,1678—1743)等,在这里我们主要对亚历山大·蒲柏的古典主义诗歌创作进行分析。

亚历山大·蒲柏(Alexander Pope,1688—1744)出生在一个罗马天主教家庭中,由于当时英国法律规定学校要强制推行英国国教圣公会,因此他没有上过学,从小在家中自学,学习了拉丁文、希腊文、法文和意大利文的大量作品。他幼年时期患有结核性脊椎炎,造成驼背,身高没有超过 1.37 米。他 16 岁开始发表诗作,23 岁发表诗体论文《批评论》,对 18 世纪英国的古典主义文学观作了全面论述。此作品使他赢得了"英国的布瓦洛"的美誉。1714 年,他的仿英雄体诗作《夺发记》发表,使他名声更大。从 1714 年开始,蒲柏花了近 12 年的时间,从事《荷马史诗》的翻译工作。他用英雄双韵体翻译的《伊利亚特》和《奥德赛》,文笔精美绝伦,最终确立起他作为新古典主义诗人在 18 世纪上半叶的霸主地位。1725 年,他编辑了《莎士比亚全集》,同时开始《群愚史诗》的创作。1742 年,他完成了自传性的诗作《致阿勃斯诺特医生书》,坦率地回顾了诗人一生的经历,文笔流畅自然,情真意切,颇有韵味,其中也对其文学论敌作了讽刺,充分展示了诗人的语言功夫和讽刺天分。1744 年,蒲柏去世。

蒲柏的古典主义诗歌创作中大体上可以分为三类,即讽刺诗、哲理诗和田园诗。在讽刺诗中,比较具有代表性的作品是《夺发记》和《群愚史诗》。《夺发记》是一部滑稽英雄诗,共分 5 章,讲述的是上流社会的花花公子彼得,一时兴起,从他喜欢的贵族小姐艾若贝拉·菲尔莫头上剪下一缕卷发,不料竟在菲尔莫和彼得两个家族间引起一场激烈争吵,一时间把整个伦敦都闹得沸沸扬扬。蒲柏以一种淡淡的讽刺口吻,揭露整天靠扑克牌、舞会和梳妆打扮度日,每天与虚荣势利的女人和逢迎拍马的谄媚之徒周旋,终日无所事事、无聊透顶的上流社会的生活。例如在第 3 章中,他写道:

> 多少英雄和美人在这里相聚,
> 品尝一会儿宫廷生活的乐趣;
> 他们在漫谈里每分钟都大受实惠,

谁开跳舞会,或者谁上次拜访谁;

有一位称道不列颠女王的光荣,

有一位描摹一座印度的屏风;

另一位解释动作、脸容和眼睛;

一句话出来,一个名声就凋零。

鼻烟、扇子,到谈话空隙里点缀,

外加笑、歌唱、送秋波,诸如此类。

从中我们可以看到上流社会过的是怎样的一种生活。

在《夺发记》中,蒲柏把史诗中火蛇、精灵、幽魂和地下的精怪等超自然因素引入到了滑稽故事中,造成了形式与内容的强烈反差,从而加强了整首诗的讽刺效果。

《群愚史诗》是一部 4 卷本的讽刺长诗,它的讽刺锋芒直指当时的英国文学界。在诗中,蒲柏刻意模仿古典史诗的技巧,对英国文坛的沉闷局面和低劣无能进行无情的嘲讽。全诗用十分庄重的风格抨击盛行文坛的伪文学,在滑稽性的讽刺背后,深深地隐藏着诗人对现代文明价值危机的忧虑。通过这首诗我们可以看出,真正的危险来自无知和愚昧的胜利。

在哲理诗中,比较具有代表性的作品是《论人》和《论批评》。《论人》由四封长信组成,长信是用诗歌的形式写成的,基本思想源于蒲柏与他的哲学家朋友伯林布鲁克勋爵(Lord Boling-broke,1678—1751)的长谈。第一封书信对当时盛行于英国和欧洲的基本观念做了出色总结,对上帝所创造的世界提出 18 世纪的积极的看法,蒲柏在这封信中竭力宣扬了世间万物都有其存在的道理,他写道:

大自然的一切只是你不了解的艺术而已;

一切意外都是你肉眼看不到的方向;

一切分歧都是你明白不了的和谐;

一切局部的恶都为着全局好;

而且,不管有多傲慢,出于错误理性的恶意,

有一个事实是显而易见的:现存的一切都是对的。

第二封书信讨论了人的本质和人类的现状,蒲柏在这封信中对上帝进行了赞扬,指出人应该诚心接纳上帝为人类所做的规划,他写道:

要认识你自己,不要对上帝妄加评述;

人该恰当地研究自我。

处于生命地峡的这一中心地位,

一个人既伟大又卑微,既聪颖又愚昧。

作为不可知论者,人的知识过多,

欲求禁欲主义者的骄傲人又过于软弱,

他悬在中间,行动还是休息犹豫不决,

是神灵还是禽兽自己也费琢磨;

不知该重视精神修养还是肉体享乐;

> 有生必有死，推理却犯错误，
>
> 他的理智终归是愚昧，
>
> 无论他考虑得太少或是过多，
>
> 思想和感情全混作一团迷雾：
>
> 常是自我欺骗，又自我省悟；
>
> 生下来半站立，半仰卧；
>
> 万物的主帅，又受役于万物；
>
> 唯一的真理判断者却不断陷入谬误，
>
> 世界上的光荣、笑柄和闷葫芦。

第三封书信谈论了人在社会中的作用，蒲柏在这封信中指出人与人之间要友爱，并指出宗教与政府应该是相辅相成的，要让爱心得到发扬。

第四书信讨论了人的幸福感。蒲柏在这封信中强调人的幸福来源于他的身体是否健康、内心是否平和、工作是否称职，人的财富是他性格中的美好品质。

可以说，《论人》这部长诗是 18 世纪社会观念和价值观念的真实记录。它不仅汇聚了自柏拉图、亚里士多德到德国启蒙主义思想家莱布尼兹（G. w. Leibniz，1646—1716）等古今哲学家众多的哲学思想体系，而且对英国的文化和历史研究也具有重要价值。蒲柏称之为"道德法典"。

《论批评》是英国文学批评史上非常重要的一部作品。全诗用"英雄双韵体"写成，共 744 行，分为三个部分：第一部分着重对文学批评的重要性以及当代文学批评的混乱局面进行了展示；第二部分着重对文学评论不当的原因进行了梳理，并对诗人模拟自然的主要原则进行了阐述；第三部分着重对如何成为一名出色的批评家进行了论述，同时也回顾了欧洲文学的批评史。在这首诗中，出现了很多脍炙人口的诗句，常被人们当成警句来进行使用。例如蒲柏在列举傲慢、学识片面等原因导致评论不公时，写道：

> 求学问最忌讳一知半解，
>
> 开怀痛饮吧，否则别品尝帕依尔泉水，
>
> 浅尝辄止，使人头晕目眩，
>
> 尽情畅饮，才能清醒聪慧，
>
> 见识短浅，看不到风光无限，
>
> 步步深入，景色令人惊叹，
>
> 浩瀚科学领域的远景不断涌现！
>
> 跨过最初的山峰云层满以为大功告成，
>
> 然而更进一步，纵观征途漫漫，
>
> 还有许多险阻，不禁心惊胆寒，
>
> 无限美景，令人望倦了两眼，
>
> 啊，阿尔卑斯，山外有山，天外有天！

这些诗句读来真切自然，隽永清新，耐人寻味。

在田园诗中，比较具有代表性的作品是《田园组诗》和《隐居颂》。在《田园组诗》中，蒲柏在对春、夏、秋、冬四季不同描写中融入了对亡友的悼念，而且整部诗作音节整齐、声调流畅、用词贴

切,很好地体现出古典主义的创作原则。在《隐居颂》中,蒲柏描写了他回归自然后的田园生活:

> 牛群供他鲜奶,土地赐予面包,
> 羊群给了他衣袍罗裙;
> 树木在炎夏送来一片绿荫,
> 在冬天炉火熊熊如春。

由此可见诗人田园生活的惬意以及他对田园生活的无比喜爱。

总之,蒲柏的诗歌表现出了节奏和音韵的和美,对仗工整,音、形、义,力与美,思想和文字都达到完美的统一。虽然他的诗歌既没有高远的意境,也没有雄奇的气魄,但自然生动而又富于哲理,因此一直以来为众多的读者所喜爱。英雄双韵体的运用在他的诗歌创作中几乎达到了炉火纯青的地步,为后来的诗人树立了极好的典范。

## 二、18 世纪感伤主义诗歌的创作

由于感伤主义排斥理性,崇尚情感,既注重探索生存和死亡的意义,也强调体味和赞叹大自然,因此感伤主义诗歌以自然和情感为主题,借助自然景物进行冥想和抒情,自由地对现实人生的种种感受,尤其是面对无奈的现实所生的感伤幻灭情绪进行抒写。在感伤主义诗歌创作中,主要的代表作家是詹姆斯·汤姆逊(James Thomson,1700—1748)、爱德华·杨格(Edward Young,1683—1765)、托马斯·格雷(Thomas Gray,1716—1771)和威廉·库珀(William Cowper,1731—1800)等,在这里,我们主要对他们的感伤主义诗歌创作进行分析。

### (一)詹姆斯·汤姆逊的感伤主义诗歌创作

詹姆斯·汤姆逊(James Thomson,1700—1748)出生在苏格兰边疆崇山峻岭中的一个牧师家庭里。他自幼爱好文学,15 岁的时候进入爱丁堡大学专攻神学,余暇时间进行文学创作。1720 年,汤姆逊发表了自己的处女作,之后又陆续发表了一些歌颂大自然和自由的诗歌。从1725 年开始,汤姆逊放弃了神学,潜心进行文学创作,后来结识了蒲柏等人。1748 年,汤姆逊去世。

汤姆逊可以说是 18 世纪"感伤主义"新潮流最早的实践者和推动者。他的代表作是《四季歌》。

《四季歌》由《冬》《夏》《春》《秋》(依据发表时间)四首诗歌组成,对自然景色进行了细致描绘,同时对人生哲理进行了深刻阐发,受到了当时人们的喜爱。诗中虽对古典主义典型的诗歌语言有所沿袭,但抛弃了古典主义诗人美化自然或把自然理想化的创作原则,还抛弃了"英雄双韵体"形式而采用了"无韵体"形式来进行写作,同时诗歌内容富于想象,卓有生气,标志着试图摆脱古典主义束缚的诗歌创作新潮流的出现。例如他在《春》中写道:

> 物质优雅丰富,心情舒畅怡然,
> 归隐安谧乡间,友情图书为伴,
> 休闲劳动兼顾,生活有益人世,
> 还有文明美德,再加上苍护佑!

由于这种诗歌创作的新潮流还处于试验阶段,因而诗中还存在不完善之处,如阐发人生哲理部分过于冗长乏味等,但是我们还是能够从他的诗歌中看出他的睿智与高雅。例如:

> 报刊人都为鹊起的名声撒谎,
> 献书人趋附兴隆的钱财去捧场,
> 哪一个房间挂了地方的大台柱,
> 哪一个房间就有画像给撵出,
> 送厨房去熏烟或者送拍卖场卖掉,
> 把一副金框子留给了更好的面貌;
> 现在我们不再从一纹一线,
> 认出来英明的身价、圣明的慈善:
> 别扭的样子证明了活该倒台;
> 深恶痛绝它,解除了墙壁的愤慨。

总之,汤姆逊通过自己的诗歌创作写出了自己对大自然地热爱,实现了对感伤主义诗歌的推动。

### (二)爱德华·杨格的感伤主义诗歌创作

爱德华·杨格(Edward Young,1683—1765)是与汤姆逊同时开创新的诗风的感伤主义诗人。他生于英格兰南部汉普郡首府温切斯特附近的一个小镇,他的父亲是一位牧师。杨格曾就读于牛津大学,并获得了法学博士学位。1717年,他在都柏林结识了沃顿公爵菲利普,并得到他的赞助。他于1719年和1721年先后创作了《勃西立斯》和《复仇》两部悲剧,之后又进行了诗歌创作。1765年,杨格因病去世。

杨格一生都处于悲伤、失意和彷徨之中,因而陷入了对生命、希望、苦难、死亡、复活和永生等问题的思考,诗作《哀怨,或关于生命、死亡和永生的夜思》(以下简称《夜思》)便是在这种状况下创作出来的。

这首诗作共分为九集,长达10 000多行,主要抒发了生活就是痛苦、理性无能为力的感受,表达了诗人对宇宙幻灭的思索以及对人生前途绝望的情绪。同时,诗作中充满了宗教神秘主义色彩和忧郁的感伤情调,对后来的诗人尤其是墓畔诗派诗人产生了极大的影响。在诗歌前三部分中,诗人塑造了受到死亡威胁的露西亚、菲琳德和纳西萨三个人物,对生命、死亡和永恒进行了探讨。在接下来的部分中,诗人在宗教中找到了灵魂的慰藉,于是诗歌转向了对有关宗教和上帝话题的议论。杨格坚信,象征着死亡和黑暗的夜晚并不可怕,这是上帝创造的奇景。死亡是进入天堂的必经之路,而只有靠上帝之爱的指引才能获得这条通向永世福祉的康庄大道,上帝的爱象征着人的生命获得永恒不朽的可能。在这一部分里,诗人还塑造了一个名叫洛伦佐的年轻人。此人生活富裕,贪图享乐,夸夸其谈,奉行理性至上的信条。批评家对这个人物形象给予了较多的批评,认为这个人物形象没有真实性,性格并不突出。

### (三)托马斯·格雷的感伤主义诗歌创作

托马斯·格雷(Thomas Gray,1716—1771)出生于伦敦一个小商人家庭中。9岁时,格雷就读于伊顿公学,18岁时进入剑桥大学专攻法律,在大学期间他与好友一起进行了欧洲大陆的旅行,这让他对大自然产生了由衷的热爱。由于好友去世,杨格受到了打击,从此变得有些忧郁,这让他的诗歌带上了浓厚的感伤色彩。在牛津大学获得法学学士学位后,杨格留在剑桥大学进行文学、历史等研究,同时进行文学创作。1757 年,英国当局授予杨格"桂冠诗人"的称号,但他没有接受。晚年时他收集和翻译了不少冰岛及威尔士的古代诗歌,并利用这些素材写了一些以冰岛、威尔士古代传说为题材的诗歌。1771 年,格雷因痛风逝世,被安葬在他选择的斯托克波基斯。

在格雷的众多诗歌中,《墓园挽诗》无疑是影响最大的一首诗歌。在这首诗歌中,诗人首先描绘出一幅日暮乡村的景色,然后在肃穆、寂静、阴郁的氛围中,诗人独自在墓地徘徊,并产生出无限的联想和感慨。这首诗被批评家们认为是 18 世纪乃至英国历来诗歌中最上乘的作品,这是因为:第一,这首诗代表了 18 世纪英国社会中的一种感伤情绪,第二,这首诗用比较完美的形式表达了这种感伤情绪,并在一定程度上解决了如何革新旧传统的问题。全诗思想明晰,结构匀称,条理清楚,语言优雅而不堆砌雕琢,流畅而不松散,诗人通过对墓园的描绘,表达出了一种哀婉情绪:

> 峥嵘的榆树下,扁柏的林荫里,
> 草皮隆起了许多零落的荒堆,
> 各自在洞窟里永远放下了身体,
> 小村里粗鄙的父老在那里安睡。

在这首诗中,诗人指出死亡无论是对穷人来说,还是对富人来说都是平等的。诗人写道:

> "雄心"别嘲讽他们实用的操劳
> 家常的欢乐、默默无闻的运命;
> "豪华"也不用带着轻蔑的冷笑
> 来听讲穷人的又短又简的生平。

> 门第的炫耀,有权有势的煌赫,
> 凡是美和财富所能赋予的好处,
> 前头都等待着不可避免的时刻:
> 光荣的道路无非是引导到坟墓。

除了《墓园挽诗》外,格雷还创作了《爱猫之死》《诗的发展》《欧丁的衰败》等作品。由于格雷的诗歌多以坟墓、死亡等为诗歌描写对象,并带有感伤色彩,在他周围,形成了一批模仿这种诗风的诗人,被批评家称之为"墓园诗派"。该诗派对后来英国浪漫主义诗歌的发展起到了重要的推动作用。

### (四)威廉·库珀的感伤主义诗歌创作

威廉·库珀(William Cowper,1731—1800)出生在哈特福德郡的伯卡姆斯泰德市。23 岁时,库珀成为一名律师,后来由于严重的精神抑郁,他不得不放弃工作。受抑郁症的影响,他曾 3 次自杀未遂。为了能够改变自己的状态,他加入了基督教福音主义教派,并在朋友的鼓励下开始进行诗歌创作。1800年,库珀去世。

库珀写出了很多精彩的诗歌,其中最为著名的一首是《任务》。这是一首长达六卷的无韵体诗,没有固定的主题,诗人先从沙发写起,进而对自己周围的环境以及自己的日常进行了描写,还时常夹杂着哲理意味浓厚的议论。

在诗中,最精彩的部分是对大自然的描写与歌颂。诗人曾因病一度在乡间休养,对自然风景有着独特的体验,并将其作为治疗自己心灵创伤的灵丹妙药。因此,他热爱乡间宁静的自然风光,讨厌来自城市的享受方式,也不愿在聚满唯利是图的人的城市中生活,在他的眼里,城市生活肮脏不堪:

> 那些狂妄、嚣闹、唯利是图的城市,
> 各地的渣滓污秽都流入
> 这公共的肮脏的阴沟来!

在这首诗中,还处处渗透着诗人源于个人孤寂、脆弱、敏感的灵魂深处的痛楚感受,那种心灵备受煎熬的心绪读来不禁令人感伤。

除了《任务》外,《给玛丽》和《约翰·吉尔平趣史》也是库珀十分出色的诗作。在《给玛丽》中,诗人写道:

> 你为了家务日夜辛勤,
> 魔术般的巧手,一线线,一针针,
> 都缠绕着我的心灵;
> 我的玛丽啊!
> 尽管你病体不支,你的慈爱始终不渝。
> 到了暮年并不觉得雪冷风凄;
> 在我眼中你仍秀美无比;
> 我的玛丽啊!

从中我们深切地感受到一种不尽感激和崇敬之情。

《约翰·吉尔平趣史》是一首非常精彩的叙事诗,写得幽默而诙谐,因而被评论家认为是英国诗歌史上不可多得的轻松作品。在诗中,诗人讲述了伦敦布商吉尔平的滑稽可笑的奇遇。他打算和妻子到城南十里处的一家酒店庆祝他们的结婚二十周年,于是向朋友借了一匹马并欢天喜地地坐在马车上出发了。但吉尔平在途中无法控制疾走的马儿,于是跑过了目的地不得不重新折回到家,始终无法到达想要去的酒店。诗中的内容妙趣横生,叙述有板有眼,描写楚楚有致,人物熠熠有灵,实为幽默作品中不可多得的上乘之品。

总体来说,库珀的诗歌有着丰富的想象力和情感,并用朴素率真的语言营造出了自然的色彩和忧郁的气质,具有明显的感伤主义色彩。

# 三、18世纪浪漫主义诗歌的创作

受感伤主义诗歌创作的影响,浪漫主义诗歌在18世纪末期时出现了以威廉·布莱克(William Blake,1757—1827)和罗伯特·彭斯(Robert Bums,1759—1796)为代表的先驱者,在这里,我们主要对这些先驱者的浪漫主义诗歌创作进行分析。

## (一)威廉·布莱克的浪漫主义诗歌创作

威廉·布莱克(William Blake,1757—1827)出生在英国伦敦,他的父亲经营着一家针织公司。布莱克极其富于想象,经常声称能够看到一些旁人看不见的幻象,包括上帝以及隐藏在树上的天使。他后来甚至声称能够经常和死去的弟弟罗伯特交谈。布莱克所具有的这一"超凡"能力成为他一生进行诗歌创作的巨大动力。由于布莱克的父母很早就发现了布莱克的艺术天赋,于是便把他送进了当地的一所美术学校学习。布莱克 14 岁时拜师学习雕刻,经历了长达七年的学徒生涯,最终成为一名名雕刻师、插图画家,同时还成为一名美术教师。他经常为一些教堂绘制油画和雕塑的草稿,其中包括著名的西敏寺大教堂。由于接触大量的哥特艺术和建筑,布莱克加强了美学灵感,对中世纪也产生了浓厚兴趣,这对他的诗歌创作产生了重要的影响。1783 年,布莱克的第一部诗集《诗歌速写》出版,之后又陆续有很多诗歌问世。1827 年,布莱克因病逝世。

布莱克的诗歌有着瑰丽的想象和奔放的激情,在文学史上可以称为是浪漫主义的先驱。他的诗歌既强烈谴责了英国社会的罪恶,表明了对贫苦人民的同情,又有着浓重的宗教情绪和神秘主义色彩。在布莱克的诗作中,较为著名的有诗集《天真之歌》和《经验之歌》。

在《天真之歌》中,诗人用孩子般天真的眼光来看待世界,并用空想欢乐主义来理解社会,因而展现了一个充满博爱、仁慈、怜悯和快乐的世界。例如,在《扫烟囱的孩子》一诗中,诗人描绘了贫穷的孩子为了生存不得不在狭窄黑暗的烟囱里为人们清除烟灰时那种充满希望的乐观情绪:

> 后来来了个天使,拿了把金钥匙,
> 开棺材放出了孩子们,
> 他们边跳,边笑,边跑过草坪,
> 到河里洗了澡,太阳里晒得亮晶晶
> 他们升上云端,在风里游戏,
> "只要你做个好孩子",天使对汤姆说,
> "上帝会做你的父亲,你将永远快乐。"

又如在《飘荡着回声的草地》中,诗人通过三小节诗歌对大自然的美好进行了描写与歌颂。在第 1 节中,诗人描写了太阳升起,天空一片快活的景象。这时快乐的钟声响起,欢迎春天的到来。到处鸟雀歌唱,草地回响不断,"我们"在上面尽情玩耍。在第 2 节中,诗人进一步描写了人在草地上的状态。老约翰白发苍苍,和年长者坐在橡树下面,呵呵笑着,看年轻人快乐玩耍,不禁忆起自己年轻时的相似情形。在第 3 节中,诗人描写了日落的时候的情景。这时孩子们玩累了,如同鸟归巢一般,躺在母亲怀里,由于日头也已下山,草地变得灰暗下来,玩耍结束了。整首诗洋溢着快乐与和谐。春天的大自然代表美好的现实生活,快活的年轻人和孩子们尽情享受美景和生活,使整个世界充满活力和希望。

在《经验之歌》中,诗人不再天真,而是对英国人民的苦难有了清楚的理解,对社会也有了较为深刻的"经验",因而对当时的社会进行了强烈批判。例如,在《伦敦》一诗中,诗人漫步伦敦街头,看到的是行人的脸上满是衰弱、伤感,上千万人在痛苦地呼喊着充满贫穷和罪恶的世界:

> 我徘徊在每一条独占的街道，
> 独占的泰晤士河水滔滔，
> 每一张行人的面庞，
> 刻满了衰弱与凄凉，
>
> 每个人的每声呼喊，
> 每个婴儿害怕的啼哭，
> 在每个声音，每个禁令中，
> 伴着镣铐铮铮，在耳旁回荡。
> 扫烟囱孩子叫喊的悲凄，
> 震撼了每座熏黑的教堂。
> 不幸士兵的声声叹息，
> 仿佛鲜血正流下宫墙。
>
> 最恐怖的是深夜街头，
> 年轻妓女的无情诅咒，
> 让新生儿的眼泪不敢流，
> 带着瘟疫，把婚车变成灵柩。

又如在《老虎》一诗中，诗人通过对老虎的描写，展现出了自己的浪漫主义倾向：

> 老虎！老虎！你万丈光芒，
> 像火一样照亮黑夜的丛莽。
> 是怎样脱俗的手和眼睛
> 把你塑造的这般匀称？
>
> 取自深渊还是天国，
> 来点燃你眼中之火？
> 凭什么翅膀他敢翱翔？
> 他敢取火凭什么手掌？
>
> 怎样的臂力，怎样的技艺，
> 能拧制成这样强健的心肌？
> 一旦你的心脏开始搏跳，
> 震撼于缔造者惊人的手脚。
>
> 怎样的铁锤？怎样的铁链？
> 怎样的熔炉把你的脑袋冶炼？
> 怎样的铁砧，怎样的手臂，
> 胆敢握紧你这可怕东西？

当群星射下耀眼的银箭，

又用眼泪把天国浇灌，

他可曾对自己的杰作微笑？

可是那羔羊的缔造者又把你缔造？


老虎！老虎！你万丈光芒，

像火一样照亮黑夜的丛莽。

是怎样脱俗的手和眼睛

把你塑造的这般匀称？

关于老虎这个意向象征着什么，历来众说纷纭。有人说它象征人类的想象力，有人说它象征人类灵魂中一股要冲破无知、压抑、迷信的包围的力量，还有人说它映射法国大革命。老虎的众多内涵为这首诗增添了神秘的色彩，从而充满了浪漫主义气息。诗中的头韵，不论在音响效果上，还是在表现主题方面都起着举足轻重的作用。

布莱克还有一些讴歌革命、颂扬人生、追求理想的无韵长诗写得也十分出色，这些无韵长诗气势宏大，具有独创性，可以说是美国诗人惠特曼式自由体诗的先导。其中，讴歌革命的无韵长诗有《亚美利加》《欧罗巴》和《洛斯之歌》等，在这些诗中，诗人强烈要求政治自由以及整个人类精神的解放；颂扬人生的无韵长诗有通过讲述青年女子带着梦想与情感启程寻觅生命能量的寓言故事来对人们向往自由的精神进行讴歌的《赛尔记》，描绘了来自肉体的欲望与来自灵魂的理性相结合的人生境界的《天堂与地狱的婚姻》等；追求理想的无韵长诗有《弥尔顿》《伐拉，即四佐王》《耶路撒冷》等。其中，在《弥尔顿》中，诗人借弥尔顿之口，将自己的见解与轻理性重灵感的艺术追求对世人进行了宣告：

我以自我毁灭与灵感的庄严出现，

以对救主的信仰来抛弃理性的求证，

以灵感来抛弃记忆之褴褛破衣

抛弃阿尔比恩身上穿的培根，洛克，牛顿，

去掉他的脏衣服，给他披上想象，

排除诗中不属灵感的部分。

另外，布莱克还创作了一些宣传他的哲学思想和神话体系的长诗，其中最具代表性的是《由理生书》。在这部诗作中，布莱克将由理生描写成宇宙四天神之一，代表光和智力。后来，由理生与其他天神分裂，通过武力建立王国，使用残暴手段统治和奴役他的臣民。另外一位天神罗斯则后来与女神安尼萨蒙生下了他们的儿子——代表激情、革命和自由的奥克。全诗共有 9 章内容，每一章的侧重点都不同。

在第一章中，诗人讲述了由理生的统治给宇宙带来的恐怖，诗中写道：

一个恐怖的阴影升起

在永恒中！

> 无人知之,不会生育,
>
> 自我封闭,排斥一切。
>
> ……
>
> (由理生)这黑色的强力
>
> 隐藏在无人知道、抽象沉思的神秘中。

在第二章中,诗人讲述了由理生与生命之火、魔鬼及他们所代表的七罪做斗争,最终颁布出了专制的法律。诗中写道:

> 我制定了和平,爱,团结的法律,
>
> 怜悯,宽恕,同情的法律。
>
> 让每种法律适得其所,
>
> 选择它的古老的无限的住所,
>
> 只允许一种命令,一种快乐,一种欲望,
>
> 一种诅咒,一种重量,一种尺度,
>
> 一个国王,一个上帝,一种法律。

在第三章中,诗人讲述了反抗由理生统治的势力与他的军队所进行的殊死战斗。在这场战斗中,由理生变得苍白、衰老,他的永生界限被打破。他开始建造一个黑球。这个球体就是那个浩瀚的世界,但它却远离永恒。由理生原本与罗斯等天神同为一体,但是后来,由理生离开了罗斯,进入死一般的睡眠之中,失去了生气。经过一段时间后,罗斯由于分离造成的伤口开始愈合,但由理生的却没有。诗中写道:

> 冷酷,没有面貌,肉体或泥土,
>
> 随着可怕的变化而裂开,
>
> 躺在无梦的夜晚。

伤愈后的罗斯为了能够惊醒由理生,煽起了他的火焰,希望可以让由理生重获生机。

在第四章中,诗人讲述了罗斯为拯救由理生而做出的努力。罗斯不断敲打他的铁铆钉,试图用铁铆钉制成的铁链将由理生的心灵与永恒相连,但是由理生已经忘记了永恒,他再也不能和永恒的诸神对话。罗斯的努力于事无补,他失去了快乐,感到绝望和痛苦,自身也染上病痛。

在第五章中,诗人讲述了"怜悯"的由来。罗斯在恐惧中放弃了拯救由理生的工作,冷漠、孤独、黑暗包围了他。他的火焰逐渐熄灭了,在他的身体里诞生出一个被称之为"怜悯"的女性,为了不让罗斯看到"怜悯",由理生的追随者采取了一系列的措施:

> 他们开始编织黑色的帷幕,
>
> 他们围着虚空竖起高大的柱子,
>
> 再用金钩固定这些柱子。
>
> 花费了无限的劳作永恒的神祇
>
> 编织了羊毛帷幕,然后把它叫作科学。

在第六章中,诗人讲述了奥克的诞生。罗斯看见了"怜悯"并且爱上了她,"怜悯"生下了奥克。奥克在胎儿时是蛇形,后来带着来自母亲的火焰降生为人。

在第七章中,诗人讲述了奥克给由理生带来的威胁。由理生的追随者抓住了奥克,并用妒忌的铁链将他缚在山顶上。奥克的呼号使死者复活,万物苏醒,重获生命。为了能够重整秩序,由理生制定出了更多的制度和体制:

> 他制造了线和测锤
>
> 以划分脚下的深渊;
>
> 他制定了划分的规则,
>
> 他制定了重量单位,
>
> 他制造了度量衡,
>
> 他制造了铜的象限仪,
>
> 他制造了金的罗盘仪;
>
> 于是开始探测地狱的深渊,
>
> 他还种下了满园的果实。

在第八章中,诗人讲述了由理生对自己领地的巡查。在巡查的过程中,由理生发现他的世界"充满了巨大的罪孽:恐怖,背信弃义,献媚",没有一个肉体和灵魂遵守他的律法。于是他流下了怜悯的眼泪。但无论走到哪里,冷漠的影子都一直伴随着他,这使他所到之处都像地牢一般。由理生的悲伤和痛苦造就了一张无法粉碎和烧毁的网——宗教。

在第九章中,诗人讲述了人类的出现。由理生和他黑暗的宗教之网所到之处,让生活在永恒之中的具有灵性的居民不再拥有灵性,高大的身材也变得矮小起来,最终成为人。

总之,布莱克在艺术上打破了 18 世纪古典主义的清规戒律,"给诗坛带来的一股清新奇特的诗风,对以后浪漫主义的发展有着功不可没的贡献,使他成为英国浪漫主义诗歌的先声"[①]。

## (二)罗伯特·彭斯的浪漫主义诗歌创作

罗伯特·彭斯(Robert Bums,1759—1796)出生在苏格兰西南部一个贫穷农民家庭中。由于家庭贫困,彭斯从小就开始在田间劳动,等到他十四五岁的时候,他已经成为一个全劳动力工作的农夫。虽然家庭贫困,但是彭斯还是接受到了启蒙教育想,学会了读书写字。由于热爱读书,彭斯在干活时口袋里常揣着书本,有空就读。空暇之余,他阅读了大量苏格兰诗人和英国作家的作品,这为他将来从事文学创作打下了良好的基础。后来,彭斯开始尝试创作诗歌,他白天在田里劳动,构思诗篇,晚上把它写下来,并朗读给自己的朋友、邻居听。1786 年,彭斯出版了自己的第一部诗集《主要用苏格兰方言写的诗》,这部诗集出版后受到读者热烈的欢迎及评论家的如潮的好评,很快就被抢购一空,彭斯也因此获得了荣誉和报酬。与妻子结婚以后,彭斯继续在田间劳动,同时创作新的诗歌并继续整理苏格兰民间歌谣。1789 年,彭斯谋得一个税务局稽查员的位置。在法国革命期间,他对法国革命表示了支持,并利用税官之便买下一艘走私船上的大炮,想要赠送给法国的革命者,但被英国当局扣留,他也因此受到了政治迫害。由于长时间的辛

---

① 侯维瑞:《英国文学通史》,上海:上海外语教育出版社,1999 年,第 252 页。

苦劳动,彭斯的身体状况并不好。1796 年,彭斯因为心脏病突发而离世。

从整体上看,彭斯的诗歌作品可以分为抒情诗、讽刺诗和政治诗三类。

彭斯的抒情诗有 370 多首,主要对大自然、人民的生活和爱情进行了描写和歌颂。其中写得最出色的是歌颂爱情的抒情诗。在他的爱情抒情诗中,我们可以看到少男少女的纯洁初恋,老妪白翁的黄昏之恋,恋人相见的欢乐、离别的痛楚等各种复杂心绪和感觉。彭斯善于用意象来对这些情绪和感觉进行表达。例如在《一朵红红的玫瑰》中,诗人用姿容姣美、色彩绚丽、品格高尚的"红玫瑰"对"爱人"的美进行了突出,用甜美悦耳的乐曲对"爱人"内心的温柔进行了展示,并对真正爱情的永恒与坚贞进行了讴歌:

> 啊,我的爱人像朵红红的玫瑰,
> 六月里迎风初开;
> 啊,我的爱人像支甜甜的曲子,
> 奏得合拍又和谐。
>
> 我的好姑娘,你有多么美,
> 我的情也有多么深。
> 我将永远爱你,亲爱的,
> 直到大海干枯水流尽。
>
> 直到大海干枯水流尽,
> 太阳把岩石烧做灰尘,
> 我也永远爱你,亲爱的,
> 只要我一息犹存。
>
> 珍重吧,我唯一的爱人,
> 珍重吧,让我们暂时别离,
> 我准定回来,亲爱的,
> 哪怕跋涉千万里!

这首诗歌的最后一句"我准定回来,亲爱的,哪怕跋涉千万里!"写出了爱情在经历了岁月的考验和风雨的侵蚀后将变得不朽。

在《约翰·安德生,我的爱人》中,诗人真切地唱出了老年人对爱情特有的感受,诗中写道:

> 约翰·安德生,我的爱人。
> 记得当年初相遇,
> 你的头发漆黑,
> 你的脸儿如玉;
> 如今呵,你的头发雪白,
> 你的脸儿起了皱。
> 祝福你那一片风霜的白头!

约翰·安德生,我的爱人。

在这首诗中,女人对老态龙钟的爱人表达出了自己的爱意,虽然现在自己所爱的人已经变老了,但是自己不会改变自己的初衷,在诗歌的最后,诗人写道:"让我们搀扶着慢慢走,到山脚下双双躺下,还要并头!"写出了老妪白翁决定白头偕老、相伴到死的真挚感情。

在《我还不到出嫁的年龄》中,诗人写出了年轻的女子害怕出嫁、恐惧男人、不愿离开母亲的复杂心理:

> 先生,我是妈妈的独生女儿,
> 看见生人就存戒心,
> 先生,我怕睡男人的床铺,
> 睡了叫我直嘀咕。
> 我还太年轻,太年轻,
> 还不到出嫁的年龄,
> 我还太年轻,做坏事的人,
> 才会叫我离开母亲!

语言轻松幽默,阅读这些诗句,一个可爱的女子形象浮现在了读者的面前。

彭斯在写爱情抒情诗的时候,并没有将目光仅仅局限在爱情上,而是将爱情与对家乡的热爱、祖国的热爱紧密地联系在了一起。例如,在《亚顿河水》中,诗人写道:

> 轻轻地流,甜蜜的亚顿河,流过绿色的山坡,
> 轻轻地流,让我给你唱一支赞歌,
> 我的玛丽躺在你潺潺的水边睡着了,
> 轻轻地流,甜蜜的亚顿河,请不要把她的梦打扰。

在这首诗中,读者可以深深领悟到诗人的家乡情、祖国情。

在《我的好玛丽》中,诗歌一开始就出现了鼓、大旗、雄师、刀枪四个画面,让人一下子从小桥流水、绵绵翠谷的苏格兰田园风光和甜美爱情的回味中,看到了战争的突然逼近、战火的浓烈硝烟。在这样的背景之下,亲人们在对自己的子弟做着最后的叮咛和道别,离别的场面令人感伤,但亲人们义无反顾地支持子弟兵为了保卫家园与和平而战。没有人退缩,没有人犹豫,出征的号角已经响起。这时,一位青年的战士在人群中寻找着自己的爱人,他徘徊着,脸上流露出焦急、失望的表情,前行的脚步有些迟疑:

> 金鼓齐鸣,大旗飘扬,
> 雄师列队,刀枪闪寒光。
> 到处传来喊杀声,
> 两军血战正酣! 不是风浪阻我走,
> 不是刀兵叫我留,
> 我在这儿迟疑,
> 全为了要同玛丽别离!

这首诗用词精当、准确,巧妙地创造出视觉和听觉上的逼真效果,同时也突出了青年人之间的爱情。

除了爱情抒情诗外,彭斯的一部分抒情诗还表达出了他对苏格兰的热爱。他采用苏格兰方言,对苏格兰的高原、苏格兰的麦酒、苏格兰的宗教、苏格兰的人情风俗进行了歌颂。他的名作《我的心呀在高原》以爱的笔墨描绘了这里"皑皑的高山""绿色的山谷同河滩""高耸的大树,无尽的林涛",以及"汹涌的急流,雷鸣的浪涛"。他还对生活在苏格兰这片土地上的人民进行了歌颂。在《佃农的星期六晚》中,他用细致的笔墨描写了一个佃农在星期六晚上的温馨生活。佃农在呼啸的寒风里拖着疲惫的身子回到自己的茅屋。迎接他的是温暖的家,儿女们涌上来呼唤、拥抱他,妻子满脸堆笑,小儿子则高兴地过来亲吻他。顷刻,大孩子们也都回来,大女儿珍妮年轻貌美,勤劳能干。一家人亲亲热热,交流着思想,父亲不忘提醒儿女要本分、勤快,要诚心诚意敬奉上帝。这时,大女儿的心上人来访,小伙子高大、腼腆、彬彬有礼,父母十分满意。之后,诗人揭示出珍妮曾经遭受劫难、被坏人玷污的痛苦经历,说明这个家庭也曾遭遇不幸。愉快的晚餐后,一家人围坐在一起,开始庄重的礼拜仪式。父亲的祷告揭示出一家人的心愿:希望一家人永远能免遭不幸和灾祸,永久和和美美地生活在一起。在诗的最后,诗人感慨万千,他指出苏格兰的伟大之处就在于它拥有这些勤劳坚毅、善良的人民,拥有华莱士这样的民族英雄,并向上帝祈祷,希望上帝永远祝福这些品德高尚的百姓和勇敢的爱国者,让苏格兰民族的民主和爱国思想永世留传。

彭斯的讽刺诗主要揭露了专制的残暴、嘲弄了权贵的贪婪、讥讽了宗教的虚伪,但也时常伴有幽默的成分,从而妙趣横生。例如,在《威利长老的祈祷》中,诗人通过描写厚颜无耻、好色贪杯的伪善的威利长老,讥讽了宗教的虚伪。威利长老在祈祷时表示,他对上帝非常虔诚,他赞美主的威力,感谢主唯独让他受到恩典;他还大言不惭,说自己"论才干和品德,谁都承认,我是此地的明灯"。但实际上,他自己并不是一个可以克制自己欲望的人:

> 可是主呵,我又必须承认——
> 好些时,春意浓,心痒难受,
> 也曾经,见钱眼开,孽根不净,
> 恶性又冒头!

他还将淫乱说成是上帝对他的考验。最终,人们看穿了他的虚伪,对他进行声讨,他不但不服罪,还请求上帝惩罚与他作对的人,严惩这些刁民,审判日到来时尽快将他们处死,不能有半点仁慈,并厚颜无耻地求上帝赐予他鸿运、福禄和荣华。彭斯对威利长老进行了无情的揭露和讽刺。

在《致虱子》中,诗人对社会的不平等现象进行了辛辣讽刺。他借用虱子的口吻,对花枝招展的娇贵小姐们进行了挖苦。虱子说在小姐外表美丽的帽子里面,没有任何东西可供享用。倒不如爬到路边一个乞丐肮脏的头发里,可以找到自己的同伴,甚至可以找到吃的东西,老太婆的破帽子也是不错的选择。在诗歌的最后,诗人点明了主题:骄傲的小姐呀,请你不要卖弄自己的青春美貌,虱子已经爬到你的头上,你这样只能招致人们鄙夷的目光。

在《两只狗》中,诗人通过两只生活在富人和穷人家里的狗的对话生动地描写了地主对农民的压迫,从而尖刻地讽刺了地主及权贵们荒淫无耻的生活,富狗说道:

> 每逢我们老爷坐堂收租,

我把可怜的佃户们看个清楚

（但每次看了都叫我悲伤）。

他们身无分文，却逃不过我们的账房，

他顿脚，他威胁，他臭骂，

抓了人，还要将他们的衣服剥下。

佃户们低头站着，恭恭敬敬，

还得忍耐听完，胆战心惊！

阔人们日子过得真舒泰，

穷人们活得比鬼还要坏！

穷狗说道：

冰冷脸孔的万圣节一来到，

他们就欢庆丰收十分热闹。

农村的居民不论贫富长幼，

都聚在一起，玩乐嬉游。

爱神频送秋波，才子口若悬河，

忘了世上还有忧愁和灾祸。

等到新春快乐元旦到，

他们就顶着冷风把门窗关好。

烧酒掺奶热腾腾，

温暖了所有的良朋；

瓶装的鼻烟和喷香的烟斗，

殷勤相敬手递手。

青年人走着放言高论，

老年人坐着清谈浅斟，

这欢乐的光景叫我也情不自禁，

高吠了几声表示我的欢欣。

　　从这两只狗对各自主人家生活的描述中我们可以看出，富人家欺压百姓，穷人虽然受到了剥削，但是团结和谐，他们关注国家大事，维护国家利益和地位，他们的精神世界远远高于那些酒囊饭袋、出卖国家的财主老爷和政客们。

　　彭斯还通过模仿性史诗的创作来达到讽刺的目的。例如在《闪特的汤姆》中，诗人讲述了一个古老而迷信的传说——关于闪特的汤姆所经历的灾难的传说。诗的内容健康，形式很别致。随着故事发展，人们看到汤姆开始酗酒，拒绝接受妻子的戒酒建议，痛苦、失望的妻子立刻预见到会有灾祸发生，便提醒他某日深夜妖精和魔鬼会把他抓走。但是汤姆不听劝告，最终在一次酩酊大醉后闯入魔鬼盛宴，被魔法所控制在欢宴中冲着乱舞的女巫南妮狂笑"好样的，南妮"，所有的魔鬼都向汤姆冲过来，汤姆大吃一惊，拔腿逃跑，魔鬼们在他身后穷追不舍。他忠心耿耿的马——梅琪——驮着他疯狂奔跑，他这才得以渐渐甩开身后的恶魔。但女妖南妮使劲抓住马的后身，使它丢了尾巴。诗末警告人们以汤姆为戒，不要"过度奢华地享乐"。在这首诗中，彭斯在民间传说的基础上营造了活力和轻松气氛,作品充满悬念,富戏剧性,故事所产生的紧迫感、故事和方言两者结合所产生的幽默和笑声等因素都凸显出诗人近乎完美的写作笔法。

彭斯的政治诗主要是对革命、自由和平等进行歌颂。在《罗伯特·布鲁士向班诺克本进发》中,诗人通过缅怀苏格兰抗英起义的殉难英烈,对自由进行了热情歌颂,并呼吁人们联合起来反对一切暴政。在《不管那一套》中,诗人对比了高尚的穷人和愚蠢、傲慢的上层人间的天壤之别,热情讴歌平凡的人性美,鞭笞了作威作福的剥削阶层。在诗歌的最后,诗人对人类的美好未来进行了展望:

> 好吧,让我们来为明天祈祷,
>
> 不管怎么变化,明天一定会来到,
>
> 那时候真理和品格
>
> 将成为整个地球的荣耀!
>
> 不管他们这一套那一套,
>
> 总有一天会来到;
>
> 那时候全世界所有的人,
>
> 都成了兄弟,不管他们那一套!

在《自由树》中,诗人提出了自己对苏格兰的看法,并对苏格兰的战斗精神进行了歌颂。全诗可以分为 11 个小节。在第 1 小节中,诗人对法国革命的赞美与高度评价,并用"法国树"来暗指"自由树",指出全欧洲都知道它的名字,它立在过去巴士底狱所在的地方,农夫品尝到它就会胜过贵族,就会和乞丐分享他能给予的一切。在第 2 节和第 3 节中,诗人赞颂了"法国树"的果实对人们所产生的深远影响:它让人野兽阶段提升到人的阶段,使人能了解自我;它给人们送来安慰,让人们满足、健康、友好。在第 4 小节中,诗人歌颂了带给法兰西自由思想的美国独立战争,把法国革命比作美国独立战争的"一节枝干",指出自由在法国由于美德的浇灌而成长。在第 5 小节中,诗人对路易十六要破坏"法国树"的事实进行了阐述,并写出了他的下场:"法国树"的守护人于是"砸坏了他的王冠","还一刀砍下了他的狗头"。在第 6 小节中,诗人指出有些人曾反对自由,但后来未成气候。在第 7 小节中,诗人说到自由树的一曲自由之歌唤起和鼓舞了新生的人民举起"复仇之刀",给暴君以重创。在第 8 小节中,诗人讲英国对自己的橡树、杨树和松树感到自豪,但是在它的森林里却找不到自由树。在第 9 小节中,诗人对没有"法国树"的生活进行了描写,指出没有"法国树",生活就是痛苦和争斗,没有真正的快乐。在第 10 小节中,诗人对拥有"法国树"的生活进行了描绘,指出,如果有许多"法国树",世界将会和平,战争会消失,我们会同为一个事业,相互微笑,各处都会权利平等、法律平等而为之感到高兴。在第 11 小节中,在诗人表示要为尝到自由果而付出一切,并呼吁人们祈祷英国也会种上这棵树。这首诗作表示出,对于诗人来说,自由和民族独立高于一切。

# 第五章　19世纪英国小说与诗歌的创作发展

19世纪的英国处于一个变革的时代,其政治、经济、意识形态等各个方面都发生了重大的变化,文学领域更是异常繁荣。19世纪前期,受到浪漫主义运动的影响,浪漫主义小说和浪漫主义诗歌发展迅速;19世纪中后期,随着社会矛盾、阶级对抗的日益严重,以反映社会问题为主要内容的现实主义文学得到了弘扬,涌现出一大批优秀的现实主义小说。

## 第一节　浪漫主义、现实主义与英国小说、诗歌

### 一、浪漫主义与英国小说、诗歌

19世纪的浪漫主义运动是一场国际性的运动,对当时的西方世界产生了深远的影响。重主观、重情感、重想象是浪漫主义文学的主要特征。在这种背景下。英国浪漫主义诗歌在19世纪初期进入了辉煌时期,取得了很高的成就,成为英国文学史上仅次于伊丽莎白时期的第二个重要时期。浪漫主义诗人们个个都显示出自己独特的、卓尔不凡的才华,在诗歌创作中都取得了宏伟的成就。诗人华兹华斯发表了著名的《〈抒情歌谣集〉序言》,针对古典主义理性至上的观念主张,明确提出"诗是强烈情感的自然流露"。他的新诗论和新诗作,标志着浪漫时代的开始。并且由于法国大革命所激发的那种"精神解放"激发了浪漫主义诗人的热情。然而,他们也看到,启蒙思想家关于"自由、平等、博爱"的华美预言并没有实现。革命被野心家利用,激进的措施发展为恐怖政策,拿破仑对欧陆实行侵略扩张,这使得华兹华斯、柯勒律治等诗人对革命的热情冷却下来。法国革命后,英国政府各方面政策趋向保守反动,取缔进步组织,镇压工人摧毁机器的"卢德运动",1819年8月政府用武力镇压曼彻斯特民众聚会的"彼得卢"事件臭名昭著。政府反民主的倒行逆施加剧了诗人们对现实失望与愤慨的心情。他们对崇尚理性、尊重权威、制约个性、逐渐失去生命力的古典主义极为反感,注重表现主观精神世界,把个性情感和创造性想象推向首位,以精神力量去反叛现实。

第一代浪漫主义诗人华兹华斯、柯尔律治讴歌古朴的农村生活和美好的自然景色,或表现神秘氛围和异国情调,富有奇妙想象力和深邃哲思。第二代浪漫主义诗人拜伦、雪莱等受到了上一代浪漫主义诗人的极大影响,但反对他们对现实的逃避态度和消极倾向。他们具有大胆叛逆和热烈追求的精神,诗歌既有现实感又洋溢着主观理想色彩。

尽管19世纪英国浪漫主义文学的成就首推诗歌,但浪漫主义小说的成就也不可忽视。沃尔特・司各特声名最响,他本是浪漫主义诗人中的一员,转向小说创作后,又把浪漫主义精神引进了小说创作。他的小说中对戏剧性非凡事件的喜爱和描写,对自然质朴的民间文学的钟情和化用,对大自然美景的赞美和描绘,都闪烁着浪漫主义文学的独特光彩。另外,玛丽・雪莱、罗伯特・路易斯・斯蒂文森等人的小说对英国浪漫主义小说的发展做出了突出贡献。

## 二、现实主义与英国小说、诗歌

19 世纪 30 年代,随着工业革命的迅速发展,阶级对抗、社会矛盾日益突出,人们感到逃避现实、醉心自然、沉溺幻想的浪漫主义文学已经变得空泛而无力,一种明显不同于浪漫主义文学的新型文学——以准确再现社会生活为宗旨的现实主义文学兴起,并成为欧洲新的文学潮流。

在 19 世纪的英国,现实主义文学最大的成就是在小说方面,而且英国现实主义小说快速发展的时期,正好是英国历史上著名的"维多利亚时代"。具体来说,维多利亚时代现实主义小说创作经历了以下三个发展阶段。

早期从 19 世纪 30 年代到 19 世纪中期,这时英国社会开始受到变化的冲击,但仍然尽力保持着原有的价值观;工业化和资本主义已经开始给国家带来灾难,然而生活还没有恶化到让人完全无法忍受的程度。这个时期的现实主义小说家,如查尔斯·狄更斯等人,还基本上保持着乐观主义的态度。他们已经意识到现代社会存在的问题,并对它进行无情的揭露和鞭挞,但是他们仍然保持着一种信念,即"世界是好的,可以变得更好"。

到 19 世纪 70 年代,即维多利亚时代中期,英国从农业国家变为了工业国家,生活水平得到了提高,国家的文明水平也有些进步,然而社会也出现了比较严重的问题。机械文明的发展和资本的集中造成劳资矛盾的尖锐化,大批农民破产,他们流向城市,城市贫民数量增加,劳动人民生活水准下降,城市贫民窟的数量更急剧增长,所有这些都显示出,国家正处于危机的笼罩中。另外,人们的思想也受到达尔文进化论的影响而变得混乱,感到无所适从,信仰危机不断蔓延。在各种不同领域内都埋伏着严重危机,给英国社会罩上一层令人们忐忑不安的阴影。这个时期,人们意见分歧严重,生活变得错综复杂。作家们的态度也各不相同。狄更斯、萨克雷等一批作家开始在小说中表现出了明显的悲观主义。乔治·艾略特则审视和探讨,她在作品中描绘出一个善恶并存、善有善报、恶有恶报的道德规范世界。在她笔下,人们感受到他们不能控制的各种因素的制约。尽管确实存在邪恶的行为和邪恶的人,艾略特却很少塑造一无可取的恶棍形象。她的批判有时可能冷酷无情,但她又善于容忍和宽恕,仍对人性持有信心,相信在道德规范的社会里存在善良与美德。

到 19 世纪 80 年代,英国社会发生了重大变化。狄更斯小说中所描写的那种社会中孕育的危机,在哈代等小说家中的作品表现得更加明显,并且开始激化。世界变得冷漠无情,人在这个世界里变得无足轻重,在占绝对优势的命运面前,显得无能为力,人只是徒劳无益地在生存现实中绝望地挣扎。人际之间少了同情与怜悯,生活中少了公平和道德伦理,金钱和权势成为判断是非的准绳。这标志着"自然主义时代"已经来临。在这个时期文坛上的领军人物就是哈代。他的小说对 19 世纪末期的英国社会作了真实而深刻的反映。

在诗歌创作领域,现实主义对诗歌的影响并不大,这一时期的诗歌创作仍以浪漫主义诗歌为主。

# 第二节  19 世纪英国小说的创作

19 世纪的英国小说取得了高度的成熟和繁荣,浪漫主义小说和现实主义小说是这一时期小说发展的两个主要方向,它们交相辉映,共同促进了英国小说的蓬勃发展。

## 一、19 世纪英国浪漫主义小说的创作

19 世纪,在浪漫主义思潮的影响下,英国的浪漫主义小说发展迅速,沃尔特·司各特 (Walter Scott,1771—1832)、玛丽·雪莱(Mary Shelley,1797—1851)和罗伯特·路易斯·斯蒂文森(Robert Louis Stevenson,1850—1894)等小说家创作了一批具有浪漫、传奇色彩的小说,在英国文坛大放异彩。在这里,我们主要对他们的浪漫主义小说创作情况进行分析。

### (一)沃尔特·司各特的浪漫主义小说创作

沃尔特·司各特(Walter Scott,1771—1832)出生于苏格兰爱丁堡的一个律师家庭。他幼年时患有小儿麻痹症,为了调养身体,在他祖父的农场休养过一段时间,这个农场位于苏格兰南部和英格兰交界处,这里到处可以听到关于苏格兰和英格兰两地的古老历史传说和冒险故事。1786 年,司各特大学毕业,进入父亲的律师事务所工作,1792 年考取了律师执照,成为一名正式律师。1797 年,司各特和夏洛特·卡彭特结婚。1799 年,司各特成为边界地区赛尔科克郡的地方法官。1806 年,他又成为苏格兰最高民事法庭的秘书长。后来,司各特开始进行诗歌创作,但由于深感自己的诗歌创作远远不能超过拜伦,于是,他从 1814 年起转而进行小说创作,并接连创作了二十多部著作。1820 年,司各特被授以准男爵衔。1825 年,英国的经济萧条使他陷入债务危机,当时不少债权人出于对他的敬仰,欲取消他的欠款,但他决意不肯,在宣布破产后废寝忘食、夜以继日地工作,终于在去世前还清了大部分债务,还有一些则在他去世后以他的小说和诗歌作品的继续销售所得最后还清,深受世人赞扬。1832 年,因中风去世。

司各特的文学成就主要在小说方面,他结合浪漫主义手法创作了一批具有浪漫主义色彩的历史小说。这些小说的主题主要有三类:一是取材于苏格兰历史的,如《威弗利》《中洛辛郡的心脏》《盖伊·曼纳林》《黑侏儒》《修墓人》《罗布·罗伊》《拉摩穆尔的新娘》以及《蒙特罗斯的传说》等;二是取材于英格兰历史的,如《艾凡赫》《修道院》《修道院院长》《肯尼尔华斯》《尼格尔的祖产》和《皇家猎宫》等;三是描写欧洲大陆历史的,以《昆廷·达沃德》最为著名。在这里主要分析他的《威弗利》《中洛辛郡的心脏》《艾凡赫》和《昆廷·达沃德》。

《威弗利》是司各特匿名发表的第一部小说。小说主人公爱德华·威弗利是英格兰人,他依靠父亲的关系在英国驻苏格兰的骑兵队中谋得了一份差事。任职期间,他结识了思想倾向于斯图亚特派的老伯爵布拉德瓦丁,并得到了他女儿露丝的赏识。他对富有传奇色彩的冒险具有浓厚的兴趣,于是到苏格兰高地去探险,因此结识了当地的酋长、斯图亚特派的支持者弗格斯,他爱上了弗格斯的妹妹弗洛拉。弗格斯为了获得爱德华的支持非常赞同爱德华和他的妹妹在一起,但弗洛拉以要用自己的一生拥护斯图亚特派的王子登上王位而拒绝了他。不久,爱德华因被人告发与叛乱分子弗格斯混在一起,而被撤销职务。爱德华受到打击,决定回家,但此时苏格兰低地发生暴动,爱德华因为和斯图亚特派有所牵连被捕入狱。在监狱中,他被苏格兰高地的人搭救,并见到了查尔斯·斯图亚特王子,查尔斯王子将爱德华视为上宾,爱德华宣誓效忠斯图亚特派。不久,在普利斯顿潘斯战役中,查尔斯王子的起义惨遭失败,爱德华和弗格斯一起被捕,因为在战争中爱德华曾经救过英军上校塔尔波特,得到了对方的帮助而被赦免。最后,弗格斯被处决,弗洛拉进了修道院。爱德华回到苏格兰,继承了父亲的财产,并和露丝结婚。

这部小说是取材于历史上真实发生过的事件,作者对这一时期的历史进行了真实而准确的描述。随着爱德华的冒险经历,读者可以看到苏格兰高地人们居住的荆棘丛生的峡谷山洞,深山密林中从天而降的瀑布,北方部落人们的歌喉,骁勇善战、粗犷勇猛的勇士,美丽动人、豪放泼辣的女人等,这些真实的描写让这部小说具有了一种历史厚重感。另外,作者在小说中也热情讴歌了热爱自由的苏格兰高地人民的英雄主义精神。

《中洛辛郡的心脏》题目中的"中洛辛郡的心脏"指的是爱丁堡的图尔布斯监狱,这座监狱位于苏格兰中洛辛郡的中心地带。这部小说以 18 世纪苏格兰的暴动为线索展开故事情节。珍妮·迪恩斯是一个朴实的农村姑娘,她的姐姐埃菲被控杀死了自己的婴儿而被关进爱丁堡监狱。原来埃菲受到了纨绔子弟罗伯逊的引诱而怀孕,但罗伯逊却和他的同伙因犯抢劫罪而入狱。不久,罗伯逊在他的同伙安德鲁·威尔逊的帮助下,成功越狱,而安德鲁为此被判绞刑,执行官是卫戍司令约翰·波蒂亚斯,约翰在执行绞刑过程中虐待安德鲁,引起了公众的不满,并引发了一场骚乱,约翰下令向众人开枪,他本人也同时开枪,结果造成数人死亡,他因此被判谋杀罪而被关进爱丁堡监狱。但是英国女王更改了法庭对约翰做出的死刑判决,引起了人民的强烈不满。不久,罗伯逊带领一群人,攻入监狱,抓住约翰,把他拷打致死。罗伯逊原本也想趁乱带走埃菲,但是埃菲认为自己已经丧失名誉而拒绝了他的要求。不久,埃菲的案件就被开庭审理。在法庭上,埃菲既无法证明孩子还活着,也不能证明她曾经将自己怀孕的事告诉过其他人。事实上,埃菲的孩子还活着,罗伯逊以前的情妇玛吉因被罗伯逊抛弃而发疯,她偷偷地将孩子偷走了,并被她的母亲卖给了一个流浪的女人。由于埃菲无法证明自己是无辜的,人们便怀疑她是为了隐瞒自己的丑事而将孩子杀死。埃菲恳求珍妮为自己作伪证,但是珍妮的道德观不容许她撒谎,结果埃菲被判死刑。

珍妮相信埃菲不会做出弑婴这种残忍的事,为了拯救埃菲,她前往伦敦进行调查。在路上,她遇到了玛吉和她的母亲,得知了真相,于是珍妮决定去拜见国王和王后,请求他们赦免埃菲。最后,珍妮受到了女王的接见,她真挚的请求得到了女王的赞许,女王批准赦免埃菲。埃菲出狱后和罗伯逊结婚,而珍妮同牧师鲁本喜结良缘,生活十分美满。数年后,埃菲与罗伯逊想要找到当年的孩子。罗伯逊决定到苏格兰去寻找,但是在爱丁堡时被一个年轻的歹徒杀死,而这个歹徒正是他要找的亲生儿子。后来,埃菲的儿子去了美洲,继续作恶,最终死在印第安人的手上,而埃菲在丈夫死后,进入了修道院。

珍妮是司各特作品中的第一个女性主人公,这个形象不像司各特其他小说中的女性形象那样美丽、聪明,她来自于农村,身材矮胖、黝黑的面皮、灰色眼睛、浅色头发,唯一引人注目的地方是她的善意而平和的态度。她一直坚信真理必胜,这也是小说的说教要点所在。

《艾凡赫》讲述了一段极富浪漫色彩的骑士传奇故事,生动再现了英国封建主义全盛时期下的社会矛盾和斗争。撒克逊青年艾凡赫爱上了撒克逊王室的女继承人洛维娜,但艾凡赫的父亲反对两人相爱,艾凡赫被迫放弃继承权。无奈之下,艾凡赫跟随"狮心王"理查率领的十字军远征巴勒斯坦,表现十分出色,受到了"狮心王"的赏识。此时,"狮心王"的弟弟约翰亲王趁他离开英国期间,试图篡夺王位。这个时候,"狮心王"在归来的路上,经过奥地利时遭到拘禁,后来他摆脱困境和艾凡赫一起暗中回到了英国。回国后,他们乔装参加了在阿什利城举行的比武,艾凡赫取得了比武的胜利,并命名洛维娜为"爱与美的王后",但艾凡赫因比武受伤留在犹太人艾萨克家调养。约翰亲王发现"狮心王"已经回到国内,派人将艾凡赫一行人监禁起来。"狮心王"得知后,联合罗宾汉一起率领人马前来搭救,混乱中艾萨克的女儿丽贝卡被敌人带走。艾凡赫为了救出丽贝卡和人决斗,最终救出了丽贝卡。最后,艾凡赫和洛维娜在"狮心王"的帮助下终成好事。

这部小说讲述的故事发生在"狮心王"理查一世当政的12世纪,小说充分反映了那个时代错综复杂的社会矛盾,对当时的风俗人情都进行了生动的描写。作者在小说中将个人命运与国家兴衰的重大历史事件糅合起来,让小说中虚构的人物与历史上真实存在的人物相互交流。而主人公艾凡赫不仅是具有浪漫精神的骑士代表,也是作者塑造的一个民族和解的象征。

《昆廷·达沃德》是司各特的第一部涉及欧洲大陆历史的小说。这部小说以15世纪的法国为背景,重点展现了路易十一和查尔斯公爵之间的斗争。主人公昆廷·达沃德是苏格兰人,他为了实现梦想,来到了法国,在路易十一的军队里任职。在一次狩猎中,路易十一险些丧命,幸好被昆廷所救,昆廷因此得到了他的嘉奖,并获得一项特殊使命——护送伊莎贝尔及其婶婶哈梅琳去见查尔斯公爵的姐夫烈日主教。原来伊莎贝尔是查尔斯公爵的继承人,公爵要把她许配给他手下一个令人讨厌的部属,于是伊莎贝尔逃婚到路易十一处避难。但路易十一则想把她许配给他的亲信威廉。在护送的路上,昆廷等人遭受到了袭击,几经周折之后,昆廷终于将伊莎贝尔交给了主教。但是,路易十一的同伙威廉·马克此时袭击并攻占了城堡,除了哈梅琳一人逃脱外,其他人全部被捕。威廉当众杀死主教,昆廷奋起反抗,并在混乱中带着伊莎贝尔逃出城堡,来到了查尔斯公爵的城堡里。事件发生后,路易十一却惺惺作态,来到查尔斯公爵的府邸,以友好的姿态欺骗查尔斯,查尔斯指责他煽动暴乱,把他监禁起来。但路易十一凭借其谨慎的态度逐渐缓和了查尔斯的怀疑,最终获得自由。伊莎贝尔在和昆廷的多次接触之后,深深地爱上了昆廷,发誓非他不嫁。为了解决这个难题,查尔斯公爵宣布,谁杀了威廉,伊莎贝尔就可以嫁给谁。最后,昆廷在决斗中将威廉杀死,和伊莎贝尔幸福地生活在一起。

这部小说的背景是设定在15世纪的法国,此时的法国正处于新旧交替的阶段,封建制度正在解体,一个新的中央集权正在脱颖而出。司各特认为,曾在欧洲发挥过巨大作用的封建制度,到了这个时候气数已尽,个人利益成为人们公开为之奋斗的行动准则。路易十一就是这个时代嘲弄和放弃人的高尚原则的典型代表,这部作品的主旨就在于刻画这个人物形象的卑鄙和罪孽,而他的对立面是勃艮第大公国的查尔斯公爵,他性情暴烈,好轻举妄动。他们之间的斗争反映了新旧两种秩序的矛盾和斗争。

总之,司各特的小说既具有浓郁的浪漫主义色彩,又具有着强大的现实主义因素,生动地再现了苏格兰、英格兰和欧洲大陆的重要历史事件。他的小说丰富和发展了欧洲19世纪的文学创作,对狄更斯、雨果等许多欧洲小说家都产生了重要的影响。

## (二)玛丽·雪莱的浪漫主义小说创作

玛丽·雪莱(Mary Shelley,1797—1851)出生于伦敦,父亲是无政府主义和社会主义思想哲学家威廉·哥德温,母亲是著名的世界第一代女权主义者玛丽·沃尔斯通克拉夫特。她母亲在生下她后不久就患上产褥热死去。少年时期她被父亲送到苏格兰的一个朋友家寄宿和上学。1813年,她返回伦敦,遇到了著名诗人雪莱,与其一见钟情,但当时雪莱已经成家,不久两人私奔。1816年,她和雪莱结婚,1818年两人离开英国。1822年,雪莱遇到海难逝世。1823年,玛丽回到英国,从未再婚。1851年,玛丽逝世,终年54岁。

玛丽一生留下了多部小说,其中的《弗兰肯斯坦》让她闻名天下,其后又陆续创作了几部小说,包括《玛蒂尔达》《瓦尔珀加》《最后一个男人》等。《玛蒂尔达》描写一个父亲因女儿长的酷似自己的妻子而对其产生了乱伦之爱;《瓦尔珀加》讲述了一个人为了追求政治权利放弃了爱情,泯灭了人性的故事;《最后一个男人》是一部将背景设定在21世纪的科幻小说,描写了一场瘟疫灭绝人类的故事,这部小说展现了男人社会的瓦解,受到了女权主义者的青睐。

《弗兰肯斯坦》是玛丽最著名的一部小说。关于这部小说的创作动机也成为文学史上的一段佳话。1816年,玛丽和丈夫雪莱以及诗人拜伦等人在日内瓦居住,由于一连几天大雨连绵,几个人只能待在拜伦的别墅里。当时,大家聊天谈到了关于生命的问题,拜伦就提议每个人各写一个鬼怪故事,当时玛丽在雪莱的鼓励下开始创作,并花了一年时间写成了《弗兰肯斯坦》。这部小说从1818年问世后从未绝版过,后来更是成为许多戏剧和电影的创作来源。

《弗兰肯斯坦》讲述了科学家维克多·弗兰肯斯坦和他制造出来的怪物之间的故事。小说为书信体形式,故事以船长罗伯特·瓦尔坦写给他妹妹的4封信开始。在信中,他讲述了关于维克多·弗兰肯斯坦的故事。罗伯特到北极去探险,不慎船被困在冰冻的大洋里。这时他和船员们发现在离船不远的地方,有一只被狗拉着的雪橇向北极驶去,赶雪橇的人看上去庞大而丑陋。第二日早上,船员们在船边发现了另一只雪橇,上边躺着一只狗和一个虚弱的人。这个人就是弗兰肯斯坦,在船上弗兰肯斯坦的身体渐渐恢复过来,就向罗伯特讲述了他的故事。

弗兰肯斯坦出生于瑞士的一个贵族之家,从小就对生命科学非常感兴趣。17岁时,他进入因格尔斯塔特大学读书,上学期间,他不断研究生命科学,进行出色但可怕的试验,最终他发现了制造生命的奥秘。他开始尝试用死人的肢体创造出新的生命,他到停尸房、解剖室收集尸骨,又去屠场收集动物内脏。终于,他制造出了一个完整的"人",并赋予了他生命,但是这个"人"在拥有了生命后变得丑陋可怕,弗兰肯斯坦几乎被吓晕过去,怪物趁机逃跑了。弗兰肯斯坦为自己的行为感到后悔不已,对他制造出来的怪物非常厌恶。不久,他的父亲给他来信,说他的弟弟威廉被人吊死在公园里,家里的女仆贾斯汀被控犯有谋杀罪。尽管弗兰肯斯坦相信贾斯汀不是凶手,但仍然没法帮她脱罪,她最终被处死刑。这一连串的事件让弗兰肯斯坦备受打击,他来到城外山林散心,在山上,他遇到了那个怪物。怪物讲述了他逃走之后发生的事情。他离开弗兰肯斯坦后,到处流浪,学会了人的生活,掌握了人的语言和生存的技能,他开始体会到人的感情,认识到自己与人类的区别,他渴望得到朋友、亲人的爱,但是他屡屡遭到人类的驱逐,他非常仇恨制造了他却又抛弃了他的弗兰肯斯坦。他来到日内瓦,在公园遇到了一个玩耍的孩子,发现他竟然是他的造物主的弟弟,于是出于报复的心理把他杀死,并嫁祸给了女仆贾斯汀。怪物讲完之后对弗兰肯斯坦提出了一个可怕的要求,要弗兰肯斯坦为他制造出一个女伴,否则就要大开杀戒。弗兰肯斯坦出于无奈,答应了他的请求,但在将要成功的时候,良心发现,他不愿看到另一个怪物出现,让怪物代代繁衍,于是毁掉了她。

怪物勃然大怒,决意对弗兰肯斯坦报复,他先是杀死了弗兰肯斯坦的朋友亨利,接着又在他的新婚之夜,勒死了他的新娘伊丽莎白,他的父亲也因此悲痛过度而死。弗兰肯斯坦发誓要找怪物报仇,他一直追着怪物来到了北极,筋疲力尽,后来就遇到了罗伯特。弗兰肯斯坦讲完故事不久就死去了,未能完成复仇的心愿。最后,怪物出现在了罗伯特的船上,他讲述了他报复弗兰肯斯坦的原因,他认为弗兰肯斯坦制造出了他,却不给他友谊和感情,是死有余辜。最后,怪物也表示了忏悔,在北极结束了自己的生命。

这部小说中的怪物形象具有鲜明的象征意义,他是"人的孤独"的代名词,代表着为人类所不能接受的那一部分。怪物虽然犯下了种种杀人的罪行,但这些行为并不是不可理喻的,他除了身体异于常人外,和人类没有什么不同,他最大的希望就是得到人类社会的认可,但是他因为异样的缺陷而遭到社会的歧视和排斥,这就表明社会只接受符合它的标准的人或物,对其他陌生、有差异的则持否定态度,这种现象在古往今来的人类社会都普遍存在,从这个角度来说,这部小说拥有了跨越时空的永恒性。

## (三)罗伯特·路易斯·斯蒂文森的浪漫主义小说创作

罗伯特·路易斯·斯蒂文森(Robert Louis Stevenson,1850—1894)出生于苏格兰爱丁堡。父亲是工程师,从事灯塔设计和制造。斯蒂文森自小体弱多病,由于父亲的缘故,他进入了爱丁堡大学机械系学习。然而,由于身体的原因,加上他对机械不感兴趣,所以他便放弃了对机械专业的学习。后来,他因病辍学赴法国疗养,开始撰写书评以及短篇小说。1876 年,他在法国遇到了美国人范妮·奥斯本夫人,两人坠入爱河。1880 年,他和范妮结婚。随后,他便带着范妮和继子回到了苏格兰,但由于气候对他的健康不利,无奈之下他又带着全家到瑞士过冬直到春天。斯蒂文森在苏格兰和瑞士穿梭来往后发现身体并没有好转,于是便决定定居法国南部。后来病魔又缠上他,迫使他回到英国的康复中心伯恩默思治病,并在那里一直待到 1887 年。在这期间,他始终没有放弃写作,有时甚至在病榻上坚持创作。在父亲去世后,他们全家搬到了纽约定居,斯蒂文森经常为杂志撰写随笔,并且还创作长篇小说。后来,还是出于对健康的考虑,他带着全家来到南太平洋上的萨摩亚群岛,这里风光秀丽,气候宜人,斯蒂文森决定在那里定居下来,专心创作。1894 年,斯蒂文森突然中风,几天后与世长辞,年仅 44 岁。

斯蒂文森提倡浪漫主义,反对以自然主义的方式描写琐碎的日常生活。他指出,作家应该从生活中撷取那些有趣的内容进行描写,作品应具有很强的可读性和趣味性。他认为一个人的真正生活不在于每天的琐碎事务中,而在于他的想象里。在他看来,生活是荒谬的,缺乏条理,充满了偶然性。相比之下,艺术作品则条理分明,逻辑性强,很少发生偶然性的事情。艺术是经过提炼的,流畅而又自然。在这些思想的指导下,他接连创作了《金银岛》《化身博士》等著作。

《金银岛》是一部充满浪漫色彩的冒险小说。主人公吉姆的父母开了一家旅店,一天,住在店里的老船长比尔被一伙海盗杀害,吉姆在他的遗物中得到了一份藏宝图,并将藏宝图交给了医生利费西和乡绅特里劳尼。通过这张藏宝图,他们得知在大海中的金银岛上藏匿了大量的财宝。于是,特里劳尼出资买下了"伊斯班岛拉"号帆船,准备出海寻找宝藏。但是由于消息泄露,导致他公开雇佣的 26 名船员中混进了以西弗尔为首的 19 名海盗,只有船长斯莫利特是个可以信赖的人。在航行途中,吉姆意外获知了西弗尔正在策划哗变,计划抢夺宝藏。他将这个消息告诉了特里劳尼、斯莫利特和利费西,他们商量好应对策略。当船抵达金银岛时,船长就将大多数将要哗变的船员赶下船,而吉姆因为好奇偷偷溜进海盗的小船中一起上了岸,并且遇到了被放逐在岛上三年的举止疯癫的本。此时,特里劳尼等人和以西弗尔为首的海盗们正式拉开战役,双方经过反复斗争的较量,最终特里劳尼和利费西等人击败了海盗,并在本的带领下找到了宝藏,顺利返航。

斯蒂文森在这部小说中侧重于描写充满悬念、紧张刺激的故事情节,同时对人物的描写也富有特色,如敢作敢为、无所畏惧的吉姆以及贪婪狡猾,杀人不眨眼,但在危急关头,也能对吉姆出手相救的西弗尔等。小说的目的在于揭穿人类对物质和金钱的贪婪欲望,表现人们如何为了金钱而丧失理性,互相残杀。

《化身博士》是斯蒂文森的另一部成功的冒险小说,但是与《金银岛》的寻宝冒险不同,这部小说展现的是心理的冒险。厄塔森是一名律师,一天他经过一处房子,通过朋友的介绍,知道这个房子的主人是海德先生,他生性怪癖、残暴,一次,他将一个小女孩撞倒了,他不但没有去将小女孩扶起,反而从小女孩身上踏过去了。之后小女孩的家人找到他,他就给了他们一张支票作为补偿,但意外的是,支票上的署名竟然是令人尊敬的亨利·杰克尔医生。不久,亨利医生找到了厄塔森,要立遗嘱,而受益者竟然是海德。此后不久的一天深夜,厄塔森的一个客户被一个矮小丑陋的人用手杖活活打死了,厄塔森怀疑海德就是凶手,于是他便找到了亨利医生了解情况,但是亨利医生说自己已经与海德断绝了来往,并且还拿出了海德写给他的信,但厄塔森的助手却断定那封信的笔迹是亨利医生自己的。几个月后,亨利医生的朋友拉尼因去世,在他去世前将一封信交给了厄塔森,并且叮嘱他一定要在亨利医生死后才能打开来看。后来,亨利医生将自己关在实验室,据他的管家普尔描述,里面传来的竟然是海德的声音,后来厄塔森和普尔冲进实验室,发现了身穿着亨利医生的衣服、已经自杀的海德。此外,他们还发现了一封写给厄塔森的信。厄塔森回到家后先读了拉尼因的信,信中说他曾经目睹了海德喝下一种药剂后变成了亨利医生。接着,他又读了亨利医生留下的信,在信中,亨利医生坦白了一切。原来,亨利医生发明了一种药剂,可以将自己变成另外一个人,他将分离出的另一个人命名为"海德"。这样,他过起了双重生活,甚至想方设法保护海德,并立下遗嘱,把财产留给他。起初,实验很成功,他可以随意变成海德,也可以把海德还原成自己,但是后来海德的生命力越来越旺盛,渐渐地超出了他的控制,最终他再也变不回来了,但海德因为打死了厄塔森的客户,正在被通缉,亨利绝望之下选择了自杀。

这部小说揭示了人的本质现象,即每个人都有两面性。"海德"是一个原始的,具有兽性的形象,代表着人类被压抑的那一部分自我,是与善相对立的,作者通过这种对比向世人提出善意的警示,虽然人可以享受海德拥有的自由和活力,但是当人完全脱离社会约束,追求本能欲望时,就可能会表现出人的"恶"的一面,会打破人性之间的平衡,产生不可调和的矛盾。

总之,斯蒂文森的富有传奇色彩的浪漫主义小说为19世纪末期的英国小说做出了突出的贡献,更为他赢得了世界人民的喜爱。

# 二、19世纪英国现实主义小说的创作

随着英国工业革命进程加快,社会开始由农业文明向工业文明转变,社会矛盾也随之日益突出,因此以反映社会现实为主要内容的现实主义小说在这一时期得到了长足的发展,以查尔斯·狄更斯(Charles Dickens,1812—1870)、威廉·梅克皮斯·萨克雷(William Makepeace Thackeray,1811—1863)、夏洛蒂·勃朗特(Charlotte Bronte,1816—1855)、艾米莉·勃朗特(Emily Bronte,1818—1848)、安妮·勃朗特(Anne Bronte,1820—1849)、乔治·艾略特(George Elliot,1819—1880)和托马斯·哈代(Thomas Hardy,1840—1928)等为代表的一批小说家为英国现实主义小说的繁荣做出了杰出贡献。在这里,我们主要对他们的现实主义小说创作情况进行分析。

## (一)查尔斯·狄更斯的现实主义小说创作

查尔斯·狄更斯(Charles Dickens,1812—1870)出生于英国朴茨茅斯。他早年家境较好,曾在一所私立学校接受过一段时间的教育,但在他12岁时,父亲因无力偿还债务而入狱,家人也随父亲迁往牢房居住,而他则被送往伦敦一家鞋油厂工作。父亲出狱后继承了一笔遗产,家庭经济状况有所好转,他也因此又上过一段正式的学校。15岁时,他从威灵顿学院毕业,到一家律师事务所做职员。后来,他转入报社成为一名记者,之后又成议会记者,专门记录英国议会的政策论辩。1833 年,他开始为几家杂志偶尔发表的伦敦生活素描图写解释文字,这些素描图和解释文字一起于 1836 年结集成书出版,题目是《博兹特写集:解说日常生活和日常人》。同年,他开始创作《匹克威克外传》,于 1837 年出版,获得了很大成功。此后,他的小说迭相问世,如《奥利弗·特维斯特》《尼克拉斯·尼克尔比》《老古玩店》以及《巴纳比·拉奇》等。1842 年,狄更斯前往美国访问,在这期间,他完成了游记《美国见闻》和小说《马丁·瞿述韦》的创作,然而这两本著作并未得到热烈响应。之后,他又接连创作了《董贝父子》《大卫·科波菲尔》《荒凉山庄》《艰难时世》《双城记》《远大前程》等优秀的小说,成为 19 世纪英国文坛当之无愧的巨匠。1870 年 6 月 9 日,狄更斯死于脑出血,享年 58 岁。

狄更斯的创作生涯大致可分为两个阶段:第一个阶段从他开始创作小说到 1850 年《董贝父子》的发表。这一阶段的作品虽然也是反映社会问题,如《大卫·科波菲尔》中的负债人监狱、《尼克拉斯·尼克尔比》中寄宿学校里饥饿的学生们以及《巴纳比·拉奇》中恐怖的戈登暴动等,但狄更斯对于当时的社会体系仍然是存在希望的,认为社会能够变得更好;第二阶段为第一阶段末直至他去世,这一阶段的作品对社会问题的反映愈加深刻、悲观,作者对日益艰难的社会越来越失望和沮丧,如《艰难时世》中反映出的功利主义对人类感情和想象力价值的漠视、《双城记》中法国贵族的冷酷无情、《荒凉山庄》中英国法律体系的极端不公正等。在这里,我们重点分析他的《匹克威克外传》《奥利弗·特维斯特》《董贝父子》《大卫·科波菲尔》《荒凉山庄》《艰难时世》《双城记》和《远大前程》。

《匹克威克外传》是狄更斯的第一部现实主义长篇小说。这部小说"既是'一部维多利亚时代冒险传奇小说',同时作者又用写实的手法真实地展现了英国当时的现实生活,揭示了英国社会的黑暗面"。小说通过主人公匹克威克先生和几个朋友外出旅行碰到的一系列事件展现了当时英国社会的面貌。匹克威克天真憨厚,虽然年纪不小,但作者有意把他塑造成幼稚、不懂生活,到处出洋相的形象,他总是好心办坏事,做出许多令人觉得滑稽可笑的事情,但屡遭挫折的他却仍然保持乐观的性格,让人觉得可笑又可爱。然而,在小说看似欢乐的情节下也隐藏着种种的社会问题,作者通过匹克威克的经历为读者展现了一个冷酷无情、损人利己的世界,这个世界没有秩序、公平、正义。作者在小说中对英国司法界的无能、腐败进行了无情的批判和嘲弄,这也是他小说创作中经常会涉及的一个主题。

《奥利弗·特维斯特》(又名《雾都孤儿》)是狄更斯创作的第一部结构严谨、情节连贯的现实主义小说。小说主要讲述了一个孤儿悲惨的身世及遭遇。主人公奥利弗·特维斯特在孤儿院长大,他曾在济贫院做童工,因不服管教被痛打一顿,一气之下去了伦敦。在伦敦,他被道奇带到了盗贼头子费金的贼窝,费金教他如何行窃。在一次行窃过程中奥利弗被误以为偷了布朗洛先生的手绢而被抓进了警察局,后经证实小偷另有其人,他得以被释放,但当时他已病重,布朗洛先生十分仁慈,将他带回家中。奥利弗决定脱离这个盗贼组织,然而他的行为却触怒了费金。费金费尽心机又将奥利弗抓回贼窝迫使他去偷窃。不久,奥利弗趁一次行窃过程中再次出逃,这次他得到了梅利夫人的帮助,巧合的是,这位梅利夫人正是奥利弗的姨妈,但双方都不知情。后来,奥利弗的身世被逐渐揭开,原来他是布朗洛先生朋友的儿子,还有个哥哥叫蒙克斯。蒙克斯一心想要霸占父亲所有的遗产,但是由于他的不孝,父亲将所有的财产都留给了奥利弗,于是他和费金勾搭成伙,千方百计地陷害奥利弗。最终在布朗洛先生的帮助下,蒙克斯的诡计被戳穿,费金也被判处绞刑。布朗洛将奥利弗收为养子,而蒙克斯劣行不改,继续作恶,被捕入狱。

贫困和犯罪是这部小说的中心主题,正如作者在小说序言里说的:"本书的一个目的,就是追求无情的真实。"他就是"要描绘一群真实的罪犯,不折不扣地描述他们的变态,他们的痛苦,和他们肮脏的受罪日子,我以为,这样做是一件很需要的、对社会有益的事情"。作者通过以一个孤儿的遭遇为视角对英国下层社会的贫苦现象进行了真实的再现,也对英国司法制度的荒谬性进行了辛辣的讽刺。

《董贝父子》是"狄更斯小说中的上乘之作,它第一次在谋篇布局方面进行了认真而成功的探索。它不仅在情节方面,而且在结构和人物情感上都显得十分紧凑、连贯。所有的人物和情节都围绕董贝先生展开,主题思想也通过他集中体现出来。这一点是作者以前的小说中从未有过的"①。董贝先生是一个大公司的老板,拥有巨大的财富,他一心想要个儿子来继承公司。当他的第一任妻子为他生了个儿子后,他非常开心,甚至妻子因难产而死也不在乎。他对儿子非常疼爱,但是对女儿十分冷落。然而不久儿子就因身体虚弱而夭折,于是董贝续娶了家境衰败的贵族少妇艾迪斯,希望她为他再生一个儿子。心高气傲的艾迪斯不能忍受董贝的骄横专制,与董贝的经理卡尔克私奔以示报复。董贝备受打击,无心打理公司的生意,导致破产,就在他处于绝望的时候,被他冷落、远嫁外地的女儿带着她的儿子回到了伦敦,他们用爱重新燃起了董贝的生活热情,最终一家人开始了新的生活。

狄更斯在这部小说中成功刻画了董贝这个人物形象,小说一开始写道:"地球是为董贝父子公司的贸易形成的,月亮是为给他们照明而诞生的,江河大海是为他们的船航行而出现的,彩虹向他们保证有晴朗的天气,风的方向也是由他们的生意决定的,星和星球顺着轨道运行以保证不侵犯他们作为中心的系统。"这里就把董贝的骄傲自大刻画得淋漓尽致。另外,在这部小说中,作者还全方位地展现了英国社会,深刻而又无情地批判了资本主义社会的种种堕落行为。

《大卫·科波菲尔》是狄更斯最具代表性的作品之一,也是一部具有强烈自传色彩的小说。小说以大卫·科波菲尔的成长历史为中心故事。大卫未出生时,父亲就去世了,自小和母亲及仆人佩格蒂相依为命。后来,他母亲改嫁,继父狠毒无情,经常虐待大卫,大卫因为反抗继父被送到寄宿学校。大卫的母亲难产而死,仆人佩格蒂也离开了,而大卫被继父送到一个劳动繁重的工厂做工,他不堪屈辱逃离了工厂,投靠了他的姑奶奶贝茨,贝茨虽然脾气古怪但心地善良,将大卫抚养成人。大卫在坎特伯雷上学期间,寄居在律师威克菲尔德家里,结识了律师的女儿阿格尼丝,二人结下了深厚的情谊。大卫完成学业后,去拜访佩格蒂,路上遇见了过去的同学斯蒂尔费斯,两人一起前往佩格蒂家。佩格蒂的侄女艾米莉受到了斯蒂尔费斯的引诱,在与未婚夫哈姆结婚前夕,与斯蒂尔费斯私奔到国外,佩格蒂决心找回艾米莉。大卫回到伦敦,到斯班罗的律师事务所工作,他与斯班罗的女儿朵拉一见钟情,不久两人结婚,但两人婚后的生活并不理想,朵拉仅有漂亮的外表,没有处事的能力,而贝茨也面临破产。大卫遇到了他做童工时的房东米考伯,在他的帮助下,揭穿了威克菲尔德律师的助手尤里亚·希普企图陷害威克菲尔德律师的阴谋。同时,佩格蒂也找到了被斯蒂尔费斯抛弃而沦落街头的艾米莉,一家人决定去澳大利亚重新开始生活,不幸的是哈姆因不顾危险去救落水的斯蒂尔费斯而丧命,艾米莉决定终身不嫁。后来,大卫终于成为知名作家,朵拉生产过后得病而死。大卫心情悲痛,出国旅行,回来后发现自己还爱着阿格尼丝,而且阿格尼丝也仍然爱着他,最终两人结为夫妻。

《大卫·科波菲尔》叙述了大卫从天真到成熟、从苦难到幸福的人生经历。作者不仅精心地刻画了大卫这个形象,而且塑造了数十位个性鲜明的人物,如脾气古怪、心地善良的贝茨,沉着冷

---

① 侯维瑞,李维屏:《英国小说史》(上),南京:译林出版社,2005年,第287~288页。

静、聪明美丽的阿格尼丝,阴险狡诈的希普,美丽但不成熟的朵拉等。另外,小说还翔实地描绘了伦敦的城市景观,揭露和批评了当时英国社会上存在的许多其他问题,包括监狱里的不公平现象、学校的专制、童工问题、娼妓问题等,对法官、律师、法庭、监狱、议会、选举等作了深刻的揭露和无情的嘲讽。

《荒凉山庄》是狄更斯最成熟的现实主义小说之一。小说围绕着"贾迪斯控告贾迪斯"这个官司展开了复杂的故事情节。贾迪斯家族的人为了遗产问题而诉之大法官庭,但大法官庭无能、腐朽、落后,以烦琐的法律条文、混乱和荒唐的审判程序,将贾迪斯家遗产诉讼案一拖再拖,使之变成了一个巨大的陷阱。在这场审判中,贾迪斯家族的人在漫长的等待中有的破产、有的自杀,最后贾迪斯家族的家产因为被诉讼案的诉讼费掏光,官司才告一段落。

作者在这部小说中展现了他对结构的非凡的把握能力:首先,小说没有一条明确的中心线索,而是从一个事件到下一个事件,步步为营,环环相扣。小说中涉及了许多的人物、家族以及众多事件,读者只有在杂乱的事件中找出事件之间的因果关系,把整部小说的故事一点一点的理清,才有一种恍然大悟的感觉;其次,由于小说情节之复杂、人物之众多,却没有一个处于中心地位的人物,因此作者采用了第一人称和第三人称交替叙述的方式。采用第一人称能够使读者产生强烈的参与感,而第三人称的全方位视角可以使人看到与之有关的所有事情;最后,小说的结构带有侦探故事的特点。作者在小说中设置了许多悬念,吸引读者的注意力,最后才由人物给出答案,因此带有了侦探故事的特点。另外,狄更斯还通过这部小说尖锐地批评了英国社会,他正面批判的就是以大法官庭为代表的英国司法体制,大法官庭腐朽落后到使一场官司持续了数十年之久,可谓是对当时的英国司法体制极尽讽刺。从整部小说来看,作者实质上是针砭了笼罩整个英国的不良风气,不仅包括司法体制,更直指英国议会制度,将英国议会的腐败黑暗揭露无遗。

《艰难时世》通过资本家与工人的对立和冲突,深刻揭露了当时日益尖锐的劳资矛盾。主人公庞得贝和国会议员兼教育家的葛擂硬一同把持着科克镇的经济命脉和教育机构。庞得贝是纺织厂厂主、银行家,他信守功利主义,把工人看作没有情感的劳力。他谎称自己是一个弃儿,从小受尽虐待,靠自我努力才发的家,他这么做一是为了平息工人的反抗意识,二是为了把工人的苦难归于他们自身,最终他的谎言被揭穿,遭到人们的唾弃。另一个主人公葛擂硬控制着科克镇的教育机构。他主办的学校以功利主义为指导原则,提倡"事实教育",把万事万物甚至人性、情感,都归为"一个数字问题,简单的算术问题",他也用这种方式来教育自己的女儿路易莎和儿子汤姆,他们没有人应该有的感情和快乐,成为精神畸形的人。路易莎在父亲的安排下嫁给了比她大30岁的庞得贝,然而这段婚姻加剧了她的痛苦,而汤姆在脱离父亲的管制后逐渐变得自私、奸诈、堕落,成了盗贼,客死他乡。最后,葛擂硬认识到了自己的错误,幡然悔悟。

这部小说不仅展现了资产阶级狡诈阴险的一面,还描述了他们的对立面工人的情况。作者通过工人斯蒂芬的悲惨遭遇,描写了劳资矛盾的问题。斯蒂芬是庞得贝纺织厂的工人,他勤劳朴实,但生活贫困、婚姻不幸。他既不愿加入主张反抗资产阶级的工会,也不愿成为庞得贝的密探,因而受到双方的排挤。斯蒂芬虽然备受迫害,但心地善良,临死前还在祷告宽恕敌人。通过斯蒂芬这一人物,表现了作者对于工人罢工斗争的矛盾心理,也呼吁人与人之间的理解和宽容。

《双城记》是一部关于法国大革命的小说,狄更斯通过法国大革命时期英、法的社会动荡,借古喻今,反映了英国当时的社会矛盾、政治危机。主人公马内特医生因向政府告发为霸占一农妇而几乎虐杀这个农妇全家的厄弗里蒙地侯爵兄弟,反而被他们关进巴士底狱服刑,一关就是18年。获得释放后,马内特与女儿露西侨居英国。厄弗里蒙地侯爵的后代达纳尔抛弃了爵位和财产,来到英国自食其力,并且爱上了露西,而与达纳尔长相酷似的律师卡顿也喜欢露西,但因认为自己喜欢喝酒而自认配不上露西。不久达纳尔的身世暴露,马内特医生得知达纳尔的真实身份后,以宽容的精神和博大的胸怀接纳了他。1792 年,法国大革命爆发,人民发动起义,攻打巴士底狱,达纳尔觉得自己应该返回祖国尽一份责任。于是他瞒着露西回到法国,但立刻就被抓进了监狱。露西得知后,与父亲回到法国。马内特医生因为在巴士底狱坐过牢,所以被视为人民的英雄,他请求释放达纳尔,经过一番理论后,达纳尔成功获释。然而革命领导人德法杰夫人出于个人恩怨,又一次把达纳尔抓了起来,并要在第二天就判他死刑。此时,卡顿来到法国,并设法进入了达纳尔的牢房,用药将他灌昏,然后换上他的囚服。由于他俩长相酷似,卡顿成功地代替达纳尔走上断头台,而达纳尔和妻子及岳父安然逃出法国。

狄更斯在这部小说中一方面揭露了封建贵族的暴行,对饱受欺凌的人民寄予了深切的同情,另一方面以正面人物的宽恕和自我牺牲的精神与革命的恐怖暴力作对比,如马内特医生用宽容的心接受了仇人的后代,卡顿用生命去成全所爱之人的幸福,而作为革命领导人的德法杰夫人却在复仇的狂热下成为嗜血的刽子手。作者将自己对时代的忧虑、对人性的思考、对国家前途的担心等复杂的思想情感融入这部小说中,试图通过爱情、家庭、自我献身精神等来改变社会,探索时代和社会的出路。

《远大前程》是狄更斯晚年创作的一部现实主义小说,这部小说的"情节、形式、主题以及意象融为一体,十分精致和谐。小说简洁、精练,是狄更斯的任何一部长篇小说都无法媲美的"①。小说讲述了主人公匹普的成长经历。匹普是一个孤儿,他和姐姐、姐夫住在一起。他的姐姐对他态度粗暴,而他的姐夫乔对他百般照顾。匹普年幼时曾救过一个叫马格维奇的逃犯。后来,匹普开始为富有但怪癖的哈维舍姆小姐跑腿办事,他爱上了哈维舍姆小姐的养女艾斯黛拉。匹普幻想着自己成为"上等人",好与艾斯黛拉相配。后来,匹普受到不知名的有钱人的资助,可以到伦敦接受教育。在伦敦他开始过绅士一样的生活,慢慢地他变得虚荣、势力。几年后,匹普发现曾经资助自己的有钱人并不是自己以为的哈维舍姆小姐,而是自己曾经救助过的逃犯马格维奇。原来,马格维奇被流放到了澳大利亚,在那里发了家。他因为冒险从澳大利亚前来伦敦看望匹普而被警察射杀,他在死前很满足地看到自己将这个年轻人培养成一个具有远大前程的绅士。然而,由于马格维奇的被捕,匹普的期望落空,一贫如洗的他重新回到家乡,与饱受不幸婚姻与生活折磨的艾斯黛拉再次会见。

这部小说的主题就是表现地位和财富并不能给人带来美好的前程,只有爱和良心才能使人在精神和道德上更加完美。狄更斯通过匹普追寻所谓的"远大前程"的经历深刻地表现了这一主题。匹普经过一番曲折后才深深地悟出这番道理,也正是在领会了此番道理以后,他的灵魂才得以拯救,品德才得以升华。

总之,狄更斯通过他的现实主义小说向读者展现了整个英国社会的生活画面:伦敦交通、大雾、泥泞的道路、马戏团、小旅馆、杂货店、泰晤士河上的汽船、铁路、工厂、贫民窟、宪章运动以及宗教骚乱等。同时又对监狱及法庭、新警察势力、议会选举、政府机关、济贫院、童工以及各种社会弊端进行了真实的反映,这些真实、宏大而充满现实意义的描写使狄更斯成为英国最伟大的现实主义小说家。

---

① 聂珍钊:《外国文学史》(三),武汉:华中师范大学出版社,2010 年,第 124 页。

### (二)威廉·梅克皮斯·萨克雷的现实主义小说创作

威廉·梅克皮斯·萨克雷(William Makepeace Thackeray,1811—1863)出生于印度的加尔各答,祖父和父亲都任职于英国东印度公司。父亲去世后,他被送回英国读书。他先在查特豪斯学校就读,后到剑桥大学的三一学院学习了一年半,因为觉得在学校学的东西不多,他决定去游历。他到德国魏玛学艺术,在那里认识了歌德。回到伦敦后,他开始学习法律,但他对这方面不感兴趣,便放弃了这一职业。后来,他成为一家报纸驻巴黎的记者。在这里他和伊莎贝拉·肖相遇,1836 年结婚。他们一共有 3 个女儿,只有两个活了下来。他们婚后度过了 4 年的幸福时光。之后,萨克雷夫人开始出现精神病症状,此后一直恶化,虽然她活到了 1894 年,但是她的精神却再也没有恢复正常。1837 年,他们回伦敦定居。萨克雷开始认真从事新闻工作,他为各个报纸期刊撰写的文章在《弗雷泽杂志》上发表,1841 年编辑成书出版,书名为《叶洛普拉西的信件》。同时,萨克雷开始发表小说。1847 年 1 月,他的《名利场》开始以每月一期的形式出版,到次年 7 月结束时,这部小说使他获得巨大成功。之后,在 1848—1850 年期间,萨克雷的自传性最强的小说《潘丹尼斯》问世,他的声名得到进一步加强。1851 年他开始讲演,在伦敦做系列讲座。不久,他出版了历史小说《亨利·艾斯蒙德》。1852 年,他开始访问美国的波士顿、纽约、费城等地。1855 年,他再次横越大西洋到美国进行讲座,同样取得巨大成功。与此同时,他写完了《纽卡姆一家》。在 1858—1859 年间他发表了《弗吉尼亚人》。1860 年,他担任《康希尔杂志》的编辑,在这家杂志上他发表了他的散文集《漫谈文书》。1863 年,他在伦敦的肯辛顿骤然离世。

《名利场》是萨克雷的代表作,小说主要围绕两个女人——蓓基·夏普和阿米莉亚·塞德利的人生际遇展开。她们曾经在平克顿夫人的学校相遇,小说开始时,两个女孩已经离开学校,各奔东西。小说自此分为两条清晰的发展路线,但内容上也相互交错。

小说的一条线索是以蓓基的遭遇进行的。蓓基家境贫寒,她一心想摆脱贫困的命运。离开学校后,她接近阿米莉亚的哥哥乔斯,将其迷得神魂颠倒,后来由于阿米莉亚的未婚夫乔治的干预,她和乔斯结婚的美梦成为泡影。不久,她作为家庭教师进入皮特·克劳利爵士的家里,负责照顾他的妹妹克劳利小姐。老克劳利向她求婚,但她同时勾引了老克劳利的儿子小克劳利,并和他秘密结婚。克劳利小姐一气之下取消了留给小克劳利的遗产。之后,乔治和小克劳利前往战场。乔治死在战场上,小克劳利生还,不久蓓基生下一个男孩,但对他毫无感情。后来,蓓基结识了斯蒂芬侯爵,在他的帮助下,蓓基逐步进入巴黎和伦敦的上层社会,将丈夫和儿子置之不理。小克劳利回家撞到蓓基和斯蒂芬侯爵鬼混,断然和蓓基分手,一气之下到国外任职,从此再未归来。后来,蓓基为躲避债主来到欧洲大陆,她在布鲁塞尔遇到阿米莉亚、杜宾和乔斯。她又引诱乔斯,两人和好。之后,她通过巨额保险金的手法,取得乔斯的大笔财产。乔斯死后,蓓基成为腰缠万贯的寡妇。

小说的另一条线索是沿着阿米莉亚的生活展开的。阿米莉亚的父亲是有钱的商人,未婚夫是年轻军官乔治。后来,阿米莉亚的父亲不幸破产,乔治的父亲老奥斯伯恩就拒绝她和乔治的婚约。偷偷喜欢阿米莉亚的杜宾上尉劝说乔治回心转意,乔治和阿米莉亚不顾老奥斯伯恩的反对毅然结婚,老奥斯伯恩与他脱离父子关系。后来,乔治战死,阿米莉亚痛不欲生,不久她生下儿子乔基,并将儿子交给了公公老奥斯伯恩抚养。不久,杜宾向她表白。老奥斯伯恩发现杜宾曾经在经济上一直帮助阿米莉亚和乔治,对他开始有好感,他把遗产一半留给孙子乔基,给阿米莉亚留下生活费用,也给杜宾留有一笔遗产。阿米莉亚成为乔基的监护人。最后,阿米莉亚、乔基、乔斯和杜宾一起前往欧洲大陆,阿米莉亚开始对杜宾产生感情。后来,杜宾和阿米莉亚结婚,生了一个女儿珍妮。

这部小说成功之处就在于作者塑造人物的高超本领。他笔下的人物都是善恶并存的活生生的普通人的形象。蓓基是作者刻画的最有血有肉的复杂人物。她虽然贫穷,但聪明、美丽,她知道什么时候该表现得很温顺,什么时候又该耍心机,她为了爬进上流社会,可以牺牲一切,包括她的丈夫、儿子和朋友,但尽管她拼搏了一生,得以在名利场立足,却付出了亲情的代价,注定孤独终生,让人可怜可叹。蓓基这个人物是19世纪资本主义原始积累时代的必然产物,她的那种为了名利不择手段的观念在当时很多人的心中都存在。阿米莉亚是和蓓基形成鲜明对比的另一种形象。她家境好,有父母、兄长的呵护,同时还有一个年轻英俊的未婚夫陪伴,可以说阿米莉亚的生活是美满的,她对自己的生活很满意,没有什么远大的追求,她为人和善、诚恳,做事勤勉,从不伤害别人。但是她又表现出懦弱、卑微的一面,她对乔治忠心耿耿,尽管她看见了乔治和蓓基勾搭的场面,仍然不能使她醒悟。她和蓓基完全是两种性格,如果说蓓基是恶的典型,她就是善的典型,但她的这种没有自我的善往往让人觉得可悲,作者在塑造这个形象时也带有些讽刺意味。

另外,杜宾是作者在小说中塑造的唯一一个正直的男人形象,其他的如小克劳利、乔治、乔斯等都存在着品格的缺陷,只有杜宾的身上表现了一种完美的人格。他一直暗恋阿米莉亚,但在她和乔治仍有婚约时,把爱深深地藏在心里,还积极促进他们的婚事,在乔治死后,又一直无私地帮助阿米莉亚。尽管他的社会地位不高,但他的真诚、朴实、谦卑、坦荡使他逐渐为周围的人接受,并最终获得了阿米莉亚的爱。

《潘丹尼斯》是萨克雷另一部代表作。小说主要讲述了主人公亚瑟·潘丹尼斯在成长中和几个女人的交往故事。亚瑟是一个外科医生的儿子。16岁时父亲去世,他离开学校,和女演员艾米莉相爱。艾米莉的父亲科斯提根上尉曾认为亚瑟是富家子弟,后来知道了亚瑟的真实情况后,断绝了他和艾米莉的交往。后来,亚瑟进入大学,他在大学里奢侈浪费,很快背上一身债务,在劳拉·贝尔的帮助下才得以脱身。劳拉的父亲是亚瑟的母亲以前的情人。亚瑟在伦敦和乔治·华灵顿为室友,乔治对亚瑟的成长产生了积极影响。亚瑟的母亲希望他和劳拉结婚,但当亚瑟遵照母亲的旨意向劳拉求婚时,劳拉拒绝了他。此后,亚瑟又和克拉弗林夫人前夫的女儿布兰琪小姐开始交往。布兰琪小姐优雅、多才多艺但是内心却是一个自私的女人。后来有一段时间,亚瑟又和一个酒店店员的女儿调情。最后,亚瑟还是和劳拉走到了一起。

这部小说揭露了当时英国社会的弊病,批评了人性中存在的缺点,同时也昭示出生活的真谛和方向。

总之,萨克雷遵循着严格的现实主义手法进行创作,他主张小说应该将社会上的真人真事,既不夸大也不缩小地描绘出来,使读者可以真实地感受到那个时代的真实情况。

## (三)夏洛蒂·勃朗特的现实主义小说创作

夏洛蒂·勃朗特(Charlotte Bronte,1816—1855)出生于英国北部约克郡的一个山区小镇,父亲帕特里克·勃朗特是个贫穷的牧师,母亲玛丽娅·布兰韦尔因患癌症,很早就离开了人世。夏洛蒂家中有6个孩子,在他们的母亲病逝后,他们的姨妈伊丽莎白·布兰韦尔来照顾他们。1824年,夏洛蒂和两个姐姐以及妹妹艾米莉被送到卡斯特顿的牧师子女学校读书。那里条件恶劣,两个姐姐不久就染上重病离开了人世。夏洛蒂和艾米莉离开了那所学校,返回家中和弟弟妹妹跟随父亲读书。1835年,夏洛蒂迫于生计,到了哈德斯菲尔德附近的寄宿学校当老师。1843

年,夏洛蒂去了布鲁塞尔教书。之后她发现弟弟帕特里克·布兰韦尔染上了酗酒、吸毒的恶习,令家庭愈加困顿。自 1848 年 9 月起,短短半年多的时间,她的弟弟布兰韦尔和妹妹艾米莉、安妮相继离开人世。面对着一连串的悲剧,夏洛蒂坚强地挺了过来,她重新振作了起来,继续创作小说。同时,她还整理、出版了妹妹们的遗作。她时常走访伦敦,结识了她崇拜的偶像萨克雷、作家哈里叶特·马蒂诺等文坛名人。她还前往爱丁堡和英国北部的湖泊地区,结识了盖斯凯尔夫人。1854 年,夏洛蒂嫁给了父亲的助手尼科尔斯。1855 年 5 月,夏洛蒂因染上肺结核离开了人世,年仅 39 岁。

夏洛蒂的小说并不多,流传于世的只有四部:《教师》《简·爱》《谢莉》和《维莱特》,这些作品都表现出她对女性生活和命运的关注和思考。下面我们对《教师》《简·爱》和《维莱特》作一些介绍。

《教师》是夏洛蒂的处女作。主人公威廉·克里姆斯沃思是一个失去双亲的英格兰贵族子弟,因无法忍受兄长及其亲戚的欺辱,只身来到布鲁塞尔,在当地的一所学校当教师。期间,他结识了孤苦无依的女学生弗朗西斯·亨利。共同的兴趣和追求使师生彼此逐渐产生感情。两人历经波折,终于结成美满婚姻。婚后,弗朗西斯在威廉的帮助下,在布鲁塞尔创办了一所一流的学校,经过多年的奋斗,夫妻俩功成名就,携子返乡,安度余生。

小说是从威廉的角度来洞察女性的境遇,这对于表现女性寻找自由平等的主题具有深层含义。威廉是一位具有才智,闪耀着人性光辉的男性形象,而弗朗西斯则是一位独立、自强的女性形象,他们俩之间是作者心目中理想的平等关系,而这一主题在她的《简·爱》中表现得更为明显。

《简·爱》是一部带有自传色彩的小说。小说讲述了主人公简·爱的成长故事。简·爱是个孤儿,从小寄居在舅妈家里,受到了舅妈的虐待。10 岁的时候,她被送到一所名为罗伍德的慈善学校,这所学校名义上是慈善学校,实际上是贫苦孩子的牢狱。简在这里生活了八年,毕业后成为那里的一名教师。后来,为了摆脱罗伍德的生活,她应聘到桑菲尔德庄园当家庭教师。在那里她结识了庄园的主人罗切斯特先生。不久,两人便坠入爱河。然而,就在他们即将举行婚礼的时候,罗切斯特隐瞒自己妻子的事情被揭发出来,原来他的妻子患有精神病,一直被关在庄园楼顶的密室里。简伤心欲绝,离开了桑菲尔德庄园,路上遇到了牧师圣约翰·里弗和他的姐妹们,更意外的是,圣约翰是简的表兄。不久简得知她的叔父去世给她留下了一笔财产,她决定和圣约翰及其姐妹平分。后来,圣约翰向简求婚,正当她犹豫不决时,她仿佛听到了罗切斯特的呼唤,于是她费尽周折,回到了桑菲尔德庄园,但庄园已经被罗切斯特发疯的妻子烧成废墟,罗切斯特也因在大火中为救出妻子而致眼瞎手残。然而,简还是毅然嫁给了罗切斯特,两人开始了新的生活。

这部小说成功之处在于,首先,作者设计了各种不同的冲突:人与自身、人与人、人与自然、人与社会。简蔑视舅妈、憎恨慈善学校的老师;罗切斯特冲破社会习俗,试图在妻子还活着时娶简为妻;简深深地爱着罗切斯特,内心却倍受煎熬;简在寒冷的沼泽地里苦苦挣扎等。这一切都构成了不同的冲突,增强了小说的戏剧性和可读性。其次,作者将自己早年创作中那种幻想、非现实和浪漫色彩同她第一部小说《教师》中那种现实主义和浪漫主义色彩合二为一,使得小说的现实主义和浪漫主义成分并重。最后,夏洛蒂还通过对比来衬托女主人公的形象。布兰奇·英格拉姆小姐美丽、富有,但思想浅薄,头脑简单,而简虽然其貌不扬,身无分文,但有思想、有头脑,正因为如此反差,罗切斯特才深深地爱上简。此外,作者还使用倒叙、讽刺、生动的对话等手段提高了作品的可读性。可以说,这部小说的出版不仅为 19 世纪的现实主义小说增添了新的活力,而且也确立了夏洛蒂在英国文坛的地位和影响。

《维莱特》是夏洛蒂的最后一部小说。主人公露西·斯诺由教母布列顿太太养大,布列顿太太死后,她又做了马奇蒙特小姐的侍女。在马奇蒙特小姐去世后,她决心改变之前的生活,于是她只身前往欧洲大陆的小城维莱特。在这里,她遇到了多年未见的布雷顿一家。布雷顿夫人的儿子约翰当了医生,露西对他产生了感情。然而,她发觉约翰真正爱的是波琳娜。不久,学校的一位叫保罗·伊曼纽埃尔的教授向她表白了爱慕之意。保罗还用自己的资产为露西置办了一所学校,请她全权管理。露西从此有了自己的事业,成为一个独立的女人。后来,保罗为了处理生意离开了欧洲,露西一直等着他回来,然而不幸的是保罗死于海难,两人阴阳相隔。

夏洛蒂在创作这部小说时,她的弟弟和两个妹妹先后离开人世,因此,整部小说的基调是低沉的、悲凉的。主人公露西独立、孤独,实际上就是作者自身的写照。作者通过露西这个人物形象细腻而真实地展现了女性在情感道路上遭遇的挫折、磨难以及面对磨难时所表现出的高贵精神。

总之,夏洛蒂善于通过充满激情的女性形象,批评维多利亚时代男尊女卑、男女不平等的现象,敢于为女性呼唤平等的对待。她还善于运用细腻的笔触,探索女性人物的内心世界和自我意识,使人物的内在形象都十分的丰满,也使小说具有了一种永恒的魅力。

## (四)艾米莉·勃朗特的现实主义小说创作

艾米莉·勃朗特(Emily Bronte,1818—1848)是夏洛蒂·勃朗特的妹妹,6岁时,她曾与三个姐姐在卡斯特顿的牧师子女学校就读两个月,在两个姐姐去世后,她和夏洛蒂被接回家,之后就在家中跟随父亲读书。1835年,她在夏洛蒂教学的寄宿学校受过几个月的教育,之后又回到了家乡。19岁时做过短期家庭教师,24岁时为协助夏洛蒂创办学校,也曾去布鲁塞尔学习法语。在她从布鲁塞尔回家为姨妈奔丧后,就再也没离开哈沃斯,在家中度过了宁静的余生。1848年9月艾米莉在弟弟布兰韦尔的葬礼上感染风寒,于12月去世,年仅30岁。

艾米莉的一生几乎全是在英格兰北部的荒野山地度过的,"她的天性更像一个'自然之子',对荒野情有独钟,她的生活背景犹如风雨摧残的荒野沼泽、寂寞峡谷一样粗犷而单调、呆板和一种兴趣狭窄却感情奔放不羁的原始生活,荒野以它原始的自然力刺激了她的狂暴而巨大的想象力"[①]。艾米莉仅有一部小说《呼啸山庄》传世,《呼啸山庄》在问世之初没有得到评论家的认可,但是随着时间的推移,它在艺术上的魅力逐渐被人们发现,现在已经成为世界文学的经典之作。

《呼啸山庄》讲述了一个关于爱情和复仇的故事。小说讲述了英国北部一个荒原上的呼啸山庄和画眉山庄两个家庭三代人之间爱恨纠葛的命运。呼啸山庄的老主人恩肖先生到利物浦旅行,在路上捡回了一个被丢弃的吉卜赛少年,把他带回家,取名为希斯克里夫。恩肖非常喜欢希斯克里夫,他的女儿凯瑟琳因为有了新伙伴而开心,而他的儿子辛德力却把希斯克里夫看成是篡夺父爱和遗产的入侵者。恩肖死后,辛德力接管呼啸山庄,他对希斯克里夫横加迫害,并且阻止希斯克里夫与凯瑟琳来往。但凯瑟琳已经爱上了希斯克里夫,两人决意要在一起。后来,凯瑟琳偶然闯入画眉山庄,遇上林顿一家,并对林顿家的儿子埃德加产生好感,准备嫁给他。面对辛德力的迫害和凯瑟琳的移情别恋,希斯克里夫十分悲伤,他发誓报仇,然后离开了呼啸山庄。

---

① 吴童:《美在女性世界——西方女性文学形象及作家作品研究》,成都:四川出版集团,2010年,第251页。

几年后,希斯克里夫带着巨大的财富回到了山庄,而此时的辛德力已经堕落沉迷。希斯克里夫诱骗辛德力赌博,并唆使他酗酒,不久辛德力便将呼啸山庄输给了希斯克里夫,在负债累累中死去,留下儿子哈利顿。而已经怀孕的凯瑟琳看到旧时的情人希斯克里夫,内心懊悔不已,导致早产,生下女儿凯西后死去。希斯克里夫利用埃德加妹妹伊莎贝拉对他的感情,同伊莎贝拉私奔后又抛弃她。伊莎贝拉生下儿子小林顿后死去,将小林顿交给了哥哥抚养。后来,希斯克里夫将小林顿带回到呼啸山庄。十年后,埃德加死去,把财产留给了凯西。希斯克里夫将凯西骗到呼啸山庄,逼迫病入膏肓的儿子小林顿和她结婚。不久,小林顿死了,凯西也被他控制了,他终于实现了自己的复仇计划,霸占了呼啸山庄和画眉山庄。但是,复仇成功的希斯克里夫并不快乐,他时常怀念凯瑟琳,他还时常出现幻觉,看到凯瑟琳在窗外抓挠他的窗户玻璃。最后,希斯克里夫绝食而死,在另一个世界与凯瑟琳相聚。凯西和辛德力的儿子哈利顿相恋,呼啸山庄又恢复了往日的平静。

这部小说的成功不仅在于两个主人公希斯克里夫和凯瑟琳精神上的复杂性,还在于作者对他们的心理进行了细致入微的描写,作者笔下的男女主人公之间的感情悖逆了维多利亚时代的道德标准、伦理结构和社会基础,这也是《呼啸山庄》问世之初不被社会所接受的原因之一。随着文学和社会的不断发展,《呼啸山庄》的伟大逐渐地被人们发现,它以精湛的文学技巧戏剧性地表现出人的本能冲动。这部小说的精妙的构思、奇特的性格塑造手段、怪异的情节发展过程都是文学史上罕见的。

《呼啸山庄》继承和发展了哥特式小说的传统。它对人性的思考和对现实邪恶的鞭挞,具有强烈的现实意义,远远超出一般哥特式小说的虚幻和浪漫。这是一部超越爱恨、生死、个人和时空的奇书。

## (五)安妮·勃朗特的现实主义小说创作

安妮·勃朗特(Anne Bronte,1820—1849)是夏洛蒂·勃朗特和艾米莉·勃朗特的妹妹。19岁时,她曾经到米尔菲尔德的英汉姆家担任了 8 个月的家庭教师,1840—1845 年间又在梭普格林的罗宾逊家任家庭教师。1849 年,她因肺结核去世,年仅 29 岁。

安妮一生仅留下了《艾格妮丝·格雷》和《怀德费尔庄园的房客》两部小说。

《艾格妮丝·格雷》是一部具有自传色彩的小说。主人公艾格妮丝·格雷自小备受宠爱,但由于家道中落,她不得不外出工作以维持生活,她怀着满腔的热诚和美好的理想踏上社会,担任富人家的家庭教师。但是调皮的学生和势利的主人使她尝尽了心酸,为了生存,她不得不委曲求全。然而,艾格妮丝并没有失去对生活的希望和信心,她凭着自己坚定的信念和坚强的毅力努力奋斗,最终开创了自己的事业并且获得了真诚的爱情。这部小说文笔细腻,风格清新优雅。

《怀德费尔庄园的房客》讲述了一名为了摆脱酗酒的丈夫而靠画画独立生活的妻子的经历。主人公海伦在亚瑟·亨廷顿的追求下嫁给了他,但是婚后,她发现亚瑟酗酒、生活放荡。为了摆脱酗酒的丈夫和不堪的生活,她决定带着孩子出走,计划当画家来独立生活。亚瑟得知后,愤怒地烧毁了画具。最终,海伦还是带着孩子出走了,来到了怀德费尔庄园。农场主吉尔伯特·马克汉姆对海伦存在好感,他在海伦的日记中知道了她的过去,便开始追求海伦。不久,亚瑟病逝,海伦继承了遗产,可以自由地绘画。最后,海伦嫁给了吉尔伯特。

这部小说具有道德劝诫方面的主题,小说中对亚瑟放荡生活的描写,一方面是对贵族资产阶级腐朽生活的揭露与批判,另一方面是对年轻人道德上的警戒;而对海伦误入歧途与最终获得幸福的描写,一方面体现了对轻率的年轻女子的劝谕,另一方面也体现了对女性追求自由、独立的提倡和鼓励。

### (六)乔治·艾略特的现实主义小说创作

乔治·艾略特(George Elliot,1819—1880)出生于英格兰中部的沃里克郡。16 岁时,因母亲生病,她辍学回家照料生病的母亲。一年后,母亲病故,随后姐姐出嫁,家中一切都由她一人照料,为父亲管家。但她依然坚持博览群书,学习希腊语、拉丁语、意大利语和德语等。1841 年,哥哥艾萨克结婚后,她随父亲搬到考文垂,在那里结交了一批新朋友。在他们的影响下,她接触了宗教中的怀疑主义和自由思想,并开始从事文学创作。1849 年,父亲去世,她继承了一小笔遗产。不久,她到欧洲大陆旅游,并于次年回到考文垂。1851 年,她成为杂志《威斯敏斯特评论》的编辑。这一工作使她有机会接触到当时许多一流的作家和文人。她因此结交了当时著名的哲学家赫伯特·斯宾塞。斯宾塞的实证主义哲学对她影响很大,致使她抛弃了基督教的信仰。斯宾塞又向乔治·刘易斯引见了她。刘易斯是名记者、戏剧评论家、哲学家和科学家。他的妻子早已弃他而去,但根据当时的法律,他不能离婚。艾略特对刘易斯渐渐产生了倾慕之情,她的笔名就来自刘易斯的名字。他们的关系遭到当时人们的指责,长期遭到伦敦社交界的排斥。尽管如此,他们依然我行我素,以夫妻名义生活在一起,并将这一公开关系从 1854 年一直维持到 1878 年刘易斯去世为止。1880 年,艾略特嫁给了比她小二十多岁的美国银行家约翰·克劳斯,但结婚不到一年,她就因病去世。

艾略特的小说具有明显的现实主义风格,同时也加入了心理分析因素。她的作品不仅描绘了当时的社会生活,还触及了当时许多问题。《弗洛斯河上的磨坊》《织工马南》以及《亚当·比得》等都是艾略特的代表作品。

《弗洛斯河上的磨坊》被认为是艾略特最富自传色彩的作品,小说中许多情节和场景都来自于作者童年的乡村生活经历。小说讲述的是两兄妹的悲剧故事。玛姬是丽波河上道尔柯特磨坊主杜黎弗的女儿,她聪明美丽,宽厚善良,外表生气勃勃,内心则敏感多情。但是在周围人包括她最爱的哥哥汤姆眼里,玛姬怪异而愚笨,总是闯祸犯错,只有乡邻威克姆那身有残疾的儿子菲利普是玛姬的知音。然而,身为乡村律师的威克姆与杜黎弗却结有宿怨,威克姆帮助杜黎弗的对手与磨坊主打官司,导致杜黎弗败诉。杜黎弗破产负债后,被迫将祖传的磨坊卖给威克姆,并沦为其雇工,精神遭受重创,中风瘫痪,余生沉陷在渴望复仇的煎熬中。杜黎弗的儿子汤姆继承了父亲的债务和光复家业的重担,也继承了家族的仇恨和顽固偏见。他忍辱负重,费心经营,终于还清债务,收回磨坊。心胸狭隘、个性暴烈的杜黎弗在狂喜中前去羞辱威克姆,却在鞭打对方后死去。玛姬坚信仇恨是邪恶的,不顾哥哥的反对,坚持与菲利普来往。菲利普深深地爱上了玛姬,向她表达爱意。玛姬虽然对菲利普只是怀有友谊,并未产生爱情,却出于善良的本性,在矛盾中默许了菲利普的爱情。玛姬应表妹露西之邀前去姨妈家做客,遇到露西的未婚夫斯蒂芬,两人一见钟情,彼此萌生强烈的爱意,陷入矛盾的旋涡中。为了忠于亲情和道德原则,玛姬决定放弃这份爱,却因为一时被情感驱使,同意和斯蒂芬驾小船出游。在出游中,斯蒂芬竭力劝说玛姬趁此私奔,经过激烈的思想斗争,玛姬拒绝了美好爱情的巨大诱惑,独自回家。玛姬回到村里后,发现人们产生了种种揣测和绯言,她被视作有道德过失的女人,并被愤怒的汤姆逐出家门。后来,弗洛斯河上洪水泛滥,汤姆被困磨坊,玛姬孤身撑船前来营救,兄妹和好。他们又驾船去探视露西的安危,但是小船被洪水中的碎木打翻,兄妹俩相互拥抱着,在平静和幸福中被河水吞没。

　　小说中玛姬和汤姆这两个人物形象的塑造表现出了艾略特高超的创作技巧，尤其是玛姬的形象，被认为是英国小说中塑造得很成功的性格比较全面的女主人公之一。玛姬在本质上是一个承载着高尚道德观念的人物，但却不是像一个高不可攀的"天使"，而是体现出动态和多层次的精神状态。她个性敏感，在生活中备受挫伤，内心具有浓郁的悲剧意识和怀疑主义精神，然而，她对待世人却持有宽容和忍让之心，富有博爱和牺牲精神。

　　《织工马南》也是艾略特的代表作之一。小说讲述了普通人在充满毒害的宗教和社会环境里所经受的生命磨难。灯笼院镇的织工赛拉斯·马南是一个热诚的教徒，他诚实质朴，心地善良，虽患有癫痫病，却生活得快乐而充实。然而，他的朋友威廉垂涎马南的未婚妻，故意将他的病症污蔑为魔鬼附身，致使众人包括未婚妻都疏远了马南。威廉还偷窃教堂执事的钱财，嫁祸于马南，教会用抽签的方式裁定马南是否有罪。单纯的马南深信上帝会证明自己的清白，然而结果却被判有罪。马南被流放到瑞福洛村，他试图与村里的人建立联系，但村人都认为他是个奇怪的人，不肯与之交往。于是马南从此只埋头织布，他的情感和信仰世界一片漆黑、荒凉。唯一的乐趣就是晚上关门后点数织布挣到的金币，被村民视作古怪而冷漠的守财奴。村里的地主卡斯是大户人家，长子戈弗雷为人和善，生性软弱；次子邓斯坦为人狠毒，贪婪成性，喜欢折磨自己的哥哥。戈弗雷受到弟弟邓斯坦的暗算，因一时冲动，与贫苦姑娘莫丽秘密成婚，而无法娶心仪的富家女南希为妻，并为此受到邓斯坦的要挟。在偶然情况下，马南的所有金币被邓斯坦偷窃，让他又一次坠入痛苦的深渊。但是凑巧的是，邓斯坦在偷走马南金币后失足落水而死。潦倒无助的莫丽在圣诞之夜怀抱婴儿去找戈弗雷，途中冻死在马南家门口。戈弗雷得知妻女的下落，终于不用再担心自己失足的秘密被揭穿，顺利地娶了南希为妻。莫丽冻死在屋外时，马南碰巧病症发作而昏迷，他苏醒后在壁炉前发现了爬进屋内的小女孩，便收养了莫丽的婴儿，取名爱蓓，并在农妇多莉的帮助下悉心养育。多年后，爱蓓成长为一个活泼美丽的姑娘，成为养父和村民接连的纽带，而马南的善行逐渐得到村民的理解和关心。而戈弗雷和南希结婚后，一直没有子嗣。这时村里把浇灌土地的池塘放干，发现了邓斯坦的尸体和他偷窃的金币。戈弗雷明白了事情的前因后果，向妻子说明情况并向马南要求认领爱蓓，但是爱蓓拒绝离开养父。马南在农妇多莉的劝说下，回到灯笼镇澄清当年的真相，并在经历了激烈的内心冲突后，重新走进教堂。他不再追究往事，多年来和爱蓓相依为命，他又得到了爱和信仰。最后，爱蓓和多莉的儿子成婚，并和马南同住。

　　这部小说讲述了一个明确、简单而内涵深邃的人生道理，即人最大的财富不是金钱，而是爱和信仰。马南在拥有金币时并不快乐，邓斯坦因为金钱丢掉了性命；而在失去金币之后，马南得到了女孩爱蓓。正是爱蓓的出现，让马南黑暗的人生重新焕发光彩，重新得到了爱和信仰。另外，这部小说对广阔社会的着墨并不多，而主要侧重于人物道德和心理的描写，显示出对人物心理的洞察和表现力，这也使得艾略特的作品被称为"心理现实主义"。

　　《亚当·比得》是艾略特创作的第一部长篇小说，展现了 18 世纪末英国北部的乡村生活。主人公亚当·比得是一个木匠，为人诚实、正直，他和村里年轻绅士亚瑟·东尼索恩上尉是好友，亚当爱上了村中佃户勃艾色·马丁的外甥女海蒂。海蒂美丽迷人，然而心高气傲，一直渴望能过上安逸奢侈的上层人生活。虽然她喜欢利用亚当的爱情摆布他，但是却将改变命运的希望寄托在亚瑟身上。她与亚瑟幽会，却被亚当发现，盛怒的亚当打了亚瑟，并让亚瑟与海蒂断绝关系。亚当向海蒂求婚，但海蒂发现自己有了身孕。轻率的亚瑟对海蒂只有游戏之意，并无真爱之心，后来出于内疚，他离开家乡以成全亚当与海蒂，却将海蒂推入了绝境。海蒂一面掩盖真相，假装要跟亚当结婚,一面偷偷动身去寻找亚瑟,但亚瑟已经随军开赴爱尔兰。海蒂在途中树林里产下一个婴儿,她在恐惧中将婴儿丢弃,当局把她逮捕,判她弃婴罪,要处以死刑。之后,亚瑟回家奔丧得知海蒂的遭遇,并和女传教士黛娜一起竭尽全力搭救她。黛娜外表秀丽端庄,内心虔诚质朴,具有宗教热情。黛娜来到牢房,用热诚的宗教训导打开了海蒂的心灵之门,使她幡然悔悟,认罪忏悔。亚瑟备受良心谴责,他极力周旋,终于为海蒂赢得改判流放的宽大处理。后来,亚瑟在忏悔中度过余生,海蒂客死澳大利亚。而黛娜逐渐对亚当有了好感,最后经过情感和精神的斗争,黛娜与亚当结合。

小说在个人欲望和道德责任之间的矛盾中展开,海蒂、亚瑟和亚当都在此磨难中面对自己的道德责任,而黛娜则代表着一种高尚的精神,表现出普通乡村社会环境中真诚的道德情感和高尚的道德情操。从这里可以看出,作者力求在作品中传达道德的主题。

总之,艾略特是英国文学史上少有的多才多艺的女作家,不仅在英国文坛占据重要地位,在世界范围内也广受赞誉。

## (七)托马斯·哈代的现实主义小说创作

托马斯·哈代(Thomas Hardy,1840—1928)出生于英国多斯特郡的伯克汉普顿镇。父亲是一名泥瓦匠,母亲接受过良好的教育,在哈代上小学前一直负责他的教育。1856 年,哈代结束求学生涯,开始在建筑师手下当学徒。1862 年,哈代就读于伦敦大学国王学院。大学期间,他曾获得过包括英国皇家建筑学院和建筑协会颁发的许多奖项。1865 年,哈代开始尝试写诗,至 1867 年共写诗 30 余首,但因没有得到出版社的赏识而未发表。但他并没有因此而放弃文学创作,他将自己的精力转而写小说,并获得成功。1870 年,哈代结识了爱玛·拉维尼亚·吉福德,1874 年二人结婚,1912 年爱玛去世。1914 年,哈代与比他小 39 岁的秘书结婚。1927 年 12 月,哈代患胸膜炎卧床不起,次年 1 月辞世,享年 88 岁。

哈代的小说创作可以分为三个阶段:早期创作阶段,哈代在小说中主要描写宗法制社会的自然文明以及农村的传统风习,抒发美丽的田园理想,如《绿荫下》《一双蓝眼睛》《远离尘嚣》和《贝姐的婚姻》等;中期创作阶段,哈代的小说创作在主题、题材和艺术风格等方面都进入了一个全新的阶段,他开始从以幽默轻松的笔触来展现社会的悲剧,如《还乡》《卡斯特桥市长》《林地居民》等;晚期创作阶段,哈代的小说进入了更深沉的哲学思考,他用现实主义的敏锐观察力对农民阶级解体和失去赖以生存的社会基础之后的农民的前途和命运进行了描写和探索,如《德伯家的苔丝》《无名的裘德》等。

哈代的小说有一个非常鲜明的主题——宿命论思想。他认为,在这个世界上命运和偶然性剥夺了人的自由意志,决定人的生死、沉浮。与宿命相连的就是死亡主题,这个主题在他后期的几部作品中表现得尤为明显。下面我们主要分析他的《远离尘嚣》《还乡》《卡斯特桥市长》《德伯家的苔丝》和《无名的裘德》。

《远离尘嚣》是哈代早期最重要的一部小说,是其小说走向成熟的标志。小说讲述的是青年农民加百列和女农场主巴斯希芭的爱情故事。正直、善良的加百列爱上了美丽、活泼的巴斯希芭,并向她求婚,但遭到了巴斯希芭的拒绝。巴斯希芭继承了伯父的农场,搬到了威瑟波利。不久,加百列作为全部财产的羊群死于意外,他不得已只好另谋生计,成为巴斯希芭农场上的牧羊倌。在情人节这天,巴斯希芭为了寻开心,写了一张"娶我"的情人卡寄给了单身的庄园主博尔伍德。博尔伍德信以为真,向她求婚,但巴斯希芭以不爱他的理由拒绝了他。不久,巴斯希芭遇到了英俊的特洛伊,深深地迷恋上了他,并悄悄地与他成婚。然而,特洛伊是一个花花公子,他曾残忍地抛弃了怀着他孩子的范妮。在范妮不幸病死后,他良心发现,离开了巴斯希芭,并从此杳无音讯。在此期间,加百列一直作为朋友无私地帮助巴斯希芭。七年后,在巴斯希芭接受博尔伍德求婚的晚会上,特洛伊突然出现,声称自己仍是巴斯希芭的丈夫。博尔伍德在盛怒之下开枪杀死了特洛伊,然后自杀未遂,被判终身监禁。在经过了这一番曲折后,巴斯希芭终于认清真正爱着自己的是一直默默地为自己奉献的加百列,两人终于走到了一起。

哈代的宿命论主题在这部小说中已经初步形成,加百列和博尔伍德都受到了命运的捉弄,但是二人的结局完全不同,反映了此时的哈代仍然受到早期现实主义文学的影响,在人物塑造上存有积极的基调,如加百列求婚被拒,作为全部财产的羊群突然死亡,但是这些并没有击败加百列,他仍然存在顽强的精神,并表现出忠心耿耿、兢兢业业的态度,最后获得了美满的爱情;而博尔伍德的身上鲜明地体现了哈代的悲剧式理念,从巴斯希芭给他寄情人卡开始就预示了他的悲剧命运。总的来看,这部小说虽然是以喜剧结尾,但给人一种压抑的感觉。

《还乡》标志着哈代文学生涯中一个新阶段的开始,作者在这部小说中表现出了创作悲剧的出众才华。克林是威塞克斯本地人,是爱敦荒原的儿子,他热爱和同情象征传统社会的爱敦荒原,企图改造它以适应历史的发展,于是他从巴黎回到故乡,立志通过教育改变家乡的贫困落后和愚昧的面貌,但是他的这一行为遭到了妻子的反对,他的妻子尤苔莎爱慕虚荣,一心想通过他去繁华的巴黎。克林的意志十分坚定,两个人都不想放弃自己的理想,都希望对方能够服从自己的意志。于是,克林和妻子尤苔莎之间的意志冲突就演变成了一种悲剧性冲突。最后,克林放弃了自己的理想,做了传教士,而尤苔莎在逃离荒原的路上落入河中溺水而死。

这部小说与《远离尘嚣》相比,少了一些乐观情绪,多了一些悲剧色彩,虽然小说中仍有如《远离尘嚣》中的加百列一样通过不懈努力最终获得幸福的人物,但他们在《还乡》中已经沦为配角,主人公克林和尤苔莎已经是完全的悲剧式人物。

《卡斯特桥市长》是哈代中期小说创作的代表作。主人公迈克尔·亨查德在一次喝醉酒后,把妻子苏珊和仍是婴儿的女儿伊丽莎白·简以5个金币卖给了水手纽森。醒来之后,他到处也没有找到妻子和女儿。他悔恨不已,从此戒酒,发奋努力。20年后,迈克尔当上了卡斯特桥市长,而苏珊和伊丽莎白也在纽森因轮船失事失去消息后,来到卡斯特桥市。苏珊和迈克尔见面,他们决定向伊丽莎白隐瞒当年的事情。迈克尔雇用年轻人唐纳德·伐尔伏雷帮他打理生意,而伊丽莎白对唐纳德有好感,两人开始约会。迈克尔非常不满,他解雇了唐纳德。苏珊在与迈克尔重逢后便身染重病,临终前,苏珊告诉迈克尔,他们的女儿在当年分开不久就已死去,现在的伊丽莎白是纽森的女儿。迈克尔开始冷淡伊丽莎白。不久,伊丽莎白离开了迈克尔的家,和迈克尔以前的情妇露西塔·坦普曼住在一起,露西塔听说苏珊已经去世,就前来寻找迈克尔,想和他结婚。在这个过程中,她遇见了唐纳德,两人一见钟情,结为夫妻。随后露西塔要求迈克尔还回她以前写给他的信件,但是信件内容被送信人得知,并闹得满城风雨,露西塔深受打击,不久死去。不久,伊丽莎白与生父纽森团圆,准备和唐纳德结婚。在伊丽莎白婚礼那天,迈克尔来看望她,但伊丽莎白对他恶言相加。迈克尔离开后,伊丽莎白后悔莫及,与唐纳德一起寻找迈克尔,最后发现他在孤独中悲惨地死去。

这部小说中的悲剧是由两方面造成的:一是命运,二是主人公的性格导致的,迈克尔是一个性格非常鲜明的人,他的最后失败和毁灭就在于他在古老社会向现代资本主义社会的转化过程中紧抱自己的传统不放,一直企图对旧的制度和秩序进行维护。哈代在描写迈克尔的悲剧时,还将它同表现重大的社会主题联系在一起,对时代的悲剧冲突进行了真实的再现,并对迈克尔所代表的英国南部农村社会做出了悲剧性的结论。

《德伯家的苔丝》叙述了主人公苔丝的不幸和悲剧。苔丝是早已衰败的德伯家族的后人,为了帮助家庭摆脱经济困难,不得已到冒牌的德伯家做帮工,不料被主人家的儿子亚雷强暴。不久,苔丝生下了亚雷的孩子,但孩子不幸夭折。两年后,苔丝再次离家到一家奶牛场当女工,与牧师的儿子安杰尔相恋。新婚之夜,两人互诉衷肠,坦诚过去,苔丝原谅了安杰尔曾经与另外一个女人有过交往的风流韵事,但是自己的"失贞"却没有得到安杰尔的原谅,安杰尔在痛苦中离开了苔丝。苔丝重新陷入困境,不得已接受了亚雷的帮助,成为他的情妇。后来,安杰尔决定原谅苔丝,他回国后找到苔丝,发现苔丝已经和亚雷在一起,于是他只能伤心地离开。面对这种遭遇,仍然深爱着安杰尔的苔丝于激愤中刺死了亚雷,回到了安杰尔身边。后来,苔丝和安杰尔度过了短暂而幸福的逃亡生活,最后,苔丝被逮捕并处以死刑。

在这部小说中,宿命论成为压倒一切的主题。苔丝生活中的许多"巧合"都昭示着悲剧的命运,如苔丝因为家族没落,被父亲逼着去冒牌的德伯家认亲才导致被亚雷强暴,而这也是悲剧的开始;她在婚前想给安杰尔的忏悔信意外塞进了地毯下,使安杰尔没有及时看到;在她被安杰尔抛弃无路可走的时候,又是亚雷突然出现,困境迫使她委身亚雷,然而安杰尔又突然归来,导致她于悲愤中杀死了亚雷,最终导致了自己的毁灭。另外,哈代还通过苔丝的悲剧命运展现了英国社会的矛盾,农村正面临着外部力量的入侵,农民的生活方式发生了巨大的变化,在日益残酷的现实中,底层人们只能挣扎着求生存。

《无名的裘德》是哈代晚期最优秀的作品。小说讲述了一个被人忽视的普通人的故事,这也是小说命名为"无名"的原因。主人公裘德·弗利是一个贫穷的石匠,他勤奋好学,梦想到基督城(牛津)的大学学习基督教,并成为一名牧师。在去往基督城之前,裘德遇见了性感的乡村女子阿拉贝拉,并和她成婚,但不久阿拉贝拉就抛弃了裘德去了澳大利亚。裘德来到基督城找到了一份石匠的工作,遇到了他的远房表妹苏。苏曾经在校长费劳孙的学校当老师,费劳孙外表丑陋,苏和费劳孙结婚,但是婚姻不幸福。苏和裘德逐渐相爱,然后他们同居、生子。但是他们的关系不被公众所认可,与他们渐渐断绝了来往,而裘德也发现自己很难找到工作,生活越来越艰难。此时,阿拉贝拉出现,把她和裘德的儿子"时间老人"丢给裘德照看,这使裘德的家庭生活更加困难。一天裘德和苏外出,让"时间老人"照顾弟弟、妹妹,但是这个孩子认为是他们拖累了家庭,于是就把弟弟、妹妹杀死了,然后自杀身亡。苏回来发现后悲痛欲绝,认为是上天在惩罚她,于是回到了费劳孙的身边。裘德忧郁而死,只有阿拉贝拉快乐地生活着。

这部小说在人物塑造方面取得了突出的成就。阿拉贝拉和苏分别象征了裘德人性的两个方面:阿拉贝拉是纯欲望的体现,而苏压抑着自己的欲望,是理性的化身。阿拉贝拉极端物质、浑身上下透着欲望,对任何事都不关心,只在乎自己快不快乐,她是小说中生命力最强的一个;苏作为另一个完全相反的形象,过于压抑,导致了她的悲剧命运。裘德的身上体现了理性与欲望的交织,一方面他对理性的化身苏产生了好感,同时他又有着充满欲望的一面,导致他在苏与阿拉贝拉之间摇摆不定。然而现实注定是矛盾的,他徘徊在两者之间,缺乏判断力和意志力,不能领悟自然的本性和动机,总是做出错误的选择,最终导致了他坎坷、悲惨的命运。死亡对他来说是解脱的唯一道路。另外,哈代通过裘德渴望通过进入大学接受教育以改变命运但却总是被拒之于大学门外,批判了当时英国的资产阶级教育制度;通过裘德和苏追求完全合乎道德的以感情为基础的爱情但却不被世俗所接受,强烈地批判了当时英国的资产阶级婚姻制度。因此,"在这部作品中,哈代对现存社会制度的批判达到了他创作生涯的顶峰,同时也代表了英国 19 世纪末批判现实主义文学的最高成就"①。

总之,哈代在小说中所勾勒出的人由于受到社会的限制,缺乏自己的独立意志而找不到归宿的处境具有超越时空的意义。另外,他的小说比较系统地展现了 19 世纪英国农村社会的变迁,描绘了在资本主义生产关系的侵蚀下英国最后的宗法制社会的结束和农民阶级的毁灭。

# 第三节　19 世纪英国诗歌的创作

19 世纪的英国诗歌以其浪漫主义著称于世。浪漫主义诗人主张用丰富、浪漫的想象来抒发内心的情感,表达对理想的追求。这一时期,英国浪漫主义诗歌可分为两个流派——湖畔派和积极浪漫主义派。

## 一、19 世纪英国湖畔派的诗歌创作

湖畔派是 19 世纪英国早期浪漫主义诗歌的代表,主要诗人有威廉·华兹华斯和塞缪尔·泰勒·柯勒律治。由于他们曾经一同隐居在英国西北部的昆布兰湖区,因此被人们称为湖畔派诗人。

湖畔派诗人的诗歌创作大致可以分为两个阶段:前期,湖畔派诗人的诗歌创作多是表现对法国革命的赞许和支持,表达了对下层人民的同情;后期,随着革命的深入,社会矛盾的激化,湖畔派诗人对法国革命表示失望,进而逃避现实,迷恋过去,诗歌中的消极倾向越来越明显。在这里,我们主要对威廉·华兹华斯(William Wordsworth,1770—1850)和塞缪尔·泰勒·柯勒律治(Samuel Taylor Coleridge,1772—1834)的浪漫主义小说创作情况进行分析。

### (一)威廉·华兹华斯的诗歌创作

威廉·华兹华斯(William Wordsworth,1770—1850)出生于英国坎伯兰郡的库克莫斯镇,他父母早亡,由各位叔伯抚养成人。1787 年进入剑桥大学圣约翰学院学习。1795 年 9 月,华兹华斯与柯勒律治相识,两人互为知己,并合作写诗。1798 年,二人合著的《抒情歌谣集》出版。这部诗集在诗歌形式、语言、题材、格律等方面都有所创新,成为英国文学史上开创浪漫主义思潮的划时代的作品。之后,他接连创作了许多著名的诗作。1843 年被封为英国桂冠诗人。1850 年,华兹华斯与世长辞。

华兹华斯早期思想比较激进,同情法国革命,反对资本主义机械文明,主张诗人要以日常语言描写平常生活,反对古典主义的束缚,主张回到大自然,后期的诗歌趋于保守,没有出现有较大影响力的诗歌。在这里我们对他的《抒情歌谣集》《丁登寺赋》《永生赋》和《孤独的割麦女》做一些分析。

《抒情歌谣集》的出版具有十分重要的意义,它所收入的作品在内容上和之前的相比具有实质性的差别,它开创了英国诗歌的一代诗风,宣告了英国浪漫主义诗歌的到来。

---

① 侯维瑞:《英国文学通史》,上海:上海外语教育出版社,2006 年,第 543 页。

《抒情歌谣集》的《序言》是华兹华斯写的,在《序言》中,华兹华斯提出了他的诗歌理论。

首先,华兹华斯在《序言》中为诗歌正名。他认为:"诗歌是强烈感情的自然发溢:它源于在平心静气状态下回忆起来的感情;感情经过沉思,通过一种反应,平心静气状态逐渐消失,而渐渐产生出一种类似沉思以前的感情,它本身真实地存在于头脑当中。成功的创作在这种情绪下开始,在类似的情绪下继续进行;但是,源于多种原因的感情,不论它属于哪种,不论它的强度如何,总会含有不同程度的快意,这样一来,无论在描述什么样的感情时——这种描写是出于自愿的——,思想总的说来将处于一种快活的状态中。那么,如果造化能够这样谨慎地把一个从事这种工作的人保持在一种快活状态里,诗人应当能够从这样向他提供的教训中获益,他应当特别注意,不论他对读者传达什么感情,对于头脑健全和精力充足的读者,那些总能随之带来更多的快乐"①。这段话表明了华兹华斯的一个重要立场,即"诗歌之所以为诗歌,是因为它为表达感情而作",这就突出了浪漫主义诗歌表情的作用。

其次,华兹华斯在《序言》中指出,创作诗歌时要选用普通生活里的事件,通过想象,把寻常事物用不寻常的方式表现出来,在普通的事件和境况里寻觅出人性的基本原则。同时,诗歌的措辞或者对想象的润色应该使读者能从新的角度看待所发生的事件,促使他们看到人性的基本规律,并对生动做出正确判断。

再次,华兹华斯在《序言》中对诗歌语言进行了阐述。他认为,诗歌必须运用"人们的活的语言",这种语言不局限于社会用语的影响,更具哲理性。同时,他还认为诗歌语言在本质上不应该刻意去雕琢。

最后,华兹华斯在《序言》中也表达了他对诗人的全新看法。他认为,诗歌是源于感情,而非理智的,因此,诗人和一般人相比,要"具有较强的敏感、较多的热情和慈悲,对人性了解比较深刻"②。他曾经说过,"伟大的文学带给人以活力,它具有指导、启发、保存的作用;伟大的诗人是带给人以活力的人"③。

《丁登寺赋》是华兹华斯在《抒情歌谣集》中最具代表性的一首诗歌。诗人曾于1793年游历时经过葳河之滨,5年后诗人重游故地,感慨颇多,于是写下这首诗歌以示纪念。

诗歌的第1节描写了静谧河谷的田园之美:潺潺的山泉、陡峭高耸的悬崖、深色的无花果树、农舍边的空地、果园里的泥灰岩、还未成熟的葱绿色水果、小树林及灌木丛、一排排的篱笆、轻烟缭绕的宁静的绿色农舍、寂寥空旷的河谷等。

诗歌的第2节集中描绘了大自然所呈现的这些美妙景观,强调大自然的重要性。这些形式产生出关爱、善良、慈祥、"甜蜜的感觉"、一种恬静而幸福的心绪,使人能存活下去,容忍生活所带来的嘈杂和寂寞、带有神秘感的重负以及沉重而令人烦闷的压力:

> 这些美妙的景观,
> 并非因为许久不见,对我来说
> 就成为盲人看不到的风景一般:
> 反而时常是,当我一个人在屋里,周围

---

① 常耀信:《英国文学通史》(第二卷),天津:南开大学出版社,2011年,第12页。

② 同上。

③ 常耀信:《英国文学通史》(第二卷),天津:南开大学出版社,2011年,第13页。

市井一片喧嚣,在心里烦闷的时候,

它们来给予我以甜蜜的感觉,

这些感觉我在血流里、在内心中感到;

甚至进入我更纯净些的心灵,

……

不止这些,我觉得,

我可能从它们那里还收到另外一种礼物,

性质更加崇高;那种受到祝福的心境,

它减轻了神秘感加给人的重负,

它减轻了这个不可理喻的世界

所带来的沉重而烦闷的压力,

那种静穆而受到祝福的心境,

它让爱心轻柔地引领着我们向前。

诗人感叹只有大自然的美景才能使他忘记喧嚣的都市带给人的忧愁,让他重新感受到已经淡忘的往日的快乐。接下来,华兹华斯阐述了超验主义的观点,他认为,当人和大自然融为一体时,就可以超越个人:

直到我们的肉体的呼吸,

甚至我们的血液的流动

近乎停止,我们的肉体入睡

而变为一个活灵魂:

而在同时,和谐的威力与极乐的

威力,让我们的目光变得镇定,

看透世事的来龙去脉。

华兹华斯认为大自然与精神、上帝同在,同时也反映了诗人的"物质的人都有自身的精神本性"的神秘主义观点。

诗歌的第 3 节继续阐明诗人的超验主义及神秘主义观点。诗人说当他感到人世间没有乐趣时,当人世毫无益处的急躁行动以及世人追名逐利的狂热都让他感到心情沉重时,他的精神就会转向树木茂密的葳河。

诗歌的第 4 节着重强调了诗人内心认识大自然的演变过程:5 年前,他造访此地,那时他还年轻,充满了对大自然的激情和狂热,但品位限于表面。他的乐趣粗鄙,行动宛如动物一般。他爱大自然的外观,这些让他乐得发狂、激动得头晕目眩。但是他没有想过大自然蕴含的更深沉的魅力,没有看到超越肉眼所能见到的趣味。这是他对大自然认识的第一阶段,即低层次、无意识的阶段。5 年后,诗人对大自然的认识已经迥然不同,此时站在大自然之前的诗人,已经对其有了更深刻的理解。他虽然不再感到过去头晕目眩般的激情,但是他毫不悲伤、毫无抱怨。他已经学会如何看待大自然。这时的他把大自然看作宇宙间的一种力量:它存在于万物之中,又推动万物演进。

诗歌的最后一节是诗人就如何与大自然相处对自己妹妹提出的忠告。诗人第二次造访丁登寺时,妹妹陪伴在他的身边,他希望妹妹能深入大自然,让自己狂热的激情逐渐成熟,变为一种清醒的快乐,那时她的头脑将会成为包罗一切美妙景观的宅第,她的记忆将会成为一切甜美声音和协调的住处。

《永生颂》是华兹华斯的一首著名长诗,主要表达了诗人对人的灵魂经历人生的一些看法。

这首诗开头描述诗人在童年时看到的场景,他发现世界万物都披着神圣的光辉,可是渐渐地,诗人发现一切都似乎消失了:

> 但是有一棵树,许多株中的一棵,
> 有一片我凝视的天地,
> 二者都说到业已消逝的某种东西:
> 我脚下的紫罗兰
> 也重复说这件事:
> 梦幻般的光亮逃到哪里去了?
> 那光辉、那梦想,现在哪里呀?

这一现象引发了诗人的思考,他开始寻找原因。他认为,人的出生其实是再生的结果,他们从上帝身边降临尘世,所以在童年时期仍然保留着对上帝光辉的记忆:

> 我们的出生只是睡觉和忘却而已:
> 和我们一起来的灵魂、我们生命的星,
> 曾经在其他地方待过,
> 它来自远方,没有完全忘记
> 也不是一丝不挂,
> 而是随着彩云从上帝——
> 我们的家——前来:
> 我们在襁褓中有上天环绕着!

孩子离上帝最近,拥有最天真无邪的心灵,他们能够发现大自然中的奇迹。当婴儿成长到少年时期时,由于涉世未深,仍然可以看见光辉;进入青年时期,人们距离光辉越来越远;当人们进入成年阶段后,一切光辉就彻底消失了。

诗歌的最后,诗人对大自然发出了直接的呼唤,希望让大自然去引领"堕落"的人去寻找人的不朽。

《孤独的割麦女》是华兹华斯的一首代表性诗作。

诗歌的第1节非常美妙,但很伤感:

> 看哪,那孤独的高地姑娘——
> 形单影只地在那田野里!
> 她独自收割,她独自歌唱。
> 请停下听,或悄悄离去!
> 她一个人割,她一个人捆,
> 唱的是一种哀怨的歌声;

　　听啊！这幽深的山谷里面；

　　已完全被她的歌声充满。

　　这一诗节的关键词"姑娘""孤独""形单影只""田野""独自""一个""哀怨""幽深的山谷""充满"等都具有丰富的内涵。例如"姑娘"代表一般人；"孤独""形单影只""独自""一个"象征了人的基本生存状态；"哀怨"是人对自己的状况的情不自禁的反应；"充满"说明"世界处处如此"。这里寥寥几句就把人生的基本画面勾勒得清清楚楚。

　　诗歌的第2节讲述由于姑娘的歌声说出了真理，因而得到了人们的认同和欢迎：夜莺的歌声也比不上它受欢迎，杜鹃的歌声也不如它激动人心。于是，第3节就讲述代表普通人的认识水准的诗人，开始揣测这歌声的内容：

　　谁能告诉我她在唱什么？

　　也许这哀哀不绝的歌声

　　在唱早已过去的辛酸事

　　或很久以前的战争；

　　要不，她在唱通俗的小曲——

　　唱如今人们熟悉的东西？

　　或者是痛苦、损失和悲哀？

　　它们曾发生，还可能重来。

　　在诗人的猜测里，没有一个内容是表现愉快和幸福的：姑娘的哀哀不绝的歌声，唱的是"过去的辛酸事""或很久以前的战争"，或者是"曾发生，还可能重来"的"痛苦、损失和悲哀"。

　　最后一节描写姑娘的歌声"没完没了"，它象征着人生痛苦的状况没完没了。"后来我走上前面的山冈，/她的歌我虽再也听不见"，这似乎在说，他已经忘记了让他心情激动的歌声；但是"那曲调却久久留在心间"，这又说明他在心情平静之后没有忘记，反而是他对生活的认识又进一步，即认识到生活的本质是悲剧性的。

　　总之，华兹华斯的诗歌开辟了英语诗歌的革新之路，使诗歌创作最终脱离了古典主义理性的轨迹，进入了一个浪漫主义的时代。

## （二）塞缪尔·泰勒·柯勒律治的诗歌创作

　　塞缪尔·泰勒·柯勒律治（Samuel Taylor Coleridge，1772—1834）出生于英格兰西南部德文郡的一个牧师家庭。8岁时，父亲过世，他被送到伦敦一家名为"基督医院"的慈善学校读书。后来他进入剑桥大学耶稣学院学习，开始诗歌创作，他的诗作最初发表在《晨刊》上。后来，他发表了《杂题诗集》及《诗集》，还办起了自由性政治杂志《警卫》。1798年，他发表了《忽必烈汗》。不久他结识了华兹华斯兄妹，共同出版了《抒情歌谣集》。1798—1799年，他和华兹华斯兄妹同游德国，1799年，他爱上了华兹华斯的妻妹萨拉·哈金森，但最终未能成婚。1810年，柯勒律治和华兹华斯的友谊出现危机，此后多年关系冷淡。1816年，由于身体的原因，他住到了吉尔曼医生家里，一住就是18年。1834年，在亲自勘定《诗集》最后版本后去世。

　　柯勒律治善于从不同种类的歌谣和小调的格律中提取精华，对英国诗歌的格律进行了大胆的改革。

《忽必烈汗》是一首具有象征主义色彩的诗。诗人在一次服用了含鸦片的镇痛剂后沉睡了 3 个小时，睡梦中作了一首长诗，醒来之后，立刻执笔，想要把这些诗句追记下来。写的过程中因友人突然来访，灵感中断，只留下了现在所存的 50 几行诗。由于只是一个片段，没有整体的框架，所以对于这首诗的主题众说纷纭。这首诗中的所描写的亚洲大汗、辉煌的宫殿、阴冷的大海等情景几乎融合了一切浪漫的因素。整首诗虚实结合，意象丰富而奇特，尤以音乐性的韵律和丰富的修辞著称。

《老水手之歌》是柯勒律治的代表作，也是英国浪漫主义诗歌的杰出代表。全诗采用古歌谣体，每节四行，单行八音节，双行六音节，二四两行押韵，具有很强的节奏感和音乐性。全诗共有 7 个诗节。第 1 诗节描写老水遇到一家正在举行结婚典礼，他强拉住一个客人，要他听自己讲故事：

> 那是一个老水手
> 三个青年中他拦住了一个。
> "你须发斑白、目光炯炯的老汉
> 把我拦住，倒是为了什么？
>
> 新郎家的大门敞开着，
> 我是他最近的亲戚；
> 宾客到齐，宴席摆就：
> 可以听到欢声笑语。"
>
> 他用皮包骨的手抓住了他，
> 他说着，"当初我在一只船上。"
> "站开！撒手，须发斑白的老糊涂！"
> 他立刻松手站立一旁。
>
> 他那发亮的眼睛吸住了他——
> 赴婚礼的客人伫立无言，
> 倾听着如三岁幼童：
> 老水手满足了心愿。
>
> 赴婚礼的客人坐在石头上：
> 他不得不静静地听；
> 那个目光炯炯的水手，
> 他老人家说个不停。

老水手讲他随船出海，但行驶到赤道附近时，起了风暴，船被迫南行，最后被困在一个冰天雪地的去处。这时，从海上朦胧的雾中飞来了一只信天翁，水手们都把它当作可以引领他们驶出这个冰天雪地的世界的好兆头，但是老水手却射杀了这只信天翁。第 2 诗节讲老水手的船继续南行，又到了一处海域，船只无法行走，那里气候炎热，晚上鬼火四起，水手们认为是老水手杀死了信天翁而带来的灾难,就把信天翁的尸体挂在老水手的脖子上。第3诗节讲当水手们以为无望的时候,远处驶来了一艘船,水手们以为得救了,但那却是一艘死亡之船,船上坐着的是"死神"和他的朋友"生宛如死"。他们玩骰子来决定老水手的命运,结果是"生宛如死"赢了。死亡之船离开了,船上的200多名水手突然全部死亡,只剩下老水手一个人。最后4个诗节讲老水手在船上面对水手们的魂魄的挣扎、痛苦的经历。最后,他终于随着船飘摇到岸边,但他已经变成了鬼魅一样的人物,尽管他不断地忏悔,仍然不能心安,只好一遍一遍重复他的故事来赎罪。

这个故事具有丰富的内涵。它属于基督教故事一类,讲述的是原罪、忏悔、救赎等道理。人们对老水手射杀信天翁,很难做合乎理性的解释,只能归结于"原罪说",当他开始对上帝的造物产生爱的感情时,他的忏悔就可以得到救赎:

> 就在那时我能祈祷;
> 信天翁从我脖子
> 脱落,像一块铅
> 沉落到海里。

但是这个故事也不同于一般的基督教故事,根据基督教的教导,人犯下错误或者罪孽之后,只要诚心忏悔,就可以得到救赎,但是在这个故事中,老水手必须得不断地重复自己的罪孽,不断地忏悔:

> 此后不论何时,
> 每逢我感到痛苦:
> 必须把可怕的故事重说,
> 内疚才得到解除。

这里表现了诗人对忏悔的功能产生了怀疑,他的这种怀疑显示出诗人已经感受到了信仰危机的产生和蔓延。

另外,诗人在这首诗中也表达了自己对大自然的看法,在诗人看来,大自然是避难所,可以帮助人们康复受伤的心灵,但是大自然也有另外一面,它面对人的窘境,可以冷漠无情,置之不理,诗人在这首诗中就对大自然有时无动于衷的状貌进行了描写:

> 它的光辉嘲弄酷热的沧海,
> 犹如撒遍四月里的白霜;
> 但是无论船的巨影躺在何方,
> 中魔的海水也总是滚烫,
> 一片死寂、可怕的红光。

这表明老水手的世界有时没有道德和是非标准:它是一个自然主义的、没有上帝的世界,人们只能完全依靠自己生存。在这个方面,柯勒律治的观点走在了时代的前面,他对大自然的看法超越了华兹华斯及其他同时代诗人的视野。

## 二、19 世纪英国积极浪漫主义派的诗歌创作

当湖畔派诗人的思想日渐消极,诗歌艺术性出现滑坡后,积极浪漫主义派诗人异军突起,掀起了浪漫主义诗歌的又一高潮。他们一方面试图通过诗歌创造出一个理想世界,描绘人类应有的理想生活,执著表现生活中应该存在而实际并不存在的美好事物;另一方面他们又执著于塑造理想化的形象。这一派别的代表诗人有乔治·戈登·拜伦(George Gordon Byron,1788—1824)和波西·比希·雪莱(Percy Bisshe Shelley,1792—1822)。在这里,我们主要对他们的诗歌创作情况进行分析。

### (一)乔治·戈登·拜伦的诗歌创作

乔治·戈登·拜伦(George Gordon Byron,1788—1824)出生于一个没落的贵族世家。父亲在他 3 岁时弃家出走,客死法国。拜伦的童年随母亲住在苏格兰的阿伯丁。10 岁时,拜伦移居伦敦。1798 年,他继承了叔祖父的爵位和财产。1801 年至 1808 年,他先后就读于贵族学校哈罗中学和剑桥大学。1813—1816 年,他创作了《东方叙事诗》《异教徒》《阿比道斯的新娘》《海盗》《柯林斯之围》等诗歌。1816 年,他离开英国,来到欧洲大陆进行游历。这段经历对他的诗歌创作产生了深远的影响。在这一时期,他陆续完成了《恰尔德·哈洛尔德游记》《唐璜》等作品。1824 年,拜伦因染上热病去世,终年 36 岁。

《恰尔德·哈洛尔德游记》是拜伦的成名作,该诗采用斯宾塞体,每一诗段分为九行,前八行为五音部,最后一行为六音部,既用以隔断下一诗行,又在诗意上起到承前启后的过渡作用。主人公恰尔德·哈洛尔德是一位贵族青年,他厌倦了贵族生活,愤世嫉俗又无能为力。他不愿同流合污,但又骄傲自负,陷入了个人痛苦的深渊不能自拔。于是他决定出国游历。

全诗共分 4 个诗章。在第 1 诗章和第 2 诗章,恰尔德厌倦了他一直过着的浪荡生活:

> 亚尔滨岛上住着一位青年,
> 道德的行为他毫不爱慕;
> 只度着日子,在放荡的狂宴,
> 把欢乐烦扰"夜"的困倦的耳朵。
> 可叹呀! 他实是一个无耻之徒,
> 纵情酣饮,从事渎神的冶游;
> 人世的事物他鄙弃不顾,
> 只交着情妇的淫逸的朋友,
> 那些招摇过市的酒徒,不分尊卑长幼。

于是他告别家园,离开祖国,前往欧洲大陆。葡萄牙是他的第一站。在那里,他欣赏自然的美景,对自己和人类的罪孽进行反思和忏悔:

> 基督呀! 一片多么美好的景色,
> 上帝所赐给的这块锦绣河山!
> 香甜的果子在树上绯红羞怯,

明媚的风光远在山前伸展。

可是,人类用罪恶的手将它摧毁!

接下来,西班牙浪漫的氛围、光荣的历史和自由的气息都深深地吸引了他。他又到了希腊和阿尔巴尼亚,这些地方使他回忆起古希腊神话中说到的珀涅罗珀和尤利西斯的经典故事与历史,引起了他对自由的进一步深思。

第3诗章讲恰尔德又和同类集会,但发现自己不能融入人的社会:

但他很快明白他极不适合

与人群交融;他与他人

没有什么共同之处;他未学过

如何与人交谈,年轻时他的灵魂

被自己的思想所征服;但如无压力,

他不会把自己思想的领地

交给那些他在反叛的人们;

他虽然孤僻,但仍然傲岸;可以在自身

找到满足,没有他人也呼吸。

另外,这一诗章也讲述了他对大自然的热爱,体现出了浪漫主义的一个重要命题,即大自然是人的导师、医生和护理,它令人忏悔,洗涤罪孽,恢复人的精神健康:

有山高耸之处,就有他的朋友;

有海汹涌之处,就有他的家;

有蔚蓝天空展延之处,天气光彩夺目,

他就有漫游的激情和威力;

沙漠、森林、岩洞、浪花,

都是他的朋友;它们说的

一种共同语言,比他的国语书

更清楚,他经常把它放弃

而埋入湖光照亮的大自然的书页里。

第4章篇幅最长,诗人对读者清楚地说明,他要亲自出来说话,这样他就可以公平地谈论一些话题。他站在威尼斯,感叹时间的流逝、威尼斯的永恒:

千年来,楼阁里的云翅在我的

周围伸展,一种垂逝的荣光

为往日而微笑,当许多属地

俯首于展翼雄狮的大理石像,

在那儿,威尼斯高踞群岛之上,她的宝座堂皇。

在这里,他看到了没有塔索的威尼斯、埋葬这佩特拉克的阿尔夸镇、远离但丁场面之处的佛罗伦萨等：

> 在威尼斯,塔索的诗吟今已消失,
> 游船的船夫在无声地摇着;
> 她的宫殿向河岸倾圮,
> 现在也不总能听到音乐;
> 往日已经逝去,但美仍驻足这里;
> 朝代灭亡,艺术失色,但风物长在,
> 也忘不掉威尼斯往日如何可爱,
> 它是各种欢庆的宜人场地,
> 大地的欢宴,意大利的化装舞会!

诗人用意大利光荣的历史,激励意大利的爱国志士推翻奥地利的暴虐统治,实现民族的解放。

在诗章的最后,诗人向读者和世人告别。在这里,诗人表明自己的态度:

> 没有路的树林让人感到快活,
> 孤独的海岸让人感到极度快乐,
> 在无人闯入的地方有社交,
> 在深海旁,乐声大作;
> 我很爱人类,更爱大自然,
> 从我们这些交谈里我窃到
> 我可能会、或已经是的全部为人,
> 使之与宇宙融合,感受着
> 我永远不能表达、但又不能隐藏的东西。

最后,诗人深情地说:

> 我一直爱你,大海! 年轻时
> 你的胸膛曾载着我向前
> 尽情玩耍,宛如你的泡沫。从孩提时
> 我就肆意与你的浪头嬉戏——它们对我
> 乃是一种欣喜;如因海水变新
> 海浪变为恐怖——那也是宜人的畏惧,
> 因为我仿佛是你的孩子,
> 已交付给你的巨浪的无垠领地,
> 我的手抓住你的鬃毛——如现在似的。

总体来说,这首诗歌既是一篇描写欧洲大陆自然美景的抒情游记,又是一篇直接评议欧洲重大历史事件的政治抒情诗。

《唐璜》是一部讽刺史诗,全诗共 16 000 余行诗,每诗节包含 8 诗行,每行 10 个音节或 11 个音节,前6行交替押韵,后两行另成一组同脚韵。这首诗结构松散,情节众多,主要是通过对唐璜在西班牙、希腊、土耳其、俄国和英国等国的经历描写,展示了欧洲社会政治、经济、文化等各个层面的状况。诗人在诗中无情地揭露了那个时代英国乃至整个欧洲国家的腐朽、荒唐和道德的虚伪。

总之,拜伦的诗歌风格自然流畅、激昂振奋、诙谐幽默,对欧洲文学乃至世界文学都产生了重要影响。

## (二)波西·比希·雪莱的诗歌创作

波西·比希·雪莱(Percy Bisshe Shelley,1792—1822)出生于英格兰萨塞克斯郡。1810年,他进入牛津大学学习,后因发表《无神论的必要性》被开除,不久他到都柏林参加爱尔兰人民的民族独立运动,发表《告爱尔兰人民书》和《人权宣言》,提倡民族独立,宣扬自由、平等。1813年,他出版了第一部长诗《麦布女王》。1817年,雪莱完成了著名的长诗《伊斯兰的起义》。1819年,雪莱完成了两部诗剧《解放了的普罗米修斯》和《钦契》,另外他还有大量优秀的抒情诗和讽刺诗。在雪莱的抒情诗中有很大一部分是描绘自然的,如《西风颂》《云雀颂》等。这些以自然为题材的抒情诗往往用一种梦幻式的笔调,以种种神奇的比喻,尽情地抒写诗人梦寐以求的美好的未来社会。1822年,雪莱在渡海途中遭遇风暴,不幸溺亡。

《西风颂》是雪莱的代表作,当时欧洲各国的革命运动风起云涌,大宪章运动在英国遭到残酷镇压,雪莱就在诗中用自然界的暴风雨比喻人类社会的革命风暴。

《西风颂》有5个诗节,每节诗包括14诗行。诗歌的第1诗节描写了西风的狂劲:

> 狂暴的精灵,你到处奔腾;
> 破坏者,保存者,听啊,听!

诗人在这里将西风描述为"破坏者"和"保存者",西风的这两个基本特征构成了全诗的中心主题。

第2诗节描写了暴风雨即将到来的情景,它集中描写西风驱赶白云,预示将引来雷鸣电闪、风雪冰雹,还描写了它"拉下夜幕",将一切罩在宛如圆形的大墓里,显示出它作为破坏者的一面。第3诗节讲述了西风对大海的冲击,表现了西风的狂暴威力。

第4诗节表达了诗人对西风的感情:

> 请把我当作你的竖琴,和树林一般,
> 即使叶片纷纷飘落也无妨!
> 你那雄浑激越的谐音,
> 将从我俩身上奏出深沉的秋声,
> 虽然凄切,但却甜美。剽悍的精灵!
> 愿你做我的灵魂,愿你是我,狂飙、疾风!
> 把我这枯竭的思想当作凋残的树叶,
> 吹往宇宙各处,促成一代新生!

诗人怀念童年时期的自由、无拘无束,期望仍然可以像西风一样自由地飞翔,但是诗人面对

"生活的荆棘",不能像西风那样"自由、敏捷和高傲"。

最后一节写诗人希望通过西风唤醒沉睡中的人们:

> 借助我这诗歌的符咒,
> 把我的话语散播在人间,
> 好像从炉火的余烬中散发出热灰和火星;
> 请通过我的双唇,向沉睡的大地吹起预言的号角!

最后的结尾:"啊风,倘然冬天已到,春天能远落在后面吗?"充分表达出诗人对未来仍然充满了自信和希望。

《解放了的普罗米修斯》是一部有着浓郁浪漫主义色彩的诗剧,取材于希腊神话里普罗米修斯和朱庇特之间发生冲突的故事。朱庇特是一个暴君,他用血腥的统治主宰着人民。而主人公普罗米修斯面对强大的敌人,丝毫没有退缩,他以高傲和嘲笑面对朱庇特给他的折磨。

雪莱笔下的普罗米修斯形象,反映了被压迫人民反抗专制统治、争取自由解放的革命精神,同时也集中体现了诗人坚定的立场、伟大的品格和崇高的理想。雪莱不仅刻画了普罗米修斯高大完美的形象和精细微妙的内心活动,同时也展现了自然界变幻无穷、多彩多姿的壮丽景色。

《奥西曼迭诗》是雪莱的一首著名诗歌,这首诗歌写的是关于公元前13世纪埃及法老奥西曼迭斯的故事。诗歌开始讲述了诗人遇见了一位来自"古老国度"的游客,他向诗人述说他在那里的沙漠中所见到的情景:

> 他看到沙漠里有两条粗大的石腿,没有上身,附近还有半陷在黄沙里的一个头像,
> 它皱着的眉褶起的唇,显着冷峻控制力的讥笑,表现出雕刻者对那些激情的深刻理解,
> 这些激情刻在这些死物上依然如故,比模拟它们的手和滋养它们的心活得更久。

这里的"死物"指没有生命的石头,"模拟它们的手"和"滋养它们的心"分别指雕塑家和奥西曼迭斯。

诗歌的后半部分讲述了曾经一度不可一世的法老已经作古,所有的丰功伟业、荣华富贵都已经化为乌有,留下的只是他的一座雕像残骸:

> 此外一切都不复存在。在巨大石像残骸的周围,苍茫无际,寂寥的黄沙伸延向
> 远方。

这首诗内涵深邃,它的主题是表现时间的无限与人的渺小,两者形成鲜明的对比,人无论如何伟大,也是渺小的,而时间却是无限和无情的。这首诗的写作技巧也令人注目。诗人不是直接描写法老,而是通过一个游客的讲述,游客也不是真的了解法老,只是见过他的雕塑残骸,这种步步远隔的手法可以增强读者的好奇心,加强时间吞噬一切的形象,显示出艺术的作用。

总之,19世纪的英国诗歌以其浓郁的浪漫主义色彩生动地反映了那个时代英国的社会生活和时代气息,它不仅深刻地影响了英国文学的发展,也在世界范围内受到了广泛的喜爱。

# 第六章　20世纪上半叶英国小说与诗歌的创作发展

1901年,维多利亚女王去世,爱德华七世上台,这标志着一个传统、鼎盛时代的结束。在新的社会条件下,维多利亚时代的种种传统开始受到质疑,新的传统尚待建立,英国开始进入历史上一个重要的社会转型期。第一次世界大战给英国人民带来了致命的打击,进入20世纪30年代后,一场世界经济危机席卷了英国大陆,致使英国社会动摇不定、危机四伏、社会萧条。这样的时代背景使得20世纪上半叶英国的小说与诗歌呈现出一种明显的时代特色。

## 第一节　两次世界大战与英国小说、诗歌

第一次世界的大战爆发,各国无一例外地陷入了空前的浩劫,英国更是首当其冲。结果,大英帝国在欧洲经济领域内丧失了它的掌控权,在世界范围内失去了它的超级大国地位。第一次世界大战后,信仰危机在英国人们头脑里的怀疑和问题有增无减,作为西方生活基石的基督教神秘框架似乎在瓦解。英国著名哲学家罗素对西方的这种精神状态做了精辟分析。他指出,"科学使世界成为一个没有生活意义的世界。人必须认识到,他在世界上是无足轻重的。人的生命是短促而无力的,等待他的是无情的、黑暗的毁灭。"[①]这是人们发生信仰危机、精神苦闷、悲观绝望、心理变态等思想实际的反映。与此同时,在英国和欧洲大陆也发生了一系列的事件,这些对欧洲人的思想和文学创作具有深远的影响。例如,这一时期在哲学和心理学领域有两项研究非常引人瞩目,第一是法国哲学家柏格森的新的时间观念,他指出,时间是"延续"的、不可分的、质变的"持续",即内在意识的不断流动,换言之就是人们必须承认"心理时间"的存在,真正的现实——人的自我——存在于心理时间中。他认为人要想正确认识自我,就必须要透过表面的自我,然后铲除现实和意识间存在的多层障碍,而披露处于流动中的初生意识、思想和感情,把事物的内在关系揭示出来。由此,他认为传统的小说大都是按照时间的先后顺序来描述事物,而没有抓住事物真正的本质,所以也就不能将真正的现实表现出来。柏格森新的时间观念的提出无疑是"意识流"文学传统的理论基础之一。第二是奥地利心理学家弗洛伊德的心理分析学说。弗洛伊德指出,人的心理或精神结构有自我和本能冲动两个组成部分。自我是意识,又是下意识,而本能冲动是人本身中最朦胧不清、无法接触的部分。本能冲动属于纯下意识范畴。弗洛伊德认为,睡梦是"心理的自我"抛弃外界限制而表现自己的过程,梦有自己的语言及语法,它们是下意识和意识妥协的产物。弗洛伊德的这项研究对文学也产生了一定的影响,这主要体现在:首先,现代主义等文学派别的基本思想,源于打破禁区、无限制地表现意识和下意识中的非理性因素的原则;其次,文学评论界常以心理分析为手段评论作家和作品,效果有时虽挟荒谬之嫌,但不能否认这一实践充实了文学批评的内容;再次,小说家、戏剧作家和诗人情不自禁地以弗洛伊德学说指导其创作,尤其在性格塑造、作品布局方面,表现尤为明显。

---

① 常耀信:《英国文学通史》(第3卷),天津:南开大学出版社,2013年,第108页。

在一系列事件的影响下,20 世纪 20 年代的英国文学界异常活跃,作家们开始以全新的目光看待人与社会、人与人之间、人与自然之间等方面所呈现出的新的关系。一批年轻、不畏权威的作家,如詹姆斯·乔伊斯、T·S·艾略特等在文学创作方面开始了一场意义深远的革命。他们打破了描写事物表面的传统手法,强调下意识、非理性及具有神秘色彩的事物,指出现实存在于迄今为人们所忽略的表面以下,现代主义文学便由此诞生了。现代主义文学大师乌尔夫在其《现代小说》一文中评论了坚持传统写作技巧的爱德华时代小说家的弊病,她说:"作家似乎不是出于其本身的自由意志,而是听命于某位强大而又肆无忌惮的暴君,必须写出情节,写出喜剧、悲剧、爱情故事,整个故事要沉浸在一种合情合理的气氛里,无懈可击,因而,倘然他的所有人物变做真人,他们会发现自己的穿戴,包括大衣纽扣也在内,都极合时宜。由于听从了暴君的旨意,小说写得极为得体。可是当我们一页页翻阅以传统方式写出的书时,有时候,而且随着时间的流逝愈益经常地,出现一种倏忽即逝的疑念,一股反叛性冲动。"乌尔夫情不自禁地提出诘问:"生活是这样的吗? 小说一定要这样写才成吗?"接着,她又自答道:"洞察一下内心,生活仿佛远非是'这样的'。检查一下平凡的一天的生活吧。头脑接受无数的印象——庸琐的、荒诞离奇的、瞬刻即逝的或犀利钢刀雕刻上去的印象。它们来自四面八方,宛如亿万原子,势若滂沛,无休无止。当它们降下,形成星期一或星期二的生活时,降的重点可不同于从前了;重要时刻的到来,不在此处而在彼处。因此,作家倘然是自由人而不是奴仆,倘能以自己的感情而不以传统为其作品的基础,那么可能便不存在情节、喜剧、悲剧、爱情故事或传统意义的结局了,可能没有一只扣子缝得符合邦德街裁缝的心意。生活不是一系列匀称排列的车灯;它是一个明亮的光环,一个把我们在醒觉着的全部时间内包围起来的半透明外壳。"这是一代年轻作家对上一代传统表示反叛的宣言。

现代主义作家的作品重点在于揭示人物的内心世界。他们常用的技巧之一便是"意识流"。当然,这种描述也并非任凭意识去"流",作家也有选择,否则艺术就不存在了。事实上,现代主义作家的创作态度是很严肃的,想通过艺术手段寻求现实生活中所不存在的生活意义、目的和秩序是他们进行艺术创作的目的之一。

随着时间的不断推移,现代主义逐渐发展起来,最后竟然成为文学艺术领域内的主导。在小说领域,戴·赫·劳伦斯、约瑟夫·康拉德等都是著名的现代主义作家;在诗歌领域,威廉·巴特勒·叶芝和 T·S·艾略特等都创作出了许多具有代表性的现代主义诗歌作品。所有这些汇成一束时代的亮光,闪烁出现代主义时代的眩目光辉。

现代主义作为一场影响波及全球的运动,很好地反映和记录了当时那个时代的精神面貌,它对文学史所产生的影响不可低估。目前,现代主义已经成为一种抽象的概念、人的头脑深处的一种积淀、人的思维和观察的一种特定方式。它倡导的概念和实践已经成为人的智慧总体的一部分。它作为人类智力活动史上的一个阶段虽已结束,但在它上面已经罩上了永恒的光环。

1939 年,第二次世界大战在欧洲爆发,英国国难当头,社会上利益相左、观念殊异的各阶层在丘吉尔首相战时内阁的领导下同仇敌忾,成功地保卫了英国本土,并与国际反法西斯力量配合战败了法西斯势力。然而,战后的英国经济状况愈见衰竭,政治、军事实力逐步衰落。英国的所有殖民地取得了独立,"大英帝国"的结束大大削弱了英国在世界上的力量和地位,英国人不得不接受事实:英国不再是世界事务的中心,而仅仅是美苏冷战的旁观者。英国工党在执政的 6 年中,推行"社会民主主义政策",将私有工业企业、矿山、铁路国有化,实行免费医疗和发放老年抚恤金等制度,改革教育制度,很多青年都有机会进入大学,工人们生活状况有了很大改善。工党采取的措施为要求改革社会结构的人民带来巨大的希望。但是"经济奇迹"并没有发生,工党和保守党轮流执政,改革的进程滞留不前,人们感到建立新生活的希望破灭了。传统的价值观念面临挑战,人们尤其是知识分子感到理性、理想、信仰、道德等观念动摇以至轰毁。

战后英国文学各种流派及倾向同时并存,互相影响和渗透。这时期没有产生像劳伦斯、艾略特这样有影响的大家,也很难说哪种文学流派或倾向绝对居于主导地位。总体来说,20世纪40年代前期的烽火岁月和后期的战后重建时期都不能说是文学创作的丰硕时期。直到20世纪50年代后,英国文学才进入了一个全新的繁荣时期。

# 第二节　20世纪上半叶英国小说的创作

20世纪初,英国小说延续了19世纪社会现实主义小说的创作思想,继承了现实主义的创作方法,但题材有所拓展,文学创作视角和风格各异,既有对海外扩张、殖民地风土人情的描写,也有对英国工业化进程中城市和乡村生活的反映,使英国文坛在继维多利亚现实主义的辉煌时期之后又掀起了一个现实主义文学的繁荣时代。20世纪20年代后,现代主义在英国文学中达到了鼎盛时期,小说家们以社会批判和心理学探索相结合的方式深刻地揭露了资本主义工业文明对自然和人性以及对人的价值的摧残,此时的英国不仅涌现出了一批重要的现代主义小说作品,而且在小说的创作理论上也有发展,有力地推动了现代主义小说在英国的发展,对当代英国文学产生了深远的影响。

## 一、20世纪上半叶英国现实主义小说的创作

在各种社会思潮和急剧变化的社会生活影响下,20世纪初期的英国文坛出现了前所未有的热闹景象。这一时期,现实主义旗帜仍然高扬,赫·乔·威尔斯(Herbert George Wells,1866—1946)、威廉·萨默塞特·毛姆(William Somerset Maugham,1874—1965)、约翰·高尔斯华绥(John Galsworthy,1867—1933)和阿诺德·贝内特(Arnold Bennett,1867—1931)、克里斯托弗·威廉·布拉德肖·衣修午德(Christopher William Bradshaw—Isherwood,1904—1986)、约翰·博音顿·普里斯特利(John Boynton Priestley,1894—1984)等都是著名的现实主义作家。他们继承了维多利亚时代的传统技巧,其中,贝内特还明显借鉴了法国自然主义创作方法,展示出当时英国社会生活的现实主义画卷。

### (一)赫·乔·威尔斯的现实主义小说创作

赫·乔·威尔斯(Herbert George Wells,1866—1946)出生于英国肯特郡的下层市民阶层,他的父亲是一个职业板球手,经营着一家小陶器店,母亲靠着给富绅家做管家补贴家用。童年时,威尔斯被母亲送入莫利商学院读书,这是一所专门为中产阶级子弟服务的学校,不过他自认为在这所学校并没有学到太多东西。威尔斯14岁时,他的父亲破产,他不得不自谋生路,先后当过药店学徒、邮差、店员等,这也使他目睹了下层社会生活,为以后的创作积累了素材。1884年,威尔斯靠着奖学金赴伦敦进入南肯辛顿的理科师范学校学习,曾跟随著名科学家托马斯·赫胥黎学习生物学,并积累了大量物理、化学、地质学、天文学等方面的知识。与此同时,他开始为一些杂志写文章。毕业后,他当过老师,并投身于文学创作。威尔斯对科学思想和社会历史的发展

具有浓厚兴趣。他自称是一位社会主义者,见过列宁和斯大林,但却反对阶级斗争和暴力革命。1903 年,经英国著名文学家乔治·萧伯纳介绍,威尔斯加入了"费边社",成为标榜改良主义的一分子,主张用教育和科学和平地改造当时的资本主义。随后,由于自身影响力的增加及个人领袖欲望的膨胀,威尔斯与乔治·萧伯纳发生矛盾,加之不满费边社的改良形式而于 1909 退出了费边社。在第一次世界大战期间,威尔斯参与了国联的活动,在战后完成了历史学著作《世界史纲》,显示了他的历史学家素养。在第二次世界大战期间,威尔斯曾支持进步力量,反对法西斯的侵略。1946 年,威尔斯在伦敦去世,享年 80 岁。

进入 20 世纪后,威尔斯继承了 19 世纪现实主义小说的优秀传统,塑造了许多"小人物"既可悲又可笑的形象,他以辛辣幽默的笔触讽刺时俗,描绘当时社会生活的风貌,揭示社会的真相,使人想起狄更斯的风格,《爱情和鲁维轩先生》《吉普斯》《托诺·邦盖》《波利先生传》等都是这一时期的代表作品。

《爱情和鲁维轩先生》以鲁维轩先生对事业功名的渴望而最终失望为主线,对社会道德的沦丧和社会秩序的混乱进行抨击。小说中那个师范理科学生的雄心壮志更是威尔斯自己年轻时愿望理想的化身。小说用轻松揶揄的笔法描写鲁维轩的境况,他的理想既然难以实现,便只能以小学教师的低薪薄酬面对果酱、气灯、重复使用的衬衫领子和廉价寒碜的住所。眼看妻子即将分娩、事业一筹莫展,他只能自嘲自解,以养儿育女"为世上最重要的事业"。鲁维轩的岳父集中体现了世风的虚伪和世道的狡诈,这个能骗善诈的老手雄辩滔滔地贬斥诚实,赞美欺骗,说"诚实是使社会陷于离散混乱的力量",而"撒谎是将一个个野蛮人连结成社会大厦的砂浆"。威尔斯让这个偷取钱财、一走了之的骗子用庄重、高昂的调子述说怪诞无稽的言论,用谬论道出时俗的要害,让荒唐发出真理的闪光,充分显示出这本小说辛辣的讽刺性和强烈的喜剧性。

《吉普斯》描写了主人公吉普斯作为一个小人物坎坷的人生经历,主人公吉普斯是一个出身于下层市民阶层的小人物,他在一个布店当学徒,童年凄苦,在一次醉酒后,他丢了布店的工作,就在此时,他突然得到生父的一大笔遗产,立刻从一个一文不值的学徒变成了一个富翁。面对身份的巨大变化,头脑简单、受上层社会偏见影响的吉普斯沾染了虚荣势利的风尚,他大兴土木建造豪宅,费尽心机学习上层社会的礼仪举止,他周围的人也趁机趋炎附势,女教师海伦·沃尔辛厄姆表面上清高典雅,乐善好施,实际上看不起穷人,本来对当学徒的吉普斯不屑一顾,听说他发了财,态度立刻发生转变,一边接受吉普斯的求婚,一边盘算着如何攫取他的财富。在经历了一系列事件以后,吉普斯厌倦了所谓的上层社会,开始有所顿悟,最终他恢复了淳朴善良的本性,不顾身份的巨大差异,与身为女仆的青梅竹马安妮·波尼克结婚了。然而,生活再次出现戏剧化的一面:管理吉普斯钱财的人因投资失败而破产逃跑,吉普斯的生活再次落入困境,不过吉普斯夫妇并没有怨天尤人,而是开一家小书店过着清淡宁静的生活。后来,因为一笔意外的投资而又使吉普斯成为有钱人,从此他对生活感到满足,认为自己是世界上最幸福的人。

威尔斯本人在谈到这部小说时曾指出,《吉普斯》是"从英国社会情况出发对生活的详尽探讨,它的目的在于塑造一个英国下层中产阶级的典型人物,表现这个阶级全部可怜的局限性和脆弱性",同时"也对英国中产阶级广大人士的理想和行为提出他一贯的批评"。对于吉普斯,作者在讽刺中又包含着同情,这个人物代表着下层中产阶级的局限性和脆弱性,他有爱慕上层社会的虚荣心理,知识浅薄,甘受命运的捉弄;然而吉普斯又不失淳朴的本性,使得他又不那么让人厌恶。尽管这部小说有一些缺点,但《吉普斯》仍然是威尔斯最成功的小说之一,连与作者文艺见解十分不同的亨利·詹姆斯也忍不住赞叹这本小说闪烁着"真实的真理光辉"。①

《托诺·邦盖》是威尔斯最杰出的讽刺小说,在这部小说中,威尔斯以第一人称的口吻记叙了乔治·庞德莱沃及其叔父的传奇经历。乔治出身贫寒,他的母亲在一个贵族家里做管家,他也跟母亲住在贵族家里,过着一个高级仆人的儿子的不快乐的生活。由于乔治原来是在乡下长大的,他很小就认识到英国贵族家庭出来的人的真面目,他和上等人孩子打架一段话实质上也反映了作者对英国资产阶级的批判心理:

> 他看我冲去,叫了一声"好呵!"摆出一副姿势,像是有点气派,挡住了我的拳头,回拳打我的脸,没料到居然打中了,于是得意地笑了起来。这就使我更火了。他的拳法不比我差,只有更好——他还不知道我究竟懂不懂拳——但我打过一两次架,空手打到底,我能给人很凶教训,也受到了别人给我的很凶惩罚,但我不信他真的打过架。果然,只打了十秒钟我就感到他是虚弱的,看得出他有那种现代英国上层人士的特点,那就是不刺刀见红,喜欢用一些模棱两可的话定出规则和所谓荣誉的细节,其实只是把荣誉分割得什么也没有了;还有就是事情明明还只做了一半就宣布大功告成了。他以为他先打的一拳再加一两下就够了,既然我嘴唇出血、血流到衣服上就该认输了。所以我们没打一分钟,他就没劲了,只比划几下,而我却敞开猛打,想打那里就打那里,同时像在学校打架那样喘着气恶狠狠地问他受够了没有,没想到按照他那套高贵的规则和软弱的训练,他既不能挺起来把我打倒,又不能认输。

因为跟人打架,乔治被送到他叔父爱德华家的杂货店去做学徒。爱德华是一个具有冒险精神、不择手段的商人,由于经营业绩不佳,爱德华不得不关闭杂货店去伦敦谋生。此时的乔治也意外得到了一笔奖学金,来到伦敦的一所专科学校学习。后来,爱德华靠着发明和推销假药"托诺·邦盖"而大发横财,乔治在大学毕业后一度远赴非洲探险,不久后来到叔父爱德华的医药公司任职,一边工作,一边研制他喜爱的飞行器、学习飞行技术。后来,爱德华的公司在与其他公司的竞争中破产,假药"托诺·邦盖"被揭发,爱德华乘上乔治的飞行器出逃,却不料发生意外死在途中。叔父死后,乔治的事业与爱情梦想完全破灭,又回到了原来的社会地位上,继续过着庸庸碌碌的生活。

在这部小说中,威尔斯对资本主义社会进行了批判,小说里所讲述的爱德华发家的经历就像是资产阶级发家史的缩影,在获得大量财富的同时也失去了善良的本性。小说中的假药"托诺·邦盖"代表着资产阶级在利益驱使下的道德沦丧和人们不切实际的欲望。而乔治,则经历了大起大落,从下层社会跃到上层社会,又从上层社会跌落到下层社会,他也曾为自己的命运做过抗争:他为了摆脱下层社会,努力学习成为一名大学生,他执著于自己的爱好,并去非洲去探险,向自己心爱的姑娘去求婚,但这些都以失败告终了,他最终还是回到了下层社会中。这部小说深刻地反映了19世纪末英国社会变革时期复杂的社会状况,尖锐地讽刺了当时社会用金钱、广告、公关和媒体等对大众进行引诱、蒙骗的欺诈行为,以及社会大众本身的盲从心理。

《波利先生传》讲述的是一个中产阶级下层小人物波利的坎坷命运。波利出身贫寒,地位卑下,他渴望改变自己的命运,却又不知道如何去做。他经营着一家布店,想改变现状,但布店债台

---

① 侯维瑞:《现代英国小说史》,上海:上海外语教育出版社,1985年,第73页。

高筑,面临倒闭。伤心绝望的波利打算烧掉布店,然后一死了之。当火烧起来时,他突然爆发出生命自我保护的本能,想起了邻家楼上还有一个年迈生病的老人,于是奋不顾身地救出老人。此举获得了邻里的大加赞赏,称赞他见义勇为,布店的损失也由保险公司赔偿。可是,波利并没有感到满足和快乐,他依然感到压抑的痛苦,最后离家出走,来到一个乡间的旅馆打工。很多年后,波利回到家乡,颇受冷遇,最终又回到了乡间的旅馆,继续承受着精神压抑的痛苦。

在这部小说中,威尔斯用喜剧的手法展现了一个小人物充满辛酸的人生道路。小说中的波利先生是一位不满足于现状,渴望改变自身命运的下层人,他感到自身的潜力和情感都被无形的命运和生活压制了,这让他无法忍受,甚至想到了自杀。但是喜剧般的巧合使波利成为一个英雄,情感得到一次释放,不过经过这件事后,波利面对的依旧是枯燥而单调的生活和世风。无力改变命运的波利选择了逃避,退居到田园中寻找安慰。在这里,作者表现了小人物在社会的浪潮中荣辱沉浮,无法抓住自己的命运,表达了对社会的批判和对小人物的同情。

总体来说,威尔斯是现实主义传统的重要继承人和捍卫者,他用现实主义手法展现了一个小人物充满辛酸的人生道路,表达了对小人物的同情和对社会的批判。他通常会用喜剧性的笔法处理小人物充满辛酸坎坷的命运,用幽默冷隽的笔触来描述危难场面和奇异经历,使可爱可笑和可怜可悲融成一体,从而增强了作品本身的讽刺性。需要指出的是,威尔斯在小说中也常常会发表议论,从而对小说的艺术性产生了影响。

### (二)威廉·萨默塞特·毛姆的现实主义小说创作

威廉·萨默塞特·毛姆(William Somerset Maugham,1874—1965)出生于法国巴黎的律师家庭,童年时期在法国度过,在毛姆 8 岁的时候,他的母亲去世,悲伤的毛姆将母亲的一幅相片保留在床边一直到自己逝世。随后,不过两年的时间,他的法官父亲劳伯特·奥蒙得·毛姆也随后去世,毛姆继承了一笔每年 300 镑的遗产。由于父母双亡,教区牧师把他接回英国,进了坎特伯雷的皇家学校。毛姆在牧师家中度过了阴暗的童年,生活的孤独和凄苦、瘦弱的身体、口吃的毛病以及周围人的嘲笑和欺凌给少年时代的毛姆留下很深的阴影。1891 年,他来到德国海德堡大学学医,在那儿,他受到德国哲学史家昆诺·费希尔的哲学思想和以易卜生为代表的新戏剧潮流的影响。在同年返回英国后,毛姆在伦敦的一家会计师事务所做了 42 天的练习生,随后就进入伦敦圣托马斯医学院学医。在长达 5 年的学习生涯中,毛姆不仅了解到了英国底层人民的生活状况,而且也学会了用解剖刀一样冷峻、客观、犀利的目光来剖析人生和社会。1897 年医科毕业后毛姆成为妇产科医生,使他有机会看到贫民区中各色人等的生活,但他放弃从医,立志要当一个作家。此后弃医从文,毛姆开始写作。在接下来的几年里,毛姆写了若干部小说,但是,用他自己的话来说,其中没有一部能够"使泰晤士河起火"。1902 年,毛姆转向戏剧创作,成了红极一时的剧作家。第一次世界大战期间,毛姆曾去欧洲战场做救护伤员的工作,还服务于英国情报部门。这些丰富的经历为他后来的间谍小说《艾兴顿》提供了素材。第一次世界大战结束后,毛姆还曾前往南太平洋、远东、拉丁美洲和印度等地旅游,周游世界各地期间,毛姆用敏锐的目光观察从殖民官员、传教士到赌徒、妓女等形形色色人物,写出了《在中国的屏风上》《彩巾》等游记。1920 年毛姆到了中国,写了一卷《中国见闻录》。1928 年,毛姆定居在里维埃拉,直至 1940 年纳粹入侵时,才仓促离去。20 世纪 20 年代到 30 年代初期,毛姆的剧本创作达到最旺盛的时期。他完成了一批揭露上流社会尔虞我诈、钩心斗角、道德堕落的戏剧剧本,如《周而复始》《比我们高贵的人们》和《坚贞的妻子》等,这三个剧本也被世俗看作是其最好的剧本。虽然,在戏剧创作上大获成功使毛姆欣喜万分,但强烈的文学创作愿望使得他中断戏剧,重新投入到小说创作中来。晚年,毛姆开始撰写回忆录和评论文章,曾获得牛津大学授予的荣誉博士学位和英女王授予的"骑士"称号,并成为皇家文学会的成员。1965年12月15日,毛姆在法国里维埃拉去世。

毛姆一生创作颇丰,共留下4部长篇小说,150多部短篇小说以及30多部剧本,此外还有一些游记、回忆录和评论文章。毛姆是一位现实主义作家,他提倡作家应该写自己的亲身感受,追求故事情节的曲折和戏剧性变化,反对用新奇的形式掩盖内容的空洞;同时,他又非常推崇法国文化,学习莫泊桑等法国作家的创作技巧,以一种冷静客观的态度审视生活、剖析人生,使他的作品中也带有自然主义倾向。下面将对他的4部长篇小说——《人性的枷锁》《月亮和六便士》《寻欢作乐》《刀锋》进行简要分析。

《人性的枷锁》奠定了毛姆在文坛的地位。小说通过讲述自己的成长过程,揭示了维多利亚时代末期英国资本主义社会的现状,是毛姆最优秀的作品之一。小说的主人公菲利普幼年丧母,由爱财如命、粗暴专横却又满口仁义道德的伯父收养,这让菲利普感到非常痛苦。进入寄宿学校后,他又因为跛足而备受欺凌,变得孤独忧郁。身体和精神上的痛苦和压抑使得菲利普转而向上帝祈祷,希望上帝能够解救自己,但是不久之后,他对上帝也失去了信心。青年时代的菲利普决定做出叛逆的行为,他拒绝家庭和学校为他安排好的工作,来到德国学习德语和法语,后来又到巴黎学习美术,不久之后他又因为缺乏艺术天分而放弃,改习医学。在这个过程中,菲利普迷恋上一个女招待而不能自拔,将自己陷入肉欲的泥淖中,最终以无可奈何的形式结束了这场纠葛。在小说的结尾,菲利普与一位纯朴善良的姑娘结合,开始了新生活。

在这部小说中,菲利普的不幸遭遇,其实反映了深刻的社会现实。他的悲剧命运应该说是由他所处的社会阶段所造成的。在这一时期,英国国内的资本主义迅速向垄断资本阶段过渡,资本迅速集中到金融与工业垄断资产阶级手里,中下阶层在贫困的泥淖中越陷越深。资本主义社会经历着严重而尖锐的经济和政治危机。随着固有的宗教、道德、文化、哲学的逐渐解体,人们思想上不可避免地出现了一场深刻的精神危机。维多利亚王朝时期的那种虚假的乐观气氛已荡然无存。西方文明将人类引入了精神绝境。《人性的枷锁》展示的正是这样一幅"充满恐怖的现实世界"的晦暗画面,画面上形形色色的人物,任凭命运驱使,飘忽在"茫茫无尽头的黑暗深渊"之中"既不明其缘由,也不知会被抛向何方。"

在这部小说中,作者向读者展示了"人生的枷锁":亲情的冷酷、公学的严厉、生理的缺陷、宗教的虚伪、爱情的挫折,无一不制约着人性的追求,真实地显示出资本主义社会令人压抑的生活画面。对此,主人公菲利普认为:"生活并无意义,人生也没有什么目的。无论他出生与否都是无关紧要的,无论他生存与否也都是微不足道的。生命似轻尘,死去也徒然。"这种沮丧与绝望的论调也为小说蒙上一层悲观的宿命论色彩。

《月亮和六便士》是以法国印象派画家保罗·高更的经历为原型而创作的小说。小说的主人公斯特里克兰德本来满足于庸碌无聊的生活,但在40岁的某一天突然醒悟,为了自己的艺术追求,他毅然抛弃一切,到巴黎开始学习绘画。为了寻找艺术灵感,他又抛弃了名利到达南太平洋岛屿,与文明世界隔绝了一切联系,与当地人交流、生活,甚至娶了一名土著女子。他在岛上画出很多绚丽多彩、形状奇特的画,后来他完全陷入绘画艺术的疯狂之中,他在临死前叫家人将自己的作品全部毁坏。死前,很多人对斯特里克兰德的行为纷纷表示不解和指责,认为他在糟蹋自己。此时,毛姆的代言人——"我"(一个看似深谙世故的刻薄狡猾的旁观者,但内心深处却是一个理想主义者)——却说了这样一段话:

我很怀疑他是否真的糟蹋了自己：做自己最想做的事，生活在自己喜爱的环境里，淡泊宁静、与世无争，这难道是糟蹋自己吗？与此相反，做一个著名的外科医生，年薪一万磅，娶一位美丽的妻子，就是成功吗？我想这一切都取决于一个人如何看待生活的意义，取决于他认为对社会应尽什么义务、对自己有什么要求。

这就是毛姆肯定的人生态度。

这部小说表现出一种逃避现实，不为社会责任和道德观念所限制的态度，对当时一些读者有很强的吸引力，从侧面反映了当时社会的精神面貌和追求。按照毛姆的用意，"月亮"和"六便士"恰如其分地象征着"理想"与"现实"的针锋相对，作者心目中的"理想"是不沾染名利地位的，它与社会普遍流传着的关于"人生理想"的理解有着本质的区别；而"六便士"的"现实"即实用主义人生哲学的内容，它是小说所摒弃的。

《寻欢作乐》是毛姆创作艺术技巧成熟的作品。全书以回忆的方式讲述已故老作家特立菲尔德的风流韵事。特立菲尔德年轻时十分爱慕一个酒吧女招待，尽管女招待的心中另有所爱，但是为了摆脱生活的困境，她还是与热情的特立菲尔德结婚了。婚后的生活并不如愿，两人始终貌合神离，终于妻子抛弃丈夫追随早年的情人而去。在几经波折后，虽然特立菲尔德再娶，但他始终都忘不掉前妻，结果在思念、愁苦和抑郁中死去。

《刀锋》创作于毛姆的晚年，讲述主人公拉里对人生意义的探索。作为一个普通的美国青年，拉里参加了第二次世界大战，战友为救他而死于炮火。战争结束后，拉里一直陷入迷惘和痛苦，通过这次经历，他开始思索宇宙的奥秘，探求人生的意义。起初，他到巴黎学习哲学，期间还当过煤矿工；不久后，他来到波恩的一所寺院寻求基督教的解答；接着，拉里去往西班牙，企图从艺术中寻求真理；最后，他在印度苦修，悟出了人生的真理。结束探索的拉里回到纽约，做了一名普通的出租车司机。由于小说真实地反映战后青年人迷惘和痛苦，因而风行一时。经历了大战后的青年人对现实产生了不满和怀疑，却又找不到正确的方向，小说中拉里探寻人生意义和真理的过程，也代表了青年一代追求理想的过程。

## (三)约翰·高尔斯华绥的现实主义小说创作

约翰·高尔斯华绥(John Galsworthy, 1867—1933)出生于中产阶级家庭，他的父亲是伦敦著名的律师，家境殷实，生活优裕。高尔斯华绥早年在哈罗中学上完小学和中学，在牛津大学法律专业完成他的大学学业，并从事法律事务。但是，高尔斯华绥并不喜欢法律事务，而更喜欢文学创作。在一次旅行途中，他结识了约瑟夫·康拉德，两人相谈甚欢，并成为好友。不久后，高尔斯华绥放弃法律事务，开始投身文学创作。1897年至1901年期间，高尔斯华绥用"约翰·辛约翰"的笔名发表了4部小说，但均未取得显著成功。与此同时，他从外国优秀作家，尤其是法国的福楼拜、莫泊桑与俄国的屠格涅夫和契诃夫那里吸取营养，经过几年磨炼后渐入佳境。1904年，37岁的高尔斯华绥发表了《岛国的法利赛人》，引起了人们的关注和重视。1906年，高尔斯华绥完成长篇小说《有产业的人》(该部小说是《福尔赛世家》三部曲中的一篇)，获得广泛好评，他也因此被公认为英国第一流作家。后来经过20多年的不懈努力最终完成了《福尔赛世家》(《有产业的人》《进退维谷》《出让》)与《现代喜剧》(《白猿》《银匙》《天鹅之歌》)两组三部曲，在最后三年间完成了又一组三部曲《一章的结束》(《姑娘在等待》《开花的荒漠》《在河上》)。1932年，高尔斯华绥"因其描述的卓越艺术——这种艺术在《福尔赛世家》中达到高峰"而获得诺贝尔文学奖金。

1933 年 1 月 31 日,高尔斯华绥逝世,享年 66 岁。

高尔斯华绥是英国著名的现实主义小说家,其在 20 世纪后的大部分作品都反映了资产阶级的社会和家庭生活,叙述了大英帝国由兴盛走向衰落的历史,剖析了社会问题。语言简练生动,辛辣讽刺。

《岛国的法利赛人》是高尔斯华绥早期最引人关注的小说,也是初显作者批判锋芒的小说。小说的主人公理查德·谢尔顿出生于一个中产阶级上层家庭,也曾在牛津大学读书。在他的婚姻大事上,他已经与一位乡村贵族的女儿安东妮娅·德南特订婚,这是一场符合金钱和地位各种利益的理想婚姻,为家族所首肯。但在这期间,谢尔顿偶遇一位叫费伦的荷兰青年,被其锐利、新鲜的见解和对传统社会的叛逆精神所吸引,开始重新审视这个社会中盛行的一切价值观念,以全新的视角来观察和估量他所熟悉的那个中产阶级世界,重新思考生活意义,逐渐意识到自己从未在意过的很多现象本来是不公平的,包括自己的特权地位,这个阶级中存在的狭隘、虚伪、自私、肤浅和愚昧等。于是,查尔德向未婚妻展现了自己内心的变化,试图获得她的理解,但安东妮娅对此毫无感受,根本不能接受他的思想,而且有一种根深蒂固的阶级偏见。为了表达他对资产阶级的抗议,谢尔顿最后断然解除了婚约。小说通过为数不多的人物和简明清晰的事件,勾勒出英国上流社会的一个侧影。

《福尔赛世家》(《有产业的人》《进退维谷》《出让》)与《现代喜剧》(《白猿》《银匙》《天鹅之歌》)这两组三部曲代表了高尔斯华绥创作的成就,它们描绘了从 19 世纪 80 年代维多利亚时代后期到 20 世纪 20 年代爱德华时代这一漫长岁月里福尔赛家族四代人的变迁,揭示了英国资产阶级由盛到衰的历史过程,展示了爱德华时代中上层阶级家庭和社会生活的广阔图景。

《有产业的人》是"福尔赛家族史"甚至是高尔斯华绥一生创作的代表作品。这部小说展示了福尔赛家族内部隐藏的危机和错综复杂的矛盾,是"福尔赛家族史"其他小说情节发展的逻辑起点。小说在一开始就将福尔赛家族的各代人一一引见出来,第一代人大多是事业有成的上层人,他们中有的是矿主,有的是公司董事长,有的是房产经纪商等,他们喜欢收集名画、古董,最看重的是财产,正如书中所说的"紧抓住财产不放,不管是老婆,还是房子,还是金钱,还是名誉",这被作者称为"福尔赛精神"。家族中的第二代,老乔连的儿子小乔连则是一个家族的叛逆者,因为不满金钱与利益的婚姻而抛弃妻子,与家庭教师私奔。老乔连的侄子索米斯,也就是这部小说的主人公,则是一个不折不扣的具有"福尔赛精神"的有产业的人。索米斯表面上十分爱自己的妻子伊琳,为她买衣服首饰,建造乡间别墅。但实际上伊琳只是一件被索米斯占有的财产,一件满足他的虚荣心,可以被赏玩的收藏品。伊琳拥有美貌,却没有钱,她嫁给索米斯,却并不爱他。在建造乡间别墅的过程中,伊琳与老乔连孙女的未婚夫、建筑师波辛尼相爱了,索米斯发现了这件事情后非常生气,并且伺机报复,他控告波辛尼违反合同,使得波辛尼面临破产的边缘。最终波辛尼在失魂落魄中命丧于车轮之下。

在这部小说中,作者成功地塑造了索米斯这个典型的人物形象,他内心充满着无尽的贪欲,内心的情感被金钱的占有欲逐渐腐蚀,正如作者所说,这部小说的基本主题是对财产的占有欲与对艺术的美感之间的对立与冲突,揭露了私有财产欲对人的感情的腐蚀。作者在小说前言中也说:"《福尔赛世家》的原旨是美对私有世界的扰乱和自由对私有世界的控诉。"①

《进退维谷》继续讲述索米斯和伊琳的故事。索米斯和伊琳经历了波辛尼事件后再也不能继

---

① 侯维瑞:《现代英国小说史》,上海:上海外语教育出版社,1985 年,第 90 页。

续生活下去了,两人选择了离婚。索米斯更加醉心于财产和金钱的攫取,为了要一个孩子继承家业,他花费大量钱财娶了年轻美貌的法国姑娘安奈特为妻,并生下女儿芙蕾。这显然又是一次金钱的交易,而不是真正的爱情,在索米斯心中,占有一切有价值的东西仍然是他的最高目标。此时,老乔连的儿子小乔连回到家乡,继承了父亲的遗产,并对伊琳产生了同情,在两人的交往过程中,逐渐萌发爱意,最后两人结合,生下儿子约翰,一家人快乐地生活在乡间的别墅中。

作者有意通过两种婚姻方式的对比来表达自己的观点,一种是索米斯和安奈特用金钱交易的无爱的婚姻,最后以安奈特的离开为结束;一方面是小乔连和伊琳因为爱情而结成的婚姻,两个人的生活美满而幸福,金钱可以买来一切,却买不来爱情和幸福。在这个过程中,索米斯依然对伊琳充满复杂的感情,这种情感也悄悄改变着索米斯。

《出让》中叙写了索米斯和伊琳的后代阴差阳错相恋的故事。索米斯和安奈特的女儿芙蕾与小乔连和伊琳的儿子约翰在一次偶然的机会中相识并相爱,然而双方家庭的宿怨使得两人的爱情一波三折。小乔连坚决反对两人恋爱,伊琳虽说不加干涉,但也暗中表示不满,约翰一直对恋情犹豫不决;而索米斯却一反常态,他对女儿深切的爱使他富有人情味,愿意支持女儿的恋爱。最终,约翰从父亲临死前留给他的信中得知事情的整个因果,明白两人是无法结合的,于是和母亲离开家乡,去了北美;而芙蕾在万念俱灰之时,听从父亲的安排,嫁给了贵族青年迈克尔·孟德。小说的最后,索米斯为伊琳所盖的那座别墅上挂起了"出售或出租"的牌子。当索米斯一个人驱车上高门山的公墓,在十月里金黄色的桦树叶中回忆往事时,他在潜意识中感觉到"变革的潮水正在澎湃前进",当这些潮水平息退落之后,"新的事物、新的财产就会从一种比变革的狂热更古老的本能中——家庭的本能中——升了起来。"这也预示着维多利亚时代的传统被年轻的一代所摒弃,福尔赛时代已经没落了,它所形成的生活秩序正像一座衰朽凋敝、冷落寂寞、空空如也的大屋子——等待出租。

纵观整个系列,福尔赛家族的第一代充满活力和冒险精神,靠着对金钱和财富的攫取建立起强大的家族,老乔连和詹姆斯都属于那个时代的强者,他们代表着具有"福尔赛精神"的新兴资本家;第二代人在继承了前代对金钱的贪欲的同时,又生出逃避与渴望温情的情感,索米斯前半生继承了父辈的精神,后半生在旧体制与新体制的变革和冲击中挣扎,渴望"世界上的美和爱";在旧时代终结之后,新一代面对着新时代的挑战陷入迷惘与空虚,福尔赛家族已经无可避免地走向衰落。正如作者所说:"回顾一下,我们的维多利亚时代——这个时代的成熟、衰微和没落,在《福尔赛世家》里多少有所描绘——我们看出,现在我们不过是从锅里跳进火里罢了。"①

《现代喜剧》(《白猿》《银匙》《天鹅之歌》)是《福尔赛世家》的续篇,其中的作品讲述了索米斯及其女儿芙蕾的家庭生活。

《白猿》讲述了芙蕾与迈克尔婚后的感情纠葛。此时,社会上弥漫着战争将至的动乱和旧时代结束的迷惘和空虚,迈克尔的朋友德沙特爱上了芙蕾,在他的热烈追求下,芙蕾也几乎要抛弃丈夫迈克尔,可是当迈克尔让他自由选择时,芙蕾又选择了迈克尔,两人重归于好,还生了一个孩子,而德沙特离开了英国去了东方。

在小说中,索米斯送给芙蕾一幅中国画,画上的白猿有一双令人难以忘怀的眼睛、神情忧郁而惆怅,象征小说中人物精神的迷惘。

《银匙》主要叙述了迈克尔的政治生涯和芙蕾与一个贵族后裔、生活放荡的女子因所谓损坏

---

① 侯维瑞:《现代英国小说史》,上海:上海外语教育出版社,1985 年,第 90 页。

名誉问题闹上了法庭的故事。迈克尔当上了国会议员,宣扬企图挽救国内危机,描绘了英国议会政治和国会议员们的丑恶面目。芙蕾在丈夫的社交活动中,与一个上流社会的女人发生矛盾,双方互相诽谤,互揭隐私,丑态百出,作者通过对这些情节的描写揭露出了贵族地主阶级的腐化生活和那个社会的分崩离析。其中还插叙了索米斯和伊琳之间的故事,描写了索米斯的虚伪的矛盾心情。

《天鹅之歌》中继续讲述芙蕾及其家族的故事。在英国社会工人运动高涨的背景下,芙蕾开了一家餐厅。约翰和他的妻子安妮回到英国,芙蕾对约翰旧情复燃,在短暂的重温旧梦后,约翰坚决地拒绝了芙蕾,芙蕾痛不欲生,此时恰好家中的画廊失火,芙蕾故意站在危险的地方,企图自杀,为了救女儿,索米斯受伤而死。

在《现代喜剧》这个三部曲中,高尔斯华绥对索米斯从批判逐渐转向同情,他在《现代喜剧》"序"中表达了他对索米斯的看法:"一般说来,他总算是诚实的。他活了一世,有所作为,也有他的特性。"在小说的最后,索米斯不再是一个令人生厌、冷酷无情的占有者,而是一个忠厚长者、一个"真了不起"的人。正如在诺贝尔颁奖辞所说的那样:"令人感到有趣的是,高尔斯华绥不断在小说中改变自己的观点,随着他对人性的态度变得开放而旷达,他成为一个冷静的文化批判家,对索米斯这个人物,起初他憎恶而嘲讽,后来又有点佩服,最后,又寄予同情。作者把握住这份同情,对索米斯的个性做了淋漓尽致的剖析,使他成为两个三部曲中最令人难忘的、富有特性的人物。"①对索米斯态度的改变反映了作者的思想局限性。这与他本身来自资产阶级、有资产阶级思想有着很大的关系。

《一章的结束》(《姑娘在等待》《开花的荒漠》《在河上》)是高尔斯华绥在生命的最后三年中完成的作品。

《姑娘在等待》中的主人公蒂尼的哥哥是殖民地中的白人官员,在与一个当地人争执的过程中,失手打死了对方,因此面临着法律的严惩,而家族的荣誉也即将遭受损害。最后,蒂尼凭着过人的胆识和毅力不仅将哥哥与家庭从危难中解救出来,而且也挽救了家族的传统尊严。

《开花的荒漠》讲述了蒂尼与诗人威尔·弗莱勒的爱情,从蒂尼一家的宗教道德观念来说,弗莱勒这个落魄不羁、信仰异教、对一切都抱怀疑态度的青年诗人,无疑是个"冒险的海盗",因此,蒂尼的家庭坚决反对这桩婚姻。无奈之下,蒂尼痛苦地放弃了她的恋人,以牺牲个人感情的代价来维持贵族家庭的传统。

《在河上》讲述了蒂尼的婚后生活以及蒂尼妹妹的婚姻。蒂尼与弗莱勒分手后与一个符合家族观念的男子结了婚,两人虽然没有很深厚的感情,但生活倒也和谐。而蒂尼的妹妹一直生活在暴力的婚姻下,为了摆脱这种痛苦的生活,她进行了顽强的抗争,最终摆脱了虐待她的丈夫。

在这三部作品中,蒂尼在旧的秩序已经分崩离析的背景上,不断牺牲着自我,维持着家族的传统,通过一系列的挣扎、成功与失败,表现出旧的社会与家族秩序在时代的激流里企图保存自己的顽强精神。从英国历史的维度来看,以索米斯为代表的福尔赛家族的坚毅,以蒂尼为代表的契厄莱尔家族的忠诚,一度是维护这个旧秩序的精神力量。但在动荡不安的历史潮流里,英国历史的这一章毕竟到了尾声。作家作为社会现实的忠实反映者,传达出了旧时代已经日暮途穷的信息。

总体来说,高尔斯华绥是一位继承了传统现实主义创作的作家,他通过小说作品描绘了旧的

---

① 　建钢:《诺贝尔文学奖颁奖获奖演说全集》,北京:中国广播电视出版社,1993年,第261页。

社会关系中所能存在的挣扎与斗争、爱情与婚变、绝望与失败,表现出了家庭秩序试图在时代的激流中顽固地保护自己的主题。

## (四)阿诺德·贝内特的现实主义小说创作

阿诺德·贝内特(Enoch Arnold Bennett,1867—1931)出生在英格兰北方斯塔福郡的汉利,他的父亲一开始当陶瓷工,后来开始经营布店和典当生意,最后靠着自学和努力成为一名律师。贝内特从小生活在陶镇中,对那里的日常生活和生活环境都十分熟悉;他少年时期住在布店的楼上,布店陈旧灰暗的摆设和环境以及日常活动给他留下了深刻的印象。可以说,早年的生活为他以后的创作积累了丰富的素材。在当地读完中学以后,贝内特在父亲的事务所工作了一段时间,之后只身来到了伦敦,先在一家律师事务所当一名小职员,并就读于伦敦大学,学习法律。后来又去了《妇女》杂志社做新闻编辑,在此期间,他认识了威尔斯,并与之成为好友。由于在《妇女》杂志社做新闻编辑,所以贝内特也对女性心理进行了深入研究,为他以后的小说创作提供了有益的帮助和参考。1898 年,贝内特根据这一时期的经历,完成了自己的第一部带有自传性质的长篇小说《北方人》,并受到了约瑟夫·康拉德的赞扬。1900 年,贝内特移居到心仪已久的法国巴黎,靠撰稿为生,他的创作进一步受到法国自然主义的影响,还认识了屠格涅夫等作家,并娶了一名法国女子为妻。在法国居住了八年后,贝内特回到了英国。1931 年贝内特去世,享年 64 岁。

贝内特一生共创作了 30 多部小说以及大量书评和剧评,是当时最主要的英国小说家之一。19 世纪末期,旧的城乡经济和体制逐渐解体,工业革命迅速发展,在这样的背景下,贝内特的故乡成为组成当时著名陶瓷之都的六座工业化城镇之一。贝内特在这里生活了二十多年,但是这个陶瓷之都并没有给贝内特带来多少美好的回忆,那里长年有滚滚烟尘、压抑灰暗的社会气氛,人们的思想封闭而愚昧,贝内特的城镇小说主要就是以这些传统的生产瓷器的城镇为特有的背景的。在小说中,贝内特将六个城镇改成五镇,擅长描写城镇中的中产阶级下层人物,如瓷窑坊主、店铺老板、医生、律师、职员等,表现当时变化着的社会生活与道德观念。《五镇的安娜》《老妇谭》以及《克雷亨格》三部曲等都是贝内特的代表性作品。

《五镇的安娜》是贝内特的第一部较为成功的作品,小说讲述的是在五镇出生长大的安娜善良、单纯而又有些懦弱,她继承了母亲的一大笔遗产,由她的父亲代为保管。安娜的父亲极其吝啬,他经常逼迫安娜去催租逼债,在安娜父亲的精明算计下,安娜成为当地一个生意兴隆、仁慈而又成功的陶器商人亨利·麦诺斯的合伙人。在安娜的财产中,有一部分是泰特斯和威利·普莱斯父子经营的瓷器厂,但由于种种原因瓷器厂濒临破产。由于安娜经常迫于父命去催债,与性格忧郁的威利熟识,安娜一方面为威利的家庭状况担忧,一方面又为自己所做的事情深感不安。与此同时,成功而能干的麦诺斯向安娜求婚,在父亲的允许下,安娜与麦诺斯订婚了。为了挽回瓷器厂,泰特斯铤而走险,制造假钞,骗取钱财,事情败露后,泰特斯因破产而自杀。为了挽回威利的声誉,富有同情心的安娜慷慨解囊,准备帮助威利渡过难关,但却遭到了父亲的严厉训斥。走投无路的威利决定去澳大利亚谋生,在临行前向安娜告别,两个人这才发现他们都对对方有好感,可惜为时已晚,因为安娜是一个非常孝顺的孩子,她不想违背父亲的意愿,也不愿违背与麦诺斯的婚约,她无力改变这种现实。最后,安娜给了威利一张 100 英镑的支票作为支持,不料,至此威利却再也没有音信了,那张 100 英镑的支票也没有被认兑。小说的最后,威利因为经济和感情上的失败,在一个废弃的矿井中自杀,安娜继续过着没有感情的生活。

在这部小说中,安娜是一个逆来顺受的女子,她的温顺和善良使她不能违抗父命,不能背弃未婚夫,只能遵从命运的摆布,离开心中的爱人,过着永远没有爱情的婚姻生活;安娜的父亲是一个金钱的奴隶,他有着狂热的对金钱的爱好,为了金钱,他可以牺牲一切,包括女儿的幸福;威利性格自闭,受到生活的多重打击,最终理想破灭,为自己的人生写上了一个悲剧的结尾;麦诺斯表面上仁慈可亲、道貌岸然,实际上是一个金钱至上的伪君子,他娶安娜的很大一部分原因是因为看中了安娜的钱财。在小说中,作者表现出了对在金钱制度下被戕害的人的同情和惋惜。

《老妇谭》讲述的是出生于五镇的一对姐妹的悲欢离合。姐姐康斯坦丝·贝恩斯与妹妹索菲亚选择了不同的生活道路,康斯坦丝性情温和、善良、与世无争,长大后与父亲布店里雇佣的总管结婚,继承父业,终日在布店的楼上楼下忙碌,生儿育女,操持家务,直到丈夫去世,儿子外出求学,她才有机会回顾自己的一生,不禁感慨道:"我现在可成了个孤老太了……生活啊就是这样。"而索菲亚则是一名不甘于平庸的女子,她聪明伶俐、任性而又有些反叛,对于刺激生活的向往使她年轻时便与一个大公司的销售员私奔到了巴黎,但是这名销售员不久便抛弃了索菲亚。面对这种状况,索菲亚没有气馁,而是凭借自己顽强的精神和毅力努力奋斗着。她拒绝了一个想让她做情妇的卑劣之徒,经历了巴黎公社起义,熬过了普法战争中巴黎被围困的时期。她从遭遗弃的创伤和一场大病中恢复了过来,她比以前更能干了,虽然只有 100 镑本钱,但她却靠着自己的精明和勤奋把一个公寓经营得非常好,后来还买下了一个更阔气的区域中的一家更大的公寓,成为一个成功的、拥有多处房产的女房东,而在这些辛苦日子里她依然保持了她的美貌,她深情地但又坚决地顶住了一个记者的求爱,庄严地斥退了一个杂货店老板提出的同居要求,过着她忙碌然而纯洁的独立生活。当她回到故乡的时候,这小镇的一切都是不可忍受的:

第二天早晨,经过并不难受的时睡时醒的一夜,索菲亚起床了,穿得厚厚的,站在窗前。现在是星期六。她是在星期四离开巴黎的。她把窗帘拉开,看着下面的广场。当然,她曾预料广场会显得不那么大了,可没想到竟是那么小,比一个院子大不了多少。

她想:"如果我一定得住在这里,这生活会要我的命。它会使我不能感觉,像铁一般沉重。这肮脏!这可怕的丑恶!这里人讲的话!这里人的想法!我一到车站就感到了。这广场并不难看,可是多么可怜的小东西!想一想一生中每天早晨都得看这地方!做不到!"她几乎战栗了。

她不仅不能忍受这小镇的生活,对于在这小镇过了一生的姐姐也充满了怜悯。然而青春已逝,她还是不得不在这地方住了下来,在小说的结尾,索菲亚看着前夫形销骨立的尸体,不禁思绪万千:"我这一辈子活着究竟是为了什么?究竟有什么意义?"开始对于生活的意义进行思考。

在这部小说中,贝内特再一次表现出青春易逝、人生无常的自然主义倾向。在他看来,两姐妹的人生无论如何变化,经历如何不同,最终都逃脱不掉命运的摆弄,逃脱不掉死亡的降临。在小说中,时间是一个特别的主角,它见证了两姐妹从出生到死亡的人生历程,见证了五镇上几十年中经济的发展与生活方式的改变,甚至是整个英国社会的历史变迁。小说中的人物充满了宿命论的色彩,人生从少年、青年、成年、再到老年直至死亡,是一个谁也无法把握的生物进程,这是一个真诚而又哀伤的人生悲剧。

《克雷亨格》三部曲是贝内特的重要作品,贝内特作为一个重要的现实主义小说家的声誉也确立在《克雷亨格》三部曲之上。《克雷亨格》三部曲以爱德温·克雷亨格和希尔达·莱斯维斯之间爱情与婚姻的变化为主线,真实客观地描绘了 19 世纪后期英国中产阶级生活与思想的方方面面,具有现实主义小说的典型特征。《克雷亨格》三部曲包括《克雷亨格》《希尔达·莱斯维斯》和

《这一对》。

《克雷亨格》讲述的是克雷亨格的父亲白手起家,经过自己的努力成为五镇中数一数二的印刷商人,但也形成了刚愎自用的性格。长大后的克雷亨格接手父亲的事业,却常常因为父亲的粗暴专横而与其发生冲突,于是克雷亨格与开明的奥格里弗家结成好友,常常去他家做客。在一次做客的过程中,克雷亨格与同时来此做客的希尔达·莱斯维斯相识,之后两人频繁通信,互相表达爱慕之情。之后,莱斯维斯的通信突然中断,克雷亨格获悉莱斯维斯已经另嫁他人,这使他感到非常困惑和遗憾。九年之后,两人再次相遇,此时莱斯维斯的丈夫因犯重婚罪而被投入监狱,克雷亨格帮助莱斯维斯偿清欠债,于是两人旧情复燃。

《希尔达·莱斯维斯》以莱斯维斯的角度讲述了她的身世婚变以及和克雷亨格相识的过程。莱斯维斯是个"现代女性",受困于维多利亚时代的陈腐观念,但渴望获得自由和经验。年幼的她被一个精明世故的商人所迷倒,并和他结婚,却没有想到原来那个商人已经是结过婚的,而她的婚姻是无效的。经历婚姻失败的莱斯维斯来到五镇,和克雷亨格相识相爱,但意外发现自己已经怀孕了,只得与克雷亨格中断了联系。等到九年后,再次相见的两人旧情复萌,克雷亨格不顾社会偏见而依然与莱斯维斯结为连理。

《这一对》从克雷亨格和莱斯维斯的角度讲述两人婚后的生活。结婚后的克雷亨格和莱斯维斯很快消退了恋爱时的热情,两人都无法适应或改变对方根深蒂固的习惯和癖性,在生活中时常发生摩擦和争吵,最终在一次大的争执后,克雷亨德离家出走。之后,克雷亨德深刻反省了自己和莱斯维斯的生活,认为自己应该更加宽容和理性地对待两人来之不易的婚姻,于是开始调整两人的关系,向莱斯维斯表示妥协,使得两人的婚姻能够更好地继续下去。

在《克雷亨格》三部曲中,贝内特并没有描绘惊心动魄的人生经历,也没有曲折吸引人的故事情节,而是以带有自然主义倾向的现实主义方法精心描绘了普通人的普通生活。贝内特通过对日常生活描绘展现五镇中丰富多彩的生活场景,在日常生活中寻找生命的意义,他认为生活中有不可变更的现实,人应该顺从现实,正如小说中克雷亨格所说的:"正义遭到了践踏,这是活生生的事实。但除了面对和接受这个事实之外又能怎么样呢?"

总体来说,贝内特受法国自然主义影响较深,他善于运用自然主义技巧来处理英国工业化社会的题材。他对人生的描摹大多蒙有一层淡淡的悲观主义色彩,描绘人们默默地接受理想的破灭和顺从命运的摆布。他用冷静客观的方法叙述事件,描绘人物,以照相机一般的忠实性和精确度记录生活,并能够运用幽默讽刺的笔调使悲剧中隐藏着一丝喜剧的音调。

## (五)克里斯托弗·威廉·布拉德肖·衣修午德的现实主义小说创作

克里斯托弗·威廉·布拉德肖·衣修午德(Christopher William Bradshaw－Isherwood, 1904—1986)出生于英格兰柴郡的一个军官家庭,11岁时父亲在第一次世界大战中牺牲,母亲成了他唯一的家长。为了儿子的前途,衣修午德的母亲非常重视对儿子的教育,但这反而激起了衣修午德的反叛心理,这令他的母亲十分头疼。1924年,衣修午德进入剑桥大学读书,第二年即因为恶作剧而被学校开除。此后,他曾在伦敦大学国王学院学医。为摆脱母亲的监管,1930年到1933年,衣修午德客居柏林,以教授英语为生,这段时期的经历为其前期小说的创作奠定了基础。第二次世界大战期间,他曾游历欧洲大陆,参与左翼活动。1938年,衣修午德和奥登一起来到中国,并以此经历创作了《战地行》。之后,衣修午德移居美国,从此在思想观念上发生了重大变化:他不再参与左翼活动,转而热衷于印度哲学,并一度担任《古代印度哲学与西方》杂志的编辑。晚年时期,衣修午德在加州大学任教,并在几所学校担任客座教授。1986 年,衣修午德去世,享年 82 岁。

20 世纪上半叶,衣修午德以 20 世纪二三十年代德国的生活现实为基础,创作了《纪念碑:一个家庭的画像》《告别柏林》《诺里斯先生换乘火车》等描写了希特勒统治前后人们所经历的噩梦。虽然这些作品在读者看来都具有较强的"革命性"特征,但在衣修午德看来,这些作品仅仅表现了那些生活在无政府主义盛行和病入膏肓的现代社会中的古怪而又疯狂的人们。

《纪念碑:一个家庭的画像》描写了第一次世界大战中幸存者的生活。在小说的创作过程中,衣修午德刻意模仿了乔伊斯和伍尔夫等人对内心独白的运用和时间顺序的处理,让小说人物不断地回忆战前美好的生活,来展现第一次世界大战给英国社会生活带来的创伤。小说叙述了希特勒执政前发生在柏林的故事。围绕着人们为那些在战争中死去的亲人建立一座纪念碑这个重要的事件,小说揭示了战后幸存者内心的空虚和渴望丰富感情生活的强烈愿望,同时,又以极大的同情心表达了人们的反战情绪和遁世情结。

这部小说体现了衣修午德早期小说的叙事技巧和反讽风格,并奠定了其日后在小说中的主题和人物类型:战争、考验和成熟的主题;代表强者、弱者和恶魔的神话类型人物。

《告别柏林》以作者在柏林的经历为题材,由人物、事件、时间上大致连接的 6 个故事组成,分别为短篇《柏林日记》,中篇《萨莉·鲍尔斯》,以及短篇《在芦根岛上》《诺瓦克一家》《兰多尔一家》《柏林日记》,它们相对独立、各有侧重。小说由叙述者"我"的叙述串联而成,是一部由日记和速写松散地组合在一起而构成了一篇艺术性较强的长篇小说,涉及社会、经济、文化、政治和性爱等方面,为读者生动地勾勒了柏林从内部开始衰落的全过程。其中一头一尾两篇《柏林日记》里讲述的是从"我"眼前和耳边闪过的一个个场景中的人所说的话和所做的事情。《萨莉·鲍尔斯》讲述了英国女演员萨莉只身来到柏林,幻想以身体为砝码换取事业成功的经历。《在芦根岛上》描写了两个同性恋者的欺骗和背叛。《诺瓦克一家》记录了"我"在贫穷的工人家庭里的一段生活经历。《兰多尔一家》描写了"我"与一个富裕的犹太家庭的交往。

虽然这部小说没有贯穿始终的情节,但仍然给人留下了深刻的印象,且故事情节毫不松散凌乱。这一方面是因为叙述者的经历将书中的人物、事件串联了起来;另一方面也是因为它的主题是鲜明的,小说中人物、场面的细节又都有情绪上的指向。

《诺里斯先生换乘火车》具有侦探小说的艺术特点,小说主人公亚瑟·诺里斯是个骗子和双重间谍,他在一个充满犯罪行为和政治活动的隐秘社会中投机冒险,以欺骗、敲诈和出卖情报为生。作品的主题是欺骗,诺里斯在一定程度上与希特勒相对应:希特勒被小说人物称作是"一个狡猾、无耻的大骗子,他能欺骗上百万人"。值得注意的是,小说的重点在于反映纳粹柏林的社会动荡。在那里,仇恨突然间从天而降,毫无任何预兆;它每时每刻都弥漫在街道、饭店、舞厅和游泳池等空间里;人们拔出刀子,挥舞着狼牙棒、啤酒杯、桌子腿和重重的警棍,而子弹则呼啸而过,雨点般地穿透广告牌。正如文中占卜师所说的那样:"末日已经来临。"

总体来说,衣修午德的小说并非传统的现实主义的复制品,而是经过丰富与发展了的、表现了新的时代内容、具有新的表现方式的现实主义。

## (六)约翰·博音顿·普里斯特利的现实主义小说创作

约翰·博音顿·普里斯特利(John Boynton Priestley,1894—1984)出生于约克郡的一个教师家庭,第一次世界大战期间曾在英国军队服役,也曾在法国前线参加壕战,三度受伤。战后就读于牛津大学,结业后先为报章撰写评论,之后从事小说写作。1929 年,他发表喜剧性小说《快乐的伙伴》,受到读者的欢迎,当年秋季每天售书达几千本。普里斯特利在年轻时代就因为散文和评论写得好而出名,小说为他赢来了"讲故事的高手"的美誉。普里斯特利 20 世纪 30 年代起在伦敦舞台走红,剧作至今经常在世界各地演出。普里斯特利晚年主要研究英国的社会历史,20 世纪 70 年代著有《爱德华时代的人》《维多利亚的全盛时期》以及《英国人》。普里斯特利在小说、戏剧、散文、评论等多方面的突出成就使他成为英国文化名人。他的创作题材和风格,他小说中那种佯装乐观的气氛,那种对小人物滑稽经历和坎坷人生的描摹常使人想起批判现实主义大师狄更斯。1984 年,普里斯特利去世,享年 90 岁。

普里斯特利一生著作颇多,20 世纪上半叶,他在小说创作领域主要的成就是其发表了小说《天使街》《星期六的白天》等。

《天使街》以具有喜剧意味的形式表现具有悲剧性质的内容,小说描写了一个外国商人给位于伦敦天使街上一家商号里下层员工带来的灾难。笔触生动,布局巧妙。小说开始时,来自波罗的海的一艘商船徐徐驶进泰晤士河,甲板上站着主人公戈尔斯比,他是个海盗式冒险家,喝伏特加,抽雪茄烟,自我感觉非常好。戈尔斯比来到繁华之都伦敦,做廉价的装饰板和镶嵌材料生意。小说中最富戏剧性的事件是戈尔斯比的女儿莉娜与商号穷伙计特吉斯的纠葛。莉娜和特吉斯相好一阵后,将他甩了。特吉斯一怒之下潜入莉娜的房间,把她掐死,然后回家准备放煤气自杀,却因为没有一个先令的硬币而无法启动煤气表。小说中将特吉斯孤独、痛苦和伤心描写得真挚动人。最终在小说的结局里,莉娜没有死,特吉斯也找到了一个倾心于他的女朋友。不过,天使街上的商号被戈尔斯比搞垮,也摧毁了原来的生活。冒险家戈尔斯比决定离开泰晤士河,前往南美洲去继续进行他的海盗式投机和掠夺。

在这部小说中,普里斯特利对时下流行的各种弊端没有尖锐的批评,他以具有喜剧意味的形式表现了具有悲剧性质的内容,巧妙布局,将小伙计的孤独、愁闷和怨愤表现得淋漓尽致。

《星期六的白天》的情节围绕着一架飞机制造厂的工人和管理者之间的关系展开,描写一家飞机制造厂里工人加班加点工作,只有星期六下午才可以出来见到太阳光。小说表现了管理层人员因阶级出身的差别而造成的紧张关系。在对待工人的问题上,监工艾立克与总经理助理布兰福特的态度有很大不同,二者的出身也不同。艾立克出身于工人家庭,兢兢业业地从最基本的工作做起,逐步被晋升到监工的职位。而布兰福特则来自于一个富裕、权势显赫的家族。他坚信未来必定是技术一统天下,所以在大学期间主攻工程,毕业后成为一名职业工程师。在工作中,他把工人看作是毫无情感的机器,任意驱使。监工艾立克虽然性格粗放,有时难以被工人们理解,但他非常懂得工人们的感情,理解工人们的行为方式。艾立克和布兰福特都想接替总经理的位置,但布兰福特最后成为幸运儿。与此同时,准备离职的艾立克因看不惯宗教狂热分子司多尼尔对一位年轻女职员的刁难,与之发生口角并在打斗之中丧生。工人出身的安格利比不仅接替了艾立克的工作,工厂的一切运转正常。即将退休的总经理车威特对布兰福特多次强调善待工人、实行人性化管理的重要性。小说的结尾时工厂里洋溢着一派蒸蒸日上的朝气,由此暗示了重要的信息:由于管理者与被管理者之间和谐、愉快的关系,战场上传来的盟军捷报,工人们的士气十分高涨。

这部小说带有很强的政治目的性:作者呼吁管理者与工人携起手来,紧密合作,共同战胜法西斯主义分子。小说中把生产与管理、性格与命运、现实与传统、理想与生活紧密地结合在一起,形成一个多声和弦的艺术有机体。使得它没有流于形式,成为社会主义的政治宣传品。另外,作品字里行间也表露着作者对社会主义信念所持有的乐观态度。普里斯特利曾意味深长地说过，超阶级的合作并不仅限于战时这一特殊时期，他希望未来的人们能了解到战时的英国同胞是如何共渡难关的，并能够从中受到应有的启发。从这个意义上讲，《星期六的白天》是富有艺术感染力的，它为 20 世纪五六十年代的工人阶级小说奠定了思想上的基调。

　　总体来说，普里斯特利的小说常常通过描写小人物艰辛曲折的生活经历来展现人们对当时英国社会各种危机、事业、动乱、前途等的担忧和焦虑。此外，他还尝试性地反映当时英国社会中的模糊状态下的社会主义思想。

# 二、20 世纪上半叶英国现代主义小说的创作

　　虽然 20 世纪初期的现实主义文学一度兴盛，但现代主义自 19 世纪后期进入英国后一直在悄悄地抬头，并在 20 世纪二三十年代开始崛起，亨利·詹姆斯（Henry James，1843—1916）首先在小说领域进行现代主义的尝试，而后约瑟夫·康拉德（Joseph Conrad，1857—1924）、爱·摩·福斯特（Edward Morgan Forster，1879—1970）、詹姆斯·乔伊斯（James Joyce，1882—1941）、戴·赫·劳伦斯（David Herbert Lawrence，1885—1930）、弗吉尼亚·伍尔夫（Virginia Woolf，1882—1941）等人从心理学角度，探求人物的精神世界，并运用大量新颖的艺术表现技巧，有力地推动了现代主义小说在英国的发展，对当代英国文学产生深远的影响。

## （一）亨利·詹姆斯的现代主义小说创作

　　亨利·詹姆斯（Henry James，1843—1916）出生于美国，父亲是宗教和哲学问题作家。他家境富裕，自童年时代起就频频游览欧洲，接受欧洲文化的熏陶。当时一些著名的作家学者也曾经是詹姆斯家的座上宾，这为詹姆斯以后的文学之路打下了良好的基础。1861 年，詹姆斯与两个弟弟参加了美国的南北战争，但不久就由于一次事故而落下终身残疾并退伍。1862 年，詹姆斯进入哈佛大学法学院，结识了豪威尔斯，他很快就发现自己的兴趣在于文学，并开始撰写小说。1864 年，詹姆斯发表了第一篇短篇小说《错误的悲剧》，随后开始进行不间断的创作，在此期间，他结识了《北美评论》《大西洋月刊》等多家著名报刊的编辑，还在旅途中认识了莫里斯、狄更斯、艾略特等著名作家。1875 年，詹姆斯发表了他的第一部长篇小说《罗德里克·赫德森》，同时还出版了第一部短篇小说集《热诚的旅客及其他故事》和第一卷游记《大西洋彼岸见闻录》。同年他在巴黎结识了屠格涅夫、福楼拜、左拉等文坛巨匠，一生受这些作家影响颇深。1876 年起他定居伦敦，勤奋创作。1911 年，詹姆斯获得哈佛大学和牛津大学的荣誉学位，1915 年正式加入英国国籍，1916 年初获得英国功勋勋章，并在同年病逝于伦敦。

　　詹姆斯一生共创作有 22 部长篇小说，113 篇中、短篇小说和十多本文艺评论书籍。其创作的显著特点是随着作品从外部事件转向精神世界，小说的故事性和情节性都逐步淡化。对于詹姆斯来说，小说主要不是叙述一个物质性的活动过程，而是再现一种主观的情景，一种心理的现实。他拉开了英国现代主义小说的序幕。

　　詹姆斯创作的基本主题是美国人的无知与欧洲人的世故之间的对立，评论家将其称之为国际性主题。在詹姆斯的作品中，一些天真、单纯、善良、诚实的美国人来到欧洲，观察历史，探索人生，但是一些欧洲人或者是欧化了的美国人却对他们持有各种偏见。美国人简单的举止和纯朴的观念与欧洲礼仪风尚的繁文缛节和传统观念的清规戒律格格不入。詹姆斯国际性题材中新、

旧两个大陆的冲突实质上是两种道德观念和社会风尚的冲突,具有大西洋两岸文化比较研究的意义。

从整体上看,詹姆斯的创作生涯可以分为早、中、晚三个时期。早期为 19 世纪 70 年代初起到 1886 年,这一时期詹姆斯的创作呈现出从仿效传统向新的叙事角度和文体风格的转变,主要的作品有《美国人》《欧洲人》《黛茜·密勒》《华盛顿广场》《淑女画像》等。中期为 1886 年到 1901年,这一时期詹姆斯创作体现出了对技巧的偏爱,呈现出精湛的技艺掩盖内容的贫乏、虚构的悬念代替现实的冲突的特点,主要的作品有《阿斯本文件》《悲哀的缪斯》《波英顿的珍藏品》《螺丝在拧紧》《青春初期》等。晚期为从 1901 年到他生命的结束,这一时期,詹姆斯的作品更醉心于语言风格的华丽和艺术形式的美。他以喷涌的灵感和突发的精力接连写了三本小说——《鸽翼》《奉使记》《镀金碗》,集中体现了老到成熟的后期詹姆斯风格,这些作品也成为现代主义小说的经典之作。下面我们将对詹姆斯晚期的作品进行简要分析。

《鸽翼》创作于 1902 年,小说的主人公是来自美国的米莉,她出身富豪,腰缠万贯,但是却查出患有不治之症,并且已经处于晚期。米莉希望自己在人生的最后阶段能够尽享欢乐,梦想着纯真的爱情,于是她来到了欧洲。在欧洲,单纯善良的米莉结交了好友凯特,认识并爱上了英国记者莫顿。然而让她没有想到的是,莫顿竟然是凯特的未婚夫,但当凯特得知米莉爱上自己的未婚夫时,她不但没有阻止,反而还鼓励莫顿和米莉交往并结婚,以便在米莉死后能够继承她的财产。这样她和莫顿二人就可以可尽享人间富贵。一次偶然的机会,米莉得知了凯特和莫顿二人的计谋,她因为受不了感情受到愚弄、希望破灭而自杀。但出于慷慨,她依然给莫顿留下了大笔的钱财。莫顿知道了这件事后,对自己的行为感到非常内疚,为自己的做法感到可耻。在深深的内疚中,他给了未婚妻凯特两种选择:第一种是二人放弃米莉留下的财产而结婚;另一种选择是两人分手而让凯特获得财产。小说结尾时两人各奔东西,至于凯特是否接受米莉的遗赠却留下了一个悬念。

在这部小说中,米莉因单纯无知而无法认识身边的现实,她死于自身的顽症和社会上的贪欲欺骗,贪欲欺骗本身就是社会躯体上的痼疾绝症,然而她的仁慈慷慨使她从阴谋中惊醒,使凯特从罪孽中现形。这部悲剧式的作品在一定程度上重申了关于天真遭到阴谋暗算、爱情受到金钱腐蚀的主题。

《奉使记》讲述了中年鳏夫斯特莱塞奉自己的相好和资助人纽森夫人之命远征巴黎,将她缠绵法国寻花问柳、乐不思归的儿子查德带回新英格兰继承家业。斯特莱塞到了法国之后吃惊地发现,原来鲁莽浅陋的毛头小子查德竟然变得温文尔雅、风流潇洒,那个使查德流连忘返的维奥奈太太竟是一个有教养、有风韵的女人,这个女人和查德两情相悦,恩恩爱爱。斯特莱塞对他奉命前来谴责的生活方式渐生好感,他在巴黎看到了自己寂寞枯竭的生活中所失落的东西,也使他重新认识了家乡清教氛围的贫乏冷漠。于是,他背叛了自己的初衷,并且还告诉查德不要离开那位深深影响他的太太。詹姆斯将小说中斯特莱塞的一段慷慨陈词引为全书画龙点睛的主旨:

> 你们尽情地生活吧,不尽情而乐是一个错误。你们做什么无关紧要,重要的是生活。这个地方使我茅塞顿开,豁然大悟。我从未及时行乐——现在已经老了……你们还年轻,来日方长。生活吧!

在这部小说中,斯特莱塞由于情感的变化和观念的转折而出师不利,有辱使命,这一点恰恰表明了詹姆斯在后期对欧美文化观念上的变化。他在同情美国的单纯天真时不能不看到它的狭隘肤浅,他在表现欧洲的世故与虚伪时又不能不看到它的优雅和多彩。可以说,这部小说是詹姆斯创作中最好的作品之一。詹姆斯曾在序言中自己评论说:"坦率地说,在我所有的作品中,它可称得上是最好的。"①

《镀金碗》是詹姆斯的最后一部长篇小说,题名本就具有特定的象征意义,表面金光闪闪的镀金碗,其实也有裂缝,暗示了它的拥有者在道德关系上的危机,作品通过这个家庭里各个成员之间错综复杂的关系,展示美国的天真和欧洲的伪善之间的矛盾对立。与以前詹姆斯作品中无知、备受伤害的美国女孩不同,作品中的主人公梅吉赢得了一个看似完美的结果。她家庭富裕,但是母亲早逝,只得与父亲亚当相依为命。在别人的介绍下,梅吉与意大利青年亚美利戈相识相爱,为了不让父亲寂寞,梅吉将自己当年的同学夏洛特介绍给父亲,但令他没有想到的是,亚美利戈曾经与夏洛特相爱,两人因为穷困而分开,现如今,夏洛特仍未忘旧情,于是四个人就陷入了一系列的困境之中,最终,梅吉在自己的努力抗争下保住了婚姻,但却也失去了自己的父亲。

这部小说中的对话往往闪烁其词,修饰描述性词语堆砌重叠,句法结构烦琐冗长,表述迂回曲折,以下一段无名氏的评论颇能反映当时普通读者的普遍反映:

> 如果表达清晰是作者的第一要素,那么读者的愉悦便是小说的吸引力所在。在这两方面,亨利・詹姆斯和他后期的作品都令人悲哀地违背了普遍接受的标准。《奉使记》四开本大篇幅,洋洋洒洒四百五十页,读者在开头时即被复杂的文句弄得疑惑不解,到结尾时依然不知所云,晕头转向。

总体来说,詹姆斯是一位杰出的小说家,他以其对心理意识的表现和技巧风格的试验而开了20 世纪小说实验创新之先河,之后的作家不断继承和发展,现代主义小说开始迅速发展。

## (二)约瑟夫・康拉德的现代主义小说创作

约瑟夫・康拉德(Joseph Conrad,1857—1924)出生在沙俄统治占领下的乌克兰,父亲是一位喜爱文学的民族主义者,曾经翻译过雨果和莎士比亚的作品,因积极从事反对沙俄占领的活动和参加过民族独立运动的秘密组织而被沙皇政府逮捕,最后全家被流放至西伯利亚。康拉德 8岁时,他的母亲因肺病死在流放地,之后,他随父亲移居至波兰南部的克拉科市,并在那里接受教育。不久,他的父亲也不幸去世了。此后,康拉德便跟着舅父生活。幼年时颠沛流离的生活让康拉德饱受艰辛,双亲过世后,他也更感到孤独,同时对沙俄的专制和镇压感到痛恨,于是,为了谋生,也为了逃避为俄国人服兵役,康拉德在 17 岁时便来到法国马赛学习航海,后转往英国,曾在多条英国船上任职,当过水手、船长,并通过读报和接触水手学会了英语。1886 年,康拉德加入了英国国籍。在当海员的生涯中,他去过欧洲、非洲、中东、东南亚、中南美洲等地,甚至还有过走私军火、与人决斗、自杀未遂等传奇经历,多年的生活历练为他以后的小说创作积累了丰富的素材。在一次向东方航行的过程中,他遇上了约翰・高尔斯华绥,萌发了写小说的念头,1895 年,康拉德发表了第一部小说《奥尔迈耶的愚蠢》,第二年,他因健康原因放弃了航海事业,定居英国,开始全力进行小说的创作,直至去世。

康拉德一生中共写了 13 部长篇小说、28 部中短篇小说和两卷回忆录等,在其小说作品中,

---

① 　Herry James：*The Art of the Novel*；*Critical Prefaces*，New York：Scribner，1962，p. 309.

有描写海员与惊涛骇浪搏斗和表现异域风情的航海小说;有表现莽林与荒岛上原始与文明碰撞的丛林小说;还有表现都市中的政治斗争和社会问题的小说。在这些小说中较为著名的有《吉姆老爷》《诺斯特罗莫》《特务》《在西方的眼睛下》等。

《吉姆老爷》是一部具有里程碑意义的作品,被认为是康拉德最好的小说之一。小说的主人公吉姆从小就对人生充满了浪漫的幻想,当上英国商船的官员后,更觉得他的一生必定会有惊天动地的伟业壮举,头脑里常常幻想着他如何像文学作品中的英雄那样见义勇为,扶善除恶。然而现实总是残酷的,在一次夜间航行中,满载朝圣者的客轮突然撞上漂船而失事,又遇上暴风雨,情形十分危急,船长、几个工程师和白人船员都贪生怕死,跳上救生艇逃走,遗弃了船上的顾客,吉姆起初也很鄙夷这种行径,但是随后情况越来越危急,已经到沉船的边缘,吉姆在良心和责任感之间徘徊,最后内心的恐惧、贪生的欲望使他也弃船逃生了。最后吉姆知道了客轮并没有沉没,而是被一艘法国军舰解救了,而吉姆和船长则被法庭宣布有罪,剥夺了船员资格。从此以后,吉姆背上了沉重的心理负担,受到良心和道义的谴责,无时不在寻找赎罪的机会。他从一个港口到另一个港口,不断的转换工作地点,试图通过劳动得到解脱,后来他作为一家贸易公司的商业代表来到帕图桑,帕图桑处在丛林深处,吉姆与当地马来人结为好友,并帮助当地的马来人打败了敌人,赢得了首领多明拉和当地人的信任和爱戴,被尊称为"吉姆爷"。后来,帕图桑突然来了一伙以澳大利亚白人布朗为首的海盗,海盗与当地人发生冲突,吉姆出面极力使双方达成协议,让海盗退出帕图桑,给被困的布朗一条生路。却没想到,在帕图桑的另一个英国人出卖了吉姆和马来人,把一条秘密通道和军事情报透露给海盗,使得海盗偷袭成功,并杀死了多明拉的儿子。吉姆再次陷入深深的痛苦和懊悔中,最后,他自愿接受惩罚,被多明拉开枪打死,以求得最后的救赎与心灵的解脱。

这部小说采用了多角度、多层次的叙述方法,前4章由第三人称叙述者讲述,而从第5章起至第35章,以小说中故事之外的旁观者马洛的角度叙述,从第36章到结尾则是以书信体形式叙述,而叙述的顺序也并非是故事发生的顺序,而是把各种时间段发生的零散片段串联起来,逐步将主人公的经历和形象拼凑完整,展现了主人公复杂的性格特征,各种情节的跳跃和回旋也增添了故事的悬念,具有浓厚的印象主义特色。

《诺斯特罗莫》是康拉德小说艺术的高峰。在这部小说中,作者虚构了一个位于南美洲的柯斯塔瓜纳共和国,此时共和国正发生革命。高尔德是一个来自英国的银矿主,他的家族已经在这里经营了三代,他在美国大金融家的支持下,继承父业,立志大力开发银矿,以高度发展的物质利益来平息国内纷争,以实现国富民强。就在他的银矿越来越获利时,政府被军人推翻了,当听说叛军就要攻来的消息后,高尔德害怕自己辛辛苦苦开采出的银锭落在叛军的手中,便决定将这些银锭装到船上运到美国去。负责押运银锭的是码头工长诺斯特罗莫和一位新闻记者德考得。他们在夜色中出航,但是没有想到的是竟然遇到了叛军的船只,虽然他们通过各种办法没有让叛军发现他们的船只,但是船已经严重受损,万般无奈之下,他们只能把船暂时停在一个无人的荒岛——大伊莎贝尔岛上,并且将银锭藏在了那里。二人商量之后决定让德考得留在荒岛上看守银锭,而诺斯特罗莫则回到港口去寻求支援,离开荒岛的诺斯特罗莫在潜意识中希望德考得被叛军抓去,这样就只有自己知道银锭所藏的地方了。诺斯特罗莫孤身穿越数百里的叛乱区,召来了忠于政府的部队,平息了叛乱。而留在孤岛上的德考得由于看不到营救的希望,精神崩溃,自杀身亡。诺斯特罗莫回到荒岛上后禁不住白银的诱惑,没有对其他人讲自己将白银埋在岛上的事实,由于他有着较高的威望,所以其他人都相信他,也相信他说白银已经沉入大海的事实。后来,诺斯特罗莫常常趁着夜色驾船上岛,一点一点地取出银锭,在这种生活中,他感到自己渐渐被疏远,逐渐变成了一个空虚的人。之后,大伊莎贝尔岛上建起了一座灯塔,由维奥拉担任守塔人。他的两个女儿琳达和吉赛尔都爱上了这时已成为船长的诺斯特罗莫。诺斯特罗莫答应和琳达成婚,但他真正爱的是却是吉赛尔,并且经常和她在夜间相会。一天晚上,诺斯特罗莫又潜回小岛想与吉赛尔约会,但却被维奥拉误认为是贼而开枪击中。在临死前,诺斯特罗莫深受良心的折磨,想要告诉德考得夫人藏银锭的处所,可是德考得夫人对银子并不感兴趣,没有让他说出来,最后诺斯特罗莫将银锭的秘密带入了坟墓。

这部小说以一个宏大的背景和形形色色的人物表现了几代人的命运,在很大程度上概括了拉丁美洲的发展历史。在小说中,银锭是一个象征,代表着能够腐蚀人性,将人引向死亡和堕落的物质利益。围绕着一整船的银锭,康拉德在小说中塑造了形形色色的人物。诺斯特罗莫原本是一个真诚、热心的青年。他助人为乐,贫富无欺,既勇敢又善良,他认为自己是一个不受金钱诱惑的英雄式的人物。但是面对一船银锭时,他发现自己是那样的软弱无力,心里的道德防线瞬间冲破。但是,财富并没有给他带来幸福和荣耀,他一面是受人敬仰的正人君子,一面是个偷偷摸摸的盗银者,他无法带着所爱的人远走高飞,因为岛上的银锭深深地吸引着他,在死亡的最后一刻,他终于想到要赎罪,在痛苦的煎熬中解脱出来。德考得是一个牺牲者,他很早就识破了资本主义文明的内幕,最后他在衣袋里装上银锭,开枪射穿了自己的喉咙,尸体沉入大海,用最决绝的方式表达对疯狂追求金钱和财富的抗议。而作为银矿主的高尔德,本来也是怀着理想主义的梦想,想通过物质的建设去实现社会的和平,但是在这个过程中,随着银矿开采的兴旺,他渐渐卷入政客之间的权力斗争,开始不择手段取得物质和政治利益,他的内心变得丑恶,被银锭填满,成为拜倒在银锭下的又一个奴隶。

这部小说的背景选在战事频繁、政局动荡的中美洲。在这里,社会充满了危机和不安,历史由于屡屡更换政府而失去了延续和一致性,生活的基调自然是灰暗、阴郁的。小说的结构更具有匠心,康拉德使光阴逆转,让情节往复迭起,导演出一部历史失控、脱节,人类被蒙蔽、嘲弄的人间悲剧。

《特务》中的故事发生在伦敦,沃洛克开了一家文具纸张店,妻子温妮和她弱智的弟弟斯蒂维在店里帮忙照看。沃洛克是一个无政府主义的间谍,他利用店铺作为国际无政府主义小组的集会场所,同时又把情报长期卖给俄国驻英使馆,此外又为英国警察服务,还走私非法物资。俄国使馆为了在英国制造事端,指使他去炸格林尼治天文台。沃洛克利用弱智的斯蒂维,让他去安放定时炸弹,不料斯蒂维途中摔倒在地,耽搁了时间,结果被炸弹炸死。温妮对弟弟有很深的感情,难以接受他的死亡,在狂怒中用刀子杀死了沃洛克。她感受到死亡的恐惧,试图逃离英国,但在路上与无政府主义者奥西朋相遇。奥西朋骗了温妮的钱并且离她而去,温妮在绝望中跳海自杀。

在这部小说中,沃洛克是康拉德最讨厌的一个角色,他曾经说:"我不想从政治上考虑无政府主义问题,或者从哲学角度认真地对待它。"①显然,康拉德是站到了整个社会一边在针砭无政府主义者的丑恶心理了。他不否认沃洛克这样极端空虚、残酷的人是西方文明的"怪胎",甚至通过在书中塑造一个有着纯朴的善恶感的白痴对英国社会的黑暗进行了一定的揭露,但由于他偏重了情节的复杂,追求悬念和故事性,便不自觉地把读者的注意力引向事件的真相和结局,而忽略了造成无政府主义变态心理的社会根源,这正反映了康拉德此时力求符合社会规范,避免偏颇的

---

① 　王佐良,周珏良:《英国20世纪文学史》,北京:外语教学与研究出版社,2006年,第135页。

趋向。显然,在《特务》的创作过程中,康拉德已经为自己筑起了坚实的社会基础,对现实中的英国社会和生活建立了一种既追求理想又不忽视潜藏着的矛盾和危机的"积极幻想"。这一转变使他以往执著地探索人的内心世界的热情渐渐冷却;他开始注重英国现实生活,以持重、冷静的眼光在政治思潮、社会动态和流行新闻中寻找创作主题。他依旧对人生意义和动机感兴趣,但角度不同了,知情人变成了冷嘲热讽的旁观者。

《在西方的眼睛下》被康拉德称作是沙俄独裁统治下的"俄国的心理"。作品中融入了康拉德对沙俄统治者的暴虐和专制统治的仇恨,也流露出对家乡的留恋,对自己身在异国复杂而矛盾的心态。小说的主人公拉佐莫夫是沙俄时代圣彼得堡大学的学生,他的同学赫尔丁在圣彼得堡炸死了国务部长后,来到拉佐莫夫的住所请求拉佐莫夫帮助自己潜逃。拉佐莫夫认为谋杀是犯罪行为,害怕受牵连,犹豫之后,决定向政府秘密告发。赫尔丁随即被捕并被处以绞刑。拉佐莫夫对政府的忠诚受到赏识。之后,他在日内瓦见到了赫尔丁的母亲和妹妹娜塔丽娅,内心思想斗争激烈。他怨恨赫尔丁毁了他的前程,认为纯真善良的娜塔丽娅能使他回到真实和安宁的生活,并且爱上了她。热恋中的拉佐莫夫主动向娜塔丽娅和革命者承认自己的告密行为,受到革命者的暴打,将他的耳膜打穿,随后被一辆疾驶而来的汽车轧断了腿,终生残废。最后,他只得返回俄国,在孤独和痛苦中度过了余生。

从社会政治上来看,这是一部描绘革命、背叛、爱情、忠诚的作品,作者用深沉、悲壮的笔调演绎出这一悲剧。从心理和哲学角度看,这也是康拉德经常使用的罪与赎罪的主题,是一个关于人性堕落,然后又觉醒的过程。

总体来说,康拉德展示人物时会从该人物在某一时刻的经历给人留下的强烈印象开始,再忽前忽后交叉穿插的描述中塑造完整的人物形象,以大量使用黑白、明暗的对照等视觉形象来作用于读者的感官,在艺术上精益求精,追求风格上的完美和形式上的革新,他认为小说如要成为艺术就必须打动人心,而要做到这一点作家必须通过声、光、色、影、形的运用来唤起读者的感觉,激发读者的联想,被誉为现代主义的先驱。

## (三)爱·摩·福斯特的现代主义小说创作

爱·摩·福斯特(Edward Morgan Forster,1879—1970)出生于伦敦一个中产阶级家庭,父亲是一位建筑师,在他出生的第二年便因病去世。在姑母们的慷慨资助下,福斯特顺利完成学业,曾就读于通布里奇学校。但在通布里奇学校期间经历了一些不愉快的事情让他开始反感英国的中上层社会。1897年,福斯特进入剑桥大学学习,深为那里自由探讨的气氛所感染。在剑桥他与一群杰出的知识分子过从甚密,这批人后来被称为"布鲁姆斯伯里团体"。1901年,福斯特大学毕业,他与母亲一起前往意大利、希腊游历,两年后回到英国,地中海地区的风情景色构成了他早期作品的气氛与背景。第一次世界大战期间,福斯特参加国际红十字协会的工作,在埃及亚历山大服役。他于1912年及1921年两次去印度,结识了各界人士,在第二次去印度期间曾在印度中部德瓦斯邦做过6个月印度邦主的私人秘书,这些都为他创作著名的小说《印度之行》奠定了基础。第二次世界大战后,福斯特的作品传播更广。1970年,福斯特逝世,享年91岁。

福斯特一生共创作了5部小说——《天使惧怕涉足的地方》《漫漫旅程》《看得见风景的房间》《霍华兹别墅》《印度之行》,此外他还发表了3本短篇小说集、两部传记等作品。福斯特受英国资产阶级自由主义传统的影响很深,他信奉人道主义与社会正义。在小说中,他表现出了自己对英国中上层人士的社会动机、生活态度和人际关系的透彻观察,同时也体现出了他观察到的结果,那就是英国中产阶级具有"充分发展的体格,相当发达的头脑但发育不良的心灵","所谓'发育不良的心灵'是指他们不敢于显露内心真实、自然的感情,他们嘲弄或蔑视在公开场合流露真情,而将保持一副道貌岸然的虚假外表为绅士风范。"①另外,福斯特也通过自己的小说创作对个性、阶级与种族的隔阂和偏见进行了揭露,呼吁人们要追寻人与人之间真正的理解和友谊。下面将对福斯特的5部小说进行简要分析。

《天使惧怕涉足的地方》是作者与母亲一起游历意大利后的产物。故事是从一场热热闹闹的送行场面开始讲起的,年轻的英国寡妇莉丽娅·赫里顿在丈夫查尔斯去世后的三年里,一直生活在婆婆的严密控制之下,由于双方摩擦不断,她接受了小叔子菲利普的建议与艾博特小姐结伴前往意大利作为期一年的旅行。在意大利的蒙泰里阿诺,莉丽娅与比她小十几岁的当地青年吉诺坠入情网。她的婆婆得知这一消息后,认为这样一种婚姻有失体统,于是就前去意大利阻止,但最终以失败而告终。莉丽娅顺利地与自己心爱的人结了婚,但是婚后不久就由于难产而死,留下了一名男婴。赫里顿太太于是就派菲利普前去夺取男婴的抚养权,但是莉丽娅的丈夫吉诺并不允许自己的孩子被抢走,于是他就偷偷地将自己的孩子抱走,谁知在逃离过程中男婴死于一场车祸。

这是一部讽刺社会风俗的悲喜剧,表现了气氛沉闷的英国社会与生机勃勃的意大利生活之间的尖锐对立。福斯特意在将这两种不同的文化背景下各种冲突的关注点放在道德的标准上。

《漫漫旅程》以英国为背景,讲述了主人公里基·艾略特的成长经历。左脚有残疾的里基从小生活在一个没有爱的家庭里,父母双双在他15岁那年去世,给他留下了数目可观的财产。在剑桥学习期间,他结交了一群朋友,经常与他们在一起听他们讨论文学和哲学问题,自己却从不参与。毕业后他与艾格尼丝结婚,来到索斯顿与在那里的学校做舍监的妻哥赫伯特同住,并在学校里担任教职,但是生活和工作并不如他原本期望的那样美满。一次偶然的机会,里基的同母异父弟弟斯蒂芬·沃恩汉姆来找他,希望被收留,但遭到了里基的拒绝。斯蒂芬只好在伦敦街头流浪,而且喝得酩酊大醉,后因为想破坏里基的房子而返回索斯顿,途中差点丧命。事后里基认识到了自己的愚蠢,决定帮助弟弟。就在两人一起去看望姨妈的途中,里基为了救倒在铁路上的弟弟被火车碾死。

这部小说展示了里基从一个无人关爱的孩子变成一个负责任的男子汉的漫长过程,强调了激情在生活中的必要性。受过良好教育的里基无法把握生活的真谛,相比之下,他的弟弟斯蒂芬在恶劣环境中长大,更知道怎么过生活才美好。这部小说通常被认为是福斯特最薄弱的作品,但却最得作者本人的钟爱,也许是因为它包含了作者本人的经历和感受。在这部作品中,作者花了相当的篇幅描写了主人公里基执教的萨斯顿学校的情况,这实际上就是作者曾就读的通布里奇学校的真实写照。福斯特认为,英国的以中产阶级为核心力量的公学制度造就了一大批"体格发育十分健壮,头脑堪称发达而心灵全然不发达"的人进入统治阶层,这样的公学制度过早地摧残了人们正常发展的心灵和感情。《漫漫旅程》中的赫伯特就是这种具有"全然不发达的心灵"的人的写照。他一心想在他任教的学校建立自己的绝对权威,"照章办事"到了近于残酷的地步。剑桥大学的读书经历也深刻影响了福斯特的思想。在剑桥生活在自由主义、怀疑论、崇拜古代文明、高度文化教养的环境中。创作生涯开始后,他又结识了名噪一时的"布卢姆斯伯里"派的主要人物,包括经济学家约翰·凯恩斯、哲学家伯特兰·罗素、作家弗吉尼亚·伍尔夫等,这是英国上

---

① 侯维瑞,李维屏:《英国小说史》,南京:译林出版社,2005年,第491页。

层知识分子中具有人文主义思想的一派,福斯特的自由主义思想就是在那时形成的。这些人强调爱和友谊,思想敏感,追求美的创造和美的享受,反对旧的传统习俗。受其影响,福斯特在自己的作品里更加关注人与人之间的友谊、人的价值和人的完整性,他在小说中攻击的也是英国中产阶级的道德习俗。

《看得见风景的房间》早在作者第一次游历意大利期间就开始萌芽,并经历了复杂的构思过程。小说通过英国姑娘露茜漫游意大利前后的经历,反映意大利对她生活所起的作用和影响。小说的主人公露茜偕同表姐夏洛特到佛罗伦萨旅游,当她们来到投宿的旅馆后发现她们被安排到两间不能看到风景的房间,很是失望。于是一对与她们同住在一家旅馆里的美国父子愿意与她们调换房间,但却被视为轻狂鲁莽之徒。经过一段时间的相互了解,露茜发现那对美国父子并非轻狂鲁莽之徒,而且美国父子中的儿子乔治还喜欢上了自己,但此时的露茜处于巨大的犹豫之中,她头脑中英国中产阶级关于体面和尊严的传统观念使她无法正视自己的感情和投入生活的热流,因此,在乔治向她表达了爱慕之情后,她拒绝了乔治。露茜在返回英国后,与一个名叫塞西尔的男子订了婚,但塞西尔是个拘泥而做作的男人,他将自己束缚在中世纪的陈腐思想里,为人冷淡孤傲,常常表现得自命不凡,他也想把露茜束缚起来,将她视为摆在玻璃橱窗里的艺术。面对令人无法忍受的塞西尔,露茜想起了乔治,与塞西尔相比,乔治是如此的热情坦诚。于是露茜解除了与塞西尔的婚约,并在乔治父亲的鼓励下向乔治吐露了自己的衷情。小说在表现真实、自然的感情和虚假、防腐的观念之间的冲突的同时,提出了这样一个问题:在美与丑、真与伪、善与恶交织在一起的世界上,人怎样才能正视事实、面对生活和忠于自己,而不被某种空洞的观念遮住耳目而误入歧途、遗恨终生。

这部小说刚开始时并没有被作者看好,因为作品中所表现的主题没有什么新意,但就是这个"主题没有新意"的作品,却受到包括伍尔夫在内的众多批评家的好评。该小说设置了两种不同的文化背景,主要描写男女主角露茜与乔治之间的曲折爱情故事,并最终走在了一起,颇有乐观格调。成熟的人物性格刻画和象征手法的运用是得到好评的原因所在。

《霍华兹别墅》标志着福斯特小说创作在艺术上的成熟,并确立了他在现代英国文坛的地位。小说的故事以霍华兹别墅的继承为主线,围绕着施莱格尔家的玛格丽特和海伦姐妹之间往来的矛盾冲突展开,涉及友谊、婚姻、诚实、背叛。玛格丽特和海伦姐妹俩在德国度假期间认识了商人威尔柯克斯一家,回到英国后,威尔柯克斯一家在施莱格尔家对面的街上租了所房子,两家人又重新开始交往,威尔柯克斯太太露丝还与玛格丽特成了莫逆之交。不久后,露丝染了重病,在临终前留下遗言,要将自己祖传的霍华兹别墅送给玛格丽特,可是威尔柯克斯一家却将此事隐瞒了下来。与施莱格尔家交往的还有一个叫利奥纳德·巴斯特的保险公司职员,在玛格丽特和海伦姐妹告知巴斯特其所在公司即将破产的消息后,巴斯特陷入了极其贫困的状态。海伦同情巴斯特的遭遇,委身于他之后便离开英格兰。而玛格丽特接受了威尔柯克斯的求婚,在其结婚八个月后,已经怀有身孕的海伦返回英格兰,与姐姐在霍华兹别墅同住了一宿。巴斯特在得知这一消息后,就去找玛格丽特,结果被威尔柯克斯的大儿子查尔斯用棍棒击中,心脏病发作而亡。查尔斯因此而入狱,威尔柯克斯不堪打击,一病不起,在小说结尾时,威尔柯克斯立下遗嘱,霍华兹别墅将由海伦与巴斯特的孩子继承。

这部小说是福斯特最成熟、最深刻的一部作品。评论家认为"《霍华兹别墅》是一本关于英国命运的小说,是一部关于阶级战争的故事;这场战争尽管秘而不宣,却是确确实实的"。[①]

《印度之行》在结构上可分为三个部分。第一部分为"清真寺",初步揭示了英、印双方的对立情绪;第二部分为"岩洞",通过岩洞实践和法庭审讯将这种对立仇视情绪推向高潮;第三部分为"寺庙",以印度教的庆典为背景,重申为什么宗主国和殖民地之间不可能真正达成谅解和友好。这三个部分的标题构成了本书三个最主要的象征。"清真寺"象征了英国人与印度人之间进行交流的可能性,以及推而广之,象征了任何两人之间达成了解、结成联系的可能性。"岩洞"的象征意义却截然相反,它象征了古老印度的神秘,意味着英、印关系前景的暗淡以及达成谅解友好的不可能。"寺庙"是印度教庆祝佛圣降爱于人世的地方,那里缭绕着神圣的香烟。但是,在庆典之后,山下那些庙宇和坦克、监狱、兵营仿佛齐声高呼它们不需要友谊,这里的一切都成了不祥之兆。福斯特由于运用象征手法而被有的评论家称为象征主义者,这一点正是他创作中现代主义特色的一个重要方面。

《印度之行》是福斯特作品中运用象征主义技巧最娴熟的一部。小说充满了辛辣的讽刺、优美的抒情、含义深刻的象征与富于哲理的预见。小说中,代表两个对立世界的是英国殖民者与殖民地印度的居民。故事发生的背景是一座印度城市。这里的英国人以治安法官希斯洛普及其官吏为代表,对当地的印度人充满了无知、偏见、傲慢与歧视。在殖民者和殖民地居民这两股势力之间,一名英国校长菲尔丁与印度医生阿齐兹试图找到沟通双方的道路与桥梁,两人摆脱了种种偏见,忍受了种种压力,希望建立起一种真诚的谅解与友谊。但是他们的努力失败了。结论只能是:在当时的历史条件下没有通往印度的道路,英、印两国之间的冲突与仇视是无法克服的。

总体来说,福斯特是英国现代主义的著名作家,在现代英国小说的长廊上,福斯特完全有理由占有一席重要的位置。

### (四)詹姆斯·乔伊斯的现代主义小说创作

詹姆斯·乔伊斯(James Joyce,1882—1941)出生于都柏林的一个小职员家庭,在耶稣教会学校毕业之后进入都柏林大学学院学习现代语言。1902年他大学毕业,前往巴黎学习医学,次年因母亲病重返回都柏林。1904年,他与在芬恩饭店工作的诺拉相识并相爱,两人一起离开爱尔兰前往欧洲大陆。此后,乔伊斯便开始了他的"自我流放"生涯,仅回爱尔兰访问过三次,其余的时间都是在欧洲大陆度过的,辗转于的里雅斯特、罗马、苏黎世等地。自1920年开始,他定居巴黎。1940年巴黎被德国军队占领后,乔伊斯携家人移居苏黎世,1941年1月13日因胃溃疡致胃穿孔而病逝。

乔伊斯一生所创作的作品数量虽然不多,但质量却很高,《都柏林人》《一个青年艺术家的画像》《尤利西斯》等都是乔伊斯十分著名的现代主义小说。

《都柏林人》按照童年、青少年、成年和社会生活四个阶段安排结构,描绘了20世纪初期都柏林形形色色的中下层市民的生活,小说中所包含的十五个短篇小说具有共同的主题——弥漫于都柏林社会生活中的瘫痪状态。从创作技巧看,这部短篇小说集体现了现实主义与象征主义相结合的特点。

小说中反映都柏林居民生活的故事大致都没有生动的故事情节,也不存在传统意义上的大团圆结局。乔伊斯对人物并未刻意渲染刻画,也并没有加以评论。所以,《都柏林人》呈现给读者

---

① 侯维瑞等:《英国小说史》(下),南京:译林出版社,2005年,第494页。

的只是作者以粗线条所描绘出来的轮廓和少量的细节,但这些细节却又十分的平淡无奇,也因为这样,读者一般情况下很难一下子就看出其中所蕴含的意义。事实上,《都柏林人》中的这些对普通人的单调乏味的记叙蕴含着作者对都柏林生活的强烈不满和抨击。

《一个青年艺术家的画像》是一部带有很强自传性的小说,同时也是一部现代心理学小说,书中的许多情节都与乔伊斯本人的经历吻合,就连主人公的名字斯蒂芬·迪达洛斯都是乔伊斯早年发表作品使用过的笔名。该小说探索了主人公斯蒂芬身体、心理、精神上的成长以及教育过程。故事情节循着斯蒂芬与家庭、国家、宗教的冲突这条主线发展。在童年时代,斯蒂芬就读于一所教会学校,原本应该天真烂漫的童年却因同学的欺侮和神父的体罚而蒙上阴影,给斯蒂芬的身心带来了极大的伤害。这期间唯一值得他记起的,是爱尔兰民族主义运动的领袖帕内尔去世的日子,因为他曾在其精神感召下做了一件了不起的事——向校长报告多兰神父对他的体罚,这使他在同学眼中成了英雄。进入青春期后,斯蒂芬内心骚动不已。16 岁那年,他在妓女的引诱下有了第一次性体验,从此为自己的堕落背上了沉重的道德负担,心灵备受煎熬,希望用忏悔获得上帝的宽恕,从此笃信宗教。进入大学后,他逐渐对宗教乃至爱尔兰产生了怀疑的思想,并最终决定抛弃家庭、爱情、宗教和国家,到国外去寻求自己的理想。

这部小说具有丰富多样和复杂多变的特点。一方面,作者运用现实主义的方法处理传记性的题材,大致按时间顺序叙述主人公精神和性格上的发展;另一方面,由于传记所要表现的是极其主观的材料,因此会迫切地需要用一种抒情的方式而不是戏剧的方式来处理这些材料。也因为这样,这本小说在时间顺序的框架内,在有限的程度上采用了自由联想、内心独白、感官印象等意识流技巧。另外,这部小说还充分体现了乔伊斯高超的象征主义手法,如他巧妙地采用不同的形象来反映斯蒂芬不同时期的意识动态,使主人公形象的运用与其每一阶段的性格发展有机的联系了起来。

《尤利西斯》的故事情节十分简单,只描绘了 1904 年 6 月 16 日从早晨八点起到次日凌晨两点止这 18 个小时内三个人物在都柏林的生活经历。小说中故事发生的那天晚上,布鲁姆和喝得大醉的斯蒂芬不期而遇,布鲁姆悉心照料斯蒂芬并把他带回家中,两人似乎都从对方身上找到了自己精神上寻求的东西,斯蒂芬找到了父亲,布鲁姆找到了儿子。布鲁姆深夜带斯蒂芬回家,他的妻子莫莉正好刚送走情人。听说斯蒂芬将要加入他们的生活,莫莉便隐隐约约感到对年轻男子的冲动,同时又模模糊糊地体验到母性的满足,产生了对斯蒂芬男性魅力的羡慕和改变夫妻冷漠生活的渴望,这些意识感受互相交织,加上莫莉处于似睡未睡、要醒没醒之间,意识活动更显得灵粹与晦涩。

这部小说充分体现了乔伊斯的现代主义创作倾向,这一点主要表现在三个方面。

第一,乔伊斯从西方艺术世界中摄取了大量的富于现代主义特征的创作技巧,并成功地借鉴了诗歌、戏剧、电影、摄影、绘画和音乐等艺术领域的各种生动的表现手法。在小说中,乔伊斯使用了包括内心独白、蒙太奇、自由联想、时空跳跃以及梦境与幻觉等创作技巧,这些创作技巧为他深刻揭示人物的精神世界打开了方便之门,使他能够轻车熟路、得心应手地去探索人物的意识领域,揭示心灵的奥秘。

第二,这部作品彻底改变了人们对文学作品的时间观念。就结构与情节而言,这部小说似乎仍具有传统的时间顺序,即从早上 8 点到次日凌晨 2 点 40 分止,一切都按钟表时间的次序进行,具有明显的延续性。然而,《尤利西斯》同时又跨越了时间的界限,成功地将过去、现在和未来压缩在一个基点上,使心理时间与钟表时间双管齐下,彼此交融。作者在用钟表时间支配小说框架的同时,巧妙地采用心理时间来展示人物瞬息万变的意识活动。

第三,乔伊斯成功地开发了语言的表意功能,发展了一种符合人物心理特点,与其精神活动相适应的意识流语体。为了真实地表现人物的各个理性与非理性的意识层面,包括其最原始、最低程度的模糊感觉和最完善、最高程度的合理思维,乔伊斯创造性地采用了非交际性的心理语言来描述人物言语阶段和言语前阶段的意识活动。

总体来说,虽然乔伊斯的每一部小说都在讲述着不同的故事,但细心研究一下就会发现,他所有的小说讲述的其实都是同一个故事——一个有关爱尔兰的过去和现在的故事。乔伊斯的作品中也始终贯穿着对主张爱尔兰民族独立的政治领袖帕内尔的推崇,对英国统治者殖民爱尔兰的抨击,对爱尔兰天主教的讽刺以及对爱尔兰人狭隘、胆怯的批判等的主题。乔伊斯改变了自古以来的小说模式,在他的笔下,意识流成为现代主义文学的一种流派,不仅达到成熟阶段,而且取得了最高的成就。

### (五)戴·赫·劳伦斯的现代主义小说创作

戴·赫·劳伦斯(David Herbert Lawrence,1885—1930)出生于英国中部诺丁汉郡伊斯特伍德镇的一个煤矿工人家庭。他的父亲为人朴实直爽,热情豪放,也热爱自然,但是没有接受过很多的教育,再加上在矿井里长年的繁重劳动以及家庭的贫困,脾气变得越来越粗暴,还染上了酗酒的坏习惯。他的母亲是一个举止文雅、感情细腻、有着良好的文化修养的人,她当过教师,也会写诗,她对于丈夫的酗酒和粗暴感到非常厌恶,一直觉得自己屈尊下嫁给了一个矿工。于是,她将本应该给予丈夫的全部热情都化成了母爱倾注在了儿子身上。她希望自己的儿子可以接受好的教育,不再做一个粗俗的矿工。父母的教养以及他们生活方式的差异也导致了家庭的关系紧张,这给劳伦斯的心理产生了很大的影响。劳伦斯在 12 岁那年获得一份奖学金进入了诺丁汉中学就读。16 岁中学毕业后,他进入了诺丁汉市的 J. H. 海伍德医疗器械厂工作,但不久就因病离开。1902 到 1906 年间,劳伦斯在伊斯特伍德的不列颠小学任实习教师。1906 年,劳伦斯进入了诺丁汉大学,学习教师专修课程,并在大学期间开始创作。但两年后,他因为厌倦了学院的生活而到伦敦南部的一所文法学校任教。1912 年,劳伦斯与他原来就读学院的一位教授的妻子弗里达一起私奔到了欧洲,1914 年,两人结婚,他们在第一次世界大战期间都居住在英国。1919 年,劳伦斯带着妻子离开英国,并从此开始了漂泊的旅行生活,他们先后到过意大利、锡兰、澳大利亚、墨西哥等地。1926 年,他重新返回了欧洲大陆,主要在意大利和法国居住。1930 年,劳伦斯因肺病在法国南部逝世,终年 45 岁。

劳伦斯是一位非常杰出而又颇有影响的现代主义作家。他以其独特的审美意识和对资本主义机械文明的深刻洞察力,成功地创作了一系列探索人类心灵的黑暗王国、触及人的情感与欲望的心理小说。从某种意义上说,劳伦斯的心理小说可以算是西方现代心理学理论高度艺术化的最佳范例。他的小说曾经使无数读者的心灵受到震撼,但同时又使那些观念陈旧、思想保守的人感到惶惑不安。劳伦斯对性意识和性行为的大胆而又详尽的描述使其成为 20 世纪英国最有争议的作家之一。然而,他所创作的一系列心理探索与社会批判相结合的小说既是现代英国文学的重要组成部分,同时也是现代主义文学的经典力作。《白孔雀》《私闯者》《儿子与情人》《虹》《恋爱中的女人》《查特莱夫人的情人》等都是劳伦斯的著名作品。

《白孔雀》是劳伦斯的第一部描写家乡青年生活经历的长篇小说。小说以英格兰中部的农村为背景,通过对美丽、任性且渴望激情的女子莱蒂与充满男子气概的农村青年乔治、虚伪乏味的富家子弟莱斯利之间感情纠葛的描写,揭示了一个个变异、扭曲的心灵以及自然与文明之间的对立,并对摧残人性的工业文明进行了强烈的批判。

这部作品是劳伦斯第一次对女性心理探索的展示,也展露出了劳伦斯以后作品中反复出现的人与文明的关系的主题。

《私闯者》讲述了一个典型的婚外恋故事,主人公西格蒙德是一个音乐教师,他抛下妻儿与年轻的女学生海伦娜私奔出走,但却因遭到人们的数落和冷眼而最后选择了自杀。小说的情节十分简单,但却融入了作者对人与人,尤其是两性之间以及个人、家庭与社会之间关系的思考。他一方面试图表现自然人性与社会家庭责任之间的矛盾,另一方面又歌颂自然精神和人性力量,谴责机械文明对人性的摧残和异化。劳伦斯在这部小说中也采用了心理描写的手法,对男主人公对家庭的矛盾心理以及对情人的反复无常所表现的不解和恐慌进行了曲折的展示。而且,这部小说也已经包含了劳伦斯后期作品中有关两性关系的紧张、对峙与冲突的基本主题。

《儿子与情人》是劳伦斯创作早期最为重要的一部作品,也第一次为他赢得了广泛的声誉。这部小说有着明显的自传色彩,文字舒展而灿烂,极富诗意,充分展示了劳伦斯的才华,奠定了他在文坛的地位。从某种意义上来说:"这部小说是作者通过真实经历的重新体验所获得的一次精神发泄……也是他今后全部创作的一次必要的尝试。"①小说的主人公保罗出生在英国诺丁汉郡的矿区,父亲沃尔特·莫瑞尔是一名性格粗鲁、没有文化的煤矿工人,而他的母亲则是具有中产阶级家庭背景的既有文化修养又有一定志趣的家庭主妇。由于身份及兴趣方面的差异,保罗的父母经常吵架,婚姻已经名存实亡。保罗母亲从丈夫身上不能得到爱的满足,于是就将自己全部的爱倾注到了自己的两个儿子身上。保罗的哥哥威廉长大后成为伦敦一家公司的职员,但他疲于奔命、积劳成疾,不久便因病去世。于是,保罗的母亲就将保罗视为她生命中唯一的希望,对他更加关爱。保罗在一家工厂工作,并且结识了一位农场主的女儿米丽安,两人志趣相投,交往密切。然而,保罗严重的"恋母情结"和母亲对他感情的长期支配使他无法同米丽安建立正常的爱情关系,他经常思念自己的母亲,并且逐渐对自己的恋人产生了厌恶的感觉,最终二人分手。与米丽安分手后不久,保罗又和一位有妇之夫谈起了恋爱,然而他的"恋母情结"仍然让他无法和自己的恋人保持正常的恋爱关系。最终,保罗的母亲因患癌症去世。保罗顿时失去了精神支柱,在复杂的人生面前感到不知所措。

这部小说通过保罗成长过程中所反映出来的深刻社会问题和心理问题为我们揭示了一个畸形的家庭关系:在这个家庭关系中,妻子不是丈夫的情人,却和儿子互为情人,父子之间也互为情敌。在这部小说中,劳伦斯对人性的变异和心灵的扭曲进行了集中的探究,以此来批判工业文明对人的自然天性的摧残。

这部小说除了对工业社会进行了批判以外,还具有深刻的心理学内容。保罗有着严重的恋母情结,他沉浸在对母亲的感情之中无法自拔,在和母亲在一起的时候,保罗的爱就可以像泉水一样喷涌,灵魂可以像火焰一般闪光,但这种畸形的爱使保罗无法正确地面对自己的情感,无法与自己现实中的恋人保持正常的恋爱关系。这部小说通过主人公保罗的"恋母情结"和人生经历揭示了深刻的社会主题,并体现了广泛的象征意义。劳伦斯以其个人及家庭生活为素材,以现代心理学理论为依据,成功地创作了一部深入探索工业社会中青年人的心理障碍与精神困惑的现代主义小说。虽然这部作品在艺术上显得不够成熟,但它充分体现了劳伦斯的独创精神和创作

---

① Ross C. Murfin: *Sons and Lovers*, Boston: Twayne Publishers, 1987, p. 10.

潜力,为他以后的成功奠定了重要基础。

《虹》代表了劳伦斯创作的最高成就,它突破了早期小说的传统框架,同时在内容题材方面也表现出强烈的现代主义倾向。小说以诺丁汉郡一带的矿区和农村生活为背景,以家族史的方式展开故事。小说中的第一代汤姆·布朗温是个诚实忠厚的农民,娶了波兰贵族后裔莉迪娅为妻,他们的婚后生活在经过了一些时日的磨合后,终于建立了较为理想的两性关系。小说的第二代安娜·布朗温与威尔相识、相爱并结婚,但从蜜月后就开始了无休止的冲突。两人的婚后生活是狂躁而迷乱的,他们不断地在精神上相互折磨和争斗。最后,威尔在木刻雕塑工艺中寻找着寄托,安娜在生儿育女中求得了精神的解脱,两个人也在互不了解中度过了一生。小说中的第三代厄秀拉·布兰温在反叛中追求着自己的理想,她16岁的时候就爱上了军官斯克里班斯基,但不久,布尔战争爆发,这位年轻军官奉命赴南非参战。之后,厄秀拉与女教师英格尔发生了短暂的同性恋。在经历了一番感情波折之后,英格尔与厄秀拉的一位当经理的叔叔结婚,而厄秀拉则不顾父母的反对到当地一所学校任教。两年后,厄秀拉进入诺丁汉大学攻读学士课程,在她大学毕业前夕,斯克里班斯基从战场返回家园。经过一段时间的交往后,厄秀拉逐渐对斯克里班斯基的人格和价值观念感到失望,于是同他中断了恋爱关系。厄秀拉在经受了感情的折磨后获得了新的力量。小说结尾,厄秀拉看到了丑陋的工业世界上空悬挂着一条美丽的彩虹,不禁百感交集,对人生产生了新的感悟。小说通过一家三代人的经历,将19世纪后期英国农村农民的境况因现代工业文明入侵而发生的变化进行了深刻的反映。另外,这也是一部探索人的精神与心灵历史的作品,通过三代人在建立和谐性关系上的努力,将西方现代文明社会中的人们要求挣脱旧传统的束缚,找到新生活的强烈愿望表现了出来。

《虹》这部小说在对人物形象的刻画上同样显示出了现代主义的艺术倾向。小说在描述外部宏观世界急剧演变的同时,深入地探索了人物内心变化多端的微观世界。作者并没有过多地描绘人物的外貌及其社会属性,而是刻意表现他们内心的骚动与不安,探索他们心灵的奥秘。作者的小说语体从头到尾体现出了一种从混沌到激扬的转化过程。例如劳伦斯在小说开头对布朗温家族祖先的描绘充满了原始主义的色彩。他笔下的人物没有具体的身份和姓名,而只是"男人们""女人们"或"他们";这些人物的生存方式与情感生活同大地母亲的自然节奏协调一致,反映了一个混沌、原始而又十分自然的情感世界:

> 他们的血知道如此多的热情、生育、痛苦和死亡,还有大地、天空、野兽和绿色的植物。他们经常同它们交往和交流,因而他们的生活既丰富又充实。他们感情丰富,脸总是朝着沸腾的热血,目光注视着太阳,茫然地盼着传宗接代,别无他求。

《虹》这部小说全面体现了劳伦斯的现代主义思想和创新精神。作者通过布朗温一家三代人的生活经历深刻揭示了人们在旧式的宗法社会向新型的工业社会转化过程中的性意识和婚姻关系,从而使心理探索与社会批判融为一体。

《恋爱中的女人》是《虹》的姐妹篇。虽然内容和《虹》有联系,但它是一部独立的作品,所表现的主题与《虹》也有很大的差异。作品生动地描绘了英国中部的煤矿小镇贝尔多佛的几位青年男女的恋爱生活。厄秀拉是当地一所普通中学的教师,她的妹妹古德伦刚从伦敦的一所艺术学校毕业回家。姐妹俩先后结识了当地的学校监察员伯金和煤矿主杰拉尔德。厄秀拉与伯金一见倾心,古德伦和杰拉尔德也有相见恨晚的感觉。厄秀拉与伯金很快结婚,而古德伦与杰拉尔德之间的关系却出现了裂痕。这位工业巨子的傲慢、自私与冷酷使古德伦实在是无法忍受,二人争吵不休、冲突加剧。厄秀拉与伯金婚后的生活并没有想象的那样圆满,伯金在婚后不满足与厄秀拉的两性关系,于是,他向杰拉尔德表示了爱心,然而,杰拉尔德对这种畸形的同性恋却感到不知所措。之后,古德伦与一名德国颓废艺术家过于亲热,从而使她与杰拉尔德的关系进一步恶化。杰拉尔德在痛苦和绝望之中独自出走,最终倒在积雪中身亡。小说结尾,厄秀拉与伯金则依然无法摆脱他们在婚姻中所面临的困境,而古德伦去了德国东部城市德累斯顿。

这部小说不仅生动地描述了几个青年男女之间的恋爱关系和感情冲突,而且还深刻反映了20世纪初英国的现实生活和时代气息。劳伦斯借人物之口表达了同时代的人对民族主义、工业主义、现代美学和现代主义艺术等问题的认识与态度。不仅如此,这部小说还进一步探索了现代人的性意识和情感世界,再次通过男女之间的恋爱与婚姻关系来揭示自我与社会之间的激烈冲突。

《恋爱中的女人》采用了一个开放性的结尾,从而再次展示了劳伦斯的现代主义艺术倾向。这部小说的结尾预示了一种更加复杂和黯淡的前景,反映了劳伦斯对战后社会局势和人类命运的忧虑。小说的结局不仅反映了现代经验的复杂性和不确定性,而且也进一步体现了作者对现实世界的否定态度。

《查特莱夫人的情人》是劳伦斯最后一部长篇小说,也是一部内涵深刻、题材独特的现代主义小说。该部小说以战后满目疮痍的环境为背景,生动地描绘了克利福德·查特莱爵士的太太康妮与她家的猎场看守人梅勒斯之间的两性关系。第一次世界大战前夕,康妮与克利福德·查特莱结婚。不久,克利福德赴前线参战。战争结束后,克利福德返回家乡,并继承了其父亲在雷格比庄园的遗产。然而,他在战争中负了重伤,下身瘫痪,只得在轮椅上度过余年。康妮此时过着活寡一般空虚寂寞的生活,她经常独自到庄园附近的小树林去散步,以摆脱家庭的沉闷气氛。不久,庄园里饲养雏鸡的猎场工人梅勒重新在她心里燃起了爱的火焰和对生活的希望。康妮最后弃家出走,决心与梅勒在乡间开始新的生活。于是她向丈夫提出了离婚的要求,而克利福德拒绝了她的要求。小说最后以康妮与梅勒之间频繁的书信来往而告终。

这部小说暴露了资本主义工业化和机械文明扼杀人性与摧残生机的后果,表现了劳伦斯希望通过实现身心一致的性关系来求得新生的思想。克利福德生育能力的丧失是他所代表的阶级没有生命力的象征。康妮从那种虽生犹死的生活中挣扎起来,在与梅勒感情和肉体相结合的热烈关系中重新感到了生机的恢复和生命的冲动。她迎着晚风从死气沉沉的男爵府邸走向孵育生命的园工小屋的路程,象征着从死亡走向生命的历程。小说中关于性的描写引起了轩然大波。劳伦斯用自然主义与象征主义相结合的方法详尽细致地描绘性爱行为,这在英语文学中少有先例,对战后文学中更直接的性表现也起了推波助澜的作用。

总体来说,劳伦斯是英国现代主义文学高潮时期的一位重要作家,他的作品在展现时代的历史背景和社会的关系时通常采用的是时间顺序以及细节描写,但是在展现人物的内心精神世界的时候采用的却是自白式的叙述和象征。将传统和变革这两种似乎对立的成分巧妙地融合在一起是劳伦斯艺术风格的一个最重要特征。

## (六)弗吉尼亚·伍尔夫的现代主义小说创作

弗吉尼亚·伍尔夫(Virginia Woolf,1882—1941)出身书香门第,父亲是学者、评论家和传记作家。家中常常高朋满座,文人云集,他们的高谈阔论对少年的伍尔夫起过重要的影响。伍尔夫自幼体弱,靠阅读父亲的浩瀚藏书自学成才。父母去世后,伍尔夫于1904年迁居伦敦布卢姆斯伯里地区,开始为《泰晤士报·文学赠刊》撰稿。1912 年,她与批评家兼经济学家伦纳德·伍尔夫结婚。之后,她与丈夫共同创办霍加斯出版社,积极扶持年轻并富有创见的作家,曾先后出版了艾略特、福斯特、曼斯菲尔德等人的作品,为传播现代文学、扩大现代主义的影响发挥了积极的作用。由于繁忙的应酬和写作,伍尔夫自小就有的精神忧郁症不时发作。第二次世界大战期间,德军炸毁了她在伦敦的住所,致使她精神全面崩溃,于 1941 年 3 月 28 日投河自尽。

伍尔夫是 20 世纪英国文学中最杰出的一位女作家,《墙上的斑点》《雅各布的房间》《达洛维夫人》《到灯塔去》《浪》等都是伍尔夫的代表性小说。

《墙上的斑点》以主人公对墙上一个小小斑点的联想开始,迅速进入到由斑点引发的回忆与遐想之中。传统小说中的环境、主人公的身份、社会特征和个性爱好都不着一字,仅仅只有主人公的意识活动,也就是主人公对斑点引发的对其是什么的种种猜测,以及这些猜测所牵连的不同的回忆、感受等。应当指出的是,《墙上的斑点》别开生面地揭示了伍尔夫所称的"重要的瞬间"。在这一"生存关键时刻",主人公凭借着墙上的斑点这一外部形象的微妙变化,沉湎于无限的沉思和想象之中,什么都不顾地思索人生,其头脑闪现出一幅幅朦胧的历史画面和一个个极速更迭的生活镜头。莎士比亚、查尔斯一世、古希腊文化、生存和死亡以及主人公在伦敦街头漫步的情景都清晰地出现在眼前。小说的叙述者似乎也从这个"重要的瞬间"中获得了"一种令人陶醉的自由感"。

这部小说充分体现了伍尔夫早期的实验主义精神和绝妙的创作技巧。作者摒弃了传统的小说模式和一切在她看来无意味的、纯属多余的成分。值得注意的是,虽然这部短篇小说所包含的时间最多不超过十几分钟,但却展示了作者飘忽不定。不断涌现的思绪,及其意识中所蕴藏的巨大容量。

《雅各布的房间》的出版不仅标志着伍尔夫小说艺术的重大转折,而且被评论界认为是伍尔夫的第一部现代主义小说。[①] 小说通过一连串场景的变换显示出主人公雅各布的活动与成长,他静静地探索现实的本质,试图在经验的大厦中组织起对生活的认识。在这部小说中,伍尔夫开始试验新的表达方式。她没有按照事件发生的顺序来讲述整个故事,而是在描写事物时像电影中镜头一般迅速化出化入,因此整本小说中都贯穿了作者的观察和思索。伍尔夫不断地改变叙述的角度,甚至为了叙述对小说主人公的印象,她还特意创作了一些人物,而这些人物的主要作用就是叙述他们对主人公的看法。小说中,伍尔夫没有采用直接描写的方式来讲述雅各布的一生,从童年到剑桥大学,到伦敦有自己的房间,能够独立出来,到他短暂的法国希腊之行以及最后在战争中阵亡,都是通过主人公留在亲友心目中的印象所反映出来的。雅各布的一生留下来的具体痕迹,也只有遗留在他在伦敦所居住的那个房子中,那里有他的私人用品,这些用品又能够激起认识他的人对他的回忆。读者在阅读这本小说的时候,就像是在翻阅一本主人公的相册,出现在眼前的是一幕幕雅各布生活的横断面,不仅没有引言,也没有结语,而且小说环境的描写往往蕴含着象征意义。可以说,伍尔夫在这本小说中,找到了使用语言文字来表达自己思想的方法。

《达洛维夫人》包含了两条故事线索,生动地描述了达洛维夫人在伦敦街头熙来攘往的人群车流中的凝思遐想和史密斯在街头神志恍惚精神失常的情景。六月的早晨,英国上层社会的家

---

① 　Jane Goldman: *The Cambridge Introduction to Virginia Woolf*. Cambridge: Cambridge University Press,2006,p.50.

庭主妇达洛维夫人为准备家庭晚会上街买花。她一路上心游神移,浮想联翩。年过半百的达洛维夫人虽然过着优裕富贵的生活,但却寂寞无聊,整天生活在一种莫名的孤独与焦虑之中。她从住宅到花店一路上触景生情,心猿意马。与此同时,小说的另一个主要人物史密斯在妻子的陪同下也在街上游荡。这位在第一次世界大战中因受炮弹惊吓而患精神病的退伍军人整日胡思乱想,惊恐不安。一辆行驶在庞德街上的汽车发出的巨大噪声和一架在伦敦上空为太妃糖做广告的飞机先后引起了达洛维夫人和史密斯的无限遐想。下午,达洛维夫人与她三十年前的恋人彼得相会,昔日的恋情已荡然无存。晚上,达洛维家贵客盈门,高朋满座,直到深夜才曲终席散。小说结尾,史密斯自杀身亡,从而使自己受伤的灵魂得到彻底的解脱。而达洛维夫人则感到无限惆怅,并将继续孤零零地面对人生。

这部小说的最大成功之处就在于它对时间和空间的巧妙处理,小说成功地跨越了时空界限,用物理时间上的一天表现心理时间上的一生。同时,小说还用了具有抒情诗旋律和意蕴的优美文体,挥洒自如地展现人物幽微深沉的内心独白和飘忽游移的自由联想,展现无限丰富的心理内容。这些因素使得《达洛维夫人》成为意识流小说的又一典范作品。

《到灯塔去》由《窗》《岁月流逝》和《灯塔》三部组成。

《窗》写第一次世界大战前拉姆齐一家及家里六七位客人在海边度假,与他们家的别墅隔海而望的是一个灯塔。拉姆齐先生性情乖戾、冷漠,对子女有些专制,他对刻板僵硬的逻辑和理性非常推崇,终日冥想苦思存在的基础以及生活的本质这一类的哲学问题,当百思不得其解、陷入思辨的困境时,他又常常需要妻子的劝勉和抚慰。拉姆齐太太既是一个贤妻良母,又是一个殷勤好客的主妇,她具有拉姆齐先生没有的温情和直觉,能够从生活的烦恼混乱中发现和谐和安宁。正是因为有她,松散的家庭成员和孤立的宾客之间才建立起了友好、稳固的联系。拉姆齐先生六岁的小儿子詹姆斯非常渴望到灯塔去玩,母亲拉姆齐夫人许诺第二天如果天气好就带他去,这个令他高兴得心花怒放的计划随即被父亲泼了冷水,哲学教授拉姆齐先生预言第二天天气不会好,詹姆斯一声不吭,在心里憎恨自己的父亲,认为父亲以残酷无情的打击对待子女为乐。客人之一的莉莉·布里斯科站在草地上的画架旁,试图把坐在窗前的拉姆齐夫人画下来。拉姆齐夫人希望莉莉嫁给威廉·班克斯,莉莉却打算单身,但拉姆齐夫人终于促成了另一对——鲍尔与敏达。拉姆齐夫人一边编织着本打算第二天带给灯塔看守人的儿子的袜子,一边耐心地哄着满腹怨恨的詹姆斯。拉姆齐先生认为自己不是最一流的哲学家而有所失落,不时走到妻子身边寻求安慰同情的话语。晚上,拉姆齐夫人准备了一顿丰盛的晚餐并认真地扮演好主人的角色,一大群人共进晚餐时莉莉在谈话之余仍在思索自己毫无进展的画。在这一部分,"别墅的窗口实际上是透视客观现实的镜子,也是窥望内心意识的心灵之窗。"[①]《窗》仅仅描写了一天下午的时间,却占了小说超过一半的篇幅。

《岁月流逝》仿佛是一首优美的散文诗,它将十年的人世沧桑压缩到一夜之间。作者运用了大量的形象和象征展示时光的流逝与人世的变迁,黑暗代表死亡与破坏,而晶莹碧蓝的海水象征着光明和希望。

《灯塔》中,拉姆齐太太已经去世,拉姆齐先生带着活着的子女和原来的一些客人再次来到了海滨的这栋别墅,并带领全家乘小船驶向了灯塔。仰望着灯塔,拉姆齐先生思潮起伏,他意识到了自己之前的冷漠,也意识到,除了理性,人与人之间还需要更多的理解和温情。随着他的感悟,

---

① 侯维瑞:《英国文学通史》,上海:上海外语教育出版社,2006年,第632页。

他和子女之间的隔阂也逐渐消失,也完成了他精神上的航行。莉莉站在花园里边琢磨继续画她多年前未完成的画,边目送着他们乘船远去的身影。当她在心里觉得自己与他们一同到达了灯塔的时候,她在画的中心处加了一笔。她完成了她的画,她"已经看到了心中最美好的景象"。在这里,物质意义上的航行也成了精神上的航程,抵达灯塔也就意味着跨越了经验的限制隔阂而达到了精神上的升华,即对人生本质的感悟和和谐完美的人际关系的建立。

在这部小说中,伍尔夫既以意蕴深厚的印象主义笔触表现了人物的精神世界,又运用自由流畅的内心独白揭示了人物深层的意识,着重刻画了人物的内心活动,第三人称叙述者的作用大大降低,整部作品基本上是由不同人物的思绪意识之流直接互相交织而成,是一部有着浓郁的印象主义、象征主义而又十分诗歌化的意识流小说。在时间的处理上,小说运用了和《达洛维夫人》对时间的处理不同的新的时间观念,既有压缩,又有扩展。优美的文体和完美的结构也为这本意识流佳作增添了许多风采。

《浪》描写了六个人物从幼年到青年、壮年再到老年的人生经历,并通过这六个人物的内心独白和意识流表现了他们的思想和情感以及他们周围的事物。这六个人物实际分别代表了一个人的六个不同的方面:理智、情感、声色欲望、想象、精神、判断。全书在结构上分为九个部分,每一部分都是用一篇描述自然景色的抒情散文开始,对一天中的某一个时刻的海边景物进行描写,从日出到日落,分别象征每一部分中的人物的年龄。正文的内容是六个人物在该时期的意识活动和内心独白,透过不同人物的意识,读者可以看到他们活动于其中的世界。现实的客观世界在伍尔夫的笔下由于人物年龄、心情以及经历的不同而呈现出了不同的方面,并烘托出了她着意要渲染的"心理真实"。

在这部小说中,伍尔夫探讨了诸如人的自我、个性、友谊、孤独、死亡等各个方面的问题,并以一种朦胧而深刻的方式对第一次世界大战后弥漫在英国社会的怀疑主义和悲观主义情绪进行了深刻的揭示。伍尔夫在这部小说中也在形式和技巧方面进行了更为彻底的改革和试验。在时间的处理上,小说也是别具一格,将具体的物理时间和抽象的心理时间有机地结合在了一起,用花草树木的开花、结果和枯萎暗示人的诞生、成长、成熟与死亡,用一日之内太阳的运行以及海浪的潮起汐落来象征人生的各个阶段。小说对象征和形象的运用、通过语体的变换对人物心理发展的反映以及呈现出来的松散而又严谨的结构框架都显示着伍尔夫在意识流小说创作方面的探索和创新。

总体来说,伍尔夫的小说着重通过平凡人物的平凡生活对人生和社会中的重要问题进行探讨。在小说的创作方法上,意识流的方式是她广泛使用的,时空的限制被突破,节奏、象征、意象等诗歌创作中常用的手法也被广泛地运用到小说的写作中,这也使得她的作品中有着深刻的象征寓意。伍尔夫被认为是 20 世纪英国最伟大的小说家之一,她的作品不仅被女性主义批评家奉为经典,对后来的小说家也影响颇深。

# 第三节　20 世纪上半叶英国诗歌的创作

20 世纪上半叶,英国经历了两次世界大战,经济萧条,社会在焦虑不安和期待变革中踉跄前进。在这种社会背景下,浪漫主义诗歌、现代主义诗歌创作受人瞩目。这一时期的诗人逐渐摆脱了维多利亚时代的束缚,让英国的诗歌进入了新的发展时期。

## 一、20 世纪上半叶英国浪漫主义诗歌的创作

19 世纪前期浪漫主义曾风靡英国,当时名家辈出,佳作如林,19 世纪后期,"新浪漫主义"崛起,到了 20 世纪时,受人们对诗歌进行新的探索的影响,浪漫主义诗歌的创作呈现出衰微之势,只有极少数的诗人还在坚持着创作,这其中最引人注意的是托马斯·哈代(Thomas Hardy, 1840—1928)和迪伦·托马斯(Dylan Thomas,1914—1953)。在这里,我们主要对他们的诗歌创作进行分析。

### (一)托马斯·哈代的浪漫主义诗歌创作

托马斯·哈代(Thomas Hardy,1840—1928)出生于英国多斯特郡的伯克汉普顿镇。他的父亲是一名泥瓦匠,母亲接受过良好的教育,在哈代上小学前她一直负责哈代的教育。1856 年,哈代结束求学生涯,开始在建筑师手下当学徒。1862 年,哈代就读于伦敦大学国王学院。大学期间,他曾获得过包括英国皇家建筑学院和建筑协会颁发的许多奖项。1865 年,哈代开始尝试写诗,至 1867 年共写诗 30 余首,但是一首也没有发表,但哈代并没有因此而放弃文学创作,之后,他转而尝试小说创作,1868 年 1 月完成了名为《穷人和贵妇》的小说初稿。这部小说获得了小说家梅瑞狄斯、书评家约翰·莫利和出版家麦克米伦的赏识,但因不够成熟而没有发表。之后,哈代重写了一部比较成功的小说《枉费心机》并发表。1869 年,哈代正式结束了自己建筑师的学徒生涯,真正走上了文学创作之路。之后,哈代基本上安居家乡,深居简出,埋头创作。这期间主要是进行小说的创作,直到其小说《德伯家的苔丝》和《无名的裘德》相继受到批评责难后,哈代才放弃小说创作,重新开始创作诗歌。在 1928 年去世之前,他陆续出版了《威塞克斯诗集》《今昔抒情诗集》《时光笑柄集》《环境讽刺集》《梦幻诗集》等 8 部诗集。1927 年 12 月,哈代患胸膜炎卧床不起,次年 1 月辞世,享年 88 岁。在他死后,他的心脏与他的前妻埋在一起,他的骨灰被埋在西敏寺的诗人角。

哈代写诗冷静、严肃,甚至略带嘲讽地观察人们日常生活的希望与恐惧,困惑与迷惘,喜与悲,苦与乐,而且诗作大多具有自传性。哈代的抒情诗有自然、爱情、战争和死亡四类题材,这构成了他创作的主要领域。

哈代对于自然界中的各种生物,充满爱心。他试图在大自然中找寻智慧、善良与美,但又在诗中展现自然阴暗残酷的一面,从而形成自己独特的自然观。例如《黑暗中的鸫鸟》所展现的自然,就显得阴森凄凉:

> 陆地那明晰的轮廓看似
> "世纪"斜躺的尸体,
> 阴云密布的苍穹是他的墓穴,
> 清风是他的挽歌。

在这首诗中,诗人丝毫没有欣喜和愉悦,步入暮年的他,已感受到社会发展所带来的种种危机,而这些难以解决的危机最终只能导致战争这一人间惨剧。

哈代的爱情诗真挚纯朴,深切感人,特别是在 1912—1913 年间为追忆第一位妻子埃玛而作的总题为"旧焰余烬"的组诗,用词质朴,情真意切。如《声音》:

我深深思念的女人,你这样地呼唤着我,呼唤着我,
说你如今已不是当年
一度变了,不再是我生命中的一切,
却像开初,我们时光美好时一般。

我听到的可真是你的声音? 那就让我瞧瞧你,
就像那时我走近小镇,你在那儿站着
等候我:是啊,就像那时我熟悉的你,
甚至连你那一身独特的天蓝裙衣!

或许这只不过是慵懒的微风
飘过湿润的草地来到我这儿,
而你已永远化作虚无,
无论远近,再也听不到你的声音?

于是我,踉跄向前,
周围落叶纷纷,
北风在棘丛间轻轻掠过,
犹闻那女人在呼唤。

在这首诗歌中,诗人以朴实的语言、深切的笔触表达除了失去爱人的沉痛和哀伤,真诚动人,整首诗不仅意象丰富,而且还具有和谐的音乐感,从而加深了诗歌的感染力。

哈代是明确反对战争的。他作于 1902 年的《他杀死的人》这首诗深刻地揭示了战争的残酷与荒谬:

假若我与他相遇
在一家古老的酒馆,
我们很可能坐到一起,
把几升啤酒着实喝干!

可是我俩当上了兵士,
我们两人怒目相视,
他朝我射击,我朝他射击,
谁知把他杀死在原地。

我杀死他只因为——
只因为他是我的敌人,
一点不错,他当然是我敌人;
这清楚无疑,但是

　　他当兵也许像我一样，

　　完全出于临时的决定——

　　失了业,卖掉了家什——

　　不会再有其他的原因。


　　是的,战争真是古怪离奇

　　你在战场把别人杀死,

　　倘若在酒店,你也许请他入座,

　　或者资助他半个硬币……

　　在这首诗歌中,哈代控诉了战争的残酷性,他以一名士兵的口吻,写出了这位退伍士兵的困惑,他本可以和对方成为朋友,甚至会坐下来一起喝酒、聊天,但是因为战争,他不得不杀死他。哈代通过对这名士兵的困惑之处的描写,揭露了战争对于人性的摧残,对战争中所谓的杀戮的正义性和所谓的英雄主义进行了深刻的批判。

　　哈代也有一些写死亡的诗歌,如《身后》:

　　当我不安地度过一生后,"今世"把门一锁,

　　五月又欢快地舞动着新叶

　　犹如那新丝织就的羽翼,邻居们会不会说:

　　"他这个人曾留意过这样的景象?"

　　这首诗格调婉转而不低沉,带着淡淡的哀愁却又不曾悲观失望。诗人以平和的笔触写出邻居们的几句闲谈,朴实淳厚。另外,哈代又通过诗中众多的意象揭示出死亡的不可避免和人生的脆弱、险恶、迷惘等,因而这首诗显得寓意无限,感人至深。

　　哈代的诗歌早在20世纪20年代便已通过诗人徐志摩的介绍传入中国,后者曾在1925年专门拜访了哈代。在《托马斯·哈代》一文中,他这样评述道:"再没有人除了哈代能把他这时代的脉搏按得这样切实,在他的手指下最细微的跳动都得吐露他内涵的消息。"①这句话点出了哈代诗歌的精髓。

## (二)迪伦·托马斯的浪漫主义诗歌创作

　　迪伦·托马斯(Dylan Thomas,1914—1953)生于威尔士斯旺西,后曾就读于斯旺西的文法学校。托马斯在中学时代便显露出诗歌天分。1934年3月,他发表《光芒划过没有阳光的地方》一诗。当时,现代主义诗歌的精英色彩对读者往往具有较高的要求,未能满足全部热爱诗歌的英国民众的需要,不少读者对于传统的浪漫主义诗歌,如华兹华斯、丁尼生的作品依然情有独钟,而托马斯的作品恰好回应了读者的需求,因此博得了大众和评论界的青睐。1934年,20岁的托马斯出版了他的第一部诗集《诗十八首》,获得了许多诗人的喝彩。1936年,托马斯发表了第二部诗集《诗歌二十五首》,得到了评论界的好评。后来他相继出版了几部诗集,主要是1946—1952年间发表的《爱的地图》《死亡与出场》《睡在乡间》《诗集》。其中,《死亡与出场》是托马斯最重要

---

　　①　徐志摩:《托马斯·哈代》,见《徐志摩全集·散文集》,中国香港:香港商务印书馆,1983年,第86页。

的一部诗集,为他带来了良好的声誉,确立了他作为诗人的地位。托马斯一生生活困窘,放荡不羁,尤喜酗酒。1953年9月,他因饮酒过度而去世。

托马斯对诗歌持有一种浪漫主义的观点,他认为:"艺术家没有必要去做任何事情。一点必要也没有。他是法则的化身,其伟大或渺小的起因与陨落都基于此:即形式的限制……我不想一味表达别人已经感受到的情感;我想把某些东西剔除出去,展示他们从未体验过的感情。"①

托马斯在诗中所表达的主题基本上继承了浪漫主义的传统,他用"浪漫主义神话"表达他对自我与世界、主观与客观外在的关系问题的关注,而他的浪漫主义神话其实是基督教的"创世、堕落、赎罪"的历史观的一种世俗化的、心理化的翻版。这一过程体现在人类从儿童向成人过渡中所发生的一种异化与分裂感,以及为克服这种异化感而通过诗的想象所进行的自我赎罪。与基督教不同的是,托马斯对儿童在获得成年人对时间和死亡的感觉之前的那种天真生活的甜蜜具有异常的敏感。

托马斯曾将自己的诗歌艺术的发展分为三个阶段,第一阶段是最初的"子宫——坟墓"时期,其间的作品包括《诗十八首》和《诗二十五首》;第二阶段是烦恼的中间时期,包括《爱的地图》和《死亡与出场》,其中多为有关婚姻与战争的诗;第三阶段是最后的"人性时期",包括《死亡与出场》中的部分诗歌和《睡在乡间》,在这一时期中,托马斯表现了对于人类所处境况所持的悲剧性的观念。以下主要对托马斯第一阶段的诗歌《诗十八首》和《诗二十五首》进行简要分析。

《诗十八首》中的诗歌主题多为性欲、死亡、原罪与救赎、自然的过程和出生与衰败等,较重要的作品有《我看见夏日的男孩》《通过绿色的茎管催动花朵的力》《在我敲击子宫之前》《如果爱触痒了我》《特别是当十月的风》等。这些诗歌使用了不少传统的浪漫主义技法,如反复、头韵等,韵律节奏丰富强劲,诗句铿锵有力,满足了读者对于强烈情感、勇敢和崇高精神的渴望和追求。

《我看见夏日的男孩》是《诗十八首》的开篇之作,采用超现实主义手法,表现生命与死亡的双重主题,显示出诗歌意象的矛盾性和巨大反差。全诗由3部分组成,第1部分从叙事者的角度描写夏日男孩所具有的破坏性力量。但是诗人对这些夏日的男孩并不完全绝望,也不完全否定,而是在破坏性力量的背后看到了勃勃生机。诗人在第1部分的最后埋下伏笔:

> 从他们心里爱与光的三伏的脉搏
> 砰然冲破他们的喉咙。
> 哦,看那冰里的夏天的脉搏。

在诗人眼中,这些夏日的男孩蕴含着巨大能量,这些能量必会在适当时机喷薄而出。

第2部分从夏日的男孩的角度描写他们所带来的生机。他们是生命的力量,是使世界发生天翻地覆变化的重要因素。他们否定黑暗,召集死亡,并能够给大海涂上幻化的色彩。

第3部分以一位长者的语气和这些夏日的男孩说话,强调自己是和他们的父亲一样的人,能够看清事物的真实面目。

在这首诗中,托马斯使用了相互矛盾的意象。如"夏日的男孩""妙龄少女""金色的家园""爱情""满仓的苹果"等都是代表生命的意象,给人以希望,但这些却与"毁灭""荒凉""冻结""冰封"等表现死亡的意象并列在一起,让人在希望中感受到死亡的威慑力。

---

① 侯维瑞:《英国文学通史》,上海:上海外语教育出版社,1999年,第807页。

《通过绿色的茎管催动花朵的力》的主题是世界上所有生命都受到同一种力量的支配,这一力量既具有"创造性",同时又具有"破坏性"。托马斯强调生命孕育的过程实际是创造性和破坏性并存的过程,生命与死亡相依并存,循环征复,构成宇宙生命存在的本质。全诗共有 5 诗节,前 4 诗节比较规则,每节 5 诗行;第 5 诗节不同,只有两诗行。诗中使用了多个重复句式,音乐性很强。在诗中,托马斯指出,人的生命过程和自然界的生命过程是一样的,最终都将经历同样的死亡和再生。诗中充溢着明显的相互矛盾的意象。总体来说,该诗大胆使用新奇意象,结构严谨,节奏明快,具有很好的音乐效果,引人入胜。

《在我敲击子宫之前》一诗呈现多重主题,把所有生命,包括人、基督和自然中的生命联系在一起,表明诗人对人的存在的关注。诗人在诗中展开丰富想象,以耶稣的语气,描写自己在母亲的子宫里成形的经历以及在此之前在自然中"无形的"和"无性的"存在状态,同时预见到自己被钉死在十字架上的必然结局。该诗具有浓重的宗教气氛,是对生命与永恒主题的深刻思考。

《如果爱触痒了我》表现"人如何适应现实而成长"的主题,形式严格而规律,全诗共 7 诗节,每诗节由 7 诗行组成。诗作以说话人——诗人的身份讲话。全诗可分作两部分:第 1~4 诗节为第 1 部分,说话人似是一个戴着假面具的幻影,其所说属于说话人——诗人的臆想。第 2 部分包括第 5~7 诗节,说话人似已脱掉面具。这一部分所说是诗人面对现实时的想法。在诗作中反复出现的词是"摩擦"("rub"),反复出现的概念是性与性爱。"摩擦"一词可有几个含义:摩擦、障碍、粗糙、烦恼及困难等。性与性爱是人成长的主要因素。这首诗作显然受到弗洛伊德思想的影响,表现人的成长的关键在于性的成熟。

《特别是当十月的风》是一首以威尔士为背景的诗歌,内容说的是如何创作诗歌。写诗和蔑视死亡是托马斯一贯坚持的主题之一,是他诗歌创作的一部分。诗作里所运用的重要动词是Make(创作),Tell(预言)及 Spell(预言内容),而 Tower(塔),Sea(海),Tree(树),以及 Bird(鸟)则是表现"时间是敌人"("time's enemy")概念的意象。诗中荒芜的、狂风呼啸的十月标志着死亡的到来,但这是诗人的诞生时间。此诗表现出托马斯与威尔士传统的深刻联系、他的浪漫的情怀和对诗歌的炽烈情感。

《诗二十五首》中诗歌所表达的主题大体和《诗十八首》相似,但从这部诗集中人们可以看出,托马斯已经开始超越青春期的情感冲动,逐渐走向成熟。该诗集中的诗歌对生命与死亡的探讨更加深刻,也更趋于理性。其中的诗篇《而死亡也不得称霸》是反映这方面内容的很重要的作品。人们认为,这首诗实际上是对死亡的一种蔑视和挑战。该诗的大意是死亡当然可以取得暂时胜利,但它绝不会永远是世界的主宰。死去的人虽然已经死去,但他们的爱情依旧,他们的躯体将融入大自然,并在大自然的运动中获得新生。该诗由 3 部分组成,"而死亡也不得称霸"这一主题句在每节中都重复出现,增强了诗歌的语气。

总体来说,托马斯以过人的才华将浪漫主义予以新的诠释,更带领了 20 世纪三四十年代英国诗坛的新浪漫主义风潮。

## 二、20 世纪上半叶英国现代主义诗歌的创作

20 世纪英国诗歌中最引人注目且流行时期也最长的是通称为"现代主义"的诗。20 世纪上半叶,敏感的诗人纷纷通过诗歌来表达自己对于变动的时代的内心感受,成为现代主义诗歌的前奏,从而让英国的诗歌进入了新的萌芽时期,威廉·巴特勒·叶芝(William Butler Yeats,1865—

1939)、T. S. 艾略特(Thomas Stearns Eliot,1888—1965)、威斯坦·休·奥登(Wystan Hugh Auden,1907—1973)、路易斯·麦克尼斯(Louis MacNeice,1907—1963)等都是这一时期著名的诗人。

## (一)威廉·巴特勒·叶芝的现代主义诗歌创作

威廉·巴特勒·叶芝(William Butler Yeats,1865—1939)出生于爱尔兰首都都柏林,他的父亲是前拉斐尔派的画家,因而叶芝从小就与各种艺术家有着频繁接触。叶芝的母亲来自爱尔兰斯拉哥乡间,叶芝小的时候经常去外祖父家度假,乡间的优美风景给他留下了终生难忘的印象。叶芝早期的诗歌创作受雪莱的影响较深,从中能够看出19世纪浪漫主义诗歌的痕迹,但他在诗歌中融入了自己对爱尔兰乡间生活和民族深化的探索和思考,因而摆脱了后期浪漫主义和唯美主义的一些积弊,从而呈现出了自己的特色。从他所创作的早期的诗歌中,可以看出这些诗歌用词清新,意象优美,并带有淡淡的忧郁,呈现出了神秘主义的色彩。后来,叶芝觉得自己的诗歌不够男子气,因而开始进行了诗歌风格方面的探索。

由于叶芝所倾心的女演员毛德·冈在1903年嫁给了麦克布莱德少校,因此叶芝放弃了那种婉转柔和、清新动人的风格,开始用明白如话的语言表达自己的所思所想,从而使自己的诗歌呈现出了雄浑硬朗的特点。例如叶芝在《外衣》中写道:

> 我为我的歌织成一件外衣
> 全身上下缀满
> 来自古老神话的绣花;
> 可愚人们将它夺去,
> 穿起来在世人面前招摇
> 好像是他们自己所织。
> 歌,就让他们拿去,
> 因为赤身行走
> 才表现有更大勇气。

这首诗不仅表明了叶芝的创作态度,也表明叶芝开始追求新的诗风。

为了寻找新的创作途径,叶芝提出了"面具理论",他认为诗人可以戴上"面具",使自己不再囿于某个社会角色,从而打破一些客观上存在的束缚,对自己的内心情感进行充分的抒发。例如他在《乞丐对着乞丐喊》一诗中,就戴上了乞丐的"面具",借乞丐之口说出了一些自己内心深处的想法。诗中写道:

> "是暂时结束这种生活的时候了,去往他乡,
> 到海风中重新找回我的健康,"
> 乞丐对着乞丐喊,因为发了疯,
> "在我的脑瓜变秃以前,找到我灵魂的归宿。"
>
> "找一位贤淑的妻子和一幢舒适的房子,
> 摆脱掉我鞋子里面的魔鬼,"

> 乞丐对着乞丐喊,因为发了疯,
> "以及我大腿中那个更坏的魔鬼。"

叶芝的这种做法不仅扩大了他诗歌创作的视角,也丰富了诗歌的内涵,从而使得他的诗歌更具有了立体感。

1913 年,庞德开始担任叶芝的秘书,这位现代主义的先锋又给叶芝的诗歌带来了深刻的改变。20 世纪之交的 20 多年,是叶芝作为诗人从尝试走向逐步成熟的阶段。叶芝努力地探索着自己的诗歌风格,并取得了一定的成就,但他的创作巅峰还没有出现。1914 年后,叶芝的象征主义体系才日趋完善,写出不少名作,成为现代主义诗坛的巨擘。

1939 年,叶芝在法国去世。他一生创作丰富,备受敬仰,著名诗人艾略特曾对于叶芝的诗歌创作作过如是评论:

> 有些诗人的诗可以为了经验和喜悦而单独地去读。而另一些人的诗,虽然也能带来同样的经验和喜悦,但却具有更重要的历史意义。叶芝就属于这后者中的一位。他是这为数不多的几个人中的一个;他的历史就是他们时代的历史,他是那个时代意识的一个部分,没有他便不能理解那些历史。虽然这是对他的一个很高的评价,但我相信这个评价是不可动摇的。

正如艾略特所言,叶芝的历史就是 20 世纪之交爱尔兰的历史,而他的诗歌则将他个人的历史与那一时期的爱尔兰历史融为一体,其诗歌的国际影响让他成为代表爱尔兰文化的民族诗人。在他的推动下,爱尔兰文艺复兴运动开展得如火如荼,叶芝的诗歌也成为一些诗人的关注焦点,从他的创作中汲取到了养分。

## (二)T. S. 艾略特的现代主义诗歌创作

T. S. 艾略特(Thomas Stearns Eliot,1888—1965)出生于美国的一个富裕家庭,并于 1906 年进入哈佛大学学习。大学毕业后,又师从"新人文主义"者欧文·白壁德攻读硕士学位。1910 年,22 岁的艾略特来到巴黎,受到法国哲学家柏格森和早期象征主义诗人波德莱尔、魏尔伦、兰波、马拉美等人的影响。第一次世界大战期间,艾略特来到英国,从此定居伦敦。定居后迫于经济压力,先后做过教师和银行职员的工作,但其主要精力仍在文学上,他常常发表一些文学批评,偶尔也会发表一些诗歌,这些诗作透露出他的精神状态及所思所想。1917 年,他的首部诗集《普鲁弗洛克及其他》出版,受到一些文化精英的好评,伍尔夫夫妇、福斯特都对这部诗集赞赏有加。1922 年《荒原》的发表,使得艾略特一跃成为现代主义诗歌运动的先锋,而该书则被作为现代主义诗歌典范在迄今几十年一再被批评家研读。1927 年,艾略特加入英国国籍。1932 年,艾略特重返美国,赴哈佛大学讲学,但不久即返回英国。在此后的时期,艾略特获得了很多荣誉,包括诺贝尔文学奖等。1965 年,他在伦敦逝世。

艾略特是开创了英国 20 世纪 20 年代至 30 年代现代派诗歌的中心人物,他的代表作《荒原》在主题上和技巧上都是时代的代表。早在 1919 年,艾略特就开始构思《荒原》,但由于工作繁忙,家庭生活混乱,直到 1921 年他才开始创作,当前 5 月已完成一部分,9 月他接受医生建议,前往国外度假,并在假期中完成全稿。他将手稿留给在巴黎的庞德,后者将手稿中的赘词弱句删去,使全诗更为精练有力,意象也更连贯。

　　《荒原》成功地运用了仿自然主义的再现手法,其象征主义和神秘体系表现出一个经历着信仰危机的现代世界。在这个世界中,人们生活黯淡堕落,周遭环境阴郁丑恶,工业化后的城市虽然有物质的繁荣,但却带来精神的危机。在诗歌所截取的生活片段中,可以看到现代生活的种种弊病:混乱、暴力、两性关系的对立、生活环境的恶化,以及最重要的——信仰的迷失。

　　诗歌最初发表的时候,由于其语言晦涩难懂,因此很多人认为这首诗是"疯人院的肮脏"呓语,然而经过了一段时间后,诗歌的主题和采用的创作艺术手法逐渐为人们所接受,并被视为现代派诗歌的经典作品。

　　《荒原》共分为"死者葬仪""弈棋""火诫""水里的死亡""雷霆的话"五章。在这部作品中,作者把神话的、人类学的、基督教的和东方宗教的意象结合在一起,以寻求用诗的方法反映现代西方世界的矛盾;他在精神的空虚和失败这一主调上巧妙地运用了各种变调;他把一系列戏剧场面用有力的感情效果连接起来以形成诗的结构;他运用了不易捉摸而引人入胜的用典方式;他强调用口语语言入诗——这些都给后来的一代诗人提供了范例。总体来说,在这部作品中,作者是把过去的浪漫主义时代、维多利亚时代和乔治时代认为不可入诗的东西拿来入诗,并且运用了新的语言和技巧,获得了新的艺术效果。

　　"死者葬仪"描写的是现代荒原的衰败、没落与死亡的过程。在这一章里,诗人运用了各种象征、暗示和典故等手法,描写了现代社会的荒凉和人类的无奈与绝望,同时也希望荒原通过死的祭礼而得到新生。

　　"弈棋"的情节取自艾略特的一个剧本,剧中公爵为了与情人偷情,设计让邻居邀请情人的婆婆下棋,并在其下棋过程中如愿以偿。艾略特用这个情节隐喻、暗示和讽刺人欲横流与尔虞我诈的西方现代社会。

　　"火诫"一章是全诗的高潮,诗人将西方的圣奥古斯丁哲学与东方佛教结合在一起,以它们关于欲望导致痛苦的教谕来暗示人们应约束自己的感官欲望,这也是《荒原》现代意识的一种体现。"火诫"这一标题和东方佛教相关,在东方佛教教义中,门徒需要通过悟道来明白怎样躲避情欲和性感的熊熊火焰,从而超脱俗世。艾略特通过这一标题暗示了现代的荒原只有经过火的洗礼,才能最终获得新生。

　　"水里的死亡"在结构上与其他章节并不相同,只讲述了一个故事,即沉溺于物欲和色欲中不能自拔并最终溺死在欲海中的弗莱巴斯死后的遭遇。弗莱巴斯死后,一切感官享受和物欲追求,都变得毫无意义,只剩下海底的潮流"在悄声剔净他的尸骨"。其中汹涌澎湃的海水就是欲望的象征,也是毁灭的象征,弗莱巴斯的遭遇则警戒了世人应合理禁欲。

　　"雷霆的话"一章可以说是"水里的死亡"的续篇,在这一章中,诗歌人奉劝现代人接受佛陀关于"舍予、同情和克制"的教诲,以使自己得到复活和现代世界得到拯救。

　　长期以来,评论界多将《荒原》视为西方现代社会病态文明的体现和反映,这是因为它成功地将各种材料、因素跨越时空地紧密结合起来,极富表现力地展现出20世纪的绝望与碎片中人类的精神困境。因而诗歌的艺术是象征的,但是它的思想却是写实的。诗人虽然是用象征的手法描写贫瘠的荒原、冰冷的岩石、灰暗的城市、凄凉的钟声、淫乱的狂笑、慈母的哭泣,但是诗中经常出现的这些意象却是现实社会的真实写照。

1925 年,艾略特发表了《空心人》:

一

我们是空心人
我们是填塞起来的人
靠在一起
脑袋瓜装一包草。唉!
当我们窃窃私语

我们干涩的嗓音
平静而无意义
像风吹干草
或是干燥的地窖里
耗子在碎玻璃上跑

有形无式,有影无色,
瘫痪的力量,不动的姿势;

那些眼光直朝前地
跨进死亡的另一个国土的人
万一记得我们——也不像迷路的
狂暴的灵魂,而仅仅
是空心人
填塞起来的人。

二

在梦中,在死亡的梦幻之国
我不敢遇见的眼睛
并没有出现:
在那里,眼睛只是
破碎的圆柱上的阳光
在那里,是摇曳的树
而嗓音混合在
风的歌声中
比渐渐暗淡的星
更加遥远,更加庄严。

让我别再走近
死神的梦幻之国
让我也穿起

　　这些特意的伪装

　　老鼠外套,乌鸦皮,交叉的棍子
　　在田野里
　　跟风一样行动
　　不能再走近——
　　不是那最后的聚会
　　在黄昏的王国里
　　……

　　艾略特以"空心人"来比喻现代人,生动形象,给读者留下了极为深刻的印象,这首诗歌弥漫着浓郁的悲观主义和虚无主义气氛,表现出深沉的绝望,这种绝望是来自对现代社会精神沉沦的对抗,因此是一种自由的选择,并不是彻底的放弃。与《荒原》的奇眩迷离不同,《空心人》总体显得质朴坦诚,自此,艾略特的诗歌逐渐向沉郁厚重的方向发展,而其中基督教的色彩也越来越浓厚。

　　1927 年,艾略特放弃了美国国籍,成为他祖先的故乡英国的公民,并信奉了英国国教。1930 年,艾略特发表了《灰星期三》,在《灰星期三》里,艾略特表现了他皈依基督忏悔求恕的心情:

　　因为我不希望再转动
　　就让这些话来回答
　　那已做过和不再做的一切吧
　　愿审判我们不要过重。

　　《灰星期三》是艾略特诗风改变的开始。在以后几年中他把主要精力放在创作诗剧上,剧作有《磐石》《大教堂凶杀案》《全家重聚》《鸡尾酒会》《机要秘书》等。

　　1936 年,艾略特发表了《烧毁了的诺顿》,后来又陆续发表了《东科克》《干燥的萨尔维吉斯》《小吉丁》。1943 年,艾略特的这几首长诗被汇印成集,这就是著名的《四个四重奏》。

　　在《四个四重奏》中,艾略特探索着时间与永恒、人生与自然、赎罪与得救、人生与历史、诗与语言等问题,最后统归于基督教义,从中得到了归宿,得到了矛盾和对立混一的境界。《四个四重奏》的第 4 首《小吉丁》的结尾是这样的:

　　现在要快,这里,现在,永远——
　　一种完全简单的情形
　　(比一切事物也不便宜)
　　而一切都会好起来而
　　一切事物都会好起来
　　当火焰的舌头被卷起
　　进入火的紧结
　　而火焰和玫瑰合一。

　　这里火焰是净化的力量,而玫瑰则如但丁在《神曲》的《天国》篇末尾所描写的那样,是得救的灵魂的群体形象。

《四个四重奏》中的四首长诗每首都有五章,第一章阐明主旨,第二章以抒情为主,结合对于时空、上帝、人性与自然的思考,第三章以表现灵魂的失落与黑暗中的朝圣为主,第四章是突出基督教精神的精致的抒情段落,而第五章则是收束部分,表现了人类精神世界里最高层次的思考和冥想。因而,无论单独的某一首也罢,还是四首合一也罢,《四个四重奏》都有着统一的结构,也有各章节之间的变化。

《烧毁了的诺顿》的开头,艾略特成功地将哲学思考、精神追求和诗意想象结合起来,揭示出整部作品的精神内涵——人类的精神在现实世界中游荡,偶尔的灵感却又让它意识到只有永生才是它应追求的目标。

《东科克》以艾略特祖先居住过的村落为背景,表现了作者对于自然时间与历史的思考,其中描绘自然风景的段落是他诗歌创作中最见功力的章节之一。"东科克"是苏默塞特郡的一个村庄。17世纪时艾略特家族就是从这里移民到了美洲,而艾略特也选择此地作为自己骨灰的埋葬处。这种人的开端与终结的神秘性正是诗人要探索的。

在《干燥的萨尔维吉斯》中,艾略特回顾了自己的童年,以河流、海洋作为物质世界时间的象征。其中"干燥的萨尔维吉斯"是美国马萨诸塞州安角海岩不远处大洋中一组不稳定的小礁石。艾略特的童年就是在马萨诸塞度过的。那些礁石、无底的大洋以及伟大的密西西比河都是艾略特冥想的主要象征。

《小吉丁》以一种面临着恶魔毁灭性打击的贫乏荒芜的文化为背景,通过基督教的象征展现了一场光辉的救赎。小吉丁是17世纪美国国教徒聚居的教堂,在诗中是"永恒时刻的交会点",不仅是现实的,更是跨越时空的。在《小吉丁》中,艾略特将宗教与诗艺、现实与精神融为一体,从而使这首诗不仅成为《四个四重奏》中最精彩的作品,也是他诗歌成就的顶点。

在《四个四重奏》中,艾略特运用基督教观念与柏格森哲学从宏观上探讨过去、现在和未来等哲学问题,成功地展现了一个"非个人化"思考的精神世界,促人内省。尽管与《荒原》比起来这部长诗显得较为传统与保守,但它所包含的思想显然更为深邃,而在主题与技巧的结合方面,更是卓越超群。但是,过于追求四首作品结构形式的统一,也给创作带来了一定的束缚。

总体来说,艾略特的诗歌不仅在思想内容方面具有现代人的特点,在艺术形式上也采用了象征、独白、典故等多种手段,彰显着艾略特的现代主义诗坛领袖的地位,为后来英国诗坛的现代主义诗歌创作奠定了基础。

## (三)威斯坦·休·奥登的现代主义诗歌创作

威斯坦·休·奥登(Wystan Hugh Auden,1907—1973)出生于约克郡,父亲是一名杰出的医生,母亲是一名护士,祖父与外祖父均为英国国教的牧师,因而家庭中宗教气氛浓厚,同时也有着对科学的信仰。1925年,奥登进入牛津大学学习,并开始发表诗歌。在大学期间,奥登开始显露出卓越的文学天才和组织能力。他把学校里的一些文学青年组织在他的周围,这些人后来被称为"奥登派"或"奥登一代"。1928年,奥登首次出版了自己的诗作。1930年,奥登发表《诗集》,一举成为20世纪30年代英国诗坛的领袖人物。之后奥登一面以教学为生,一面继续创作诗歌,先后发表诗集《看,陌生人!》《西班牙》,并和克里斯托弗·衣修午德共同创作了《在前线》等三部剧作。在此期间,奥登和麦克尼斯一起游历了冰岛,并与衣修午德一同访问了战时的中国。之后,奥登远离战火纷纭的欧洲,避居美国。在美国期间,奥登曾在纽约、密歇根等地执教,还陆续发表诗集《另一时刻》《新年书简》《此时此刻》《忧患之年》《阿喀琉斯之盾》等。1956 年至 1961年，奥登回英国担任牛津的诗歌教授。晚年的奥登重返欧洲，依然笔耕不辍，出版了多部诗作，包括《1927—1957 短诗集》《长诗集》《没有城墙的城市》《学术涂鸦》《给教子的信》等。1973 年，奥登在维也纳去世。

奥登的作品不仅丰富了诗歌的写作形式，也影响了人们对于世界的看法。20 世纪 30 年代，他思想激进，对资本主义制度和当时欧洲正在兴起的法西斯主义深恶痛绝。进入 20 世纪 40 年代后，他移居美国后，转而笃信宗教，作品偏向沉思。他的诗歌辞藻丰富，写法变化多端，无不透露出对社会、道德的敏感和关切。他善于捕捉现代工业社会的政治生活和社会生活中的生活原形，运用现代口语的节奏，并用堂皇的词语创造出独特的风格与意境。《诗集》《看，陌生人！》《西班牙》和《另一时刻》等都是奥登的代表性诗歌作品。

1930 年，奥登发表了《诗集》，《诗集》中展现了他不同凡响的诗才，他吸收了前人各种卓越的技巧和艾略特成功的创作方法，又将他们糅合凝练，体现出自己的个人风格。《诗集》共有诗作 260 首，由诗人斯本德用手工印成。虽然初版只印行了 45 本，但其诗名却不胫而走。与艾略特相比，奥登的诗风更加容易被普通读者接受，诗歌的语句也较为口语化，一些抽象概念的运用和阐释也较为自由，因此评论界一直认为，奥登的诗才不可限量，他是能够与艾略特一争长短的潜力诗人。这种评价对于 20 世纪 30 年代的奥登来说，是相当准确的。他在以后的岁月中，确实创作了多部诗集，表现出了惊人的创作力。他的诗作不仅在数量上傲视群雄，而且在质量上也是同时代诗人无人可及的。

《看吧，陌生人》辑录了奥登写于 1933 年至 1936 年间的 31 首抒情诗。这本诗集于 1937 年在美国出版时改名为《在这座岛上》。奥登把它献给了托马斯·曼的女儿艾丽卡。《看吧，陌生人》首页的四行题赠诗写道：

> 由于外部的混乱、放肆的谎言
> 巴洛克的边缘、超现实主义的警察；
> 真理还能珍视什么，除了狭隘的谨严？
> 而心还能祝福什么呢？

这里的"外部的混乱"暗指政治上的动乱，其言外之意非常明显：外在的混乱要求诗人在思想、感觉和表达上训练有素。奥登运用"巴洛克"和"超现实主义"这两个艺术术语来代指法西斯主义和战争，使人联想起他从事的艺术与现世的混乱两者间微妙的联系。

《看吧，陌生人》中的第二首诗《一九三三年的一个夏夜》展现了奥登诗体轻松、简洁、准确而生动的另一面：

> 我躺在屋外草地上的床上，
> 六月无风的夜色中
> 织女星在我的头顶上格外引人注目；
> 绿色的森林已完成了白天活儿，我的双脚
> 正对着升起的月亮。

像这类诗在奥登的创作中是屡见不鲜的，他一生中从未停止过对于诗的形式的探索，每一次

探索都为读者带来为数不少的好诗。

1937年,奥登赴马德里支援西班牙人民反法西斯斗争,发表了长诗《西班牙》。奥登在这部诗集的创作中始终紧抓诗歌的戏剧性特征,他将昨天与今天、今天与明天、广场与陋室、城市与渔岛、苦难与希望、希望与希望的实现进行了戏剧性的对照:

> 明天,对年轻人是:诗人们像炸弹爆炸,
> 湖边的散步和深深交感的冬天;
> 明天是自行车竞赛,
> 穿过夏日黄昏的郊野。但今天是斗争。
> 今天是死亡的机会不可免的增加,
> 是自觉地承担一场杀伤的罪行;
> 今天是把精力花费在
> 乏味而短命的小册子和腻人的会议上。

诗集《另一时刻》收有许多脍炙人口的名篇,有哀悼弗洛伊德和叶芝的诗篇,还有关于作家和音乐家的诗歌。这些诗歌采用的是传统的形式与音步,内容上无一定规,但都反映出一定的思想深度,因而获得了读者的喜爱。它们集中地体现了奥登在写抒情诗方面的才能以及对诗歌韵律结构、道德规范的把握。这本诗集还收入了一些奥登移居美国后写出的第一批诗。总而言之,《另一时刻》真实地反映了第二次世界大战前后他的思想向右转变的过程。

总体来说,奥登是一个多才多艺的诗人。他不但能写严肃诗,而且能写轻松诗或打油诗,诗体更是多种多样。他被认为是继叶芝和艾略特之后英国最重要的诗人。

## (四)路易斯·麦克尼斯的现代主义诗歌创作

路易斯·麦克尼斯(Louis MacNeice,1907—1963)出生于北爱尔兰的贝尔法斯特,母亲在他刚6岁时就去世了,他的父亲曾任爱尔兰教会的主教,而他本人受的却是正统的英国式教育,在牛津大学学过古希腊罗马文学。在牛津就读期间,麦克尼斯结识了奥登等人。大学毕业后,麦克尼斯先后从事过大学教授、广播公司职员等工作。1929年,他发表了自己的第一部诗集《盲目的烟火》,随后陆续出版了《诗集》《尘世追求》等,这些诗集的发表使其被评论界归入奥登一族的群体中。1963年,麦克尼斯突然病故,享年56岁。

麦克尼斯7岁就开始写诗,1929年发表第一部诗集《盲目的烟火》,已经显露出诗才。这部诗集有唯美主义倾向,这也许是麦克尼斯对任何政治和哲学信仰持怀疑态度的结果。麦克尼斯将诗比作中国的烟火,升得快落得也快。这部诗集并没有显示出麦克尼斯日后作品所具有的敏锐观察力,但他的很多作品都具有的那种忧郁情调却已在其中得到了表现。

1935年,麦克尼斯的《诗集》发表,该部《诗集》真正树立了麦克尼斯作为20世纪30年代的优秀新诗人之一的地位。《诗集》中的《雪》写得十分出色:

> 屋内忽然富丽堂皇,原来是
> 三面窗衬着红玫瑰尽分泌雪花。
> 无声无息孳生着互不相容的后裔,
> 宇宙之突如其来使我惊讶。

宇宙远比我们想象得更丰富，

总是复数，不怕使你疯狂。

我剥一瓣橘子吐了核，

沉醉于事物的多种多样。

而炉火，正生气蓬勃地在响，

宇宙比我们想象的更欢乐顽皮。

袭击着你的舌你的眼你的耳你伸出的手掌，

隔开玫瑰花与白雪间的何止玻璃？

　　这首诗的主题是世界的多元性，诗中白色的雪，透明的玻璃，红色的玫瑰，橘子，橘瓣，橘核，炉火的声音——它们不仅仅作为意象出现，而且活动着，"袭击着你的舌你的眼你的耳你伸出的手掌"，并通过诗人的感官升华为哲学思考：诗人看到室外的雪花，隔着玻璃，与室内的玫瑰相映，带来光线的变化，感到"宇宙之突如其来使我惊讶"——这是从眼的视觉到心；"我剥一瓣橘子吐了核，/沉醉于事物的多种多样"……这是从舌的味觉、舌与手的触觉到心；"而炉火，正生气蓬勃地在响，/宇宙比我们想象的更欢乐顽皮"——这是从耳的听觉到心。在这里，我们不仅读到诗人的思考，而且与诗人一起经历了这种思考：从书桌上抬起头，环顾四周，我们还将继续这种思考，对世界之丰富不断有新的发现。我们的生活被《雪》照亮了，就如同诗人的屋子因雪丽变得"富丽堂皇"。如果换一个写法，没有上述那些细节，这种思考就不会获得这样生动的效果了。

　　1939 年，麦克尼斯创作了《秋天日记》，该诗全长 2 108 行，是最能体现麦克尼斯创作能力的作品。诗歌就如同标题所示，采用了日记体的写法，记录了诗人在 1938 年 8 月至新年到来间的所见所感，反映出英国在签订慕尼黑协定前后的社会氛围。诗歌以诗人个人生活的回忆为主，其中有对他的爱尔兰故乡的贬斥，有对他求学生涯的自嘲，也有对离他而去的妻子的怀念。同时也渗透着当时的时代背景，如诗中有对慕尼黑阴谋的愤慨，也有对战争的预感。创作过程中，诗人完全抓住了当时英国社会生活的气氛，又怀着忧伤阴凄的胜利感敲响告别动荡的 20 世纪 30 年代、迎接新生活的钟声。因而这首诗既有对过往生活的坦诚回顾，也有对当时社会现象的全景剖析。过去、现在、未来交织在一起，描景状物、叙事、思辨交替出现，而这一切都源于诗人当时的感受：诗人忠实于日记形式所要求的真实性，有些段落纯粹是新闻报道，比较粗糙。为了追求真实性，即使前后说法矛盾他也在所不惜。

　　总体来说，麦克尼斯的诗歌大都是对生活的素描，诗人所要表达的思想或流动于诗歌的语言之下；或隐藏于其所观察的风景、事件的背后，需要读者自己去感受。此外，他的诗歌带有鲜明、丰富的节奏，诗人喜用隔行押韵、或双行押运、或无韵而又重音的节奏进行诗歌的创作。而这种押韵方式也在一定程度上增强了诗歌的戏剧性，使其更具感染力。

# 第七章 20世纪下半叶英国小说与诗歌的创作发展

20世纪下半叶以来,在小说领域,英国的小说创作在创作题材、创作形式以及创作技巧方面呈现出了一些新的特点。在创作题材方面,既有表现现实生活的普遍性的,也有表现现实生活的紧迫性的;既有表现某种哲学观念的,也有表现自我体现的。在创作形式和创作技巧方面,在对原有的创作形式和创作技巧进行继承和发展的基础上,又有所创新。而在诗歌领域,英国诗歌既有对传统诗歌在内容与形式上的继承,又有对传统诗歌的发展。同时,女性诗歌和族裔诗歌也在这一时期获得了快速发展,推进了英国诗歌前进的步伐。

## 第一节 多元化思潮与英国小说、诗歌

第二次世界大战结束后,"大英帝国"逐渐解体,"大英帝国"的概念在第二次世界大战期间就已经为"英联邦"这一概念所取代。"英联邦"是由英国的所有殖民地构成的一种松散的伙伴关系,这些殖民地不仅受英国的支配,同时也受英国的战时同盟国加拿大、澳大利亚和新西兰的支配。战后,英国工党政府同意印度和巴基斯坦独立,条件是它们必须留在"英联邦"内。由于印度和巴基斯坦是当时英国最大的殖民地,这就意味着"英联邦"概念由原来的"殖民地组合体"变为了"独立国家组合体"。尽管"英联邦"国家依然和英国保持着某种独特的关系,但英国国王或女王已不再是这些国家的"统治者"。譬如,印度在1947年独立后,当时的英国国王乔治六世便放弃了由他继承的"印度皇帝"的称号。

继印度独立之后,英国政府又允许非洲、亚洲、西印度和太平洋地区的殖民地独立,以此表明它的"开明政策"。不过,实施这一"开明政策"的原因有三个。第一,英国在第二次世界大战中遭受重创,国力日衰,已无力维持它的宗主国地位。第二,美国的崛起也是导致"大英帝国"解体的一个重要原因。美国原本也是英国的殖民地,其独立就是反殖民主义的结果,因而当美国有可能反过来影响英国时,它首先敦促它的前宗主国放弃殖民政策。第三,苏联崛起并开始输出革命,在世界各地策划和支持"民族解放运动",以此削弱"帝国主义势力",因而,殖民地本身也动荡不安,要求独立的呼声(乃至枪声)日益高涨。

总之,第二次世界大战之后,随着"大英帝国"前殖民地的纷纷独立,以及新超级大国美国和苏联的崛起,英国已成了一个和其他国家没有什么区别的"普通国家"。尽管英国文化并不是海外殖民的产物,而是英国民族所固有的,但其文化优越感却是在帝国时代形成的。所以,当英国人面对这一事实时,首先受挫的是其文化上的优越感。这一点,无疑会使诸多英国人感到沮丧,感到愤愤不平。这样的情绪,在有关英国文学走向的争论中表现得尤其明显——悲观主义总是占上风。

然而与文学界形成鲜明对比的是,战后的工党政府却在竭力营造一种乐观气氛。1945年7月,工党在大选中以压倒优势取得胜利。新政府上台后,立即着手恢复经济,重建被炸毁的城市,安置退伍军人,采取有效措施解决食品短缺和失业问题。为从根本上改善社会状况,工党政府进

行国有化、构建福利国家、转向计划经济这三方面的社会改革。20 世纪 40 年代末,英国对煤矿、铁路、电力、钢铁等企业实行国有,建立起失业、养老的社会保障体系和免费医疗保健制度,并通过控制财政、金融、贸易和部分生产来指导和调节经济发展。同时,工党政府把国民教育细分为初等教育、中等教育和高等教育三个阶段延长了学制,同时为普及教育,大力兴办由政府出资的"公费教育",以此为不同家庭背景的学生提供受教育的机会。工党政府的一系列资本主义制度的自我调节,缓和了阶级矛盾,逐渐结束了战后物资匮乏的年月,经济增长和政治相对稳定的时期开始到来。由此,便产生了一种乐观主义气氛,许多人有这样一种想法:英国正在迎来一个新的黎明,正在以全民响应的姿态重建自己。然而虽然民众大多对英国的未来怀抱希望和信心,但 20 世纪 50 年代的英国文学界却从未出现过相应的乐观情绪。当时,英国小说家不是用幻灭和迷惘的语调讲述着英国的现在,就是以失落和怀旧的心情追忆着英国的过去——那个具有明确自我定位的"帝国时代"。

20 世纪 60 年代初,英国经济情况一直不佳,通货膨胀,失业严重,政府束手无策。1964 年 10 月威尔逊领导的工党在大选中获胜,结束了保守党长达 13 年的统治,与此同时,历来被视为保守的英国社会终于也迎来了"新道德"。所谓"新道德",可以说就是同一时期美国"性解放"的翻版,而且在很大程度上就是从美国输入的。有三件事可视为"新道德"兴起的标志:一是 1960 年"企鹅出版社案"的"无罪"判决;二是 1963 年菲利普·拉金的诗集《奇异的年代》的出版;三是 1966 年"披头士乐队"的第一张唱片的发行。

"企鹅出版社案"即企鹅出版社因出版 D. H. 劳伦斯的小说《查特莱夫人的情人》而被指控为"散播淫秽读物",但最终却被判"无罪"——这意味着像《查特莱夫人的情人》这样的书,在英国也不再是"禁书"。菲利普·拉金的诗集《奇异的年代》的出版,则意味着"性禁忌"即使在高雅的诗歌领域也被打破。至于"披头士乐队"的音乐,本是街头演唱,被民间音乐迷视为"受压抑心境的真实表达",其本身就是所谓"青年先锋文化"的一部分,它的流行不仅意味着贝多芬必须靠边站,就是巴尔托克和布里顿、现代和传统的爵士乐也已经被抛弃,甚至被认为是"新自由时代"到来的标志——至少,在相当一部分年轻人中间是如此。

然而,虽然 20 世纪 60 年代被认为是"新道德时代",但"新道德"却并未受到普遍欢迎。欢呼声始终伴随着嘲笑声和指责声。有人嘲笑说,这是"男性避孕套和女性避孕药时代";有人指责说,所谓"新道德"就是"漫不经心的性放荡",如此等等。特别是当伊恩·弗莱明的"詹姆斯·邦德"系列小说在 20 世纪 60 年代被改编成电影而风靡一时之际,嘲笑声和指责声更是此起彼伏——那简直就是"火辣辣的性放荡"了!与此同时,有人又认为这是对"新道德"的误解,认为不能把"新道德"简单地等同于"性放荡"或者"壮阳药",而应该把它视为"后弗洛伊德—性关系公开化"的一种反映,或者视为"后劳伦斯—性关系神圣化"的一种尝试,但这种尝试很可能是"有害的"。与此针锋相对,又有人竭力为"新道德"辩护,宣称"性关系"是"真正意义上的神圣交流行为","性自由"展示了"所有生理器官关系的美和价值";因而,说婚姻具有神圣意味,不过是"前科学时代的玄学说教",早已陈腐不堪。甚至,有人进而认为,全部传统道德都必须用"新道德"标准予以重新审视,凡是不符合"新道德"标准的,一概当作迷信和偶像予以废弃。还有学者在英国广播公司的专访中称,由于"作为快乐源泉"的性观念的出现,现行道德已成一片"堆满支离破碎的信念碎片"的"荒原"。

进入 20 世纪 70 年代以后,英国经济状况明显恶化,而且有难以逆转的趋势。这主要表现在一些传统的经济生产,如集中在苏格兰、威尔士和北爱尔兰重工业区的煤矿和钢铁等生产种类,受到了前所未有的冲击,导致大批工人失业。显然,英国经济的衰退与西方社会的整体转型密切相关。丹尼尔·贝尔所说的"后工业社会"的生产、生活形态已悄悄进入英国。以低工资、重体力为生产基础的行业正被高工资、高技术的新型产业所替代。与此同时,各国经济逐步走向全球化,在世界经济整合的过程中,日本的崛起、东南亚一些国家和地区的飞速发展,进一步冲击了英国经济。20 世纪 70 年代末,深受经济学家密尔顿·弗里德曼影响的撒切尔上台,她以强硬的手腕推行其治国的理念,激化了社会矛盾,但同时也为英国带来了新的发展契机。保守党政府就这样将英国带入了一个动荡不安的历史阶段,一个充满了焦虑又令人向往的时代。这段时期的英国文学表现出对社会现实的深切关怀,出现了不少政治倾向十分明显的作品,抨击专制主义和铁腕治国的理念与实践,知识分子普遍认为有必要捍卫文化活动独立自主的地位,理论界发出了削弱政府在社会、政治、经济和文化等各方面作用的强烈呼声。

进入 20 世纪 80 年代以后,随着国民经济和科学技术的快速增长,以大城市为中心的文化圈形成,互联网开始走入寻常百家家庭,给英国人的传统思想和文化观念带来极大冲击。全球性政治的多极化,欧洲盛行的各种思想文化和观念,越来越多地渗透到英国人的道德伦理和正统文化之中。在这样的背景下,英国国民的宗教意识逐渐淡化,教会文化对英国人的文化和生活的影响日渐式微;女性主义高涨,女性文学快速发展;传统的英国绅士式道德观念在各种层出不穷的新观念、新思潮的映照下显得格外苍白;各种区域性、行业性和专门性的文化现象成为英国人文化生活的主要内容;自由化多元文化格局下的文学艺术空前活跃,极大地繁荣和发展了英国的文化与文学,使得英国在 20 世纪下半叶成为世界文坛的强国之一。

# 第二节　20 世纪下半叶英国小说的创作

进入 20 世纪下半叶以后,英国小说领域各种流派并存并相互渗透。在小说的主题方面,有表现现实生活的普遍性和紧迫性的,也有表现某种哲学观念和自我体现的。在创作形式和方法方面,既有对原有创作形式和方法的继承和发展,也有在形式技巧方面的创新。本节将对 20 世纪下半叶英说小说的创作进行简要阐述。

## 一、20 世纪下半叶现实主义小说的创作

现实主义作为英国小说的优秀传统,自 18 世纪至 20 世纪一直是主导英国小说创作的主流。而进入 20 世纪以后,随着现代主义在西方的迅速蔓延,现实主义小说很快便隐退成了非主流文学。第二次世界大战以后,面对战争所带来的满目疮痍的世界,人们开始思索生存的价值,并以批判的眼光来审视资本主义社会高度物质文明掩盖下的种种丑恶,大批作家以现实主义的创作手法展示了战后资本主义社会的众生相,构成了一幅现代后工业社会的画卷。其中,格雷厄姆·格林(Graham Greene,1904—1991)、C. P. 斯诺(Charles Percy Snow,1905—1980)反对实验,提倡写实;"愤怒的青年"如金斯利·艾米斯(Kingsley Amis,1922—1995)、约翰·布莱恩(John Braine,1922—1986)对第二次世界大战后英国政府改革的力度感到不满,便以小说为武器对既得利益的上层阶级对社会的继续控制进行了强烈的抨击,对底层青年有志难圆的无奈和困苦表达了深切的同情。他们的小说不搞形式革命或技巧创新,而坚持现实主义的传统,并从不同视角表现了战

后英国社会的经济、政治、文化、道德、伦理等各个方面,文风朴实无华,为战后英国文坛奉献了不少优秀的现实主义作品。

## (一)格雷厄姆·格林的现实主义小说创作

格雷厄姆·格林(Graham Greene,1904—1991)出生于英国哈福德郡的一个中产阶级家庭,父亲是一所寄宿中学的校长。格林少年时曾在父亲的学校读书,但学校里枯燥乏味的学习生活使他厌恶。在学校期间,或许是为了驱除生活的沉闷枯燥,也或许是因为患有躁狂抑郁症的原因,他曾多次用不同的方法尝试死亡的滋味,最后干脆从学校逃跑,他的父亲曾因此带他进行精神检查。格林中学毕业后进入牛津的贝利奥尔学习大学期间,格林曾短暂地加入共产党,也发表了他的第一部作品———一部诗集。大学毕业后的格林曾在《泰晤士报》担任编辑。1927年时,格林在女友的影响下皈依了罗马天主教。1929年,他出版了第一部小说,并辞去了报社的工作。格林在第二次世界大战期间曾受雇于英国外交部,在西非从事情报工作。战后,他还以记者的身份对许多国际政治的热点进行了采访。格林在1962年被剑桥大学授予了荣誉博士称号。格林1991年在瑞士去世,享年86岁。

格林是20世纪英国最重要的小说家之一,对于格林的小说创作,布莱德伯里曾这样评价:"格林不仅对战争年代驾轻就熟,而且能够'继续把握战后岁月的脉络,即一种对阴谋和背叛的道德焦虑和敏感'。"格林在20世纪上半叶已经创作了大量的小说作品,如《内在的人》《斯坦布尔列车》《布莱顿硬糖》《权力与荣耀》等。20世纪下半叶,格林依然保持着旺盛的创作精力,不断有佳作推出,如《恋情的终结》《麻风病例》《荣誉领事》等。

《恋情的终结》讲述的是一桩婚外恋。小说家莫利斯·本德利克斯打算写一部有关公务员生活的小说,于是便邀请了政府公务员亨利·迈尔斯的妻子莎拉共进午餐以搜集写作素材,两人很快便产生了恋情,但是非常短暂。在小说开始时,女主人公莎拉已经和莫利斯断绝关系两年了。在两年前,莎拉不辞而别,这让莫利斯百思不得其解,于是莫利斯不辞辛劳地想找到她。在苦苦的追查中,通过一个偶然的机会,莫利斯从莎拉的日记中弄清楚了她离开的真相。原来,莎拉以为他已经在一次空袭时丧生,于是向上帝祈祷,希望能发生奇迹,而且发誓如果发生奇迹便愿意忍痛与莫利斯分离。这本日记是小说的重要组成部分,它记录着莎拉与上帝的对话,以及她如何想要逃离上帝的爱、盘算违背誓言而与莫利斯重修旧好。莫利斯在看完日记后知道莎拉仍然非常关心自己,于是便决定让她重新回到自己的身边,但是莎拉这时已经身患重病,不久便离开了人世。小说貌似是一部现代主义的作品,并且运用了很多现代主义小说的技巧,如采用第一人称叙述、意识流、时序颠倒、倒叙、象征、梦魇等手法,对存在主义式的"寻找自我"的主题也有着深刻的表现。但是,小说的主人公始终在处于世俗和宗教两种现实层面的挤压下,现实和宗教的内涵始终占据着主导地位,而且,这部小说也没有放弃故事性。因此,从根本上说,这部小说并未脱离现实主义传统。

《麻风病例》的名字取自医学术语,指的是丧失手指和足趾后病势得到控制麻风病人。这部小说所讲述的故事发生在比利时殖民地刚果某地。小说的主人公奎瑞是个行为失当的天主教徒,他曾经是一位著名的建筑设计师,有过辉煌的历史,但现在,这一切已经成为过眼云烟。他变得内心一片混沌,黑暗占据了心灵,麻木主宰了他的精神世界,他对人世间的善恶美丑都认为无所谓。奎瑞虽然四肢健全,但精神残疾,就像麻风病人一样丧失了感知和认识的能力。当地教士和科林医生发现奎瑞是个行为失当的天主教徒后非常担心,于是就用自己的行为去感化他。慢慢地,奎瑞明白了真正的同情和理解,明白了什么是痛苦和不幸。于是,奎瑞开始慢慢地做一些自己力所能及的事情。可是,他的生活并不平静,受一个喜欢刨根问底、文笔庸俗的记者蒙塔固·帕金森的影响,奎瑞被传成了一个"想当圣徒的人"。这个消息一传出来,便立刻引起了连锁的反应,奎瑞以前放浪形骸的事情都被重新挖了出来。一天晚上,帕金森看到奎瑞与当地棕榈庄园主安德烈·利克尔的妻子玛丽在同一家旅馆安歇,于是便臆造了一段桃色新闻。玛丽的丈夫利克尔是一个喜欢刨根问底的人,他不断地追问自己的妻子,玛丽一气之下竟然说他们的孩子是奎瑞的。利克尔听后怒不可遏,于是便开枪杀死了奎瑞。小说中,格林十分注意故事情节的完整以及人物性格的刻画,注重气氛的烘托和背景的选择,文字简洁,故事引人入胜。

《荣誉领事》以 20 世纪六七十年代的南美某国为背景,格林用冷静的现实主义手法,以绑架这一政治性的事件作为故事的主要内容,对第三世界国家内部错综复杂的政治斗争进行了深刻描写。格林在小说中采取了非政治的视角,具有自由人文的色彩,人物也没有俗套的政治脸谱。小说中还充满着各式各样的讽刺,结尾也颇具讽刺意味,被绑架的人幸存下来,但营救他的人却饮弹身亡。这部小说在情节构思和叙述方式上,虽然简单,但其风格典雅、主题深邃、语气渲染恰当、气氛营造得体,是格林艺术魅力的重要代表作。

纵观格林的小说创作可以发现,虽然其在 20 世纪下半叶的小说创作中运用了部分现代主义技巧,但其创作也始终没有脱离现实主义手法,正如他所说的:"我一上手就想拿语言做此实验。后来才发现写得简明才是正道。直截了当的句子,不用复杂的句型,没有模棱两可的话。不用太多的描写,描写不是我的所长。把故事讲下去。经济而准确地表现外部的世界。"

## (二)C. P. 斯诺的现实主义小说创作

C. P. 斯诺(Charles Percy Snow,1905—1980)出生于英格兰的莱斯特郡的下层中产阶级家庭,曾先后就读于莱斯特大学和剑桥大学,对自然科学兴趣浓厚,曾从事过科学研究。20 世纪 30 年代初因与帕米拉·约翰逊结婚而逐渐将兴趣转向文学创作,于闲暇时间写小说以自娱。在 1940 年至 1970 年期间,他先后创作了 11 部既独立成篇,又相互联系的小说,后来将这些小说结集出版,总题为《陌生人和兄弟们》,这部小说集的发表,引起了人们的广泛关注,也奠定了斯诺小说的地位。第二次世界大战期间,斯诺曾当过公务员、工党的副部长、上议院议员、讲师、文艺评论家、英国电器公司董事,担任政府管理科学家要职,因其科学知识和管理才能受封男爵。1980年,斯诺去世。

斯诺在文学的创作原则上反对实验和形式革新,主张回归现实主义传统,因此,他的小说创作有着强烈的时代精神,准确、客观地描摹着现实,关注社会和道德问题,在更广阔的层面上对英国社会中存在的政界权力斗争、人的情感和理性的对立等问题进行探讨,对政界、学术界、科学界等领域中的人对权力的滥用进行表现。

斯诺的小说创作开始于第二次世界大战之前,他的处女作《风帆下的谋杀》是一本侦探小说,之后出版了以科学家的生活和工作为题材的《寻求》。从 1940 年起,斯诺开始创作他的系列小说《陌生人与兄弟们》,这部小说也是斯诺文学创作主要成就的体现。

《陌生人和兄弟们》是斯诺的第三部小说,他将视角转向现实社会,开始以描摹现实世界中人物的思想与生命历程为主。《陌生人和兄弟们》由 11 篇小说组成,分别为《希望的年代》《乔治·巴桑特》《富人的良心》《光明与黑暗》《院长们》《新人》,以及《回家》《事件》《权力通道》《沉睡的理性》《结局》,这 11 篇小说以主人公路易斯·爱略特为叙述视角被联系了起来,通过主人公路易斯的人生经历,展现了英国从 20 世纪 20 年代一直到 70 年代的社会现实状况、社会心态、道德伦理,及在特定环境中教师、学者、政客、科学家、律师、官僚人物等个人命运的沉浮变迁,揭示了人与人在当代社会的冷漠关系,"呼唤一种由陌生人转变为亲兄弟的理想的人际关系"。

《希望的年代》由路易斯自述自己从童年开始约到 28 岁的个人故事。路易斯是一名律师,由于他天资聪颖、性格外向、广交朋友,很快在事业上获得了巨大成功。但他的事业和生活越来越受到婚姻和家庭的困扰和阻挠。面对精神分裂、性情多变的妻子希拉,路易斯是又爱又恨,在痛苦中发现了自己性格上的缺陷。在这里,小说由自我叙述转为自我发现。在认识自己感情和事业的危机的同时,路易斯似乎也看到了与别人结成紧密联系的必要与希望。他也发现,如果要与另一个人建立深厚的关系,自己应该而且必须做什么。

《乔治·巴桑特》中,乔治是一个狂热的理想主义者,充满理想,富有激情,没有任何消沉颓废的情绪。他利用自己的魅力和才气带动一大批青年追求一个充满自由和希望的理想王国,但他们的追求最后成了对本能和欲望的释放。乔治虚构的理想王国割裂了他和现实世界普通人生的联系,盲目的狂热也掩盖了他真实的道德动机。从这个层面上来说,他在那个保守冷漠的世界上只是一个陌生人,未能展现真正的自我。小说揭示了个人一厢情愿的理想与错综复杂的现实、人类本性中的弱点之间存在的巨大矛盾,理想主义者终将在现实和人性弱点前面碰得头破血流,有着强烈的悲剧色彩。

《富人的良心》以第一人称手法叙述了路易斯及查尔斯·马契的故事,对英国犹太人的生活世界进行了探索,表现了富裕的查尔斯一家中两代人的不同观念、生活态度以及年轻一代对传统的背叛。

《院长们》讲述的是剑桥学院因院长选举而发生的一场校园权力斗争,对各种力量为一己利益而投机取巧、分化组合的众生相进行了形象的勾画。

《新人》讲述了一批从事原子弹研究的科学家本着只信奉科学真理的态度从事研究,直至看到他们的成果可大规模杀戮人类,才认识到道义上的责任。

《回家》续接《希望的年代》,路易斯自述在 1938 年至 1951 年间的故事,表现了人类的情感及其面临的现实问题。路易斯已跻身政界,但他错误的婚姻观念导致婚姻悲剧,希拉精神症状日趋严重,最终自杀。后来,路易斯遇到了玛格丽特,经历一番艰难曲折后结为夫妻,最终找到了他所追寻的幸福。

《权力通道》围绕着第二次世界大战后的热核战争危险,对英国社会高层之间的政治和权力斗争进行了描写。主人公奎夫是一位年轻的保守党议员,力主裁减核军备,放弃核竞赛,避免热核战争。但是,他的主张遭到了议会的强烈反对,他的政治生涯也告终止。在揭示第二次世界大战后热核战争的危险以及西方政治的权力斗争方面,这部小说有着强烈的现实感和时代感。

《沉睡的理性》是一部探索社会问题小说,讲述的是两个年轻的同性恋女子虐待男童的故事。这部小说也揭示了人类理性的重要性,认为理性即使沉睡的时候,人内心深处的兽性仍会迸发出来,产生危害。

《结局》是系列小说的最后一部,有着生动的故事情节,是路易斯的第三部自述经历小说,对人物之间的关系,尤其是两代人之间的关系进行了探讨。路易斯已走到死亡的垂暮之年,他的儿子查尔斯则思想激进,充满活力。查尔斯和剑桥学生一起参加 20 世纪 60 年代风起云涌的学生示威和游行,反对校方和共同研究细菌战,最后当记者远走中东。对查尔斯的所作所为,路易斯感到担心,但他不得不尊重和理解他的选择,淡然处之,静静地期待着"明天的到来"。

《陌生人与兄弟们》从《希望的年代》开始,在主人公对未来的不确定的乐观中落下帷幕。

在小说的创作技巧上,斯诺的小说没有采用乔伊斯、伍尔夫等人的印象主义、象征主义等现代派技巧,而是沿袭萨克雷等人的小说手法,同时在叙述结构和性格发展上更为简明,因而如同传统现实主义小说一样忠实地反映了英国的社会现实。

总之,斯诺小说的创作时期,正是英国小说的实验主义从顶峰走向衰微之际,极力反对小说实验的他是 20 世纪英国小说观念多样化冲突的一个缩影。从小说的内容来说,斯诺与萨克雷、高尔斯华绥等人的小说极为相似,都以主人公的生活历程展现了英国的社会现实,审视了当时英国社会的道德良知。小说中的人物在个人追求和社会良知之间的矛盾中产生内心的冲突,或经受心理的考验,个人在欲望、诱惑和社会责任、道德良知之间或失去平衡,或痛苦抉择。

## (三)金斯利·艾米斯的现实主义小说创作

金斯利·艾米斯(Kingsley Amis,1922—1995)出生于伦敦南部的一个中产阶级家庭。他从小就爱好文学,第二次世界大战爆发时,艾米斯已经中学毕业,他选择了参军,在皇家通讯兵里任中尉。退伍后,艾米斯入牛津大学圣约翰学院专攻英国文学,并获得了英国文学学士学位。之后,艾米斯曾到威尔士的斯旺西大学担任了长达 12 年的英语讲师。自 1961 年起,艾米斯开始进行文学创作,先后创作了诗集《绚丽的 11 月》《思想框架》《诗:奇妙的画像》,小说《幸运儿吉姆》《捉摸不定的感情》《带上像你这样的姑娘》等。中年之后的艾米斯曾在英国和美国的多所大学讲学或执教。1995 年艾米斯在伦敦去世,享年 73 岁。

艾米斯小说创作的题材非常丰富,并且以喜剧和讽刺见长,对人生日常的经验进行着讲述。他在早期小说中塑造了一批来自中下层的知识青年形象:出身低微,受过受过高等教育,渴望进入上层社会,并为此不择手段,但最终都以妥协告终。最能体现这一创作特点的小说包括《幸运儿吉姆》《那种莫名的感情》《带上像你这样的姑娘》等。

《幸运儿吉姆》是艾米斯的处女作,小说发表后立即得到了社会的广泛关注和好评,从而一举奠定了艾米斯在英国文坛的地位。小说的主人公吉姆在一所无名的地方大学历史系任教,他出身于中产阶级下层的大学讲师,思想激进,对现存制度持尖锐的抨击态度,甚至主张把它推翻;对于假冒伪善、装腔作势、玩弄权术都极其反感。历史系主任韦尔奇教授趾高气昂,十分自负,吉姆一方面十分讨厌他的为人,另一方面又为了能续聘,不得不在韦尔奇面前低三下四、忍气吞声,努力去讨好他。与此同时,吉姆还主动和一位颇有地位和影响的女同事交往,企图借此跻身他们的社交圈。为了晋升他还得发表学术文章,但他的论文却被别人剽窃据为己有。诸多的不顺让吉姆内心既苦闷,又烦躁。不久,吉姆受韦尔奇的邀请参加其乡间别墅的家庭音乐晚会,见到了韦尔奇的儿子伯特兰德。伯特兰德自称是个画家,其实是个花花公子和势利小人,他的女友克丽斯廷清纯漂亮,对吉姆表示理解和同情,并在吉姆因喝醉忘记熄掉烟蒂烧焦了韦尔奇家的地毯时,挺身为其掩护,吉姆因此对克丽斯廷心动。不久后,吉姆在历史系一名讲师的妻子卡罗尔的撺掇下,对克丽斯廷展开热烈追求,却也因此惹怒了伯特兰德,怒火中烧的伯特兰德不顾斯文,对吉姆拳脚交加,还警告他不能再靠近克丽斯廷。在一场以"可爱的英格兰"为主题的演讲中,因饮酒过量,吉姆的演讲语无伦次,他还在当权者和听众面前模仿校长和系主任的讲话,将自己的各种愤怒趁着酒劲儿发泄了出来,并最终醉倒在讲台上。受此影响,吉姆失去了大学的讲师职位,但他的演讲却得到了青年人的认可,并赢得了克丽斯廷的芳心。在小说的结尾,吉姆得到了一生孜孜以求的舒适工作和漂亮的女人。在这部小说的创作中,艾米斯不仅出色地继承了现实主义叙述手法和成功地运用了讽刺喜剧手法,表达了一种冷峻的幽默格调,而且还通过作品塑造了一个在战后英国具有一定典型意义的"小人物",表达了这些平凡的、生活在下层的"小人物"对社会现实和现代文明的强烈不满。

《那种莫名的感情》讲述的也是一个出身低微的年轻人最终跻身上层社会的故事。主人公约翰·路易斯出身煤矿工人家庭,大学毕业后到大城市成为图书馆管理员。但他不满足现状,在结识了图书馆委员会一位成员的太太伊丽莎白后,与她偷情,并在她的帮助下很快进入了上层社会。但虚伪做作的上层社会并不是他想要追求的生活方式,他最终辞去了图书馆的工作,携妻子回到了家乡,和矿工们生活在一起。小说中所写的"那种莫名的感觉"指的就是约翰在跻身上流社会过程中所经历的思想上和感情上的困境。与《幸运儿吉姆》相比,艾米斯为约翰安排了与吉姆不同的结局,他并没有让约翰留在上流社会中,而是让他重返故里,并让他获得了良心的慰藉。这部小说中也有很多滑稽场面的描写,如约翰作为一个小小的图书馆管理员,对自己的生存状况感到不满,于是便假想自己是一个巨人,捣毁了图书馆,还将借书的人摔打在石头地上,试图从他们身上敲出煤来,因为不能成功,他"常气得嗷嗷直叫"。诸如此类的滑稽场面虽然相比《幸运儿吉姆》要少很多,但却对上层社会进行了更为强烈的抨击。

《带上像你这样的姑娘》写的是一对青年男女之间的感情和道德观念的冲突。女主人公詹妮·邦恩是一位工人家庭出身的青年女教师,她非常精心地修饰自己的外表和装束,并在待人接物中始终保持着一种属于上层人士的彬彬有礼的优雅风度。男主人公帕特利克·斯坦迪什是一所大学的古典文学讲师,他风度翩翩,对女性充满魅力,但在道德观念方面却表现出明显的反传统倾向。小说的触角深入到道德伦理观念讨论的范畴,詹妮可以被看作是传统道德观念的化身,她顽固地守护着自己的贞洁,而帕特利克则通过种种狡猾的手段诱惑詹妮,最终在詹妮酒后失去知觉毫无防备的情况下占有了她。他们两人的爱情道德观在当时英国社会是颇有争议的,在其他一些作家的作品中也有对此的讨论和探索。而在这部小说中,艾米斯显然把同情和赞许给了詹妮,而使读者感到帕特利克是个卑鄙的恶棍。

自《带上像你这样的姑娘》之后,艾米斯的社会和政治观念随着其涉世的日益深入和地位的改变逐渐转向了保守,对社会和生活的观察、表现也有了偏差成见。这时候的艾米斯作为一个志满意得的中年和老年人,实际上已成为当年"愤怒的青年"猛烈攻击的对象。

## (四)约翰·布莱恩的现实主义小说创作

约翰·布莱恩(John Braine,1922—1986)出生于英国约克郡的一个中产阶级家庭,他的父亲原是一名工人,后来成为监工,他的母亲是天主教徒,原籍爱尔兰。受母亲的影响,布莱恩成为一名天主教徒。布莱恩受过的正规教育很少,初中毕业后做过店员、实验员、海军报务员等工作。1940 年时,布莱恩成为约克郡宾利公共图书馆的馆员,1951 年,他放弃了这份工作,并且携带着他仅有的 150 英镑来到了伦敦。在伦敦,他靠着自己的这点积蓄为生,并开始专门从事写作。

布莱恩和其他几位"愤怒的青年"派作家一样,主张文学应尊重生活,取材于生活,忠实于生活,反对现代小说晦涩的文风,认为现代派小说偏嗜于描写人性中丑陋的一面,而这种丑恶一经现代派作家扭曲后夸张地表现出来就更令人作呕。他认为小说应该真实、自然、平和,而不应刻薄、古怪、晦涩。因此,他主张小说应描写普通人的平凡生活和真实情感。布莱恩的小说的确为读者塑造了一系列平凡的小人物形象,向读者展示了下层人纯朴的一面。而最能体现他这一思想的小说作品除了《跻身上层》之外,还有《上层社会》《沃迪》等。

《跻身上层》对英国第二次世界大战之后的社会现实问题进行了深刻的探索。小说的主人公乔伊·莱普顿是个雄心勃勃的外省人,出身于工人阶级,他曾在皇家空军服役,第二次世界大战期间他被纳粹俘虏投入了监狱。在监狱里,乔伊并没有选择越狱逃跑,而是学起了会计学。第二次世界大战结束后,乔伊通过了会计考试,并在市政厅当起了会计。等级森严的社会制度让乔伊感到不满,为了能够进入上层社会,他选择了高攀婚姻的方式。为此,他决定娶沃利镇最富有的工业家的女儿苏珊为妻子,抛弃了深爱自己,并且也是自己深爱着的艾丽斯。他还设计使苏珊怀孕,迫使苏珊的父亲同意了他们的婚事,就这样,乔伊最终实现了他挤入上层社会的目的。然而乔伊虽然跻身上层社会,但却并没有因此获得幸福。首先他对艾丽斯的背叛使他的灵魂深处产生了沉重的负罪感,他不仅背叛自己生存的阶层,也背叛了自己的感情。他受到良心和道德的谴责,尤其是在艾丽斯因车祸丧生后,这种负罪感变得更深重、更持久了。其次,他身处上层社会的感觉是复杂的,因为这个阶层既是他所向往的,同时也是他所痛恨的。他的出身、文化背景使他与富人社会格格不入,上层社会对他来说始终是陌生的,他始终感觉自己是个局外人。作品通过故事情节的展开,揭示了爱情与金钱的冲突、感情与理智的冲突。乔伊在做一笔交易,一笔道德与财富的交易,他得到了财富却失去了一个正直的人所应有的道德。乔伊的经历和感觉在当时的英国社会代表着一群来自中下层的小资产阶级知识分子,颇具典型性。

《上层社会》是《跻身上层》的续篇,对乔伊进入上层社会后的种种经历进行了记述,并对他在进入上层社会后内心的痛苦和矛盾进行了深刻的刻画。他虽然混迹于上层社会,但阶级分野森严的上层社会却常常会使他这个来自下层的暴发户感到难堪和自卑。事业和家庭的不如意,使乔伊产生了报复的心理,为了报复岳父,他在议会选举中投了反对票,为了报复苏珊,他和一名颇有姿色的记者私奔到了伦敦。但是到了伦敦之后,乔伊找不到理想的工作,生活条件大不如从前,正在他进退两难之际,他的岳母来到了伦敦请他回去,于是,乔伊又回到了沃利镇,最终向苏珊、岳父妥协。这部作品发表后,评论界并没有给予很高的评价,但这部作品在对英国社会的观察和思考方面却有着一定的社会意义和思想深度。

《沃迪》主要描写一位住在结核病医院的病人迪克·科维自卑、忧郁的心境。令人压抑的白色病房使他在幻觉中总感到有一股势力企图摧垮他,而这一恶势力在小说中显然象征着社会的不公正。如果说《顶层的房间》的主人公乔采取了一种积极有为的态度和手段来改变社会对自己的不公的话,那么,迪克则完全是消极地宣泄私愤而已。小说只在结尾表明主人公迪克从疗养院回到他唯一的避风港——家中时,决定要与那股势力抗争到底。但如何抗争,作者并没有写明。

# 二、20 世纪下半叶实验小说的创作

到了 20 世纪 60 年代前后,有很多作家不满于现实主义的创作方法,开始寻找新的创作方法。随着现代主义创作方法的发展,实验主义小说悄然抬头,这些小说的创作者用离经叛道和标新立异的手法,表现出了普遍的混乱意识和绝望心理,体现出明显的反传统的倾向,使其成为英国小说发展史上不可或缺的重要组成部分。实验小说作主要的代表作家主要有威廉·戈登(William Golding,1911—1993)、安东尼·伯吉斯(Anthony Burgess,1917—1993)、艾丽丝·默多克(Iris Murdoch,1919—1999)、安格斯·威尔逊(Angus Wilson,1913—1991)等。

## (一)威廉·戈登的实验小说创作

威廉·戈登(William Golding,1911—1993)出生于康威尔郡,祖上数代为教师。父亲是一名中学校长,笃信自然科学、理性主义和人道主义,母亲是热衷于鼓吹妇女参政的女权主义者。戈登的童年时代,几乎在孤独中度过。1930 年,中学毕业的戈登进入了牛津大学攻读理科学位,两年之后改读英国文学,1935 年毕业,并获得了教育学学士学位。1940—1945 年,他在英国皇家海军服役。第二次世界大战结束后,戈登进入中学教书,并在业余时间从事文学创作。1954 年戈登凭借长篇小说《蝇王》获得巨大的声誉,并于次年成为皇家文学会成员。1961 年,戈登获得牛津大学文学硕士学位,同年辞去教职,专门从事写作,1970 年,戈登获得了萨西克斯大学的文学博士学位。1993 年,戈登去世。

与同时代的作家不一样,戈登所着力描绘的不是社会、阶级、个人生活经验等具体问题,而是人的本质即人性。由于他以小说的形式来探讨人类经验和人生根本问题,因而他的小说被评论家们称为“寓言”或“神话”,而他本人倾向于“神话”之说:“神话是比寓言更深刻更重要的东西……是某种来自事物根源的东西,按古老的意义来讲,是生存的关键问题,是生命的全部意义,是总体上的经验。”最能体现戈登的小说创作特点的作品有《蝇王》《品契·马丁》《自由堕落》《塔尖》等。

《蝇王》是戈登的一部重要作品,该部小说一经问世便引起了英国文学界的关注,戈登也因此成名。小说的书名“蝇王”一词出于《新约》,戈登取其魔鬼之王的意思。这部小说与 19 世纪作家罗伯特·拜伦廷的儿童惊险故事《珊瑚岛》有着一定的联系。在《珊瑚岛》中,因轮船失事而流落到荒岛上的杰克、拉尔夫、彼得金等一群孩子在荒岛上进行了一系列的冒险行为,孩子们用自己的天真无邪来对抗来自外部的恶势力代表野蛮人和海盗,并最终战胜了恶势力。而在这部小说中,一架飞机载着一群男孩从英国飞往南海疏散。飞机在途中不幸被炮火击中,坠落于孤岛上。幸存的孩子们按照文明社会的管理,确定了民主议事程序,推举拉尔夫当头领。这个聪明强健的男孩组织孩子们盖起了茅草屋,并建议大家用烟火作为向外界求救的信号,他凡事都坚持文明社会的秩序,以吹响海螺作为召集孩子们进行全体大会的信号。拉尔夫的助手是位绰号“猪崽”的男孩,他的眼镜就是用来使阳光聚集点火的工具,也是保护作为求救信号的篝火的人员。在拉尔夫的带领下,孩子们在岛上摘果子吃,在海滩边玩,然而这种情况很快便被打破了。负责狩猎的杰克的权力欲不断膨胀,他与拉尔夫之间冲突不断,并组织了一群孩子与拉尔夫对抗。在这场对抗中,“猪崽”和另一个孩子西蒙丧生,拉尔夫遭到杰克的追捕,孤立无援,杰克还放火烧山,以烧死拉尔夫。烟火引来了过路军舰上的英国海军官兵,他们救出了被困荒岛上的孩子们。小说探讨了人类本身所存在的恶的因素,正是人性恶导致了人类自身的不幸。在《珊瑚岛》中,拉尔夫与杰克是最要好的朋友,他们共同进退、齐心协力战胜了许多的困难,而在《蝇王》中,他们却成为敌人,究其背后的原因,就是人性之恶在作怪。在这部作品中,戈登用他特有的沉思与冷静挖掘着人类千百年来从未停止过的互相残杀的根源,是一部揭示人性恶的现代版寓言。在艺术手法上,戈登使用了大量的蒙太奇手法,如从拉尔夫在沙滩上满身大汗地行路到他思想跳跃到夏天时爽凉快乐的英式农场生活,从杰克对海螺的念念不忘到他猎杀野猪时的思想剧烈动作等,这些蒙太奇手法的运用让人物的性格变得更加立体化,对进一步揭示小说的主题起到了巨大的作用。

《品契·马丁》分三个阶段揭示了主人公海军军官马丁的人性。马丁在其舰艇被鱼雷击沉后独自漂泊到一座孤石上,落水之后,在海中漂泊的马丁身体已经不再听从使唤,思绪渐渐地与肉体分离,但求生的欲望依然使他坚持着在被不断扑打过来的海水淹没的间隙大口地吸气。就在绝望快要将马丁淹没的时候,一块岩石出现在马丁面前。这块岩石既是他的希望,同时也是对他的一种折磨。在这块岩石上,马丁不得不一次又一次接受海浪的冲刷,但同时,他坚信自己可以在这块石头上获救。为此,他以城市的街区来命名石头上的各个部分,并收集海草,将这块石头装扮成与自然造化形成强烈反差的图形,试图通过个人的理性力量向外界索求拯救。由于一直没有获救,马丁便在等待救援的过程中回忆自己的人生。他攫取他人的所有,且用人人都有追求最幸福生活的权利和渴望为由为自己开脱。如同一位演员,他确实把理性的力量发挥到了极致。然而,其行为不过是演戏而已,而且除了他所扮演的角色以外,他并不明白自己究竟是谁。在这里,戈登通过马丁这个人物,喻指了那些现实生活中对自己缺乏了解的各类人物,将人身上的"原罪"的掠夺性充分地揭露出来,并指出人类的"贪婪"是一切罪恶的本源。小说充满了宗教寓意,书名"品契·马丁"与"基督卫士"(Christ besrer)谐音,以马丁充满欺诈、诱惑甚至盗窃和谋杀的经历象征了基督卫士的堕落。在艺术手法上,戈登充分运用了 17 世纪诗歌中经常运用的抽象比喻,如马丁在海水中的沉与浮,一如他的人生始终都在无尽的欲望和无奈的失望中颠簸,在肉欲和灵魂之间摇摆。

《自由堕落》是一部反映人性罪恶的小说,主人公蒙乔伊是个私生子,和他的母亲一起在贫民窟中生活。母亲死后,神父华兹·瓦特收养了他,把他送进学校。他接受了教师尼克·谢尔斯向他灌输的科学观念和理性主义。另一位教师普林格尔给学生传播基督教的宗教思想,使他感到厌烦。蒙乔伊毕业之后,有过各种各样的经历:他曾经参加过共产党的活动,也曾经诱奸过美丽的少女比阿特里斯,然后又抛弃了她,还曾与另一位女子泰妃结婚,导致比阿特里斯精神分裂,被关进了疯人院。虽然蒙乔伊的生活十分堕落,但却在艺术上表现十分突出,并成为有名的画家。第二次世界大战期间,蒙乔伊被德寇投入了集中营。纳粹心理分析专家哈尔德博士在审问他时,故意告诉他自己也有过不少堕落行为,甚至还参加过共产党,企图诱使他供出集中营里地下工作者的越狱计划。实际上蒙乔伊对此一无所知。纳粹就把他关进单人牢房,继续折磨他。在单人牢房里,蒙乔伊苦苦思索,他想弄清楚自己是在何时何地开始堕落的。于是,他的毕生经历就在意识流的闪回之中徐徐展开。他不断地回忆自己所干过的种种荒唐行为,最后确定他堕落的源头开始于比阿特里斯。小说通过艺术家蒙乔伊为寻找自己罪恶与堕落的开端而展开的回忆扩展了"罪孽"这一人性的核心概念。蒙乔伊对社会制度持有怀疑态度,他说:"我把所有的社会制度像对待没用的帽子那样,挂成一排,因为它们戴着都不合适。"这种怀疑态度也正是戈登本人所经历过的阶段。

《塔尖》是戈登根据自己教学的索尔兹伯里中学附近的建于 14 世纪的教堂的传说改编而来。小说的主人公乔斯林是教堂堂长,他在梦幻中看到圣殿上升起一个塔尖,于是他认为这是神的指示,就集资造塔。工头罗杰·梅森认为教堂的屋柱无法承受塔尖的重量,乔斯林却说上帝会显示奇迹,坚持按原计划进行,并且对罗杰施加压力,强迫他服从。乔斯林名义上是崇敬上帝,实际上却借此机会收敛钱财,并且为自己树碑立传。教堂执事潘格尔是个阳痿的跛子,他的妻子古迪与罗杰私通,乔斯林也在暗中垂涎古迪的美貌。他不断催促工程队干活,借此压抑自己的性欲冲动。那些异教徒建筑工人轮奸了古迪,潘格尔也被谋杀了。乔斯林仍然不顾一切地坚持要继续造塔,塔尖终于建成,却把教堂屋柱压弯了。古迪难产而死,罗杰企图自杀,乔斯林因脊椎病而瘫痪。在临终之时,他才意识到自己是牺牲他人来树立个人荣誉。塔尖不是对上帝的赞颂,而是他灵魂丑恶的见证。

总之,戈登的小说多用象征主义的创作手法,以道德寓言的形式出现,着力表现"人心的黑暗",要人们面对人的贪欲与残忍以及人世的腐败与堕落,获得了社会的高度认可,他是 20 世纪中叶英国文坛上的一位个性鲜明的小说家。

## (二)安东尼·伯吉斯的实验小说创作

安东尼·伯吉斯(Anthony Burgess,1917—1993)出生在曼彻斯特一个信奉天主教的中产阶级家庭,1940 年毕业于曼彻斯特大学英语语言文学专业。毕业后至 1946 年,伯吉斯在皇家军医团服役。后来伯吉斯到伯明翰大学任讲师。1948—1950 年,伯吉斯在教育部担任教育官员,1954—1959 年被派到英属殖民地印尼的婆罗洲和马来亚工作。20 世纪 60 年代以后,伯吉斯陆续发表了 30 多部小说和其他类型的作品,其中以 1962 年出版的《发条橙子》最负盛名,该部作品还被美国导演斯坦利·库布里克(Stanley Kubrick,1928—1999)改编成了电影,获得了极大的成功。1970—1971 年他在普林斯顿大学担任客座教授,1972—1973 年又曾在纽约市立大学担任讲座教授,1976 年,他担任了纽约大学水牛城分校的驻校作家。1993 年病逝于伦敦。

伯吉斯的作品具有丰富的艺术魅力,特别是他把很多艺术手法如黑色幽默、潜文本、元叙事、涂抹、延宕、闪回、时空交错、梦语、醉言、疯语、自由间接引语、自由直接引语、视角转换、语言游戏、戏仿、外来语等运用到了极致的程度,从而使得他的小说呈现出别样的风采。

伯吉斯在英属殖民地印尼的婆罗洲和马来亚工作期间,创作了三篇小说,即《老虎时代》《毯中之敌》和《东方之床》,1972 年,这三篇被合为一部以《马来亚三部曲》的形式出版发行,伯吉斯也凭借此部作品奠定了他在英国文坛的地位。20 世纪 60 年代以后,伯吉斯陆续发表了 30 多部小说和其他类型的作品,并曾获诺贝尔奖的提名。

在《马来亚三部曲》中,《老虎时代》通过小说人物的经历将马来西亚的生活展现在了读者的面前,并部分揭示了英国统治必然要走向结束的原因。小说中纳比·亚当斯是一名警察,他是一个酒鬼,尤其爱喝虎牌啤酒。克拉布作为一名英籍的马来西亚校长,在纳比的帮助下,希望融入东方,但是当地的马来人、泰米尔人、华人和混血人都不喜欢英国人,在这一点上,马来人、泰米尔人、华人和混血人达成了共识,但是当英国人离开之后,这些人之间的种族对立便又重新爆发了。在这部小说中,伯吉斯对马来西亚的前途表达出了某种悲观的看法。《毯中之敌》探讨的是如何适应不同文明的问题,小说中的主人公鲁珀特·哈德曼患有白化病,因为缺钱,他不得不与一个富有而又蛮横的马来西亚穆斯林寡妇结婚,这个寡妇只喜欢鲁珀特的特别白的皮肤和律师职业,其他的一切带有英国特征的东西都不允许鲁珀特保留,于是鲁珀特被迫融入了伊斯兰文化当中。《东方之床》描写克拉布做了很多的好事,希望实现种族和谐,但是事与愿违,由于没有人欣赏,他的这些好事最终都变成了坏事,小说探讨了自由带来种族之间敌意加深的问题。

在伯吉斯的众多作品中,最负盛名的是 1962 年出版的《发条橙子》。《发条橙子》出版于1962 年,是他对当时国际社会尤其是英国社会现实和社会思潮进行深刻思考的结果。从第二次世界大战开始到 20 世纪 60 年代末,世界形势始终处于极大变动之中,殖民地国家的纷纷独立、世界范围内社会主义革命的风起云涌、社会主义国家内部的社会运动、资本主义国家内部的社会革命和政治斗争,与科学技术和社会思想理论的蓬勃发展交相辉映,推动着知识分子对众多信仰问题、人性问题、社会发展问题和如何管理社会等众多问题的探究和思考。《发条橙子》以政府如何消除社会上的犯罪行为为例,探讨的是什么样的政府才算是合适的政府,政府应该采用什么样的方法来管理社会等当时很急待解决的理论问题。伯吉斯自己关于《发条橙子》的目的是这样表述的：

> 事实上，如果小说不能激发道德的改善或者智慧的增加，写小说就没有什么意义。激发道德的改善和智慧的增加要通过小说中的主要人物实现。哪怕是垃圾似的畅销小说都会表现人的变化。如果小说只体现人的性格是固定的，一成不变的，不能重新塑造的，这样的小说就不是小说而是基于动物世界的寓言或者基于人类世界的寓言……我的书是肯尼迪主义的书，接受道德进步的思想……人天生有自由意志，他可以使用自己的自由意志选择善或者恶。如果他只会善或者恶，他就是一个发条橙子——表面看是一个有漂亮的颜色、有美味的果汁的有机体，实际上却只不过是一个被上帝或者魔鬼或者（越来越多地代替这两者的）具有强大力量的国家政府拧来拧去的发条玩具。完全的善和完全的恶一样都不是人类。重要的是进行道德选择。善与恶并存才会有可能进行选择。生活在不同道德的艰苦博弈中前进。这是电视新闻报道的东西。不幸的是我们心中有太多的原罪，所以我们总是觉得恶更有吸引力。毁坏比建造更容易、更蔚为壮观……如果我否认我写这本书有投读者所好的目的有点装腔作势。书中有我对原罪的健康继承。我喜欢实施强烈的性行为，也喜欢被实施强烈的性行为。小心翼翼地不承认自己的原罪倾向而将其推给有想象力的读者是作家的天生怯懦。但是，这本书确实有道德教训，是传统的观点，认为能够进行道德选择至关重要。正是因为这个道德教训太突出了，就像酸痛的大拇指一样，所以我不看好《发条橙子》，其中的说教成分太多，艺术成分太少。布道不是小说家的任务，展示才是他的任务。尽管由于我另一方面的怯懦，我发明了一系列词语作掩护，进行了某种干预，我还是作了足够的展示。那碴语（Nadsat）是俄语化的英语，目的是包裹色情产生的原始反应。

这是伯吉斯面对欧洲社会由于《发条橙子》电影引起的风潮而对自己的小说《发条橙子》所做的"坦白"，是他对小说《发条橙子》所做的最正式、最权威的解说。然而，我们可以看出他的坦白依然是让人雾里看花，处处是伏笔，处处是遮掩，欲见故藏，但其中确切清晰地留有让读者解读的路标。他把原因推给作家的天生怯懦，因此，强调作品的道德目的，却说道德说教不好，缺乏艺术性；抨击政府自由意志，却强调个人自由意志的天赋不可剥夺；作品直指社会运行制度和政府管理民众的方式，却强调个人成长的自然规律不可违；作品清晰地解剖政治和党徒的本质，却偏说人的原罪；作品明明白白迎接现实新问题，却说是传统的基本问题；作品非常明显是审视政治伦理，却说是观察道德选择。所以，"作家的怯懦"和"语言的干预"是作品解读的指路明灯，是多重能指。

小说中，15岁的阿列克斯在一个冬天的晚上和他的朋友处于无聊而进行了一系列的暴力行为，他们先是殴打了一个教书先生模样的行人，然后抢劫了一家小店，拦路打伤了一个酒鬼，与另一伙小流氓拳脚相见。接着，4个人又去偷了一辆小汽车，横冲直撞地向郊外开去。在一幢别墅中当着被缚的男主人的面对女主人施暴。后来，阿列克斯因无故杀害一个老妇人锒铛入狱。在狱中，阿列克斯接受了"路德维克疗法"，这种疗法就是通过"联想法"让犯人的身体对暴力行为产生反射性的反感，从而达到不再从事暴力行为的目的。经过治疗之后，阿列克斯果然开始厌恶暴力，成为一个带发条的橙子。该部小说探讨了有着自由意志的邪恶之徒是否比一个无自由意志的"好"公民更可取这样一个具有哲理性的问题。书中的阿列克斯被认为是当代小说中最典型的暴力形象之一。他毫无道德观和犯罪感，以施暴为乐，是一个令人忧虑的反道德文明产物。伯吉斯对阿列克斯这一小恶棍反社会的心态和行为作了生动的描写,并为其安排了一个十分传统的结尾:改邪归正的阿列克斯长大了,想结婚生子,"翻开新的一章"。

伯吉斯还在语言的运用上实现了创新,他糅合了苏联、英国和美国俚语,创造出了一种俄式英语,被称为"纳查奇",成为小说中团伙间使用的黑话,让语言的使用变得更加符合人物的性格。

总之,伯吉斯的小说创作体裁丰富,手法多样,语言出色,他能够得心应手地运用多种风格进行创作,且形式和内容达到了很好的统一。

### (三)艾丽丝·默多克的实验小说创作

艾丽丝·默多克(Iris Murdoch,1919—1999)出生在爱尔兰的首都都柏林,1岁时,因为父亲工作的需要,默多克全家迁到伦敦,13岁时,默多克进入伯明翰女子公学,1942年毕业于牛津大学,1944年至1946年在联合国供职,曾在比利时、奥地利难民营工作。在比利时逗留时,她曾拜访过萨特,1956年,默多克与牛津大学的英文教授约翰·巴利结婚。婚后虽颇有曲折,但丈夫对她格外宽容。从1963年起,默多克投身写作,偶尔去一些大学演讲。1987年,她被授予大英帝国女勋爵头衔。20世纪90年代中期,默多克患了老年痴呆症,说话和行动不便,1999年2月8日,默多克因病去世。

默多克是个多产作家,并横跨小说、剧本、评论、哲学多个领域。她喜爱哲学,深受柏拉图、萨特(Jean Paul Sartre,1905—1980)、维特根斯坦(Ludwig Wittgenstein,1889—1951)等人哲学思想的影响,她的小说大多掺有复杂的两性关系(尤其是高层知识分子之间的两性关系),故事情节具有一种歌剧式的特征,将滑稽、怪诞和恐怖巧妙地编织组合成富有象征和启示意义的结构图景,代表作有《在网下》《逃离巫师》《钟》《砍掉的头》《独角兽》《天使时节》《黑王子》《大海呀,大海》等。

《在网下》通过主人公杰克·多那格的思索及其生活经历揭示了真实世界的实质。通过追忆往事,杰克展示了自己部分的生活历程。在小说的开始,杰克做自我介绍时,称自己"有才能,但也懒惰",事实上,他对于生活毫无任何明确的目标可言,作为一个作家,他很少自己写作,而是选择成为赚钱更为容易的翻译,他与女人相爱,搬去女友的住所,目的是为了省下或免交房屋租金。虽然杰克在试图寻找他满意的生活道理,但是无论他怎样编织生活方式的网,生活都以不同的姿态对他的方式进行了拒绝。对于事实的辨认不清,导致他屡次碰壁。他认为雨果喜欢安娜,可是事实却是雨果喜欢萨蒂,萨蒂喜欢杰克,杰克却喜欢安娜,安娜喜欢着雨果。混乱的感情关系让杰克不但认识错位,而且角色错位。这种经历导致了他极其悲观的人生观,以至于他对于任何所爱的女人都持怀疑态度,同时,也使他失去了向任何人,包括他所钟爱的女人吐露心声的勇气。在这部小说中,默多克将心理描绘与流浪汉传奇结合起来,使其在表面的诙谐之下渗透着一种卓别林式的悲哀,正如小说的主人公杰克所说的一样:"我的快乐长着一副悲伤的面孔。"

《逃离巫师》这部小说的主人公密斯恰·福克斯是一家报业集团的总裁,他在政治和社会等各个领域享有至高的权力。罗莎是密斯恰曾经爱过的女人,但罗莎拒绝了他的爱。安妮塔是罗莎的同学的女儿,现在和罗莎住在一起。健和斯达芬·卢西威兹兄弟俩是丧失家园的难民。小说开始时,安妮塔决定"从今以后,我要自我教育。我要步入生活的大学堂"。富有而又受过良好教育的罗莎为了她理想的社会主义在一家工厂里劳动,并且是厂里的波兰难民健和斯达芬·卢西威兹两兄弟的共同情人。小说是围绕着密斯恰企图通过他的助手布莱克控制罗莎的兄弟基蒲·韩特主办的杂志《阿耳特弥斯》的相关事件而展开的。在小说的结尾处,罗莎改变了以往的态度,对她母亲的妇女参政的主张和社会主义信仰产生了兴趣;安妮塔则回到父母身边和他们一起,从一个国家旅游到另一个国家,过着自由的生活;密斯恰则回到了他坐落在地中海边的意大利别墅中,和卡尔文在一起。总体来说,这是一部关于自由、责任和爱的小说。在这部小说中,默多克塑造了一个如同"巫师"一样的人物——密斯恰,密斯恰企图运用各种手段来控制每一个人,受他的影响,小说中的每一个人都沉湎于某种观念和幻想之中,无法自拔。小说揭示了这些人逃离巫师、破除符咒的过程。

《钟》围绕着女主人公朵拉寻找人生意义的心路历程,记述了一所修道院的塔尖上更换大钟这一小事,展现了前前后后发生的一连串的事件。在格洛切斯特郡一个信奉英国国教的鄞伯考特社区里,一所修道院的塔尖上的钟被移至门道后,突然落入水中,从此消失得无影无踪。这里的人们本来齐心协力追求幸福,创造美好的生活,但人们意识中对于性与宗教的观念的冲突动摇了这一社区的平静和安宁,随着大钟的消失,原本脆弱的平静遭到了破坏。社区的领袖人物米切尔·米德因有同性恋的劣迹而没能继续成为该教区的教士,他曾一心想要改变自己,但现在他又一次陷入到了诱惑当中,与一位在校学生托比展开了恋情;艺术家保罗的妻子朵拉因为惧怕丈夫离家出走,数月后才回到了家中。小说从现实主义和象征主义两个层次上探讨作者的思想,大钟的形象代表人道和宗教意义上的爱以及为获得这种感情而进行的努力。

《砍掉的头》运用了一个寓言式的恶人来代表日常生活中的邪恶与暴力。小说里的一个人物自称是一颗被人砍下来的头颅,全书围绕着 6 个生活富裕、精神空虚的中年知识分子的故事展开,其中充满了夫妻移情别恋、同父异母兄妹乱伦、兄弟之间争夺情人等错综荒谬的问题,这些问题虽然让人眼花缭乱,但是在细读之后,读者就会发现默多克对道德的思考,书中掩藏着近乎悲剧的决定论,即人难以逃离某种权威。

《独角兽》从偏居在爱尔兰西部海边的两个维多利亚时期的庄园开始,盖兹堡庄园住着小说的女主人公汉娜以及同性恋者杰拉尔德、汉娜的亲属维丽特和杰姆西这三位负责看管她的人。在相距不远的雷德斯庄园里则居住着哲学教授麦克斯、他的儿子、诗人皮普及女儿、博物学家艾丽丝。故事情节围绕着这两拨人之间的爱恨情仇展开,人物有被杀的,有自杀的,而活着的人几乎都离开了庄园。这是一部蕴含着深邃的哲学思考的哥特式爱情故事,同时宗教信仰的缺失和民族之间的政治冲突成为默多克所关注的焦点,其中也不同程度地糅进了身份危机和精神分析等思想内容。小说反映了第二次世界大战后人们所经历的信仰危机,通过鲑鱼的跳跃象征性地点明了人们渴望和苦苦寻求上帝的普遍想象,作者所思考的主要问题集中在了"善"与"真"两个关键概念上。

《天使时节》是一部思想内容丰富的小说,通过对宗教信仰的探讨和精神分析,体现了默多克反对二元对立、主张一元论的观点。故事发生在一个云雾缭绕、一片荒凉的教区(伦敦的缩影),那里的人们经历着第二次世界大战之后的信仰危机。卡雷尔牧师是所在教区的教区长,那里的教堂被第二次世界大战的战火摧毁。他有一个女儿缪雷尔、被监护人和表妹伊丽莎白以及来自西印度群岛的仆人帕蒂。另外,与他同住在一起的还有他的哥哥马科斯、俄国移民尤吉尼以及他的弱智儿子雷奥。小说就宗教信仰问题,围绕着卡雷尔与其他人之间的吸引和排斥、误解和醒悟等关系逐步展开。尤吉尼在得与失的经历中把爱与死亡统一起来,揭示了"爱即死亡"的一元论观点。作为普通读者代表的帕蒂、缪雷尔和马科斯都把教父卡雷尔视作他们的图腾、渔王和个人的上帝,通过他们各自与卡雷尔的精神交流,默多克进一步阐述了她的"爱即死亡"的见解。而缪雷尔与卡雷尔之间的恋父情结是爱的死亡,是典型的唯我主义,是死亡式的情感封闭。因为缪雷尔接受乱伦,承认自己爱过且只爱她的父亲。马科斯面临着上帝的缺失所带来的信仰危机,即邪恶与善良的矛盾对立。最终默多克意识到,缺失的上帝可以由善来弥补,这种善摆脱了宗教的因果报应说,空无一物。通过代表善的爱,现实与善之间的鸿沟就可以逾越。

《黑王子》是一本回忆录式的小说,表现了主人公布赖德利的疯狂的爱情故事。布赖德利年龄已经 58 岁了,他原本是一名税务稽查员,业余的时候喜欢写作。退休之后,布赖德利想幽居起来写一本惊世之作,但是他的作家朋友巴芬夫妻的争吵使他结识了他们 20 岁的女儿朱丽安。通过一段时间的接触,布赖德利与朱丽安陷入了热恋之中。后来,巴芬夫妇再度发生争吵,在争吵时,巴芬太太杀死了丈夫,并栽赃给了布赖德利,布赖德利甘心蒙冤入狱,并在死前写出了他的忘年之恋,但是故事中与此有涉的其他四个人物一致断定这纯属虚构谎言,并各自写了一篇后记加以声明。在这部小说中,读者是很难区分虚幻与现实的,并且其中充满着含混而荒诞的事件,如勾引与诱惑、偷情与私通、性无能与同性恋等,展现了默多克对存在主义哲学的思考,即生活的无意义和存在的荒谬性。小说的叙事手法颇有新意。由于布赖德利是故事的叙述者,他一开始表现出的封闭、褊狭、自私和性恐惧把他的叙事置于相当不利的位置,极为容易误导读者。而且故事中当事人的后记与布赖德利的叙述显然相抵触,为此,默多克创造的那位假托编辑成为她为小说添加的最后、最保险的一道参照体系,使得小说的叙事艺术与主题思想紧密联系,形式与内容完美结合。

《大海呀,大海》是默多克探讨赎罪主题小说中最为成熟的作品,它描写的是一位导演退休后移居海边回忆过去爱情生活的故事。故事的叙述者是一位退休导演查尔斯,一次偶然的机会,他与孩提时代青梅竹马的哈特丽相遇,旧情复萌,却完全无视哈特丽已有美满婚姻的事实。造访查尔斯的表兄詹姆斯看到查尔斯为了帮助哈特丽和她的儿子麻烦不断,决定帮助他。他告诉查尔斯,哈特丽只是他意念的一个镜像,他必须马上放弃这份迷恋。然而,查尔斯对詹姆斯的劝告不置可否。后来,查尔斯因报复而被推入大海,詹姆斯勇敢地救出了他,自己却不幸染病,终不治身亡。当詹姆斯死去时,查尔斯感到了前所未有的震动,他终于领悟到自己一直在追求的其实只是一个梦。在这部小说中,读者是很难区分虚幻与现实的,并且其中充满着含混而荒诞的事件。这部小说展现了默多克对存在主义哲学的思考,即生活的无意义和存在的荒谬性。

进入 20 世纪 90 年代以后,默多克的创作风格虽然发生了转变,但是关于哲学、道德和宗教的思考仍然是她的小说所要表现的主题,例如《修女与士兵》描绘了个人意志与命运之间的冲突;《哲学家的学生》则揭示了哲学在解释动机和描述真理时的无能和失败;《书与兄弟会》更是涉及了哲学、社会、道德等诸多方面。总之,默多克的小说创作为实验主义小说的发展做出了重要的贡献。

## (四)安格斯·威尔逊的实验小说创作

安格斯·威尔逊(Angus Wilson,1913—1991)出生在英国东南沿海一个叫贝克斯希尔的小城,是家中最小的孩子。1927 年,威尔逊进入伦敦威斯敏斯特学校读书。1932 年,由母亲遗产的资助,威尔逊进入牛津大学默顿学院攻读中世纪历史学。1936 年从牛津毕业后,威尔逊曾做过各种不同类型的工作,并最终于 1936 年进入大英博物馆阅览部任编目员。第二次世界大战期间,他曾在英国外交部工作。1966 年至 1978 年,威尔逊担任东英吉利大学英国文学教授。1985 年,他移居法国,后来获得皇家图书基金提供的养老金,晚年是在一家私人疗养所度过的。1991 年 5 月,威尔逊逝世。

威尔逊是小说家和文学评论家,他的创作反映了 20 世纪下半叶以来英国小说从现实主义传统到现代主义革新的转变,是实验小说的代表人物之一。《盎格鲁-撒克逊态度》《并非笑料》《动物园里的老人》等都是威尔逊的著名作品。

《盎格鲁-撒克逊态度》是威尔逊早期的作品,小说的开篇摘了一条 1912 年有关考古发现的新闻报道,报道了著名历史学家斯托克赛在 1912 年发掘了一座公元 7 世纪的一位大主教的坟墓,出人意料的是在主教的坟墓中竟然供奉着异教徒的偶像。由此引出了小说的主人公,一位 62 岁的已经退休了的中世纪历史学教授,同时也是当时出现在挖掘现场的唯一健在的学者——杰拉尔德·米德尔顿。小说采用了两条线索交叉叙述的形式展开论述:一条线索以杰拉尔德和他的大学同事为中心,展现了英国学术界的荒诞;另一条线索叙述了杰拉尔德的家庭生活和情感困扰。在事业上,杰拉尔德从一开始便怀疑吉尔伯特的父亲——已故的历史学家斯托克赛发现的真实性,因为他记得吉尔伯特曾告诉他,那个异教徒偶像是吉尔伯特为了戏弄他讨厌的学者们而偷偷放进去的。为了维护斯托克赛教授的形象,杰拉尔德一直对此事保持沉默,他有意识或者无意识地逃避各种学术研究活动,并沉溺于古玩的收集,这对他的事业造成了很大的影响。在生活上,杰拉尔德与妻子因性格不合而长期分居,导致他和孩子之间因缺少交流而疏远。他曾与已故朋友吉尔伯特的妻子多莉保持了 4 年的情人关系,虽然杰拉尔德爱多莉,但是却没有勇气和多莉结婚。小说采用了回忆叙述的方式,小说的主人公杰拉尔德通过回忆与妻子英格伯格早期的婚姻生活,与情人多莉的婚外情,以及当年的考古经历等,对过去和对自己都有了更深刻的认识,终于敢于正视自己生活与事业失败的原因,重新获得了面对问题的勇气。在事业上,他开始着手调查坟墓中异教徒偶像的来历,寻找到了异教徒偶像是由吉尔伯特后来放进去的证据,并将这一消息公布于众。他还主动担任了《大学中世纪历史》杂志的编辑工作,重新开始了他已经停滞多年的历史学研究。在感情问题上,杰拉尔德也选择了勇敢面对。在小说的结尾,杰拉尔德接任了爱德加爵士担任的历史学会主席的职务,开始了新的生活。这部小说的出版奠定了威尔逊在英国文学界的地位。

《并非笑料》在时间上横跨 60 年,在内容上围绕麦休斯一家尤其是 6 个儿女的成长经历进行了描写,反映了英国 20 世纪 60 年代的社会变迁。小说的主人公麦休斯是一个不得志的作家,由于经济不宽裕,越来越颓唐。麦休斯太太对丈夫非常失望,所以就在外面同美国人胡搞,两人勉强维持着一个中产阶级家庭的体面外表,但是儿女们都清楚他们的实际情况,从懂事的时候起就力图摆脱他们的影响。后来,他们的长子从军参加第一次世界大战受伤,复员后成为政治活动家;次子成为演员;3 个女儿中一个成为命运坎坷的职业妇女,一个成为家庭妇女,一个成为小说家;最小的儿子一度做了男娼,后来成了美术品经纪人,最后在北非开了一家工厂。这部小说的规模是巨大的,但给人印象最为深刻的是作者把众多人物写得生动的本领。在这部小说中,威尔逊以狄更斯式的天才将麦休斯一家,特别是他们的 6 个儿女,不仅刻画得人人个性分明,而且从少而长,成熟的过程清楚可见。这种以对话和内心独白为主的技巧比一般的小说写法更需要口语,威尔逊模仿各种阶层人物的谈吐口吻的能力在这里得到了更大的发挥。作品在叙事时插入了许多类似内心独白的段落,使每个人都道出了自己的内心想法;作者在叙述过程中还经常插入小剧本和短篇小说,丰富了小说的叙述结构。另外,威尔逊通过对麦休斯家中 6 个儿女职业发展的描写,把当代英国历史上的一些重大事件也编织进了作品中,如两次世界大战、20 世纪 30 年代的反法西斯斗争、苏伊士运河危机和后来英帝国的瓦解等。这部小说也因对英国历史和当代社会的深刻洞察和犀利的笔锋,而"被认为是威尔逊最优秀的作品"。

《动物园里的老人》是威尔逊实验小说的代表作。该部小说以动物语言的方式讽喻了当时的社会现实,展示了乌托邦社会的未来图景。故事设在未来的 1970 年至 1973 年间,通过描写园中几位有地位且各自持有不同管理理念的老人之间的权力争夺和园中人类和动物之间的冲突,影射了当时英国社会中所面临的核战争的威胁、社会秩序的沦丧,以及大英帝国辉煌的一去不复返的现实。小说的叙述者西蒙·卡特是动物园中的一位年轻秘书,他由于厌恶财政部同事间的尔虞我诈而放弃了高薪来到了动物园,并天真地以为和园中敬业的科学工作者在一起会是比较理想的工作,而结果却令他大失所望。一开始,一个年轻管理员费尔森被一头长了脑瘤的长颈鹿活活踢死了,卡特一心想调查出事故发生的缘由,以避免再次发生此类悲惨事故,不料他的调查却受到了园中几位身居高位的老人的阻挠,因为他们都想借此机会排斥异己、打击别人。园中第一位园长爱得温·利科克极力掩盖事情的真相,他一直希望在威尔士边界的森林和丘陵区建立一个动物自然保护区,给动物所谓"有限自由",让现代人有机会领略自然和野性的生命。为了达到这个目的,他利用电视广为宣传自己的计划,并取得了动物协会会长歌德曼彻斯特勋爵的资金支持。然而这位支持园长的勋爵也有自己的目的,他只不过想借此扩大自己的政治影响。当他的目的达到的时候,他就借口利科克的保护区计划因为动物的失控而侵扰了附近的居民,中断了对保护区的资金支持。无奈之下,第一位园长下台了。继任园长的是利科克的死对头鲍比·法尔坎爵士,此人在动物管理理念上与利科克截然不同。他认为应该把动物们都关在笼子里,不应该给它们任何自由。他时时刻刻都表现出对大英帝国昔日辉煌的怀念,并企图再现当日的辉煌。然而,当动物园按他的构思重新开张之时,欧洲联军的炸弹落在了动物园前,动物们随之四处逃散,法尔坎的构想也失败了,同时残酷的战争现实也彻底打碎了他重建昔日帝国辉煌的幻想。之后,欧洲人接管了动物园,第三任园长上台了。他是世界主义者、欧洲统一主义者英格兰博士,他在欧洲联军的压力下,对动物施以暴行,并且还恢复了古罗马式的人兽相斗活动,使政治犯与凶猛的野兽决斗,引来围观者无数。最终,在美国和苏联的干涉下,欧洲联军被打败,卡特所代表的人性中文明、理性的一面最终抵制住了野蛮、暴力和兽性的侵蚀。卡特决定竞选动物园园长之职。

这部小说的情节虽然超出了普通小说的情理范围,使读者仿佛置身在梦魇中一般,但我们不难发现,整部小说中体现了作者对人性和社会的关怀。

## (五)马丁·艾米斯的实验小说创作

马丁·艾米斯(Martin Amis,1949—　　)出生于牛津,他的父亲是"愤怒的青年"的代表人物金斯利·艾米斯,母亲也是一名作家。艾米斯曾先后在英国、西班牙和美国的 13 所学校上学,后考入牛津大学埃克塞特学院英语系。从牛津大学以优异的成绩毕业后,他便开始任《伦敦时报》文学副刊的编辑。24 岁时,他出版第一部长篇小说《蕾切尔文稿》,并获"毛姆新人奖"。1975 年,马丁·艾米斯担任伦敦《泰晤士报文学副刊》助理编辑,并出版第二部小说《死婴》。进入 20 世纪80 年代以后,艾米斯的创作进入高峰期,他出版了一系列作品,重要的有长篇小说《太空侵略者的入侵》《金钱:自杀的信号》《伦敦场》《时光之箭》《信息》《夜行列车》,散文集《白痴地狱》,短篇小说集《爱因斯坦的怪物》和旅游文集《访问纳博科夫夫人及其他游览杂记》等。到 2000 年,艾米斯已年过半百,但创作精力依然旺盛。2003 年,他出版长篇小说《黄狗》《会议室》。前者写主人公如何摆脱父亲的阴影;后者讲述斯大林时代苏联劳改营里的故事。尽管两部小说的题材都很沉重,但马丁·艾米斯一如既往,不管题材本身多么沉重,到他手里全都变成富有讽意的"笑料"。

他最近推出的新作是 2008 年的《怀孕的寡妇》。

　　总体来看,艾米斯和他的父亲金斯利·艾米斯一样,是个讽刺作家,但除了继承英国讽刺小说的传统,他还深受许多国外现当代小说家如卡夫卡、纳博科夫、索尔·贝娄、罗伯-格里耶、博尔赫斯的影响,认为"文学的功能是推出观点,给人以兴奋和娱乐。小说家惩恶褒善的观念,再也支撑不住了。肮脏下流的事情当然成为我的素材之一。我写那种题材,因为它更有趣。人人都对坏消息更感兴趣。……我更偏向于普通人的悲伤和潦倒,而不是关心社会阶梯顶端的生活。我利用在自己周围所看到的所有荒诞可笑的、人们所熟悉的、凄惨可怜的事情……在这些日子里,到处存在着寒伧破旧、苦难悲惨的景象,但阐明社会因果关系并非小说家的事业"。因而,"如果严肃地加以审视,我的作品当然是苍白的。然而,要点在于:它们是讽刺作品。我并不把自己看作先知;我不是在写社会评论。我的书是游戏文章。我追求欢笑。"

　　可见,相比他的父亲,艾米斯的小说总以一种幽默的笔触描述人们的尴尬处境,描述他"周围所看到的所有荒诞可笑的、人们所熟悉的、凄惨可怜的事情"。而在描绘这些场景的过程中,艾米斯常用一些反复出现的意象,如肮脏狭窄的伦敦街道、秃顶肥胖的男人或身体有缺陷的女人等来创造新意的同时,勾起人们的深思。同时,他还喜欢从伦敦街头俚语、行业切口中吸收新的词汇,来丰富他的小说语言。譬如,"sock"原意是"短袜",转义为"蜗居";"rug"原意是"地毯",在伦敦俚语中转义为"剃头";"aimed"原意是"被瞄准的",在行业切口中转义为"被解雇";"chippy"愿意为"碎裂",转义为"愤恨"等。因此,可以说艾米斯创作风格具有一种叛逆的精神,他也因此被认为是 20 世纪八九十年代英国"新实验主义"的扛鼎人物,是这一时期最受人瞩目的作家之一。

　　艾米斯最初的两部小说《蕾切尔文稿》和《死婴》,可说是"故作惊人之笔",在这两部作品中,他不仅有意夸大其词地展示猥亵粗野的内容,还有意采用联想和闪回等意识流手法,以示他并不跟着父亲所倡导的"写实手法"亦步亦趋。其中《蕾切尔文稿》被认为是一部写青少年生活的优秀作品。小说以查尔斯的第一人称写成,查尔斯生活在牛津镇,他的父亲接连不断地更换年轻的情人,而已渐衰老的母亲忙于照顾全家的生活,对父亲的所作所为不闻不问。聪明而敏感的查尔斯从小立志要成为一名严肃的作家,于是经常记录自己的体验和感想。在他 20 岁生日的前一晚,他正在考虑如何庆祝这一重要日子,突然联想起自己和蕾切尔的恋爱以及自己所有过去的生活。原来查尔斯为了准备牛津大学的入学考试来到伦敦,认识了迷人的蕾切尔。有了此番大都市生活经历,他对人际关系了解更深,逐渐认识到自己对父亲期望过高,有些不切实际。考入大学后,他和蕾切尔相爱了,度过了非常美满的一段时光。但随着两人关系的加深,查尔斯感到不仅自己的隐私正在失去,身上重要的一部分也在渐渐远离自己。于是,他断然结束了和蕾切尔的关系,同时也理解了自己的父亲。

　　《死婴》是一部构思巧妙的"黑色幽默"小说,充满了暴力和颓废情绪,但又不乏幽默与讽刺。六个年轻人在伦敦郊区的一座大房子里度过了一个狂欢的周末。酒精、毒品和混乱的性关系构成了两天生活的主要内容。小说的高潮是一系列的暴力事件和死亡,最受人尊敬和崇拜的男主人公结果被证明是残暴的杀人犯,其他人或者被杀,或者死于酒后驾车造成的车祸,或者死于酒精,或者发疯后自杀。虽然小说内容令人恐惧,但小说基调却是喜剧性的,因而是一种"黑色喜剧"。在小说的创作中,艾米斯像开玩笑似的讲述着一系列的堕落和暴行,同时又将小说的时间跨度限制在从星期五早晨到星期六的两天之内,用"闪回法"把大量的色情、暴力、凶杀内容"堆积"在一起,使这些原本令人触目惊心的事情显得荒诞不经、滑稽可笑。

　　在第三部小说《成功》的创作中,艾米斯基本形成了自己的创作风格。《成功》既有前两部小说中的叛逆倾向和"黑色幽默"基调,同时还在叙事结构方面做了新的探索。小说由两个主人公,即格里高利及其义兄特伦斯,轮流叙述发生在两人间的事情,如同一出双簧戏,而结果则是非常滑稽地向读者展示了这样一个事实:站在不同立场上的不同的人对同一件事的看法,竟会如何大相径庭,实在令人忍俊不禁。

艾米斯自称他的小说是"戏谑文学"。确实,"戏谑"这一特点始终贯穿在他的小说创作中。特别是他在20世纪80年代和90年代推出的几部长篇小说,如《金钱:自杀的信号》《伦敦场》《时光之箭》等,均可称为"马丁·艾米斯式的戏谑实验小说"。其中,《金钱:自杀的信号》是一部很奇特的小说,主人公约翰·塞尔夫经营广告代理公司,拍摄烟、酒、食品、色情刊物的电视广告,奔走于纽约和伦敦之间。故事发生在1981年,塞尔夫在美国的朋友菲尔丁·古德尼邀请他去美国,两人找大腕明星签约拍一部涉及毒品和性的大片。值得一提的是,艾米斯本人也作为小说人物出现在其中,帮助他们修改电影脚本。菲尔丁拍电影是个骗局,他让塞尔夫大把大把花钱,实际上用的都是塞尔夫自己公司的钱。"塞尔夫"英文为Self,是"自我"的意思,这是一个被金钱欲望吞噬的自我。他的生活没有节制,酗酒、嫖妓、挥霍无度,最后破产,服安眠药自杀未遂。后来,塞尔夫回想起自己的生活,只好苦笑着说:"我的生活,就是一个玩笑。"

《伦敦场》是艾米斯迄今最重要的作品。这倒不是因为这部小说是迄今艾米斯小说中篇幅最长的,而是因为这部小说最集中地体现了艾米斯的创作风格。小说的篇幅虽长,但情节却不复杂,大体说来是这样的:故事叙述者是个名叫"萨姆森·扬"的美国小说家,他来伦敦写一部小说。小说中的三个主要人物都是他认识的英国人,即妮科拉、基斯和盖伊(其中,基斯是妮科拉的男友,盖伊则是他们的朋友)。不过,萨姆森不仅仅是故事叙述者,同时也是故事中的一个主要人物:他不仅认识基斯和盖伊,而且还和妮科拉有染。实际上,萨姆森、基斯和盖伊这三个男人,都围绕着妮科拉团团转,为她争风吃醋。萨姆森写小说的事,其他三人不仅知道,而且还知道他写的小说就叫"伦敦场"。于是,他们都要求在"伦敦场"中亲自出场,而不仅仅是出现在萨姆森的叙述中。萨姆森没办法,只能答应他们的要求。这样,"伦敦场"中就出现了四种声音,时而是第三人称叙述,时而是第一人称叙述。他们各说各的,以此表明,"主宰"他们"命运"的是他们自己,而不是"作者"萨姆森。然而,这里是"伦敦场",一个古怪的"引力场",任何事物在这里都不按常规出现,而是极度反常的。围绕着妮科拉被奸杀这件事,基斯和盖伊都声称自己是最合适的凶手。乍看之下,基斯确实把自己说成是个凶狠的无赖,极有可能是合适人选。但他拿不出证据来证明自己是凶手。盖伊呢,正好相反,他竭力把自己描述得那么温文尔雅,那么使妮科拉为他着迷,而实际上,他是个极其阴险毒辣的家伙,他想以此表明,唯有他才会奸杀妮科拉。但他同样拿不出证据来证明自己是凶手。最后,还是一开始故作镇静的萨姆森说出了真相,说奸杀妮科拉的不是别人,就是他!他为此得意洋洋。然而,他得意得太早了。这时,妮科拉出来"说话"了。她用她留下的日记表明,奸杀她的其实是她自己,是她选中了萨姆森,并诱使他奸杀了她。至此,真相似乎大白(或者说,"游戏"似乎已经结束),萨姆森(或者说,"作者")也不过是"工具",妮科拉(或者说,"伦敦场"中的人物)才是自己"命运"的"主宰",但读者不免会想,妮科拉为何要这样"主宰"自己的"命运"呢?这又是谁"主宰"的?回答是:"伦敦场"(它既是小说世界,又是现实世界)。可见,小说讲述的就是一宗令人哭笑不得的"他杀—自杀案",小说的书名"伦敦场"有两重意思:一是指"田野",即小说中的故事发生地——伦敦西郊一片名叫"兰德布洛克"的林地;二是借用物理学上的"磁场"或"引力场"之意,指称这片林地就如一个"磁场"或"引力场",人在其中会受控于一种莫名的"磁性"或"引力"而极度反常,故称其为"伦敦场"。

在小说的创作中,艾米斯戏拟了 20 世纪 60 年代以来在英国文坛颇为流行的"作者死了"的叙事论调。所谓"作者死了",表面上是凸显人物"自主性",实质上是作者不暴露(或者说,不明显透露)"创作意图"。为了实现这一效果,艾米斯有意在小说中安插了一个"作者",即萨姆森——他也在写一部名为"伦敦场"的小说。这样一来,在艾米斯的《伦敦场》里套了萨姆森的"伦敦场",同时,因为萨姆森写的小说和艾米斯写的小说同名,两者重叠在一起,因此艾米斯就能"躲"在萨姆森背后,使读者不能直接看到他,便以为他"死了"。除此之外,为了进一步"迷惑"读者,艾米斯还在萨姆森前面又设置了一团迷雾,即妮科拉、基斯和盖伊作为"伦敦场"中的主要"人物",要在萨姆森的"小说"中"自述"。这样一来,连萨姆森的"创作意图"也被遮蔽了,好像萨姆森作为"作者"也无法"操纵人物"。于是,读者看到,在萨姆森的"伦敦场"中,无论是妮科拉,还是基斯和盖伊,都要表明自己的"自主性"。尤其是妮科拉,她最后表明,一切都是由她操纵的,包括"作者"萨姆森。表面上,好像是萨姆森操纵着(即奸杀了)妮科拉,而实际上是妮科拉诱使萨姆森去奸杀她的,因而是她操纵着他。到了这里,"人物"好像真的战胜了"作者",或者说,妮科拉"颠覆"了萨姆森的"伦敦场",结束了这场"小说游戏",从而使他们回到了"现实"中。然而,这个"现实"却是一种"错觉",实际上只是艾米斯的《伦敦场》中的"现实"。也就是说,从"虚构"到"现实",等于从"虚构"到虚构,或者说,"游戏"结束了,还是"游戏",只不过一场是"小说游戏",一场是"现实游戏",而艾米斯就"躲"在这两场重叠的"小说游戏"后面,并非真的"死了"。

《时光之箭》以第二次世界大战中纳粹分子对犹太人的大屠杀为素材。主人公欧迪罗是"死亡营"的医生,他对纳粹事业非常狂热和忠诚。他不仅性无能,而且在精神上和道德上都很颓废。为了弥补自己的自卑感,他疯狂地迫害犹太人。他自嘲地说:"我既无所不能,又无能。"这部小说最引人注目的是对时间的安排,即:采用一种不寻常的倒叙法,就如电视录像或电影胶片的倒放,小说中所有的事情都是从后向前倒退的,甚至有些单词的拼写和句子的顺序也是反的,读者必须从后向前读才能读懂这部小说。关于这种别出心裁的写法,艾米斯曾在一次访谈中说,其灵感来自美国当代小说家冯尼格特的著名小说《第五号屠场》。在《第五号屠场》中,冯尼格特写到主人公看了一部倒放的第二次世界大战电影:从飞机上扔下来的炸弹从地面上退回到了飞机弹药舱里。艾米斯认为这种写法既滑稽又有深意,于是就写了这部"倒放"小说,取名为《时光之箭》,意思就是:这支"箭"在生活中虽然只能往前射,但在小说中,即便是射出去的"箭",也可以退回来。

## 三、20 世纪下半叶后现代主义小说的创作

后现代主义是 20 世纪 70 年代后被神学家和社会学家开始经常使用的一个词,一般被认为是对现代主义的回应,排斥"整体"的观念,强调异质性、特殊性和唯一性。进入文学领域后,在 20 世纪 70 年代到 80 年代形成了后现代主义文学高潮。事实上,后现代主义文学是现代主义文学的发展和延续,主要是通过新的价值取向与传统伦理道德观念发生决裂,反映现代生活中的情感享受、物质追求和底层人们生活的合理性。面对纷至沓来和五花八门的新潮艺术和尖端技巧,英国涌现出了以劳伦斯·达雷尔(Lawrence Durrell,1912—1990)、B. S. 约翰逊(Bryan Stanley Johnson,1939—1973)和约翰·福尔斯(John Fowles,1926—2005)、多丽丝·莱辛(Doris Lessing,1919—2013)为代表的作家也开始将后现代主义手法运用到了文学创作中,成功地创作了一系列具有后现代主义倾向的小说作品,成为英国后现代主义文学的积极倡导者。由于后现代主义排斥"整体",强调异质性、特殊性和唯一性,英国后现代主义在小说的主题方面,有表现现实

生活的普遍性和紧迫性的,也有表现某种哲学观念和自我体现的。在创作形式和方法方面,既有对原有创作形式和方法的继承和发展,也有在形式技巧方面的创新。

## (一)劳伦斯·达雷尔的后现代主义小说创作

劳伦斯·达雷尔(Lawrence Durrell,1912—1990)出生于印度,并在印度接受了早期教育,16岁回到英国,并进入英格兰的一所中学读书,20世纪30年代曾客居巴黎,受美国作家亨利·米勒(Henry Miller,1891—1980)的影响颇深。第二次世界大战期间,达雷尔曾在开罗和亚所山大港任英国情报处的新闻官员。战后,他曾赴阿根廷和南斯拉夫讲学。1952年,经历了两次婚变的达雷尔带着女儿来到塞浦路斯专门从事写作。1990年,达雷尔去世,享年78岁。

达雷尔早在20世纪30年代就开始了文学创作,但并没有得到好评,直到1938年《黑书》的问世,达雷尔才成为了英国文学界的关注对象。20世纪下半叶以来,达雷尔发表了系列小说《亚历山大四重奏》(《贾斯廷《巴尔撒泽》《蒙托列夫》《克莉》),之后,达雷尔又创作了《吞克》和《能夸姆》这两部小说。20世纪七八十年代,达雷尔出版了后现代主义倾向更为明显的《阿维尼翁五重奏》。下面就对《亚历山大四重奏》《吞克》和《能夸姆》这几部达雷尔在20世纪下半叶所发表的作品进行简要分析。

《亚历山大四重奏》集中地体现了达雷尔的后现代主义创作倾向。这四部小说在内容上既互相联系,又彼此矛盾,叙述笔法变化无常,有时甚至混乱不堪,通过不同角度的叙述,改变了读者对某一事件的原有的印象,从而使作品呈现出了更为深刻的内涵。达雷尔在1962年出版的单卷本前言中指出:"这四部小说应被当作单部作品来阅读……其合适的副标题也许是'词语连续统一体'。"

《贾斯廷》叙述了小说家达利与夜总会舞女梅丽莎、有夫之妇贾斯廷两个女人之间的感情纠葛。达利虽与梅丽莎同居,但他更爱富商内西姆的太太贾斯廷。然而,虽然他与贾斯廷发生过性关系,却一直没能占有贾斯廷的心。后来,贾斯廷的丈夫内西姆得知了达利与贾斯廷的私情,想要谋害达利。为了自身的安全,达利离开了亚历山大到位于埃及另一座城市的一个天主教会学校中任教。而贾斯廷也离开了自己的丈夫到巴勒斯坦的一个集体农庄当工人。两年过后,达利返回亚历山大,发现舞女梅丽莎已经去世,并留下一个她与内西姆同居时所生的孩子。小说结尾,达利带着梅丽莎的私生子,怀着复杂的心情来到希腊的一个小岛,开始将发生的一切写成小说。

《巴尔撒泽》对《贾斯廷》中的事件进行了进一步的阐述,但是其中的人物关系有了新的变化。这部小说的主人公是巴尔撒泽,他指出达利对许多事件和人际关系产生了误解。事实上,贾斯廷与内西姆之间的婚姻具有浓郁的政治色彩,她与达利之间的暧昧关系只是一种假象,用以掩盖自己的真正的感情。贾斯廷真正爱的是另一位小说家珀斯沃登,但珀斯沃登却并不爱她。

《蒙托列夫》采用第三人称叙述的方式进行描写,达利的主人公地位为英国驻埃及大使蒙托列夫所取代。蒙托列夫曾与内西姆的母亲莉拉及珀斯沃登双目失明的妹妹莉齐有染。莉拉请求蒙托列夫看在他俩过去的情分上帮助照顾她的儿子内西姆,但却遭到了蒙托列夫的拒绝。蒙托列夫又一次落入了他人设下的圈套,在一家妓院遭到一群妓女的殴打,使他狼狈不堪。与此同时,他与莉齐之间的恋情也难以延续,因为双目失明的莉齐长期暗恋着自己的哥哥珀斯沃登,而蒙托列夫则认为他与莉齐的婚事同自己英国大使的身份不符。最终,珀斯沃登为了促使妹妹与蒙托列夫成婚而自杀身亡。

《克莉》讲述了达利在第二次世界大战期间与艺术家克莉之间的爱情。小说开场就是亚历山大的轰炸场面。达利昔日的情人贾斯廷由于从事间谍活动而遭地方当局的软禁,她的丈夫内西姆也变得一无所有,迫于生计不得不去当救护车司机。达利与女画家克莉之间产生了爱情,并且一起去了一个海岛居住。一天,克莉在海里游泳时,她的右手被巴尔撒泽捕鱼用的标枪意外刺中,因此废掉了一只手。但是克莉并没有失去对生活的热情,她依然执著地追求着自己的艺术事业。小说的结尾,克莉去了法国,而达利则留在希腊小岛上继续写作。虽然两人天各一方,但仍然保持着联系。

《亚历山大四重奏》展现了"现代爱情"的面貌。但在这些人中,没有一个人真正动情,而是充满着自恋和欲望,在他们的身上,爱情是扭曲的,小说中不仅充满了肉欲声色和阴谋诡计,而且还包含了无数的幻觉。《亚历山大四重奏》的成功不是在于它的故事情节或对爱情的描写,而是在于它别具一格的谋篇布局和创作技巧以及它所展示的一种扑朔迷离和神秘莫测的气氛。

《吞克》反映了一个名叫查洛克的发明家在同一家超级跨国公司斗争时的冒险经历,《能夸姆》则是《吞克》的姐妹篇,小说以讽刺的笔调描述了大难不死的主人公查涪克受到"英国式的死亡"折磨的情景。这两部小说与《亚历山大四重奏》一样,在情节上相互渗透,没有明显的时间顺序,从而给人一种杂乱无章之感。小说的基调是死亡与荒诞,表现了后现代时期人们普遍关注的问题,即高科技对人类自由的束缚与剥夺。达雷尔有意将当时的流行艺术与恐怖喜剧中常用的后现代手法使用于小说,从而进一步体现了后现代主义的创作倾向。

## (二)B.S.约翰逊的后现代主义小说创作

B.S.约翰逊(Bryan Stanley Johnson,1939—1973)出生于英国伦敦的一个普通工人家庭,父亲是仓库管理员,母亲是酒吧招待。约翰逊继承了父辈这一阶层人特有的圆滚滚的脸蛋与易冲动的性格,在战乱中度过童年并草草完成基础教育。他曾做过会计,并在业余时间去夜校学习拉丁文,这使他获得了去伦敦帝国学院学习的机会,主修18世纪英国小说。大学毕业后,约翰逊当过代课老师、体育记者、专栏作家、电视纪录片的制片人,广泛从事小说、剧本、诗歌的创作。直至1973年,约翰逊因不堪长期的创作压力在家里的浴缸中自溺而死。

约翰逊一直致力于小说的创新,是英国文学20世纪60年代大力倡导小说革新的先驱人物和代表性人物。约翰逊认为:"现今的社会现实已经与19世纪的社会现实明显不一样了。那时人们可以相信典型和永恒。然而对今天的社会现实的最好的解释就是混乱,但是同时也要认识到即使是要寻求一种解释都代表了在否定混乱。"因此,在约翰逊看来,传统的19世纪的叙事方法已经不能满足今天的小说反映现实的需要了,为了更好地、更有效地在小说中再现20世纪60年代动荡的现实,约翰逊主张对小说形式进行革新。约翰逊称自己写的不是小说,而是以小说的形式在描写真实。约翰逊实践了自己的小说理论,他别出心裁、独树一帜的多种文本组合形式、多重表现手段和作者直接介入小说的种种手法为英国后现代主义小说的进一步发展提供了广阔的空间。《旅行的人们》《阿尔伯特·安琪罗》《拖网》《不幸的人》《正常的女院长》等都是约翰逊的著名作品。

《旅行的人们》是约翰逊的处女作,它以威尔士北部的乡村俱乐部为背景,记述一个年轻人流浪汉式的经历,有很强的娱乐性。平心而论,这部小说的故事情节平淡无奇,与20世纪的通俗小说并无多大区别,但约翰逊自己却对自己的艺术手法十分满意,因为他挥洒自如地运用了令人耳目一新的叙述笔法,充分地展现了一个小说家的想象力和灵活性。此外,虽然小说的题材和情节非常单薄,小说的形式却是丰富多样的,使用了多种不同的叙事方法和叙事视角,如书信、电影脚本和印刷排字的效果等形式。在小说的开篇,作者就对自己的创作观念进行了公开的谈论:"我由此而得出结论,揭露一本小说所使用的伎俩不仅是允许的,而且我可以借此更加接近现实和真实。"作者有时会对情节的操纵发表评论,有时会以维多利亚小说的方式介入作品,解释人物的行为动作,如"我心里一面想让她在同样一个醉醺醺的时刻丧失童贞,另一方面却又因为太喜欢她而不忍使她落得这个下场。还是让她在更方便的时候发生这样的事吧。"又如"亨利的心脏越跳越快,越跳越响(别害怕,读者!这只是气喘病!)"在这部小说中,主人公以第一人称进行的评论和客观的叙述、有关意识流和内心独白的行文交叉其中,对话、日记、书信、残篇的电影剧本、片断的引文等也穿插其中。在版面的印刷上,约翰逊也进行了别出心裁的设计,使用了许多空白页,如当主人公坠入死亡的深渊时出现了象征思想空白的黑色空白页。总体来看,《旅行的人们》展示了约翰逊谋篇布局和叙述笔法的极大的自由度和灵活性,为约翰逊以后在创作道路上走向极端奠定了基础。

《阿尔伯特·安琪罗》中,约翰逊用了乐章的形式,叙述了一个建筑师因找不到工作而以当代课教师为生的故事,呈现出了他的失意和失恋以及他最后的被杀等内容,在第一人称的叙述形式中又夹杂着戏剧对白、学生作文、各种文本的剪辑和意识流篇章等,使得这种失望的情绪有了更为深刻的体验。约翰逊还在书页中挖洞,用能够看见下页内容的形式来表现对未来即将要发生的事件的展望,他还用割去两页的方式来显示阿尔伯特生活的无序和人生的无常。在小说的结尾,约翰逊运用了一连串的无停顿、无标点而又颠三倒四的长句,使整个小说的基调出现了逆转:

　　　　——去他妈的这些全是鬼话我真正要写的不是写这些关于建筑的胡话而是想谈论写作谈论我的写作我就是我的主人公尽管多么无用的名称我的第一个角色那么我想通过他建筑师阿尔伯特说说我自己的事情此时有什么必要掩盖起掩盖假装假装我能借他之口说一切就是一切我有兴趣要说的

　　　　——这样的话语中断真是了不起

　　　　——我想告诉一些事情不是讲故事讲故事就是撒谎而我想说真话关于我关于我的经历关于我的真实情况关于我面对现实的真实情况关于我坐在这里写作和对于我的孤独我的没有爱找不到出路

从这一连串的无停顿、无标点而又颠三倒四的长句结尾中,读者完全能够体会到说话者当时的语气和心情。

《拖网》描述了无名的主人公乘坐一条拖网船出海游弋的经历,叙述线索往返于过去和现在之间,流转于回忆和现实之中,有时还以想象投向将来。无名主人公乘船出海寻觅某种能使其面对混乱现实的良方。尽管他试图逃避过去,但晕船却迫使他不断地回忆往事。他的意识在过去、现在和未来之间流转徘徊。主人公在将心灵之网撒向充满经验的大海的同时提笔写作,从而使写作与航海交织一体,使艺术与生活合二为一。小说放弃了编造虚构人物的努力,开始让自己充当故事中的主要角色,并进行了坦诚而直接的自白。尽管约翰逊声称这部小说是"对某一阶段我的心灵的表现",在小说中对拖网、大海和航行等都做了生动的现实主义描述,但主人公的意识流占去了大部分的篇幅,可见约翰逊实际关注的是人类经验的无序性和复杂性。在小说中,"海洋"代表时间与空间,"航海"象征着经验,而"晕船"则意味着主人公对混乱的现实感到困惑。

《不幸的人》由27个部分组成,每部分长4~8页,除标明"首篇"和"末篇"外其他各部分均不表明次序,以活页散于盒内。盒内有说明道:"如果读者不喜欢受到该小说时的任意性次序,他们可以将各部分重新排列成任何次序再行阅读。"除了首篇和末篇由作者叙述外,其余各部分均是一个报道足球赛的记者的长篇内心独白。因而,这部小说不像固定装订小说那样有固定的顺序,无论颠来倒去按照怎样的顺序阅读,读者不是若有所悟便是不知所云,而它令人意想不到的效果恰恰在于时序的散乱和倒置所造成的令人猝不及防的感觉和难以捉摸的启示。约翰逊后来在谈及这本小说时,说道:"这本小说是那个特定的星期六的八小时内他的意识活动的真实记叙,他有意要用活页散装的形式来打破通常固定装订的书籍所强加限定的顺序,他的小说的任意散乱反映了叙述素材的凌乱无序,象征着癌症患者(主人公托尼)命运的吉凶难测。"

《正常的女院长》中,约翰逊表现出的后现代主义倾向同样令读者感到惊诧不已。他在这部小说中采用了内心独白的方式,通过八个老人和一个护士(即女院长)每人长达 21 页的独白记述了同一时间跨度内的事。作者大胆地描绘了居住在同一幢房了内的九位老人在同一个夜晚的意识反应。书中九股意识流此起彼伏、纵横交错,加之各种事件的盘缠搭接,形成一个万花筒般的世界。不仅如此,作者还在这部小说中推行了"异端的印刷体式",不时采用空页来表示人物头脑混乱、失去知觉或心脏病发作时的状态。显然,他的作品完全超越了合理的界限,并陷入极端形式主义的泥沼。然而,他的创作却客观地反映了英国后现代主义作家的求新意识和猎奇心理。

总之,约翰逊那别出心裁、独树一帜的多种文本组合形式、多重表现手段和作者直接介入小说的种种手法对后现代主义小说艺术的流行起到了很大的推波助澜的作用。

## (三)约翰·福尔斯的后现代主义小说创作

约翰·福尔斯(John Fowles,1926—2005)出生于伦敦近郊,少年时代为躲避第二次世界大战的空袭而举家迁居乡下。美丽的原野、神秘的山谷激发了他的无穷想象,成为以后创作灵感的源泉。第二次世界大战结束后,福尔斯进入牛津大学攻读法语和德语文学,受当时风行校园的法国存在主义作家萨特和加谬的影响颇深。他自称"是在法国文学的传统下长大的"。大学毕业后福尔斯先后去法国和希腊的斯佩特西岛教学。回到英国后,福尔斯继续以教书为业,但同时它又不断地进行小说创作,终于在 1963 年发表小说《捕蝶者》,并大获成功,一举成名。第二部小说《魔法师》出版后,福尔斯辞去了教书的工作,在英格兰南部一个小镇过着隐居的生活。2005 年,福尔斯去世。

福尔斯认为"文学一半是想象,一半是游戏",因此他戏仿神秘小说、维多利亚时代小说和中世纪故事等传统形式,拒绝使用全知的叙述者,强调现实是虚幻的、可改变的,其作品的结局是不明确的、开放的。"这种不提供令人满意结局的做法常常令习惯于阅读传统小说的读者生气。但福尔斯认为,作为艺术家,他的责任是使人物在他们有局限的范围内有选择的自由和行动的自由。"这种做法与他"真实的"人类的概念完全一致,他所谓的"真实的"人类是那些通过行使自由意志和独立思考而抵制一致性的那种人。他用揶揄、多层的小说探究自由意志与社会约束之间的紧张,甚至嘲弄传统小说的叙述常规,在创作中制造神秘性和模糊性,拒绝提供作者的解释,促使读者积极参与对答案的寻求,追踪语言自身价值的本文拆解和重新组合活动,从而发现意义的多重性和本文意义无限多样的解释。福尔斯与其他后现代主义作家们一起"创造了一种特殊的语言,人们必须懂得这一语言,才能理解他们的文本"。后现代主义作品在句法学方面抛弃了等级模式,其文本的片断性规则支配了句子与论说性、叙述性和描写性结构之间的关系。无选择性和机遇性的观念使后现代主义文本在句法上摒弃连续性,出现了间断、累赘、加倍、增殖、排比等手法。排比(或并置)是一种"离开中心"的后现代主义表现手法。而最能体现福尔斯的这一创作特点的小说有《捕蝶者》(又译为《收藏家》)《魔法师》《法国中尉的女人》。

福尔斯的处女作《捕蝶者》可以说是一本心理惊险小说。该部小说讲述了弗雷德里克·克莱格把自己心仪的女子米兰达·格雷像蝴蝶标本一样占有、禁闭,并最终毁灭的故事。小说采用了弗雷德里克的自述与米兰达的日记相互交叉的形式:前半部由弗雷德里克叙述自己的痴恋和绑架计划;后半部分是米兰达幽禁时的秘密日记。小说中,弗雷德里克是一个性格孤癖、心理变态、有着收集蝴蝶标本兴趣的小职员,他暗恋着一位天真烂漫、朝气蓬勃的艺术系学生米兰达。他将米兰达当成了自己喜欢的蝴蝶,每日看着米兰达从他工作的大楼前的街道走过,并做了关于米兰达的观察日记。之后不久,弗雷德里克中了大奖,他用奖金买了一辆篷车,并在一个偏僻的地方买了一间有地下室的房子,切断了房里的电话线,赶走了房子里的园丁和村里的牧师,又布置好地下室。当准备好这一切之后,他回到了伦敦,又对米兰达进行了十天的观察,然后在米兰达看完电影独自回家的那一天,用浸过迷药的布迷昏了米兰达,把她绑到了货车上,带到了乡下的那栋房子,把她锁在了地下室里。弗雷德里克米想尽办法讨好米兰达,但米兰达仍对他抱有敌意,并三番五次地竭力逃脱弗雷德里克的魔掌,但都没有成功。最终,米兰达的生命之花最终还是在阴暗窒息、冷酷可怖的气氛中萎蔫凋谢了。在米兰达死后,弗雷德里克没有丝毫的内疚,在埋葬了米兰达之后,他又在街上发现了一个很像她的女孩,心里又开始盘算着这次他应该怎么做。

小说中,弗雷德里克是20世纪50年代失望浮躁的"愤怒的青年"在20世纪60年代的极端翻版,从"发怒"到"发疯"是社会、历史、心理等多种因素的综合结果。这一出社会寓言中发生的悲剧不仅饱含丰富的哲理思辨,也影射了现实生活中非理性行为对理性秩序的挑战。在小说的创作手法上,福尔斯采用了双重叙事的手法,将两个人物的心理过程和他们之间的矛盾冲突充分展示出来,从而能够让读者从不同角度思考故事本身所蕴含的意义。作为一个蝴蝶收藏者,弗雷德里克自私、卑微、残忍,只知收藏,从不与他人共享。然而对于收藏另一种蝴蝶——"米兰达",他又表现出两种态度。一方面,他是一个残暴的上帝,他监禁米兰达,把她深藏在地下室,剥夺她应该享受的自由,但他不仅在肉体上是无能者,而且在精神上也根本不可能与米兰达进行交流,思维与想象能力极其有限,无法流畅清晰地表达自己的思想情感。另一方面,他对米兰达又出奇的好,就像一个唯命是从的卑微仆人,他愿意为她做一切事情,米兰达也终于弄清弗雷德里克不是一个强奸犯、敲诈者,也不是一个精神病患者,他只是用非人道的手段实现他自己的愿望——与心爱的人在一起。而米兰达为了获得人身自由也曾经绞尽脑汁。有一次,她在地下室用斧头击伤了弗雷德里克,她完全可以逃离那个恐怖的地方,但她却匆忙放下斧头,向弗雷德里克道歉,并帮他包扎伤口。这种令人矛盾的举止正透露出她同样是一个双重身份者。一方面,她被弗雷德里克所囚禁,另一方面,她又被自己受到的良好教育、优雅的性格所囚禁,而正是后者使她在那样关系自己生命的紧急时刻做出表现她"存在"的选择。在某种程度上,米兰达的精神囚禁最终导致了她肉体囚禁的完成,直至毁灭。福尔斯在小说中注入了两种力量,弗雷德里克代表的暴力和米兰达代表的生活美好光明的精神力量,而最终前者压制了后者,上演了一出当代社会难以避免的生存悲剧。

与《捕蝶者》相类似,《魔法师》的主人公尼古拉斯像捕蝶人一样生活在感情的真空内,对人世和人的本质感到迷惘困惑。小说的主人公尼古拉斯是一位出生在中产阶级家庭的英国青年,他对自己的出身和社会现实都有很多不满,对生活感到厌倦又有强烈的反叛意识,对所处的中产阶级氛围不屑一顾,总是试图逃脱。小说开篇以第一人称叙事:

我是独子,上过公学,服兵役浪费了两年时间,然后进牛津大学。……我养成了奢
侈的习惯,作风华而不实。却有一流的幻想:我是诗人。但是最没有诗意的是,我看透
了一切,对生活,尤其是谋生,感到厌倦。我还太幼稚,不知道一切愤世嫉俗行为都是缺
乏处世能力的表现。

这段叙述表明,尼古拉斯涉世不深,为人处世、思想认识都是从自我出发,非常自私,也解释
了他的不成熟。尼古拉斯从牛津大学毕业后,放弃了在政府高薪部门工作的机会,选择了在东英
格兰的一所较小的公学教书。在这里,他认识到了学校的本质:"学校充满了言不由衷、虚伪和无
能为力的无名的火","这所貌似体面却毫无活力的学校,实际上是整个国家的缩影,离开这所学
校而不离开这个国家是可笑之举"。于是为了寻觅真正的自我和真实的爱,他决定离开英国去希
腊弗莱克索斯岛上的拜伦勋爵学校执教。异乡客地的孤独感将他推到自杀的边缘,只是牧羊女
的美妙歌声才使他重新鼓起生活的勇气。后来他遇到"魔法师"莫瑞斯,莫瑞斯为他设计并导演
了各种"上帝游戏"。在这个游戏中,莫瑞斯通过"上帝游戏"开导尼古拉斯:"魔法之外没有真
理。"让他也从中感悟到了生活的真谛:生活的真理只在生活之中,而不在生活之外。小说中的
"上帝游戏"为不成熟的青年提供了临时的庇护所,随时为他们正视现实、拥抱现实的成长和成熟
做好准备。小说也正是在这里带上了神秘主义的气氛和类似于魔幻现实主义的色彩。福尔斯将
诸如自我、生存以及个人自由选择等存在主义命题都融入了尼古拉斯和魔法师之间的"上帝游
戏"之中。

值得注意的是,《魔法师》将弗莱克索斯小岛与莎士比亚《暴风雨》中的普洛斯帕罗小岛相联
系,通过隐喻等多种艺术手法,编织了一个五彩缤纷的虚幻世界,折射出关于人生价值、性爱和道
德意识的主题,涉及对自我、生存和个人自由选择等存在主义式的关怀。

《法国中尉的女人》用文学与历史的排比、语义单位的排比和故事结局的排比,构成了一个颠
覆所有传统叙事的真实与虚构交织的文本,揭示了历史与现实的不确定性和虚构性。小说中的
故事发生在 1867 年的英国,富家子弟、化石学业余爱好者查尔斯·斯密森去小镇莱姆会见已经
与他订婚的欧内丝蒂娜·弗里曼小姐,在海边,他遇上了被人称为"法国中尉的女人"的萨拉·伍
德洛夫。据传女主人公莎拉曾委身于一名法国中尉,然而法国中尉始乱终弃,于是她只能孤零零
凄惨惨独对茫茫大海,日复一日,望眼欲穿。查尔斯被萨拉的神秘和独特的气质吸引而坠入情
网,后来他发现外界所盛传的萨拉委身于法国中尉的事原来是萨拉自己编造的谎言。因为爱上
了萨拉,查尔斯取消了与欧内丝蒂娜的婚约。就在查尔斯因为悔婚而受到法律和舆论的羞辱的
时候,萨拉却不辞而别了。小说的结尾,福尔斯设置了三个结局,一个是查尔斯履行先前婚约与
原有的未婚妻生育七个儿女,一个是查尔斯重新找到莎拉,有情人终成眷属,还一个是查尔斯找
到了萨拉,但是遭到了萨拉的拒绝,从此孤零一生。

在小说的章节前引语中,福尔斯大量引用达尔文和马克思的关于社会变革的论述,作为小说
人物构建自己主观性并把自己从小说支配性意识形态下解放出来的背景。他用小说文本与社会
语境排比的手法,构成了"一种作为历史的叙事(被历史化的小说)和作为叙事的历史(被小说化
的历史)的特殊文本,从而实现了意识形态的运作和人物的解放"。此外,小说将历史与小说交织
在一起,构成意义的体系,读者可通过这些体系来认识维多利亚时期的历史。小说中的维多利亚
世界既是虚构的,也是历史的,我们只有通过话语这一途径才能接近这个世界。因此,可以说小
说实际上是把文本外的情况作为反映,在这个意义上看,小说就变成了一个世界,把文本中的过

去变为其结构的一部分。这是一个文本的世界，一个小说文本和历史文本所寓居的话语世界。

### (四)多丽丝·莱辛的后现代主义小说创作

多丽丝·莱辛(Doris Lessing,1919—2013)出生于伊朗,父母都是英国人。在 5 岁时,她随父母迁往南非罗德西亚,在农庄生活,家境较为贫困。15 岁时,她因眼疾辍学,做过电话接线员、速记打字员、护理工等。莱辛曾两次结婚,但最后都离婚了。她育有三个孩子,1949 年时,她带着幼子移居英国,当时的她一贫如洗,唯一的是她第一部小说的手稿。莱辛在 20 世纪 40 年代时曾加入共产党,后在 1956 年退出。她曾活跃在左翼的政治活动中,积极参加了反对殖民主义及种族歧视的斗争,后积极参与和平运动。莱辛曾获得了多个世界级的文学奖项,也曾多次获得诺贝尔文学奖提名。在 2007 年,她获得了这一年度的诺贝尔文学奖,成为迄今为止第三十四位女性诺贝尔奖得主,也是年龄最大的女性诺贝尔获奖者。2013 年,莱辛去世。

莱辛的小说题材广泛,对于种族主义、共产主义、女权主义、神秘主义等 20 世纪重要的思想和重大的问题几乎都有涉及。政治和女性命运是她小说创作的两个基本主题。渗透在她作品中的政治因素使她和同时期的其他女作家拉开了差距,她的作品一针见血、咄咄逼人。她偏爱描写那些生活中因失去丈夫而支离破碎的女人。她的作品以罕见的深度和广度反映了女性的生存境况和精神世界,女权主义者为之欢呼喝彩,但她又反对别人把她的作品单纯解释为"性别战争"。莱辛的目的始终在于通过个人命运尤其是妇女命运的描绘而展示更为普遍的人生经验和更为广阔的社会背景。《青草在歌唱》《暴力的儿女》五部曲(《玛莎·奎斯特》《合适的婚姻》《暴风雨里的涟漪》《被陆地围困》《四门之城》)以及《金色的笔记本》等都是莱辛的著名作品。下面就对这些作品进行简要分析。

《青草在歌唱》是莱辛的第一部小说作品,讲述的是有关南部非洲的殖民统治和种族歧视带来罪恶后果的故事。小说的女主人公玛丽·特纳和丈夫迪克一起经营着一个贫穷而偏远的农庄,并残酷对待在农庄工作的黑人,男主人公摩西就在这个农庄中工作的黑人之一。玛丽在丈夫死后,因曾鞭笞过高大雄健的摩西而深恐他有报复之心,因而时时恐惧会受到他的侵扰。但是,当她在无意间偷窥到正在沐浴中的摩西时,她心中竟然萌发出了难以遏制的情感冲动,而这种超越了主仆关系的情感引力也促使他们走到了一起。玛丽由于情感的需求,频频与摩西幽会。但是,当时的文化的道德标准是不能容忍这种关系的,玛丽的灵魂因而时时受到侵蚀,并为此深陷性与文化的矛盾之中。前来接管农场的汤尼无意中发现了玛丽与摩西的暧昧关系后,怒斥摩西,而玛丽为了开脱自己,也附和着汤尼呵斥摩西。被激怒了的摩西在深夜潜入了玛丽房间,而玛丽刚准备祈求原谅就被摩西复仇的利刃杀死。在这部小说中,莱辛对黑人勤劳、容忍和坚毅的美德进行了讴歌和赞扬,他们从事着繁重的体力劳动,而且以极大的耐心容忍着来自白人农场主的辱骂甚至是殴打,他们以自己廉价的劳作滋养着殖民地白人的文明。但是,黑人所做的这一切并不代表着他们没有尊严,当玛丽为了自己的尊严而当众羞辱自己的爱人摩西时,摩西内心的尊严被激发,他因此而杀死了玛丽。可以说,玛丽的悲剧不仅仅是殖民主义文化的产物,还是所谓的帝国文化自身病症的牺牲品。莱辛通过暴露帝国文化自身的病变,更加深入有力地挞伐了殖民统治。

《暴力的儿女》五部曲(《玛莎·奎斯特》《合适的婚姻》《暴风雨里的涟漪》《被陆地围困》《四门之城》)是莱辛早期创作的重要成果,创作的时间跨度前后达 17 年,记录了女主人公玛莎·奎斯特的成长和探索,作者在这 17 年中思想观念的变化也在玛莎身上得到了反映。

《玛莎·奎斯特》中的玛莎拥有自己的理想和信仰,为了脱离乡间的狭隘和闭塞,玛莎在15岁时便离开了家乡而去桑比西亚做工,第二次世界大战爆发后,玛莎参加了共产党,她希望通过这个组织来解决黑人与白人之间的冲突以及有关非洲殖民地的问题,但由于长期的战争,导致了这个组织根本无暇顾及玛莎关心的这些问题,尽管如此,玛莎仍然坚持着自己最初的梦想,并为此不断努力。

《合适的婚姻》中的玛莎积极参与着政治活动,她渴望着能和她的左翼小组打破种族间隔离,但玛莎的行为遭到了丈夫道格拉斯的反对,她因不愿意放弃自己的信仰而决定和丈夫分手。

《暴风雨里的涟漪》中的玛莎在来自欧洲的难民中开展活动,在这期间,她为了保护一位共产党人,也是逃离德国的犹太难民共产党人安东·黑西而与他结婚。但他们的婚姻就像是暴风骤雨里的浅波微澜,虽然使安东暂时免除了被递解回欧的威胁,可这宗没有爱情的结合前景必然惨淡,也注定了他们的婚姻将会以悲剧收场。此时的左翼组织,因究竟应该为废除种族隔离而斗争还是应该努力取得白人社会承认的问题争论不休,最终分裂成激进、温和和工党三派,玛莎和安东都属于激进派。这部小说也表现了玛莎的个人成长,她在和道格拉斯分手后,由于不能接受人们对现实所做的庸俗解释,也不能够对此做出全面的检视而逐渐领悟到了否定的价值并学会了否定。应该说,此时的她不甘于虚假与平庸,又不能完全摆脱它们。最终,玛莎还是背离了她所鄙视的生活方式,开始走向了憧憬的模式。玛莎有了自由与独立,也开始了严格的、有意义的自我探索,她决不允许自己流泪,同时以为情感是危险的,会将自己的弱点都暴露出来,甚至能够毁掉自己。

《被陆地围困》中的玛莎在与丈夫分居后曾和来自波兰的犹太难民托马斯共同经历了一场美好的爱情,后托马斯在荒野和当地的黑人共同居住时死于热病。玛莎正式离婚后,开始意识到,她的观念已和年轻一代的左翼分子相差太远,于是准备移居英国。在这部小说中,玛莎始终对情感保持着高度的警觉,密切地关注它的动向,努力地控制自己。她的举措体现了白人女性道德上的力量:离开殖民地就是生存的胜利,因为那些想走却没有走的女性忧虑重重,只能用外在的阳光性格掩饰内心的恐惧不安。

《四门之城》中玛莎和作家马克建立了一个新家庭,这个家庭既容纳了当时英国所有的政治流派,也容纳了所有的文化流派,并得到了当地政府的支持。多年来,这个家庭目睹了环境的污染、战争、暴乱、贫穷、饥馑和政治迫害,原子、生物和化学武器的泛滥,并一直准备着一场灾难的到来。灾难如期而至,马克建立了难民营,而玛莎则逃到爱尔兰附近的一个荒岛上与一位基因变异的黑人男孩生活在一起。她相信这位黑人男孩是进化的结果,拥有超常的力量,世界可能会孕育新的一代人类来拯救自己。《四门之城》的书名取自五部曲第一部中玛莎的梦境:一座金色的城池绿树环抱,四门洞开,城内的黑人、白人和有色人种居民平等相处,没有仇恨和暴力。这个金色的乌托邦是对现实的讽刺,因为读者被告知英伦三岛已于20世纪70年代被摧毁,整个世界也将在公元2000年被核武器或神经毒气所毁灭。莱辛的这一世界末日背景,是她对现实世界里的疯狂与暴力的前瞻式的象征性写照。

《暴力的儿女》五部曲始终围绕玛莎对现存秩序的反叛和对自由信仰的追求而展开。莱辛用《暴力的儿女》五部曲表明着,要想废除传统社会对女性的压抑和殖民主义对黑人的压迫就必须要采用左派的政治运动。

《金色的笔记本》是莱辛最杰出的小说作品,小说讲述的是已经取得相对独立的女性地位的主人公安娜·伍尔夫进行的更为艰巨和隐蔽的左派政治斗争。安娜生于伦敦,曾在战中的罗得西亚参加左派政治活动,也曾有过短暂且不幸的婚姻。战后重返英国,并成为著名作家,此时的她仍然保持着共产党组织成员的身份。安娜表面看来具有了之前的女性不可能会有的自由和独立,她可以和东欧的一个难民保持性伙伴关系,但她在意识层面还没有获得完全的解放。她面临着严峻的精神危机,也需要接受精神治疗,她对一个美国作家的欲望和她要控制自己命运的要求之间的冲突几乎将她推到精神分裂的边缘。这部小说也有着奇特的形式,五本以第一人称撰写的笔记本叙述了安娜的一生,小说中还有着复杂的叙述视角,人物的角色不断地变化重合,叙述者也不断地转移变化,事件的组合也没有时间顺序,这种破碎的拼合形式是对人生经验散乱的折射,也显示着作者的精心组合和严格控制。

在《金色笔记》中,莱辛还巧妙地使用了一些后现代主义艺术技巧,颠覆了传统小说的叙事风格,给读者以形式上耳目一新的感觉,更加深刻地突出了小说的主题。其中,运用得最出色的后现代主义技巧主要有拼贴和蒙太奇两种。

拼贴(collage)是后现代主义小说家常用的一种艺术技巧,是指将其他文本,如文学作品中的片段、日常生活中的俗语、报刊文摘、新闻等按照新闻短片的方法组合在一起,使这些毫不相干的片段构成相互关联的统一体,从而打破传统小说凝固的形式结构,给读者的审美习惯造成强烈的震撼,产生常规叙事方式无法达到的效果。在《金色笔记》中,莱辛充分运用了零散、片段的材料,使读者在阅读过程中产生一种移动组合的感觉,大大丰富了作品的内涵和外延。此外,莱辛在《金色笔记》中利用了纯文字拼贴技巧使作品仿佛成了一个由碎片组成的组合物,此时作品又呈现出一种仿真效果,"真实"在"虚幻"中蠢蠢欲动。这样的一个结构给读者留下的整体印象就是"乱",使得真实与虚幻表现得相互交织,无法区分。

蒙太奇(montage)也是后现代主义小说的写作特征之一。蒙太奇原为建筑学术语,意为构成、装配。现在蒙太奇是影视作品创作的主要叙述手段和表现手段之一。简单而言,就是电影将一系列在不同地点,从不同距离和角度,以不同方法拍摄的镜头排列组合起来,叙述情节,刻画人物。但当不同的镜头组接在一起时,往往又会产生各个镜头单独存在时所不具有的含义。在文学创作中,蒙太奇也可以算得上是一种组合,但不同于拼贴,它不是偶然拼凑的无意识的大杂烩,而是后现代主义小说中有意识的组合。但它又与拼贴一样,表现的都是后现代的一种"非连续性"的时间观。在《金色笔记》中,莱辛灵活巧妙地运用这一技巧,将一些在内容和形式上并无联系、处于不同时空的画面和场景衔接起来,或将不同文体、不同风格特征的语句和内容重新排列起来,采取预述、追述、插入、叠化、特写、静景与动景对比等手段,来增强对作者感官的刺激,取得强烈的艺术效果。

此外,《金色笔记》打破常规叙事模式的元小说形式亦为作品增添了浓郁的后现代主义气息,通过人物、语言和文本的自反把小说创作的人为性和虚构性充分地展现出来,从而跨越了虚构与非虚构、艺术与生活、小说与文学批评的界限,也打破了读者的传统阅读期待,从关注小说内容转向关注小说的创作过程。同时,作为一部戏仿作品,小说不仅唤起了读者对历史、神话的回忆,还将读者引向分裂的现实生活,达到讥讽原作、取笑他人或表达自我主题的目的,以及消除中心、打倒偶像、自我娱乐的特点。在小说艺术技巧方面,莱辛所运用的拼贴、蒙太奇等手法也增加了读者的审美强度,使得小说具备了明显的后现代主义的特征,为小说增添了无限的生命力。

除了以上作品外,莱辛的作品还有《黑暗来临前的夏季》《幸存者回忆录》《一个好邻居的日记》和《假如老人能够……》等,这些小说侧重表现的是已步入中年和老年的女性的生活,如在婚姻和两性方面的困惑、与子女的代沟、婚姻失去活力后的失落孤独等。自 1973 年起,莱辛还发表了《歇卡斯塔》《第三、四、五区间的联姻》《天狼星人的试验》《第八行星代表的产生》《关于伏尔英帝国多情人的文件》等一系列的太空科幻小说,这些小说都是以银河系太空为背景展开的科幻故事。晚年时期的莱辛也在不断进行着创作的创新,其中,《善良的恐怖主义者》触及了城市的恐怖主义活动,《第五个孩子》也显示着恐怖小说的形式。

## 四、20 世纪下半叶新一代小说的创作

20 世纪 70 年代之后,以朱利安·巴恩斯(Julian Barnes,1946—    )、伊恩·麦克尤恩(Ian McEwan,1948—    )、彼得·阿克罗伊德(Peter Ackroyd,1949—    )为代表的一批新人闯入英国文坛,他们的作品在观念、表现手法等方面与老派作家表现出很大的不同,形成了自己鲜明独特的风格。

### (一)朱利安·巴恩斯的小说创作

朱利安·巴恩斯(Julian Barnes,1946—    )生于英格兰的莱斯特,父母都是法语教师。1968年毕业于牛津大学,之后他参与了《牛津辞典补编》的编撰工作,1972 年成为自由撰稿人,曾在《泰晤士报文学增刊》《新政治家》《新评论》《观察家》等多家刊物发表评论或担任编辑。1980 年,巴恩斯发表了他的第一部长篇小说《梅特兰》,此后笔耕不辍,迄今已出版了十一部长篇小说、两部短篇小说集、两部文集。此外,他还以笔名丹·卡瓦纳发表了四部侦探小说。2011 年,巴恩斯以小说《终结感》获得英国布克文学奖。同时,他还是获得梅迪西奖和妇女奖的唯一英国作家。

巴恩斯是当前英国文坛最具活力、最负盛名的作家之一。《梅特兰》《福楼拜的鹦鹉》《英格兰,英格兰》等都是巴恩斯的著名作品。

《梅特兰》讲述了主人公克里斯托夫·劳埃德三个不同年龄阶段的经历,展示了一个青春期男孩到成熟男子的成长过程。小说可以分为三个部分。第一部分以生动的细节描写展现了1963 年生活在伦敦郊区梅特兰的 16 岁的克里斯托夫及其密友托尼在青春期的性意识萌动、叛逆以及对艺术的崇拜。第二部分写 1968 年的巴黎,此时正在上大学的克里斯托夫在进行项目调研时遇到了坦诚直率的安妮克,二人互生好感,很快就同居了。在安妮克的影响下,克里斯托夫从原先的愤世嫉俗转向内省,变得更为成熟。后来,由于二人之间出现了一些误会,最终二人分手。第三部分写了 1977 年的梅特兰,此时,克里斯托夫已经结婚六年了,生活非常安定平静。但在一次中学同学聚会上,克里斯托夫发现很多当年被自己嘲笑的同学都各有所成,而自己却平平凡凡,颇觉生活的温和讽刺。小说的结尾处克里斯托夫在夜里起来照看女儿,整个氛围温馨宁静。

这部小说的三个部分按时间顺序展示了人物对生活、世界认识的深化,虽然该部小说是巴恩斯的处女作,但是小说无论是语言还是整体架构上都已达到了相当的高度,通过此部小说,巴恩斯摘取了 1981 年的毛姆文学奖。

《福楼拜的鹦鹉》是巴恩斯的扛鼎之作。小说分为两个部分,一部分是叙事者杰弗瑞·布莱斯韦特寻找福楼拜曾用过的鹦鹉标本,其中夹杂了很多他对福楼拜、对文学的评论;另一大部分是福楼拜的年表、轶事、文章摘录、作品研究等。这两部分交织在一起,解构了小说与非小说类文本之间的区别。小说以历史的真实性为主题,"半是评论、半是叙述",表面上杰弗瑞是在讲述福楼拜的生平,实际上是借此讲述他自己的故事。叙事在过去与现在之间来回跳跃,虚构与史实巧

妙地融为一体,使小说风格别具特色。巴恩斯通过此部小说荣获了 1985 年的杰弗里·费伯纪念奖以及 1986 年的法国梅迪契奖。

《英格兰,英格兰》以女主人公玛莎·考克莱恩的经历为主线,讲述了一个颇为离奇的故事。第一部分讲述玛莎对童年的回忆,包括背诵歌谣以记忆历史事件、当地的农产品大赛,以及其父离家出走等。第二部分是全书的主体,讲述玛莎在传媒大亨杰克旗下的工作和爱情经历。第三部分写老英格兰已经退回到农耕时代,玛莎在这里的一座村庄定居。村民们力图恢复过去的生活方式和风俗习惯,并重新举办了农产品大赛,与第一部分的农产品大赛相呼应。小说在玛莎对复古是否能真的再现过去的传统这一问题的沉思中结束。

这部作品融讽刺与诙谐于一体,对历史传统作出了解构性阐释,巴恩斯凭借这部小说获得了 1998 年的布克奖提名。

总体来说,巴恩斯不断尝试创新,拒绝重复自己,他的小说在情节、人物设定上少有雷同,而且非常注重锤炼语言,力求准确精练,并且加入幽默成分,妙语迭出,可读性很强。

### (二)伊恩·麦克尤恩的小说创作

伊恩·麦克尤恩(Ian McEwan,1948—　　)出生于英格兰的奥尔德肖特,本科毕业于布莱顿的苏赛克斯大学,后来在东安吉利大学获得了硕士学位。他于 20 世纪 70 年代登上文坛,1975 年出版的短篇故事集《先爱后礼》获 1976 年毛姆文学奖。

麦克尤恩擅长以细腻、犀利而又疏冷的文笔描写现代人内在的种种不安和恐惧,积极探讨暴力、死亡、爱欲和善恶的问题。《水泥庭院》《时间中的孩子》《黑狗》等都是麦克尤恩的著名作品。

《水泥庭院》中的主人公杰克的父亲突然去世,之后,他的母亲便一病不起,最后也离开了人世,留下了四个年幼的孩子。17 岁的朱莉和 15 岁的杰克由于害怕弟弟妹妹被送到孤儿院,便决定不将双亲去世的消息报告给当局,于是他们便将母亲的尸体用水泥埋在了地窖中。父母去世后,杰克的兄弟姐妹曾一度失去了社会的约束,杰克和朱莉还发生了乱伦行为。小说最后以朱莉的男朋友德里克敲砸封尸的水泥收尾。

这部小说与戈尔丁的《蝇王》有某种相似之处,在这部小说中,麦克尤恩将寻常事物赋予神秘色彩,而令人震惊的事件却显得普通平常。

《时间中的孩子》是麦克尤恩 20 世纪 80 年代的一部重要小说。小说有两条线索,一条是主人公斯蒂芬对女儿的挚爱。斯蒂芬是一位著名的儿童文学作家,本来有一个温馨的家庭,但这种温馨由于他 3 岁的女儿凯特在一家超市被人拐走而消失,女儿的丢失给斯蒂芬的心理和婚姻带来了毁灭性的影响,他一度极为消沉,终日沉浸在对女儿的回忆和幻想中,以看电视、喝酒打发时光,他的妻子朱莉由于抑郁症离他而去。两年半以后,斯蒂芬在一所学校中看到了一个小女孩和自己的女儿长得非常相似,但是这个小女孩根本就不认识他,这使他意识到自己的女儿已经发生了很大的变化,不可能是他想象中的那个样子了。意识到这点之后,斯蒂芬振作了起来,以积极的态度对待生活。小说结尾时,他为妻子朱莉接生,那婴儿是他的孩子。及时到来的孩子使他和妻子和好如初。小说的另一条线索是斯蒂芬的朋友查尔斯在其公众形象与私人生活之间存在着的反差。查尔斯有着不幸福的童年时代,成年后便近乎疯狂地把自己的能量转移到社会活动中去,但他并没有摆脱童年生活的阴影。在查尔斯的内心世界,他始终是个孩子,扭曲的心理使他无法在社会中生存,他最后结束了自己的生命。

在这部小说中,麦克尤恩以细腻的笔触描写了父亲对女儿的挚爱,特别是故事的结尾出人意料,使读者真切感受到人间爱与亲情的温暖和力量。

《黑狗》是一部以战后欧洲政治社会变动为大背景的思想小说。1989 年,小说叙述者杰里米和他的岳父伯纳德专程前往柏林,目睹了民主德国拆毁柏林墙。然后杰里米以倒叙的手法讲述了他的岳母琼的一段难忘经历。第二次世界大战结束后,年轻的伯纳德和琼结了婚,对新生活充满了期盼。1946 年春天他们去欧洲度蜜月,在法国的农村琼遭到两条黑狗的攻击,这两条狗是第二次世界大战时期盖世太保用来恐吓村民的警卫狗。在遭到攻击时,琼孤身一人,在危急关头,她祈祷上帝帮助,异乎寻常的事情发生了:她发现神秘的光束包围了自己,击走了凶猛的野狗。这件事改变了她的政治信仰和人生道路,她认为黑狗代表着潜伏在世上和人性中的邪恶,随时会出现,所以她决定在当地买下一幢农舍,与崇尚科学理性的伯纳德分居,长期住在法国。小说叙述角度变换频繁,叙述在过去与现在来回跳跃,揭示了社会改造计划的局限性。

总体来说,麦克尤恩的作品的内容大都古怪和荒诞,许多作品都反映性对人的主宰力量以及在性欲作用下人性的扭曲。

### (三)彼得·阿克罗伊德的小说创作

彼得·阿克罗伊德(Peter Ackroyd,1949—  )出生于伦敦,在剑桥大学念完本科,从剑桥大学毕业后,阿克罗伊德前往美国耶鲁大学做研究。回国后,阿克罗伊德在《观察家》杂志担任文学编辑,后来又做过电影评论家等工作。1984 年以来,他一直是皇家文学学会的会员。

阿克罗伊德具备驾驭各种文体的才能,妙笔生花的语言构成他作品的一个特色。《伦敦大火》《霍克斯默》等都是阿克罗伊德的著名作品,下面对其进行简要分析。

《伦敦大火》中的电影制片人斯宾塞因拍摄一个监狱的记录短片,萌发了将《小杜丽》改编成电影的念头。为了拍电影,摄制人员在泰晤士河边搭起了 19 世纪伦敦的布景。电话接线员欧蕊耽于幻想,梦见自己被关在监狱里。她去参加招魂会,发生了小杜丽灵魂附身的奇事。欧蕊阅读狄更斯的小说,深信自己是小杜丽,对斯宾塞找别人扮演小杜丽极为不满,最后纵火将布景全部烧毁,斯宾塞也葬身火海。小说让历史以互文性的形式在以现代生活为背景的小说中若隐若现,这种叙事模式为作者后来的小说定下了基调。

《霍克斯默》写的是英国 17 世纪的教堂建筑师尼古拉斯·霍克斯默的故事,阿克罗伊德借助大胆想象,由该历史人物衍生出两个虚构人物,一个是 18 世纪的教堂建筑师尼古拉斯·戴尔,另一个是 20 世纪的探长霍克斯默。霍克斯默和戴尔分别代表着正义和邪恶、光明和黑暗,两个人物之间有一种神秘的联系。该小说构思奇特,历史和现实既结合在一起,又存在区别,从而营造出一种扑朔迷离的氛围。

总体来说,阿克罗伊德对历史情有独钟,创作过多部以历史为题材的小说。他的历史小说往往取材于历史上的真人真事,他以历史素材为基础,发挥想象力,构思出亦真亦幻的奇妙故事。

## 五、20 世纪下半叶族裔小说的创作

第二次世界大战结束后,英国社会的发展需要大量的劳动力,为了弥补劳动力市场的不足,英国鼓励之前的殖民地的人们来英国定居,从事英国人自己并不愿意干的工作强度很大但薪水却非常低的职业。此外,20 世纪下半叶,英国的殖民地、半殖民地纷纷独立,但其在政治、经济和文化方面仍然和英国保持着重要的联系,许多殖民地与半殖民地的青年在国家独立前来到英国

进行学习,学成后并未归国,而是留在了英国,从事学术文化方面的工作。这些人在英国社会经过了很多年的融合后,已经逐渐成为英国整体文化经验中一个不可缺少的部分。他们或他们的子女也在英国社会中不断地寻找着自己的文化身份,试图能够在自己的所在国和自己本身的民族文化根源之间找到一个合适的位置,确立自己的社会地位。在这样的背景下,少数族裔作家创作的小说也逐渐丰富了起来,并因为其独特的素材和表现手法而成为英国当今小说创作的一支重要的生力军,为英国的小说创作带来了一股新的活力。在这一时期涌现出来的少数族裔作家中,成就最高的有的 V. S. 奈保尔(V. S. Naipaul,1932—　　)、萨尔曼·拉什迪(Salman Rushdie,1947—　　)以及石黑一雄(Kazuo Ishiguro,1954—　　)。在这里,我们主要对他们的小说创作情况进行分析。

## (一)V. S. 奈保尔的小说创作

V. S. 奈保尔(V. S. Naipaul,1932—　　)出生于加勒比海地区的一个印度婆罗门家庭,祖父作为契约劳工从印度北部移民特立尼达。奈保尔年幼时,父亲凭借自学谋到当地英语报纸《卫报》的记者之职,于是举家从乡间小镇搬迁到首府西班牙港。西班牙港的城市生活是年轻的奈保尔眼中“真实的世界”,但另一个世界也许更为真实,那就是英国文化与文学的世界。奈保尔的父亲喜爱英国文学几乎到了痴迷的程度,受父亲的影响,奈保尔从小立志要做作家。1950 年,奈保尔因学习成绩优异获全额奖学金赴牛津大学求学。4 年后,他获得了英国文学学士学位并在英国定居,曾担任英国广播公司“加勒比海之声”编辑、《新政治家》杂志小说评论员。1990 年,奈保尔被授予了骑士封号。

总的说来,奈保尔始终坚持一种类似传统现实主义的写实风格,而且明确反对实验主义。他曾说:“形式实验,并不以真实的困难为目标(伟大社会产生的伟大小说曾经解决过这些真实的困难),已经腐蚀了反映能力……小说家,像画家一样,不再认识到他的解释功能,而是设法超越此种功能,于是,他的读者减少了。”显然,他认为小说要有“反映能力”,小说家要有“解释功能”,而形式实验却是“设法超越此种功能”,逃避“真实的困难”。同时,他还认为“伟大作家描写高度组织化的社会。我没有这样的社会;我无法分享这些作家的假设;我并未看到我的世界在他们的世界中被反映出来。我的殖民地世界更加复杂、陈旧,更加受到限制和约束”,这里的“伟大作家”,主要是指 19 世纪英国现实主义作家,如狄更斯和乔治·艾略特等人。由此可见,奈保尔崇尚的现实主义的写实风格,其创作宗旨则是要反映一个 19 世纪英国作家不曾反映过的世界,即“殖民地世界”,一个“更加复杂、陈旧,更加受到限制和约束”的世界;因而,他“无法分享这些作家的假设”,模仿这些作家的风格。他说:“我阅读过的所有小说,都描写安居乐业、井然有序的社会。如果使用这种社会所创造的文学形式来描绘我自己看到的污秽不堪、杂乱无序、浅薄愚昧的社会,我总感到有点虚假。”

奈保尔在开始文学创作之初,对童年时代的记忆是他主要的创作源泉,他凭借自己丰富的文学想象表现特立尼达印度移民边缘化的生活。他的小说主要表现了异质文化间的冲突和融合以及后殖民主义时期,宗主国对第三世界尤其是非洲国家的控制和破坏,表达了殖民统治对这些国家语言、政治、文化价值观等的持久影响。而最能体现他的这一创作特色的小说有《神秘的按摩师》《米格尔街》《斯通先生与骑士伙伴》《毕司沃斯先生的房子》《河湾》《到达之谜》。

《神秘的按摩师》是奈保尔的小说处女作,也是一部以特立尼达的印度人生活为素材的喜剧小说。主人公加内什酷爱读书,因一双手有神奇的功能而做起了按摩师,也因此治愈了不少人的怪病,名噪一时,名声大振,被奉为神明。加内什经营有方,成功开创了自己的事业,又著书立说,后来从政,当上议员,荣获英帝国勋章。小说以幽默风趣的笔调嘲讽了特立尼达(乃至"大英帝国")政界的故弄玄虚。

《米格尔街》是一部短篇小说集,是由17个单独成篇却又相互关联的短篇小说组成的,有着鲜明的特立尼达岛国特色。奈保尔在这部作品中用诙谐的语言将殖民地下层人民对生活的希望和绝望反映了出来。书名中的米格尔街位于特立尼达和多巴哥的首都西班牙港,通过以一位少年的口吻的第一人称叙述,该街形形色色的居民的生活和遭遇都被描述了出来,一幅幅人物的素描也随之描绘了出来。在小说的最后,叙述者获得了政府奖学金,并到国外留学深造。

《斯通先生与骑士伙伴》的题材是有关老年人的生活的,对老年人生活遭遇和心理活动进行了细腻的刻画。这部小说中的故事发生的地点也从特立尼达转到了伦敦。小说的主人公斯通先生是埃克斯卡尔公司的一个图书馆管理员。62岁之前,他一直都过着单调刻板、有条不紊且默默无闻的单身生活。62岁之后,他的生活发生了戏剧性变化,先是和一个寡妇结了婚,后又给公司的老板写了一封意见信,建议公司能够在退休人员中组织志愿者走访那些失去联络的人员。斯通先生的这一建议被采纳,他也很快被调到了福利部,和年轻的温珀一起以"骑士伙伴"的名义让志愿者开展工作,并获得了很大的成功。但斯通先生此时却因为温珀的能干感到自己又回到了不被重视的地位,失落感也随着他退休年龄的临近而不断在他的心头萦绕。

《毕司沃斯先生的房子》是奈保尔的另一部力作,依然以特立尼达为背景,讲述了心地善良但却饱受折磨的毕司沃斯先生的一生以及他为拥有一座自己的房子所做的种种努力的故事。特立尼达的印度裔居民的生活方式和风俗习惯也通过毕司沃斯先生和平凡的图尔西家族成员生动地展现出来。小说开始时,主人公毕司沃斯先生46岁,生病住院,在逝世前十个星期被《特立尼达哨兵报》解雇。作者随后追述毕司沃斯先生一生的经历。毕司沃斯先生出身于一个破落印度移民家庭,在午夜降生,奇怪的是一只手长多了一个手指,即六个手指,又按照印度民间传统的说法,这会带来霉运的。所以他的多余手指被割掉,祈盼将来成了福星。长大后,他以替别人刷商店招牌为生,也因此结识了阿瓦卡斯的富人图尔西家千金莎玛。毕司沃斯先生虽身无分文但种姓高贵,于是被招赘成了住家女婿。他与莎玛的兄弟姐妹意见不合,被赶出图尔西家,夫妻俩搬到郊外甘蔗田区的土屋居住,经营一间小店维持生计。六年以后,他们又搬回到阿瓦卡斯的图尔西家。逐渐地,孩子们也一个个地长大了,毕司沃斯先生开始渴望拥有一所自己的体面房子。他省吃俭用攒下了一笔钱,找人盖房子,不幸的是房子没建好就在一个雷电之夜被烧毁。31岁时,毕司沃斯先生离开阿瓦卡斯,一人前往西班牙港,开始了奋斗。凭着自己的才能当上了记者,并很快小有名气。不久,莎玛带着孩子来与丈夫团聚。毕司沃斯先生长期以来一直寄居莎玛娘家,处境尴尬,为此他借钱从投机分子手里买了一幢劣质楼房。毕司沃斯先生后来得了心脏病,弥留之际,房债还没有还清。小说节奏平缓,风格朴实,以饱含怜悯和同情的语调讲述了一个平凡人物的一生,尤其是小说结束时,写得感人至深:毕司沃斯先生积劳成疾而病死家中,他的大儿子阿兰德从英国回来,面对的是父亲留下的3 000元的债务、穷困的母亲和四个年幼的弟妹,从此便走上了和父亲一样的道路。

《河湾》也是奈保尔非常重要的一部作品,小说以本土文化与殖民文化、传统主义与现代性的交锋为主线,通过发生在一个刚刚独立的非洲国家的故事,尖锐地批评了第三世界国家的社会政治,并深化了后殖民语境中漂泊无根的文化主题。故事发生的地点是刚果河拐弯处的小镇,主人公萨利姆的祖先是印度裔穆斯林,为了不再承袭祖辈的命运,他独自前往非洲一个新独立的小国,在那里的河湾小镇买了一个店铺,准备独闯生活,希望能改变自己的命运。这个小镇是当地的贸易中心,他的商店生意也经营得不错。但是,在与当地人的接触中,他发现他生活在一个很不友好的世界。作为一个没有更好去处的外来者,孤独感始终围绕着他。在故事的最后,萨利姆为了逃脱当地警察的迫害和勒索,乘船逃离了河湾。奈保尔用冷峻的口吻,将非洲国家独裁统治的暴政与腐败深刻地展现了出来,他早期小说中幽默风趣的风格也荡然无存。奈保尔还用戏剧化的手法,对后殖民社会进行了想象但又对其从根本上进行了否定,表现着他悲观主义的历史观。奈保尔通过这部小说似乎也在向我们说明,一个没有自己的传统的国家,要在殖民统治下获得民族独立的地位是不可能的。

《到达之谜》以一种近乎沉思的口吻来述说作者的发现以及他不断变化的人生观,到达与旅行的关系及其到达的本质是其要探讨的主题。书名来自故事的叙述者在别人家发现的藏书中意大利超现实主义画家契里科早期的一幅同名绘画。画面上是一幅典型的地中海图景:古老的船坞、城墙、城门,远处有依稀可见的桅杆,近处是行人稀少的街道,只有一两个蒙着头巾的人,整个"画面荒凉神秘,讲述着到达的秘密"。这幅画之所以引起故事叙述者的注意,是因为他觉得"其标题以一种间接、诗化的方式涉及我自己经历中的某种东西"。小说主人公是一位来自加勒比地区的作家,在经历多年漂泊无定的生活之后,终于在英格兰找到了归家的快乐。小说的叙述者无名无姓,纪实与虚构交错。小说构思精巧,叙述者一次又一次回到中心意象,又不断地改变自己对这些意象的看法。

## (二)萨尔曼·拉什迪的小说创作

萨尔曼·拉什迪(Salman Rushdie,1947— )生于印度孟买的一个穆斯林家庭,父亲是个穆斯林富商,对阿拉伯、波斯和西方文学很有研究,母亲在家族史方面颇有造诣。1961 年,13 岁的拉什迪被送到英国的拉格比公学念书,在校成绩优秀。中学毕业后,拉什迪进入剑桥大学国王学院,攻读历史。1969 年,他获得了硕士学位,之后,他们全家都迁居到巴基斯坦。在巴基斯坦不到一年即重回英国并加入英国籍。20 世纪 70 年代初,拉什迪在一家广告公司工作,并利用业余时间创作小说。1981 年,拉什迪的小说《午夜诞生的孩子》出版,这部小说奠定了他在小说界的地位,他也凭借这部小说获得"布克奖"。此后,拉什迪接连创作了多部小说作品,成为英国当代族裔小说作家中的佼佼者。

作为移民作家,拉什迪的小说大多以他的出生地印度(或邻近印度的巴基斯坦)的现实与历史为题材。在拉什迪笔下,"后殖民"时期的印度虽获得了独立,但许多社会问题并没有得到解决,社会生活的方方面面仍然没有根本变化;到了 20 世纪六七十年代,印度的社会问题甚至变得更为严重,"政治的天空聚集着黑云:在比哈,腐败、通货膨胀、饥饿、文盲、没有土地主宰着一切……;在古加莱特,发生骚乱,火车被焚烧……;在孟买,到处是警察骚扰、饥饿、疾病、文盲"。可以说,他在表现印度的现实和历史时的创作视角具有复杂的双重性:一方面,他对印度怀有割舍不断的血缘情感与文化情结,"无根"状态下对"根"怀有强烈的渴望;另一方面,他在英国接受的教育又使他对自己的本土文化具有一种西方化的批判意识,并用西方的方式讽刺和揭露了印度的现实。因此,有人甚至认为:"在过去的十年中,没有哪一个西方作家比东方人的后裔萨尔曼·拉什迪更能够有效地使用西方文学的传统了。"

拉什迪的小说主题多为政治、历史、宗教、移民、流亡等,其中最具代表性的小说便是《午夜诞生的孩子》。

《午夜诞生的孩子》讲述的是 31 岁的叙述者萨利姆向一家酸辣酱工厂里的青年妇女叙说自己身世的故事。故事可以分为三个部分。第一部分追溯到 1917 年,萨利姆的外祖父从德国学医归来在克什米尔家乡当医生,他的女儿阿米娜在嫁给皮货商人艾哈迈德后,随丈夫搬迁到德里。一场反穆斯林运动中,艾哈迈德的货物被极端分子烧掉,他只能带着妻子前往孟买,改做房地产生意。1947 年 8 月 15 日零点,唱歌艺人的孩子萨利姆降生,但却被接生护士玛丽将其与阿米娜的儿子湿婆调换,成为穆斯林富商家的孩子,而艾哈迈德的亲儿子湿婆则跟随卖唱艺人过着颠沛流离的生活。由于萨利姆出生的时间正好是印度宣布独立之时。七天以后,印度总理尼赫鲁发来贺信:"我们将密切关注你的生活;在一定意义上,你的生活将反映我们这个国家的生活。"第二部分讲述了萨利姆的童年至 18 岁的生活。在午夜出生的婴儿共有 1 001 名,10 年后,幸存者仅有 581 人。他们每个人都有特异功能:有的可以走进镜子,有的可以像孙悟空那样变大变小,有的可以任意改变自己的性别。而出生时间越是接近零点,特异功能越是强大。萨利姆可以随心所欲地进入人们的内心世界和梦境。他凭借心灵感应的能力,与全印度午夜出生的孩子建立联系,每天午夜零点到一点,孩子们在他头脑里开会,他像因特网的网站版主一样向他们发布信息。11 岁时,在他家当保姆的玛丽因为承受不住心理压力,把真相说出。艾哈迈德大吵大闹,迫使阿米娜带了儿子离家出走,前往巴基斯坦。几年后,阿米娜收到孟买电报,艾哈迈德心脏病突发,要她们母子回印度。此时此刻,印度国防部长在新德里宣布印度军队在喜马拉雅山对中国军队采取行动。在这场战争中,艾哈迈德带儿子去做鼻子手术。手术的结果是他的心灵感应功能消失,但获得异常的嗅觉功能:他那奇大无比的黄瓜型鼻子能嗅出人们内心的悲伤、喜乐、聪明、愚蠢。不久,中国军队单方面宣布停火,萨利姆全家离开孟买,移居巴基斯坦的卡拉奇。第三部分讲述了萨利姆成年以后的生活,期间,他先参军,后投身到政治活动,并与巫女帕瓦蒂结婚。婚后,帕瓦蒂出轨,怀上了湿婆的孩子,孩子出生后,萨利姆被印度政府抓进监狱,等他出狱后,帕瓦蒂已经死去,他带着帕瓦蒂与湿婆的孩子回到出生地孟买。

这部小说有着自叙传的色彩,历史和小说融合,现实和虚构糅合,既是一部跨越 63 年的三代家史,也是印度独立前后的一部近代史。小说地点沿克什米尔—德里—孟买—卡拉奇路线,展现南亚次大陆丰富多彩的社会画面。与此同时,小说将现实、虚构、历史糅合在一起,以印度特有的酸辣酱分隔小说的章节,从而将不同的宗教、文化和信仰掺和在一起,展现了印度次大陆半个多世纪的风风雨雨、光怪陆离的社会风貌。

## (三)石黑一雄的小说创作

石黑一雄(Kazuo Ishiguro,1954—    )出生于日本长崎,5 岁时随家人移居英国,是著名的日籍英国小说家。他先在肯特大学完成本科学业,之后在东英吉利大学攻读硕士。1982 年,石黑一雄出版了自己的第一部长篇小说《群山淡景》,小说颇具东方特色,出版后便获得英国皇家学会颁发的"温尼弗雷德·霍尔比奖"。此后,石黑一雄便成了一名职业作家。1986 年,石黑一雄发表了自己的第二部长篇小说《浮世艺术家》,获得英国及爱尔兰图书协会颁发的"惠特布莱德奖"和"布克奖"。1989 年,石黑一雄的第三部长篇小说《长日留痕》问世,这部小说出版后好评如潮,不仅获得当年的"布克奖",第二年还被拍成了电影,使得石黑一雄迅速成名。成名后的石黑一雄沉寂了多年,直到 1995 年才推出了他的第四部长篇小说《未能安慰的人》,小说出版后便获得了"契尔特纳姆奖"。进入 21 世纪以后,石黑一雄创作了三部小说《吾辈皆孤儿》《哀乐之最》《别让我走》,都获得了奖项。

　　石黑一雄的小说题材看似繁杂,回忆和童真的永远失去、阶级、帝国却是贯穿其中的一条主旋律。他笔下的主人公多会回忆往事。他们的回忆既有选择性又模糊难测,回忆的片段看似零散,但却一点点地将事实真相透露出来。通过一个个的回忆片段将现在和过去联系起来,作者的创作意图得到了更好表现,同时,跟随人物的思绪在现在和过去之间来回跳跃的叙述,使得情节的安排有了更大的自由度和灵活性。这些创作特色主要体现于石黑一雄在20世纪创作的小说(即《群山淡景》《浮世艺术家》《长日留痕》《未能安慰的人》)之中。

　　《群山淡景》以第一人称叙写一个移居英国的日本寡妇的乡愁,小说基调孤寂凄凉,风格虚幻空灵,颇具东方特色。《浮世艺术家》仍以第一人称叙写主人公的回忆和沉思,只是,主人公是一个日本"浮世绘"画家——他在第二次世界大战前满怀爱国热情,一心想寻求"恒久的艺术",但后来,日本战败,他恍然大悟:原来整个日本民族在过去的几十年间一直在追寻的,只是一种荒诞虚幻的所谓"理想",而他要寻求的"恒久的艺术",也不过是一种无根的"浮世艺术",如今已随风而去,所有一切,就如镜花水月。小说以高超的手法营造了某种类似日本"浮世绘"的意境,因而对英国读者来说颇具新意。

　　《长日留痕》的故事背景发生在英国,主人公史蒂文斯是一位英国贵族庄园的管家,也是小说的叙述者。小说开始时,庄园主人达林顿勋爵已经故去,庄园让一个美国商人买走,但史蒂文斯继续留用。1956年7月,他开着主人的车,去英格兰西部探望当时的女管家肯顿小姐。在六天的行程里,他在回忆中,重新构建已经消失的过去。然而在现实生活中,史蒂文斯依附的世界已经消失,给予他生命意义的世界已不复存在,但他还活着。而庄园主人达林顿勋爵因为奉行绥靖政策而犯了历史错误。史蒂文斯却把自己的一生奉献给达林顿勋爵,过着一种毫无意义的生活。不过到小说结尾时,他也终于获得自我认识:

　　　　达林顿勋爵是一个勇敢的人。他选择的生活道路,被证明是误导的道路,但是,他做了选择,他至少可以这样说。就我而言,我甚至连这也做不到。你看,我相信他。相信他的智慧。这么多年来,我一直服侍他。我相信自己是在做值得做的事。我连是我犯了自己的错误这话也不能说。真的——我得扪心自问——这里有什么尊严?

　　小说通过琐碎的事情来反映重大的历史事件。例如,史蒂文斯解聘犹太女佣的细节反映了当时希特勒在欧洲迫害犹太人事件。在小说的叙事视角上,石黑一雄用了一种谦恭、做作、严谨、规范的语言,非常正经,几乎没有任何个人的感情色彩。从这种纯粹英国贵族庄园管家的语言中,可以看到日本人固有的东西:高度的自律,刻板的外表,展示了人性的禁锢和人类心灵的孤独和封闭。

　　《未能安慰的人》的背景是中欧的一个小城市,可能是德国,但书中没有指明。讲述的是主人公赖德的心灵孤独。赖德是一位举世闻名的钢琴家,应邀前往该市在星期四晚上发表演说并演奏。小说采用第一人称叙述,由赖德讲述他从星期二下午抵达该市至星期五凌晨两天半的经历。当他到达该市时,那里的人们都向他求助,因此赖德的日程被一个接一个突然冒出来的请求打断。赖德感觉到:"人们需要我。我来到一个地方,发现许多可怕的问题,人们对我的到来,非常感激。"但是他的努力无济于事,未能提供他们所需要的安慰。最令人失望的是,城市里的人邀请赖德星期四晚上作讲演并演奏,而当赖德登上台时,音乐厅里空无一人,连座位都没有。小说结尾时,赖德坐在环城运行的电车上,电车上有冷餐供应,时间是凌晨,这象征着他所经历的只是一场梦,他在城里梦游。石黑一雄在一次访谈中说到了这部小说人物的特征:"让人出现在一个地方,在那儿他遇到的人并不是他自己的某个部分,而是他过去的回声、未来的前兆、害怕自己会成为什么样子这种恐惧的外化。"这是理解小说荒诞情节、人物之间内在联系的关键。也就是说,小说人物是他过去的影子、未来可能的存在。

# 第三节 20世纪下半叶英国诗歌的创作

第二次世界大战之后,战争对年轻一代的诗人们的心理造成了巨大的冲击,引发了他们对现有的社会与个人价值观念的怀疑以及心理上的焦虑,他们将目光折回到乔治时代、18世纪、19世纪的诗歌传统去寻求样本,对传统的、熟悉的文学形式开始产生浓厚兴趣,从而导致了"运动派"诗人的崛起。进入20世纪70年代以后,诗歌逐渐呈现出新的发展趋向:多元化、非本土化、非精英化的诗歌进入了主流诗坛。这主要包括三大类诗人群体的崛起,即爱尔兰诗人群体、非裔诗人群体和女性诗人群体等,他们的诗歌一方面延续了英国诗歌的传统,另一方面也呈现出与"运动派"诗人不同的风格,为英国诗坛的多样性发展做出了突出贡献。

## 一、20世纪下半叶运动派诗歌的创作

"运动派"这个名词首先出现在1954年,《观察家》的文学编辑J. D. 司各特写的一篇文章里用到这个词,这篇文章讨论的是第二次世界大战后英国是新歌的特征,虽然最初这个词实属玩笑之语,但却在人们的记忆里留下了深刻的印象。1956年,由英国著名诗人罗伯特·康奎斯特(Robert Conquest,1917—  )任主编的《新诗行》问世。《新诗行》收录了菲利普·拉金(Philip Larkin,1922—1985)、康纳德·戴维(Donald Davie ,1922—1995)、丹尼斯·约瑟夫·恩莱特(Dennis Joseph Enright,1920—2002)等人的诗作,在社会上引起了巨大反响。这些诗人一反以迪沃·托马斯为代表的华丽的浪漫主义风格,用冷静、理智的态度审视世上的一切,他们的诗讲究技巧,用笔凝练,被文学史家称为"运动派"诗人。

### (一)菲利普·拉金的诗歌创作

菲利普·拉金(Philip Larkin,1922—1985)出生于考文垂。父母为人腼腆内向,父亲是考文垂市的财政官。拉金幼时有严重口吃,生活平淡无奇。1940年,拉金进入了牛津大学学习,这时正处于第二次世界大战期间,校园弥漫着紧张的气氛,此时的拉金希望通过参军而为国家尽自己的一份力,但由于参军体检没有通过,拉金只好留在学校继续学习。在牛津大学求学期间,拉金结识了金斯利·艾米斯等一些有志青年,并与他们一同切磋文学方面的问题。大学毕业后,拉金选择了在施罗普郡惠灵顿市的公共图书馆工作,3年之后拉金从该图书馆转至莱切斯特大学学院图书馆工作,并开始在业余时间攻读图书馆学位。自1955年开始,拉金一直在赫尔大学图书馆工作,直至去世。

从中学开始,拉金就已经开始创作诗歌,并有不少作品发表在学校的杂志上。1945年,拉金出版了自己的第一部诗集《北方之船》,1946年和1947年拉金又分别出版了小说《吉尔》《冬日女孩》。虽然拉金一直没有停止诗歌的创作,但是受出版社的影响,直到1955年,才有了第二部诗集《受骗较少》的出版。该部诗集受到了评论界和读者的普遍好评,拉金也因此成为当时英国最

受欢迎的诗人之一。1964年,拉金的诗集《降灵节婚礼》出版,1974年,拉金的最后一部诗集《高窗》刊印发行。由于诗歌成绩斐然,1965年,拉金获得了女王诗歌金质奖章,并被评论界誉为"英格兰现有的最优秀诗人"。由于拉金曾拒绝受聘担任桂冠诗人,因此他又被称为"非官方的桂冠诗人"。晚年的拉金诗歌创作减少,只偶尔在杂志上发表诗作。

除诗歌外,拉金还出版过《爵士乐日记》和散文集《承嘱之作》,《爵士乐日记》是有关爵士乐的,《承嘱之作》则收录了拉金探讨诗歌创作和文学创作的评论文章,是与他的诗歌实践相对应的创作理论的集中体现。

《北方之船》共收录了拉金在学生时代创作的31首诗歌,其中23首诗歌均属无标题诗歌,由数字加以编号,其余诗歌的标题亦不足以传达诗歌的主题气氛。在创作特点上,这些诗歌在创作技法上显示了其效仿叶芝诗歌的特点,但其技法却并不成熟,因而出版后未受到评论界的好评。

《受骗较少的》共收录了29首诗,这些诗作充分体现出了拉金对社会的细致观察和准确把握。这部诗集的诞生宣告了"运动派"诗歌的诞生。在这部诗集中,拉金用灰色的笔调展现了现代社会中人的失望和失败的命运,以及工业化给现代社会带来的种种弊端。在他的笔下,世界充满了灰暗。诗集一问世立刻引起了社会的强烈反响,评论界也给予了很高的评价。首版后一再重印,拉金从此成为公众瞩目的人物。该诗集中最有名的诗作包括《写在一位年轻女士相册上的诗行》《欺骗》《上教堂》《蟾蜍》和《出嫁前的名字》等。其中的《上教堂》被许多评论家公认为是该诗集的代表之作。

《上教堂》一诗表达了诗人参观教堂时的所思所想。诗歌中的第一、二节叙事和描写的笔法客观而细致地再现了"我"独自参观一座空荡荡的教堂的所见,第三至六节则写了"我"站在教堂中的所思所想,"我"对教堂在将来被废弃的假设进行了推测,人们会不会只保留几座教堂用于展览,其他的就任其受风吹雨淋,被羊群糟蹋?也许这些被废弃的会被人们认为是不吉利的地方而远远地避开,也可能会有迷信的女人带着孩子来摸教堂中某块特别的石头,或者是来采摘治癌症的药草,又或者是在某个夜晚来看死鬼走路。但迷信和信仰,总会有消亡的那一天。等到教堂的本来面目和用途越来越难以辨认的时候,最后还会有谁来寻找教堂呢?在这首诗歌的结尾,诗人对当下人们需要教堂理由进行了总结:

> 它是建在严肃土地上的严肃之屋,
> 我们所有的冲动都在它混杂的空气中,
> 得到认可,变成命运。
> 而那永远不会过时,
> 因为总有人会惊奇地发现
> 自己有一份饥渴想要更严肃,
> 并被它吸引来这土地,
> 这里,他曾听说,人会活得明智,
> 那是由于无数死者躺在周围。

虽然孤独和死亡是必然的,但是我们仍将会有所追求,期望活得明智,这就是教堂之所以存在的理由。拉金在这首诗中将当时年轻人偶然进入教堂的内心感受,从开始的好奇到后来的严肃思考,描写得丝丝入扣,诚实可信。整首诗视角开放,观察敏锐,思考深刻,语言直白,被称为是拉金确立自己在英国诗歌中的地位的扛鼎之作。

《降灵节婚礼》这部诗集基本延续了《受骗较少的》中的主题、技巧和风格,同时也进行了新的开拓。在语言的运用上,口语化的倾向更为突出,用语极为直白;在题材上,内容更加丰富,对外界和他人的关注明显增多。诗集中,《家是如此悲伤》尤为出色。

《家是如此悲伤》共有两个诗节,强烈地表达出一种被遗弃后所感到的孤独、失望和萧索,以及浓重的怀旧感。诗人在诗中写道:

> 家是如此悲伤。它和被丢下时一样,
> 依照最后离开者的舒适而设计
> 宛似欲将他们赢回来一般。相反,在失去
> 取悦的人后,它竟无意忽视
> 这一偷窃,于是就这样萎缩下来。

针对目前家的萎缩现实,诗人进一步指出当初主人布置这个家做了多少的努力,然而这种努力所造就的充满欢乐与希望的家与现在萧索的家相对照,却给人物是人非的感慨,表达出诗人对往昔的无限留恋。

拉金的最后一部诗集《高墙》描写了更多的社会现象。在《政府赞歌》中,拉金对英国工党因财政危机而从海外撤军的做法进行了批评:

> 明年我们将生活在这样的国家
> 召回所有的军队只因为缺钱。
> 那些雕像还将矗立在同一个
> 浓荫覆盖的广场,看起来几乎一样。
> 我们的孩子不知道这是个不同的国家。
> 现在我们希望留给他们的一切就是钱。

在《老蠢货》中,拉金描写了老年人的生活境遇,在粗鲁的诗句后隐藏着诗人对即将来临的老年生活的恐惧和无能为力的愤怒。在诗歌的结尾,诗人写道:“啊,/我们会知道的”,指出了人都会经历老年的命运。

由于拉金从没有放弃描写社会中的种种现象,因此,他获得了“社会诗人”的称号,他的诗歌机智而又富有理性,反映出 20 世纪五六十年代英国知识分子在英国诗坛经历了现代主义风潮后的反思,被称为“运动派”诗歌的倡导者是当之无愧的。

## (二)康纳德·戴维的诗歌创作

康纳德·戴维(Donald Davie,1922—1995)出生在英国约克郡的一个工人家庭,其祖辈都是工人,家庭中的宗教气氛十分浓厚。戴维自幼好学,自 14 岁开始写诗,18 岁进入剑桥大学,主修建筑学,但他对诗歌的兴趣并未就此终止。1940 年,戴维进入英国剑桥大学,1941 年开始服兵役,次年被派往苏联,驻扎在摩尔曼斯克等城市,直至 1943 年。1946 年,他再次进入剑桥大学学习,并于 1951 年获了博士学位。1952 年,戴维开始在三一学院当讲师,并在此期间创作了一系列诗歌集。20 世纪五六十年代,戴维频繁出国讲学,并在讲学之余从事评论和诗歌创作。晚年时期,戴维在写诗之余,还编辑、翻译了许多书籍。1995 年,戴维去世。

戴维的第一部诗集是发表于 1955 年的《理性的新娘》,诗集中的 27 首诗作全部采用传统的音部写成,所有意象均体现出诗人对音韵的精巧运用及对用词逻辑的严密把握。在内容上,这部诗集大体都与道德相关,如诗集中的《花园宴会》明确地表达出阶级之间的矛盾。而在诗歌的创作思想上,这部诗集中的诗歌大都遵循奥古斯丁诗歌中所体现的理性、稳定性和居中思想。

1957 年,戴维发表了他的第二部诗集《一个冬日的天才及其他》。该部诗集共收入 37 首诗,这些诗语言含蓄、音韵平缓、机智风趣、刻画入微,充分显示出了运动派诗人与浪漫主义诗人截然不同的风格。此后,戴维又发表了《艾塞克斯诗集:1963—1967》《夏艾斯》《持异议的声音》等诗集,从而使他成为运动派诗人中具有代表性的诗人。

除了诗集之外,戴维对于诗歌的创作也有较大贡献,他在发表于 1952 年的《论英语诗歌措辞的纯洁》中,阐述了他对于诗歌技法运用、诗歌的道德作用和社会作用的看法。他认为诗人必须在理性的原则下从语言中选出最为精当的词语,而不能为了获得某种效果和特点而选择东拼西凑,为此,他主张恢复 18 世纪那种个性鲜明的文学风格和优美的韵律。戴维的这部著作虽然评价的是过去的诗人及其诗作,但他在文中有关措辞和句法的观点对于研究戴维的诗歌和与他所处时代的诗人的诗歌也具有积极意义。

### (三)丹尼斯·约瑟夫·恩莱特的诗歌创作

丹尼斯·约瑟夫·恩莱特(Dennis Joseph Enright,1920—2002)出生在英国一个工人家庭中,曾在英国剑桥大学学习,1946 年获硕士学位,毕业后赴埃及亚历山大大学教书,同时又进行了进一步的深造,并于 1949 年获文学博士学位。1950 年至 1970 年间,他曾去日本、德国、泰国、新加坡等国教书。1970 年回英国后曾在利兹大学司教,1975 年受聘为瓦威克大学的荣誉教授,1981 年获女王金质奖章。2002 年,恩莱特去世。

恩莱特的诗擅长以平易浅近的语气,描摹出绘声绘色、栩栩如生的意象,表现出诗人对普通民众生活的同情和关切。他的诗歌中既没有晦涩的象征,也没有强烈地政治色彩,而充满了对人性问题以及人生问题的关注与思考。

恩莱特的主要诗集有《狂笑的鬣狗及其他》《非法的机会》等。其中,《狂笑的鬣狗及其他》写得尤为出色,诗集中著名的诗篇有《狂笑的鬣狗》《阿拉伯音乐》《黑皮肤的乡下女人》和《埃及猫》等。

《非法的机会》的出版标志着恩莱特语言风格的进一步成熟。在这部诗集中,恩莱特成功地运用了全韵脚和半押韵(元音不同的韵脚)的手法,扩大了其诗歌的表现技巧,突出了他作为一个人道主义诗人的艺术成就。这部诗集较为著名的诗篇有《终点站》《这是一门艺术》等,其中《终点站》描写的是混血儿的命运,《这是一门艺术》描写的则是对越南战争。在这些作品中,恩莱特采用的是近乎纯客观的写实手法,力图达到让读者通过诗中所描写的事实引起自觉的思考的目的。

## 二、20 世纪下半叶爱尔兰诗歌的创作

20 世纪 60 年代到 70 年代是北爱尔兰诗人崛起的年代,形成了以谢默斯·希尼(Seamus Heaney,1939—2013)、米切尔·朗利(Michael Longley,1939—)为代表的爱尔兰诗人群体,他们根植于当地文化,又能摆脱地域的限制,把视野扩展到了整个社会,能够越过政治现象探索冲突的历史、语言和集体无意识的根源,从而在英国的诗歌史上产生了重要的影响。

### (一)谢默斯·希尼的诗歌创作

谢默斯·希尼(Seamus Heaney,1939—2013)出生在北爱尔兰首府贝尔法斯特近郊德里郡的一个信奉天主教的农民家庭中。在家乡的中学毕业之后,他于1957年进入贝尔法斯特女王大学,毕业后先后在中学、大学任教,1963年,开始写作,并与马洪、朗利一起参加由"诗歌组"诗人菲利浦·霍布斯保所组织的诗歌工作室。1965年,希尼出版首部诗集《十一首诗》,同年和玛丽·戴夫琳结婚。次年,他开始在女王学院讲授现代英国文学,并同时出版诗集《自然主义者之死》,这部诗集的出版,为他赢得了包括毛姆文学奖在内的多项荣誉,奠定了他北爱尔兰优秀诗人的地位。1969年,希尼出版的诗集《黑暗之门》同样获得评论界的好评。此后陆续出版的诗集有《在外过冬》《北方》《野外作业》《朝圣岛》《山楂灯笼》《了解事物》《精神水准》等。1995年,希尼凭借最新作品《地铁线》获得了艾略特奖。同年,因其诗作"具有抒情诗般的美和伦理深度,使日常生活中的奇迹和活生生的往事得以升华",他获得了诺贝尔奖。2013年,希尼去世。

希尼的诗歌以自然、朴实的语言描绘了北爱尔兰乡村生活,并对这种生活进行了深入的思考。他将个人和家庭的境遇放在了国家和民族的历史背景之中,从而将爱尔兰文学和英国文化传统结合起来,使其呈现出了明显的民族特色和高度的现实性。而最能体现他的这一创作特点的诗集有《自然主义者之死》《黑暗之门》《在外国过冬》《北方》《野外作业》等。

《自然主义者之死》出版后,虽然不少评论家认为其受到了休斯风格的影响,但不可否认的是,诗集中对语言和所刻画的事物的精确把握,以及具有个人风格的独到视角和用词都使该诗集呈现出独到之处。诗集中不少作品在描写诗人家乡德里县乡村生活风物的同时,探索物质与精神的交流和融会,透露出诗人对爱尔兰独特性的追求。诗集中收录的第一首诗《挖掘》就颇为典型,诗人描写了诗人父亲与祖父的辛苦劳作,与诗人自己的生活形成了对比。诗歌开始于诗人听到窗外父亲用铁锹翻地的声音,这让他想起了自己小时候父亲也是这样劳作的:

> 他提起长长的锹柄,将闪亮的锹刃深锄地中
> 刨出我们拣起的新土豆
> 手里爱抚着它们的凉爽坚硬。

在这里需要注意的是,在爱尔兰作为英国殖民地期间,挖土豆是爱尔兰人的一种生活常态。"土豆"在爱尔兰历史上意义非凡,它是爱尔兰殖民史上最具象征意义的事物,不仅是当时爱尔兰人用来果腹的主要食物,也是爱尔兰人民心中永远不能拔出的一根刺。当年,在英国殖民统治下,爱尔兰被迫将大量谷物出口给英国,于是爱尔兰人不得不以高产的土豆为主食,这一单一的食物来源给爱尔兰的食物安全造成了很大的隐患。1843年,爱尔兰发生大面积土豆疫情,导致爱尔兰爆发大饥荒,三分之一的爱尔兰人被饿死,三分之一的爱尔兰人被迫移民,爱尔兰本土只剩下原来人口的三分之一。在饥荒之后,随着人口的流失,爱尔兰的传统遗失殆尽。在希尼的这首诗中,铁铲是其祖辈赖以生存的工具,喻指深植于诗人的爱尔兰血统的传统,诗人将自己手中的笔也比作挖掘土豆的工具,比喻自己将像祖辈一样挖掘爱尔兰民族的记忆和过去:

> 在我的食指和拇指之间
> 夹着粗短的笔
> 我将用它来挖掘。

体现出了对爱尔兰传统精神的继承，同时也揭示出了这种传统的变异，这也正是希尼一生文学创作与追求的落脚点。

希尼十分注意对诗歌语言、主体意识和民族精神方面的探索。在《黑暗之门》这部诗集中，希尼开始对爱尔兰民族的黑暗之处进行挖掘。如表现诗人对自己民族的审视的《沼泽地》一诗。诗歌中沼泽地就是爱尔兰的象征，正如诗人所写：

> 我们没有防御的家乡
> 是不断在结硬壳的沼泽
> 在太阳的视野之间。

在这首诗中，诗人通过对鹿骨、地底油脂等的描写，来开掘历史遗存，追溯过往文明，来构筑爱尔兰的民族意识。在谈到这首诗时，希尼说他创作这首诗，是"想要使保持不变又移动不居的爱尔兰沼泽地成为一个象征，象征爱尔兰人民保持不变又移动不居的意识。历史是世世代代留住我们、邀请我们的松软土地"。正是因为如此，该首诗具有预言式的风格，整体沉郁蕴藉。

《在外国过冬》以爱尔兰宗教冲突为主题，诗集中多次出现诗人在儿时使用的爱尔兰方言和已经不复存在的"北爱"地名，从而隐晦地表达出了他对英国侵犯爱尔兰语言和疆土的沉痛与抗争。

《北方》中，诗人早期对诗歌主题和个人风格的探索趋于成熟，诗集不仅为诗人赢得了多项诗歌奖，确立了他在当代英国诗坛上的地位，同时也赢得了读者的赞誉。诗集探讨了北方的多重意义，其目的在于通过对语言、仪式和考古的体察来追寻历史与现实之间的纽带，从而探寻出宗教冲突的历史文化根源之所在，在这部诗集的诗歌中，充斥着北欧文化的诸多意象，并通过对暴力的展示来表现对爱尔兰历史的反思。诗集中最令人动容的是《惩罚》一诗，诗人将黑铁时代因为婚外情而被处死的女性和北爱尔兰因与英国士兵恋爱而蒙受打击的女性联系起来，诗人情绪复杂，孤立无援：

> 我无声地伫立着
> 当你那些叛变的姐妹，
> 抹着柏油，
> 扶着栏杆哭泣，
>
> 我也参与着
> 文明的暴行
> 但心里明白这正是
> 部落式的隐秘报复。

出版于 1979 年的诗集《野外作业》关注的是诗人的家人亲戚、朋友和邻居，表现了普通人的日常生活和社会问题。其中《伤亡人员》《比葛湖滨的沙滩——纪念卡伦·麦卡尼》和《悼念弗朗西斯·莱德维奇》三首政治悼亡诗最为出名。在这之后出版的诗集中，希尼对爱尔兰这片土地的思索更为深入了，《朝圣岛》在语言和比喻的运用上更加丰富深邃，象征性也更为明显；《山楂灯笼》则通过"比喻岛""泥泞的景象"表达出了他对爱尔兰性的解构与重构，并指出没有绝对的起源也没有清晰的结束。

在爱尔兰的问题上,作为一名诗人的希尼并没有强调民族立场的选择,而是以博大的人文精神来把握历史与现实,将爱尔兰民族的认同与北欧等其他民族的发展结合在了一起,从而站在更高的层面上实践着民族独立与和解。他所采用的新颖的意象和对诗歌语言的准确把握,使诗歌的本土性、历史性和知性色彩有机地融合在一起,正是由于希尼的贡献突出,他才成为了爱尔兰诗歌群体中的佼佼者,推动了爱尔兰诗歌的发展,使其呈现出了新的面貌。

在希尼的影响下,其他的爱尔兰诗人的诗作也呈现出了明显的爱尔兰特色。如米切尔·朗利的诗集《一个被粉碎的观念》描写了北爱尔兰社会和政治的动荡,同时也反映了诗人在分裂社会中的认同感问题。汤姆·保林则以政治色彩明显的诗歌享誉于英国诗坛。保林的处女诗集《正义的国度》揭示的是北爱尔兰的社会现实,其诗集名称的寓意与圣经旧约全书中因果报应之神的内容有关,暗含着对当时社会政治、经济、文化上出现的极端现象的讽刺。

### (二)米切尔·朗利的诗歌创作

米切尔·朗利(Michael Longley,1939—  )出生于一个从伦敦移居贝尔法斯特的新教徒家庭中。1965 年,朗利凭借处女作《诗十首》迅速成名。1991—2001 年期间,朗利连获惠特布莱德诗歌奖等五项文学大奖,并在 2007 年 9 月被推选为"爱尔兰诗人之椅"的继任者,2010 年他还被授予了英王乔治五世所创立的大英帝国勋章中的司令勋章,这一系列的荣誉充分说明了朗利所提出的文化平衡主张所具有的价值。

与其他爱尔兰诗人不同的是,朗利始终坚持着"平衡"的诗学文化主张,倡导对话、斥责暴力。他的首部诗集《无延续的城市:1963 年—1968 年诗集》中的诗作显示出朗利作品的形式特征,即有着整齐匀称的对句和几乎无变化的抑扬风格,但由于过于重视技巧,使得诗歌内容缺乏深切的情感以及独特的视野。

《一个被粉碎的观念》是朗利的第二部诗集,它展现了北爱尔兰社会和政治的动荡,同时涉及了诗人在分裂社会中的认同感问题,在语言上也更为精细、直接、清晰。

除了这两部诗集之外,朗利还创作了多部诗集,其中名气较大的为《回音门:1975—1979 年诗集》,这部诗集的出版表现了朗利开始意识到诗歌是通过语言和想象的力量来进行社会重建的。

## 三、20 世纪下半叶女性诗歌的创作

如果说是社会问题造就了爱尔兰诗人群体的崛起,那么女性诗人群体的出现也与英国社会的发展息息相关。自 20 世纪五六十年代以来,英国女性的地位不断提高,相关法律的完善赋予了女性更多的个人自由与更大的社会空间,尤其是女性受教育程度的提高和工作权利的平等,使得 20 世纪下半叶的女性诗人群体获得较大发展,英国女性诗人们开始发出了她们有史以来最为嘹亮的声音,关注的视角由抱怨父权社会对女性的压榨转向了对自我的探索。在该群体中,表现尤为出色的诗人有 U. A. 范索普(U. A. Fanthorpe,1929—2009)、卡罗尔·安·达菲(Carol Ann Duffy,1955—  )等,她们在诗歌的创作上对诗歌的语言、形式与诗歌主题的切合给予了更多的关注,为第二次世界大战后英国诗歌的继续发展做出了杰出的贡献。

## (一)U. A. 范索普的诗歌创作

U. A. 范索普(U. A. Fanthorpe,1929—2009)出生于伦敦,毕业于牛津大学。大学毕业后,她曾在切尔特汉姆女子学院担任教师。1970 年,担任英语系主任八年之久的范索普放弃教职,重入社会,先后做过文员和医院职员等工作。对于一个"中年的辍学者"而言,范索普的职业选择一方面展现了英国社会中女性自主权的增大,一方面也为范索普的诗歌创作奠定了基础。1978年,范索普出版了自己的第一部诗集《副作用》,以自己在医院中的经历为题材,展现了人类的病与死。这部诗集的风格和技巧明显受到奥登和约翰·贝特杰曼的影响,但也有华兹华斯和丁尼生的风韵。

范索普的诗歌多关注普通大众在生活中遇到的种种无奈,尤其是女性在父权社会里所面临的各种压力和困难。如她所创作的《来自三楼》对女性作家在社会中的遭遇提出了自己的见解与看法,展示了女性作家的举步维艰。范索普以英国女小说家吉恩·里斯(Jean Rhys,1890—1979)的话作为诗的开始:"想成为诗人,你必须自私。"这句话奠定了整首诗歌讽刺的基调。在诗中,范索普描述了从简·奥斯丁(Jane Austen,1775—1817)到吉恩·里斯的英国女性写作历史,指出了女性写作的艰难,暗示出她们是没有独立的写作空间的。关于简·奥斯丁,她写道:

> 简姨妈(指简·奥斯丁)在客厅乱涂乱画。
> 当客人到来时,她匆忙把作品塞到
> 记事本下,聊起天来

可见,简·奥斯丁没有独立的写作空间和时间,她无法全身心地投入到创作中,她的整个创作过程都是忐忑不安的。

此外,范索普还对伊丽莎白·克莱格本·盖斯凯尔(Elizabeth Cleghorn Gaskell,1810—1865)、乔治·艾略特(George Eliot,1819—1880)的写作处境进行了描述,盖斯凯尔只能在一间拥有"三扇门"的餐室里写作,而艾略特因为自己的恋情不为社会所容,承受着巨大的社会压力,与此同时,她还不得不去偿还结婚时所欠下的费用。弗吉尼亚·沃尔夫(Virginia Woolf,1882—1941)虽然拥有自己的房间,但是却始终没有得到和男性一样的地位,最后只能以自杀来结束生命。

## (二)卡罗尔·安·达菲的诗歌创作

卡罗尔·安·达菲(Carol Ann Duffy,1955—　　)出生于格拉斯哥,是英国当代重要的女诗人,出版了六本诗集、获得多种奖项,也是"桂冠诗人"。1985 年,达菲凭借诗集《站立的裸女》入围 1985 年的"第一本诗集奖"。两年后,她凭借《出售曼哈顿》先后获得毛姆奖和迪伦·托马斯奖。此后她的诗集大都获得诗歌大奖。由于在诗歌领域的出色表现,达菲于 1995 年获得官佐勋章,于 2002 年获得司令勋章,于 2009 年成为英国皇室的御用诗人。

达菲的诗歌创作主题广泛,主要包括女性问题、种族冲突问题、宗教偏见问题以及政府对弱势群体的冷漠态度等。从诗歌韵律和结构上看,达菲的诗歌遵循着诗歌传统,但是在抒情方式上,达菲却进行了新的突破,因此,她被英国诗坛认为是一名"实验诗人"。对于女性在社会中的地位,特别是下层社会中女性的地位的关注,一直是达菲诗歌的主要内容之一。她所创作的诗歌《站立的裸女》就是其中的代表作。这首诗用一个做裸体模特的女性自述的方式,对资本家和媚俗文化进行了辛辣的讽刺和嘲笑。诗中写道：

> 六个小时就这样站着，只为那几个法郎
> 小腹乳房臀部在透过窗户的光线下
> 他消耗着我的美貌。再朝这边站站
> 夫人。务必保持姿势。
> 我的像将被挂在伟大的博物馆里。
> 资本家们对这样一个娼妓
> 将会赞赏地低语。他们把这叫作艺术。

女模特自述生活的困境迫使自己像一个娼妓一样来出卖身体，而这些由出卖的身体所作的画在资本家的眼里却成了艺术品。由此可见，资本家对艺术的欣赏事实上是建立在下层人民的痛苦之上的。诗中对处于下层的艺术家们充满了同情，而艺术家对女模特的态度也是带有同情的色彩的，这个年轻的艺术家在作画的过程中经常走神：

> 有时他不专注于作画
> 我挨冻他有些紧张。男人们想起了自己
> 的母亲。
> 他的画笔挥舞之间便在画布上占有了我，
> 如此反复地着色。年轻人，
> 你拿不到我肖像的所值，
> 我们都很穷，在尽自己的所能谋生
>
> 他问我为什么要干这一行？
> 因为别无选择。别讲话。
> 我的微笑使他分神。这些艺术家们
> 拿自己太当真。夜晚我去酒吧
> 跳舞饮酒。结束时
> 他点燃了香烟，得意地给我看了那幅画
> 12 法郎，我拿起了披肩。它并不像我

艺术家与女模特之间的对话是友好的，反映了二者之间的相互同情。达菲正是通过对女模特在当裸体模特时的心理活动的刻画表现了女性对自我身份的焦虑与否认。"它并不像我"暗示了在掺杂了诸多因素之后，画中的"我"已经不再是真实的"我"了，表现了达菲对女性命运的深度思索。

## 四、20 世纪下半叶的非裔诗歌创作

第二次世界大战后，大批的非洲裔加勒比移民来到英国。由于受到英国本土人民的歧视，非裔民众于 1981 年 3 月举行了英国历史上最大规模的非洲族裔示威游行——"黑人行动日"，并在

之后的几年中,频频爆发了种族冲突和暴动。在进行斗争的同时,一些非裔作家认识到了文学创作对于民众的影响力,特别是在诗歌领域,一些非裔诗人试图用诗歌来争取社会对非洲裔族群的认同,争取自己应得的社会地位与文化空间。正是在这样的一个背景之下,一批来自加勒比地区和圭亚那的黑人诗人逐渐以其独特的艺术风格和语言,在当代英国诗坛赢得了一席之地。这些非裔诗人主要有林顿·科威西·约翰逊(Linto Kwesi Johnson,1952— )、弗莱德·达圭尔(Fred D'Aguiar,1960— )等。

## (一)林顿·科威西·约翰逊的诗歌创作

林顿·科威西·约翰逊(Linto Kwesi Johnson,1952— )于 1952 年出生在牙买加,1963 年移民到英国,后毕业于英国伦敦大学。大学毕业后,约翰逊曾做过多种职业。1974 年,他出版了自己的一部诗歌、戏剧合集《生者与死者的声音》,次年,他的第二部诗集《恐惧、敲打和鲜血》出版,并逐渐奠定了其在英国诗坛上的地位。20 世纪 90 年代以后,约翰逊除了创作了一部诗歌《丁丁声与时代诗选》之外,还灌录了八张唱片,包括《创造历史》《更多时间》等,广受欢迎,成为"配音诗歌"的代表。

约翰逊的诗歌技巧完美,语言独特,韵律流畅,感情充沛,对音乐和口头语言的运用恰到好处,准确地把握了非洲族裔青年人的困境、渴望和抗争,以及非洲族裔群体对政治平等和文化独立的追求,"显示出一种新鲜锐利的思想,并用'国家语言'来表达自我"。例如《生者与死者的声音》用规范英语写作,但却显示出诗人对非洲裔移民受压迫的反抗,以及对暴力行动的思考。

约翰逊是非裔诗歌中"配音诗歌"这一新形式的开创者。所谓"配音诗歌"是配合音乐朗诵的诗歌。诗人在诗歌的创作中将黑人音乐,包括爵士乐、灵魂乐、加力秀和牙买加流行乐里奇与西印度群岛的语言、英国非洲裔的街头俚语相融合,创造出了一种具有独特的节奏和韵律诗歌,表达了非洲族裔在白人种族主义者的统治下的焦虑和愤怒,以及对文化自主的奋斗和渴望。例如,在《英国是个坏女人》一诗中,约翰逊以第一人称的口吻,描述了非裔人民在英国工作中所受的压迫的歧视,诗歌写道:

> 我刚来到伦敦的时候
> 只能在地下工作
>
> 不久,我得到了一份大宾馆的合法工作
> 他们让我去洗盘子
> 我做得很好
> 但成堆的盘子等着刷
> 我不停看表盼着早点下班

好不容易等到自己拿到了工资,又发现:

> 他们以税收的名义抢夺了我一大笔钱
> 我不得不努力维持生计
> 你为自己找到一张床却不能好好睡一觉

再如《恐惧、敲打和鲜血》一诗，从中可以更加清楚地看到弗朗兹·范农和牙买加文化，特别是拉斯特法里教义的影响。诗歌将黑人音乐与西印度群岛的语言、英国非洲裔的街头俚语相融合，创造出一种独特的节奏和韵律，用不断重复的"恐惧""战争""鲜血"等词语描绘出英国非洲族裔在白人种族主义者统治下的焦虑和愤怒，以及对文化自主的奋斗和渴望。采用这种语言写作，其本身就是一种文化独立的追求和政治反抗，因为传统的评论家认为这样的语言是"不标准"和"原始的"，但约翰逊却不仅用它表达出与白人主流文化的对抗，更生动地表达出处于边缘的非洲族裔青年人的内心感受。

## (二)弗莱德·达圭尔的诗歌创作

弗莱德·达圭尔(Fred D'Aguiar,1960—    )出生在伦敦，幼年在圭亚那度过，后来又回到英国伦敦上中学、大学。与约翰逊和杰弗里亚追求的文化自主不同，达圭尔对于英国有自己的思考，他不喜欢"英国非洲裔文学"的提法，觉得这是将他和白人诗人区别对待。受到后殖民文化差异和文化多元的启发，达圭尔认为在今日多元的英国社会中，来自加勒比地区的非洲族裔并不是外来者，"本来的英国身份其实就包含着加勒比的因素"。达圭尔的诗集主要有《妈妈·道特》《英国主体》等。他的诗歌中充满了对英国身份的认同感，并认为在英国的文化中本身就存在着加勒比的因素，因此，他的诗歌是英国多元文化融合的产物。

《妈妈·道特》分为三部分，第一部分以妈妈·道特这一人物喻示加勒比地区，生动地描绘出当地人民的生活。妈妈·道特的形象来源于达奎尔的祖母，但在诗歌中却成为加勒比地区的精神象征：

> 星期天出生
> 在艾沙特王国
>
> 星期一被贩卖
> 做奴隶
>
> 星期二逃跑
> 因为她生来自由
>
> 星期三少了只脚
> 当他们抓住她
>
> 星期四终日工作
> 直到她鬓发斑白
>
> 星期五被遗弃
> 在他们抓住她的地方
>
> 星期六获得自由

在一个新的世纪

诗集的第二部分用加勒比地区的口语和圭亚那英语写成,并附有相关词语的解释。第三部分是一首自传性的长诗,回忆达圭尔在圭亚那的童年岁月,用标准英语写成。从该诗集的安排可以看出,它所体现的是非洲族裔传统和英国主流文化的融合,在多元文化的前提下,发出非洲族裔的声音。

《英国主体》以英国城市日常生活为主题,探讨英国非洲族裔在社会中被边缘化、他者化的经历。诗作涉及种族歧视、暴力、加勒比狂欢节等,通过对历史和现实的思考来探讨所谓英国性的问题。

# 下篇　美国小说与诗歌的创作发展历程透视

## 第八章　早期美国小说与诗歌的创作发展

美国原先是一个殖民地,所以它的文学先于国家而存在。作为一个新生的、年轻的国家,美国文学较少受到封建贵族文化的束缚,富于民族自由精神,个人主义、个性解放的观念较为强烈。美国又是一个多民族的国家,特别是美洲大陆被发现以后,欧洲移民不断涌入,也带来了各自的民族文化。特别是英国移民者,他们把英国悠久的文化传统移植到了原始的北美大陆,从而创造出了融汇了各种不同因素的新文明——美国文明。早期美国小说与诗歌也开始在这种背景下诞生了。

### 第一节　清教主义、启蒙运动与美国小说、诗歌

早期美国小说、诗歌的发展深受清教主义、启蒙运动的影响。殖民地时期,清教主义的虔诚理想主义渗透进了美国文学机体中,大部分的美国小说、诗歌都是建筑在《圣经》伊甸园神话基础上的,具有明显的说教美学倾向,塑造了一系列美国清教徒形象,崇尚朴素、反对浮华。到了独立革命时期,受欧洲启蒙运动的影响,清教主义逐渐让位于启蒙和理性时代的信念,小说、诗歌开始显现出美国特色。

#### 一、清教主义与美国小说、诗歌

美国的清教主义与美洲的探险史是分不开的。

据史料记载,美洲新大陆是意大利航海家克里斯托弗·哥伦布发现的。另一位发现美洲的是意大利佛罗伦萨人亚美利戈·维斯普齐。1501 年,他乘挂着葡萄牙国旗的船到达巴西。后来,他写了《新大陆》。此书出版后比哥伦布的回忆录流传更广。不久,德国地理学家马丁·华尔斯莫勒读到《新大陆》,便在 1507 年他制作的新版世界地图上,将新大陆以它的发现者的名字 Amerigo 命名为 America(美洲)。1620 年 9 月,清教徒前辈移民乘坐"五月花号"航船从荷兰莱顿出发,同年 11 月成功地到达马萨诸塞的科德角。这成了美国历史的新起点。船上有 102 名移民,领头的是英国人威廉·布列福德。他们有些是英国国教分离教派成员,在英国时受到迫害,有的被关进监狱,被称为斯克鲁比分离教派。他们觉得社会腐败,不能再忠于自己的信仰,于是移居美洲新大陆。与他们同行的还有一些清教徒。到了新英格兰后,这些"香客"在马萨诸塞南方靠海的地方建立了普利茅斯种植园。他们成了北美英国的新移民。威廉·布列福德后来著

《普利茅斯开发史》，在回顾"清教徒前辈移民"移居美洲的动机时列举了四条理由。前三条说，他们主要是为着谋生，寻觅后代成长的归宿之地。在第四条中，他严肃地指出，这虽是最后一条，却并不是最次要的。这些移民具有一种伟大的希望和内心的热诚，"要为在世界那些边远地区传布和促进实现基督天国的福音奠定某种良好基础，或至少为此做一些努力；是的，纵然他们可能只是其他人进行这样一项伟大工作的跳板亦可"。这一段话有力地说明，尽管"五月花"号乘客中只有少数人是虔诚的清教徒，然而他们位居主导地位；他们历尽艰辛到新世界来，是因为内心有一种神圣的使命感激励和鼓舞着他们。"五月花号"首航的成功标志着欧洲移民大量进入北美的新阶段。

在"五月花号"成功地抵达马萨诸塞以后，1630 年，约翰·温思罗普带了一批清教徒移民也到了马萨诸塞，并在普利茅斯种植园北部不远的地方成立海湾殖民地。在航行中，温思罗普立在旗舰"阿贝拉"号上，以《基督教博爱的典范》为题，发表了关于他们此行目的和意图的明确"宣言"：他们去新世界的目的不是积财致富，而是为能以他们自己的方式崇拜上帝，为建立一个真正的宗教社会——"山顶之城"，保证他们自己和后代更能免受今世堕落的侵蚀，争取得到拯救。在他的心目中，"清教徒移民"自愿移居北美的目标是极其明确的："寻找一个在适当的政教体制治理下一起生活、相互协调的地方。"他指出，这是上帝和他们之间达成的"圣约"。这一思想是北美"圣约神学"的最初体现。经过多年的稳定发展，海湾殖民地形成了政教合一的神权统治。温斯罗普任总督，亲自布道。虽然他们宣称不想割断与英国国教的关系，但与它保持了相当的距离。在其他问题上，他们与布列福德的"香客们"持同样的观点：赞成马丁·路德的意见，认为神父或圣教没有任何权利未经本人同意将任何法律强加在一个基督徒身上。1691 年，两个殖民地通过一部新宪章，普利茅斯成了马萨诸塞海湾下属的一个独立的殖民地，"香客们"和清教徒就融为一体了。

到了 17 世纪中叶，欧洲的海盗、冒险家和探险者都带着生产资料和各种文化移居北美洲，掀起了第二次移民热潮。英国人、爱尔兰人、苏格兰人、法国人、荷兰人、西班牙人等纷纷成批地移民北美新大陆，在纽约、宾夕法尼亚、北达科他、新奥尔良等地定居或建立自己的殖民区。这些来自不同国家和不同民族的移民将自己的语言和文化带到原始的北美，经过与原住民印第安人和来自非洲的黑人奴隶多年的磨合，甚至经历了血与火的洗礼，一起生活和劳动，共同缔造了美国文化，丰富了美国英语，开创了美国多元文化的源流。

在北美定居的英国清教徒是加尔文神学理论的忠实信徒。布列福德和温思罗普是这些清教徒的主要代表。按照加尔文的神学思想，清教徒是上帝的选民，在他们出生以前，上帝就想拯救他们，所以把他们送到新大陆。上帝的恩惠既不能争取，又无法拒绝。亚当不服从上帝的教诲偷吃了禁果，才将罪恶和死亡带给人间。亚当的堕落成了人的罪恶之源。基督为了拯救相信他的人，在十字架上殉难，使他们获得永生。所以，信徒要永远感恩，正直地生活，用心灵去拯救信仰。

清教主义对美国小说、诗歌的影响是多方面的。第一，小说、诗歌充满了理想主义和乐观情绪。清教主义者认为自己是上帝选派到新大陆来的，有信心有勇气用双手在北美创建一个具有完善生活秩序的新伊甸园。他们面对艰苦的自然条件和许多意想不到的困难仍信心十足，毫不畏惧，抱着必胜的信念，充满乐观主义情绪。在许多名著里，人们总受着乐观主义精神的感染，不论有多少曲折，对生活、对未来仍抱着希望，不失信心。

第二，小说、诗歌体现出务实勤奋的精神。清教主义将生活看成一种对人的考验。失败可能落入地狱，而成功则可获得天堂般的祝福。所以，清教徒一般都很勤奋、勤俭和勤劳。这种实干的精神后来成了影响美国几代人的"美国梦"的主要内容:用自己的勤奋实干改变自己的命运,成为美国社会中的"超人"。从富兰克林的自学成才到 20 世纪许多名作中的主人公的发家致富,都不难看出"美国梦"背后清教主义的影响。

第三,小说、诗歌关注社会问题。清教主义将文学形式作为说教的工具,劝人弃恶从善,启导人们的心灵与上帝沟通,将文学艺术的娱乐作用放在第二位。

第四,小说、诗歌体现出通俗朴实的写作风格,这种文风已成了美国文学传统的一部分。清教主义认为好作品必须充分理解崇拜上帝的重要性和面向人世间精神上的危险性。尽管清教徒的作品风格差别很大,从复杂的玄学诗到通俗的日记和劝导性的宗教历史故事,各种风格都有,但他们最推崇的是"朴素、诚实"的风格和约翰·科顿所说的"智慧的语言"。这与清教徒崇奉《圣经》的朴实、平白的语言风格是分不开的。从富兰克林、马克·吐温到海明威等几代人都致力于文学语言口语化风格的形成和完善,每人都有自己的特色,也有自己的贡献,但他们不同程度上都得益于早期清教徒倡导的文风。

不过,清教主义并不一直受到肯定和推崇。19 世纪和 20 世纪前半叶,它遭到质疑和批判,后来,思想界和评论界对它重新评价,肯定了它的历史价值。作为一种纯粹的教义,清教主义早已衰亡。作为一种生活哲学、一种价值观,它已传播到美国社会生活的各个方面,融入美国的思想和文化传统,美国小说、诗歌的发展息息相关。

## 二、启蒙运动与美国小说、诗歌

从美国取得民族独立的 18 世纪中叶至 19 世纪初的 60 多年称为美国的启蒙文学时期。在这一时期,欧洲的启蒙思想全面移植到了美国,理性的信念逐步投射到美国的实用精神之中,小说、诗歌也极力体现这种精神,由此迈上了创造独立美国文学之路。

进入 18 世纪后,随着社会经济的发展,封建社会统治的弊病越来越突出,封建势力与一般的资产阶级在内的人民群众的矛盾日益尖锐化,于是,一场反对封建专制统治和教会思想束缚的思想解放运动先后在欧美国家兴起,历史上称之为启蒙运动。美洲与欧洲之间虽然有大洋阻隔,交通不便,但这并没有阻隔美洲大陆与欧洲大陆之间的交流。欧洲殖民者在争夺美洲殖民地的同时,也为美洲带来了新的思想与文化。在欧洲启蒙运动不断地向前发展的影响之下,美洲也出现了启蒙运动。确切地说,美洲这块新大陆的启蒙运动从 1765 年开始一直持续到了 1875 年。由于欧洲启蒙运动早于美洲,因此,美洲人是启蒙运动的"消费者"。他们通过各种途径跨洋搬借欧洲的科学成果,移植欧洲新的自然观和思维模式,接受新的宇宙概念,想象支配整个宇宙的客观科学规律,并从自然的客观性和规律性中引申出社会平等的概念。

受启蒙运动的影响,清教主义思想逐渐被理性启蒙和理性时代的信念取代。启蒙运动的重要信条,如人类的不断进步及完善、理性的威力、上帝的慈悲、大自然的丰饶及完美等,以及这一运动的重要理论如社会契约论,影响和吸引了北美殖民地人民。在文学的小说、诗歌领域,作家在为独立革命进行思想准备和辩护、激励人民与英国殖民统治者兵戎相见以获得独立的同时,已开始在作品中表现美国特色。自然神论所提倡的反对"人性堕落"的观念,崇拜人类理性的能力;反对清教主义悲观的宿命论,强调善恶的因果报应,主张通过完善道德修养以求幸福,认为宗教的实质就是美德;反对教会对上帝的垄断,反对"愤怒上帝"的形象,推崇理性的崇拜。这些思想在当时的小说、诗歌中都得到充分的阐述,表现出独立自主的新民族革命风貌。

# 第二节 殖民地时期美国小说与诗歌的创作

美国文学史上的殖民地时期有一个半世纪之久。正如前面提到的,美洲大陆被发现后,欧洲出现了多次大规模的移民运动。殖民者的到来,为美洲这片土地带来了其他国家的文化与文学,美国文学开始出现了萌芽。这一时期出现的文学作品主要是日记、札记、书信、稗史、游记、布道文稿等各种形式的私人文字,小说还未成型,而只有诗歌表现较为突出。

北美殖民地时期的两大诗人——安妮·布拉德斯特里特(Anne Bradstreet,1612—1672)和爱德华·泰勒(Edward Taylor,1642—1729)——都继承了英国的虔诚诗歌传统。他们生活在宗教气氛浓郁的新英格兰,深受清教主义思想的影响,自然接受了上帝对他们的诗笔的指挥,自觉地成为传布上帝意旨的忠诚仆人。他们的诗作题材不分巨细,几乎无一例外地和宗教信仰紧密相关。从某种意义上讲,他们的作品是后世窥探殖民地时代人心态的两扇艺术窗户。在形式上,他们忠实地模仿和移植了英国文学的传统形式。独立的美国诗歌尚需两个世纪的艰苦努力才会问世,安妮·布拉德斯特里特和爱德华·泰勒标志着那一丰功伟业的光辉起点。

安妮·布拉德斯特里特(Anne Bradstreet,1612—1672)出生于英国的一个富有的家庭,父母都是清教徒,因此从小接受了良好的教育。16岁时,布拉德斯特里特与西蒙·布拉德斯特里特结婚。18岁时,随丈夫和父母同乘温思罗普的"阿贝拉"号抵达马萨诸塞海湾殖民区。在那里,她的父亲和丈夫先后当选为海湾殖民区的总督。一开始,布拉德斯特里特难以适应那里的原始生活和艰辛,但作为一名清教徒,她很快就调整好了自己,并认为这是上帝的旨意。于是安定下来,成为贤妻良母,生育8个儿女,在理家的同时忙里偷闲,坚持阅读和创作诗歌。安妮·布拉德斯特里特知道,清教徒对妇女写诗极不欣赏,但是她未放弃自己的抱负。1650年,她的诗集《最近在北美出现的第十位缪斯》在伦敦出版,这是北美殖民地人撰写的第一部诗歌作品。后来她继续修改自己的早期诗歌,坚持创作新诗。1672年,安妮·布拉德斯特里特因病去世。去世后,她的北美第一版诗集《一些风格各异、充满机智和学识的快活诗歌》出版于1678年。

布拉德斯特里特的诗歌基本属于模仿型。例如,她的长诗《沉思录》便是以斯宾塞的诗节韵律写成的,表达的也是典型的斯宾塞主题如时间、变化等。然而,对布拉德斯特里特诗歌创作影响最大的,应推她以充满敬仰口吻所称的"伟大的巴尔塔斯"。巴尔塔斯是16世纪法国诗人,他的著名长诗《创世的六天》宣扬新教思想,对英国作家锡德尼、斯宾塞和弥尔顿等英国诗人产生过相当大的影响。布拉德斯特里特对巴尔塔斯推崇备至,对他的"四个"的想法尤其感兴趣。在她的《最近在北美出现的第十位缪斯》诗集中,所讲的大部分是一系列的"四":四行、四种液体、人的四个时代、四季、四大王朝,说教性强,冗长乏味。在这部诗集中,偶尔也表现出作者的个性和感情,但多缺乏独创性。

然而,布拉德斯特里特毕竟是北美殖民地的第一位女诗人,她的作品都是美国女诗人作品中的精品。她善于揭示生活背后的哲理。例如,在《我们的房子焚烧之后的感想》中,"我"因为大火烧毁了我们的房子感到难过,因为温暖的房子里所有勾起美好回忆的珍视之物都变成了灰烬。然而上帝给了"我"力量,使"我"终于醒悟,"一切都是虚无的",万能的建筑师上帝在天国用荣耀筑起一幢"永恒之房",在那里,将有享受不尽的天国的财富,因此"我"无须为世间资财的丢失而耿耿于怀。《我们的房子焚烧之后的感想》其实也是一首典型的清教诗歌。它力图说明上帝的行动的正确性，但同时也无意中暗示，虔诚的清教徒虽然在行动上百依百顺，内心世界却极不平静。诗人的房屋被大伙烧为平地，她似毫无怨言，但当她看到那凄惨景象时，又感到一切皆属虚无。诗人仿佛立刻意识到自己的反叛心理，开始责备自己贪恋尘世。

实际上，布拉德斯特里特诗作的基本内容就是对上帝的崇拜，对天国的憧憬和描绘，对原罪的认识，对死和永生的思虑，清教徒的虔诚和自我剖析。对于天国，她充满向往之情，不止一次地在诗作中勾勒它的状貌。在《关于她的孩子们》一诗里，她对孩子们说，你们已长大成人，而我的时日却行将结束，我就要从树梢展翅飞向肉眼看不见的地方，在那里老态立即换新颜，和天使一起放声歌唱，没有严寒，没有暴风雨，春天常在，直至永恒。对天国的最具体、最动人的描绘出现在《肉体与灵魂》中。这首诗的构思颇具匠心，诗人把世俗思想和清教精神两种力量都人格化了，于是两种思想的斗争成为具体的两个人——"两姐妹"——的争论。两姐妹很可能是"我"的肉体和精神，她们的"论争"其实就是"我"的内心斗争，而这种斗争又是极其痛苦的。诗人在这里所运用的是"分裂的自我"或"双重人格"手法。该诗描写了名叫"肉体"与"灵魂"的两个姐妹之间的对话。"肉体"看重人间财富与虚荣，"灵魂"则向往更高层次的"圣地"：

> 我不信你的花言巧语，因为你经常诱我做你的奴隶。
> 我讨厌你那罪恶的欢乐，你的财富引诱不了我。
> 你的美名我不稀罕，因为我将理想寄托在天国。
> 我的思想给我的快乐胜于你虚掷光阴得到的欢快。
> 我没有虚妄的幻想，而是渴求远在天国的永恒物质。

这些诗句表达了诗人面临物质与精神取舍时显现出来的宗教信仰，也反映了清教徒为保证灵魂得救而进行的激烈而复杂的内心斗争。虔诚的信徒要时刻抵制尘世的诱引，洞察、认识自我，永葆心灵的圣洁。

布拉德斯特里特的诗歌还突出地表现了清教徒形象地观察世界的方式。她善于穿透事物表层而洞见其内在含义，通过具体的事物而披露抽象的本质。比如，当她听到蝈蝈儿和蛐蛐儿同时鸣叫，她的头脑便立即沿着清教徒的特定思维模式紧张活动起来：她感到蝈蝈儿和蛐蛐儿在快活地演奏二重唱，音调相同，乐器相同，它们仿佛为自己的艺术感到自豪。对她来说，世界的一切，包括蝈蝈儿和蛐蛐儿，都是上帝的造物、上帝的象征，它们的举止都是对上帝的恩惠的颂扬。

不过，布拉德斯特里特的诗歌也有富于人情的一面，如她为丈夫写的诗歌就很少甚至没有提到上帝、天国或永生。例如，在《献给我亲爱的丈夫》以及她写给因公出差的丈夫的两封信这三首对偶体诗中，女诗人的感情完全超越了宗教信仰、天规戒律，像一只出笼的鸟，在自由的宇宙中快活地翱翔。布拉德斯特里特珍惜自己所保留的私有的艺术角落，并非只用一种声音讲话。就是在《关于她的孩子们》这种其中含有描写天国状况的诗中，真挚的母爱显然也处于压倒一切的地位，在九十四行诗中，前七十六行几乎无一处说到上帝或原罪或灵魂得拯等清教主义信条和神学思想。女诗人的个人声音表明，她的天然本能在苏醒，她的艺术自我业已在渴望表达自己。

爱德华·泰勒（Edward Taylor，1642—1729）出生在英国莱斯特郡，在清教共和护国公克伦威尔当政时代长大。1668年，他到达马萨诸塞海湾殖民区，进入哈佛学习，毕业后担任韦斯特菲尔小镇的牧师。虽长时期远离新英格兰文化活动中心，但仍然成功地保持了其对教会历史、教会政治、神学、医学、金属学及自然现象的兴趣并进行研究，可谓学识极其渊博。他的著作主要包括：几卷讲道和翻译文稿，一部诗歌形式的《基督教史》，数篇悼念新英格兰名人和他的私人朋友的挽歌,一部内容和形式都颇复杂的诗作《上帝的决心》,217首《受领圣餐前的自省录》(以下简称《自省录》),以及其他一些内容纷杂的诗歌。泰勒的不少诗作,如《自省录》都和他的讲道有密切关系,有些则实际上应用于他的布道讲演中。他的诗作,除一首诗的一个片段外,在他在世时都未发表过。直到1979年,部分优秀诗篇才开始问世。

受清教主义思想的影响,泰勒所创作的诗歌具有浓厚的宗教色彩,他笃信人的原罪说和少数人得拯救而入天国说,相信全能上帝拯救灵魂的威力和慈悲。在《自省录》的《序诗》中,他清楚地表明了自己要用"愚钝的想象力"来歌颂上帝。《自省录》是诗人为在教堂举行圣餐仪式而写的,通常以他在纪念"最后的晚餐"的圣餐仪式上布道所引用的《圣经》段落为基础。他在长达43年的时期内共写成两辑217首,其中关于耶稣的数目最多。因此,从整体上来看,泰勒诗歌一部分反映了原罪思想,对自己进行了批评与审判,另一部分反映出了上帝的伟大。他时常用一些比喻来揭示上帝的伟大,表现自己对上帝的虔诚,《家务》就是这方面的代表作。诗人的想象自始至终萦绕在一个比喻上,他玄奥的眼睛望到一处农舍家庭主妇坐在纺车前纺织织布的景象,他的玄奥的思维立刻产生"我是纺车和织布机"这一乍看令人费解的比喻。沿着这条思路,诗人看到纺车和织布机上的各个部件所具有的神秘内涵。该诗的第一节写道:

> 主啊,
> 将我做成你完美的纺车吧,
> 你的圣谕做线杆,
> 我的激情做梭子,
> 我的灵魂做线轴,
> 我的谈话做线筒,
> 将纺出的线卷起,
> 再把我做成你的织布机,
> 在上面编织这双股线,
> 你的圣灵做线轴,
> 你来亲手织,线很纤细,
> 你的旨意做蒸洗机,除杂涤垢,
> 然后用精妙的天国的颜料染布,
> 使块块上面的天堂的鲜艳花朵光闪熠熠

这个比喻新奇独特,从中我们可以体会到诗人对上帝的热爱。诗的第二节谈布的用途;然后以此为"我"的理解力、意志、情感、判断、良心、记忆、"我"的言语及行动做衣,使它们的光耀充满"我"的举止,并为"你"增辉。泰勒诗歌语言的形象和比喻无疑源于他一生熟读的《圣经》,这也和他的清教徒独特的观察世界的方式有密切关系。

泰勒的诗作只用一个声音讲话,讲的只有一个内容。从他的诗作中,人们可窥探到一个内心世界极其单调的清教徒的心态。他的诗歌通过玄奥的比喻形象地表现出一个罪犯自出生到被捕、受审、获得新生的完整过程。这方面的代表作如《自省录》。在诗人看来,人的本性便是污秽和丑恶的,他对人心可谓痛恨至极,为形容它的污秽,他把他所知的尘世的一切龌龊东西都搜罗在一处,依然意犹未尽,因此,他咬牙切齿般地骂自己的心又坏又黑又恶,比魔鬼的心更黑,地狱里也没有可与之相比的东西。他把它视为各种罪过的训练所。他感到绝望,无所适从(《自省录》:第一辑四十)。在这个"污秽的泥坑"里,他和其他人一样"滚动"(《自省录》:第二辑一三八)。他感到自己"灵魂的管道"已被污泥堵塞(《自省录》第二辑一三九)。因此,泰勒认为,人欲自新,必须接受上帝的审判。于是,他向主承认,自己的案件非常严重,自己的罪恶十恶不赦;他恳求主为他开脱(《自省录》:第一辑三八)。他恳求主给他一线希望;他欢呼,他兴奋,因为圣子作了罪人的辩护人,把罪人的罪孽开脱,把他变成圣徒,圣子以昂贵的代价——自己的死——"买"到胜诉的"辩词"(《自省录》:第一辑三九)。

作为一个清教徒,泰勒在诗作中极力对基督进行歌颂。耶稣用自己的肉体替人类赎罪,使诗人渴望得到上帝慈悲的心愿得到满足。这种心情依然能在《自省录》中明显体现出来。在《自省录:第一辑八》中,诗人引用《圣经·约翰福音》里的一句为副题:"我是生命的粮"。这里的"我"指的是耶稣;这一节说,这生命的粮是从天上降下的,人若吃了就会永远活着,耶稣所赐的粮就是他的肉,是为世人的生命所赐的。耶稣的血成为"生命的水",供世人饮用。在《自省录:第二辑六十》中,诗人引用《圣经·哥林多前书》里的一句作副题:"也都喝了一样的灵水"。《圣经·哥林多前书》是圣保罗奉上帝旨意写给哥林多教会的信。信中说道,他们的祖宗从前都在云下,都从海中经过,都在云里海里受洗礼而归了摩西,并且都吃了一样的灵食,也都喝了一样的灵水,这灵水来自伴随着他们的灵磐石,那灵磐石就是基督。诗人满怀激情地说,基督就是磐石,从中流出的水可洗涤世人罪孽深重的灵魂,这磐石和水做成圣餐杯和晚餐酒供世人享用。诗人对耶稣的赞美溢于言表。

泰勒的诗歌还有艰涩的一面,表现出明显的"玄奥派诗歌"的特点。17 世纪英国诗坛所出现的以约翰·堂恩和乔治·赫伯特为代表的"玄奥派诗人",力图反映一个万物类似、相互间都存在着某种"神秘"关系的世界。这个世界被诗人的丰富想象力绘制成一个象征对应物的大网结。诗人的思想在表面上全不相关、甚至相悖的事物之间腾跃,专门披露事物之间所存在的、一般人所不易觉察的、隐蔽的相似关系,并以此作为构成比喻的基础,如前面提及的《家务》。

# 第三节  独立革命时期美国小说与诗歌的创作

独立革命时期,是北美经历巨大动荡和变革的时代。此时,纯文学的创作开始盛行,之前风行的日记、札记、布道演讲词、宣传文章等文学形式,在逐步让位于具有更高艺术构思和表达性的小说、诗歌。小说、诗歌深受欧洲启蒙运动的理性理念影响,作家在为独立革命进行思想准备和辩护、激励人民与英国殖民统治者兵戎相见以获得独立的同时,已开始努力创立独立美国文学,其艺术素质表现出大幅度提高,读者的艺术欣赏情趣也显示出质的变化。

## 一、独立革命时期的小说创作

独立革命时期,真正意义上的小说创作随着读者要求的日益强烈而出现了长足发展。夏洛特·雷诺克思(Charlotte Lennox,约 1729—1804)被视为美国第一位小说家,其反浪漫主义小说《女堂吉诃德》发表后引起了热烈的反响。1789 年,出现了美国第一部伦理和感情类小说,即威廉·希尔·布朗的《同情的力量》。翌年出版了苏珊娜·哈斯韦尔·罗森(Susanna Haswell Rowson,1762—1824)的《夏洛特·坦普尔》。这两部小说打开了文学界小说创作的闸门,倾刻间杂志上出现了许多绝望的贞女、狡猾的歹徒及不幸的孤儿等文学形象。罗亚尔·泰勒 1797 年发表的《阿尔及利亚俘虏》和休·亨利·布雷肯里奇（Hugh Henry Bmckenridge,1748—1816）的《现代骑士》大体属讽刺小说范畴。哥特式小说也出现在美国文坛,在库珀成名以前的年代里,美国最富天赋的小说家查尔斯·布罗克丹·布朗（Charles Brockden Brown,1771—1810）尤以创作此种小说而闻名。不可否认,这个时期的美国小说仍处于起步阶段,还不够成熟,仍然没有摆脱欧洲和英国文学的影响。但是,美国人逐渐认识到,他们有着自己独特的题材:印第安人、边地生活、独立革命及其英雄人物等。这些都为小说作为一种文学形式在美国文坛立足奠定了坚实基础。以下主要介绍夏洛特·雷诺克思、苏珊娜·哈斯韦尔·罗森、休·亨利·布雷肯里奇、查尔斯·布罗克丹·布朗的小说作品。

## （一）夏洛特·雷诺克思的小说创作

夏洛特·雷诺克思（Charlotte Lennox,约 1729—1804）是 18 世纪中晚期一位坚强、机智、观察力敏锐的作家。关于她的身世说法不一,她大约于 1729 年在直布罗陀或纽约出生,据说她的父亲是皇家海军的一名船长,母亲是苏格兰和爱尔兰后裔,雷诺克思受洗名为芭芭拉·拉姆齐。也有资料显示其父亲可能是英国军官,时任英国殖民地纽约州的副总督。夏洛特在纽约州首府奥尔巴尼长大,1738 至 1742 年同父母住在纽约,随后她回到英国,不得已开始自谋生路,后来开始学习创作。1747 年她与苏格兰人亚历山大·雷诺克思结婚,但婚姻并不幸福。她生活拮据,积劳成疾。在生命的最后十年,她数次向皇家文学基金组织要求经济援助并多次获得经济上的支持。夏洛特在离开丈夫后做过剧作家、小说家、翻译及家庭教师。她与当时文学界的一些著名人士如塞缪尔·约翰逊、塞缪尔·理查逊、演员戈瑞克结为朋友。夏洛特一生的写作近乎都在饥饿的困境下完成,1804 年在英国伦敦去世,结束了孤独穷困的一生。

虽然夏洛特生平材料遗留下来的很少,然而她一生著作颇丰,闻名遐迩。她年纪轻轻就成了小有名气的诗人。1747 年她出版了《感言诗选》。她最出名的诗作《卖弄风情的艺术》发表于 1750 年的《绅士杂志》,随即引起轰动。这首诗以战争作比,提出要讲究策略,教导青年女子运用女性技巧让男人臣服于"自己的帝国"。在小说方面,夏洛特也获得了不错的成绩,她写了五部小说,包括《海瑞尔特·斯图亚特的一生》《女堂吉诃德》《亨利埃塔》《索菲亚》和《尤菲米亚》,于 1750—1790 年间发表。除早期的诗作和小说外,夏洛特还写有剧本,代表作如《调情者》《姐妹》《旧城风情》。

夏洛特在美国生活的时间不长,但她仍被称作第一位美国小说家,主要是由于她的第一部小说《海瑞尔特·斯图亚特的一生》和最后一部小说《尤菲米亚》都是以美国作为背景的。1752 年,夏洛特写出了她最具原创性的著名小说《女堂吉诃德》。理查逊不仅对这部小说的创作提出了建议,还为小说寻求出版商。两卷本的小说于 3 月 13 日出版后立刻获得了极大的成功,好评如潮。小说发行不久后,又接连不断地出了新的版本,有的还配了插图,被译成多种文字。

《女堂吉诃德》很显然是模仿西班牙作家塞万提斯的《堂吉诃德》。《堂吉诃德》讽刺的对象是传统的骑士传奇文学,《女堂吉诃德》则是讽刺浪漫故事对读者,尤其是对女性读者的毒害。小说的全名是《女堂吉诃德》（或《阿拉贝拉的冒险经历》）。小说的女主人公阿拉贝拉是侯爵的女儿,聪明、漂亮,母亲死后由父亲带大。阿拉贝拉从小就一直生活在封闭的环境里,虽然受到很好的教育,但对世事却一无所知。她对社会的了解完全是通过阅读 17 世纪法国浪漫小说所获得的虚幻世界,她把浪漫故事中的世界当作真实的社会生活,因而闹出了不少误会和笑话。她在教堂里见到一个陌生男子,便认为是乔装打扮的王子要把他带走;一个新来的男孩到她家果园里干活,又把他看成是一位乔装的王子,后来那男孩因为偷池塘里的鱼而被工头赶走,她认定这里面一定有误会。在阿拉贝拉看来,没有哪个男人值得她的青睐,除非他能够完成像浪漫故事里说的英勇事迹。另外,她还怀疑她的叔叔想和她乱伦,她还想象自己是陶醉的公主。她的表哥格兰维尔先生是个很不错的小伙子,长得十分帅气、精神,对阿拉贝拉痴心一片。但是对格兰维尔来说,要想得到阿拉贝拉的爱还真不容易。阿拉贝拉完全沉浸在浪漫世界之中,她对表哥并不反感,但他至少应该像浪漫故事中的公子哥们一样,默默地爱她十年八年,然后再寻找适当的时机和浪漫的方式向她表达刻骨铭心的爱。但格兰维尔却用现代人的方式对她直接表达爱情,当然是遭到了严拒。格兰维尔为了接受阿拉贝拉的浪漫世界,只好与之周旋,而最后也被拖进阿拉贝拉的虚幻浪漫世界当中。在这个虚幻的浪漫世界当中,格兰维尔时时受阿拉贝拉意志的驱使,甚至与情敌决斗,差点丢掉性命。当格兰维尔发高烧危及生命之时,阿拉贝拉命令他活下去。在她看来,他的病一定是因相思而起,再正常不过了,因为爱她而死去活来才够得上浪漫。最后,为了逃避假想中追逐她的歹徒,阿拉贝拉毅然决然地跳进了泰晤士河,被人救起之后,大病一场。病愈之后经牧师开导,才恢复了正常的理性。小说中一位明智的伯爵夫人告诉阿拉贝拉,任何一个体面的18世纪的妇女都不应该有什么"冒险行为",任何一个女人如果被人诱骗或为放浪的男人所追逐,她的名声都将不可挽回地毁于一旦。当时社会对于女性生活的期望与她们实际生活之间的悬殊差距对于夏洛特来说是非常痛切的,最终阿拉贝拉嫁给了格兰维尔。

《女堂吉诃德》虽是一部讽刺法国浪漫故事的小说,但却因小说中的浪漫成分而闪闪发光,深深地感染和打动了读者。小说还在一定程度上表现了女性对存在和权利的自我意识。阿拉贝拉只有在想象的浪漫世界里才能施展自己的主权和影响力,才能在一定范围内控制和指挥他人,使自己成为权利的中心。在与此形成鲜明对照的现实生活中,阿拉贝拉没有丝毫的自由,她只是一个孝顺听话的乖乖女。偶尔去去教堂还要经过她侯爵父亲的同意,她的夫君也是父亲指定的,她那侯爵父亲在遗嘱里规定,如果阿拉贝拉不嫁给表哥格兰维尔,她财产的三分之一将归她表哥所有。该小说在社会批评方面可以说是既机智又情趣横生,还有一丝狡诈,有时似乎又有点过头。这对于女权主义者来说可是鼓舞人心的。阿拉贝拉的妄想症使她试图跨越阶级和道德规范的藩篱达成女性的团结一致。不幸的是,她身边的女性深受当时社会的规范所困,对她的尝试无动于衷。阿拉贝拉作为一名女性吉诃德,她根本不可能像堂吉诃德那样去任意闯荡江湖,而必须接受和遵守社会给女人所设定的道德规范。除了在女性主义方面的贡献外,该小说也论及了当时一些重要的知识分子话题。它深入探究了文学的目的及定义,以及女性教育的性质及范围,而这些实际上都是文艺复兴后社会精英们才考虑的问题。因此,《女堂吉诃德》被誉为是对浪漫主义体裁的绝妙讽刺,也被视做直白的反浪漫主义小说。

## (二)苏珊娜·哈斯韦尔·罗森的小说创作

苏珊娜·哈斯韦尔·罗森(Susanna Haswell Rowson,1762—1824)生于朴茨茅斯,出生不久母亲就去世了,父亲是个海军中尉。5岁时,再婚的父亲将苏珊娜接到新英格兰的南塔斯克特。后来,她父亲支持英国国王,受到有革命思想的邻居的冷遇。1775年父亲回国,作为囚人交换,在美洲的一切财产被没收。1786年苏珊娜与威廉·罗森结婚。婚后,两人的主要经济来源是写作和演戏。不久,第一部长篇小说《维多利亚》问世。1786年,她同一批伦敦演员在布莱顿登台演出,两年后发表了《一次去帕纳塞斯山的旅行》。直到1793年搬到美国前,苏珊娜已经写了5

本小说,包括《夏洛特——一个真实的故事》。1793年,苏珊娜和丈夫以费城托马斯·维格纳尔的戏剧公司签约演员的身份来到美国参加演出。1796年,黄热病爆发,费城剧院关闭,苏珊娜一家搬到波士顿。此前的两年,苏珊娜已经发表了另外一本小说《人类心灵的考验》、一部喜剧《阿尔及尔奴隶或为自由而奋斗》、两部表达强烈爱国情感的戏剧——《女爱国者》和《在英国的美国人》(该剧后更名为《哥伦比亚的女儿》)。1797年,苏珊娜在波士顿最后一次登台演出,随后在波士顿创办青年女子学院,并亲自担任总负责人。苏珊娜运营该学院25年之久。期间,她为她的学生编写教材,还写了一本畅销的历史小说《鲁本和雷切尔》。她还负责编辑《波士顿周刊》,并为其后的《波士顿杂志》以及其他出版物撰写文章。她在晚年更加笃信宗教。在苏珊娜去世后,她的遗嘱执行人发现了《夏洛特——一个真实的故事》续篇——《夏洛特的女儿》(或称《三个孤儿》)的手稿。这部书在作者去世后的1828年发表,后来书名改为《夏洛特·坦普尔》,很受读者欢迎。苏珊娜还创作了其他一些作品,包括《各种主题的诗歌》《调查者》《玛丽或荣誉的考验》《门特里亚或年轻女士的朋友》《志愿者》《诗歌杂记》《莎拉》(或称《模范妻子》),还有一些教科书。苏珊娜于1822年从自己的学校退休,两年后逝世于波士顿。在苏珊娜所有作品中,小说《夏洛特·坦普尔》最具代表性。

　　《夏洛特·坦普尔》初版于1794年,是美国首部畅销小说。它讲述了一个关于引诱和悔恨的传统伤感故事,一个天真的英国姑娘夏洛特接受了她邪恶的法国老师的建议而导致了悲惨后果。她被一个浮华的海军上尉蒙特维勒诱奸,蒙特维勒说服她和他一起到美国。15岁的夏洛特离开了她敬慕的父母,和上尉乘船私奔到了纽约。在这块充满机遇的土地上,夏洛特被蒙特维勒无情地抛弃。她孤身一人、身怀六甲,却勇敢地和穷困进行着斗争,最后在悔恨、疾病和贫困中死去。诱奸和背叛是小说最主要的主题,而其中有一点非常明显,那就是年轻姑娘凡是为了爱人虚假的承诺而抛弃了父母,是注定会早早死亡的。小说中,夏洛特幼稚天真的性格非常令人信服地呈现在读者面前,苏珊娜以同情的口吻和敏锐的心理洞察详述了她被诱奸的过程。很明显,这本书是一位女性写给其他女性的,从19世纪到20世纪,这本书的主要读者都是女性。痛苦的反思充满夏洛特的脑海,这也是对年轻人草率冲动的警示。小说运用了道德说教和情节剧式的语言,这是因为苏珊娜要武装那些单纯幼稚的女孩子们的头脑,帮助她们逃脱社会上那些诱奸者、伪君子和虚伪朋友的圈套;也借这个故事警告年轻的女性要对男人保持警惕,以免给自己带来痛苦。书中贯穿女权主义和废除奴隶制思想,对印第安人的描写也客观公正,带有敬重和同情的气氛。

　　《夏洛特·坦普尔》深受各界读者的欢迎。到了19世纪末,它在美国已经出了两百多个版本。在另一位女作家斯托夫人的《汤姆叔叔的小屋》问世前,没有一部美国小说像它这么畅销。几乎所有不同的地区、不同的阶层、不同的宗教和不同的政治态度、不同年龄的人都爱读这本书,许多人竟不把它当小说看待,亲自跑到纽约三一教堂的院子里寻找夏洛蒂的坟地,还有人在坟前跪拜痛哭。

## (三)休·亨利·布雷肯里奇的小说创作

　　休·亨利·布雷肯里奇(Hugh Henri Brackenridge,1748—1816)出生在英国苏格兰一个神职人员的家庭,5岁时随父母移居到美国宾夕法尼亚州,1768年进入普林斯顿大学读书。1772年,由于在大学毕业典礼上朗诵了表达理想的、具有强烈民族意识的长诗《美洲光荣的升起》而闻名于社会。他在大学里学的是神学,1774年他在母亲的启发下还写过一首诗,题为《一首神学革命的诗》。独立战争期间,他担任了牧师职务,在业余时间创作了剧本《高地堡垒上的战斗》和《蒙哥马利将军之死》,1778 年发表于进步的《美国杂志》,虽然反应平平,但也表现了布雷肯里奇的爱国热忱和创作信念。为了抵制政府的某些法令和社会上某些人对他激进思想的批评,1781年,布雷肯里奇放弃牧师职务,到匹兹堡郊区的乡村里隐居起来,但在政治上仍十分活跃,处处显示出一个贵族民主主义者韵思想风度。在著名的威士忌酒案起义①发生后,布雷肯里奇曾经充当过起义者与政府之间的调停人。后来,布雷肯里奇就开始创作小说,试图通过小说来反映当时的政治和社会思想状况。他把自己的小说整个看成反映当时政治和社会思想状况的镜子。《现代骑士》(1792—1815)就是被作者视为时代的镜子的一部作品。1799 年,布雷肯里奇被委任为宾夕法尼亚州最高法院的法官,直至 1816 年 6 月 25 日去世。

在布雷肯里奇的小说创作中,最引人注目的是《现代骑士》,也是美国最早出现的一部长篇小说。该部小说是在塞万提斯的《堂吉诃德》、斯威夫特的《格利佛游记》和菲尔丁的《大伟人江奈生·魏尔德传》的影响下创作出来的,以流浪汉的冒险事迹为主要题材,是美国小说中第一次以广泛的乡村生活为背景进行描写的一部传奇小说。小说第一、二部出版于 1792 年,第三、四部分别出版于 1793 年和 1797 年。尔后于 1805 年出版修订本,最后的增订本共分为六卷,出版于1815 年。

作品讲述了约翰·法勒戈和他的仆人蒂格·奥莱根离开了自己在宾夕法尼亚西部的农庄,出发去游历的故事。约翰是一个有主见的民主主义者、杰弗逊主义和民族独立的拥护者②,倾向于托马斯·潘恩的思想观念。而蒂格则是一个红头发、高个子的爱尔兰移民,有点傻乎乎,又有点流氓习气,同时还颇有点盲目的、无约束的自信心,他们主仆俩在旅行途中由于偶然的原因失散了,于是各自又经历了很多故事。最为精彩的是蒂格经历的故事。他侥幸地遇上了一位总统,居然靠自己胡说八道的诡辩当上了税务官,成为一个上层人物。可是好景不长,由于蒂格不懂上层社会的规矩,更不懂当官的诀窍,结果惩罚和羞辱。后来他去到法国,又受到了羞辱,只穿了一套单衣逃离出境,而他却还自以为是一个凯旋的英雄。在 1815 年出版的增订本里,布雷肯里奇描写约翰和他的朋友最终建立了一个模范的民主村社,实现了理想。但这部分明显地缺乏作品前半部的喜剧因素和讽刺色彩,主要是为了宣扬作者自己的民主主义观念,而以说教的形式来唤起人们对他政治意图的注意。

约翰代表了正派的资产阶级人物,其实质上就是作者思想的化身,他的言论、行动、政治立场几乎都是按照布雷肯里奇自身的模式写的。这也就是他和堂吉诃德的不同点。而蒂格倒真有点像堂吉诃德的仆人桑丘·潘沙。他既有正直的一面,同时又是那样的自信、可笑。他能言善辩,靠自己的小聪明冒险,还捞到一点好处,但最终落得个被人欺侮、作弄的下场。

显而易见,《现代骑士》企图通过约翰和蒂格这两个人物的各种经历来反映当时的社会面貌,同时表达作者本人的政治观念。从这一点上来说,小说具有一定的现实主义因素和进步意义;但作品的描写基调、情节安排都建立于虚构的、冒险的基础上,因而又削弱了它的主题深度和艺术力量。小说在方言的运用、讽刺性的夸张,以及对边疆风土人情的描写上取得不可抹杀的成就。

---

① 1795 年发生于宾夕法尼亚州西部的一次农民起义,起因是政府对私人酿威士忌酒征以过高的税收。

② 杰弗逊主义是指托马斯·杰弗逊就任总统后提出来的施政原则,包括联邦政府减少对地方的管理,个人权利不可侵犯和发展乡村农业经济等。

### (四)查尔斯·布罗克丹·布朗的小说创作

查尔斯·布罗克丹·布朗(Charles Brockden Brown,1771—1810)出生于费城。1786年读完中学后进入亚历山大·威尔考克斯学院学法律;1792年毕业后曾在律师事务所当学徒,不久迁居纽约,参与那里的社交活动并成为一个职业作家。1789年,他写了一篇关于妇女地位的论文,后又以狂热的激情在两年内写出四部对他来说属于最好的作品:《韦兰德》《奥尔蒙德》《埃德加·亨特利》《亚瑟·默尔文》,发表于1798—1800年间。接着又写了《克拉拉·霍华德》(1801)、《简·塔包特》(1801)和后来在伦敦同时出版的《菲利普·斯坦利》(1807)。这些作品都属于哥特式小说,是他为了达到道德上的某些意图而精心编排出来的。从题材上来说,是属于纪实性的社会小说;从情节上看,则又是属于荒诞型的神怪小说。此外,塞缪尔·理查逊的感伤主义和偏执狂的心理学也对布朗的创作带来了一定影响。在创作上述这些爆发性作品的同时,布朗又参加了《美国评论月刊》的编辑工作,不久后返回费拉德尔斐亚进入他哥哥开设的贸易公司任职,接着又独立经商到1806年。1807年,布朗进入《美国文学杂志》编辑部工作,直到去世。

与其他大多数作家师承英国模式不同,布朗是一位过渡性作家。在取材方面,他是一位先驱性人物。他明确知道自己的创作灵感多源于本土,小说主要取材于其国家的国情。在心理描写方面,布朗堪称开拓性作家。由于他对自身复杂的感情结构以及对人的心理的认真探讨,他的作品获得"人的心理小说"之称。此外,布朗继承了前人的文学为社会服务的写作传统。他一贯相信,善意的智者有责任鼓励人们坚持理想,促进社会进步。布朗决定用自己的笔提醒人们警惕社会政治生活中所存在的危险。因此,他的作品力求寓说教于戏剧性叙述和描绘文字之中。在布朗创作的4部长篇小说当中,《韦兰德》和《亚瑟·默尔文》最为人所称道。这两部作品都取材于美国社会生活。

《韦兰德》又名《变形记》,是一部书信体的"哥特式"长篇小说。小说的故事情节轮廓大体以一个现实事件为基础。纽约州一位农夫在炫目的亮光中望见两位天使,他们敦促他"毁掉他的偶像"。农夫因而突然发疯,杀死他的马匹、儿女和妻子,在前去杀害他的妹妹的路上被捉,继而作为疯人监禁起来。该小说故事就以此事件为蓝本展开,采用的是第一人称叙事手法。克拉拉·韦兰德是事件的讲述者。克拉拉稍做自我介绍之后,便进入故事正文。克拉拉从父亲老韦兰一天午夜周身起火(自燃)而死去说起,这是后来灾难性事件的补白和伏笔。老韦兰是一个德国的神秘主义者,后移居到美国宾夕法尼亚州,在他自己的庄园里建立了一个神秘的教堂。一天晚上,庄园自动起火,把老韦兰烧死了,不久他的妻子也死了。他们的儿子小韦兰和女儿克拉拉,几年来一直与邻居的少女凯塞琳·普耶尔保持着友谊。后来,小韦兰与凯塞琳结了婚,克拉拉也爱上了凯塞琳的哥哥亨利·普耶尔,但亨利曾与一个女子在德国订过婚。这时,他们的生活里突然闯进一位名叫卡温的神秘流浪汉。从此以后,他们几乎每夜都能听到一种连续发出的神秘的声音。这个声音能讲出各种过去的和未来的事情,就在亨利和克拉拉热烈相爱之际,这个声音就说,亨利在德国的未婚妻已经死了,说他马上可以跟克拉拉结婚。然而,亨利在一次偶然的机会发现克拉拉与卡温之间已有了私情,他一气之下出走了。与此同时,小韦兰由于继承了他父亲狂热的神秘主义信念,也过于相信自己的感官,被那神秘的声音追得几乎发疯,精神错乱中杀了自己的妻子和孩子,然后被邻居送进了疯人院。有一天,韦兰从疯人院里逃出来要杀克拉拉,又是那种神秘的声音指挥韦兰放弃这个企图,但又在痛苦之中自杀了。后来,在当地司法部门的追查下,卡温才供认了这一切都是他的腹语术作祟,他喜欢克拉拉,所以想拆散她与亨利,但是他却并不承认是自己指使小韦兰杀人。接着卡温就离开了宾夕法尼亚,到一个遥远的地方去了。3 年后克拉拉与亨利结婚,心境渐趋平静,叙说了事件的全部令人毛骨悚然的细节。在这部小说中,布朗将宗教运用其中,增添了小说的神秘色彩,使其哥特风格得到了凸显。

从《韦兰德》的故事内容可以看出,它既是神怪小说,实际上也是社会小说、市民小说的一个组成部分。以恐怖、虚幻的故事情节来反映资本主义社会中人与人之间的关系是这类小说的特点。

《韦兰德》的叙事方法颇有独到之处。叙事人克拉拉具有左右读者思想的非凡能力。由于不完全相信自己感官传递的信息,她似不愿读者对她亦步亦趋。在第 16 章她警告读者说,她的思想由于有人闯入她的卧室而乱作一团,她的心里充满不可言状的感觉,虽然所讲的事件委属实际经历,然而她承认自己的叙述可能失实或不可信赖;在客观上,她在吁请读者充分运用自己的判断能力。通览全书,应当说克拉拉是一位可靠的叙事者。全部事件的确经过她的头脑的过滤,因而不免带有浓厚的个人色调;但是,事实真相并未因此而受到歪曲。她请读者注意她的缺欠,这是作家调动读者全部注意力的手法之一。

《亚瑟·默尔文》以 1793 年发生在费城的黄热病为题材,讲述亚瑟·默尔文的故事,由他和史蒂文斯医生交替叙述,故事中常常还有故事,结局又出人意料。布朗长于渲染恐怖气氛、置读者于惶怖中的独特天赋在小说中得到了充分发挥。小说共分为两部分。在第一部分里,身患重病的亚瑟在费城倚墙而立,气息奄奄。好心的史蒂文斯医生将他带回了家,治好了他的病。此时,史蒂文斯医生的好友指责亚瑟曾和一个名叫威尔伯克的恶棍有过瓜葛。为了不被误会,亚瑟只好讲述了自己的故事。原来亚瑟是一个农夫的儿子,因不满父亲再婚,他选择了离家出走,到了费城后在威尔伯克家中当差。威尔伯克发现亚瑟与克莱伏林(威尔伯克曾经侵吞了此人的钱)很像,就命令他严守自己的身世。亚瑟感到很奇怪,在他的追问下威尔伯克不得不述说了发生在自己身上的故事。原来,威尔伯克在英国最困难的时候,一位好心的美国人华生把他带到了美洲,并将妹妹嫁给了他。但他却把华生的妹妹折磨至死。不久,威尔伯克又遇到了患有黄热病的克莱伏林。弥留之际,克莱伏林拜托威尔伯克把两万美元转交给自己的妹妹克莱门莎。结果,威尔伯克见到那么多钱便起了贼心,继而把这笔钱占为己有,还奸污了克莱门莎。如今,威尔伯克之所以命令亚瑟严守自己的身世就是为了让他冒充克莱伏林,实施自己的新计划。但是,华生找到了威尔伯克,在争执的过程中,威尔伯克杀死了华生。亚瑟不想配合威尔伯克,但禁不住他的花言巧语,最后还是决定帮他实施新的计划,还答应帮助他逃往新泽西。但是在德拉华河上,威尔伯克却纵身跃入了水中,亚瑟以为他死了,便返回费城,带了克莱门莎哥哥的书稿去了乡下。为了生计,亚瑟在乡下的哈德文家当帮工,并开始追求主人的女儿埃莉莎·哈德文。就在他研读和翻译克莱伏林的书稿时,在书页之间无意中发现了现钞,刚好是两万美元。对此他认为,这钱应该就是克莱伏林留给妹妹的遗款,于是决定把钱送还克莱伏林的妹妹克莱门莎。当时费城正在流行黄热病,亚瑟不幸染病,只好暂到威尔伯克住宅休息,不料发现威尔伯克并没有死,他正在家里疯狂地寻找丢失的书稿。二人见面后立即发生争吵,威尔伯克声言钞票是他伪造的,亚瑟将它点火烧掉,气急败坏的威尔伯克无可奈何,只好逃走了。亚瑟随即离开了威尔伯克住宅,游荡街头,幸好遇到了史蒂文斯医生。在这一部分中,布朗淋漓尽致地叙述了善恶相斗的全过程,并塑造了威尔伯克这个地道的无赖形象。

小说的第二部分由史蒂文斯医生叙述。史蒂文斯医生告诉亚瑟,威尔伯克已经把克莱门莎卖入娼门,于是亚瑟决定去救克莱门莎。听完亚瑟的讲述后,史蒂文斯医生的好友还是怀疑他,随即也就展开了调查。在调查过程,史蒂文斯医生的好友发现事情与亚瑟所讲述的有出入:亚瑟的心地也不是那么善良,他之前多次有过不轨行为,比如他在离家出走时,就偷了父亲的马匹和钱财。所以,当亚瑟再次回到史蒂文斯医生那里时,他再次受到了史蒂文斯医生好友的责难。对此,亚瑟又讲述了自己去找克莱门莎时所发生的事情。他先去了哈德文家。由于瘟疫的肆虐,哈德文家只有埃莉莎活着,并继承了遗产。而埃莉莎的叔叔企图把她的遗产争夺走。在亚瑟的帮助下,埃莉莎战胜了她的叔叔。后来亚瑟也救出克莱门莎。虽然亚瑟喜欢埃莉莎,但是他和一个比他大六岁的富有寡妇结了婚。小说的这部分延续了第一部分中的叙事模式,即由史蒂文斯医生指责亚瑟,亚瑟为了辩驳,叙述自己的经历。但是,亚瑟的叙述始终是模糊的,疑点重重。因此,亚瑟是一个不可靠的叙述者。同时,从亚瑟叙述的话语中可以看出,他在叙述的过程中字斟句酌,条分缕析,试图要让自己的话语无懈可击。虽然史蒂文斯医生相信了他的话,但是从读者的角度上来看,亚瑟的说法并不能完全地说服读者,应该说,这正是布朗所追求的艺术效果,让读者在阅读中产生怀疑、困惑。

《亚瑟·默尔文》的情节可谓纵横交错,扑朔迷离。小说宛如一个圆圈,自一点开始绕一周后又返回原处,艺术构思之精巧令人赞叹。它自成一整体,淋漓尽致地叙述了善恶相斗的全过程。

布朗是一个想象力极其丰富的作家。他的主要作品是在3年内完成的。他的作品多以书信体写成,结构有时显得松散。他的描写性文字简练、生动,但比较浮华。布朗在创作中继承了哥特式小说传统和理查逊的柔情小说传统;在思想上又接受了威廉·哥德温的影响。布朗原先认为,应该用高标准的要求来对待美国文学,相信利用有民族特色的美国题材来写作小说将会激起广大读者的兴趣。但是由于他写作的仓促、作品的不成熟和语言上的做作,以及后期对病理学理论的过分迷恋,使他无力去完成威廉·哥德温所提倡的"情节—结构"学说。

总之,布朗在美国文学史上,尤其是小说史上的地位是不容忽视的。他是美国第一位职业作家。他第一个把哥特式小说美国化,使之在美国生根,并经过坡、霍桑、麦尔维尔、马克·吐温、亨利·詹姆斯和斯蒂芬·克兰的努力,而延续到20世纪的海明威和福克纳等作家的作品中。

## 二、独立革命时期的诗歌创作

这一时期的美国诗坛总体呈现的是萧条状态,但有几位诗人的一些诗作还是颇具永恒的魅力,主要代表诗人如菲利普·弗瑞诺(Philip Freneau,1752—1832)、菲丽丝·惠特利(Phillis Wheatley,1753—1784)、莎拉·温特沃思·莫顿(Sarah Wentworth Morton,1759—1846)。以下就对这几位诗人的诗歌作品进行简单分析。

### (一)菲利普·弗瑞诺的诗歌创作

菲利普·弗瑞诺(Philip Freneau,1752—1832)出生在纽约一个富有的酒商家庭里,从小就受到了良好的教育。15岁时,弗瑞诺进入普林斯顿大学,毕业后去当教师,但是并不如意。后来他到加勒比群岛给一个种植园主当秘书,并在业余时间写诗。独立战争爆发后,他积极参加独立革命,当过民船的水手和船长。1790年,弗瑞诺进入报界服务。翌年,受国务卿杰弗逊的重用,他在费城创办《国民报》。1793年弗瑞诺离开《国民报》,回新泽西种地,之后一直穷困潦倒。1832年,他外出饮酒遇暴风雪迷路,仆地不起而丧生。

弗瑞诺是美国诗歌的奠基人、浪漫主义诗歌的先驱者。因曾积极参加独立战争,讴歌美国革命,被誉为"美国革命的诗人。"他的诗歌可以分为两类,一类是抒情诗,另一类是社会诗。

抒情诗似乎是诗人自娱之作。弗瑞诺虽生活在理性时代,但他在 1770 年写成的处女作《想象的力量》最先体现出浪漫主义的威力。这首诗包容着日渐丰富的想象及感官体验和知识,囊括着宇宙与古今业已发生或正在发生着的一切。弗瑞诺在诗中说道:

> 啊! 这个浑然一体,如此广袤,
> 这些环绕我们旋转的星辰及太阳!
> 它们无论在何处闪耀,
> 都源于神圣力量的**想象**!
> 这个**地球**,这些**土地**和**海洋**,
> 还有热、冷、花、树,
> **生、死、畜、人,**
> 还有**时间**——伴随**太阳**而始的时间——
> 不都是理智刻度上思想的总和,
> 万能的头脑里的意念?

弗瑞诺接下去说,想象在大脑皮层上漫步,时而上于天堂,时而下临地府,时而遨游静谧的田园。它浪迹四方,俯视古今,将宇宙万物的无限精华尽收归己有:

> 想象啊,缪斯的骄傲,
> 住在画栋雕梁的宫里,
> 万物无穷无尽的形象,
> 在金翅上轻扬羽翼,
> 完美的物体,如此丰茂,
> 宇宙无法再容多少。

弗瑞诺的丰富想象使他在同代人中率先摆脱模拟英国 18 世纪新古典诗作的羁绊,直接观察和描绘四周的一切。徜徉在美洲大地的迷人风景里,诗人联想到美的短暂,颇有感叹人生旋踵即逝的意味,《想象的力量》中写道:

> 俏丽的花,你长得这样秀媚,
> 潜立在此间幽静之地,
> 你甜蜜的花无人抚摸仍开放,
> 你细嫩的枝无人观赏也致意;
> 在这里,无漫游者会践踏你,
> 无忙碌人会为你落泪。
>
> 造化为你穿素装,
> 嘱你躲避庸俗的目光,
> 在此铺下庇荫地,
> 让小溪在身边潺潺流去;

就这样,你的夏天静静消逝,
你的生命渐趋安息。

你那必定凋蔽的妩媚令我颠倒,
预见你未来的末日惹我悲凄;
妩媚已去也——伊甸绽开的群芳,
那些并不比你更秀丽;
无情的白霜,
秋天的威力
不容此花遗足迹。

你细小的身躯最初
原于夜露与晨曦;
既生自乌有,便一无所失,
离世时也依然故你;
生死之间,一个钟点而已,
一枝脆嫩花朵的持续期。

诗人观察得很仔细。花俏而无人抚摸,枝嫩而无人欣赏,诗人身心入境,推己及"人",矜愍之心溢于言表。

弗瑞诺认为,人本无异于花草,两者都发端于"一块共同的泥土",生死交替,死而复生。他在1790 年发表的诗作《花草夜颂》正是这种思想的明显体现。弗瑞诺进而认为死是一种解脱,是由凡尘入仙境的必经之路。其诗作《生的虚缈》也就体现了这种思想。诗的主要内容是说,少年无忧无虑,生活的园地里百花争艳,风景的确无限好,但总又难免风流云散。诗人思潮起伏,仿佛顿悟出一种道理:死是再生,是人最憧憬的真正生活的开端。这个道理,他又通过诗作《蜜蜂颂》讲给一只小蜜蜂听。小蜜蜂不知什么原因,误将酒杯做湖塘,上了酒神巴克斯的当,畅饮之后竟一命呜呼。蜜蜂这样不明不白地失去了生命,让人不无惆怅。诗人的态度却截然不同:欢迎啊,小蜜蜂,衷心欢迎你来和我同杯。《蜜蜂颂》的前四节都在说蜂,到第五节,诗人的目光似乎从浮在酒杯里的蜜蜂身上移开,面对茫茫的时空抚今思古,百感交集:

可是,啊,不可过量,
而至葬身于这个海洋;
在这里,更大的蜂也会沉下,
那些蜂竟整六尺长。
人们便会说你像法老
在红海里气断身亡。

这显然又是诗人在嗟叹人生之不测,貌似说蜂,实是讲人。在诗的第六节——亦即最后一节里,人与蜂终于息息相通,融为一体。

在美国文学史上,以"死"为主题的诗作不算少,然而,第一首专事描写这一抽象题材的重要诗篇应推弗瑞诺的《夜之屋》。《夜之屋》的副标题是"一个梦景",明示读者该诗所描写的乃是一场梦里的所闻所见。在诗开始前的《告示》中,诗人指出:

> 这首诗根据《圣经》写成,经书申明,"尽末了所毁灭的仇敌,就是死"。为做诗计,他在这里被人格化了,被描写成已经垂危。……虽然他的一生一直从事毁灭和谋杀,他也愿人能在他卒世之后纪念他。在贪婪的承办丧事人同意埋葬他的遗骨以后,他终于在绝望的极端痛苦中死去。这反映出某些人的非人道行为,他们不用说敌人,便是对死去的朋友,没有回报的保证,也不肯添一铲土的。接着叙述了他的葬礼的情形,诗的梦幻及寓言部分遂结束。本诗结束时对过于贪恋此生此世的不当做法发表一些评论,对有助于引导我们进一步提高精神美德提出一些鼓励措施。

《告示》中所说的"梦幻及寓言部分"是弗瑞诺浪漫主义灵感的出色表现。诗中写道:

> 让别人取材于微笑的晴空,
> 讲述那光明常在的天气,
> 我的画面阴郁,一片幽冥,
> 我唱出夜之屋内可怕的际遇。

诗的叙述者午夜烦闷,在"理智失去控制"、亦即感情迸发的时刻,独自一人在大地上徘徊,来到一处望去貌似充满欢乐、热情待客的高屋,然而院内秋天肃杀,群芳疲敝,芜草丛生,又有一墓碑卧于其间,屋内的人谈论死亡。叙述者登上三楼,烛光幽暗,照在气息奄奄的死神身上。他面布忧戚,其声哀哀,双目深陷,已经是蓬头历齿,行将就木了。死神开始和他讲话,丰干饶舌,呶呶不休。忽然他说道:

> 别抱怨我是造成破坏的灾星,
> 对世人讲,——便是死神也不忍目睹这惨情;
> 我将尽量体面地离世而去,
> 未竟之业留给助手乔治。

诗人在写悲切时不忘诙谐逗趣,深入想象的世界时也能突然折身回瞥现实一眼。"乔治"显然是指英王乔治三世,北美独立时人民眼里的死神和魔鬼。

弗瑞诺对北美的风物兴趣极浓,谙熟印第安人的习俗。在诗歌中,弗瑞诺以赞许的口吻描绘印第安人的风俗习惯。他所写的《印第安人墓地》是美国文学中把印第安人理想化的最早的文学珍品之一。该诗写成于 1787 年诗人瞻仰一处印第安人古墓之后。弗瑞诺在本诗的注中写道:"北美印第安人让死者坐着,用贝壳念珠、鸟兽的偶像,或(如果死者是武士)弓、箭、石斧以及其他武器装饰起,然后埋葬。"这一风俗引起诗人想象的驰骋:

> 智者虽有言在,
> 我仍保留己见;
> 我们给予死者的卧姿,
> 指明灵魂已永安眠。

　　　　此地古人不同——

　　　　印第安人卒世，

　　　　重同好友聚坐，

　　　　美餐珍馐佳味。

　　诗人的目光落在印第安人墓上鸟的偶像、一只花碗以及显然是出外时备用的鹿肉，他意识到，这些都标示着灵魂的本性活跃，不知安息。他又望到拉开备用的弓以及尖衔不镝的箭，他意识到，这象征着生命的火花虽已熄灭，生前的思想并未死去。

　　弗瑞诺的社会诗内容丰富，并具有应景性质，但是作为一名严肃的艺术家，他在构思及遣字用词方面总是一丝不苟的。他的诗歌创作实践，他的诗作所表现出的社会、心理及艺术复杂性，都显示出一位自觉的艺术家的独特意匠。弗瑞诺的社会诗有揭露英国殖民统治之作，如《政治祷文》及《康沃里斯伯爵将军的败北》；有歌颂爱国将士为国捐躯的，如《纪念英勇的美国人》，歌颂独立革命领袖人物的，如《悼念纪念华盛顿将军》《悼念托马斯·潘恩》；有关于民主政治的，如《沉思》；有关于蓄奴制和法国革命的，如《致托比爵士》《苏弗里埃尔山脚下所写》《论潘恩先生的人权》等。他创作的关于自然神信仰的诗作，如《论自然宗教》及《论自然神的普遍性及其他特征》以及歌颂开拓西部的运动的作品，都应被视为他的社会诗的重要组成部分。

　　弗瑞诺对英国殖民统治及一切专制政体非常不满。1775 年夏，弗瑞诺发表一系列反英讽刺诗，《政治祷文》是其中颇富代表性的一首。在《祷文》中，诗人吁请上帝把人民从英国统治集团的专制下拯救出来；从英国皇室、无赖和歹徒、国王派来谋杀与抢掠的海盗船只及其船长们，从掠夺弗吉尼亚人的堂莫伯爵、统率海军的蒙塔古元帅，从已变做屠夫的主教、企盼皇帝一笑的奴隶以及投票反对国民大会决议案的代表会议，从逃出城去的纽约州长特里扬、从诺斯首相、欲霸占美国的木头国王，从一个善事欺诈、无礼的王国等的魔掌下拯救出来，吁请苍天有耳听到"我们的祈祷和愿望"："我们虽不统一但仍能自由，英国可继续——愿她受诅咒。"

　　1781 年 9 月 8 日，南卡罗来纳州尤托斯普林斯战役中格林将军重创英军，弗瑞诺以此为题材创作了诗作《纪念英勇的美国人》。格林将军为独立革命名将，以军事战略而言，仅次于华盛顿，1778 年 10 月任南方军总司令后，计取康华里和摩根将军，1781 年 9 月的战役迫使英军开始认识其必败的总趋势。弗瑞诺在欢呼这一历史性胜利的同时，赋诗痛悼在战役中为争取和维护独立而献身的英勇将士：

　　　　壮士丧溪边，

　　　　尸为黄土掩——

　　　　溪波挟热泪，

　　　　群英卧长眠。

　　　　……

　　　　义士睹国苦和辱，

　　　　城被焚烧地荒芜，

　　　　进而挺身对仇敌，

　　　　手持矛却——盾遗后。

　　　　征伐宏才格林指，

　　　　武士力逼英贼逸；

　　　　无一立远观绝地，

　　　　无一为义不肯死。

　　诗人恳请爱国将士安眠，相信他们虽已远离尘世，但是一定已抵一处更美好的福地，阳光照耀得更灿烂。诗人的哀思之情溢于言表。

　　弗瑞诺一生为正义、自由和民主而战，因此他也非常痛恨非人的蓄奴制。反蓄奴制诗篇，是他艺术成就中的一个不可忽视的部分。《致托比爵士》把奴隶主的恶和黑奴的苦说得纤悉无遗。18 世纪 70 年代，诗人在客居牙买加时期，曾目睹了奴隶制的残暴。他悲愤填膺，仰首质问上苍：

　　　　造出这些部族的神哪，你们说，

　　　　他们犯下何罪而命该如此凄苦！

　　　　他们为何被从埃博的干旱荒野运来，

　　　　目睹这自己不能分享的富足！

　　诗人又说，你看那厢的女奴，身上背了孩子，手中提着葫芦和锄头，十二人一组锁在一起，脖颈上套了铁圈。《致托比爵士》没有提出拯救黑人的妙计，但是却形象地勾勒出一幅血淋淋的画面，令人读后拍案而起。

　　总之，弗瑞诺的诗歌不仅摆脱了模拟英国 18 世纪新古典诗作的羁绊，直接观察和描绘四周的一切，还通过描绘现实发表自己的思想见解，风格朴实自然，口语化强，因此流传广泛，在美国诗歌史上具有重要的地位。

## （二）菲丽丝·惠特利的诗歌创作

　　菲丽丝·惠特利（Phillis Wheatley，1753—1784）是美国第一位重要的黑人作家，也是第一位黑人女诗人。她生于非洲（可能是塞内加尔或冈比亚），是个黑奴。7 岁时被卖到波士顿颇有名望的惠特利家族。她本来没有名字，后来用载她到美洲殖民地那条船的船名给她命名，加上买主的姓，成了这个姓名。菲丽丝很小就表现出超常的智慧，被视做天才，惠特利夫妇发现了以后，就让女儿教她读书识字，又让儿子教她英文、拉丁文、历史、地理、宗教和《圣经》，尤其是亚历山大·蒲柏和约翰·弥尔顿等的经典作品。菲丽丝很快被惠特利一家接受，成为这个家庭的一员。惠特利夫妇常带她去见他们教友，并鼓励她写诗。通过惠特利一家，菲丽丝得以结识许多波士顿的社会名士，有更多机会接触书籍和圣典。1773 年 6 月，在惠特利儿子纳散尼尔陪同下，菲丽丝到伦敦宣传她的第一本诗集，受到伦敦市长和富兰克林的欢迎。同年，她的《不同题材、宗教和道德诗集》在伦敦出版。她的诗才、智慧和虔诚征服了伦敦的英美人士。由于没有受过正规教育，菲丽丝便得以尽情抒发自己的所思所想，开创自己的风格。她的许多挽歌都是应邀而作。菲丽丝虔诚信仰清教，并在惠特利家族的教堂受洗。1778 年，菲丽丝嫁给自由民约翰·彼特斯。后来，丈夫负债入狱，她带着两个孩子艰难度日。她临终前，第三个孩子生病卧在她身边，在她去世后不久也死了。人们将她俩埋葬在一起，但坟墓上没有留下记号。

　　菲丽丝的诗是 1830 年左右由新英格兰废奴主义者重新发现的。她是个笃信上帝的教徒，又是个为奴隶的自由而大声疾呼的女诗人。她的诗融合了美国黑人的文学传统和黑人妇女的文学传统。菲丽丝的第一首诗《赫西与科芬先生》发表在 1767 年的《纽波特信使》上。1770 年，菲丽丝为深受大众欢迎的传道者乔治·怀特费尔德写了一首挽歌《牧师乔治·怀特费尔德之死》。这首诗表现了诗人在文学上的成熟,并有着浓厚的基督教色彩。此后,她在波士顿的多家杂志上又发表了一些诗歌。也许是受到了她的非裔美国部落群体中那些妇女们教给她的演说风格的影响,她非常喜欢挽歌诗体。由于她精通拉丁语,她开始创作小型史诗(短叙事诗),后来发表了《悲痛的尼俄伯》。菲丽丝发表的仅有的一部诗歌集是献给亨廷顿夫人的《关于宗教和道德各种话题的诗集》(1773),其中包括 39 首诗,诗歌的主题包括宗教、道德、哀悼、自由、庆祝、战争以及死亡,反映了她的宗教信仰和古典的新英格兰教养。1775 年,她为华盛顿将军写了一首诗,并赠予了华盛顿将军。也正是由于这首诗歌,她于 1776 年 3 月见到了华盛顿将军,这首题为《致尊敬的华盛顿将军阁下》的诗最后于 1776 年 4 月发表于《宾夕法尼亚杂志》。

挽歌占据了菲丽丝诗歌的大部分,这是一种对某一深刻的事件或主题进行思考的严肃的诗歌形式。菲丽丝最擅长的就是挽歌,也常受命为各类人撰写此类诗歌。她的挽歌的内容大致如下:首先,强调死亡本身是出自上帝,如在《献给一个失去三个亲人的女士》中,她说道,"他的权杖掌管整个宇宙的生杀大权";然后,含蓄描绘哀悼者的哀容;接着,请求吊唁者节哀顺变,"向墓碑笑一笑吧,平息那灼人的痛",有时会以死者的口吻模拟其在天上讲话,有时也会列举死者生前的事迹;最后,重新审视死者遗容。当然,有时顺序有所变动。

菲丽丝的诗歌大部分是短诗,长短不一,有八行和十二行的,同一首诗里各音节行数不一,大部分讲究韵律,采用 ababbababa 的韵律格式,也有不押韵的自由诗,形式比较自由。从诗的内容来看,有赞美上帝的,有歌颂华盛顿总司令的,有感谢男主人惠特利的,也有夸奖黑人画家和劝告白人关心别人疾苦的,尤其是给黑奴自由的。每篇都跳动着她那颗忠于上帝的心,宗教情绪很浓烈。如《致华盛顿总司令阁下》一首诗中的结束语:

> 前进,伟大的总司令,正义在你一边,
> 你每个行动都由女神指引。
> 皇冠、大厦和王位闪着
> 永不褪色的金光。华盛顿! 一切都属于你。

女诗人对华盛顿总司令为独立而战充满信心,她衷心祝福他,相信他一定会取得最后的胜利。

在《热爱自由》一诗里,菲丽丝告诉一位新教牧师:奴隶制的实行与上帝的教诲是不能妥协的。她还提醒他:任何地方,如果掌权人对民间疾苦充耳不闻,社会就没有正义可言。

面对着种族主义横行,菲丽丝从《圣经》得到启示,断言在精神上人人是平等的,在常被引用的一首诗《论被从非洲带到美国》里,她写道:

> 是仁慈将我从异教徒土地上带来,
> 教我愚昧的心灵明白
> 有个上帝,也有个救世主,
> 我曾不懂也不去寻求忏悔。
> 有人用鄙视的目光看我们黑色的民族。
> "他们的颜色是凶恶的染色。"
> 记住,基督教,黑人,像凯因一样黑,

可以教育好和加入天使的行列。

女诗人认为,在上帝面前,白人与黑人、基督徒与非基督徒都是平等的。黑人并非白人所想象的那么凶恶,他们同样是可以教育好的,这些感想闪烁着当时启蒙主义思想光芒。

在英语里,新古典主义表现了古希腊的理性与艺术规范性的理想。新古典主义认为人类是有局限的、不完美的动物,需要引导、秩序与和谐,并且高度重视想象,但并不以想象代替艰苦的现实,并且避免高度想象的事物,菲丽丝的诗歌也是如此,这符合菲丽丝作为一个低下的奴隶和谦卑的基督徒的身份。她的诗常以新古典主义式的向缪斯神的呼求开始,频繁引用希腊诸神的典故和传说,常常提及希腊文化中井井有条的宇宙,而上帝则是其中最大的神。菲丽丝受英国诗人弥尔顿、蒲柏和格雷的影响较大,但她在形式上不拘一格,有较大的灵活性。她自由地表达自己对宗教、社会道德、种族主义和自由平等的感受和看法,在美国诗坛上第一次发出黑人女诗人的声音,开创了美国黑人文学的先河。

## (三)莎拉·温特沃思·莫顿的诗歌创作

莎拉·温特沃思·莫顿(Sarah Wentworth Morton,1759—1846)生于波士顿一个商人家庭,后随父母搬到朴瑞垂,在父亲的农场长大。那个农庄出了许多有名的政治人物,如第二任总统约翰·亚当斯夫妇和约翰·汉科克。在那里,莎拉与他们交往密切。当时正规学校不收女生,她在家自学,父亲的藏书是其主要阅读来源,她从小爱读书,少年时代开始写诗。1781年她嫁给律师皮列兹·莫顿,育有五个孩子。1797年,他们移居多切斯特,莎拉也成为当地文学和政治圈内的中心人物。但是她的财富和地位并未使她的生活远离痛苦,她的三个孩子先后夭折。1789年,她的妹妹怀了自己丈夫的孩子,妹妹服毒自杀,莎拉的生活也因为家庭悲剧成为文学描写的对象。感情上的伤痛是她的诗歌中反复出现的主题,似乎不断激发着她的创造力。1837年她的丈夫去世,莎拉返回朴瑞垂(当时已改为昆西),直到去世。

1789年,莎拉开始向一家新创办的杂志《马萨诸塞州杂志》上的"缪斯的坐席"栏目投稿。莎拉的第一首诗以笔名康斯坦莎发表在《马萨诸塞州杂志》和《哥伦比亚人》上。1790年,她发表长诗《魁比:或自然的美德,一个印第安人的故事》(以下简称《魁比》),描写一个高贵的野蛮人印第安人的故事。1792年,莎拉发表《非洲酋长》,表现反对奴隶制,拥护自由的主题。1797年、1799年,她分别出版了长诗《灯塔山》及其续集《社会的美德》,这两部诗集成了建国初期独特的美国作品。1823年,她出版一部短诗集和沉思的散文《我的头脑及其思想》。

在莎拉的有生之年,其名声主要源于她对自由的拥护,在这一主题上她最有名的诗是《非洲酋长》,这首反对奴隶制的诗后来还进入了学校的低年级读物,并被19世纪的废奴主义者不断传诵。莎拉写作的主题很宽泛,她最早的诗都是运用了新古典主义的写作技巧,都是伤感的悲歌或挽歌。她在1800年后的作品主要是应景诗,主要着眼于道德和政治问题。在她的许多作品中,莎拉通过一个憔悴又有点造作的女性之口,大量运用华丽的辞藻,叙说自己感伤的苦痛。莎拉感伤的新古典主义风格也表现在她的《致沃伦夫人的颂歌》中,这是一位美国早期女诗人称赞另一位女作家的典型例子。莎拉也是一位"美国"诗人,因为她的作品是关于这个年轻的国家的思想,她在这一题目下的佳作显示了她发展全面的社会道德心和独立的思想。然而,最能代表莎拉诗歌成就的作品是《魁比》《灯塔山》。

长诗《魁比》也许是第一首美国"印第安"诗歌。诗中讨论了一个现代问题,即朴素的美国道德的存在不断受到世故及奢侈浮华的困扰。这首诗是殖民地时期俘虏故事的变体,讲述了一个伊利诺斯战争的首领阿扎凯、他的妻子齐斯玛和一个年轻的盎格鲁后裔塞拉里奥三人之间的三角恋。塞拉里奥爱上了齐斯玛,他跟随阿扎凯一起战斗直到负伤回来,受到了齐斯玛的照顾。在诗的结尾,阿扎凯选择了死亡,以此来保持自己的尊严,并成全了齐斯玛和塞拉里奥,使他们能够没有罪恶感地彼此相爱。如副标题所示,这首诗探索并歌颂了一种可能存在于英美社会文明习俗之外的道德正义。虽然莎拉的诗明显受浪漫主义影响,但她对于印第安人生活的描写则是基于对历史的研究。《魁比》给汉斯·格莱姆带来了灵感,后者于 1791 年创作了一篇管弦乐乐章《一个印第安首领的死亡之歌》,该诗同时还为路易斯·詹姆士·培根的戏剧《美国印第安人》的创作奠定了基础。

　　莎拉创作发表《灯塔山》主要以庆祝在美国独立革命中所体现出的对自由的热爱。因此,这首长诗被誉为美国的史诗。莎拉的父亲对保守党情有独钟,而她的丈夫则更像《圣经》中的雅各,《灯塔山》作为一首政治哲理诗就处于这两种倾向之间。莎拉认为社会秩序最好是由政治自由来促进,并且政治自由可以培育激情和正义。该诗运用简洁的新古典主义对句,庆祝独立革命时期发生在灯塔山上那些神圣而庄严的事件,以此献给在乔治·华盛顿领导下英勇作战的革命士兵,描绘了华盛顿在邦克山之战后包围波士顿英军的战斗以及独立宣言,并赞扬了华盛顿和各个殖民地的革命领袖。诗的开首部分重现了早期的一些事件:沃伦的死、邦克山、华盛顿在剑桥的露营。中间的部分讨论了殖民地“自然、道德和政治方面的历史”。全诗以呼吁促进全世界的自由结束,渗透着强烈的民族主义思想,其中也有莎拉对南方奴隶制度的评论。

# 第九章 19 世纪美国小说与诗歌的创作发展

19 世纪,美国文学开始呈现出独特的个性,特别是小说和诗歌领域更是取得了巨大的成就,出现了许多具有代表性的作家和作品。在本章内容中,我们将对 19 世纪美国小说与诗歌的创作发展进行简要分析。

## 第一节 浪漫主义、现实主义与美国小说、诗歌

### 一、浪漫主义与美国小说、诗歌

19 世纪上半叶是浪漫主义文学的繁荣时期。浪漫主义运动最早发源于英国和德国,之后向法国、俄国和东欧蔓延,并最终激发了美国浪漫主义思潮的产生与发展。

英国出现的浪漫主义文学作品在美国有着广泛的读者群,也深深影响到了美国本土作家的创作。英国浪漫主义大师柯勒律治(Samuel Taylor Coleridge,1772—1834)和华兹华斯(William Wordsworth,1770—1850)披露出存在于自然界和人的思想内的充满活力的新潜在力。柯勒律治的作品,尤其是他的散文作品《文学生平》及《思想之友》周刊所发挥的影响,在美国最先进的文学评论和哲学论辩中,稳居统治地位。华兹华斯的自然诗,从内容到风格,直到 19 世纪中期,一直是美国浪漫主义诗人的摹本。英国小说家、诗人司各特(Walter Scott,1771—1832)对独立的美国小说、诗歌的发展也起到了巨大的作用。他以苏格兰和英格兰边界史话为题材而创作的小说、他的取材于古苏格兰高地的《威弗利》小说集,以其诡秘莫测的氛围、栩栩如生的人物、浓淡有致的景物画面以及扑朔迷离、头绪纷繁的故事情节,激发了美国作家的浪漫主义想象,成为他们师法的楷模。司各特的诗作《湖上夫人》作品中的某些东方传奇浪漫故事在很大程度上促进了关于美国印第安人浪漫故事的创作。司各特对美国作家以浪漫主义色调描绘北美风物亦有直接的启迪作用。

美国的浪漫主义的基础是超验主义,而超验主义是对唯一理教与德国的唯心主义哲学的批判继承。超验主义认为人的灵魂中有一种直觉能力,通过直觉感受,可以做到个体灵魂与"超灵"之间的沟通与交流,达到人的精神与宇宙精神的统一。这种观点也与德国唯心主义哲学家康德(Immanuel Kant,1724—1804)提出的"灵魂""世界""上帝"三者可以统一的看法有着继承关系。康德认为,主体把个别的、杂乱无章的感觉先用感性直观形式表现出来,后用理性范畴加工整理,形成知识,而后将理性所得的知识方方面面加以综合、归纳,统一成完整的系统。这一完整的系统包括三方面的内容:关于一切精神现象的最高最完整的统一体——"灵魂";关于一切物理现象的最高最完整的统一体——"世界";两个统一体的再统一——"上帝"。康德相信,人的感性、理性只能获得知识,而"灵魂""世界""上帝"三方面的统一却是感性、理性范畴之外的。因此,当人们试图用有限的感觉、知觉去认识无限的范围时,必然会导致混乱。康德因此得出结论:我们的

知识只能停留在"现象"的范围内,系统的知识是主观的、先验的,世界的"本质"是不可知的。新英格兰超验主义运动是美国19世纪浪漫主义时代最重要的一个历史事件,也是浪漫主义思潮最鲜明的体现,在欧洲浪漫主义时代即将过去的时候,把美国浪漫主义运动推向高潮,开启了美国文学史迄今最为繁荣的一个时代,激发了整整一代美国作家的创作灵感。

在超验主义的影响下,美国的浪漫主义小说和诗歌带有着浓郁的本土气息,美国人"向西拓殖"的民族经历是美国作家取之不尽的丰富题材宝库,他们珍重自己所有的一景一物一事一人,竭力写出自己的本色来,如华盛顿·欧文(Washington Irving,1783—1859)对哈德逊河谷地景色进行了绘声绘色的速写,朗费罗(Henry Wadsworth Longfellow,1807—1882)在描写边地和印第安人题材方面做出了有益的尝试等,这些浪漫主义作家的创作使得美国浪漫主义文学体现出浓郁的美国风味。此外,美国的浪漫主义小说和诗歌还表现出了民族之"新"。美国作家在创作时有着强烈的描绘新地新人新生活的使命感,他们作品中的主人公呈现出一种全新的生活理念。

## 二、现实主义与美国小说、诗歌

现实主义是西欧资本主义制度确立和发展时期的产物,受社会发展的影响,作家们开始用冷静的眼光来看待现实社会,他们逐渐意识到浪漫主义都不能解决现实社会中所存在的问题,于是,形成了务实、客观冷静地分析与解剖现实的社会心理和风气。反映到文学创作上,即为写实性与批判性。另外,自然科学与哲学的发展,也使得作家们以研究者的姿态对社会进行研究,改变了人们的思维模式,从另外一个角度促进了现实主义的发展。现实主义在法国,英国、俄国等国家的文学创作中都取得了一系列的成就。美国的现实主义文学则在美国内战以后才开始出现。持续五年之久的美国内战使很多人从超验主义的赞歌和浪漫主义的乐观中清醒过来,开始对人性、人生、自然界和上帝的许多观点提出疑问。随着社会竞争越来越激烈,贫富不均问题日益突出,面对普遍物化、功利化的社会现实,美国文学创作的批判性与揭露性也越来越强。

美国现实主义文学是以批判黑奴制度的废奴文学为发端。这个时期出现了一系列的废奴小说。这些废奴小说主要展示了美国的社会现实,揭露了蓄奴制的罪恶,有着明显的现实主义特征,哈里尔特·比切·斯托(Harriet Beecher Stowe,1811—1896)的《汤姆叔叔的小屋》等都是著名的废奴小说。内战过后,现实主义作家主张运用现实主义手法来写人生,写平庸的人和事,写生活中存在的卑贱、低微、阴暗,主张要正视人生、讲出真话。

从19世纪80年代起,美国从自由资本主义过渡到垄断资本主义,阶级矛盾、劳资矛盾、贫富矛盾等进一步加剧。这进一步增添了美国文学中的现实性因素:注重描写社会生活,特别是农奴的悲惨生活;揭示个人与环境的尖锐对立;塑造反抗社会的个人主义者形象。这一时期的美国小说和诗歌表现出了资本主义制度下美国人民与垄断资产阶级之间的矛盾,作家们把目光转向了在资本主义制度下存在的社会阴暗面,努力刻画人们真实的生活,对资产阶级民主、自由的局限性、虚伪性进行无情的批判,同时对广大下层人民的不幸遭遇寄予深切同情,对他们在深渊中表现出的高贵品质和无私情怀给予热情的颂扬。虽然他们创作风格各异,但是在所表现的主题上却有着一致性,那就是表现真实美国人民的生存状态,表现美国社会中所存在的矛盾。同时,这一时期的美国的小说和诗歌还呈现出乡土气息,作品大多以美国西部边疆为背景,描写本乡本土的风土人情、世俗故事、民间传说、社会风俗等,风格粗犷独特,具有幽默色彩。

# 第二节　19 世纪美国小说的创作

19 世纪初期,受欧洲浪漫主义文学的影响,美国的浪漫主义文学得到了迅速的发展,出现了一批具有美国特色的浪漫主义小说家,他们通过小说这种形式展现了美国民族所独有的特色。19 世纪后半期,美国文坛上的浪漫主义风尚开始消逝,批判现实、揭露社会黑暗的作品日益增多,现实主义小说成为美国小说的主流并得到进一步深化。

## 一、19 世纪美国浪漫主义小说的创作

19 世纪上半叶是浪漫主义文学的繁荣时期。在浪漫主义文学思潮的影响下,美国的小说创作呈现出了浪漫主义色彩。与其他国家的浪漫主义小说相比,美国的浪漫主义小说有两个特色:首先,它表现的是“一种真正的新的经历”,所表现的是美国所具有的一景一物一人一事;其次,它表现的是美国民族之“新”。华盛顿·欧文(Washington Irving,1783—1859)、詹姆斯·费尼莫·库珀(James Fenimore Cooper,1789—1851)、纳撒尼尔·霍桑(Nathaniel Hawthorne,1804—1864)、赫尔曼·麦尔维尔(Herman Melville,1819—1891)等都是 19 世纪美国浪漫主义小说的代表作家。

### (一)华盛顿·欧文的浪漫主义小说创作

华盛顿·欧文(Washington Irving,1783—1859)生于纽约市一个富有的商人家庭中。他自幼酷爱读书,少年时代起就以写作诗歌、散文和戏剧为乐趣,19 岁时更是在《晨报》上发表了以讽刺文坛和纽约生活为主的散文数篇。20 岁时,由于被查出患有肺病,所以欧文不得不去欧洲进行疗养。在疗养期间,他有意识地锻炼了自己观察生活的能力,同时也拓宽了自己的思路。疗养结束后,欧文回到了美国,进入大学攻读法律,毕业之后成为一名律师,但由于酷爱文学创作,欧文最终放弃了律师这一职业。1807 年,欧文与哥哥威廉、好友保尔丁合办了杂志《大杂烩》,专门从事写作,先后发表了 20 多篇系列散文和评论。1809 年,他以笔名“尼克包克”出版了《纽约外史》,对荷兰殖民统治时期的纽约社会进行了嘲讽,受到了英国小说家司各特的赞赏。1815 年,欧文去英国利物浦为胞兄照管五金生意,三年后企业倒闭。从此,欧文开始专心从事创作。不久,他在伦敦出版了《见闻札记》,在英国和美国同时获得了高度的评价。欧文也因此成了一个靠卖文为生的专业作家。1826 年,欧文在马德里任美国驻西班牙大使馆馆员。1828 年,欧文发表《哥伦布的生平和航行》,1829 年发表了《攻克格拉纳达》,同年出版了游记、随笔和故事集《阿尔罕伯拉》。1832 年,欧文回到美国,由于读者迫切需要他描写本国的生活,他曾到新开发的美国西部进行考察,写了《草原游记》。1842 年,欧文再度赴马德里,出任美国驻西班牙公使,1846 年回国,这一时期他的作品主要有《哥尔德斯密斯传》《穆罕默德及其继承者》和《乔治·华盛顿传》。1859 年 11 月 28 日,欧文在家中逝世,享年 76 岁。

欧文对美国文学的发展产生了深远的影响,他被称为“美国文学之父”“美国第一位作家”“新世界派往旧世界的使者”。在小说创作方面,欧文受浪漫主义影响颇深,他目光敏锐,对人的一言一行,对物的形、声、色、味等都看得十分仔细,从而使他的作品融入了自己的感官体验,与此同

时,他还擅长烘托气氛,制造悬念,借助仙鬼等,使得作品中充满了浪漫主义色彩。在欧文所创作的众多作品中,最著名的是收录在《见闻札记》中的《瑞普·凡·温克尔》和《睡谷的传说》,这两篇短篇小说是依据德国的传说写成的,在创作的过程中,欧文将其与美国的社会状况相联系,从而使其具有了浓厚的美国特色。下面将对这两部作品进行简要分析。

《瑞普·凡·温克尔》中的某些素材来自德国民间故事《彼得·克劳斯》。小说的故事情节很简单:在哈得逊河畔一个村庄里,住着主人公瑞普·凡·温克尔,他是一个无忧无虑的乐天派,"过着优哉游哉的生活,吃白面包和黄面包都行,只看哪一样不用操心和费神;他宁可只有一个便士而挨饿,也不愿为一个金镑去工作。倘使听他自便,他一定会吹口哨,心满意足地度过一生"。他对邻里很热心,在村里是个老好人:

> 村里的好心的主妇们,倒的确个个都喜欢他,每逢他家里发生口角,他们总是帮着他说话,一般的女人往往都是如此;黄昏时,当她们聊起天,谈到了这些事情,她们总是把一切错处都推到凡·温克尔太太身上。就是村里孩子们看见他走过来,也是一片欢呼声。他参加他们的游戏,给他们做玩具,教他们放风筝和弹石子,并给他们讲关于鬼怪、巫婆和印第安人的长篇故事。每逢他在村子里闲步的时候,总有一大群孩子围着他,有的拉住他的衣服下摆,有的爬在他背上,有的大胆地百般作弄他;连附近一带的狗见了他,也没有一条会对他吠的。

但他的妻子却跟他有着相反的个性,他的妻子整天埋怨他懒惰,弄得家不像家、人不像人,于是在这样的一个环境下,瑞普反而有了一种小小的逆反心理,他什么都肯做,就是不照料自己的农田和家小;他谁都肯帮,就是不帮助家人和妻子干一些活儿。因此,在别人的眼里,瑞普是一个好人,而在他妻子的眼里,瑞普一无是处。妻子总是埋怨他不务正业,为了躲避妻子的唠叨,他只好带着枪和一只名叫"狼"的狗离家进山打猎。在山上他听见一个遥远的声音在叫他,后来又遇到一个背着酒桶的古怪的白胡子矮老头,瑞普好心地替那老头把酒桶背上了山顶,却见到一群形貌古怪的人,这些人身穿马甲,面孔奇特,瑞普在朦朦胧胧中喝了这些人的酒,于是就迷迷糊糊地睡着了。等到醒来时,那些人不见了,他的猎枪也锈烂了。他摇摇晃晃地下山,回到村里时他大吃一惊,他的房子空空如也,他老婆死了,昔日他同知己喝酒聊天的小酒馆已经被门前星条旗迎风招展的宏伟的"联盟旅馆"所替代。面对这一切,瑞普一脸茫然,感觉恍如隔世。后来他才知道自己这一觉竟睡了长达 20 年。面对新的环境,瑞普"怀疑他自己的身份,不知道他是他自己还是别人",但是瑞普并没有沉浸在自己的旧身份中不能自拔,相反,经过最初对变化的不安,他渐渐适应了新生活,此时他的儿子已成人,女儿也当了妈妈。就这样,瑞普和子女同住,悠闲自在,并成为美利坚合众国的新市民。

这篇小说是欧文根据自己听来的德国民间传说改编而成的,欧文将背景设在了美国独立前的荷兰殖民地,故事开头处对哈得逊河谷山村风貌的描绘,几乎就是复现作者家乡附近的景色:

> 凡是在哈得逊河上游航行过的人,必定记得卡兹吉尔丛山,那是阿帕拉钦山脉的一支断脉,在河的西岸,巍巍然高耸之端,威凌四周的乡村。四季的每一转换,气候的每一变化,乃至一天中每一小时都能使这些山峦的奇幻的色彩和形态变换,远近的好主妇会把它们看作精确的晴雨表。天气晴朗平稳的时候,它们披上蓝紫相间的衣衫,把它们雄浑的轮廓印在傍晚清澄的天空上,但有时,虽然四外万里无云,山顶上却聚着一团灰雾,

在落日的余晖照耀之下,像一顶灿烂的皇冠似的放射着异彩。

随后,小说以"从前啊有个时候"的口吻开始讲述这个小村的历史。在这样的背景下,小说描写出了具有美国风尚的人物性格,反映了早年北美大陆人民善良淳朴的精神美德,生动而形象地描述出独立战争给当地社会带来的影响。从美国文学传统角度看,这个寓言式故事又明白地讲述了一个脱离生活主流者的心境。瑞普的妻子代表了世间风行的统一价值观和抱残守缺、因循保守的生活方式,这都使他感到窒息。于是,不满现状的瑞普到山里去寻找解脱,寻找他理想中的生活。"寻求某种理想"成为瑞普的深层心理要求。从这个意义上讲,也可以反映出美国这个国家和民族的历史经历,反映出人类逃出苦海、销声匿迹的深层心理倾向,留恋美好的过去、拒绝变化与改革的普遍性心理倾向等。而从时间上推算,瑞普睡去的20年正是独立革命的年代。他清醒之后,国家已经摆脱了英国殖民统治的枷锁,瑞普却不因此而感到欣喜,倒是为自己挣脱了婚姻的桎梏而有些窃喜。这似乎说明欧文在一定程度上对现代民主的美国持有某种保留,似乎表明作者认为是变革和革命打乱生活的自然秩序。

这部小说在刻画人物内心活动时,采用的是以景传情的手法,如写瑞普在林中无忧无虑地徘徊,他的枪声时时在空谷回荡,这使他感到无限欣慰时,作者把目光移向山下的茂密的树林,移向静谧而威严的哈得逊河,此时的哈得逊河犹如仙境:

> 从树隙中,他可以俯视连绵数英里的整片密密的树林。再望过去,远远地可以看见雄伟的哈得逊河,默默而又庄严地流着,如镜的江面有时倒映着一片紫云,有时点缀着孤帆点点,迟迟不前——这条河流到苍翠的山麓之间就看不见了。

但他的头一转,另外一面却是可怕的景色:

> 他从另一面望下去,只见一个荒凉、寂寞、乱蓬蓬的深谷,谷底填满了从危崖绝壁上落下去的碎屑,隐约还有几缕落日返照的余晖。

此处,作者并没有具体描写出瑞普对这些景象产生了什么的情绪,只用一句"瑞普躺在草地上,对着这片景色,默默沉思了一会儿"轻描淡写地一掠而过,给读者留足了想象空间。

这篇小说对整个美国文化产生了巨大的影响,一方面,它在题材上挣脱了欧洲外来文化对美国文学的束缚,把神奇的传说与美国独立前后纽约州的社会形势结合起来,成为一篇既具有浓郁的浪漫主义色彩,又具有朴素的现实主义基础的作品;另一方面,它选取了一位普通的农民作为小说的主人公,他淳朴老实,除了劳动之外,没有任何权利,他身上体现了原始的、质朴的文明精神,与当时美国资本主义社会中唯利是图、互相争夺的腐败风气形成了鲜明的对照。

《睡谷的传说》讲述了一个发生在小山村中的故事。在一座名为"睡谷"的小山村中,流传着一个恐怖的传说:每当夜幕降临的时候,在战场上被炮弹打飞头颅的无头骑士的阴魂会骑马飞驰,去寻找他失去的头颅。小山村中的人对这个传说深信不疑。在小山村中,有一位来自康涅狄格州的名叫伊卡包德·克兰的穷教师。由于是外来的人,伊卡包德一直努力充当着文明使者的角色,他让自己表现得彬彬有礼,将自己塑造成了一个具有较高修养的人,很多人都被他的外表所迷惑了,但事实上他却是一个拜金主义者,满脑子里想的都是如何才能赚更多的钱,聚敛更多的物质财富。他会为了学生的学费而讨好学生的家长,特别是那些年轻的母亲,因此,伊卡包德搏得了这些人的喜爱,但也因此为村中的另一些男人所憎恨。伊卡包德虽然是名教师,但是他却十分笃信小山村中关于无头骑士的传说。在这座小山村中,有一位名叫卡特琳娜·凡·特塞尔的姑娘,她是农场主的女儿,家境殷实,长得也十分好看,于是理所当然地成为村中众多年轻人的爱慕对象。伊卡包德也是爱慕者之一,但是他所爱慕的不是卡特琳娜本人,而是她所拥有的财富。当他到卡特琳娜家做客时,吸引他目光的不是女主人的美貌,而是宽敞的屋子,漂亮的壁炉,墙上挂着的羊毛、玉米、干果以及桌子上热腾腾的美食。每当他想起卡特琳娜,引发的联想都和卡特琳娜的父亲所拥有的田产有关。由于伊卡包德也流露出了对卡特琳娜的爱慕之情,因此他有了很多情敌,其中一位名叫布鲁姆·凡·布兰特的人对他尤其敌意深重。布鲁姆粗鲁、精力充沛,爱搞恶作剧,他常常带领三四个朋友在乡里乱闯,一到冬天,他总是戴着一顶皮帽子,顶上有一根挺神气的狐狸尾巴,人们一看就认得是他,每逢乡下人在村里集会的时候,远远看到这根熟悉的狐狸尾巴在一群勇猛的骑手之间飞奔而来,他们就得站在一旁,等他们像一阵风暴似的过去。

有一天,伊卡包德受邀到卡特琳娜家去参加晚会,为此,他梳洗打扮了一番,并借了一匹马,兴冲冲地踏上了去往卡特琳娜家的路程。为了突出伊卡包德此时的心情,欧文特意进行了一段景色描写:

> 小鸟们正在享受它们临时的盛宴。热闹得最厉害的时候,它们扑着翅膀,唧唧喳喳,游戏起来,从这一丛灌木跳到那一丛灌木,从这一棵树飞到那一棵树,在它们周围这片丰富多彩的天地里忽东忽西。其中还有老实的雄知更鸟,它是小猎人最喜欢的一种猎物,高叫起来,就像和人吵架似的;唧唧的燕八哥成群飞翔起来像乌云一般;金黄色翅膀的啄木鸟,顶着它的红冠,套着宽宽的黑领圈,披着一身华丽的羽毛;连雀,长着红边的翅膀和黄尾巴梢,头上有一顶小羽冠;还有蓝喜鹊,那个吵吵闹闹的花花公子,穿着鲜艳的淡蓝色外衣和白衬衫,叫不停,说不停,处处招呼,一会儿猛然对这个点一下头,一会儿又向那个鞠一躬,装出一副和树丛中的每一位歌手都处得很好的神气。

从这段景色描写中我们可以感受到伊卡包德内心的兴奋,也可以感受他胜券在握的心情。

在卡特琳娜家的晚会上,布鲁姆讲述了自己遇到无头骑士的故事。听完布鲁姆的故事后,伊卡包德内心十分害怕。晚会结束以后,伊卡包德战战兢兢地独自骑马回家,在小河边上他遇到了无头骑士,并被无头骑士用手中拿着的“头颅”(一个南瓜)打昏倒地。等到天亮时,人们只发现了他的帽子和一个碎得稀烂的南瓜,于是,人们认定伊卡包德已经死了。最终,布鲁姆和卡特琳娜结了婚。每当人们提起关于伊卡包德和那个南瓜的事,布鲁姆就捧腹大笑,于是人们开始怀疑他与伊卡包德的事有关。几年以后,一个农夫带来消息说他在城里看到了伊卡包德,说他在纽约“得了律师执照,变成了政客,奔走竞选,给报纸写文章,最后终于当上了十镑法庭的法官”。

在《睡谷的传说》中,欧文的成功之处在于塑造了性格鲜明的人物形象,特别是伊卡包德这一形象引人深思。他在当时西部边地的小村里是一种人的代表,即通权达变的新英格兰人,他在村里是个城市滑头,代表了一种欲行欺诈的破坏性力量。最终,伊卡包德被迫离开睡谷,表明了美国本土社会对新英格兰人的拒绝。布鲁姆则是粗鲁、善良、自食其力的边地人的代表。伊卡包德和布鲁姆的情场之争,实际上也是生活在边地中两个群体之间的历史性较量,而这也正是美国在长时间内向西拓殖所特有的现象。

总体来说,欧文善于选取“视点”和细节,情节布局虚实有致,注意把环境描写和人物内心刻画结合起来,显示出严谨、简洁、精巧的艺术匠心,为美国浪漫主义小说的发展做出了杰出的贡献。

## (二)詹姆斯·费尼莫·库珀的浪漫主义小说创作

詹姆斯·费尼莫·库珀(James Fenimore Cooper,1789—1851)生于新泽西州伯灵顿一个有钱人家。父亲是个法官,后来当选为国会议员,举家移居纽约州中部,买地建立库珀镇。1801年,库珀就读于奥本尼市一所预备学校,1803年进入耶鲁大学学习,三年级时因违反校规被开除。1806年,库珀在一艘商船上当水手。1808年,库珀开始在美国海军中服役,服役期间,库珀从海军准尉直至升任为海军上尉,并曾在安大略湖畔一海军基地参加造船工作。1809年,库珀的父亲在一场政治争论中突然去世,他和几位兄长继承了大量遗产。1810年,库珀请了一年长假,在假期中结了婚。1811年,库珀自海军退役。之后,库珀与妻子定居在威契斯特,有时会住在库珀镇,过着乡绅生活。由于库珀的兄长们不善理财,挥霍无度,因而欠下了大量的债务,当他的兄长们先后去世后,这些债务就全部落在了库珀的肩上。在妻子的鼓励下,库珀开始进行小说创作。1820年,库珀发表了小说《戒备》,小说写他未曾经历过的英国上层社会的生活,很不成功。之后库珀对自己的创作进行了反思,他意识到自己需要在自己所熟悉的生活中寻找素材。于是他改变了创作方向,写出了《间谍》,小说发表后获得了巨大的成功,确立了他在美国文坛的地位。1822年,库珀及家人迁往纽约,并创作了《拓荒者》和《舵手》,其中,《拓荒者》是"皮袜子五部曲"(《拓荒者》《最后的莫希干人》《草原》《探路人》和《逐鹿者》)的第一部。1826年,库珀出任美国驻法国里昂的领事,并到意大利和英国旅行,这一期间,他写了反映欧洲生活的三部曲:《刺客》《黑衣教士》和《刽子手》,表现了教权和封建势力在资本主义兴起之前已日趋腐朽和衰落。1835年,库珀回到美国,创作了《归途》和《家乡面貌》,这两部作品不仅讽刺了美国社会,还讽刺了库珀斯敦的一些人物的伪善和愚蠢。1851年9月14日,库珀在库珀镇的家中去世,享年62岁。

库珀在30年的创作生涯中写了50多部小说和其他著作,他的小说中有着浓厚的浪漫主义色彩。在这里我们主要对《间谍》《拓荒者》《最后的莫希干人》和《舵手》进行简要分析。

《间谍》是一部反映美国独立战争时期历史的冒险小说,描写了一位革命侦探哈维·柏契怎样克服重重困难,机智、英勇地完成了使命的故事。小说参考了司各特的"威弗利"小说,主人公哈维是一个流动小贩,在独立战争中,他伪装成一个亲英分子,在自己的家乡——被称为"中立地带"的纽约州威斯彻斯特县——进行秘密的侦探活动,并将获得的情报报告给联邦军总司令乔治的情报机构,为联邦军的军事行动做出了很大贡献。与他相反,他的邻居亨利是一个亲英分子,却假装中立,儿子小亨利也是亲英分子,但女儿弗朗西丝却站在联邦军这一边。1780年,哈维受命化名为哈珀在亨利家隐藏起来,而一次联邦军在抓小亨利之际,将哈维误认为小亨利逮捕,途中这个联邦军小分队在路上与英军发生了遭遇战,在联邦军队长劳顿遇险之际,"亨利"挺身而出救了他,这时劳顿才知道这个名叫哈珀的原来是自己人。哈维回到亨利家后,赶上弗朗西丝与一个叫韦勒米阿的亲英分子结婚,哈维当场戳穿韦勒米阿是已经结过婚的,韦勒米阿被迫逃亡,半途被联邦军抓获。后来,在一场战斗中,亨利死去,弗朗西丝也知道了哈维的间谍身份。在哈维的劝说下,她同意找回自己的哥哥小亨利。而哈维则一直忠诚地为联邦军服务,直到战争结束。美国独立后,当人们想要对这位无名英雄进行报偿的时候,被他拒绝了,他还是愿意继续做个流动小贩。

这部小说表达了库珀坚实的废奴思想,哈维身上蕴藏着强大的爱国主义力量。这是美国历史小说的开端。小说被译成多种语言,传入欧洲各国,还改编为话剧,在纽约的公园演出许多场,深受观众欢迎。

《拓荒者》描写了北美大陆开发的早期边地生活全貌。法官坦普尔取得埃芬厄姆家的地产而成为纽约州一个边界小镇的首富。有一天他打猎时误伤了猎人纳蒂·班波的朋友奥利弗·爱德华兹。坦普尔为了表示歉意,在奥利弗·爱德华兹伤好之后请他做了主管。通过奥利弗,坦普尔认识了纳蒂·班波和他的朋友印第安人秦加茨固。纳蒂·班波曾两次救了坦普尔的女儿伊丽莎白,一次是在豹爪之下,一次是在大火之中。坦普尔试图把纳蒂·班波置于他所代表的"文明"的保护之下,但纳蒂并不喜欢这种"文明",他选择了走向西部未开发的土地去过他热爱的森林生活。小说的最后奥利弗与伊丽莎白结了婚,并分得了法官的一半家业。

这部小说描写了北美大陆开发的早期边地生活的全貌,用了大量的篇幅描述了坦普尔同纳蒂·班波之间的冲突,事实上,坦普尔同纳蒂之间的冲突不是个人之间的冲突,而是两种文化之间的冲突,纳蒂代表着更为高尚的新世界文明,而坦普尔则代表着被资本主义物质主义的毒液所浸透的现代文明。小说之所以叫拓荒者,是因为他们两个人,一个是务实主义的代表,一个是理想主义的代表,这两种主义都是"拓殖"事业成功的保证。因此,书中的拓荒者,既是纳蒂,也是坦普尔。

《最后的莫希干人》将故事的背景放在了18世纪50年代末英法争夺北美的"七年战争"期间。英军上校蒙罗在威廉·亨利堡率军坚守,他的女儿科拉和艾丽斯在年轻的邓肯·海沃德少校的陪同下要穿过荒野与他会合。在出发前,邓肯拒绝了一个名叫麦格瓦的印第安人的领路请求。因此麦格瓦含恨在心,同时,麦格瓦也想占有科拉。在森林中,邓肯一行人碰到了"鹰眼"(纳蒂·班波)和他的朋友秦加茨固以及秦加茨固的儿子恩卡斯。"鹰眼"警告邓肯要警惕麦格瓦的阴谋诡计以及林中到处埋伏着的不怀善意的胡龙族印第安人。在这之前,"鹰眼"曾与麦格瓦相遇,麦格瓦差点命丧黄泉,但是最终还是逃进了森林。在邓肯的请求下,"鹰眼"等人同意带领少校和两位姑娘走出丛林。在行进的过程中,他们遇到了麦格瓦和他所率领的胡龙族印第安人,他们把"鹰眼"等人围在了巨瀑处,在科拉的劝说下,"鹰眼"、秦加茨固和恩卡斯从水路逃走了,而科拉、艾丽斯和邓肯则被麦格瓦抓住了。在印第安人押送他们回村的路上,"鹰眼"和他的印第安人朋友救出了他们,但是麦格瓦却在混战中逃走了。

"鹰眼"最后终于把少校和两位姑娘送到威廉·亨利堡。此时,英军正处于法军的包围中,由于孤军无援,蒙罗上校只好投降,法军司令蒙卡姆答应英军安全撤退。但是麦格瓦却率领印第安人趁机大开杀戒,白人尸横遍野,血流成河。科拉和艾丽斯也再次落入了麦格瓦手中。"鹰眼"、秦加茨固、恩卡斯、邓肯及蒙罗一起追寻两位姑娘的下落,最终,他们追踪到了胡龙人集聚的村庄里。最终,科拉在战斗中被麦格瓦的部下杀死,恩卡斯也在麦格瓦手中丧生,"鹰眼"射杀了麦格瓦。

通读《最后的莫希干人》我们就不难发现,小说的情节主要是沿着"奔逃—被俘—追寻—交战—奔逃"周而复始的圆周模式发展的。小说情节的发展从抽象到具体,从朦胧到明晰,从主干到末节,场面逐步由大到小,战斗逐步由巨到细,最后集中到一个村庄、一处丛林,叙述的着眼点始终集中在主要的几个人物身上,给人一种整体、自然之感。

《舵手》是一部充满紧张的情节和神秘的浪漫色彩的海洋冒险小说,是根据独立战争时期一位名叫约翰·保罗·琼斯的船长的经历改编而成的。小说写在美国独立战争期间,主人公"舵手"带领美国海军的军舰"阿利尔"穿过海峡的暗礁,并战胜骇人的风暴;但在企图抓捕霍华德上校时,"舵手"和其他几个人被对方捕获。而后,"阿利尔"号战胜了霍华德上校的部队,还俘虏了一名叫狄龙的英国人。英军提出双方交换人质,但"舵手"却不同意。他带着一同被俘的人逃了出来,还巧妙地抓了霍华德本人。但是,因为风暴的袭击,"阿利尔"号触礁沉没,只有指挥官巴斯特勃海军上尉和几个士兵幸免遇难。这时,"舵手"将霍华德关押在自己的快艇上,与英军战斗,霍华德濒死时终于承认了美国必胜。战斗最终以美军获胜告终,当巴斯特勃率队返回美国时,"舵手"把自己的快艇交给了他们,而他却去了荷兰。这部小说故事情节惊险,人物形象生动,对后世影响很大。

总体来说,库珀树立了充满浪漫主义色彩的"库珀式"小说体,把长篇小说的创作与整个时代的发展紧密地结合在一起,为美国民族文学长篇小说的创作开拓了新的广阔的领域,在很大程度上推动了美国的浪漫主义小说发展到一个完整的、充分的、在艺术上无懈可击的程度,为美国浪漫主义小说的发展铺平了道路。

## (三)纳撒尼尔·霍桑的浪漫主义小说创作

纳撒尼尔·霍桑(Nathaniel Hawthorne,1804—1864)出生在马萨诸塞州萨勒姆镇一个具有清教传统的破落的贵族家庭中。霍桑的父亲是一个船长,在霍桑4岁的时候死在了海上,之后,霍桑随母亲客居外祖父家,这让他自幼便有一种寄人篱下的自卑感。1821年,霍桑入缅因州的波多因学院读书,与朗费罗及美国第13任总统富兰克林·皮尔斯同窗,在此期间他培养了独立思考、怀疑一切的精神,确立了文学创作的生活方向。1824年霍桑大学毕业后回到了故乡,并且开始写作。1836年,霍桑到波士顿当编辑,1838年,他游历了北亚当斯,同年与索菲亚·皮博迪订婚。1839—1840年,霍桑在波士顿海关任计量员,1841年4月在社会改良主义者组织的布鲁克农场投资,并在那里安家,从事体力劳动,任农场经济委员会主任,年底退出。1842年7月结婚,住在康科德镇原系爱默生家祖产的"古宅"中。在那里,他和爱默生、梭罗、玛格丽特·富勒及阿尔科特等人有了广泛的接触。1846年,霍桑在萨勒姆镇海关任测量员,后因行政当局更换,霍桑与当局的政见不同,因而失去了海关的职务。在妻子的鼓励下,霍桑全身心地投入了写作当中。1850年,霍桑移居莱诺镇,在一次野餐中,霍桑偶然遇到了居住在附近的赫尔曼·麦尔维尔并成为好友,两位作家开始了他们之间不寻常的友谊。1851年,时值美国总统选举,霍桑为昔日同学富兰克林·皮尔斯作传,富兰克林当选后,任命霍桑为驻英国利物浦领事。四年后,霍桑辞去了领事的职务开始职赴意大利游历,直至1860年回国。1863年,霍桑作为马萨诸塞州代表团的一员赴华盛顿拜访林肯总统。1864年初,霍桑的健康每况愈下,5月19日在美国新罕布什尔州朴茨茅斯一家客栈里悄然辞世,5月23日,他被安葬在了在康科德的睡谷墓地。

霍桑是美国19世纪最著名的浪漫主义小说家,在英美文学史上被公认为心理分析小说的鼻祖,他擅长剖析人的"内心",主张通过善行和自忏来洗刷罪恶、净化心灵,从而得到拯救,小说中也有着浓重的宗教气氛。不仅如此,他的作品还想象丰富、结构严谨,多用象征主义手法。《红字》《带七个尖角阁的房子》《福谷传奇》等都是霍桑的代表性作品。

《红字》中的故事取自17世纪美国东海岸马萨诸塞州波士顿镇上早期移民的生活。在《红字》中,霍桑以新殖民时期严酷的教权统治为背景,讲述了一个背叛了加尔文教规的女性海丝特·白兰的爱情悲剧故事。海丝特年轻美貌,但婚姻不幸,她嫁给了身体畸形多病的术士罗杰·齐灵沃斯,而且两人之间根本没有爱情。后来,罗杰在海上被掳失踪,海丝特只能孤身一人艰难生活着,精神非常痛苦。这时,英俊且有气魄的青年牧师亚瑟·丁梅斯代尔出现在她的生活中,两人真诚地相爱了,海丝特还怀了孕。这就违反了当时的教规,论罪也许要判处死刑。在判刑时,罗杰一直没有出现,海丝特也没有说出孩子的父亲是谁,教会出于慈悲之心,只判决海丝特在枷刑台上站三个钟头,并让她终生在胸前佩戴一个耻辱的标记——红色的 A 形字母。有些老人认为,她将成为训诫罪恶的一个标本,即使进到了坟墓,那丑恶的红字也要刻在她的墓石上。而在聚集于枷刑台周围的市民中间,一个身材矮小、满脸皱纹的老人认出了被示众的女人竟然是自己的妻子,这位老人就是在海上被掳失踪的罗杰,气愤之下的他决定一定要找出那个奸夫。海丝特回到监狱后,神情恍惚。狱卒请来一名医生,他就是化名为罗格·齐灵渥斯的罗杰。他想了解海丝特的秘密,起码要知道那位奸夫到底是谁,但他没有从海丝特口中了解她的秘密。最终,海丝特被允许出狱,在市郊半岛边缘的一间小茅屋里住下来,长年累月,很少与人往来,她依靠自己一手好的针线技艺维持生活。在这孤寂的生活中,唯一可以安慰她的只有女儿珍珠。但清教徒的法庭用种种狡猾的手段来惩办海丝特。牧师要利用她在街心作劝诫,招来了人群的嬉笑,还说要把珍珠带走。为此,海丝特万分焦虑,只能去向贝灵汉州长求情,但贝灵汉州长对海丝特冷若冰霜,还告诉她要将她们母女分开。但海丝特准备一直对抗到底,绝不放弃珍珠。由于青年牧师亚瑟在州长面前说情,海丝特母女俩最终没有被拆散。此时,罗杰以医生的名义与海丝特频繁接触,发现海丝特的情夫正是年轻有为的亚瑟,于是开始了复仇计划。为了实施复仇,罗杰先是以医生的身份接触亚瑟,而后选择了亚瑟作为自己的精神导师,对他实施心灵上的折磨,诱导他将自己灵魂的伤痛和烦恼讲出来。亚瑟一面受着肉体疾病的痛苦,另一面受着灵魂烦恼的折磨。亚瑟在长达 7 年的时间内精神未曾有过一刻安宁,他心力交瘁,濒临死亡。最终,他鼓起勇气和海丝特及他们的女儿见了面,并决定逃往英国。可是,这一行动由于罗杰的破坏而失败了,再也无法忍受这种内心痛苦的亚瑟在自己即将成为主教的前夕宣布了自己隐藏多年的秘密:他就是海丝特的情人,也是海丝特女儿的父亲。之后,他扯开自己的胸衣,胸前烙着一个猩红色的"A"字,并最终在海丝特的怀里去世了。海丝特忍辱负重,默默从事公益事业,逐渐赢得了社会的谅解和尊重。罗杰在复仇的过程中使自己变成了魔鬼式的人物。亚瑟死后不到一年,罗杰就因失去生命的意义也离开了人世。事后,海丝特带着女儿离开了波士顿,但她仍然佩戴着那个鲜艳的"A"字。她的女儿长大后嫁入欧洲一位贵族之家,而海丝特则返回北美,度过余生。海丝特去世后葬在亚瑟的墓旁,墓碑上刻着铭文:"在一片黑地上,刻着血红的 A 字。"

这部小说以新殖民时期严酷的教权统治为背景,揭露了宗教当局对人们心灵、道德和精神造成的严重摧残,抨击了清教徒宗教狂热和不容异端的行为,说明了罪恶根深蒂固、无所不在,既有公开的罪恶,又有隐秘的罪恶,既有法律上的罪恶,也有道义上的罪恶。

《带七个尖角阁的房子》是《红字》的姊妹篇。小说中故事的发生地点在霍桑自己的家乡萨勒姆镇,在殖民地开发时期,品钦家族的创业者非法霸占了建筑师马修·莫尔的一块土地,在那上面盖起带七个尖角阁的豪华大屋。为了杜绝后患,他又利用职权指控马修·莫尔为巫师,使其被活活烧死。临刑前,马修诅咒品钦,说"上帝会让你饮血的"。果然,房屋落成时,上校在书房中神秘地死去;后来,他的家族随着年月的流逝也一代比一代衰败了。到了 19 世纪时,饱经风雨的七个尖角阁的古屋里只剩下兄妹两个,妹妹赫普兹巴是一个老处女,哥哥克里夫德则因为犯罪被判终身监禁。赫普兹巴孤苦伶仃一个人,为生活所迫,她在房侧开了一个小店,并找来了乡下的亲戚菲比来帮忙,单身汉霍尔格拉乌成了店里的客人。后来,克里夫德出狱了,四个人生活在了一起。随着时间的推移,霍尔格拉乌爱上了菲比,并且说出了自己是马修·莫尔的后代,于是,品钦家族与莫尔家族之间的恩怨最终以菲比与霍尔格拉乌之间的爱情得到了化解。

在这部小说中,霍桑通过两个家族的恩怨再次对"原罪"和"人类的堕落"之说进行了展现,在结构上采取了先总后分的形式,把第 1 章写成了一个历史总回顾,其余 20 章以第 1 章为基础展开故事情节,所以在后文中所要讲到的内容都可以在第 1 章内寻找到某种痕迹。同时,霍桑也很注重人物的心理描写,例如对老处女赫普兹巴的心理描写就十分的细腻。小店开张时,她的目光从陈旧的家具转到墙上的先祖画像,内心深处因开店而感到羞愧和难堪。年轻房客入住时,她感到欣慰。当镇上人评论她及小店时,她感到不安。她在与世人开始交往的酸甜苦辣中,得到了一种无形的满足,她的眼里和脸上闪烁出从未有过的亮光。这些对赫普兹巴细微情感的捕捉,充分显示了霍桑的写作功力,同时,也使人物形象变得更加丰满起来。此外,霍桑在这部小说中还运用了象征的手法,如莫尔小溪、上校的画像、爱丽丝的花、品钦家的榆树等都有着一定的象征意味。莫尔小溪代表着马修·莫尔及其后代还在这个世上生存的这样一个事实,是对品钦后代的良心的一种谴责;上校的画像体现着品钦家族的不幸的继续,这种不幸只有在画像落下时才会结束;爱丽丝的花是伊甸天真的标志,是品钦家族中天真的象征;品钦家的大榆树是生命力的体现,也可以说是品钦家族生活上面的暗影的根源,同时它是历史的见证者。

《福谷传奇》是霍桑根据自己在布鲁克农场进行超验主义试验的经历写成,通过描写乌托邦社会的失败,强调罪恶的永存,而世上根本就不可能有福谷存在。小说由诗人科弗代尔以第一人称叙述,他来到旨在增进人类幸福的福谷农场,结识了一群天真的超验主义者。他们有的为寻求出路而来,却落寞而归;有的为排遣情感上的苦闷,抱着游戏的态度参与社会改革。唯一信念坚定的霍林斯沃斯却走向了极端:他唯一的理想是要唤醒罪犯的高尚的天性,把福谷变成改造罪犯的中心。他沉迷于自己的计划,完全容不得别人的意见。霍桑通过科弗代尔冷眼旁观这个超验主义者的夸夸其谈和偏执,农场最后瓦解,寓意了乌托邦社会的失败。

总体来说,霍桑的作品中充满了浪漫主义的色彩,他通过奇特的想象,运用超自然因素来渲染气氛,增加神秘感,同时,他还重视刻画人物的内心活动,并大量使用象征、隐喻等艺术手法,增添了作品的浪漫主义趣味。

### (四)赫尔曼·麦尔维尔的浪漫主义小说创作

赫尔曼·麦尔维尔(Herman Melville,1819—1891)出生在纽约的一个商人家庭中,他的祖先是苏格兰的一个名门望族,早在他的祖父一辈就已经移民到了美国,并且参加了独立战争,在社会上有一定的影响。麦尔维尔的父亲是位进口商,经营法国纺织品,具有一定的文学和艺术修养。因为家庭条件良好,麦尔维尔早年受到了良好的教育,但是在父亲破产之后,麦尔维尔的家庭走向了贫苦。他先后当过银行职员、农场工人、乡村教师等,尝尽了人世间的冷暖,这对他的文学创作产生了一定的影响。1839 年,麦尔维尔决定出海谋生,他先在赴英国利物浦的商船"圣劳伦斯号"上当见习水手,从英国回来后,他又去了西部碰运气,1840 年圣诞节后,麦尔维尔登上了"阿库斯奈特号"捕鲸船,并在这条船上呆了 18 个月。因为不堪船上的野蛮生活,他和一同事弃船逃走,在泰比谷和食人番度过了三个星期,后来他又登上了来自悉尼的捕鲸船,不料卷入船上的叛乱中,并被囚禁在临时监狱里,最终麦尔维尔成功越狱,在卡拉布扎·贝里坦尼岛上蛰居数月。1843 年,他再次登上了一艘捕鲸船,成为一名投叉手,同年 8 月,他又在美国军舰"合众国号"中做水手。1844 年,麦尔维尔回到了纽约的家中,开始结合自己的经历进行小说创作,写出了《泰比》《奥穆》和《玛第》等作品。1847 年,麦尔维尔与伊丽莎白·肖结婚,夫妻感情甚笃。由于伊丽莎白家庭经济条件较好,这给麦尔维尔带来了很大的压力,使得他经常为了稿酬而写作。

1851 年,麦尔维尔出版了被后世公认的文学经典《白鲸》,但《白鲸》在当时却遭到了冷遇。接下来,麦尔维尔又创作了小说《皮埃尔》,这部小说招来了一片谴责声。两部小说的接连失败使得麦尔维尔精神沮丧,健康状况也每况愈下。这之后,麦尔维尔开始写一些富有哲理的短篇小说,结集于《广场故事》,1855 年他还出版了历史小说《伊斯莱尔·波特》。1857 年他出版了最后一部长篇小说《骗子的化装表演》。后来,麦尔维尔停止了小说创作而转向诗歌。临终前数月,他完成了诗作《海员比利·巴德》。1891 年 9 月,麦尔维尔辞世,享年 72 岁。

在麦尔维尔的诸多作品中,《白鲸》是他创作的最高峰,是美国文学的经典,下面就对这部经典小说进行简要分析。

《白鲸》讲述了"裴廓德号"捕鲸船船长亚哈与鲸中之王"白魔"莫比·狄克间的殊死决斗。亚哈曾被白鲸咬断一条腿,伤好之后,亚哈就踏上了寻找白鲸的复仇之路,想要不惜一切代价去杀死它。后来几经挫折,"裴廓德号"捕鲸船在亚哈的带领下与白鲸相遇,全体船员与它展开了殊死搏斗。第一天,白鲸莫比·狄克掀翻了一艘小艇;第二天,另一艘小艇也遭受厄运,亚哈的假腿也被折断了;第三天,白鲸莫比·狄克被击中,亚哈被投叉线缠住,白鲸莫比·狄克在下沉的时候,把他和全体水手拖下了海底,最后的结局是鲸死人亡,同归于尽,只有故事的叙述者以实玛利侥幸活命。

在这部作品中,作者将《旧约·列王记上》中激怒上帝的以色列王亚哈之名赋予了主人公,隐喻主人公是一个反叛的、与命运抗争的悲剧英雄。小说中的亚哈勇敢顽强,复仇的欲望灼烧着他的心灵,使他私自改变航向,孤注一掷,把"裴廓德号"引向万劫不复的深渊。他为维护个人的尊严,突出个人的意志,可以无视他人自由,不惜牺牲他人性命。仇恨使他丧失理智和人性,成了最孤独最痛苦的人。他将一枚金币定在桅杆上,作为首先发现莫比·狄克者的奖赏,所有船员都为他的激情所驱使着。他每天都盯着远方一望无际的海洋,期望白鲸的出现。他说:"我要走遍好望角,走遍合恩角,走遍挪威的大涡流,走遍地狱的火坑去追击到它后才会撒手。"为了复仇,他早已将生死置之度外:

　　啊,孤寂的生和孤寂的死!啊,现在我觉得我的至高的伟大就寓于我的至高的悲伤中。嗬,嗬!我整整一生所经历过的勇敢的波涛呀,你现在尽管打四面八方排山倒海地来,在我的垂死的浪潮上再加上一层吧!我要滚到你那边去了,你这杀人不眨眼而无法征服的大鲸,我要跟你扭斗到底;到了地狱,我还要跟你拼一拼;为了泄恨,我要朝你啐最后一口唾沫。让所有棺材和棺架都沉在一口大水塘里吧!既然什么都不可能是我的,那么,我就把什么都拖得粉碎吧,虽然我给捆在你身上,我还是在追击你,你这该死的大鲸!

从这段话中我们可以看出,亚哈对白鲸充满了仇恨,与此同时我们也可以看出,在他的眼中,复仇是他生存的意义所在,在亚哈看来,世界是为他而存在的,世人都可以为他而牺牲。麦尔维尔通过对亚哈这个人物的塑造表明,所谓超验主义的和谐,即自我融于无限的和谐,皆为哗众取宠之语,不符合生活实际,至少不符合他所观察和经历的生活实际,不能解释世上存在的令人痛苦的邪恶现实。

与亚哈这个自助型人物相对的以实玛利,以实玛利是故事叙述人,书中出现的所有人物、发生的一切事都经过他的头脑的过滤。以实玛利把白鲸视为大自然的代表,看到了它美妙的一面。他是在陷入忧郁情绪而不能自拔的情况下出海的。小说开始时,以实玛利是以旁观者的身份登

上"裴廓德号"捕鲸船的,他说:

> 管我叫以实玛利吧。几年前——别管它究竟是多少年——我的荷包里只有一点点,也可以说是没有钱,岸上也没有什么特别教我留恋的事情,我想我还是出去航海一番,去见识见识这个世界的海洋部分吧。这就是我用来驱除肝火,调剂血液循环的方法。

从这段话中我们可以看出,以实玛利是一个想要逃离陆地社会的人。

在出海之前,以实玛利就听到了许多关于亚哈的传闻,因此对他充满了敬仰之情,但是随着故事情节的发展,以实玛利逐渐对亚哈的行为产生了怀疑,我们通过以实玛利对他人话语的叙述可以感受到他对亚哈的理性批判。他转述斯塔布的话,说亚哈为人古怪,似乎疯了。他也从大副斯巴达克的话语中意识到亚哈已经变成了一个偏执狂,对亚哈对独立于众人之外和众人之上很不以为然,他从生活的正反两方面汲取自己精神与心理成熟所需要的影响,并最终悟出了人与人之间需要相互联系、相互帮助,当他与魁魁格通过一条长绳联结在一起,成为难兄难弟时,他说道:

> 我看到我的这种处境,正是一切活着的人的处境;所不同的是,在大多数的场合上,一切活着的人,都有一根缚住一大串人的遥遥索子。

在面对无底的汪洋时,他感受到了遭抛弃的个中滋味,这也让他从亚哈的毁灭中意识到了生的真谛。最后他只身得救,得以向世人追述这个悲剧的全过程。

在这部作品中,白鲸充满着象征意味,一方面,它象征着自然的力量,是强大的自然的一种具体体现。另一方面,它也象征着上帝,是基督教的神的面具。在亚哈看来,白鲸是世界上一切邪恶的化身。亚哈对白鲸的仇恨,事实上也是对上帝的仇恨,他认为上帝要为世间所有的一切负责。由于《白鲸》体现出了对上帝的指责,因此这部小说在当时并没有被人所认可,直到20世纪以后,人们才理解了这部小说中所蕴含的意义,才发现,麦尔维尔是一位思维走在时代前面的作家,这也是他的作品虽然写于19世纪但是却活跃在20世纪的重要原因。

总体来说,在洋溢着乐观情绪的超验主义盛行的年代,麦尔维尔预见到19世纪末"镀金时代"的失望情绪,走在了时代的前面,被公认为一位伟大的浪漫主义作家。

## 二、19世纪美国现实主义小说的创作

19世纪后半期,美国文坛上的浪漫主义风尚开始消逝,取而代之的是现实主义风潮的兴起。哈里尔特·比切·斯托(Harriet Beecher Stowe,1811—1896)、威廉·迪恩·豪威尔斯(William Dean Howells,1837—1920)、布列特·哈特(Bret Harte,1836—1902)、马克·吐温(Mark Twain,1835—1910)等都是19世纪美国现实主义小说的代表作家。

### (一)哈里尔特·比切·斯托的现实主义小说创作

哈里尔特·比切·斯托(Harriet Beecher Stowe,1811—1896)出生于美国康涅狄格州,父亲是个加尔文教的牧师,她的五个哥哥也都是牧师。她从小受到神学的熏陶,一生基本上都是在宗

教的氛围中度过的。除了学习神学外,她还大量地阅读拜伦和司各特的作品,又受她叔叔萨缪尔·福特自由思想的影响。1832 年,斯托夫人随父亲移居至辛辛那提,在一座女子学校当教师,写了一些关于新英格兰生活的随笔。她的父亲利曼·比切被任命为那里的莱恩神学院院长,在神学院里她认识了年轻、博学的教授加尔文·斯托,并与他结婚。1850 年,她随丈夫迁至缅因州,那里关于反奴隶制的讨论使她无比激动,便利用业余时间写了《汤姆叔叔的小屋》。小说先在杂志《民族时代》周刊上连载,后出了单行本,小说问世后引起轰动,使她一举成名,但也遭到一些蓄奴者的批评和攻击。为此,她又出版了《汤姆叔叔的小屋答疑》,汇编了大量法律条款、法庭记录、新闻报道和私人信件,以丰富的事实回答了某些蓄奴者对她的无端攻击。此后,她持续创作,1856 年发表了《德雷德,阴暗的大沼地的故事》,1862 年发表了《奥尔岛上的明珠》,1869 年发表了《老镇上的人们》,1871 年发表了《粉色和白色的暴政》。此外,她还写过一篇虚构的维护女权的论文《我妻子和我》和一些宗教诗。斯托夫人晚年住在佛罗里达,而在《棕榈叶》一书中,她描写了在那里的宁静生活。1896 年,她在哈特福德市逝世,享年 85 岁。

在斯托夫人众多的作品中,《汤姆叔叔的小屋》是最为著名的一部,该部小说确立了斯托夫人在美国文学史上的地位,对社会发展的影响也非常深远,1862 年,林肯总统在白宫接见斯托夫人时,在她的这本书的扉页上题词为"写了一本书,酿成一场大战的小妇人"。下面将对斯托夫人的代表性作品《汤姆叔叔的小屋》进行简要分析。

小说的主人公汤姆,本是肯塔基州奴隶主谢尔比的"家生"奴隶,因为为人可靠,长大后被提拔为总管。但由于谢尔比在股票市场遇挫,破产负债,不得已决定将汤姆与哈利卖掉抵债。哈利是谢尔比太太的贴身女奴伊莱扎的儿子,伊莱扎得知消息后连夜携子出逃,在逃跑途中遇到不堪受恶主人虐待的丈夫乔治·哈里斯。在废奴主义者的帮助下,他们一家终于逃到了加拿大获得自由。伊莱扎当时也曾劝汤姆逃走,但被拒绝了。作为一个基督教徒,汤姆逆来顺受,几次被当作牲畜拍卖。他先是被卖给城里的老板赶马车,主人死后,他又成了奴隶市场上的拍卖品。末了,他被卖去新奥尔良种植园当苦力,过着牛马不如的生活,最终惨死在奴隶主李格利的皮鞭下。

这部小说的人物刻画很成功,在斯托夫人笔下,汤姆是一个善良、忠实、富于同情心但却又逆来顺受的黑人形象。他曾经是个"快活的奴隶",有一位善良贤惠的妻子以及几个善良的孩子,生活里充满了笑声、满足还有一定的尊严。但当他被贩卖之后,他的生活发生了翻天覆地的变化。可是,悲惨的命运并没有激起汤姆反抗的决心,相反,他逆来顺受,他的人生观具有浓厚的宿命论的色彩,听天由命,安于奴隶地位,对待奴隶主采取逆来顺受的不抵抗态度。他在苦役中只想勤勉劳动,小心谨慎地服从奴隶主的意志,来博取他们的欢心,以自己的善心和忠献去换取他们的慈悲。当他遭受到残酷的虐待和迫害时,他所考虑的不是如何反抗,而是如何宽恕敌人,他祈求上帝让自己有更大的忍耐来承受人生的苦难。他企图在祷告中获得心灵的和平与宁静,而这种和平与宁静在他看来就是对做奴隶的苦难的"最后胜利"。这说明,汤姆是黑肤色的耶稣、是善的化身,他牺牲了自己,成全和帮助了别人,是上帝用来宣扬自由和平等的使者,他在一定程度上激励了人们的废奴主义情绪。但是,他的这种逆来顺受、爱敌如己、以德报怨以及不以暴力抵抗恶的性格在很大程度上减少了这一人物形象的进步意义。与汤姆不同,小说中的乔治·哈里斯是一个敢于反抗与斗争的、英勇的黑人形象。他虽然是个奴隶,但他聪明过人。对于奴隶主的虐待与迫害,哈里斯忍无可忍,决心逃往加拿大做一个自由的人。在废奴运动者的帮助下,他终于实现了去加拿大做自由人的愿望,并且同家人一起到非洲开始新的生活。他的身上不仅有追求自由与平等的决心,也体现了所有不愿做奴隶的黑人斗争的决心以及大无畏的英雄气概。小说中的伊莱扎是一个漂亮的混血女奴,也是一位虔诚的、圣洁的、充满爱心的母亲。为了让儿子拥有自由,她鼓起勇气,在绝望中寻求希望,对自由的向往、求生的欲望以及母爱的力量汇合成一股无坚不摧的力量,正是这种大无畏的勇气和英雄气魄的人使得伊莱扎将儿子从残酷的奴隶制中解救出来,让哈利得以踏上自由的征程。

总体来说,《汤姆叔叔的小屋》是一部杰出的废奴小说,在 19 世纪中叶浪漫主义盛行期间独树一帜,为随后不久涌现的现实主义文学揭开了序幕。

## (二)威廉·迪恩·豪威尔斯的现实主义小说创作

威廉·迪恩·豪威尔斯(William Dean Howells,1837—1920)出生在俄亥俄州马丁县富利村的一个家庭中。他的父亲是一家周报的编辑。由于家境并不富裕,所以豪威尔斯并没有受过多少正规的教育。他的童年大多时间是在他父亲工作的报社中度过的,7 岁便开始排字了。也许正是由于出身卑微的缘故,他自幼便怀有要出人头地的雄心。他向往波士顿或纽约,渴望游历海涅和塞万提斯的故乡,希冀在文学上干一番事业。他酷爱读书,涉猎广博。据说他在 10 岁时就开始了文学活动。在他后来的传记小说等文学作品中,我们可以看到他有关童年生活的场景。1852 年,豪威尔斯的父亲担任了另一家报社的编辑,由于这家报社经营不善,即使是他父亲努力工作,也无法维持全家正常的生活,于是豪威尔斯和其他孩子不得不去报社打工。两年之后,报社终于经营不下去了,他们全家又只好迁到乡下,以种田为生。这个时期的豪威尔斯开始阅读大量的文学名著,从这里他受到了极大的启发和鼓舞,他还曾试图运用几种文学形式进行创作。1856 年,豪威尔斯担任了辛辛那提《新闻报》的记者。1857 年,他便担任了《俄亥俄州报》的新闻编辑,直到 1861 年。在这期间,他参与反蓄奴制活动,结识了政界一些人士。当时正好赶上林肯竞选总统,他应要求撰写出《林肯传》,并且还意外地获得可以免费到新英格兰旅行一次的机会。不久,他又受邀担任《大西洋月刊》助理编辑,1871 年正式担任主编,历时十年。期间,他写了许多评论文章,宣扬和提倡现实主义文学传统,并开始尝试创作长篇小说。作为主编和评论家,他表现出深邃的洞察力,他一面介绍许多欧洲的名作家,一面大力推荐本国的青年作家,是他很快发现新崛起的亨利·詹姆斯小说的价值,也是他第一个肯定马克·吐温是个伟大的艺术家,并与之建立了深厚的友谊。1881 年,豪威尔斯辞去了《大西洋月刊》主编的职务,携全家侨居欧洲一年。在此后的十几年中,他的创作力达到了顶峰。1920 年 5 月 11 日,豪威尔斯在纽约与世长辞,享年 83 岁。

豪威尔斯是一位多产作家,他一生共创作了 100 多部作品,其中小说 35 部,此外还有戏剧、诗集、文学评论及杂论集等。豪威尔斯一生大部分时间都用于文学创作。他虽然也写了不少的戏剧和诗歌,但是,他的主要创作领域是长篇小说。他所描写的生活领域并不算宽,他的主人公多来自中等中产阶级,但是他的小说世界的内容却极为丰富,几乎美国社会生活的各个侧面都在他的作品中有所反映。《塞拉斯·拉帕姆的发迹》《时来运转》等都是豪威尔斯的代表性作品。

《塞拉斯·拉帕姆的发迹》是 19 世纪美国现实主义小说的代表作之一,它代表了豪威尔斯文学生涯中的最佳状态。小说的主人公塞拉斯·拉帕姆是一个典型的靠个人奋斗取得成功的商人。他曾经是一个内战时的上校,退伍后和妻子帕莉丝白手起家,省吃俭用,小心经营着在佛蒙特州的一个农场,后来又经营油漆,生意越做越好,开了几家分公司,终于成为有声望的、富有的波士顿颜料制造商。"发迹"了的塞拉斯对波士顿文雅的上流社会垂涎三尺,决心在城里高雅区内建筑一所富丽堂皇的住宅,作为进入上层社会的跳板。不料,他投机受挫,几乎破产。在他困顿不堪之际,英国一家辛迪加企业愿出高价购买他那份已没有什么用途的产业。同时,他那两个打算与富家子弟联姻的女儿也出现了状况。由于门第的限制,佩内洛普与一个名叫汤姆·科莱的富贵子弟没能够成婚。社会与经济的压力、女儿的幸福,加上合伙人罗杰斯的催逼,几乎使塞拉斯除此之外没有别的选择余地。应该说,这次收购是扭转局面的好机会,是塞拉斯改变命运的好机会。但他因深知铁路公司将会插手,使任何买主受挫,因而不愿损人利己。经过一番激烈的思想斗争,终于不能违背自己的良知拒绝出售。可是,祸不单行,一场意外的大火毁了塞拉斯施工中的豪宅,因保险期已过,他一文未能取回,最终破产。塞拉斯一家只能回老家务农,其社会地位一落千丈,但是塞拉斯的诚实和善良心地使他在道德和精神上"发迹"了。这也感动了汤姆,他终于娶了佩内洛普,不过为了避免两家社会地位悬殊差别所带来的麻烦,汤姆带着妻子迁居到墨西哥去生活。

小说成功地刻画了塞拉斯这一形象。他是一个典型的普通美国人,身材魁梧、强壮、操一口乡下方言,身上还保留着一种未经雕饰的天真和纯朴,一家四口生活美满、幸福。他还注重经商的道德,宁可破产而决不出卖人格,这真可谓是资产阶级的"楷模"、美国社会的"良心"。女儿婚姻的圆满解决,正是对塞拉斯"崇高"品格的报答。但他也有缺点,他曾毫不留情地把他的合伙人罗杰斯挤出公司。而伴随着垄断资本的出现,他自己也未能免遭厄运,但在道德上得到了升华。另外,这部小说通过塞拉斯"发迹"的过程,揭示了上流社会虚伪的道德标准,证明了拜金主义的罪恶魔力,触及了那个社会里婚姻与金钱之间不可分离的关系。在小说的结尾,汤姆与佩内洛普为了避免塞拉斯破产所带来的声誉上的耻辱而去墨西哥定居,这一情节本身就是对资产阶级唯利是图、金钱就是感情的讥讽,反映了作者反对不择手段的竞争,强调以诚相待,同情别人,在社会上与人和睦相处,讲究道德。

《时来运转》描写的是一家杂志社员工林陀与华尔街老板德莱弗斯在对待工人运动问题上的冲突的故事。林陀是杂志社的员工,是一名"社会主义者",而德莱弗斯则是杂志社的后台老板。德莱弗斯由于和林陀的观点发生冲突,所以就想借着自己的权利开除林陀。但是杂志社的员工,包括德莱弗斯的儿子在内,都反对这种做法。后来,德莱弗斯的儿子在一次罢工运动中因救林陀而被警察误杀,德莱弗斯伤心之余,认为儿子的死是对自己的惩罚,他因此而转变了立场,并将杂志社廉价卖给其他员工,员工们觉得时来运转了。

豪威尔斯在这部作品中显然站到了受迫害的劳工的一边,接触到了非常尖锐的社会问题,但由于他对当时美国社会中的工人运动并没有很深的了解,所以仍然没有摆脱认识上的局限性,他将希望寄托于统治阶级的转变,企图用温和的方式解决社会上的种种矛盾。所以仍然带有一定的局限性。

总体来说,豪威尔斯极力提倡现实主义,强调小说不该再描写异常的巧合和悲惨的结局,而应该运用现实主义的创作方法,表现平凡的实际生活。在他的推动下,美国现实主义发展得格外迅速,很快成为当时占主导地位的文学潮流。

## (三)布列特·哈特的现实主义小说创作

布列特·哈特(Bret Harte,1836—1902)生于纽约州奥本尼一个贫苦的教师家庭中,父亲是位希腊文教授,少年时期的哈特在父亲的藏书室内广泛涉猎,为其日后在文坛大显身手奠定了一定的文化及文学基础。在哈特9岁时,父亲去世,母亲搬去加州重组家庭。哈特幼时上学不多,13岁时就辍学,阅读广泛。1851年,在加利福尼亚"淘金热"的影响下,哈特和母亲经过长时间的艰苦跋涉来到西部的圣路易斯。后来在别人的介绍下，他在一个印刷所找到了工作。三年后，他来到旧金山《时代》报刊印刷所工作，并开始有机会实践他的作家梦。不久后，哈特的才能得到编辑部的重视。1861年左右，哈特离开报社，在旧金山国家造币厂谋得一个职位，一直工作了六年，这期间他不断写出一些诗歌或者短篇小说寄到各种报刊杂志发表。1867年，哈特出版了他的第一部作品——《浓缩小说》，在这部作品中，哈特模仿库珀、狄更斯和雨果的小说，写作风格初露锋芒。1868年，哈特发表西班牙系列民间传说后，被聘为西部第一家重要刊物——《大陆月刊》的主编。哈特先后在这个自己担任主编的刊物上发表了他的现实主义小说的代表作《咆哮营地的幸运儿》和《扑克滩的流浪儿》，轰动全国。哈特一直向往东部。1871年他终于实现多年夙愿，应邀前往波士顿。在这里他受到文学界巨擘朗费罗、洛厄尔及菲尔兹等的热情款待。之后，他来到纽约为《大西洋月刊》撰稿，并经常向公众演说加利福尼亚的各种生活风貌。1878年，哈特接受美国政府任命，先后在德国和英国任领事，从此一直没有再回美国。1885年后他脱离了外交事务后，客居英国至1902年去世。

哈特是美国现实主义小说的代表作家之一，被誉为美国西部小说的鼻祖，他的小说故事清新，语言幽默，主要代表作有《咆哮营地的幸运儿》和《扑克滩的流浪儿》。

《咆哮营地的幸运儿》的问世使哈特一举成名，被称为西部幽默小说和美国乡土文学的代表。小说讲述的是19世纪美国西部一个矿区村庄的故事。这个矿区村是由多处小屋群汇集而成的，地势荒凉，村民混杂，有淘金者、矿工，也有流浪汉和赌徒。他们衣着褴褛，说话粗鲁，全村仅有一个女人，生下了一个男孩后就死了，大家都不知道这个男孩的父亲是谁，但村里人相信：这个没有父亲的男孩会给咆哮营地带来好运。因此，大家给他取名叫"拉克"，意为"幸运"，营地里的男人们承担起了照顾孩子的重担。于是，左邻右舍帮忙粉刷装修拉克的家，每个人都注意穿戴整齐，屋子前后种上花草，喜迎拉克的到来。的确，拉克并没有辜负大家的希望，他确实像一股春风一样给村庄带来了文明，公正、善良、道德、礼貌等一切美好的东西又重新回到了人们的身边，村庄里的经济也得到了较大的发展。然而，好景不长，第二年村庄里爆发了山洪，无情的洪水冲走了人们所拥有的一切，小拉克也和抢救他的一个男人一起溺水身亡了。

这部小说中所讲述的故事虽然不长，但却不乏动人之处。透过粗人粗事以及粗言粗语，人们可以敏锐地觉察到一颗颗善良的人心在跳动。例如拉克的"接生婆"及绰号为"矮胖子"的男人对新生婴儿的精心照料，村民躺在拉克屋外树下吸烟、饮酒、陪伴拉克入睡的感人情景等。作者用一种乐观的精神描写着西部边地的生活，使边地的淘金生活染上了一种传奇色彩，给人一种离奇、神秘的感觉和印象。这也是他的小说吸引人的地方。

《扑克滩的流浪儿》主要描写的是一些靠不体面的方法谋生的人被放逐出扑克滩，并在去另一个叫作山第州的营地时，与一对天真纯洁的青年男女汤姆和潘妮相遇的故事。潘妮和汤姆是真善美的化身，感染了其他被放逐的人们。最后他们没有逃脱死亡的命运，但在临死前，他们感受到了几乎从未感受过的世间真爱和温情，这些原本有罪的心灵获得救赎，几近泯灭的人性得到复苏，凸显了人性的美。在叙述过程中，作者并没有在故事开始便揭露每个人的真实性格，而是随着故事情节的展开，人物的真面目才逐渐显现，显示出了作家写作的功力。哈特的其他作品也是如此。

总体来说，哈特以现实主义的笔触描绘他熟悉的地区的生活，作品时代性强，乡土性强，并相当大胆地触及他的时代里性、情爱、死亡等相当敏感的生活领域，为现实主义文学的崛起和成功铺平了道路。

### (四)马克·吐温的现实主义小说创作

马克·吐温(Mark Twain,1835—1910)的原名为塞缪尔·朗荷恩·克利门斯,出生在密苏里州的佛罗里达村,幼时随家移居该州密西西比河岸上的汉尼巴镇。父亲是一位很有雄心壮志的法官和店主,在田纳西州买过大片土地,但始终一事无成,使家中经济负担很重,马克·吐温在上学时就帮助家里做各种事情。12 岁时,他的父亲去世,马克·吐温便辍学开始独立工作以养家糊口。自 1853 年起,他开始周游圣路易斯、纽约、费城、依阿华州的基厄卡克及辛辛那提等地,靠当印刷工度日。他这样游荡了三年,开阔了眼界,丰富了阅历。1856 年,他乘轮船沿密西西比河南下到新奥尔良去,计划前往亚马逊河去闯荡一番,不料终未成行,结果拜了河上的领航员为师,成为名副其实的领航员,实现了他童年的一个梦想。在密西西比河上,他经常听到轮船上的水手在测量水深时呼喊:"马克·吐温！马克·吐温!"意思是说水有 12 英尺深,轮船可以安全通过。他开始向领航员学习领航技术,并以精湛的航行技术而受到船长的重用。他的笔名马克·吐温便由此而来。笔名的选用,表达了他对密西西比河的无限眷恋之情。密西西比河上的经历成为他以后文学创作的重要素材之一。1861 年,美国南北战争爆发。马克·吐温离开轮船到了南部某部队,不久便退伍与哥哥奥里昂去了内华达,在奥里昂被政府派往中西部内华达州领地就任行政秘书时,马克·吐温也一同前往。这时适逢西部"淘金热"高潮,马克·吐温也参与其中,他将自己当领航员时的全部积蓄都投入到了银矿的勘测和伐木中。后来投资失败,他无奈又提笔为报纸撰稿。他来到弗吉尼亚市,被聘为州《企业报》记者,并开始以"马克·吐温"为笔名撰写通讯报道和幽默故事。1864 年,他到旧金山,任《晨报》记者,正式踏上文学创作的历程。在他一生创作的多篇长篇小说中,多取材于密西西比河的生活。从他的创作历程及作品中可以看到,以密西西比河为轴心的水上生活,是马克·吐温创作灵感的源泉。马克·吐温对于自己青少年时代在密西西比河畔的生活可谓记忆犹新,终生难忘。1882 年春,他还乘一艘客轮在密西西比河故地重游。即使在他的作品广受读者欢迎的鼎盛创作时期,他仍在《自传》中无限感慨地说,他宁可当密西西比河上一个自由自在的船员,而不愿做一个舞文弄墨的墨客。19 世纪 80 年代末,马克·吐温经营的出版公司以及投资入股的"佩奇排字机"工程每况愈下,经济陷入困境。1891年,他移家到欧洲,以期节省开销,但是这也于事无补,1893 年,他不得不宣布破产。为了偿债,他带着妻子和女儿开始巡回演讲,先在国内,后至加拿大,踏上了环球旅行的长途跋涉之路。他到过澳大利亚、新西兰、锡兰(今斯里兰卡)、印度,最后到非洲。1897 年发表的《赤道环游记》详细记述了他在那几年的经历。他在国外期间,幼女检查出患癫痫症,而长女又死于脑膜炎。也是在这几年中,他的妻子体质迅速恶化,成为长期病人,马克·吐温自己的身体也显现出衰老相来。个人的不幸和对社会的不满改变了马克·吐温的思想,使他的写作风格也从乐观主义变为悲观主义,幽默让位于尖刻的讥讽和抨击。1904 年,他的妻子卒世,1909 年圣诞节前夕,他的小女儿也突然病逝,马克·吐温的身体更加虚弱,也变得更加忧郁,次年在二女儿的陪伴下辞世。

马克·吐温是一位勤奋耕耘的作家,他擅长嘲讽社会时弊和描写人物心理,其小说富有强烈的民主精神和夸张幽默的艺术风格,在英美文学中占有重要的历史地位。他的作品形式诙谐幽默,饱含着深刻的思想内涵,是一个有着时代使命感、善于严肃思考的艺术家。《卡拉弗拉斯县的著名的跳蛙》《竞选州长》《镀金时代》《汤姆·索亚历险记》《哈克贝利·费恩历险记》《王子与贫儿》《在亚瑟王朝廷里的康涅狄克州美国人》等都是他的代表性作品。

《卡拉弗拉斯县的著名的跳蛙》是马克·吐温的首部成名作,这部作品是作者根据流传很久的民间故事改写而成的。故事开首,"我"应东部友人之托,前去拜访慈祥的老西蒙·惠勒,此时的老惠勒正坐在采矿营地一处破落酒吧里的炉边讲述着吉姆·斯迈里的故事。吉姆·斯迈里是一个赌博成瘾的痞子,他生活和言行的全部就在于一刻不停地下赌注:他养马、养狗、养猫、养鸡等都是为了押赌。有一次,他竟捉来一只青蛙打赌。吹嘘说这只青蛙除了可以翻筋斗、捉苍蝇外,还会跳高,而且比卡拉弗拉斯县中任何一只青蛙都跳得更高。然而当他用青蛙和一个外乡人打赌时,他却失败了。因为外乡人乘机要了一个诡计,他将打鹌鹑的玻璃球灌进了斯迈利的青蛙肚里。外乡人若有所思所指地说:"我看不出那只蛙什么地方比其他的好。"这话恰好应在无名小蛙胜大蛙的滑稽收尾上。外乡人拿起赌钱扬长而去,而斯迈利因此气得发疯。整篇小说,情节生动,诙谐有趣。马克·吐温利用民间传说,历经改编,将当地的语言和风土人情融入其中,尽情地嘲弄了斯迈利这种游手好闲,又想发意外财的懒汉心态。

《竞选州长》是一篇杰出的讽刺小说,作者的讽刺艺术达到了空前的高度。小说中的"马克·吐温"先生(即文中的"我")作为独立党的候选人,将要与共和党和民主党的候选人斯蒂瓦特·伍德福先生、约翰·霍夫曼先生竞选纽约州的州长。作为一个"正派人","我"的声望还不错,对竞选信心满满。但是,第二天早餐时,"我从来没有那么吃惊地"发现报纸上的一段新闻:

> 伪证罪——马克·吐温先生现在既然在大众面前当了州长候选人,他也许会赏个面子,说明一下他怎么会在1863年在交趾支那的瓦卡瓦克被三十四个证人证明犯了伪证罪。
>
> ……

"共和党的主要报纸"和"民主党的权威报纸"开始使用无中生有、造谣惑众的卑劣手段,先后给"我"加上了各种罪名。他们还用匿名信进行恫吓和威胁,甚至大打出手,指使一群人直接冲入"我"家进行攻击,"把我吓得连忙从床上爬起来,由后门逃出去"。最终,"我"放弃了竞选。

这部小说通过州长的竞选过程,深刻地揭示了美国"民主""自由"的真相,把批判的矛头直指垄断美国政局的共和、民主两党,为美国的"民主"描绘了一幅绝妙的讽刺画。小说采用的是第一人称手法,从一件件具体的事情中,通过"我"的感情变化来塑造一个"忠实的"独立党人"马克·吐温"的形象,具有强烈的真实感,深入而细致的心理描写,具体而复杂的感情变化,使读者对"我"倍感亲切,从而更加痛恨竞选对手们的卑鄙、无耻,使揭露更为有力。小说的语言也非常幽默,情节场面都很滑稽,夸张与正反颠倒的手法取得了强烈的喜剧效果,赋予了小说极大的思想意义和艺术魅力。

《镀金时代》是马克·吐温与查尔斯·达德利·华纳合写的小说,也是他的第一部长篇小说。小说讽刺和批判了在南北战争后随着资本主义的迅速发展而出现的政治上的腐败现象和弥漫在美国社会上的"投机"风气。

小说从贫穷的霍金斯一家从田纳西迁居到密苏里,想投靠亲戚开始,随后对从西部边疆到东部政界的社会进行了广泛的描写。在马克·吐温所写的那部分内容中,他主要塑造了塞勒斯上校和参议员狄尔华绥两个人物形象。塞勒斯在马克·吐温的其他作品中多次出现。他表面上不计得失、彬彬有礼、慷慨大方,实际上是个幻想发财的小市民。他从糖的买卖、制造眼药,到进行修筑铁路、建城市的投机事业,无不津津乐道,但最终一事无成。马克·吐温把他的处境与幻想进行了鲜明的对比,创作了幻想发财的美国小市民形象,反映了内战后弥漫在全国的拜金主义和投机风气。参议员狄尔华绥是个典型的政客兼企业家,他满口仁义道德,但却巧舌如簧、无恶不作,为了拉选票,他慷慨陈词,暗中却干着贿赂其他议员的勾当。他利用萝拉俊秀的仪容为他搞"院外"活动,还借口为解放的黑人造福而建立了所谓的"园园岗大学",他唆使国会通过议案,拨出巨款,企图从中牟取暴利。作者通过对这个人物的描写,无情地揭露了内战后美国政府普遍存在的政治腐败现象。这部小说在对政客等其他人物的描写上都有事实根据,真实地再现了那个时代投机家、政客、企业家的所作所为。

《汤姆·索亚历险记》是一部以儿童历险生活为题材的小说。小说的主人公汤姆·索亚是一个十几岁的小学生,生性调皮,但是很诚实;他讨厌枯燥无味的学校生活,不时受到波莉姨妈的打骂。他打算离家去做海盗,与哈克贝利和乔埃·哈波一起带了简单的食物来到离镇上三里远的密西西比河一个荒岛上。过了几天的逍遥生活后,他们开始想家,于是往回走,当他们赶到镇上教堂时,那里正在为他们举行追悼仪式。大人们发现了他们,原来虚惊一场,都高兴得流泪了。后来,医生鲁宾逊被人杀死了,众人认为波特是杀人凶手,镇上举行了一场对波特进行审判的大会。此时,汤姆鼓起勇气当众作证,证明凶手不是波特而是印江·乔埃。波特得救,但印江·乔埃逃走了。后来,汤姆和自己的伙伴到一座荒芜的闹鬼的房子里去挖掘假想的财宝,无意中发现了印江·乔埃的踪迹。二者展开了追逐,终于印江·乔埃被困死在山洞里,而汤姆他们还得到了早年海盗埋藏在山洞里的一大堆金币。

这部小说成功地塑造了汤姆这个人物形象。他集天真可爱与调皮捣蛋,勇敢的冒险精神与诚实的道德品质于一身,他的言论、行动、思想、气质等一切都表现出当时环境中成长起来的一个具有探索和追求精神的儿童的天性。此外,小说还以历险记的形式揭露了当时美国社会的本质,对宗教的虚伪可笑,市民的贪婪、庸俗和保守,以及资产阶级道德的欺骗性进行严厉的讽刺和有力的鞭挞,对生活、教育、宗教、金钱、人情、法律等方面重大的社会问题给予了严厉的批判。

《哈克贝利·费恩历险记》以作者最为熟悉、最为眷恋的密西西比河为活动场景,以儿童的历险漫游为情节线索,绝妙地展示出一个闪烁友谊光芒、向往自由的童心世界,激烈地批判了野蛮残暴的奴隶制度和美国的种族歧视政策。小说的主人公哈克贝利个性倔强,富有正义感,是一个聪明、勇敢的白人少年。他被寡妇道格拉斯收为养子,常常被教以宗教教义和体面规矩等。由于厌烦了修道院式的教化生活,哈克贝利偷偷地带了食物、猎枪、弹药,划着一张木筏,逃亡到密西西比河上。在逃亡的路途中遇到了华森小姐家的黑奴吉姆。吉姆是一个有反抗精神、能够牺牲自己、品格高尚的人。两人决定一起乘坐木筏出走。有两个追捕吉姆的持枪者要上木筏搜查,哈克贝利凭借着自己的机智和勇敢,帮吉姆逃过了追捕。他们终于漂到一个大河湾,却发现这并不是安全地,反而越来越深入蓄奴区。一天,有两个被愤怒人群追赶着的人向哈克贝利求救,善良的哈克贝利收留了他们。不料,他们竟然是狡猾的骗子,他们背着哈克贝利卖掉了吉姆,并盘算将他转卖给菲力浦家当奴隶。哈克贝利本想写信告诉华森小姐,请她派人赎回吉姆。但仔细一想,这样做将使吉姆永远失去自由。这时,哈克贝利遇上好友汤姆,便把吉姆的事告诉了他,他们决定一起营救吉姆。历经种种惊险场景,他们终于把吉姆救了出来,并得知华森小姐已经去世,吉姆得以恢复自由。后来,信仰自由和冒险的哈克贝利拒绝了别人的收养,到印第安人居住的地方去过漂泊不定的自由生活。

这部小说成功地塑造了哈克贝利和吉姆的形象。哈克贝利有正义感、同情心,渴望自由,有一定的自由平等观念,他的身上体现了作者热爱自由、反对种族压迫、追求人人平等的民主思想。然而,他毕竟是美国白人社会的一员,种族歧视的阴影或多或少地在他的思想意识中存在着,所以他在对待吉姆的态度问题上经历了由歧视到同情最后到尊敬喜爱的发展过程。这一过程让他的形象更加真实可信。吉姆虽然是一个黑奴,但是并不是浑浑噩噩、奴性十足的,他具有强烈的反抗精神,而且善于照顾他人。遇到哈克贝利之后,他就以一种可贵的父爱精神来照顾这个孩子,他把哈克贝利看成是朋友、同志和患难与共的兄弟。在逃亡、流浪中,他与哈克贝利结下了深厚的友谊。面对哈克贝利的戏弄,他义正词严地说:

> ……等我醒来的时候,重见你又回来了,平平安安地回来了,我的眼泪都流出来了。心里有说不出的感激,我恨不得跪下去用嘴亲亲你的脚。可你却想方设法,编出一套蛮话来骗我老吉姆。那便是堆肮脏的东西;肮脏的东西就是那些往朋友脑袋上拉屎,让人家觉得难为情的人。

这段话表达了吉姆希望哈克贝利把他看作平等的有思想感情的人的强烈愿望。

这部小说真实地再现了美国当时的社会生活,小说所刻画的人物和描述的事件多在南方现实生活中有底本可言。另外,在小说中,马克·吐温激烈地抨击了上升时期美国社会的黑暗面,对蓄奴制进行了尖锐的批判。在他的笔下,黑人不是那种常见的逆来顺受的奴隶形象,小说中的黑人吉姆被描绘成一个浑厚、善良、不卑不亢的可爱形象,吉姆在思想上是独立的、自由的,他不听从命运的摆布,内心希望得到人的自由和尊严。不分种族、肤色,人人都享有自由生活的权利,是马克·吐温民主思想的一个重要内容。

《王子与贫儿》是一部以历史故事形式出现的童话式的讽刺小说,讲述了王子爱德华和贫儿汤姆通过一个阴差阳错的偶然机会互换了位置的故事,描绘了16世纪英国劳动人民在封建专制制度的残酷剥削、压迫下的苦难生活,以此来影射19世纪美国的社会现实。衣衫褴褛的贫儿汤姆·康梯一次偶尔路经王宫时,和模样与他酷似的王子爱德华互换了衣服,结果爱德华流落在外,而汤姆却在老王病逝之后戏剧性地登上了王位,成了大英帝国的君主爱德华六世。汤姆登位之后,虽然由于对宫廷规则的烦琐和雍容华贵的生活不习惯而出了不少洋相,但凭着他的聪明机灵,不但通过了一个个难关,而且还真正使百姓受到恩泽,国家出现安宁。他下令废除了残酷的法律,赦免了无辜的"罪犯",改革了国家不合理的政体,颁布了深得民心的法令。与此同时,王子爱德华在社会的底层历尽艰难困苦,当过流浪儿,进过牢狱,受过侮辱,挨过饿受过冻……这些他过去连想也没想到过的种种不幸生活使他体会到了民间的悲惨与穷困,同宫廷中穷奢极欲的豪华生活相比真是天壤之别。

《在亚瑟王朝廷里的康涅狄克州美国人》是体现马克·吐温思想倾向的重要小说。小说通过19世纪一个美国科尔特兵工厂机械车间的头头汉克·摩根梦游6世纪封建骑士时代的英国社会的荒诞故事,借古讽今,对现代文明进行更直接、更形象的批判。这位"经营家"兼"发明家"向6世纪的英国人民传播了19世纪的思想文明,他发明节省劳力的机械装置,鼓动改革,企图为落后的封建王朝建立理想、幸福、平等、自由的国家。他维护民主,与亚瑟王周围的封建势力坚决斗争。他废除奴隶制度,推翻天主教会,建立民主制度。但小说结尾写到美国人用19世纪的先进技术大肆屠杀6世纪的英国军队,最后,摩根把自己建立起来的"新世界"连同旧势力"统统炸掉",本人也被魔法制服,要昏睡13个世纪才能苏醒。

在这部小说中,马克·吐温充分寄托了自己的资产阶级民主理想。作品既是对英国那一时代的揭露批判,又影射了美国当代社会现实。"人类掌握先进技术不是用于造福人类,而是用来毁灭人类。"这样,作品的"反现代文明"的主题便得到了升华。

总体来说,马克·吐温从民主理想出发,以幽默讽刺为武器,以美利坚合众国的社会生活为题材,植根于人民生存的土壤,大胆地揭露了美国社会的腐败、种族歧视和虚伪民主的种种罪状,是 19 世纪美国卓越的批判现实主义作家。

# 第三节　19 世纪美国诗歌的创作

19 世纪初,英国的浪漫主义已经成为一股非常强大的文学潮流,莎士比亚、雪莱、司各特等人的作品对美国的浪漫主义诗歌的出现和形成都产生了很大的影响。19 世纪上半叶的美国文学创作具有明显的浪漫主义色彩,埃德加·爱伦·坡(Edgar Allan Poe,1809—1849)、沃尔特·惠特曼(Walt Whitman,1819—1892)、亨利·威·朗费罗(Henry Wadsworth Longfellow,1807—1882)等都是著名的浪漫主义诗人。19 世纪下半叶,美国北部自由劳动制度和南部奴隶制度之间的矛盾发展到了不可调和的地步,南部奴隶制度成为美国社会经济发展的主要障碍,南北之间的斗争在西部土地的争夺中表现得最为激烈。在这样的时代背景下,19 世纪上半叶那种缅怀过去、耽于理想的浪漫主义已经不能适应时代的发展需要了,于是,现实主义逐渐取代了浪漫主义。在 19 世纪下半叶的美国现实主义文学中,占主导地位的是小说,在诗歌领域始终没有出现有代表性的诗人及作品。为此,这里我们主要对 19 世纪美国的浪漫主义诗歌的代表性诗人及作品进行简要分析。

## 一、埃德加·爱伦·坡的浪漫主义诗歌创作

埃德加·爱伦·坡(Edgar Allan Poe,1809—1849)出生于波士顿,他的父母都是剧团演员,在坡很小的时候就去世了。父母去世后,坡的哥哥被寄养在祖父家中,妹妹由母亲的一位好友收养,坡则被母亲的另一位好友收养。在养父母那里,坡虽然没有物质上的匮乏,但是他与养父母之间在精神上交流得很少。后来,坡不顾双方家庭的强烈反对与莎拉·爱弥拉·罗伊斯特私定终身,但是坡与罗伊斯特之间产生了误会,罗伊斯特嫁给了别人。1827 年,坡创作了自己的第一部诗集《帖木儿及其他》,从而走上了文学创作的道路。1835 年,坡去里奇蒙任《南方文学信使报》编辑。但他收入微薄,染上酗酒,被老板解雇。1838 年他举家迁往费城,第二年成了《伯顿绅士杂志》的两主编之一,写了许多他最好的诗和恐怖小说《荒诞奇异的故事集》共两卷。他的酗酒令老板不快,将他解雇。后到《格拉姆杂志》任编辑。他继续写些音乐性的性感小诗,流传很广。《钟》特别受欢迎。1845 年,他的诗《乌鸦》问世,名扬全国。1847 年 1 月,他妻子患病,无钱就医,坡看着她离开人世。后来,他先后向一位富孀和一位夫人求婚未成。1849 年他在里奇蒙巧遇少年时的恋人,她答应嫁给他。后来他回纽约筹办婚事,途经巴尔的摩时又去酗酒,醉倒在马路旁,被送往医院待了四天抢救无效,1849 年 10 月 7 日,坡在美国医院中去世,年仅 40 岁。

作为一名诗人,坡喜欢写死亡、梦幻以及精神崩溃的过程,他认为"沉郁"应该是诗歌的基调。他指出,诗是"最崇高的文学形式,它的创作目的是表现美,激发读者美的感受,而非表现真理"。他认为诗歌美的效应是使人的灵魂激动而变得高尚。对坡来说,人生就像是一场悲剧,生命被征服了,死神主宰一切,人死了比活着好,只有到梦中寻找安慰。他的诗《尤拉路姆》《致海伦》《安娜贝尔·李》《梦中梦》《钟》和《乌鸦》都表现了这种基调,尤其《乌鸦》最为突出。

《乌鸦》于 1845 年 1 月 29 日在纽约的《晚镜报》中首次发表,发表后引起了巨大的轰动。该

诗写的是在一个寒冷的冬夜，一只乌鸦飞到了灯光微弱的窗台上，试图进入屋中，此时，它看到了屋内有一位青年正在为情人的死亡而伤心。这位青年看到了乌鸦非常震惊，还和它说起了话，青年问乌鸦叫什么名字，但是令青年奇怪的是，无论他怎么问乌鸦，乌鸦的回答都是"永不再会！"这种回答让青年更加思念自己的亲人，痛苦万分。全诗缠缠绵绵，沉沉郁郁，令人反思。如诗人写亡妻丽诺在梦幻中出现：

> 深深地探视那茫茫的黑暗，我久久地站着，又惊又疑
> 困惑地做梦，做着凡人都不敢做的梦
> 但那无声又在延续，寂静也无消失的迹象，
> 唯有一个名字在响着，那细声呼喊的"丽诺"！
> 我细声叫她，一个回声悄悄地传来这个词"丽诺"！
> 唯有这个词，别的都没有了。
> 转身走进室内，我心中整个灵魂在燃烧……

这首诗结构严谨，格律工整，音韵讲究，富音乐性，采用头韵、行间韵和叠句等艺术手法，是英美诗中格律最工整的精品之一。坡被誉为欧美"纯诗歌"的先驱者。

与其他著名的美国作家不同，坡的声誉起伏不定。在去世后一段相当长的时间内，他成了最有争议的作家。朗费罗等人不表态，爱默生则称他为"打油诗人"，惠特曼勉强地承认他的才华。马克·吐温则认为"他的散文不值一读"。直到20世纪初，艾米·洛厄尔认为坡是个美国伟大的诗人。1909年坡一百周年诞辰纪念时，坡才受到国人的称赞。到了20世纪50年代，诗人艾略特和塔特肯定了坡的文学地位。20世纪60年代至今，美国学界和读者都认同他作品的重要价值，都认为他是19世纪美国具有代表性的诗人。

## 二、沃尔特·惠特曼的浪漫主义诗歌创作

沃尔特·惠特曼（Walt Whitman，1819—1892）出生于纽约长岛的一个教友派家庭里。由于家境贫寒，惠特曼11岁辍学，走上了独立谋生的道路，先后在律师事务所、医生诊所和报纸印刷厂帮工，陆续研读了古希腊、罗马和当时欧美重要作家的许多作品，为他打下了坚实的文学基础。后来，他又创办了《长岛人》周报。19世纪40年代以后，惠特曼连续在民主党的刊物《民主评论》上发表文学作品，获得了初步的文学声誉。1846年，惠特曼担任了当时东部著名的《布鲁克林鹰报》的编辑。1848年，由于和民主党发生了冲突，惠特曼结束了编辑生涯，前往南方的新奥尔良。这次旅行给了他无数的灵感。经过一段时期的沉淀后，惠特曼开始了诗歌创作。1855年，《草叶集》问世。最初，《草叶集》只有12首诗，随着再版，诗的数量逐渐增加，原来的诗作和标题经过重新编排、分组，到1892年最后一版时，已有400多首。美国内战爆发时，惠特曼的诗歌主题转向了反对一切战争、爱一切人上。1861年，他写了《黎明的旗帜之歌》，之后相继又写出《啊先唱唱开始曲》《1861年》《敲呀！敲呀！鼓啊！》《父亲，赶快从田地里上来》《敷伤者》《在我下面战栗而摇晃的一年》等。美国内战结束之后，惠特曼患了中风，但这时他的写作速度和质量都保持着较高的水平，他坚持在根据自己的理论所筑成的诗坛上加添新砖新瓦，创作了《昂扬的暴风雨的音乐》《啊，法兰西之星哟》及《到印度去》等作品。1892年，惠特曼去世，享年73岁。

《草叶集》是美国文学史上一部划时代的杰作。惠特曼一生历尽艰辛，坚持写作，不断扩充和

再版《草叶集》，直到临终前亲自校订，给后人留下第九版的"临终版"。《草叶集》展现了一个欣欣向荣的新世界，描绘了一个历史时代里美国人健壮而勇敢的性格、多姿多彩的社会生活和乐观向上的思想倾向。《草叶集》寓意深刻，内涵丰富。草叶是诗人自己的形象，也是新兴的美国的象征。它代表着各行各业无数辛勤劳动的美国人民。《草叶集》的内容十分丰富，涉及政治、经济、历史、社会、文化和自然的方方面面。它既是一部名副其实的史诗，同时又是一部 19 世纪美国编年史。《草叶集》的思想内容完全不同于传统的英语诗，艺术上独树一帜。它的形式是不受韵律限制的自由诗，以短句为单位，形成抑扬顿挫的自然节奏；并采用平行或重叠诗行，加上倒装、重复、双声、叠韵，增加了诗行中间的节奏感，显得奔放豪爽而富有音乐感。他不像坡那样讲究韵律格式，也不赞成朗费罗模仿英国诗的格律。他从劳动人民日常生活口语中汲取一些语汇和外来语，创造了独特的"波涛滚滚"的自由体无韵诗，提高了诗歌的表现力，为 20 世纪美国自由诗的发展铺平了道路。

《自我之歌》是初版《草叶集》的开卷作。全诗内容相当繁杂，涉及反蓄奴制、自由、平等、性爱、劳动、生死和灵魂等，自始至终贯串了诗人超验主义的思想发展过程，语言模糊难懂，令人难以捉摸。如《自我之歌》的第一首：

> 我赞美我自己，歌唱我自己，
> 我承担的你也将承担，
> 因为属于我的每一个原子也同样属于你。
>
> 我闲步，还邀请了我的灵魂，
> 我俯身悠然观察着一片夏日的草叶。
>
> 我的舌，我血液的每个原子，是在这片土壤、这个空气里形成的，
> 是这里的父母生下的，父母的父母也是在这里生下的，他们的
> 父母也一样，
> 我，现在三十七岁，一生下身体就十分健康，
> 希望永远如此，直到死去。
>
> 信条和学派暂时不论，
> 且后退一步，明了它们当前的情况已足，但也绝不是忘记，
> 不论我从善从恶，我允许随意发表意见，
> 顺乎自然，保持原始的活力。

以上诗中的"自我"是诗人自己，但又不局限于诗人个人，"自我"代表国内战争前新国家"主人"的理想形象。惠特曼用"自我"的形象讴歌普通劳动人民的伟大、讴歌劳动者与大自然的和谐相处，讴歌人体的美。但诗人将"自我"描绘成超越一切的人类的共同感情，忽略了好人与坏人、种植园主与奴隶的区别了。

歌颂劳动人民是《草叶集》的一个重要内容。第一版里的《我听见美国在歌唱》和《斧头之歌》中对于劳动人民都有精彩的描述。前者写了机器匠、泥瓦匠、木匠、船长、水手、伐木者和耕田者等许多普通劳动人民唱着快乐而响亮的歌，诗人听了他们的歌特别兴奋和激动。后者赞扬普通

工人、农民以闪亮的斧头开山劈水，伐木盖屋，建设新城市。他们是美国土地的开拓者，新世界的建设者。他们的歌声表达了美国的声音。他们是国家发展的主力军。

南北战争使废奴和内战成惠特曼创作的主要题材，在《敲呀！敲呀！鼓啊！》里，他态度鲜明，希望黑奴早日解放：

> 敲呀！敲呀！鼓啊！吹呀！呼呀！吹呀！
> 透过窗子，——透过门户，——如同凶猛的暴力，
> 冲进庄严的教堂，把群众驱散，
> 冲进学者们正在进行研究工作的学校，
> 也别让新郎安静，——现在不能让他和他的新娘幸福，
> 让平静的农夫也不能再安静地去耕田亩和收获谷粒。
> 敲呀！你就该这样凶猛地震响着——
> 你号啊！发出铃声的尖叫。
>
> 敲呀！敲呀！鼓啊！呼呀！吹呀！
> 越过城市的道路，压过大街上车轮的响声，
> 夜晚在屋子里已经铺好了预备睡觉的床铺，
> 不要让睡眠者能睡在那些床上，
> 不让生意在白天交易，也别让掮客或投机商人
> 再进行他们的活动，——他们还要继续么？
> 谈话的人还要继续谈话么？歌唱者还要歌唱么？
> 律师还要站在法庭上站起来在法官面前陈述他的事情么？
> 那么更快更有力地去敲吧，敲啊，——
> 你更凶猛地吹着！
>
> 敲呀！敲呀！鼓啊！吹呀！呼呀！吹呀！
> 不要谈判——不要因别人劝告而终止。
> 不理那怯懦者，不要理那哭泣着的
> 或乞求的人。
> 不理年老人对年轻人的恳求，
> 让人们听不见孩子的呼声，听不见母亲的哀求。
> 甚至使担架要摇醒那躺着等候装车的死者，
> 啊！可怕的鼓，你就这样猛烈地震响过，
> 你军号就这样高声地吹。

南北战争时期，诗人创作的主要号角是号召人民起来奔赴废除农奴制的正义战场，在这首诗中，诗人敲起了猛烈的震响的鼓，吹起了进攻的号角。

美国内战爆发后，惠特曼主动去华盛顿为伤兵服务，细心照料受伤的普通士兵，还为他们募捐筹款。《敷伤者》反映了他这段不平常的经历：

　　端上纱布、水和药棉

　　直奔我的伤员

　　他们战斗之后被送来躺着的地方，

　　他们宝贵的鲜血染红了草地。

　　为了全心全意抚慰伤病员，诗人日以继夜地工作，不辞劳苦地陪伴他们，后来竟由于过度劳累而患了中风瘫痪。他的忘我劳动，表明他对内战废奴的支持和对自由民主的矢志不移的追求。

　　内战胜利后不久，林肯总统被刺杀，惠特曼无比悲痛，这激起他极大的愤怒和同情，他为此创作了《林肯总统纪念集》，包括四首长诗，其中《啊，船长！我的船长哟!》和《当紫丁香最近在庭园中开放的时候》最出名，为广大读者传诵不已。如《啊，船长！我的船长哟!》：

　　啊，船长！我的船长！我们可怕的行程已结束，

　　我们的船渡过了一个个难关，我们追求的目标已达到；

　　港口就在面前，钟声在响着，人们在欢呼

　　望着庄严而威武的航船，平稳地前进，

　　但心啊！心啊！心啊！

　　鲜红的血在滴着

　　我的船长躺在甲板上

　　他停止了呼吸，全身冰凉。

　　在这首诗中，诗人将林肯比作船长，驾驶着美国这条航船，经历了大风大浪的洗礼，南北战争后胜利抵达目的地。当人们为胜利欢呼时，船长却倒在甲板上……诗里虽没有提及林肯的名字，但读者一读就明白了。全诗用传统格律，声韵凄切，感人肺腑，迅速传播到美国各个角落。许多教科书纷纷采用，一直流传至今，历久不衰。

　　在《当紫丁香最近在庭园中开放的时候》，惠特曼将林肯总统不幸去世，比喻为"那硕大的星星在西方的夜空陨落了"。诗人通过紫丁香、星星和水鸟等意象，联系自己因领袖的突然去世感受的痛苦，超越死亡和黑夜的景象，展望永恒的未来。他深深地表露了无数国民的悲痛和怀念之情，此诗成了传世名篇。

　　后期，惠特曼的诗篇仍不失对美国民主的关注，他的思想更成熟。他看到物质条件的改善，使一些人忽视信仰和道德，美国梦日益淡化，社会弊病更加显露。他一方面赞扬现代文明的新成就，一面抨击时弊。他对未来是乐观的。他将目光转向印度，转向欧洲，希望有朝一日实现世界大同。他强调四海一家，反对专制和邪恶，企望各国人民能享受民主自由的新生活。

　　总体来说，惠特曼的作品已成为西方文化及世界文化的宝贵财富，成为美国诗歌的有机组成部分，对美国现当代诗坛产生了深刻的影响，在美国及世界文化史与诗歌史上具有非常重要的地位。

## 三、亨利·威·朗费罗的浪漫主义诗歌创作

　　亨利·威·朗费罗（Henry Wadsworth Longfellow，1807—1882）生于缅因州波特兰市一个殖民地家庭。他先上私立学校，后转入波多恩学院，1825 年与霍桑同时毕业。1826—1829 年，他

被派往欧洲学习,先后到各地游历。1829—1835 年,他返美任波多恩学院现代语言教授兼图书馆馆长,后被推荐到哈佛大学任法语和西班牙语教授。1835 年,他又赴欧洲访学,这时他的爱妻不幸去世。第二年,他返回哈佛大学执教,一直教了 18 年。他著有回忆欧文《见闻札记》的《出海游》和半自传体的浪漫传奇《海帕里恩》。1839 年,他发表诗作《夜之声》,该诗被收入当时最受欢迎的《人生礼赞》和《夜晚的赞歌》。1841 年,他的诗集《歌谣及其他》问世。1842 年,他的另一部诗集《论奴隶制的诗》问世,该诗集表达他反奴隶制的呼声,奠定了他的诗人地位。1843 年,朗费罗第二次结婚后生活安定和谐。他岳父是个轧棉厂富商,送了一座别墅给他们当结婚礼物。随后,他于 1847 年出版了叙事长诗《伊凡吉琳》,1849 年出版了诗集《海边与炉边》,1855 年出版了描写中世纪德国的戏剧诗《金色的传说》和歌颂印第安人传统的《海华沙之歌》。1854 年,他辞去哈佛大学的教职,专门从事创作。1858 年,他的《迈尔斯·史坦迪什求婚记》出版,出版后在波士顿和伦敦一天就卖了一万五千多本。1861 年,他妻子不幸被烧死,他悲痛欲绝,很长时间内几乎停止创作。1863 年,他重整旗鼓,发表了《路边客店的故事》。为了寻求安慰,他转向翻译但丁的《神曲》。晚年,他的家成了美国人顶礼膜拜的圣殿和外国贵宾造访的名邸。1868—1869 年,他出访欧洲时,牛津大学和剑桥大学分别授予他荣誉学位,英国女王维多利亚还亲自接见了他。1882 年 3 月 24 日,朗费罗在坎布里奇市去世。

《海华沙之歌》是朗费罗的叙事长诗中最引人注目的一部。它是美国文学史上第一部描述印第安人生活的长诗。在这首诗中,诗人客观公正地描述了印第安人的风土人情、社会历史和文化风貌及其优秀传统,赞扬了他们崇高的民族性格和勤劳朴实的优良品质,描绘了他们对自己理想和未来生活的执著追求。

《海华沙之歌》包括 22 章。在这首诗中,朗费罗塑造了海华沙这样一个印第安人传说中的英雄形象。他半神半人,他是他的祖母、月亮的女儿科米斯带大的,他们住在苏亚里尔湖南岸一带。他从小聪明过人,在苍松翠柏和滔滔流水的自然环境中成长,少年时便学会许多种鸟的语言,懂得许多野兽的秘密并掌握了捕捉它们的本领。海华沙长大后返回故土,成了他部族人的保卫者。后来,他打败了谷神蒙达敏。他造了一只桦木独木舟,与大鲟纳玛决斗,被纳玛将独木舟和武士们一起吞下肚并毁灭了疾病和死亡的传播者珍珠羽毛。随后,他娶了一位弓箭匠师的女儿敏勒哈哈,婚宴和夜星之歌使他开始过着和平的牧歌式生活。他统治着他的人民,直到他的朋友、音乐家茨比亚波斯和强人夸辛德去世。虽然他杀了侮辱他的泡普克基威斯,但出现了饥饿和猩红热。一大群金色蜜蜂涌现,象征白人的光临,海华沙在幻觉中有预感。他请他的人民注意传教士带来的新宗教,接受他们的劝导。他自己奔向幸福岛,去当西北风岛的国王。

《海华沙之歌》中有许多美丽的传说,还有不少对自然景色的抒情描写,具有浓烈的浪漫主义情调。它寄托着诗人对印第安人的同情和礼赞。全诗结尾,诗人劝导印第安人接受白人的到来和所传播的基督教,暗示白人给他们带来文明。这种倡导和谐相处反映了诗人美好的心愿,但历史是无情的。印第安人曾经善待欧洲来的一批批移民,结果遭到殖民主义者残酷的镇压和掠夺。朗费罗忽略了这段历史,这说明这首长诗缺乏一定的深度,对印第安人口头传说的记录也欠准确。

总体来说,朗费罗处在美国独立后生机勃勃的时代,他的诗反映了积极向上的时代精神。他善于对欧洲民间故事和印第安传说素材进行艺术加工,爱借用德国或英国民歌的格式或词句,他为美国诗歌的发展做出了较大的贡献。

## 四、拉尔夫·瓦尔多·爱默生的浪漫主义诗歌创作

拉尔夫·瓦尔多·爱默生(Ralph Waldo Emerson,1803—1882)出生于马萨诸塞州波士顿附近的康考德村。他的父亲威廉是一位知名的一位论派牧师。8岁的时候,爱默生的父亲离开了人世,爱默生由母亲和姑母抚养,曾在波士顿拉丁学校就读。1817年,爱默生入读哈佛大学并且被任命为新生代表。在校期间,他阅读了大量英国浪漫主义作家的作品,丰富了思想,开阔了视野。1821年,爱默生从哈佛大学毕业后协助自己的兄弟在母亲的家中设立了一所给年轻女性就读的学校。之后数年,爱默生都过着担任校长的日子,然后进了哈佛大学神学院,并于1829年以一位论派牧师的形象崭露头角。1832年,艾默生辞职,之后游历了欧洲。在旅途中,他遇到了威廉·华兹华斯(William Wordswoth,1770—1850)、塞缪尔·泰勒·柯勒律治(Samuel Taylor Coleridge,1772—1834)等人。1835年9月,爱默生和其他志趣相投的知识分子创立了"超验俱乐部",从而掀起了新英格兰超验主义运动,开启了美国文学史迄今最为繁荣的一个时代。1936年,爱默生匿名发表了《论自然》,这部作品虽然不是他的成熟之作,但是其也集超验主义思想之大成,有新英格兰超验主义宣言的美称。1837年,爱默生以《美国学者》为题发表了一篇著名的演讲词,宣告美国文学已脱离英国文学而独立,告诫美国学者不要让学究习气蔓延,不要盲目地追随传统,不要进行纯粹的模仿。另外,这篇讲词还抨击了美国社会的拜金主义,强调人的价值,被誉为美国思想文化领域的"独立宣言"。1844年《散文第二辑》问世,标志着艾默生思想已臻完善,其中《论诗人》对美学问题进行了深刻而透辟的分析,既有理论阐述,又有实际经验,既指出美国文学的现状,又先知般地预言了美国未来伟大诗人应具备的特点。1846年底,他的诗集面世。1847—1848年间,他第二次赴欧洲访问,受到了圣人般的接待。19世纪50年代,他曾加入废奴制行列,但是影响并不大。1882年4月27日,爱默生在康科德病逝。

爱默生的诗歌大部分是以直接陈述的手法写成的,字里行间无不传递着他的超验主义思想,但也时常运用暗喻等手法。爱默生写的诗很少有完美之作,因为他无法摆脱那些在理论上他所反对的关于格律、押韵的主观规则。可是他的最佳诗作以其始终如一的想象力和象征主义手法,成为惠特曼以前美国诗歌中最上乘的作品。

在爱默生的诗歌中比较具有代表性的作品是《两条河流》《日子》《紫杜鹃》《民族的力量》和《暴风雪》等。在《两条河流》中,诗人写道:

> 你被锁在狭窄的两岸当中,
> 而我喜爱的小溪却无拘无束地流动,
> 穿过江河、海洋和苍穹,
> 奔向生命,奔向光明。
>
> 我的小溪流呀流呀愈益空灵清润,
> 饮者亦再不会感到口干;
> 任何黑暗也玷污不了他的均匀的光辉,
> 千秋万代宛如雨滴坠入其间。

从这首诗中,我们可以明显地看出,诗人所指的两条河流,一条实有其物,一条存在于诗人思

想里,表现出了浪漫主义色彩。

在《日子》中,诗人写道:

> 时间的女儿们,虚伪的日子,
> 头戴围巾,哑然不语,宛如苦行僧,
> 排成无穷尽的单行走,
> 手里带来王冠和木柴。
> 照每人的意愿送礼,——
> 面包、王国、星辰或包罗一切的天空。
> 我在枝叶纷拨的国内望着这盛况,
> 忘记了我早晨的愿望,急忙
> 拣起几株青草和苹果,而日子
> 默默转身离去。我,太迟了,
> 在她的发带下看到蔑视的目光。

这是一首无韵诗,虽然短小,但是却蕴含了深刻的道理,体现出了"一寸光阴一寸金,寸金难买寸光阴"的道理。诗中的"我"头脑里杂乱无章,宛如一处枝叶纷披的园子一般,"早晨的愿望"说明"我"幼时有志,但显然没有得以实现,之后只能匆匆忙忙拣了几株青草、几枚苹果,于人于己都无足轻重,到头来当然只能遭时间的白眼。

在《紫杜鹃》中,诗人写道:

> 五月,当凄厉的海风穿过荒漠,
> 我看到紫杜鹃在树林里灿然开放,
> 无叶的花朵布满阴湿的角落,
> 荒漠和缓流的小溪有多么快乐。
> 紫色的花瓣一片片飘落池塘,
> 乌黑的池水因这美丽而欢喜。
> 红羽衣的鸟儿可能会飞来纳凉,
> 向令它们惭愧的花儿倾吐爱慕,
> 紫杜鹃!如果圣人问你,
> 为何把美艳白白抛掷天地间,
> 告诉他们,亲爱的,
> 如果眼睛生来就是为了观看,
> 那么美就是它们存在的理由。
> 你为什么在那里。玫瑰的对手
> 我从未想起要问,也从不明白。
> 不过,以我愚人之见,我以为,
> 是把我带来的神明把你带到这里。

这首诗描写了山间杜鹃花的美丽,把杜鹃花看成和诗中的"我"一样,是上帝给予的生命,字里行间也传递着爱默生的超验主义思想。

在《民族的力量》中,诗人写道:

> 不是黄金,而是它的人民;
> 才能使一个民族伟大强盛;
> 为了真理,为了荣誉,
> 他们坚定不移,不怕牺牲。
> 有人在酣睡,他们在忘我劳动。
> 有人望风而逃,他们却奋勇冲锋。
> 是他们建造了支撑民族大厦的柱石,
> 使之拔地而起,高耸云层。

这首诗热情地讴歌了民族的中坚力量:那些为了真理和荣誉而无私无畏地奋斗着的人们,语言简单朴素,韵律优美。

在《暴风雨》中,诗人写道:

> 天空的号角齐声宣告,
> 大雪降临,漫天狂舞,
> 徘徊着,似难寻宿处,
> 淹没了山丘和树林,河流和天宇
> 也淹没了花园尽头的农家小屋,
> 旅行者封存了雪橇,邮差
> 耽搁了路途;家人躲在屋里
> 燃旺一室炉火,
> 狂暴的风雪让他们与世隔离
> 快来看北风的妙手,
> 这个狂暴的匠人,它的采石场
> 砖瓦无数,围着那些
> 迎风的树、桩、还有门,
> 构造他耸顶的白色城堡。
> 千万只手迅捷地挥洒着
> 旷野的劳作,离奇又狂野,
> 丝毫不管格律和比例
> 更顽劣,将花环挂到鸡舍狗窝
> 将那荆棘覆盖化形成天鹅
> 他填满了那林间的小道,
> 任由农民叹息;从屋到屋
> 高高地,树起一座尖塔
> 居高临下,俯视一切
> 当他的时光来临。世界,

便为他一己主宰。然后
太阳露面,他悄然离去
空留那惊愕的人间作者
笨拙地、一砖一石、
用一个时代的时间
来复制这一夜挥就的作品
这风雪的游戏之作。

这首诗通过对暴风雪的描写展现了自然力的浩荡雄浑,虽然没有押韵,但是气势雄浑,是描写暴风雪作品中的名篇。

总体来说,爱默生的诗歌充满了浪漫主义的色彩。他秉承了诗歌创作应是内容决定形式的理念,在诗歌中努力摆脱传统格律的羁束,并运用比兴象征的表达技巧,增添了诗歌的韵味。

# 第十章　20 世纪上半叶美国小说与诗歌的创作发展

20 世纪上半叶的两次世界大战让美国依靠贩卖军火和其他战略物资大发战争横财而成功跻身超级大国行列。但是,经济的繁荣并没有让美国的贫富差距得以缩小,相反,资本垄断更加严重,由此带来的精神危机也日益严重,种族矛盾也日益尖锐,这些都为现代非理性主义哲学和弗洛伊德精神分析学说提供了市场空间,对美国小说、诗歌的发展产生了深刻的影响。

## 第一节　多元化思潮与美国小说、诗歌

20 世纪上半叶,由于社会经济的发展和政治因素的影响,美国文坛出现了自然主义、现实主义和浪漫主义等多元化的文化思潮,对美国小说和诗歌的创作产生了深远的影响。

### 一、自然主义与美国小说、诗歌

自然主义文学发源于 19 世纪 80 年代的欧洲,其理论基础是法国哲学家 H. 泰纳(Hippolyte Taine,1828—1893)的实证主义批评方法,其文学宣言是法国小说家爱弥尔·左拉(émile Zola, 1840—1902)发表的《实验小说》,文中指出,小说家不应该只是对社会进行记录,而应该超越社会现实,把自己作品中的人物以及人物的情感置于一系列的实验当中,检验它们的真相。自然主义作家声称自己的创作要对社会现实进行完全客观真实的反映,也就是对人的自然本质的真实反映,特别是人性中邪恶可憎的部分,常以贫民窟、血汗工场、工厂和农场作背景。他们也把遗传看作人的本质的基本来源,相信决定论和社会达尔文主义,认为人只是自然的一部分,因此其作品主要描写的通常是那些受感情强烈支配而头脑十分简单的人物,还有人类自然属性中疯狂和兽性,同时也描写了社会底层的恶劣环境、受生活压制的下层阶级。以左拉为代表的自然主义文学理论在欧洲产生了广泛的影响。

随着自然主义在欧洲的风靡,在欧洲留学的美国作家弗兰克·诺里斯(Frank Norris, 1870—1902)等人受之影响学习了左拉等人的自然主义理论和作品,也就把自然主义带回了美国,让 20 最初的 20 年出现了自然主义小说的短暂繁盛。与欧洲的自然主义小说相比,美国的自然主义小说虽然毫不留情地撕下了美国机械文明的假面具,把垄断资本主义的血淋淋的现实一览无遗地暴露在光天化日之下,但是作品中却没有呈现出命定论和悲观情绪,而是让读者感受到了一种面对严酷现实努力达到自我实现的强烈愿望,一种对未来不断进行幻想和憧憬的潜在能力。美国的自然主义小说家主要描写的通常是那些受感情强烈支配而头脑十分简单的人物,还有人类自然属性中疯狂和兽性,同时也描写了社会底层的恶劣环境、受生活压制的下层阶级。自然主义作家比较悲观,但由于他们同情下层人民,常常接受比较激进的政治观点。当然,在实际情况中,他们并不是一个"自觉"的流派,而是各有特色,也并不始终如一地坚持自然主义的写作模式。

## 二、现实主义与美国小说、诗歌

美国文学素有优秀的批判现实主义传统,它发展到了 20 世纪上半叶仍有强大的生命力,继续 19 世纪时期的强劲势头,主要表现在以下几方面。

首先,它继承了马克·吐温的传统,继续辛辣地讽刺资本主义社会的罪恶,并进行严正的批判,捍卫民主理想,提倡自由精神。

其次,它自觉或不自觉地接受了社会主义思潮的影响,对社会问题根源进行深入的分析,由此塑造了一批崇高的劳动人民形象。

最后,它受到了自然主义理论的冲击,使得一些现实主义作家的创作观念和作品虽然在本意上对社会与人类的现实进行反映,但是在描写客观性与社会性、个性与共性的时候表现出了自然主义的风格和内容,企图站在工业化、物质文明高度发展时代中表现出人性的本质的困惑。

与 19 世纪文学的单一性不同,20 世纪上半叶的美国现实主义小说创作已经开始多元化,并在 20—30 年代间形成了传统的现实主义和左翼文学。其中,由于当时建立了共产国际,俄国十月革命成功,各国无产阶级革命高涨,左翼文学就在这所谓“红色的 30 年代”时期形成了一股相对独立的创作思潮,在美国以至整个西方世界形成气候。从艺术技巧的角度看,左翼文学继承了以欧·亨利(O. Henry,1862—1910)、厄普顿·辛克莱(Upton Sinclair,1878—1968)为代表的现实主义传统及其对资本主义的批判精神,但又不同于以往的抗议文学,因为它是社会主义革命影响下产生的,这是一种要求改变资本主义制度的崭新的文学,主题的政治立场和人物形象更为典型,更具有反抗性和揭露性。

## 三、现代主义与美国小说、诗歌

作为一种文艺思潮,现代主义萌芽于 19 世纪末期的法国、意大利,形成于 20 世纪 20 年代的整个西方文坛。它是对 20 世纪风行于世界的多种反叛传统、追求新奇的文学流派的总称,是传统文学在新时代的转型与创新。一般认为,现代主义文学的根源可追溯到 19 世纪中叶的唯美主义文学,法国的夏尔·皮埃尔·波德莱尔(Charles Pierre Baudelaire,1821—1867)、美国的埃德加·爱伦·坡(Edgar Allan Poe,1809—1849)是现代派的远祖,奥地利的弗兰兹·卡夫卡(Franz Kafka,1883—1924)、英国的詹姆斯·乔伊斯(James Joyce,1882—1941)和托马斯·斯特尔那斯·艾略特(Thomas Stearns Eliot,1888—1965),法国的马塞尔·普鲁斯特(Marcel Proust,1871—1922)是现代主义文学的奠基人。

现代主义以尼采在 19 世纪末提出“上帝死了”“一切价值重估”的口号作为自己怀疑一切、反传统的创作理论依据。在思想内容方面,现代主义文学尽力突出人们对现代资本主义社会的深切的危机感,尽力表现社会中各种异化关系,积极探索人的生存状况、人的本质问题,进行强烈的文化批判。现代主义文学强调表现内心生活和心理真实,具有主观性和内倾性特征。它普遍运用象征隐喻的神话模式,追求艺术的深度模式;它提倡“以丑为美”“反向诗学”,大量描写丑的事物,并热衷于艺术技巧的革新与实验。现代主义文学的主要流派有后期象征主义、表现主义、未来主义、超现实主义和意识流小说等。

美国的现代主义是从诗歌开始的。美国诗歌中的现代主义源于法国象征主义诗歌,受英国玄学派诗歌的影响,并得益于对日本俳句与中国唐诗的学习与模仿。首先是埃兹拉·庞德(Ezra Pound,1885—1972)前往伦敦参与发起意象派诗歌运动,进而将象征主义诗风引入了美国。"意象派诗歌运动是美国现代主义文学的重要流派,它把英美诗歌从讲究修辞和传统格律的束缚中解放出来,反对英国维多利亚末期堆砌雕琢、空洞无物的诗风,推崇中国和日本的古诗,提倡运用'意象并置'和'意象叠加'的手法,以明彻坚实的意象传达主体的瞬间情思,引发读者的无穷遐想,确定了自己个性鲜明的语言结构和风格特征。意象派诗歌短小、简练、形象鲜明,往往一首诗有一个或几个意象。虽然意象派作为一个流派存在的时间是短暂的,但它为英美现代诗歌开拓了道路。意象派诗歌有三个方面的特征:即独特的意象、简洁精练的语言和富有音乐性的韵律。埃兹拉·庞德(Ezra Pound,1885—1972)是意象派的首倡者之一。"①不久,象征主义又通过当时的《诗刊》杂志传播到美国各地。至此,现代主义开始在美国得到了广泛的关注,并吸引了不少的青年诗人。20 世纪 20 年代,涌现出了不少优秀的现代派诗人,此时,自由诗成为主要的诗歌形式,诗人对句法、标点、排列进行了大胆的实验,给旧词赋予新意,改变了传统的诗的观念。

小说对现代主义的反应则比较慢,直到 20 世纪 30 年代,一些小说作家包括舍伍德·安德森(Sherwood Anderson,1876—1941)等纷纷前往巴黎,聚集在早已接受欧洲现代主义文学的格特鲁德·斯坦因(Gertrude Stein,1874—1946)周围,才将现代主义的艺术技巧与现实主义的内容密切结合,创作了不少出色的现代主义小说。

# 第二节　20 世纪上半叶美国小说的创作

20 世纪上半叶,美国小说在自然主义、现实主义、现代主义三大文艺思潮的影响走向成熟,自然主义小说、现实主义小说和现代主义小说相继活跃在美国文坛上,促进了美国小说的飞速发展。

## 一、20 世纪上半叶美国自然主义小说的创作

通常认为,美国自然主义是从斯蒂芬·克莱恩(Stephen Crane,1871—1900)开始的,他的成名作《红色英勇勋章》围绕南北战争中的一名新兵的心理变化,将战争的残酷淋漓尽致地暴露在读者面前。弗兰克·诺里斯(Frank Norris,1870—1902)也是美国自然主义小说家,他的《麦克提格》被称为"美国自然主义的宣言"。而把自然主义推向新高度的则是西奥多·德莱塞(Theodore Dreiser,1871—1945)在 1900 年发表的《嘉莉妹妹》。此后,哈姆林·加兰(Hamlin Garland,1860—1940)和杰克·伦敦(Jack London,1876—1916)也始终以描写生活的真实为宗旨的"真实主义"作为自己的创作原则。此处主要介绍弗兰克·诺里斯、西奥多·德莱塞、哈姆林·加兰和杰克·伦敦的自然主义小说创作。

### (一)弗兰克·诺里斯的自然主义小说创作

弗兰克·诺里斯(Frank Norris,1870—1902)生于芝加哥一个小康之家。他的父母是两个

---

① 毕小君:《英美诗歌概论》,北京:知识产权出版社,2009 年,第 102 页。

完全不同类型的人。父亲是一位精明干练白手起家的百万富翁,母亲却是个文弱、不得志的女演员。对于他的教育,父母的意见经常不一致。这样的家庭生活自然对诺里斯产生了很大的影响。诺里斯虽然崇拜父亲,但是更亲近母亲。1878年,父母带诺里斯去英国游历。1884年,他家移居旧金山,诺里斯开始学习绘画。后来,父母因为感情不睦而离婚。1887年,诺里斯去巴黎研读艺术,受到14世纪法国诗人傅华萨的影响开始在业余时间尝试作诗。1890年,诺里斯进入伯克利加利福尼亚大学学习。在大学期间,诺里斯对以法国作家左拉为代表的法国自然主义文学产生了浓厚兴趣,他曾将左拉作为自己的宗师,并自称为"少年左拉"。读完四年的课程后,诺里斯没有取得学位。1894年至1895年间,诺里斯赴哈佛学习一年,在著名学者路易斯.E.盖茨的影响下,开始文学创作,他的小说《麦克提格》就是在这期间动笔的,出版后引起文坛的轰动。此后,诺里斯的创作严格遵循着左拉的创作原则,在创作之前总是会进行实地考察,详细记录所见所闻,于1901年、1902年分别出版了《章鱼》和《粮食交易所》。1902年,诺里斯因病去世。

1901年问世的《章鱼》是"小麦史诗"的第一部长篇小说,与之前的作品相比,这部小说在主题思想、人物塑造和艺术风格方面都已经走向成熟。小说素材来源于一个真实的事件,史称密瑟尔·斯劳事件,即1880年加州小麦农场主与运小麦的南太平洋铁路公司之间的尖锐矛盾和冲突,从而反映了当时美国西部铁路托拉斯与农业中产阶级之间的斗争,具有重大的社会意义。诺里斯只保留了真实事件的主要线索,对人物、地点都做了改动,甚至虚构。

《章鱼》分为上、下两卷,共16章的内容。上卷从秋后写起,下卷写到次年秋后结束,内容涵盖了一年四季小麦从播种、生长至成熟和收获的全过程,象征着人从生到死又死而复生的循环周期。小说的叙述者是普列斯利,他像一根红线,贯穿小说的始末。小农场主的代表阿尼斯克特外貌粗犷,心地善良,进取心强。他爱上纯真的希尔玛,关照有钱的农场主戴克母女,为了保护农场主的合法利益据理力争,惨遭杀害。他的朋友万纳米个神秘的幻想者,经常沉湎于过去爱情悲剧的回忆里,他的情人安琪尔又遭人非礼死于难产。他万分痛苦,终日祈求上帝保佑。最后,情人女儿的爱使他获得再生,充满了对生活的希望。

书名用"章鱼"暗示铁路托拉斯像个庞然大物,将它的触角伸向四方,吞食小鱼般的一个个农场主,诚如它所描述的真实故事:铁路公司一手掌控了小麦的运输和定价,原先已经应允以较低的价格将土地卖给农场主,然而当看到农民丰收在望的时候,想获取更多利益,就违背了当初的诺言,抬高地价,农场主当然不同意。后铁路公司动用武装对沿线的土地进行没收,农场主走投无路,只能奋起抗争,自卫还击,最终也斗不过强大的铁路公司,以农场主的伤亡而宣告失败,佃户也纷纷破产,失去了土地,流离失所,而垄断资本成为胜利者。

在《章鱼》中,作者诺里斯塑造了几个小农场主德里克、阿尼斯克特、奥斯特曼、布洛德森与铁路垄断托拉斯代表贝尔曼的生动形象。双方矛盾尖锐,势不两立。小农场主们拥有巨大财力和民主思想。他们主张公平竞争,保持人道主义的道德标准。在面临被铁路垄断资本吞噬的危险时,他们为维护自己和睦的田园生活,同心协力,共同对敌,最后死在对方的枪口下。代表铁路垄断托拉斯的贝尔曼似乎就是一个瘟神,去到哪里就把灾难带到哪里,他为了维护铁路方的利益而不顾小农场主的死活,弄得阿尼斯克特、奥斯特曼、布洛德森、胡文和哈南被枪杀,希尔玛和戴克家破人亡,德里克精神失常,胡文妻女流离失所。结果,他虽然在枪战中逃生,却死在了满载小麦的船舱里。这一死法表明,在诺里斯看来,小麦和铁路均代表着巨大的自然力量,个人的挣扎、伎俩、命运在自然的力量面前都是渺小的,只有自然力量才能主宰历史。李曼虽然是农场主德里克的儿子,并且在旧金山当律师,但是并没有维护农场的利益,而是在利益的诱惑下,违背良心,接受铁路托拉斯的贿赂,出卖农场主们的利益,结果导致农场主申诉的失败。因他而死的乡亲们尸骨未寒之时,他竟还毫无悔恨、不知羞耻地当了州长。实际上,小说中一切悲剧的幕后总策划是旧金山的大银行家——谢尔格里姆,是他亲手制造了所有的杀人悲剧,却大言不惭地谈什么小麦和铁路是人力无法左右的两种力量,貌似公正,实则口蜜腹剑。

《章鱼》这部小说不论是从宏观结构还是从个别人物刻画,都充分表现出人有战胜命运以求再生的意志。小麦具有显而易见的象征作用。小说的上卷自秋后写起,下卷以次年秋后收尾,小麦在一年四季的大框架内生长与成熟的更替过程,揭示出人生死而复生、循环往复的永恒性质,书中写道:“小麦啊,小麦啊,一夜功夫,麦子露头啦……周而复始的季节循环,像个大钟摆左右摆动,从死回复到生。死亡里诞生了生命,毁灭里产生了永恒。”这又体现在主要人物的生活上。小说中的三个年轻人,普里斯利统领全局,他几乎无所不在,是作者的代言人;阿尼斯克特是农场主的代表;万纳米的神秘主义为普里斯利对生活采取基本的肯定态度铺平道路。阿尼斯克特性格转变的蕴涵极为丰富。这个人最初自私、冷酷,对女人有欲望,无爱情。在小麦开始茁壮成长的季节,希尔玛的善良和纯真的爱感化了他,他对希尔玛萌发了爱情。随着小麦的生长和成熟,他走出了旧我的外壳,获得了新生。他悉心照料戴克的老母和女儿;积极参与农场主为理想而进行的殊死斗争,并为之献出年轻的生命。万纳米对安琪尔的爱始于小麦发芽之时,后来安琪尔遭强暴并在难产中死去,万纳米非常伤心,并因此而过了多年苦行僧式流浪和隐居生活,最后,他终于在情人的女儿身上寻觅到了失去的爱,又有了寄托,他再生了,其时恰值小麦丰收之季。《章鱼》这部小说告诉人们,人有了意志,人生就有了希望。

从艺术风格来看,《章鱼》自有独到之处。首先,书名“章鱼”寄寓了深刻意义,书中也有不少的精彩细节描写,善恶对比鲜明(小麦农场主代表“善”,铁路代表“恶”),好事常瞬间变成坏事。例如,小农场主们在舞厅里快乐相聚,热闹非凡,突然闯入一个持枪打劫的暴徒。暴徒被制服后,瘟神贝尔曼即出现在了舞厅了,为铁路公司送来了高价卖地的“最后通牒”。这预示着死神已经降临,晚会成为了小农场主们最后的狂欢,他们马上处在不安的恐惧里。富有戏剧性的事情接连发生,“好人”也被弄成“坏人”,如铁路工程师戴克无故被解雇,为生计和发泄不满变成劫持列车的土匪,最终被缉拿归案,并被判处终身监禁。小说抓住小麦这个加州的地方特产来反映铁路垄断资本与农业资本之间的冲突,很有特色。作品通过叙述者普列斯利之口,向读者一个个地介绍主要人物,由此展现了一幅多层次的社会现实生活画面,可谓以点带面,反映全貌。其次,小说全局结构感强烈,也能够非常娴熟地处理许多独立情节和场面。例如,小说上卷第一章即向读者大概介绍完全书的主要人物和情节。而具有画龙点睛之妙的书名——章鱼,其形象在书中也随着故事的展开而得到充分的展现。再次,语言表达生动,富有诗意,有些景色描写秀丽清新。诺里斯以圣华金山谷为背景,描绘得有声有色,似乎为后来的作家萨洛扬和斯坦贝克创造了条件。他对农场主大起大落的谷物交易的研究十分细致,引起了厄普顿·辛克莱的浓厚兴趣。但是小说情节过于冗杂,选材不忍割爱;有些人物(如万纳米)的故事似同主题关系不紧密。虽然小说有这些不足之处,但它仍不失为诺里斯的杰作。

《粮食交易所》把背景转到了芝加哥。小说主人公柯蒂斯·杰德温出身低微,但凭着精明和一些非法的渠道,在芝加哥也打下了一片天地。后来,经别人的引导,他开始在小麦市场进行期货投机,因此垄断了小麦市场,可谓鸿运当头。柯蒂斯的朋友克莱斯勒曾因投机小麦市场而吃了大亏,所以苦口婆心劝柯蒂斯赶紧收手,但是柯蒂斯依然我行我素。由于柯蒂斯的投机行为使得美国市场面包价格攀升,老百姓怨声载道,更使欧洲的饥荒雪上加霜。柯蒂斯看到美国国力日盛,坚信未来的小麦价格肯定一直上涨,于是他囤积了大量的小麦。柯蒂斯对小麦投机的痴迷到了冷落新婚妻子劳拉的程度,妻子因此感到生活乏味,不堪寂寞,终于与旧日追求者发生了婚外情。柯蒂斯的财富与势力日增,却患上了头疼的怪病,因此倍感孤独和压抑。不久,柯蒂斯获知朋友克莱斯勒因投机失败自杀,意识到是因为自己的囤积行为害死了朋友,心里很愧疚,但已无法退出。为了维持小麦的高价,他用光自己所有的积蓄甚至贷款来买小麦,然而小麦的大丰收让他无法继续,终于破产,并一病不起。此时,劳拉良心发现,与柯蒂斯重修旧好,对其悉心照顾。

受到 20 世纪初风靡全国的"揭丑派"运动的影响,《粮食交易所》大胆地揭露了垄断资本投机倒把给社会和民众带来的危害,抨击了小麦交易所内部的黑幕,这是难能可贵的。在这里,诺里斯依然坚持《章鱼》中铁路大王谢尔格里姆关于社会力量左右一切的观点,认为柯蒂斯的坍台是他向大自然挑战的结果:

> 他曾以人的微薄之力左右造化,但是大地,这伟大的母亲,在感到昆虫般的人所织成的蜘蛛网的触动以后,终于在沉睡中动了一动,通过尘世的轨道,发挥出自己的全能的威力,找到搅扰她的常规的人,把他消灭。

这段话有着强烈的自然主义味道。柯蒂斯的破产是他自己作法自毙,咎由自取。这似乎是命运的报应,像昆虫一样软弱的人竟敢轻举妄动,大地就将他吞吃了。这种思想显然比《章鱼》后退了。

这部小说承接了诺里斯一贯的自然主义主题,即对人类在大自然和环境力量面前无可奈何的反映。克莱斯勒就是因为期货吃了大亏,并劝柯蒂斯及时收手,自己却依然继续进行投机,最终破产自杀。柯蒂斯自从踏入交易所的大门之后便一发不可收拾,直到朋友的自杀,自己也相继破产后才不得已放弃,还得了一身疾病。这一切都表达了作者执著于追求金钱并不能够给人带来真正的幸福,自然(金钱)的力量可以把人捧上天,也可以把人摔死,而唯有爱才是生活的真谛的观点。但小说结尾柯蒂斯投机失败,经济破产,出轨后的劳拉良心发现,与丈夫言归于好,这种道德上的升华使得小说的结局过于苍白,难以引起读者的同情。

《粮食交易所》的结构比《章鱼》更紧凑、完整,情节比《章鱼》更集中,人物更突出。但是,与《章鱼》相比,《粮食交易所》的史诗感已经大大地减弱了,对人与社会关系的洞察和分析不够深刻,思想深度也不如《章鱼》。不过,由于受到 20 世纪初风靡全国的"揭丑派"运动的影响,《粮食交易所》以其对垄断资本投机倒把给社会和民众带来危害的大胆揭露和对小麦交易所内部黑幕的抨击而大受当时读者的欢迎。

总之,诺里斯开创了美国文学中自然主义传统之先河,对后世作家产生了深远的影响。

## (二)西奥多·德莱塞的自然主义小说创作

西奥多·德莱塞(Theodore Dreiser,1871—1945)生于印第安纳州特雷乌特。父亲为逃避兵役,从德国移民美国,婚后生育了 10 个儿女,德莱塞是倒数第二个孩子。起初,德莱塞一家的日子过得还算殷实,但就在德莱塞出生的前两年,其父经营的毛纺作坊遭遇了火灾,损失惨重,父亲还因此受伤致残,于是,家庭经济开始拮据。为了生计,德莱塞一家曾 6 次搬家。因此,德莱塞从小就随家在不同的贫民窟中漂泊。由于德莱塞的父亲一直处于萎靡不振的状态中,因此,一家的生活重担落在了德莱塞的母亲身上。为了生计,德莱塞 12 岁便辍学了,先后当过报童、店员、洗碗工等,后来,在别人的资助下,德莱塞进入印第安纳大学进行了一年的学习,之后当了芝加哥

《每日环球报》的巡回记者。从离开芝加哥后,德莱塞辗转到了圣路易斯,先后在《共和国》和《环球民主主义者》等报刊工作。不久又到匹兹堡为《电讯》报工作。1894 年,德莱塞到纽约任《世界》和《每月》杂志记者。1899 年秋开始试写小说。1900 年《嘉莉妹妹》正式出版,可是令德莱塞没有想到的是,《嘉莉妹妹》受到许多指责和攻击。有的批评它文字粗糙,艺术性差;有的抨击它风格粗俗,不道德。但读者反映不错。德莱塞遭到严重的精神打击,几乎自杀,幸好他哥哥送他去疗养,让他渐渐康复。也有评论者对他的作品进行肯定,例如批评家门肯和作家诺里斯纷纷撰文加以肯定,赞扬德莱塞告别旧传统,带领读者走进新时代。纽约四家出版公司相继重印《嘉莉妹妹》,后多次再版。小说被译介到欧洲各国。1911 年,德莱塞发表第二部长篇小说《珍妮姑娘》。它是《嘉莉妹妹》的姐妹篇,很快受到广泛赞扬。自 1912 年起,德莱塞的创作不断,《欲望三部曲》的前两部《金融家》(1912)和《巨人》(1914)接连问世。第三部《禁欲者》(又译为《斯多噶》)直到作者去世之后的 1947 年才出版。1915 年,德莱塞发表颇富自传色彩的《天才》,引起一场轩然大波。在创作长篇的同时,德莱塞还写了不少短篇小说、戏剧、散文和自传等,如《关于我自己》《德莱塞看苏联》《妇女列传》以及自传《曙光》和《堡垒》等。1925 年,德莱塞推出了名震天下的《美国的悲剧》,在评论界和读者中间引起热烈反响,被认为是德莱塞的传世作。1927 年,德莱塞应邀访问苏联。1945 年,他加入了美国共产党,同年在好莱坞去世。

德莱塞是一位多产作家。他一生辛勤笔耕 50 载,出版了 8 部长篇小说,4 本短篇小说及札记集,4 部游记,两部自传,一本诗集,一本剧作集,以及 4 部杂文集。他善于采用自然主义手法表现社会现实的重大主题,以犀利的笔锋揭示出社会生活的不同层次的真实状貌,由此展现了一幅令人惊骇的社会图像。德莱塞被称为第一次世界大战前自然主义最优秀的代表,他的小说开创了 20 世纪美国小说发展的新阶段,其中最为成功的当属《嘉莉妹妹》《欲望三部曲》和《美国的悲剧》。

《嘉莉妹妹》反映了一个时代的急剧变化,打破了 19 世纪末的浪漫主义文学传统,直面贫富日益悬殊的现实生活。小说主人公嘉莉是一个 18 岁的农村姑娘,她为了找到发财致富路,满怀信心从乡下到大城市芝加哥投奔姐姐。可是,姐姐一家三口竟是一贫如洗,过的是寅吃卯粮的日子,比乡下生活好不到哪儿去。当然,嘉莉仍不死心,还不愿意回乡下,她先是到一家鞋厂找到一份工作,虽然工资很低,但可以凑合,想着将来有个更好的去处再换地儿。后来,她因生病而失掉了工作,不得不向火车上结识的推销员杜洛埃求助,后来做了他的情妇。可是,杜洛埃也没有真心对待她,而是看中她的美貌,把她推荐给某酒店经理乔治·赫斯特伍德。乔治是一个有钱的花花公子,他经常带嘉莉进出各种豪华的社交场所,令嘉莉大开眼界,并羡慕不已。乔治虽然薪俸优厚,社会地位也比较高贵,但是因家庭生活并不如意,因此他对貌美单纯的嘉莉一见倾心。他多次私下到嘉莉的住所会见她,后来竟然从他的雇主的保险柜里窃走一万美元,骗得嘉莉和他一起出走到加拿大,改名换姓,同她结婚。为了免遭起诉,他退回赃款的大部分,后带着嘉莉移居纽约合开酒馆,但生意不好,最终亏本失业。嘉莉也没有了生活来源,只好自谋出路。她凭借自己在外貌上的优势,顺利地当上了歌剧的演员,并逐渐走红。此时,各大富豪纷纷向她献殷勤,报刊也纷纷吹捧她。嘉莉出名了,得偿所愿地挤进了上流社会,过着奢侈的生活,当然也离开了一无是处的乔治。乔治则在嘉莉离开后变得越来越贫穷,最后沦落为乞丐,走上了自杀的道路。杜洛埃在嘉莉成名之后来找过嘉莉,希望能够再续前缘,但是嘉莉拒绝了他。嘉莉终于发财了,她舒舒服服地坐在一家豪华旅馆套间里的摇椅上,脸上似乎踌躇满志,但又像是惘然若失。

《嘉莉妹妹》给读者展现的是一个典型的自然主义世界。在一个庞大而冷漠的世界里,人是多么渺小,再怎么挣扎也无济于事。小说第一章的标题就直接明确地点明了这个主题:人渺如碎屑,受各种外部力量的挤压,毫无反抗之力。刚刚步入芝加哥的嘉莉举目四顾,所见皆为高大的建筑物、巨大的起重机、宽大的铁路货场、大街、大门、大公司、大办公室等,这些都令她感到畏惧,心情沉重,一种处于力量和权威之中无能为力之感油然升上心头。这座正在兴隆而起的大都市给娇弱的小女子先来了一个下马威。她历经波折才找到一个卑微的工作,即便如此,最终还是由于生病而失业了。在芝加哥,乔治小有积蓄,社会地位和生活都很体面,可是一到了纽约就宛如沧海一粟。小说中描写的世界是冷漠的,没有什么道德、情义可言,如嘉莉求职的艰难过程,好不容易找到一份工作却因生病而失业;又如乔治经营失利,后来竟沦为乞丐,最终绝望自杀而亡。

这部小说对清教主义的清规戒律提出了大胆的挑战。嘉莉年轻漂亮,虽然家里贫困、没文化,又没有专长可以找到个好工作,更不可能做生意赚钱,但她不相信命运,不安于现状,独自闯荡芝加哥,想混出个模样。在大城市中,她看到了还有很多人像农村人一样挣扎在生死存亡的线上,到处都是失业的流浪汉,当牛做马的工厂女工,而富人却过着穷奢极侈的生活。对此,嘉莉更加害怕过贫穷的生活,更不想像姐姐那样艰苦一辈子过活,于是,她想方设法挤进上流社会,也要像富人一样过无忧无虑生活,享受现代的物质文明。嘉莉是美国文学中第一个"美国梦"的追求者,与以往美国小说中的人物形象不同,她为了实现自己的愿望,不惜违背当时流行的道德观——先后当了杜洛埃和赫斯特伍德的情妇。她对爱情、亲情似乎都毫不在乎。如果说她当初和母亲吻别时曾经掉过几点眼泪,火车驶过父亲工作的面粉厂时曾感到一阵心酸;如果说她离开自己家乡时曾经长叹一声,那么这少得可怜的人情味在大城市的繁华和喧嚣中都消失殆尽了。只有一种欲望是嘉莉从始至终没有忘记的,并且一直在激励着她,这就是物欲。在当时的读者看来,这样的行为是遭到唾弃的。但作者根本没给她什么惩罚,反而最后让她成了幸运的大明星。这样的结局就相当于对宗教"原罪"说的抛弃,自然也是对19世纪末流行的小说观的违背。所以,《嘉莉妹妹》一出版后就遭受到了各种非难,德莱塞还因此差点自杀。作者煞费苦心地塑造了嘉莉妹妹这一主人公形象,可见其挑战当时美国社会习俗和文学思潮的极大勇气,进而具有了划时代的意义。

《欲望三部曲》(《金融家》《巨人》《禁欲者》)是一部资本家的兴衰史,描绘了美国资本主义从南北战争后的资本积累到19世纪末的自由竞争和20世纪初垄断资本主义的社会变革过程。它是一部描写追寻"美国梦"而发迹的"超人"的成功和走向没落的"史诗",因而具有深刻的社会意义。作品的素材主要取自于美国金融家耶基斯的投机生涯。耶基斯就是书中的主人公弗兰克·柯柏乌的原型。

在《金融家》中,弗兰克长于费城,青年时就在市内街车交易中发迹,不到30岁就立业成家,后来交易所出现恐慌,他几乎破产,还因受贿罪入狱。出狱后,弗兰克并没有一蹶不振,也没有畏首畏尾,而是东山再起,决定到西部冒险。小说至此结束。

在《巨人》里,弗兰克已经移家至芝加哥,在芝加哥他依然投资于市内街车,并通过自己的精明手段购得了市内街车股票买卖特权,于是他又拥有了雄厚的资本,几乎可以掌控国家的生活。有了资本,弗兰克可以轻而易举地把对手击败,并巧妙地贿赂政客,左右选举动态,以期能对芝加哥市地面交通系统进行全面的掌控。很不幸的是,他碰上了一个棘手的州长——伊利诺斯,这个人不贪婪,对他进行贿赂根本行不通,因此弗兰克的计划失败了。这时,弗兰克的名字在芝加哥和政治腐败几乎等同。然而这无关紧要,因为他已发了财。他决定迁往纽约市,在那里大兴土木建大厦,拥有各种珍贵的艺术品和漂亮的女人。他先是在德累斯顿为一个女人建了行宫;在罗马为第二个情妇建了别墅，又在伦敦又为他第三个心上人贝兰妮丝造了金屋。弗兰克到处寻花问柳，玩弄女性，连朋友的妻女也不放过。这种以金钱为基础的恋爱、婚姻和家庭暴露了弗兰克的虚伪、自私和堕落。但他仍然没有满足，感到自己仍是个局外人和掠夺者，无法突破美国社会的内部防线。如今，他准备向欧洲市场扩展。

第三部《禁欲者》在《巨人》问世后 30 余年才出版。在这部作品中，主人公弗兰克携巨款到伦敦，想实现伦敦地铁的电气化，从中大赚一笔，然而他患上肾炎，只好回纽约在病房中度过余生待毙。当然，他一生所积累的财产很快便被分割了。《禁欲者》比前两部小说要逊色多了，尽管作者想通过它反映跨国资本主义给欧美社会造成的危害。

《欲望三部曲》不仅展现了比以前的美国小说更加广阔的生活画面，以弗兰克一生的浮沉为主线，反映了资本主义发展的三个阶段的不同特征，加深了人们对社会生活的认识，而且表露了他对商品经济和消费文化的不同看法，力图刻画他所处时代的社会现实，特别是资产者日益提高的社会地位和生活的变化。在小说中，弗兰克几乎就是力的象征。他坚强、勇敢，对顺从自己的兄弟一直惯用强硬手段进行管教。他对世界和人生充满好奇，敢于怀疑一切；他从来就不相信宗教，善于独立思考。例如，弗兰克经过一个海鲜市场时无意看到了一只龙虾正在吃一只乌贼，乌贼当然要反抗，然而终究败下阵来，很快成了龙虾的肚中餐。从这惊心动魄的搏斗中，弗兰克悟出了一个道理，即优胜劣汰，一切生物要生存，必须要相互吞食，人也一样，都是靠吃别人为生的。当然，弗兰克决不会当乌贼，他一定做现实社会中的龙虾，成为社会的强者。于是，他在各种金融投机、黑市交易中发迹，进入公共领域，进行各种黑色交易，虽然不是一切都一帆风顺，但也算得上是步步登高。在情场上，他不断换性伴侣，与他交往的女人也大多是争强好胜者，她们也钟爱争强好胜的男人，他们之所以能成为性伴侣，完全是因为某种"力"的相互吸引将他们联系在了一起。《欲望三部曲》告诉我们，人的一切奋斗归根结底都会以零为结局。由此可知，在作者德莱塞的世界中，人的一生就是虚空的，即使做再多的任何努力也徒劳无益，生活是没有价值的，人生是没有什么意义的。由此也看到，《欲望三部曲》表现出了极强的自然主义风格。

《美国的悲剧》是德莱塞的最优秀、最重要的作品，以 1906 年一则真人真事谋杀案的报道为基础。报上说：一个青年切斯特与女友谈恋爱，同居后女方怀孕，他不但不肯娶她，还残忍地将她骗去游湖而将她推下水溺死，最后切斯特被判处死刑。此事轰动了全国。德莱塞以此案为蓝本做了精心的加工。当然，这部小说并不是再现原案的侦探小说，恰恰相反，它表现的主题非常严肃。小说的主人公克莱德·格里菲斯出身卑微，一贫如洗，但却痴心妄想能有一天能够过奢侈豪华的生活。他到一家旅馆当茶房时，极力效尤周围有钱人的浮华，侈靡挥霍，迷恋卖俏的女子。一日，克莱德和朋友一起去郊游，归途中司机无意中撞死了一个女孩。于是克莱德为了避免麻烦，慌忙逃离现场。几年后，他和富有的叔叔相遇，并被安置在叔叔的衬领厂工作。由于堂弟对他还有戒心，因此，克莱德在工厂里只能做下等活。后来克莱德和一个名叫洛蓓塔的姑娘往来，并让她怀孕了，之后他又和年轻而富有的姑娘桑德拉斯混在一起，他想利用桑德拉而挤进上流社会。由于怀孕，洛蓓塔提出了结婚的要求，但是克莱德并没有答应，他决定要当上流社会的人。他害怕洛蓓塔阻挡自己成为富家女婿的美梦，于是起了杀心。他将洛蓓塔骗到湖上度假，借机将其溺死。二人来到湖上后，克莱德又有点不忍心，但是仍然在无意中推倒了洛蓓塔，导致翻船，二人都掉入了湖中，而克莱德也没有对不会游泳的洛蓓塔施救，慌忙逃走，结果洛蓓塔溺死湖中。事发后，地方检察官以谋杀罪逮捕了克莱德。克莱德的辩护律师为了救他，不惜伪造案情，但仍逃不过检察官的追查，克莱德被判有罪。他的辩护律继续为他奔走，准备上诉。期间，一位牧师前来探监,克莱德面对牧师愧疚万分,进而皈依了宗教,并道出了实情。最终,他上诉失败,被处以绞刑。

这部小说内容丰富,主题鲜明,结构严谨,布局合理,故事引人入胜,不仅展现了美国社会生活的广阔画面,而且有许多生动的细节描写,首尾呼应,警世作用明显,具有深刻的社会意义。由于社会的原因,克莱德酿造了别人的悲剧,也酿造了自己的悲剧。他出身低微,却要做"美国梦",他以为在美国人人都可以变得有钱,都有漂亮的富有的女人,最终都能挤进上流社会。可是,铁的事实粉碎了他的美梦。所以,《美国的悲剧》就是"美国梦"幻灭的悲剧。

总之,德莱塞以犀利的笔锋披露出富者的豪横,贫者的可怜可悲,以及美国梦破灭的痛苦过程,是第一次世界大战前自然主义最优秀的代表。

## (三)哈姆林·加兰的自然主义小说创作

哈姆林·加兰(Hamlin Garland,1860—1940)生于威斯康星州西塞勒姆的一个农民家庭,早年生活在南达科他州,家庭经济拮据。他只念过几年书,高中毕业后迫于生计于1884年到波士顿谋求出路。在这个陌生的地方,加兰四处碰壁,但仍坚持到公共图书馆里阅读。不久,与豪威尔斯结识,并在其启发下开始尝试进行创作。3年后,加兰回到南达科他州,开始以当地乡民艰难贫困的命运为题材进行小说创作。1891年,加兰发表了第一个短篇集《大路》,其内包含6个短篇小说。此后,加兰又在1892年一年内连续发表了4部小说:《杰生·爱德华兹》《猎官》《第三等级的一员》和《小不点儿诺斯克》。1895年发表长篇小说《达切尔谷的罗丝》。1896—1916年间,迫于市场压力,加兰转向写作落基山区的浪漫传奇,落入俗套,质量平平,只有1910年在原短篇小说集《大路》的基础上又加入另外5个短篇小说进行再版。1917—1928年,他发表了自传体"中部边地"四部曲:《中部边地之子》《中部边地之女》《中部边地的拓路人》和《中部边地的随行者》。在加兰生活的最后10年里,还写了四卷本的回忆录。1940年3月4日,他在好莱坞离开了人世。

加兰认为作家应具有责任感和同情心,通过自己的作品准确地再现表象和真理。在加兰的作品里,总能表现出一种近乎眷恋、缅怀和虔诚的情绪来描绘他的父老乡亲、故乡。他的创作很好地贯彻了他的思想,最为出色的当属1910出版的短篇小说集《大路》。

短篇小说集《大路》以作者的故乡南达科他州农村为背景,反映19世纪末叶美国工业经济高度发展时期中西部劳动大众——农民、手工业者、赶车夫等"困苦、闭塞、乏味、孤独"的生存状况。其中所选的小说也都是从各种不同的角度来描写中西部农村真实的画面。

《士兵返乡》通过对一个退伍士兵返乡途中所见所感的记录,向读者呈现了农村生活每况愈下的现实。《在狮爪下》的主人公赫斯金斯是一个整日辛勤耕作的农民,他梦想能有一天攒够钱在西部置办一个属于自己的农场,以期能过上富足的新生活。于是一家人用完所有积蓄租赁了农场,像牛一般默默在土地上耕作了三年,让贫瘠的土地也变成了沃土。眼看好日子在望,却一再再而三地被农场主盘剥,自己竟也无力反抗。赫斯金斯的遭遇反映了农业资本家对佃农的无情盘剥,也打碎了美国的西部神话。

《来到库利》通过讲述10年没有回家的演员霍华德·麦克兰从东部都市回到家乡看望母亲和弟弟的故事,再现了作者回乡探亲时的经历。霍华德回到家乡发现,中西部的农村并不是都市人想象的那样,是充满机会、希望的自由乐土,毫无诗情画意可言,取而代之的是衰败的村庄和精神颓废的村民。在这里,土地贫瘠,农民做着繁重的农场工作,却担负着高额的税赋,经济入不敷出,纷纷破产。在弟弟格兰特的农场小住期间,霍华德遇到了儿时的伙伴,他们一个个地都已经未老先衰,面容难以辨认;而弟弟三十几岁了,却没有该有的朝气蓬勃,他对一切早已丧失了信心,竟然都懒得接过哥哥给他带来的礼物。霍华德看到这一切,心中充满了不安和内疚,他觉得应该在经济上尽快帮助家里改变这令人气馁的状况,重新恢复他们生活的勇气,然而弟弟却说:

> 如今金钱也不能给我带来什么机会了。——我是说生活对我已经没有什么意思了。我已经太老,不能重新开始了。我已经注定失败了。我得出了结论:对于我们百分之九十九的人来说,生活都是失败的。你现在无法帮助我了,已经太晚了。

年纪轻轻的弟弟,却被生活压垮了精神,对生活失去了热望,无所作为,认定自己就是失败的,已经无药可救了,他们放弃了对生活的抗争。他们只能像"掉在糖浆锅里的苍蝇一样,怎么也逃不掉。若是用力挣扎,就说不定连腿都得扯下来"。这就是 19 世纪末美国中西部社会的真实画面。霍华德带着对农村的真实认识,怅然若失地离开农场,心灰意冷地返回城市。

《艾森·李伯利大叔》记述了老农艾森大叔受到了奸商欺骗的故事,他新建的牲口棚最终被推销商涂上广告,揭示了商业主义对农村的侵蚀。

《救命神鸭》描写职员罗伯特从城里回到家乡所经历的故事。罗伯特回到农村神气昂扬,觉得自己高人一等,特别瞧不起村里的人,认为村里的人不仅穷,而且没有什么文化修养,表现愚昧,思想落后。有一次,他晕倒在街上,最终是被其一直不看好的老乡们救起,这使他感到很内疚,终于意识到了自己的偏见,也认识到家乡人的淳朴和可爱。

《一天的欢乐》描写了农民麦克安夫妇一天辛劳的生活经历,与议员霍尔先生的悠闲生活形成强烈的对照。

《大路》这部小说集真实地描摹了农村生活的真相,而且传达了对农民,尤其是对生活在农场的女性的深切同情。对此,豪威尔斯称赞加兰"有足够的勇气给读者一个未加粉饰的事实,这在盎格鲁-撒克逊作家里极为罕见"。

## (四)杰克·伦敦的自然主义小说创作

杰克·伦敦(Jack London,1876—1916)生于旧金山,在奥克兰长大。自幼父母离异,和母亲、继父过着颠沛流离的生活。8 岁时,他便开始卖报。15 岁时,他在旧金山流浪,当过捕蚝人、渔警、水手。1893 年,美国发生全国经济恐慌,杰克·伦敦陷入社会生活的最底层,饱尝冻馁之苦,他曾参加劳苦工人向华盛顿的进军,被当作流浪工人拘留过。1896 年,他加入到北部克朗戴克河去淘金的人群,历时一年,这期间,他不但没有淘到一粒黄金,反而还得了坏血病,又回到旧金山。但是,这一年的生活极大地丰富了他的想象,为他以后的创作打下了良好的基础。1898年后,他读哲学、经济等著作,并针对尖锐的社会问题深入而大量地阅读了社会学书籍。杰克·伦敦从小就经历人生苦难,这使他有一颗不甘于人下的心。他意识到,要想改变自己的生活,在物质上获得满足,就必须要靠自己的脑力劳动,进而他想到了将文学创作选定为改变自己人生命运的砝码,所以一直致力于文学创作。1900 年,杰克·伦敦的首部短篇小说集《狼之子》问世,赢得了大量读者。自 1900 年至 1916 年的十几年间,杰克·伦敦连续发表长篇小说、短篇小说集及论文集等作品 50 余部。其中最优秀的作品包括小说《野性的呼唤》《深渊里的人们》《海狼》《白牙》《铁蹄》,半自传体长篇小说《马丁·伊登》《约翰·巴里康》,短篇小说集《热爱生命及其他故事》《当上帝笑时》《太阳的儿子》《强者的力量》以及论文集《阶级的战争》《革命》和《漂流的人》等。成名之后,大笔稿酬源源不断,生活也日渐渐豪华。他喜欢冒险,曾耗巨资造船到南海旅行,几经周折,回国时惹上一身债务,也得了一身病。之后,又花巨资着手建造名为"狼屋"的豪华住宅,不料竣工后第二天,大屋失火,顷刻焚为灰烬。自此,杰克·伦敦一蹶不振,并陷入了债务、家庭纠纷,经常酗酒,精神走向崩溃,最终服吗啡自杀。

伦敦最优秀的作品往往采用自然主义手法描写劳动人民的疾苦和资本主义制度的残酷,对资产阶级的腐朽和堕落进行揭露,如《野性的呼唤》《马丁·伊登》等。

《野性的呼唤》讲述的是"超狗"布克的故事。布克是一只良种狗,长得很强壮,最初在米勒大法官家生活,待遇很优厚,但它后来被法官家的一个园丁盗走,被转卖给加拿大籍法国人法兰夏和派劳特,他们正在去阿拉斯加淘金的路上。在阿拉斯加,爱斯基摩狗非常凶残,这使布克非常震惊,其中有一条名叫史皮兹的白狗,它凶狠异常,自然也就引起了布克的憎恨。为了生存,即使环境再恶劣,布克还是渐渐地学会了适应,他顺从主人拉雪橇,还学会了偷吃的技能。即使这样,布克还是经常吃不饱,生活极为艰苦。另外,布克和白狗史皮兹互相充满敌意,终于,它们为了猎物而发生了争执,布克将史皮兹咬死。从此,布克成为众狗的头领。过了不久,布克又换了主人,新主人不但没让它吃饱,还让它拉沉重的雪橇。一次,布克又拉很多很重的货物,并且奔走多时,几乎要丧命。这个时候,布克碰上了一个善良的探险者——约翰·宋顿,见到布克很可怜,便救它下来,对它细心照料。布克的身体渐渐恢复了,对约翰也充满了感激之情。后来,约翰及同伙发现了金沙,便疯狂地淘金,因此把布克冷落了。布克因此开始游荡于荒林,与一只狼混在一起,追逐猎物。一次,布克为了一只老麋鹿追逐了好几天,终于在第四天将其打倒,吃饱喝足,并在猎物旁边待了一天一夜。休息以后,精力恢复得很好,身体也强健了,布克就往营地跑。回到营地,却发现主人被印第安人杀害,布克心中的狂怒瞬间袭来,决定要替主人报仇。趁着印第安人在狂欢跳舞的时候,布克偷袭了这群人。它先把印第安人的首领咬死,然后巧妙地躲过了他们的乱箭、标枪,在人群中猛打猛冲,撕咬、切割、破坏,逮到谁咬谁。这天,是印第安人的受难日,他们被布克打得四处逃避,溃退到了很远的地方。约翰死了,布克最后的眷恋也没有了,它开始断绝了与人的联系。之后,布克又击败了狼群,进而被推举为群狼的首领,它还学会像狼一样长嗥。然而,每逢夏日来临,布克都记着回到约翰丧生之地凭吊。

《野性的呼唤》是杰克·伦敦称之为"北方故事"的一批作品的代表。该部小说讲述的是发生在 19 世纪末关于"超狗"布克的故事,表面上看似乎是一个儿童寓言故事,以兽喻人。19 世纪末,美国社会资本主义文明的发展已达到其最残酷的阶段,"适者生存"论成为垄断资本残酷积累的有力辩词。从一定意义上讲,布克的经历是这种社会现实的寓言式再现,它是适应环境的典范。它曾从高贵的社会地位跌至社会的最底层,在冰天雪地的北国里终日拉雪橇,这实际就是当时美国广大劳苦人民的写照。他们除了必须埋头干苦活,没有任何权利,棍子和鞭子是家常便饭。当他们把自己身上最后一点力气消耗完之后,等待的便是被卖、被丢的命运,而总有新的受害者来代替他们。打在他们身上的棍子和鞭子是统治阶级的权标。可以说,《野性的呼唤》是对"弱肉强食""适者生存"的自然主义思想的诠释。小说虽以第三人称叙事,但"意识中心"始终是布克。读者在阅读中下意识地会和布克同呼吸、共命运,通过它的头脑进行思维,透过它的眼睛看世界与人。而且,作者把布克描绘得惟妙惟肖,使人毫无做作之感,在无意中进入动物的世界,而与之同步动作,戏剧性地呈现出了布克的经历和思想活动,达到了绝妙的艺术效果,这种艺术表现手法为后来的小说创作提供了借鉴意义。

《马丁·伊登》的主人公马丁·伊登出身于水手,却梦想当一个作家。他一面打工一面写作,屡遭退稿却不曾放弃。马丁还梦想有一天能挤进上流社会,能够与漂亮有钱的女人交往。一次偶然的机会,马丁认识了银行家莫尔斯一家,莫尔斯一家的生活很高雅,这就成为他追求的目标。露丝小姐出身高贵,举止优雅,对文学艺术都有精辟见解,这也就成为马丁憧憬的文明的象征。马丁冲动地爱上了美貌惊人的露丝,为了能够配得上她,决心认真读书,提高修养,让自己的举止和衣着也变得优雅。马丁也吸引了露丝,露丝对这个水手强壮的体魄和顽强的精力充满了好奇。当然,莫尔斯一家反对马丁与露丝之间的来往,因为他们认为马丁太穷了,且又偏信一家报纸诬称马丁是个社会主义者。露丝在心理上也产生了矛盾:她爱马丁粗野,又嫌他文雅不足。随着马丁涉猎的知识范围的增广,他逐渐萌发当作家的念头。于是马丁开始写作。其间偶然读到斯宾塞利用进化论诠解世界与人生的著作,心胸感到豁然开朗。而后,马丁虽然与露丝见面的机会不断增多,但这位大家闺秀见识太少,因而对他作品中的某些严峻描写产生反感,这使他感到十分遗憾。为了生计,马丁到一家旅馆洗衣房做工,但却因为工作繁忙使他毫无闲暇读书,因而一气之下辞去工作。此时,他逐渐意识到,自己的思想已开始脱离工人阶层的生活。在感情道路上,马丁也越走越顺,他和露丝开始相爱,不久订婚。但是,在事业上,他的创作并不顺利,稿酬也十分微薄,不过仍坚持不懈地读书和写作。然而贫困每时每刻都尾随在他的后面,有一次他竟有40小时未进一餐。他把大衣、手表、自行车典卖了,把饮食降至最低限。露丝对他十分失望,与他解除了婚约,转而投入了别人的怀抱里。当命运降到最低点时,马丁仍然对未来充满希望。他的内心总觉得成功就在咫尺之外。最后,马丁的作品被发表了,之后约稿不断,收入开始大增,一跃成为闻名全国的作家。人们纷纷对他另眼相看,露丝也回来要和他重修旧好,这令马丁大受刺激。马丁似乎实现了当初的梦想,他已经爬到了曾梦寐以求的社会顶端,曾经喜欢的女人也投怀送抱,但同时他也认识到得到这一切并不是他想要的,他相当长的时间内自己心中崇拜的女神——露丝并没有脱掉凡胎,没有摆脱“习俗”的羁束,恰如黛西的声音中充溢着拜金声一样,露丝的头脑中装满了世俗观念。这一打击让马丁拒绝了露丝的破镜重圆的要求,在他和露丝的最后一次谈话中已包含着死的愿望:

　　“我病了,病很重,”他绝望地挥一下手说,“直到现在我才晓得我病得多么重。我已失去了某种东西。我一向从未害怕过生活,但我从未梦想过会活够了。生活已把我装得满满当当,我再也吃不下任何东西了。如果还有空处,现在我应当需要你。你看我病有多重。”

他失去的正是生的愿望。于是,他万念俱灰,他在赴国外的航程中自沉海底,悲惨地结束了自己的生命。

这篇小说以心理描写见长。小说用很大的篇幅对马丁的喜怒哀乐、七情六欲进行描写,展现其心态,从而使读者更全面地理解他的性格发展过程。比如,小说第4章就有一大段文字是描写马丁上楼后的脱鞋动作的,整整用了5页纸将他在脱鞋过程中的思想活动呈现出来——看到灰黄的墙皮,他忽然想到光艳的露丝,转而想到了自己的智能,仿佛也看到了自己的面容,进而决心要进行改变;看到自己的粗糙的双手,想到了露丝纤细的手,想到正在为生计奔走的父母和姐妹,进而想到他与露丝之间存在的鸿沟等。这一系列的思想活动将马丁思潮起伏,充满钦羡与自卑的心理状貌清晰地展现出来。

如果将作者的经历和马丁的经历作比较,不难发现二者之间有很大的相似之处,可见该部小说具有较强的自传性。马丁是一个存在主义型的主人公,在他的世界中没有上帝,他所有的生的勇气和信心完全源于他本身,他的死亡代表着个人主义会导致个体死亡。马丁的悲剧也在相当的程度上是 20 世纪初美国普通青年从追求"美国梦"到破灭的过程的反映。作者曾声称这部小说是"反对尼采哲学""反对个人主义"的。主人公在生活与尼采超人哲学的探索中迷失了方向,从而成为极端的工人主义者,最后顺理成章地自杀,由此成为时代的镜子。

总之,杰克·伦敦笔下的人物个性鲜明,小说情节紧凑,文笔生动,词汇丰富,小说中常有马克思与尼采相矛盾的思想,既揭露社会弊病,又追求名利和享乐。他在美国文学史上占有重要地位。

## 二、20 世纪上半叶美国现实主义小说的创作

20 世纪上半叶美国的现实主义小说继承和发展了 19 世纪现实主义文学传统,还受到了自然主义理论的冲击,代表作家有家欧·亨利(O. Henry,1862—1910)、伊迪丝·华顿(Edith Wharton,1862—1937)、薇拉·凯瑟(Willa Cather,1873—1947)、厄普顿·辛克莱(Upton Sinclair,1878—1968)、辛克莱·路易斯(Sinclair Lewis,1885—1951)、迈克尔·高尔德(Michael Gold,1893—1967)和约翰·斯坦贝克(John Steinbeck,1902—1968)等人。

### (一)欧·亨利的现实主义小说创作

欧·亨利(O. Henry,1862—1910)出生在北卡罗莱纳州格林堡附近,原名威廉·西德尼·波特(William Sidney Porter),他父亲是一位受人爱戴的内科医生,母亲受过良好的教育。他 3 岁丧母,父亲自此一蹶不振,后来也逝世了。他从小由他当小学老师的姑母抚养长大,养成爱读书的习惯,读了大量外国古典文学名著。17 岁左右,他到叔父的药店当助手。1882 年,他到德克萨斯州去当土地局的制图员,利用业余时间学习英国文学作品,并开始试着写作。1884 年,他到奥斯汀一家药店做司药,同时创作消遣性诗歌和幽默短剧。不久又辞去工作,游荡了两年。1886 年,他先在一家房地产公司做记账员,后在一地产公司做绘图员,1891 年在国家第一银行任出纳。1891 年至 1894 年,他到奥斯汀银行当出纳员并办了一个幽默周刊《滚石》(1894—1895),每周 8 版,多为幽默短文和讽刺小品,几乎完全出于他之手,前后出版一年,最高销售量达 1 500 份。1895 年他开始为休斯敦一家日报《邮报》写幽默轶事的专栏,发表了约 60 篇作品,以补贴家用。1896 年,他被指控挪用银行的钱,不得不经新奥尔良逃往洪都拉斯,寄居了半年左右。1897 年 1 月,妻子病危,他不得不回国,妻子去世后,他被判有期徒刑五年,因服刑表现好,获减至三年。在狱中,他用欧·亨利的笔名写作,共写了 14 篇,如《口哨王迪克的圣诞袜》《乔治亚的判决》《午后奇迹》和《黑夹山来的买客》等,分别寄往各杂志刊登。出狱之后,他先去匹兹堡,后去纽约,蛰居在偏僻的小客栈里,创作欲旺盛,新作频频出手,竟能同时向十几家杂志供稿。1902 年,他发表了《命运之路》等 25 篇作品。1903 年他与销售量 50 万份的《星期日世界》杂志签约,收入激增,从小客栈搬入豪华旅店。1904 年至 1907 年共写了一百五十多篇小说,闻名全国。1907 年底,欧·亨利开始感到日薄西山,势临强弩之末,精神几乎达到崩溃状态,健康也每况愈下,创作素材业已枯竭。1910 年 6 月 5 日,他酗酒过度染上肝硬化不幸病故,留下大量债务。

1906 年出版的《麦琪的礼物》是欧·亨利典型的成名作。小说的情节非常简单,吉姆和戴拉这对穷夫妻住在纽约市普通的公寓里,家中清贫如洗,仅有两件东西:戴拉美丽的头发和吉姆的一只金表——他家的传家宝。但他们很恩爱。圣诞节快到了,两人彼此都暗暗在想要送给对方

什么圣诞礼物。为给妻子买梳具,吉姆悄悄地卖掉他的金表,然而当他拿着梳具回到家里想给妻子一个惊喜时,却发现妻子卖掉了一头美丽的长发,给他的金表配了一条表链。夫妻相对无语,表链在而表已不在,梳具在而美发已无,两相愕然而后恍然大悟,又沉浸在幸福的拥抱中,虽苦犹乐,情真意切,令人感动。在当时那个物欲横流的社会里,这种真情给人带来无限的欣慰,所以作品能够受到男女老少的传诵,历久不衰。

《市政报告》是欧·亨利最成功的作品之一。小说以一个记者的口吻写国内战争后田纳西州纳斯维尔镇一个南方没落家庭的故事。这个记者去采访当地女作家阿代尔,黑人车夫凯撒大伯开车送他到那里,他付给老车夫 2 美元。在阿代尔家,阿代尔拿出钱请记者吃茶点。但随后,阿代尔又收回了吃茶点的邀请。这一系列的事情让这个记者很困惑。后来,他了解到,阿代尔是南部邦联军少校凯斯威尔的妻子,凯斯威尔战后一蹶不振,依靠勒索妻子的所得过活。阿代尔原为南方大户,现已家道衰颓,囊中羞涩,过着三旬九食的日子。一日一家杂志前来约稿,预付酬资50元,少校得知,前去如数抢走,然后在酒吧挥霍,以酒浇愁。第二天,少校被暗杀了。叙述者从他尸体手上发现了蛛丝马迹:有个纽扣是凯撒大伯的大衣上的。凯撒原是阿代尔小姐的黑奴,获得自由后仍对她忠诚,以自己劳作所得接济女主人。今见少校颓废无救,行为可憎,为了使主人不受干扰,盛怒之下把他杀死。

小说的情节结构极其复杂,作者精心设计了多个骗局,巧妙地分散读者的注意力。小说名字叫"市政报告",但内容并非如此,这是一个骗局。接下来穿插在故事中的不少文字,如说到纳什维尔是州府,它的占地面积、贸易情况等,仿佛小说确实要讲城市情况了,这又是个骗局。小说行文至六分之五处依然让人打不起精神,这还是个骗局。到故事讲完了六分之五之后,一张破裂而用薄纸粘起的美钞如丝线把貌似散乱无关的"念珠"穿连在一起:凯斯威尔少校在酒吧请故事叙事人"我"饮酒时从口袋中取出一张票面一元的美钞,正是"我"付车费时给车夫凯撒大伯的;此前,"我"在会见阿代尔小姐时,曾有有人小声敲门,女人起身出去,回来时苍白的脸上布满红晕,宣布请客人吃茶点,捉襟见肘的尴尬状为之一扫,然后见到女作者从钱包中取出的钱也是"我"给凯撒大伯的,可知黑车夫前来送钱给她;然而取钱后出买茶点的女孩在院里尖叫一声,阿代尔又起身,"我"听到室外有男人的粗骂声,女人回来宣布请茶点改期,显然有人把钱抢走了,现在钱又出现在酒吧柜台上,足以证明是少校抢走的。这张钞票从车夫手转到女人手又转到少校手,从而肯定三人间有某种关系。女人原来是少校的妻子。后来"我"代表出版社与女人签约并预付50元以补贴生活。"我"傍晚出外散步,又见到车夫凯撒大伯,他一如既往招呼乘客,只是大衣上的最后一只扣子也不见了。而"我"最初见到凯撒大伯时,凯撒大伯穿的那件旧军大衣还保留着唯一一颗纽扣。两小时后,少校遇害消息传开,人们传言是某些黑人谋财害命,因少校那日下午曾在酒吧向人炫耀他有 50 美元,"我"在现场发现少校曾和人搏斗,右手紧握不肯松开,后来终于松开掉出的物品,"我"将它捡起来藏好了。文章的末尾写道:

> 第二天上午九点钟,我离开了这个城市。当火车驶过坎伯兰河上的桥梁时,我从口袋里掏出一个黄牛角的大衣钮扣,约莫有半元银币那样大小,上面还连着蓬散的粗麻线。我把它扔到窗外,让它落进迟缓泥泞的河水里。

联想到作者对凯撒大伯大衣的描写,凶手呼之欲出。此时了解到凯撒大伯所作所为都是有苦衷的"我"动了恻隐之心,捡走并丢掉了扣子,帮凯撒大伯抹去了嫌疑。

而此时再回想起凯撒大伯"欺诈"陌生人,无端把车费由 50 分提到两美元时,才理解他这一行为的动机,颇令人赞叹。在这一系列的骗局中,读者在阅读过程中读着无味又不忍舍之,后来知道受骗后又忙着重新翻阅已读过的部分——这其实正是作家巧妙安排所欲取得的艺术效果。如此匠心独运的构思使作品具有感人的魅力。

小说从同情南方文化的角度把内战以后南方生活的一个侧面展现在读者面前,诸如景之颓垣断壁,人之垂头丧气,生活之艰苦,黑奴之深情,如此等等,叫人读了也很能动情。

《黑夹山来的买客》写杨西·戈里如何堕落,荒废事业,一味酗酒和赌博,把好端端的祖产变卖一空,一无是处。而山里人加威夫妇穷困潦倒,曾因欠税被判坐牢两年,后来否极泰来,一些探矿人出高价买下他们的地产。加威夫妇突然变得一心向往体面生活,买下戈里的房屋不算,又进而出资二百元"购买"戈里家族和当地另一大户柯尔特兰家的世仇。因为加威夫人坚信,富家如没有世仇史,便算不得体面,因而鼓励丈夫出资买下戈里的这最后一宗可以出售的"财产"。不仅如此,上校在任税务官时曾把加威送入牢狱,加威也想要报仇。加威要买,戈里也顺水推舟,双方成交。当晚,戈里又去挥霍,酩酊大醉而归。次日醒来,发现上校立在他面前,亲切地邀他去家里小住,无家可归的戈里感激涕零。两人上车,一路兴致勃勃。当他们走近戈里家旧房产时,戈里突然看到远处树丛处闪过一个持枪的身影。戈里的直觉告诉他那是加威。为了救上校,戈里若无其事地要求和上校交换服装,并借口说为使自己过家门时显得体面,上校应允了。当马车路过旧屋时,一声枪响,戈里中弹。戈里临终握住上校之手,说声"好朋友"便咽了气。这篇小说的情节酷似《市政报告》,戈里很像凯撒大伯,外表是一个典型的浮浪子弟、花花太岁式人物,但内藏忠义,肯为朋友两肋插刀,出人意料,这是欧·亨利式结尾的魅力所在。

《最后一片叶子》也是欧·亨利的杰出作品,写一个穷困的老画家连夜画了一片叶子贴在落叶的树枝上,让一位患了肺炎的女画家看到那窗外最后一片叶子,保存一点生存的信心。结果,女画家康复了,老画家则当晚受了风寒去世。小说对这种人间真情的赞颂引起了读者的共鸣。

总之,欧·亨利的故事几乎完全靠情节取胜,简短、巧妙、风趣,运用反讽和幽默的艺术技巧将某些轶事进行扩展,结局十分巧妙,令人意想不到,这是他的艺术风格的一大特色,他也因此一度被认为是"美国短篇小说之父"。

## (二)伊迪丝·华顿的现实主义小说创作

伊迪丝·华顿(Edith Wharton,1862—1937),原名伊迪丝·纽波尔·约翰斯,生于美国纽约一个名门望族,年幼时她在家中接受了良好的教育,养成了自学的习惯,并对文学产生了浓厚的兴趣。在1866年到1872年间,随父母先后旅居意大利、西班牙、法国和德国等欧洲国家。1885年,华顿嫁给了比她年长13岁的波士顿贵族后裔银行家爱德华·华顿。婚后她常随丈夫游历欧洲,回国后移居纽约市。无所事事的华顿在上层社会的交际圈中混迹了几年,后来,她开始写作,以排遣上流社会家庭生活的苦闷。1899前后,她发表《更大的爱好》等短篇小说,并结识亨利·詹姆斯,这对她的写作生涯产生了重要的影响。1900年出版了《来自坟墓的礼物》。1902年出版了第一部长篇《坚定的山谷》,描写了18世纪意大利贵族中的自由主义倾向。随后两年又先后发表了《圣堂》和短篇小说集《人的血统》。1905年,长篇小说《快乐之家》出版,这是她的成名作,为后来的一系列纽约小说打下了基调。后来,爱德华患上了精神病,华顿卖掉了马萨诸塞州的住房,大部分时间都是独自一人在欧洲,继续创作,1911年出版了《伊坦·弗洛美》,1913年出版了《乡土风俗》,同年,她与丈夫离婚,从此常住巴黎。在第一次世界大战期间,她创作了许多战争作品如短篇小说集《兴古河和其他故事》、小说《创作一个战争故事》和《难民》等。1920年,华顿出版了她的代表作长篇小说《纯真年代》，获得普利策小说奖。1925 出版的《小说创作》总结她的创作思想和实践。1927 年，长篇小说《黄昏眠》成了一部全国畅销书。1934 年出版了自传《回眸一瞥》，为她带来了法国荣誉军团勋章。1937 年 8 月 11 日她在法国圣布里斯福列市逝世。遗作《海盗》被认为是她的最佳小说，于 1938 年出版。

《快乐之家》是华顿的成名作。小说的女主人公丽莉·巴特是个出身名门但家道败落却又不安于现状、渴望追随时代旋风的人，她的父母都去世了，由姨妈班尼斯顿太太照顾。她天生丽质，一心向往上流社会，渴望成为名利的拥有者，但却因出身于纽约一个破落的望族家庭，注定要沦为名利的奴隶。在上流社会人物聚集的百乐山庄，她的美貌成了敲门砖。那些有钱的有妇之夫视她为猎物，想方设法让她成为自己的猎物。葛失·屈瑞诺以为她投资为借口给她大量的金钱让她去挥霍，但她却以为他只是放债取息而已，拒绝了他的提议，坚决不做他的情妇。她的朋友将她当作"编外女人"，由富商的太太们雇她当社交秘书，负责写信并将她们的丈夫迷住，她们自己则去勾引其他男人。后来，发了大财的西蒙·罗斯台尔向她求婚，她感到厌恶，没有接受。而年轻英俊的穷律师塞尔顿也向她求婚，虽然她也被塞尔顿的"精神共和国"所吸引，但她不甘心嫁一个穷鬼，所以也拒绝了。于是一拖再拖，直到 29 岁她还没有结婚。更糟糕的是，葛失诱奸丽莉失败，但他的妻子却说葛失已经成功，借此侮辱丽莉，她成了一个"接受一个男人的津贴"的女人。后来，她应朋友杜塞茨夫妇之约去游船，在参加乔治·杜塞茨的游艇晚会时，乔治的妻子利用丽莉来吸引丈夫的注意，以便自己与情人幽会。可是事后她竟然反咬一口，污蔑丽莉勾引自己的丈夫。这两件事使得丽莉被上流社会唾弃，她的地位一落千丈，被迫辞掉了秘书工作。现实让丽莉明白了没有钱就不能保护自己，所以她不得已同意嫁给暴发户罗斯台尔，但是这次罗斯台尔却拒绝了。身负重债的丽莉只好在帽店工作，前途暗淡。绝望之下，丽莉走访了塞尔顿，感谢他的好意，使她没有完全沉沦。接着，她返回寄宿之处，吞食安眠药自杀。次日清晨，塞尔顿打算向她求婚，却看到她已经死了，只能给她一个绅士之吻。这位爱着她的穷律师在整理她的遗物时发现，她把从姑母那里继承来的一点微薄的遗产用于偿还别人的债款，证明了她道德上的高尚和心灵上的清白。

《快乐之家》题目取自《圣经·传道书》："智慧人的心，在遭丧之家，愚昧人的心，在快乐之家。"这对美国上流社会表面上的风雅是个有力的反讽。小说中讲述的快乐之家就是百乐山庄。

这部小说是一部道德寓言，无论是在人物语言和还是在情节安排中，反讽技巧贯穿于小说始终。华顿用深刻的笔触描写了当时社会的物质主义，通过丽莉的悲剧揭露了金钱至上的社会环境对青年一代的毒害，揭露了当时社会的势利、庸俗、虚伪的罪恶现象，反映了商品经济对传统的道德观念的冲击，批判了新兴资产者的庸俗无聊和贵族阶层的势利自私，揭示了在腐化的世界怎样保持清醒的理智的问题。

华顿不仅关注女性的命运，还描写了形形色色的"边缘男性"的形象。在《快乐之家》中，塞尔顿是典型的男性形象，他是一位接受了新思想的年轻人，和丽莉一样年轻、富有魅力但并不富有。上流社会的价值观对塞尔顿产生了深刻的影响，他对上流生活有着一种潜在的、无法抗拒的向往，渴望成为这些人中的一员。但是他也看到了丽莉的纯洁、高雅，看到了自己对丽莉的爱慕之情。这让他十分矛盾，渴望爱情，却又因惧怕被上流社会所抛弃而不敢正视自己的心意。最后，当丽莉临死前告诉他自己对他的爱时，他才终于认识到丽莉的清纯与高贵，但可惜，这朵美丽的小花已经因为不堪生活的风吹雨打而枯萎凋零了。塞尔顿是小说中最为可悲的人物，明明不想为却又为之，厌恶却又不去反抗，有爱却不能给予，甚至不敢向自己承认。

丽莉的父亲巴特先生也是适者生存社会的失败者。淹没于商品社会大潮中的他失去了话语权,因破产郁郁而终其实就是因丧失财富而被抛弃,从家庭生活中的"中心"变成了无声的"他者",不仅成为妻子眼中可有可无的负担,在女儿的记忆中也只是一个可怜虫。

羞涩的阔家少爷珀西·格雷斯也是金钱的受害者,他是个典型的"妈妈的乖宝宝"形象,一心试图用金钱换取快乐之家地位的丽莉为了解决自己的窘境决心用美貌引诱他。他的金钱使他成了丽莉虚荣心的牺牲品。

《伊坦·弗洛美》是华顿创作得最好的,也是她最重要的悲剧故事。小说主人公伊坦·弗洛美生活在马萨诸塞州西部小镇斯塔克菲尔德。为了照顾生病的母亲,想要留在城市里做工程师体面地生活的伊坦放弃了学业,回到贫瘠的农场里。母亲死后,伊坦在马萨诸塞州偏僻山区办了一家农场和锯木厂,与一直照顾母亲的比自己大7岁的表姐细娜结婚。细娜患了疑难病症,靠吃药维持生命。而农场和锯木厂效益差,收入低,伊坦他想卖掉农场,搬到城里当个工程师,但细娜不愿意离开农场,他只好同意留下。后来,细娜的表妹梅蒂·西尔弗到他们家帮忙。梅蒂的到来使伊坦看到了生活的希望,两个人相爱了,伊坦想跟梅蒂私奔,但苦于没钱,怕尽不到做丈夫的责任,不敢断然行动。二人的恋情被细娜发觉了,细娜便将梅蒂赶走。伊坦送梅蒂到火车站,两人在邻近的农场停留,借了一辆雪橇滑下危险的斜坡。梅蒂提议两人死在一起,于是伊坦驾雪橇撞向大榆树。最终的结局是梅蒂终生与轮椅为伴,伊坦面目全毁,终身残疾。两人只好回家由细娜照护,受她控制,三个人统统失去了生活的乐趣和追求幸福的自由。20年后,"我"在伊坦家中看到,细娜照顾着瘫痪的梅蒂。而梅蒂已不再是天真活泼的小姑娘,变得性情乖张,牢骚满腹,完全是一副传统的坏脾气女人的形象。

这部小说以新英格兰的农村为背景,描写了发生在新英格兰山区的爱情悲剧,揭示了社会习俗和旧道德观对伊坦的腐蚀。在小说中,伊坦是他所生活的社会环境及其伦理道德的彻头彻尾的牺牲品,他自始至终都想离开贫穷落后的家乡去寻求自己的理想,但努力均以失败告终。母亲的病情让他放弃了学业和好的前途,回到家乡。婚后,他想要离开家乡,去城里当工程师,但他的梦想再次被贫穷和妻子摧毁。后来,梅蒂的到来点亮了伊坦实现理想的希望,但强大的社会伦理道德彻底压垮了他们,他们想以死来保有这份情感,却遭到了无情的惩罚,身心俱残。伊坦身体的残疾是他精神意识上的变态造成的。社会习俗像无形的锁链束缚着他,使他失去了幸福和理想。

总之,华顿的小说多采用心理现实主义创作方法,简洁地描述人物的道德冲突,展示社会习俗对人们精神生活的影响,对之后的作家产生了深远的影响。

### (三)薇拉·凯瑟的现实主义小说创作

薇拉·凯瑟(Willa Cather,1873—1947)生于西弗吉尼亚州蓝山附近的巴克溪谷。她是家中长女,生性叛逆,素爱扮演男孩子角色,行为举止颇具男性风范。后来,全家搬家到边疆小城红云镇。在那里,凯瑟接受了公共教育。1890年,凯瑟高中毕业,尽管家里经济拮据,父母还是送她上了内布拉斯加大学。在大学里,她仍以短发、男装示人,常用"威廉"这个名字。1891年,她的一篇文章《论英国作家托马斯·卡莱尔》被自己的文学老师推荐给了《内布拉斯加州报》,从此潜心沉迷于写作,开始在名刊《西方人》杂志不断发表文章。1893年秋开始为《内布拉斯加州报》《林肯信使报》撰写专栏和剧评,文风老练稳重。1895年大学毕业后,凯瑟先是回到红云镇,先后在《家庭月刊》《匹兹堡要闻》等杂志担任过编辑和专栏作家。之后她几经辗转,屡换工作。1903

年,她的第一部诗集《四月的黄昏》发表了。1905年,她出版了自己的首部短篇小说集《旋转花园》。1906年,她前往纽约,在以发起"黑幕揭发运动"而闻名遐迩的杂志《麦克鲁尔》先后担任编辑、执行总编。1907至1908年间,《麦克鲁尔》杂志连载她与人合作的基督教科学教派创始人玛丽·贝克·埃迪评传,引起了该教派教徒的强烈抗议。1908年2月,她在朋友的茶会上结识了著名的乡土文学女作家莎拉·奥恩·朱厄特(Sarah Orne Jewett,1849—1909),这位深谙女性体验的文学前辈建议她辞去编辑职务安心写作,并告诫她应该抛弃男性面具,以女性视角写作,描述那些久已拨其心弦的故土旧事,这让凯瑟脱胎换骨。1912年,她辞去了《麦克鲁尔》杂志社的工作,踏上了专业创作的道路,闭门创作,完成了自己的第一部长篇小说《亚历山德拉的桥》。1913年,她为了确定自己的风格,回到大草原,出版了长篇小说《啊,拓荒者!》,备受好评,自此,她佳作迭出。凯瑟终身未婚,毕生献身文学事业,30年间,她连续写了几部影响较大的长篇小说。1947年4月27日,凯瑟在纽约病逝,享年74岁。

凯瑟是一位从浪漫主义往现实主义过渡的作家,她的《啊,拓荒者!》《我的安东尼亚》等被誉为"美国经典"。

《啊,拓荒者!》分为五个部分,讲述的是19世纪末20世纪初内布拉斯加州一位妇女亚历山德拉在艰苦条件下努力维持家庭完整的故事。小说有两条主线,一条是亚历山德拉白手起家的艰苦奋斗历程。1883至1890年间,瑞典人约翰·伯格森在美国西部汉诺威小镇乡村建立起一个农庄,在去世之前,他想将自己的家业托付给儿子,可是儿子却没有能力继承家业,无奈之下只能将家业托付给能力更强的勤劳、坚毅而果敢的长女亚历山德拉。亚历山德拉接收家业之后,连年大旱,土地颗粒无收,邻居们都纷纷放弃了土地,去城市寻求生活。但是她和母亲坚持留下来,一家人仍然在农庄里辛勤劳作。为了生存,亚历山德拉说服了两个弟弟奥斯卡和洛,将农场重新抵押后购买了更多土地,并使用了新型农耕技术。庄园颇具规模,喜获丰收。十六年后,伯格森家的产业兴旺发达,亚历山德拉与已成家的弟弟们分了家产,她的农场成为"分水岭"一带最富有的一处。在这期间,亚历山德拉不仅供小弟艾米尔上了大学,还收留了隐居者伊万。

小说的另一条主线讲述的是亚历山德拉和她弟弟的爱情。当年随迁城大军一起走的卡尔·林斯特伦姆回到了汉诺威小镇,原来他先在芝加哥从事蚀刻业,后来失业了,打算去阿拉斯加。亚历山德拉再见好友,心情很激动。卡尔决定在走之前陪她一段时间。二人情投意合,然而,亚历山德拉的弟弟们怀疑穷困潦倒的卡尔是为了图谋自己家的家产才追他们的姐姐的。后来,卡尔为了证明自己,去了阿拉斯加探矿。艾米尔虽然支持姐姐和卡尔的恋情的,但是他自己也是麻烦缠身。他爱上了美丽热情的有夫之妇玛丽,痛苦不已,为了逃避这段恋情,他到墨西哥城去工作。后来,好友的死亡让艾米尔意识到人生无常,他决定要回家和玛丽在一起。他与玛丽的私情被其丈夫弗兰克发现,嫉妒成性的弗兰克盛怒之下将两个有情人枪杀后出逃,终被关进监狱。亚历山德拉一面为艾米尔的死痛不欲生,一面又为自己的后知后觉自责不已。当她彻底平静下来之后,她去监狱见了弗兰克一面,不仅原谅了他,而且许诺解救其出狱。就在这个时候,卡尔从阿拉斯加回来了,亚历山德拉终于决定和他结婚。

这部小说以个性鲜明的美国声音讲述美国民族的独特经历,强调了自然力作用下人类力量的微不足道和拓荒的艰难,强调了土地在民族历史上起到的无与伦比的作用。作者借亚历山德拉之口,在小说结尾处感慨道:

　　　你还记得你曾说过的⋯⋯有关一遍遍书写那古老故事的话吗? 只不过现在轮到我

们来书写,用我们所拥有的最美好的一切来书写。……我们不过是匆匆的过客,而土地才是永恒的。只有真正热爱土地,珍惜土地的人才配拥有它——哪怕这样也只是短暂的。

这样一来,旧世界的土地价值观突破了它传统上褊狭、保守和故步自封的原有意义,带上了新时代的烙印。显然,凯瑟的历史观带有 19 世纪美国个人主义的深刻烙印。

亚历山德拉是凯瑟笔下第一位完美的女性。她拥有男性坚毅和女性敏感,很早便协助父亲持家,父亲死后,还在极其艰难的情况下坚守父亲的家业,带着两个自私而平庸的弟弟化荒原为沃土。她身上集中体现了百折不挠、乐观向上的拓荒精神,她的成功经历也正是"美国梦"的一个典型例证。她既保持了农耕时期价值观的良好传统,又接受了工业化时代的新观念,首次改变了人和自然的关系,用爱而非征服的方式去驯化蛮荒,以与自然的和谐融合彰显了女性拓荒的伟业。但是,她身上还有着父权制社会的惯性,她为艾米尔的死而憎恨玛丽,认为是玛丽勾引了他的弟弟,却看不到玛丽曾尽力拒绝艾米尔的追求,也是一个受害者。

小说文笔清新舒展,遣词造句颇具匠心,性格刻画清晰感人,写人叙事笔墨浓淡有致,描写追叙巧妙相间,读来感人至深。

《我的安东尼亚》是凯瑟的巅峰之作。这部小说通过以吉姆·伯登的经历为主线,依次拉开了草原、小镇、城市三个场景序幕,凯瑟通过叙述者吉姆之口,呈现了以安东尼亚为主要象征的拓荒时代的沉浮变迁。安东尼亚少年时期随家从欧洲旧大陆迁到草原,成为许多移民拓荒者中的一员,其父无法承受移民带来的异化感而选择了自杀,安东尼亚只有像男性一样耕作土地,尔后还到小镇上做保姆贴补家用。但她的经历十分可怜,她几乎被房东强奸,后被一个列车乘务员所骗怀孕并遭抛弃,小镇人们也对她指指点点……城市带给安东尼亚的只有痛苦,于是她重新回到宁静的草原,傍林而居,依地而生,意识到了自然界伟大的蕴生力量及自己与它的血脉亲缘。在小说中,凯瑟最终把安东尼亚刻画成了一个孕育生命、未来和希望的大地女神形象,是拯救吉姆迷失的自我、予其灵魂慰藉的"生命重生之源"。安东尼亚是女性传统的继承和延续者,其最终形象的神圣性暗示了女性美学对生命的蕴生和感召力。

总之,凯瑟善于采用并置手法,把似乎毫不相关的情节、场景、事件、细节放在一起而不加任何解释,却呈现了小说的主旨,她的小说多描述女主人公通过个人奋斗构建女性自我的经历,结构匀称,节奏舒缓从容,文字清新优美。她被誉为"20 世纪美国最杰出的小说家之一"。

## (四)厄普顿·辛克莱的现实主义小说创作

厄普顿·辛克莱(Upton Sinclair,1878—1968)出生于马里兰州巴尔的摩市,10 岁时随家迁居纽约,12 岁时入文法学校,15 岁时试写 10 美分小说和卖通俗杂志,以维持生计。1893 年进入纽约市立学院读书,1897 年毕业,获学士学位,1897 年至 1901 年又入哥伦比亚大学深造。1900 年,辛克莱开始以自由撰稿人的身份换取生活费。1904—1910 年间,他先后出版了五部长篇小说:《春天的收获》《米达斯王》《哈琴王子》《亚瑟·斯特林日记》和《玛那西斯》。1906 年《屠场》的出版为他赢得了巨大的声誉和一定的财富,使他成为"黑幕揭发者"集团的代表作家。从 1908 年至 1940 年,辛克莱出版了 100 多部作品,其中最重要的有:《大都会》《煤炭大王》《宗教的收益》《吉米·希金斯》《铜牌子》《一个爱国者的故事》《他们叫我木匠》《正步走》《小傻瓜》《油啊!》《金钱作家》《波士顿》和《山城》等。1940 年至 1946 年,辛克莱出版了"兰尼·巴德系列小说",共有 10

部长篇小说:《世界末日》《两个世界之间》《龙牙》《门是宽敞的》《总统的代理人》《龙的收获》《即将获胜的世界》《总统的使命》《响亮的召唤》和《啊,牧羊人,说吧!》。后来又加了一部续集《兰尼·巴德归来》。20 世纪 50 年代后,辛克莱思想蜕化,创作日渐减少,1968 年 11 月,他在新泽西州的邦德布鲁克与世长辞。

辛克莱受了马克思主义思想的影响,对社会问题特别感兴趣,常用简洁、清新和明快的风格表述他的观点,笔锋尖刻、直率,敢于大胆地揭露大商业公司的背信弃义、垄断财团的相互勾结,赢得了社会各界的赞赏。在他创作的众多作品中,《屠场》和《波士顿》的价值最高。

《屠场》的主人公约吉斯·路德库斯以及他的妻子奥娜都是来自欧洲立陶宛的移民。他们把美国当成遍地有黄金的"人间天堂",然而在美国等待他们的只有贫困和饥饿,到处都是欺骗和讹诈。结婚前他们好不容易在芝加哥屠宰场找到一份工作,工资微薄,卫生条件恶劣,强度极大,工人在屠宰过程十分危险,生命安全毫无保障。为了多挣点钱,路德库斯拼命干活,但却厄运连连。先是他与奥娜结婚前夕买房子时手上的几百元被骗个精光。结婚后,又欠了一屁股债务。后来他在工作过程中受伤,在养伤期间,他的屠场工作早已被别人顶替,奥娜又生了孩子,一家人的生活更加困难。之后他为了生计不得不到更加危险的肥料厂干活。不久,奥娜又遭到工头康诺的污辱,他痛打工头,并因此被判刑入狱。出狱后,奥娜死于难产,另一个孩子被洪水溺死。他付不起房租,流落街头,变成小偷。有一天在街头撞上奥娜的表妹马丽娅。她被迫为娼。路德库斯十分失望,他迷迷糊糊走进市区,偶然误入会场,听到了社会党领袖们"组织起来!"的号召,深受感动,终于认识到社会主义是他摆脱贫穷的出路,在经受过痛苦的磨难之后,他也成了一名社会党拥护者和社会主义信徒。

这部小说通过对路德库斯在芝加哥的不幸遭遇的描写,揭露了帝国主义阶段美国社会的真实面目。在小说中,作者明确地指出:路德库斯的一切灾难都是美国政府的政策和垄断资本家的剥削造成的,而大资本家和政客们的腐朽生活则是建立在像路德库斯这样的千千万万社会底层大众牛马般的劳动之上。路德库斯的各种不幸遭遇会让读者对这个社会和垄断集团产生愤怒和仇恨,这正是《屠场》首要的社会意义。小说的社会意义还在于它对美国社会制度黑暗内幕的抨击,特别是小说下半部写到的民主党与共和党在选举中的丑行、垄断资本家与地方当局狼狈为奸的事实和地下黑势力与警察局的勾结等细节,把统治阶级的虚伪嘴脸暴露无遗。但小说也有不足之处,如人物描写叙述多于刻画,情节发展线索过于简单,某些章节缺乏文学气氛而仅仅停留在单纯的记录和介绍上等,但这并不影响作品所拥有的重大时代意义。

《波士顿》以 20 世纪 20 年代美国历史上最可耻、最黑暗的"萨科-万塞蒂"一案中萨科与万塞蒂的身世经历为素材,并虚构了一个名叫科妮莉亚·西奥尔的女子作为线索,通过她的见闻来写出这两位工人领袖的故事。科妮莉亚·西奥尔是有产阶级的女子,丈夫是一个工业巨头,但她厌恶本阶级的生活,丈夫死后她便抛弃了财产和地位,来到普利茅斯一家工厂做工,因此结识了万塞蒂、萨科。受他们启发和影响,科妮莉亚参加了秘密的工人组织。当时,这样的工人组织被资产阶级巨头们称为"无政府主义者",受到严密监视。由于工厂老板对工人的苛刻和剥削,引起了企业内部的骚动,工人们开始罢工。不久,萨科和万塞蒂以杀人抢劫的罪名被捕,并被判处死刑。科妮莉亚到处呼吁营救,企图挽救他们的生命。但是从表面上看公正执法的审判员、法官、州长、总统,为着他们政治上的需要和本阶级的利益,都坚持死刑的判决。萨科和万塞蒂终于被杀害了,这时候的波士顿社会成了传统势力和特权阶级控制下的"神圣祭坛",在祭坛下受苦受难的正是千百万工人。这部小说共分两部 24 章,又一次以强有力的、令人信服的描述,再现了 20 世纪

20 年代美国垄断统治阶级残酷、卑劣的嘴脸,唤醒了人们的斗争意志,并以文学家独有的敏感和大胆,及时地为美国司法机关这一丑行作了艺术上的忠实记录,无情地抨击金钱腐蚀了美国的文化和教育,教会、大学和报刊沦为资产者奴役大众的工具,表明了作者对统治者的愤怒、对牺牲者的怀念和对工人们联合起来斗争的崇高信念。

总之,作为"黑幕揭发运动"的代表作家,辛克莱以自己的亲身经历描绘社会现实,他马克思主义观点剖析和诠释美国文化,作品结构紧凑,主题深刻,在 20 世纪美国文学史上颇有影响力。

## (五)辛克莱·路易斯的现实主义小说创作

辛克莱·路易斯(Sinclair Lewis,1885—1951)生于明尼苏达州索克新特镇。6 岁时丧母,父亲和两个哥哥的职业都是医生。1902 年,他到芝加哥大学念预科,后转入耶鲁大学,曾利用假期打杂工,并游历两次英国。在校期间爱好文学,并尝试进行创作,还曾经给过校园文学杂志写稿。1908 年毕业后,他当过记者、编辑,也尝试写过诗歌和短篇小说。路易斯还一度参加过厄普顿·辛克莱创办的乌托邦式社会主义居民试验区,也对萧伯纳式的费边社社会主义很是热衷,加入过美国社会党。1912 年,为了挣钱养家,路易开始正式写小说,后来快速发表了 6 部长篇小说:《我们的雷恩先生》《鹰的踪迹》《求职》《无辜的人们》和《自由的空气》,但这些作品很快被读者遗忘了。直到 1920 年,他的第 7 部长篇小说《大街》问世,才引起了社会的广泛关注。成名后,路易斯开始游历于欧美各地。1922 年,他的长篇小说《巴比特》出版,这使得他的声誉日增。1925 年,路易斯发表了《阿罗史密斯》,受到了热烈欢迎。接着,他又分别于 1927 年和 1929 年发表了《埃尔默·甘特利》和《多兹华斯》。之后,路易斯又继续创作了 10 部长篇小说,但质量平平。路易斯晚年沉迷于金钱和酒色,创作力逐渐衰退。1951 年,路易斯心脏病突发,逝世于意大利的罗马,按照他遗嘱的要求,他的骨灰被运回故乡索克新特镇安葬。

路易斯是一个多产的作家,创作的小说有 20 多部,以下主要对《大街》《巴比特》《阿罗史密斯》《埃尔默·甘特利》等几部取得较高成就的作品进行简要的阐述。

《大街》从构思到出版,历时 15 年。小说主要围绕女大学毕业生卡罗尔·米尔福德的经历以及她与小镇人之间的冲突展开。小说开篇写道:

> 这是一个坐落在盛产麦黍的原野,掩映在牛奶房和小树丛里,拥有几千人口的小镇——它就是美国。
>
> 在我们的故事里提到的这个小镇,名叫"明尼苏达州戈佛草原镇"。但它的大街却是各地都有的大街的延伸。

从这开篇所写的话可以看出,作者笔下的"大街"其实就是美国 20 世纪 20 年代的一个缩影。卡罗尔出身法官家庭,美丽活泼、充满浪漫理想,希望"亲手把一个草原乡镇改变成美丽的地方",立志要离开城市到中西部戈佛草原小镇改变那里农村的文化教育的落后状态。为此,她嫁给了戈佛草原小镇的乡村医生威尔·肯尼科特。令人想不到的是,在戈佛草原小镇住下后,卡罗尔发现小镇的居民闭塞、保守、狭隘,不愿意与外界沟通,与新思想格格不入,而且自以为是。为了改善戈佛草原小镇的文化生活,卡罗尔积极开展各种活动,任劳任怨,竭力主张改建大会堂,整顿公共图书馆,并且提倡诗歌欣赏,成立业余剧团,演出萧伯纳戏剧等。她还参加妇女读书会等团体,想和那些附庸风雅的太太、小姐们联络感情,并提高妇女的文化水平。为了改善戈佛草原小镇的文化生活,卡罗尔拿出了许多建议和举措,先是在镇上创立了一个小剧院,上演社会改革家萧伯纳的剧本,但不久剧院就倒闭了。她又去图书俱乐部,但在那里她听到一群无知的人在非难英国名诗人,只好生气地溜走。她一系列的言行举止都被镇上的保守势力攻击,镇上人众目睽睽地注视着她,议论她,视她为异端。戈佛草原小镇的气氛弄得卡罗尔心灰意冷,无所适从。同时,卡罗尔强烈的个性及革新的作风,引起她那秉性敦厚而墨守成规的丈夫大为不满,以致争吵,矛盾愈演愈烈。在"内外夹攻"下,美妙的梦想幻灭了,卡罗尔陷入深深的惶惑与绝望。一气之下,她告别了丈夫,离开了戈佛草原小镇,远走华盛顿,当了一个小职员,生活平静自由。不过,在华盛顿生活了两年后,卡罗尔无奈地发现,美国到处都有追求物质享受、文化平庸的像戈佛草原小镇上一样的人,大城市与乡镇其实没有什么本质区别,"乡村病毒"也在城市蔓延,这就是现实,谁也逃避不了这个现实。意识到这些后,卡罗尔决定改变自己的性格,返回小镇,回到丈夫的身边,适应小镇的陋习。至此,卡罗尔改造小镇的宏大计划失败了。

这部小说以锐利的讽刺笔法,极其逼真而生动地描绘了中西部乡镇生活的现象与本质,以及新兴资产阶级(暴发户)特殊的风尚、癖好、心态和生活方式;塑造了市侩群像,淋漓尽致地揭露种种陋习和丑态:庸俗,虚伪,粗鲁,冥顽不灵,浑浑噩噩,死气沉沉,却又沾沾自喜,其实荒谬可笑,可谓一幅无奇不有的百丑图。路易斯在小说中把大街的真面目向读者展现出来:整个地方呆板单调无味,毫无色彩;人们不仅愚昧迟钝,安于现状,还自以为是。他们耳朵里听的是刻板乏味的音乐,嘴巴里满是对"福特"汽车的赞美……这样的生存状态,反映了"大街"陋风恶习的本质。小说主人公卡罗尔理想的破灭,反映了难以改变的习惯,作者由此问道:"美国这么下去怎么办?"这样的乡村批判在美国引起了巨大的轰动,小说也因此被誉为"发现美国的一个里程碑"。

《巴比特》对城市的中产阶级进行了深刻有力的讽刺。小说主人公乔治·巴比特就是一个典型的中产阶级形象,他是津尼斯市的一个46岁的房地产经纪商,赚钱是其唯一目的。为了扩大自己人脉资源,乔治加入远足高尔夫乡村俱乐部。为了利用政权增加经济财富,乔治广交政客,巴结富豪,终于成为津尼斯市出席全州房地产联合会大会的唯一代表。乔治活跃于政坛,成了选区的领袖,从他所支持的普劳特当选市长后捞了不少好处。他热衷于追求物质生活,竟然将机器设备当作真与美的象征,主张一切都标准化。他野心勃勃,精通投机手段,对未来信心十足。他想使津尼斯市成为"美国最稳定、最伟大的城市"。在乔治的眼中,金钱就是一切,他曾问自己的女儿维隆娜:为什么学校的老师要你们读莎士比亚?不如学点商业英语、写写广告和吸引顾客的信件,那不是更赚钱吗?乔治还认为上大学根本不能赚钱,大学毕业生的年薪远不如一个未上过大学的推销员。在他的影响下,儿子再也不愿上大学。

小说揭示了功利主义造成社会文明日益衰落的事实。乔治是作者高度概括的中下层商人的典型,追求物质享受,目光短浅,胸襟狭隘,又总是沾沾自喜,是一个比上不足、比下有余的商人,其性格带有浓厚的"中间人物"的两面性与动摇性。这一人物形象反映了当时美国社会严重的功利主义现象,很多人都一味甚至过度地追求物质生活,在物质财富上是"巨人",在精神文化上则是"矮子",就连乔治自己在生病时也感到了生活的空虚和工作的单调。作者对乔治心理变化的描写,讽刺了美国20世纪20年代社会风尚的丑恶和中产阶级的市侩习气。

《阿罗史密斯》的主人公马丁·阿罗史密斯是一个充满浪漫理想的人,他立志献身于医疗事业,然而理想与现实总是不断发生冲突和矛盾。马丁在医学院读书时,发现许多学生和专家教授一心只想成名,并不是真心喜欢医疗事业,更加不想献身于医疗事业,这使他感到很失望。后受欧洲名医梅克斯·戈特里布的影响,马丁决心做个正直的科学家。他深入实验室,显露了才华,并对实习护士劳拉一见倾心。两人结婚后,他到北达科他州当医生,又在衣阿华州当过医疗检查员,一度被提拔为卫生局长。作为市政公共卫生部门的责任人,他不惧得罪权贵,指令关闭一家生意兴隆的牛奶场,还关闭了一片住宅,因为他发现那是病菌的发源地。后辞职到了纽约麦克卡学院当专家的助手,此时的他似乎发现了"自我",加倍努力工作,不久找到一种治疗瘟疫的抗毒素。当西印度群岛发生瘟疫时,他的科研成果也派上了用场。他携带妻子和志同道合的同事赶往该岛,用自己的科研成果为病人排难解忧。但为了进行比较,他们只能给一部分患者施用菌苗而拒绝给另一些患者施用,这就发生了科学实验和人道精神之间的冲突,或者说人类的长远利益与眼前需要的冲突。后来马丁的同事和妻子都先后死于瘟疫,痛苦万分的马丁就决定向一切患者施用自己发明的菌苗,也就是说,为了救人所急,中断了自己的试验。之后,他离开了伤心之地,返回纽约继续他的实验室工作。不久,马丁再婚,但第二任妻子热衷于社交,与他没有太多的共同语言,这使马丁难以安心工作,马丁加上学院的官僚措施对他研究的限制,只好辞职离开妻子去了佛蒙特州林区的实验室工作。

这部小说是现代美国文学中第一部以医生职业为题材的长篇小说,描写了马丁的一生:上医学院,结婚,在一个小城里行医,到一个人城市公共卫生部门当负责人,到芝加哥一家私人医院任职,到纽约一座医学科学研究所作科学研究工作,直到最后去西印度群岛调查瘟疫……作者笔下的马丁是西部最早的移民的后代,继承了先辈的无畏的探求精神。在小说中,作者把科学视为人类崇高的事业,将马丁描写成真正的美国英雄,旗帜鲜明地表明了崇尚科学与进步的态度。虽然小说的结尾反映了作者逃避现实,想建立一个乌托邦式的科学研究理想王国的幻想,但小说同时也说明,在美国这样的资本主义社会中,一个正直不阿的科学家注定是会到处碰壁的。

《埃尔默·甘特利》的主人公埃尔默·甘特利是一个神学院的大学生,爱好足球,还经常酗酒闹事,但善于交际、雄辩,深知自己的才干如能发挥利用,便可谋利。于是,埃尔默从神学院毕业后就设法当上了教会的牧师,其实他根本没有真正宗教信仰,而是一个地地道道的机会主义者。他表面上宣称对一切罪恶如赌博、卖淫宣战,实际上他与这些罪恶一直有染。他利用传教,与同朱迪森·罗伯兹、雪伦·法尔科纳等一些女教徒私下保持着不正当的关系;为了骗取资助,推销《圣经》,最后成为一个大教区循道教派的领袖,成为纽约宗教界的大红人,这极大地讽刺了当时美国的宗教现实。小说结束时,埃尔默正觊觎着全国宗教界的高位,仍在继续高喊着要向一切邪恶斗争,把美国变成一个道德的国家。小说集中地揭露了宗教的伪善和商品化,对披着"神圣"外衣的堕落的传教士进行了辛辣的讽刺。小说出版后,激起了社会各界的巨大反响,宗教界、普通读者、批评界分成两派,但是争论的焦点却是路易斯塑造的人物的真实性问题。反对派认为,路易斯不单只是在讽刺、攻击埃尔默,而是讽刺、攻击整个基督教。相反,支持者则认为,路易斯揭露的是宗教界久已存在的堕落和伪善。

总之,路易斯继承和发扬了马克·吐温优秀的现实主义文学传统,以刚健有力的笔调和讽刺幽默的对比手法,描绘了美国中西部小镇 20 世纪 20 年代的社会生活,并巧妙地将中西部的语言,包括方言和俚语引入小说,具有浓郁的生活气息,有"美国的狄更斯"的美称。

## (六)迈克尔·高尔德的现实主义小说创作

迈克尔·高尔德(Michael Gold,1893—1967)原名欧文·格兰尼奇,生于纽约东区贫民窟。父母都是犹太移民,生活贫苦。高尔德 12 岁时便辍学打工,在业余时间自觉刻苦学习,坚持练习写作。20 岁时就开始参加工人运动,并为进步刊物写稿。1916 年到哈佛大学念书,但很快因经济困难停学,在波士顿当记者。1917 年为了逃兵役去了墨西哥,并加入美国共产党。1921 年,在左翼杂志《解放》任编辑。1926年后,曾经担任刊物《新群众》的编委、编辑部负责人。20世纪30年代在美共的《工人日报》开辟"改造世界"专栏,20世纪50年代后又在《工人周报》开辟同样专栏,写了许多抨击美国资本主义社会的杂文。1967年去世。

高尔德是美国"红色三十年代"左翼文学当之无愧的领军人物,他的小说以真实事件为基础,用朴实的白描手法,生动地再现了城市贫民的苦难生活和他们可歌可泣的故事,最成功的作品当属1930年发表的《没有钱的犹太人》。

《没有钱的犹太人》以一个犹太移民的孩子迈克尔为轴心,既讲述他成长的故事,也从他的视角出发描述周围发生的一切。迈克尔从小就卖报、干零活帮助养家,父亲汉门因伤失业,妹妹早夭。全家人一次次在生存的边缘挣扎,饱受贫苦的煎熬。汉门的表哥山姆在纽约发迹,这个消息传回到家乡罗马尼亚后,引发了汉门及家乡人对到纽约发财的渴望。于是,汉门一家也就迁到了纽约,住在纽约下东区贫民窟,帮助山姆开了背带厂,省吃俭用攒钱供将来投资。可是,山姆趁汉门旅行结婚的时候卷走了工厂所有资金,汉门一夜之间一无所有,只得当油漆匠谋生。他每天除了要忍受着化学物品对身体的危害,晚上回来都带着苍白的脸色,还有随时面临从脚手架上掉下来的危险。但是这仍然阻止不了他做发财梦,希望辛苦劳动早点挣足三百美元,以此作为开自己的背带厂的资本。可是现实就是那么残酷,由于繁重的劳动,汉门染上了职业病,并在工作中摔伤了双腿,失去了劳动能力,只能靠妻子一个人去自动食堂打工维持生活。然而,汉门的发财梦并没有因此而中断,他依然认为,纽约是一个发迹的地方,因为这里有大批的有钱的犹太人啊。最后,穷困潦倒的汉门觉得自己的梦怕是无法实现了,就把这个梦想寄托在儿子迈克尔身上:"答应我,你长大成人,一定要做一个有钱的人,迈克尔!";"如今这可是我唯一的希望啦……你干起来会比我来得容易,你在美国会碰上好运!"但是,迈克尔不像父亲那样做发财梦,他清醒地认识到美国的残酷现实,他知道有钱的人在美国毕竟是少数,美国城市的繁华只是一种假象,其背后更多的是贫民窟拥挤不堪、肮脏和杂乱的生活。但面对父亲的梦,他也只能竭力随着父亲一块儿笑,可是"我觉得自己比他年纪还老,我没法接受他的天真的乐观主义;我一记起过去,一想到将来,就心灰意懒"。在小说的最后,迈克尔已经长成了二十出头的青年,始终找不到一份稳定的工作,但终于觉醒,已经明白了贫困的根源是阶级剥削,只有参加革命才能改变这一切。最终,迈克尔成为一个共产主义者。

这部小说追溯了迈克尔从8岁到20岁的童年经历,所有事件都围绕着他发生,每个细节都与他的成长息息相关。同时,他的成长过程又是他逐渐认识社会的过程。全文既充满政治激情,又富有浓烈的生活气息,生动地展示犹太移民在纽约碰到的现实问题、他们朴实的理想和真情的流露。在艺术手法上,作者糅合了现实主义创作手法和印象派风格,对纽约下东区贫民窟的生活作了"扫描"交代:纽约是个穷人的"监狱",像个"屠宰场";恶劣的工作条件、疾病的蔓延、资本家的无情使犹太人痛苦万分。城市下层贫民可怜而又可悲,日夜企盼着发财的"幸运星"从天而降,甚至希望能降临在自己头上。高尔德的人物塑造犹如肖像速写,往往只有寥寥数笔的勾勒,但栩栩如生;小说场景不断变更,事件纷杂,展现了一幅混乱嘈杂的城市贫民窟的全景图。在这部小说中,高尔德将他本人提倡的"无产阶级文艺"这一概念具体化了、文本化了。从主体思想到叙事手法,《没钱的犹太人》都为后来同类小说树立了样板,影响了不少同时代的青年作家。

总之,高尔德的小说以工人阶级为描写对象,细致入微地描述他们的工作技能,并对未来充满革命热情,影响很大。

### (七)约翰·斯坦贝克的现实主义小说创作

约翰·斯坦贝克(John Steinbeck,1902—1968)生于加利福尼亚州沙利纳斯里的一个中产阶级家庭,主要由母亲指导他阅读文学作品。还当学生的时候,他就经常给校刊投稿。后来,他升入斯坦福大学攻读英国文学,但没有毕业。读书期间,他当过牧场农工、建筑工人和测量员等,与劳动人民有广泛接触,因此熟悉并了解社会底层的人们,他的许多作品都以他们为主人公。1925年,他到纽约当记者,业余从事写作,相继创作了1929年的第一部长篇小说《金杯》、1932年的《天堂里的牧地》以及1933年的《致无名之神》等,但都未引起人们太多的注意。后来在父亲的资助下,他决定专门从事文学创作。1935年《托蒂亚平地》的出版使他崭露头角。20世纪30年代的大萧条灾难深深地触动了斯坦贝克,使他更关注西部农业工人的命运。此时创作的小说作品具有很浓的现实主义成分,人物形象栩栩如生,细节描写真实生动。1936年,他发表了《胜负未决》,描写采摘水果的农业工人进行罢工斗争。也正是从这部作品开始,斯坦贝克从和谐的幻想世界中走出来,开始关注群众斗争。1937年,他又发表了《鼠与人》《红马驹》,进一步提升了他的声誉。1939年,斯坦贝克出版的《愤怒的葡萄》引发了一场社会公众的激烈争论,使他的文学创作成就走到最高峰。20世纪40年代是他创作的第二个时期,作品的题材有所扩大,思考也更为深入,小说作品如《月落》《罐头厂街》《违意的公共汽车》《珍珠》等。20世纪50年代,斯坦贝克开始了后期的新探索,小说作品具有明显的象征主义色彩,如《伊甸园以东》《甜蜜的星期四》《我们不安的冬天》等。1966—1967年,他不顾年老体弱去越南当战地记者。1968年因心脏病突发在纽约市曼哈顿去世。

斯坦贝克的长篇小说大都以第一手的素材为基础,关注群众斗争,忠实于生活,精心取舍,代表作有《胜负未决》《鼠与人》和《愤怒的葡萄》。

《胜负未决》以吉姆·诺兰的精神成长为线索,写主人公吉姆·诺兰的父亲在萧条岁月中绝望,母亲因经济的困窘放弃信仰,这几乎摧毁了整个家庭的生活,最终吉姆加入了共产党,从此开始了全新的生活。吉姆在参加工人运动和罢工斗争过程中,越来越强烈地感受到农场主和季节工人之间不可调和的阶级矛盾。起初他开始积极思考工人的生活,聆听老共产党员乔伊对资本主义制度深入浅出的解释,学习罢工领导人麦克的实际经验,并参与实践,带领工人们进行斗争,争取工人阶级的权利。当劳资双方经历了几个回合的激烈交锋,罢工最终到了胜负难分的时候,吉姆献出了自己的生命,而麦克用他的尸体激励愤怒的工人继续斗争,斗争未分胜负,小说戛然而止。小说描绘了有产者和无产者之间的正面冲突,其主题值得肯定。但是,作者的阶级立场并不明确,更多的是流露出自己的迷惘,尚未找到解救社会的真正力量。同时,人物形象的塑造也有所保留。

《鼠与人》以作者故乡加利福尼亚中部的萨利纳斯为背景,写的是两个农业工人的生活遭遇。矮小精干的乔治和体力超人但智力有缺陷的列尼是两个流动的季节工人,他们相依为命,漂泊于一个农场到另一个农场劳动之间,从一种工作干到另外一种工作,形同乞丐。但他们依然感到很快乐,梦想拥有一间小屋、一块土地,过自立、安定的生活。但是,当他们的梦想快要实现的时候,列尼却遇上了飞来横祸。农场主的儿媳妇是一个水性杨花的女人,经常到牧场工人中间惹是生非,她有意勾引列尼,无意中列尼伤害了她的性命,后逃到河边树丛里。农场主的儿子带领一批愤怒、盲从的人群追捕列尼。乔治匆忙找到列尼,在绝望中含着眼泪无奈地枪杀了处于绝境中的列尼。两人的梦想就此破灭。小说中乔治与列尼梦想的不仅仅是拥有属于自己的现实的土地,同时还代表了是对宁静、和谐生活的向往，渴望成为自由劳动者、不再受剥削和压迫。

《愤怒的葡萄》以 20 世纪 30 年代美国流动农业工人的生活遭遇以及他们为生存而进行的顽强斗争为题材，反映遭受严重经济危机打击的美国社会中大土地占有者与农民之间的矛盾和斗争。作品以俄克拉荷马州"尘埃盆"的佃农乔德一家大小 12 人加上牧师吉姆·凯西为描写对象，以深沉含蓄的笔触描述了他们和一起背井离乡长途跋涉前往西部迁徙谋生的经历。他们挤在一辆破旧卡车上举家西进，途中一路上受尽折磨与欺凌，乔德的祖父母相继死去。到达加利福尼亚州时，他们又受到当地的官员和雇主的欺诈，工作难找，收入微薄，无奈之下只好去收容所过夜，到农场干活儿。小说刻画了近 20 个人物，但主要的人物有乔德家的妈妈、牧师吉姆·凯西和汤姆三个。乔德家的妈妈几乎就是全家的精神支柱，她朴实、善良、克己待人。在风暴刮走了沃土，颗粒未收时，是她果断地说服大家离家逃荒。即便全家人失业挨饿，她还让女儿用奶水救活了一位快饿死的陌生人。吉姆·凯西是个有为的牧师，实际上他也是乔德一家的导师。他伴着佃农们逃到加州，亲眼见到社会的黑暗和官员的腐败，便组织劳苦大众进行抗议，最后英勇牺牲。年轻的汤姆是乔德家的儿子。他因杀人曾经坐过牢，被保释出来后和全家一起逃荒，途中成了向导，是他妈妈的得力助手。后来，他看到牧师吉姆在领导农场工人罢工时被杀害后，英勇地投入了农场工人的罢工斗争，并把暴徒杀死。为了保护汤姆，乔德一家在难以维持生活的情况下逃跑。汤姆为了不拖累全家，打算一个人逃跑，想继承吉姆未竟的事业。最后，乔德家的妈妈悄悄送走了汤姆。暴风雨中，罗西生下小孩，家里仍一贫如洗。乔德家的妈妈气愤而自信地说，我们不会死，人们要活下去……耐心正在消逝，愤怒即将爆发。

《愤怒的葡萄》书名取自南北战争期间北方联军中流行的《共和国战歌》的歌词："我的眼睛已看到了上帝到来的光环，/他在走遍储存愤怒的葡萄的葡萄园。"小说以尖锐的笔触描写了遭受严重经济危机打击的美国社会中大银行土地占有者与被剥夺了土地、从而沦为季节农工的农民之间的矛盾和斗争，揭露了银行家、警察和农场主们的贪婪和残忍，同时又热情讴歌劳动人民的高贵品质和他们百折不挠的生活意志，表达了农业工人的呼声。

斯坦贝克运用现实主义手法，塑造了乔德一家，尤其是汤姆和乔德大妈在认识上的成长。他笔下的人物描写得有血有肉，感情丰富，个性鲜明，极具感染力。在艺术结构上，小说艺术性地交替使用叙事章和插入章，使篇章结构立体化。其中，小说穿插介绍了经济大萧条的凄凉景象、旱灾的惨状，乔德一家西行的历史背景、途中见闻和其他人的可怜处境，展现了丰富而生动的背景知识，拓宽了佃农艰辛的生活画面。同时，作者还插入自己对人情世事的评论，起到了点拨读者的作用。小说里的一些细节描写也富有象征意义，如第 3 章里小乌龟的形象令人难忘，它在干旱的路边爬行，又受人捉拿和耍弄，后被汤姆放生后，顽强地沿西南方向爬去，象征着乔德一家逃荒去加州求生存的不屈不挠的精神。此外，小说用字简洁，句型工整，细节翔实，非常出色。

# 三、20 世纪上半叶美国现代主义小说的创作

20 世纪上半叶，强调表现内心生活和心理真实、尽力突出人们对现代资本主义社会的深切的危机感的现代主义小说在美国获得了极大的发展，以舍伍德·安德森(Sherwood Anderson，1876—1941)、凯瑟琳·安妮·波特(Katherine Anne Porter，1890—1980)、约翰·多斯·帕索斯(John Dos Passos，1896—1970)、佛朗西斯·司各特·菲茨杰拉德(F. Scott Fitzgerald，1896—1940)、威廉·福克纳(William Faulkner，1897—1962)、欧尼斯特·海明威(Ernest Hemingway，1899—1961)为

代表的美国现代主义小说作家表现突出，以下就对其及作品进行简单的阐述。

## （一）舍伍德·安德森的现代主义小说创作

舍伍德·安德森（Sherwood Anderson，1876—1941）生于俄亥俄州克姆顿镇。父亲是个穷小贩，家庭经济拮据。迫于生计，安德森从小就去卖报，打杂工，念书断断续续。他 20 岁时，母亲病逝，家里更困难，他到芝加哥当临时工，业余仍自学。1891—1912 年美国与西班牙战争时，安德森应征入伍。由于在部队表现出色，安德森退伍时获得了一笔奖学金，因此得以到威坦堡大学预科学习。1900 年他又回到芝加哥，做了广告撰稿人。1960 年他搬回俄亥俄州去经营油漆厂，还办过报纸。1912 年，安德森突然精神崩溃离家出走。病愈以后，他迁居芝加哥，因此结识了已成名的德莱塞和桑德堡等作家。芝加哥文艺界十分活跃，当时就发生了名闻遐迩的"芝加哥文艺复兴"。受之影响，安德森很快就投入文艺热潮中去。期间，安德森发表了很多作品。但评论界反应平平。他前往巴黎接触欧洲文艺新潮，阅读弗洛伊德、D. H. 劳伦斯和屠格涅夫的作品。1916 年，他开始以俄亥俄故乡为背景，写了一系列故事，在杂志上陆续发表，1919 年收集成书，单独出版，取名《小城畸人》，获得了文艺界的好评，他终于找到了自己独特的艺术风格，奠定了他的小说家声誉。1921 年，他又出版了短篇小说集《鸡蛋的胜利》，再一次轰动文坛。之后，他的新作接连问世，如短篇小说集《马与人》、自传体小说《讲故事的人的故事》和《沥青：中西部的童年》以及短篇故事集《林中之死》。安德森还发表过长篇小说，但不如其短篇小说那么成功。晚年，安德森陷入了感情危机，创作精力枯竭，没有力作问世。1941 年，安德森因意外去世。

安德森的小说反映了工业化造成的现代人之间的感情疏远、失落感，受挫后的无奈和绝望，揭示了小镇的清教主义的道德观对人的精神束缚。他受弗洛伊德心理分析理论的影响，注重对人物心理活动尤其是正常人的异常心理的刻画，对人们在瞬间迸发出的强烈情绪进行捕捉，由此揭示出人内心深处的激情。这就使得他的小说具有了浓重的现代主义色彩。最具代表性的作品当属《小城畸人》。

《小城畸人》原名叫《俄亥俄州温斯堡镇》，是美国文学史上第一部"序列"短篇小说集。所谓"序列"短篇小说集，是指以同一个地方为背景，有一个串联故事的主人公。每个故事既是独立的，又为其他故事提供背景，所有故事合起来构成一个整体，表现一个主题。《小城畸人》写的是一个虚构的俄亥俄州温斯堡小镇居民的生活。小说叙述者乔治·威拉德是当地《温斯堡之鹰》报的观察员和评论员，通过他的所见所闻，将相对独立的 26 篇故事组成"系列小说"，其统一主题主要反映的是中西部小城的生活和普通人共有的孤独感。故事人物涉及社会各个阶层，包括富家子弟、农场主、浪荡者、变态的作家、店员、经纪人、黑人姑娘、画家、医生、哲学家、教师、律师等。小镇的社会环境像个囚笼，将每个人都套住了，使他们精神瘫痪了，人性萎缩了。尤其是清教主义加重了小城生活的压抑感，使人们的感情受到创伤，最后小城每一个人都成了孤独而变态的"畸人"。《小城畸人》书里的《畸人志》《手》《虔诚》《母亲》和《没有说过的谎言》是读者比较喜欢的名篇。

《畸人志》是《小城畸人》的第一篇，主要介绍的是温斯堡镇的情况，也就相当于《小城畸人》的序言。《畸人志》实际上是一篇寓言，说的是温斯堡镇居民靠"真理"吃饭的故事。在早期，人们就有了许许多多模糊的思想，但还没有形成没有真理。后来，人们变得聪明了，便将那些模糊的思想拼凑成"真理"，对其加以想象，想靠"真理"解决温饱问题，结果人变成了怪物，其所抓住的"真理"也就成了谎言。这说明不能将某个真理绝对化，否则就会扭曲自己的人性，使人陷入孤寂的精神困境。这个基本观点贯串了《小城畸人》的各篇故事。

《手》是最生动、最概括的一篇故事。主人公温(英语中意为"翅膀")·比德鲍姆曾经是个深受孩子爱戴的男校老师,性格温存,极富爱心,常常用手抚摸孩子的双肩和乱发,用这种方式向少年传达梦想。可有一天,一个白痴男孩说他梦见跟比德鲍姆发生性关系,说了几遍,引起全镇的人对比德鲍姆的指责。还有些男孩说他用手抚摸他们的头发。这个消息引起了全镇的轰动,众人纷纷对比德鲍姆横加指责,最终竟将比德鲍姆当成同性恋者赶出了小镇。后来他成了一名摘水果的工人,他那双"神经质的小手"一天能采高达140夸脱的草莓。这样的劳动使40岁的他看上去像65岁的人。不仅如此,他从此不敢用手来表达思想感情,总是把自己"像笼中鸟拍打着的翅膀"的双手藏起来。这位优秀的教师,他的手集中了各种优秀的思想,他靠他的手进行劳动,使自己和学生得以联系,他对他的手充满了感情。但是,也正是因为这双手,给他带来了莫名其妙的灾难。安德森抓住"手"这个细小的特征,揭露了温斯堡小镇清教主义对人性的压制,把好人变成畸形人。

《虔诚》以四篇优美的散文形式讲述故事。主人公杰西·本特是一位老农民,他笃信基督,大战后发家成了农场主。至此,他深受清教主义思想的影响,又掌控着家庭的资产,便自封为长老,对妻子、儿女和孙子进行方方面面的控制。然而,长大的子女们都接受新思潮,再也不听从杰西的指挥,为摆脱他的控制纷纷离开家。可见,故事嘲讽了工业化过程中的宗教,它对青年一代的昔日权威已经被外来的新思潮替代。纵然老一代还想维护它的威严,面对不可逆转的工业化潮流,它显得是那么的苍白无力。

《母亲》反映了旧传统观念扼杀青年一代的创造性和奋发向上的生活,以完全不同的题材抨击了资产阶级"成功"观念对人的真正的创造性的扼杀,对有意义生活的破坏。小说主人公威拉德太太是记者威拉德的母亲。她年轻时美丽动人,朝气蓬勃,但随着时间的推移,小镇庸俗的生活也逐渐消耗了她的青春和创造性,使她一事无成。于是,她恨丈夫毁了她,毁了儿子的前程,她决意杀死丈夫,但什么也不敢干,最后只是幻想着用剪刀杀死丈夫。

《没有说过的谎言》写中年农民汉雷和未婚青年哈尔在地里干活,哈尔问汉雷还是否要与女教师莱尔结婚,因为女教师已经怀了哈尔的孩子。汉雷听后,犹如晴天霹雳,瞬间感到生活中的一切都是假的,每个人都在骗他,面对哈尔的问话无言以答。可是哈尔不同,他热爱生活,对未来充满了希望,于是决定娶莱尔为妻。

《小城畸人》中使用的各种各样的象征,除奇形怪状的苹果、小纸丸、酷似"笼中鸟拍打着的翅膀"的双手外,小镇本身就是陈规陋习、顺从和孤寂的象征。衣服象征束缚人的社会习俗,是人们为取悦他人而穿的。火车象征着机器时代,书中共有三人因火车而丧生。火车还把人们带离乡村。房间、门窗也有一定的寓意,医生、母亲闭居在自己的房间里,几乎与世隔绝。有时人物坐在门窗边,则表现出他们渴求与外界联系的愿望。同时,安德森还运用种种重复手段,既有词句、象征和意向的重复,也有某种感情和氛围的多次重复。

《小城畸人》风格独特,文笔简练,语言简朴,接近口语,多用小词、直陈句式及种种重复手段,既有词句、象征和意象的重复,也有某种感情和氛围的多次再现。

总之,安德森擅长描写正常人的异常心理,通过在某一片刻发生的一件小事向人们概括性地揭示出事物的本质,用简练的文字通过某一"片刻"成功地表现人物渴求精神和肉体爱抚的心情,是美国现代主义小说家中重要的一位。

## (二)凯瑟琳·安妮·波特的现代主义小说创作

凯瑟琳·安妮·波特(Katherine Anne Porter,1890—1980)出生于美国得克萨斯州迈阿密海滩附近的印第安河市一个信仰天主教的家庭里,是美国著名拓荒者丹尔·布恩的后裔。其母玛丽·阿莉斯·波特同有世界声誉的美国短篇小说家欧·亨利(真名威廉·西德尼·波特)是亲属关系。波特两岁时,母亲亡故,于是全家迁到祖母居住的地方,她便由祖母带大。11岁时祖母去世,波特从此开始了颠沛流离的生活。14岁时,波特被亲戚送到修道院读书,后来出走。16岁时,她与人私奔结婚。1914年,由于婚姻生活遭遇丈夫的暴力,波特起诉离婚,这在当时是非常大胆的举动。波特通过离婚表明对传统女性角色的摒弃,义无反顾地踏上了当时崭露头角的"新女性"的道路,开始通过手中的笔书写独立人生。1917年,波特进《评论家》周刊编辑部工作。时值第一次世界大战,波特加入了红十字会组织,负责写稿和宣传。20世纪20年代初期,她离开美国,到墨西哥去研究艺术,在那里曾经参与左翼政治活动,并因此被当局驱逐出境,但很快又得以重返。1930年,她的首部小说集《绽放的紫荆》问世,获得了评论界的高度赞赏,奠定了波特在文坛上的地位,还为她赢得了1931年美国古根海姆奖学金。这笔奖学金资助了她后来的旅行和1931至1937年在柏林和巴黎的生活。1936年3月,波特加入左倾的美国作家协会,三年后因为憎恶帮派作风退出。1937年她出版了小说《午酒》,1939年出版了《灰色骑士灰色马》,1962年发表了长篇小说《愚人船》,1977年发表了回忆录《千古奇冤》。晚年时期的波特曾到斯坦福大学、华盛顿大学等校兼课,深受欢迎。1980年波特因多次中风不幸逝世。

波特一生发表的作品虽为数不多,只有1部长篇,26个中短篇,但风格独特典雅,寓意深远。她的小说常以美国南方为背景,善于通过象征、讽刺和意识流等手法来使读者更深入地体会小说意境,还善于通过对人物的心理研究准确把握人物内心,并以自己清晰、细腻的女性视角来描绘小说中的爱情、婚姻、人性、世俗以及人与人之间复杂的关系,寓意深刻且影响深远。其代表作有《绽放的紫荆》《遭弃的韦瑟罗尔奶奶》《愚人船》和《灰色骑士灰色马》。

《绽放的紫荆》虽以墨西哥为背景,但作品中的人物都与她早年在故乡南方的生活经历密切相关,融入了南方的自然景色和文化经历。作品主要讲述了寄居墨西哥的美国年轻女教师劳拉与革命党领导人布列基奥尼之间的爱情故事。劳拉在理想与激情的召唤下,不顾一切来到墨西哥参加社会主义革命。但是现实的情况让她感到困惑、失望,布列基奥尼作为革命领导人,权力却只是他欲望的工具,完全没有民族责任感,更没有所谓的民族大义,他残忍、放纵、贪婪。他爱劳拉,给予劳拉的是毫无节制的爱情。这一切让劳拉无法接受,因为这不是她想要的,她理想中的革命者应该有崇高的信仰、健壮的体魄、英勇无畏的精神。可是现实与理想的差距,让劳拉开始怀疑自己的所作所为是否有意义,开始思考革命的目的。终于在一天夜里,劳拉梦见另一个革命者尤金尼奥在狱中吃了她送去的安眠药自杀了。他要求她吃一种紫荆树的花,以便跟他到死亡之地去旅行,当他指责她是杀人凶手时,她惊醒了,大声喊遭,"不行!"她终于否定了她长期害怕的莫名的灾难,对自己的信仰表示怀疑。她成了一个对生命和爱情不知所措的"荒原人"。小说在表现劳拉因现实和理想产生差距而被压抑的感情的同时,又突出了布列基奥尼的腐化堕落,对爱情和革命的背叛。这部小说拥有波特南方小说的特征和内涵,人物性格刻画细致,语言优美。此外,作者借《圣经》犹大背叛耶稣的典故表现主题,含蓄凝练,讽刺意味更加浓厚。

《遭弃的韦瑟罗尔奶奶》写韦瑟罗尔奶奶年轻时被自己未婚夫乔治无情地抛弃,无奈之下嫁给了一名叫作约翰的年轻人,并生有五个孩子。约翰很早就去世了,韦瑟罗尔奶奶独自抚养孩子,独当一面,将家里的大小事情都处理得很好,几十年过去了,她的五个孩子都已经长大成人了,而韦瑟罗尔奶奶也因病卧床不起,回顾着自己的一生,她虽然嘴上说自己已经没有什么遗憾了,已经将自己失去的一切都赢回来了,但却在灵魂深处仍然没有忘记自己曾经的未婚夫乔治,更没有忘记这个男子对自己造成的深深伤害,总是心神不宁,她恨乔治。在她临死之前,她曾经呼唤着上帝的出现,但是并没有如愿,她于是就对上帝怨怼满怀,擅自将自己的生命之灯吹灭了。小说用意识流的手法讲了一位年近八旬的奶奶最后一天的思想活动,对人物思想的描述细腻而绘声绘色,颇为感人。

《愚人船》讲述了在1931年8月,一艘名为"真理号"的船载着50多个头等舱乘客和876个统舱乘客,从墨西哥的维拉克鲁斯驶往德国不来梅港,形形色色的人物在航行途中以各种方法排遣时光,在他们的脑海里则有种种光怪陆离的念头时时浮现,通过这些不同国籍、不同职业,不同宗教信仰、不同政治主张的人物在20天里的日常活动和相互之间的复杂关系、态度,波特以她独特的文体和带荒诞色彩的笔调为我们构造了一个漂流在水面上的小小社会,描绘了20世纪30年代初处于大萧条阴影笼罩下的资本主义的一幅世态画。小说书名"愚人船"的含意是与上帝的智慧(天意)相比,世间芸芸众生都是愚人。作者试图通过作品表明,"恶"总是在"善"的妥协与默契下得逞,人的天性是脆弱的,人有毁灭别人和自我的本能。

《灰色骑士灰色马》写在第一次世界大战期间,女记者米兰达爱上了军人亚当,但是在战争中却得不到爱情和温暖,米兰达不幸患上流感,在死亡的边缘挣扎,而亚当也要奔赴前线,最终米兰达康复了,战争也结束了,可是亚当却因为感染了流感,病死在军营中。米兰达在经历了死亡和爱情之后,变得更加成熟,她决心不向命运低头,继续顽强地生活下去。小说讲述了一个哀伤的爱情故事,充满了灰色的死亡气息和悲剧气氛,也融入了作者自己的一些经历,运用了《新约·启示录》中灰色马的典故:"我就观看,看见有一匹灰色马,骑在马上的,名字叫作死,阴府也随着他,有权柄赐给他,可以用刀剑、饥荒、瘟疫、野兽,杀死地上四分之一的人。"通过这个典故,小说表现了社会大背景下人无法与命运抗衡的悲剧气氛。

总之,波特善于通过象征、讽刺和意识流等手法来使读者更深切地体会小说意境,她的小说描写细腻,文字讲究,风格优美,寓意丰富,细节生动,以小见大,技巧娴熟。她是20世纪美国文学界最耀眼的明星之一。

### (三)约翰·多斯·帕索斯的现代主义小说创作

多斯·帕索斯(John Dos Passos,1896—1970)生于芝加哥一个西班牙裔的小康家庭。从小大部分时间随父母住在欧洲。1907年回国后入康州乔特中学学习,后考入哈佛大学,毕业前又曾回西班牙学习西班牙语和建筑。第一次世界大战爆发后,他加入志愿救护队赴法国,后转入意大利美军医疗队。第一次世界大战后,他受聘为《英国劳工报》驻西班牙记者,到过土耳其、苏联、伊朗和贝鲁特。1920年,帕索斯将自己的参战经历写成第一部小说《一个人的开端:1917年》,次年,第二部小说《三个士兵》又问世了。在出版了一部诗集和论文集后,他又再转向小说创作。1924年,他在巴黎结识了海明威,两人成了忘年之交。1925年,发表小说《曼哈顿中转站》。1926年,他担任左翼杂志《新群众》创刊时的编委,与进步作家高尔德一道工作,支持工人罢工。1928年,他又访问苏联、西班牙和墨西哥,发表游记《东方快车》和《多国之行》。从1929年至1936年,多斯·帕索斯集中精力写《美国》三部曲(《北纬四十二度》《一九一九年》和《赚大钱》),1938年三部小说结集出版。他还发表反映西班牙内战的《两次大战之间旅行记》和《哥伦比亚特区》三部曲

(《一个青年历险记》《第一名》和《宏伟的蓝图》)。1947 年,帕索斯和妻子凯蒂遭遇车祸,妻子不幸去世,而他则失去了一只眼睛。多斯·帕索斯的晚年转向保守,在一些小说中流露出了对共产党人不满的情绪。1970 年 9 月底,多斯·帕索斯离开了人世。

帕索斯吸取了欧洲的现代派技巧,将法国电影的蒙太奇手法引入小说创作,大胆地改进叙事艺术,使长篇小说的叙事技巧和方法多样化,将以描写人物个人生活变迁为中心的小说,变成个人参与的群体的全景式的画面,没有情节,没有单独的主人公。[①] 在他的作品中,《美国》三部曲成就最高。

《美国》三部曲包括《北纬四十二度》《一九一九年》《赚大钱》这三部,描绘了 1900 年至 1929 年美国爆发大萧条的动荡生活,揭示了美国日益衰落的三个历史阶段。《北纬四十二度》写了从 1900 年至 1917 年美国参加第一次世界大战,提出 20 世纪建设新国家的希望,逐步地反映了进步力量的兴起,然后,将焦点聚集到欧洲战场。《一九一九年》点明了第一次世界大战其实就是利润最大的交易。战场充满了恐怖,也频繁爆发出性丑闻,还引发了经济危机,终于导致了革命,十月革命成功了,而西方国家没有任何动静,只有因凡尔赛条约而争吵的声音。美国士兵回国了,面对的并不是美好的生活,而碰到的是工人大罢工,随之带来的是荒唐的"恐共症",成了寡头政治和资方强化剥削的借口。《赚大钱》主要描写了 20 世纪 20 年代美国社会出现了政治上的分裂、经济上的黏合和主要人物精神的崩溃。萨柯和万塞蒂被处死,人们似乎失去了希望,但作者暗示:真正的理想主义隐藏在人民中间,预示着"红色的三十年代"的到来。

这三部作品规模宏大,从美国的东岸写到西岸,从国内写到国外,反映了从 20 世纪初的 30 年美国各个阶层的社会生活。三部曲共塑造了 12 个人物形象,但这 12 个人物中没有一个是贯串全书的主人公。《北纬四十二度》刻画的人物包括爱尔兰移民麦克、"公共关系"专家约·华·摩尔豪斯、女设计装饰专家艾丽诺·斯托达德等 5 个人物。其中,麦克是一个很穷的人,他处流浪,曾加入产业工人联合会,后开书店卖进步书籍;约·华·摩尔豪斯出身于铁路工人家庭,后与富翁的独女结为夫妻,成了公关专家,是小说中主要资产阶级代表人物;艾丽诺·斯托达德战时曾随摩尔豪斯赴欧洲为红十字会工作,后成了俄国的贵族夫人。《一九一九年》刻画了乔·威廉姆斯、大学生理·艾·塞凡琪、女装饰设计师伊惠琳·赫金斯等 5 个人物。其中,乔·威廉姆斯当过海军水手,死于斗殴;理·艾·塞凡琪战时参加意大利救护队工作,战后积极宣传民主自由的美国;伊惠琳·赫金斯曾去欧洲为红十字会工作,酷爱艺术,但始终一事无成,还自怨自艾,精神空虚,最后自杀。《赚大钱》续写前面相关人物的活动,又增加了女演员玛戈·朵林和思想激进的玛丽·弗兰奇。

在艺术结构上,这三部小说一反传统的叙事手法和统一的结构模式,在写作中运用了前所未有的实验手法和技巧。在对不同人物生活经历的叙述中间,巧妙地运用了"新闻短片""人物传记""摄影机镜头"等手法,使虚构的想象与历史的事实相结合,强化了小说的艺术效果。其中,"新闻短片"主要是来自 20 世纪前 30 年内报纸的新闻标题、消息、广告、标语口号、官方文件、电台流行歌曲、诗歌节选和粗俗俚语。它们巧妙地穿插于人物描写的章节之间,与小说中的人物没有联系,却可以衬托当时的时代背景。"人物传记"选取了 20 世纪前 30 年在美国历史上各行各业的风云人物进行勾勒,包括著名的政治家、企业家、艺术家、科学家、工会领袖、新闻记者、演员、建筑师和知识分子等的真人真事。帕索斯将这些传记穿插于各章节之间,与书中的人物没有直

---

① 杨敬仁:《20 世纪美国文学史》(第 2 版),青岛:青岛出版社,2010 年,第 266 页。

接的关系,目的在于用这些名人的肖像突出历史大厦的轮廓,以讽刺时弊或衬托历史背景。作者对这些历史人物的褒贬毁誉渗透在字里行间,含而不露。"摄影机镜头"是作者用意识流手法写成的 51 篇短文,没有标点符号,全部用小写字母,以表现作者本人意识的潜流。它们常常跟在人物传记或"新闻短片"后面。这部分充分表现了作者的成长过程。这几种形式的混合使《美国》三部曲更令人感到真实可信,也使美国小说形式有了新突破。

总之,帕索斯将虚构的描写与非小说的事实片段交织在一起,并以民歌、俗话、俚语、广告语、日常口语巧妙地构成文学语言的有机体,他在美国现代主义小说方面取得的成就令人瞩目。

### (四)佛朗西斯·司各特·菲茨杰拉德的现代主义小说创作

佛朗西斯·司各特·菲茨杰拉德(F. Scott Fitzgerald,1896—1940)生于明尼苏达州圣保罗镇。由于母亲从外祖父那里继承一笔遗产,对菲茨杰拉德这个独子是娇生惯养。1913 年,菲茨杰拉德依靠亲戚的资助进入普林斯顿大学学习,对文学创作产生了浓厚的兴趣,并在那里结识了埃德蒙·威尔逊。威尔逊提出的创作理论对菲茨杰拉德的早期文学创作产生了较大的影响。但因身体不好,成绩欠佳,他没有顺利毕业。1917 年,美国加入了第一次世界大战,菲茨杰拉德应征入伍,并被派往亚拉巴马州军营进行训练。1919 年退伍后到纽约想赚大钱,但未能如愿,于是打算靠写作来赚取丰厚的收入,但是他的投稿遭到了出版社的拒绝,收入微薄。未婚妻珊尔达·赛瑞同他解除了婚约。失望的菲茨杰拉德返回家乡修改在离开普林斯顿大学前已构思的一部小说《浪漫的利己主义者》,1920 年,这部小说以《人间天堂》为名出版,轰动一时,随之得到了丰厚的稿酬。为此,珊尔达·赛瑞与他复合,菲茨杰拉德如愿以偿与之结婚。但这件事对他的创作产生了重大的影响,他常把妻子作为作品中的女主人公来进行描写。婚后,两人过着阔绰的上流社会生活,使得菲茨杰拉德经济上入不敷出。无奈之下,菲茨杰拉德只能赶写许多短篇小说以赚钱生活所需。1925 年,菲茨杰拉德出版了他最有成就的作品——长篇小说《了不起的盖茨比》。1926 年,他的短篇小说集《一代悲哀的年轻人》出版。后来,他灵感慢慢枯竭,才华流逝,到1934 年勉强出版了《夜色温柔》。与此同时,他的妻子患了精神分裂症,并经常发作,这严重分散了菲茨杰拉德的精力,由于妻子长期住院,菲茨杰拉德债台高筑,但他为了让妻子住在最好的医院,供女儿读最好的学校,靠为好莱坞写剧本来还债。生活的压力让菲茨杰拉德孤独寂寞,郁郁寡欢,常借酒浇愁,导致身患肺病,为此他曾两次自杀未遂,后来被好莱坞辞掉,又写过一些短篇故事。1940 年,由于酗酒过度,积劳成疾的菲茨杰拉德在没有完成《最后的大亨》的情况下因心脏病发作与世长辞。

菲茨杰拉德小说中的人物多半以真人为原型,其创作记录了一个浮躁的时代,代表作为《了不起的盖茨比》。

《了不起的盖茨比》以青年商人尼克·卡拉威的第一人称视角,讲述了主人公盖茨比浪漫理想幻化成泡影的悲剧故事。尼克从中西部到纽约搞股票投机,长期寄居长岛,他的邻居盖茨比天天大摆宴席,宾客盈门。因此,人们对盖茨比窃窃私语,怀疑他是靠投机买卖和非法交易成为暴发户。一天,尼克也受到了盖茨比的邀请参加酒宴。盖茨比对尼克道出了缘由。原来,盖茨比是一个很穷的底层人物,并爱上了尼克的表妹黛西,黛西无法接受贫穷的盖茨比而嫁给了富有的汤姆。之后,盖茨比应征入伍当兵,退伍后靠投机买卖和非法交易成为暴发户,成为一名成功人士。发财后,盖茨比依然爱着黛西,把她视作一种与美国梦紧密相连的象征符号,想和她重温旧梦。而如今,盖茨比天天大摆酒宴,就是为了黛西。在尼克的安排下,黛西终于到盖茨比家中来了,这次见面使盖茨比身上散发出"一种新的幸福感",然而他很快知道了黛西与汤姆婚后不和。因为汤姆与威尔逊太太勾搭,一气之下,盖茨比当场与汤姆大闹起来,并要求戴西离开汤姆。黛西犹豫动摇不吭声,她爱盖茨比,但更爱汤姆的百万家财。最后大家不欢而散。另外,威尔逊发现妻子发生婚外情后,就将她囚禁在房间里;威尔逊太太逃出之后,不幸在公路上被情绪激动的黛西开车撞死。之后,汤姆向威尔逊撒谎说盖茨比才是凶手,于是威尔逊就把盖茨比打死了。盖茨比为黛西被杀,她竟无动于衷,与汤姆一起逃之夭夭。盖茨比死了,没有人为他办丧事,尼克看不过去只好自己来办。葬礼上,冷冷清清的,以前出入盖茨比酒宴的那些显贵们一个个都谢绝了参加葬礼的邀请,就连黛西也无动于衷,这令尼克感到心寒。尼克看到,上层社会已经没有什么道德情操可言:"他们砸烂了东西,撞死了人,然后回去享用他们的钱……叫别人去收拾残局。"尼克看穿了有钱人的无情无义,无意留在纽约,决定回到中西部的家乡。

这部小说采用了欲抑先扬的手法,以大段的铺排和浓彩重墨的描写来造成一种强烈的气氛,并运用"双重视野"的视角成功地塑造了盖茨比的形象。盖茨比的性格带有浓厚的浪漫色彩,他相信人可以恢复过去的美好岁月,重享青春和爱情的幸福时刻,对未来充满希望。他生活目标专一,对理想忠贞不贰,具有浑浑噩噩的现代人中不可多得的高贵和天真。但盖茨比为实现理想而采取的手段却丝毫没有高贵和天真之处。他靠非法走私而攫取巨额财产,这就不仅使他本身堕落,也直接或间接地导致他人的堕落。而且,他所深爱的黛西也并不代表着传统美德,而是"爵士时代"贪图钱财和物质享受的轻浮女子。不难看出,盖茨比追求的一面是光芒四射、诱惑难耐的理想,另一面又是庸俗和肤浅的现实。黛西代表着盖茨比对生活的憧憬,但最终他成为自私的黛西的牺牲品。可以说,盖茨比美国梦想的破灭是幻想与现实之间巨大张力相互作用的必然结果。

小说采用印象派手法,菲茨杰拉德在描写场面的气氛时,尽量用一些具体的、带有感情色彩的词,让整个气氛更加浪漫和真实,读者仿佛身临其中。同时,菲茨杰拉德大量使用象征,例如美国梦对盖茨比的诱惑是通过黛西家码头上的绿灯做比喻的。绿灯意味着车辆可以前进,但黛西家码头上的绿灯实际上起迷惑人的作用。不仅如此,小说字里行间交织着讽刺与浪漫的色彩,语言简洁优美,笔意轻捷而富有变化,语似浅而味浓。

总之,菲茨杰拉德以熟练的笔描述了这个被称为"爵士乐"和"金元"的时代,反映了生活于第一次世界大战后繁荣时期的青年一代对传统清教主义思想的反叛以及对浪漫生活的追逐,代表着美国文化史上的关键时期。

## (五)威廉·福克纳的现代主义小说创作

威廉·福克纳(William Faulkner,1897—1962)出生于密西西比州的新奥尔巴尼,家族在本州历史上小有名望,但到他父亲那一代已经家道中落。福克纳从小对功课不感兴趣,但对文学作品的兴味却很浓。17岁时,福克纳高中尚未毕业就决定退学回家。当第一次世界大战爆发时,福克纳向往军旅生涯,但因身高不够被拒绝。1918年,他多方设法终于得以加入英国皇家飞行队。但刚受训完毕战争已经结束。他退伍回乡后作为特殊学生进入密西西比大学,不到一年退学。1921年,他到纽约的书店当售货员。1924年,他自费出版诗集《玉石雕像》,没引起重视。后来,他在新奥尔良结识了早已成名的著名作家舍伍德·安德森,两人一见如故。在安德森的劝说与帮助下,他于1926年出版了第一部小说《军饷》,引起文坛注意。由此,福克纳开始了自己的小说创作生涯。1929年出版了《喧嚣与骚动》,获得了高度评价。20世纪40年代是福克纳创作小说的高峰期,发表了很多小说,如《我弥留之际》《八月之光》《押沙龙,押沙龙!》《去吧,摩西》等,确定了他在美国文坛的重要地位。从 1955 年起,福克纳曾多次接受美国国务院的委派,到日本、菲律宾、希腊、委内瑞拉等国访问。1957 年,他开始在弗吉尼亚大学担任驻校作家并进行讲学。后来,他返回家乡,过着简朴而自在的生活,但仍抽空继续创作。1961 年,福克纳完成平生的最后一部小说《掠夺者》,并于次年面世。1962 年因病去世。

福克纳共创作了 18 部小说和 3 部短篇小说集。他的作品多以美国南方的历史为题材,巧妙地运用了现代主义手法,揭示人物内心活动,用梦幻、潜意识和内心独白来塑造人物性格,体现时代精神。在福克纳的现代主义小说创作中,《喧哗与骚动》《我弥留之际》最为人们所称道。

《喧哗与骚动》的书名是有渊源的。莎士比亚名剧《麦克白》曾有这句台词:"人生如痴人说梦,充满了喧嚣与骚动,却没有任何意义。"《喧哗与骚动》书名就源自于此。《喧哗与骚动》中心人物是凯蒂·康普生,讲述南方没落贵族康普生一家的故事,表现了这个家庭成员各自的生活遭遇和精神状态。全书由"班吉的故事""昆丁的故事""杰生的故事"和"迪尔西的故事"四部分组成,相对独立,前三部分分别由班吉、昆丁、杰生讲述,第四部分以迪尔西为主线,用第三人称交代、串联、补充有关线索。凯蒂作为中心人物,作者为其安排单独的一章,但她的地位相当于全书各个部分的红线,将之串联成一体。凯蒂出现于每个部分,她的兄弟班吉、昆丁和杰生以及黑人女佣迪尔西在生活中都与她密切相关。康普生家族正在没落,每一个家庭成员都感到令人窒息的氛围,进而进行最后的疯狂,以表绝望。康普生先生酗酒度日,大女儿凯蒂被喜欢的人抛弃,大儿子昆丁在绝望中自杀,二儿子杰生变成一个可悲可耻的实利主义者,小儿子班吉弱智,没有语言能力,只能用呻吟、嚎叫与人交流。这一切都表明以庄园主康普生为代表的南方贵族家庭正在没落,深刻地表现了南方贵族庄园制解体的生动图景。加上作者采用多种现代派手法,如时空倒置,将过去、现在和未来颠倒地组合在一起,由此更能揭示第一次世界大战后在西方精神危机浪潮冲击下南方"现代人"的异化感和失落感。

《我弥留之际》是继《喧哗与骚动》之后又一部意识流小说杰作。小说叙述的是发生在 10 天之内的一个故事。女主人公小学教员艾迪·本德仑遭受数十年生活与疾病的煎熬之后,即将命归黄泉,大儿子卡什正在为她赶制棺材。她的丈夫安斯·本德仑承诺她把她的遗体运到她娘家人的墓地去安葬。历经 3 天的筹措、等待与入殓之后,他们就开始了长达 40 英里的一次苦难历程。扶枢回乡的一路上,天灾人祸、磨难重重:大儿子被车压断了腿、成了终生残废;私生子在一次火灾中被严重烧伤;另一个智力不全的儿子因纵火烧棺而被送进疯人院;女儿为了搞到堕胎药而被药房伙计诱奸;拉车的牲畜也被洪水冲走。40 英里的道路居然颠簸了 6 天,已经发臭的尸体终于到达目的地后,这个家庭顿时星散,只有心思单纯的一家之长安斯如愿以偿地借钱买了一副假牙,并带着新欢踏上回家之路。

这部小说是一出黑色的、残酷的喜剧,是作家悉心打造的整个美国南方文学领域一部思想水准和艺术成就都达到高超境界的小说,是一部现代的荒诞小说。尸体是小说的中心意象,而死亡是小说的中心主题。它不仅反映了本德仑一家的无能和不幸,也曲折地传达出一种普遍的没落情绪。小说题目虽然是"弥留之际",但是小说大部分篇章不是叙述"我"的弥留之状,而是叙述"我"死后长途出殡安葬的曲折过程。有关弥留的叙述仅占总量的不足六分之一,而叙述出殡征程的占六分之五之多,这就很难算得上是弥留之际了。再从时空观念上说,这部小说故事历时 10 天,路程 40 英里,而"我"在第一天的傍晚就去世了,那只是 40 英里行程的起点。明明是写死者在运往坟地途中的种种境遇,却用了活人口吻的标题;明明是写送葬者经受的种种磨难,却用了死者的眼光,十分荒诞。

总之,福克纳潜心观察和研究人以及人的生活,熟练地安排情节的先后顺序而不致混乱,自如地支配素材,善用"倒插笔",是颇具国际影响的意识流大师,也是美国南方文学的领军人物。

## (六)欧尼斯特·海明威的现代主义小说创作

欧尼斯特·海明威(Ernest Hemingway,1899—1961)生于伊利诺斯州的橡树园镇。受父亲的影响,海明威从小就喜欢钓鱼、打猎、运动、收集标本,形成了喜爱竞争冒险、倔强自负的性格。他爱好写作,中学时是校内文学刊物的编辑。高中毕业时,他违背父亲的意愿没有选择医学专业,也没有考大学,而是报名参军到欧洲打仗,但因视力不合格最终无法实现打仗的愿望。1918年初,海明威作为红十字会救护队司机赴意大利战场,不久被敌军炮弹炸成重伤,回国疗养。1920—1924年,海明威在加拿大《多伦多之星》报任记者。第二年他与哈德莱结婚。经人介绍,他得以和斯坦因、庞德、菲兹杰拉德和福德等人结识,在他们的影响下开始进行文学创作。1926年,海明威发表了第一部长篇小说《太阳照常升起》,成为"迷惘的一代"的代言人。1929年,海明威发表了长篇《永别了,武器》(又译为《战地春梦》),续写青年才俊的神话,受到了读者的热烈欢迎。1936年7月,西班牙内战爆发。四年内战期间,海明威以记者的身份四次访问了西班牙。他作为战地记者,站在进步力量一边,反对佛朗哥法西斯势力,写了不少精彩的作品。1940年,小说《丧钟为谁而鸣》(又译《战地钟声》)与读者见面,标志着海明威创作主题从迷惘向"重压下的优雅"转变。1945年,海明威与玛莎离婚,次年和在伦敦结识的记者玛丽结婚,后定居古巴哈瓦那。1949年海明威在意大利打猎时,猎枪的送弹塞突然飞出,击伤眼睛,使他患上败血症。1952年,中篇小说《老人与海》发表,海明威因此获得了诺贝尔文学奖。1961年7月2日清晨,海明威因不堪疾病的折磨而用猎枪结束了自己的生命。海明威去世后,他的遗孀玛丽陆续整理出版了他的遗著《流动的盛宴》《海流中的岛屿》《伊甸园》和《危险的夏天》等。

海明威一生著作颇丰。他擅长运用象征的寓意手法,营造特殊的环境氛围,他的小说与战争主题密切相关,主要表现出"迷惘一代"特有的悲观色彩,代表作有《太阳照常升起》《永别了,武器》《丧钟为谁而鸣》。

《太阳照常升起》主要描写的是一群青年在巴黎的流浪生活。他们曾经参加过第一次世界大战,战争中失去了亲人,或者自己受了重伤,战后对生活不知所措,没有精神支柱,也没有理想,每天过着喝酒、钓鱼、看斗牛的刺激生活,有时陷入了三角恋,并因此发生无谓的争吵。小说主人公杰克·巴恩斯是"迷惘的一代"的代表人物。他在战争中负伤,失去性爱能力,孑然一身,侨居他乡,内心痛苦,常常夜不成眠。他默默地忍受着这一切,以一种"绝望中的勇气",尽量像正常人一样生活,并努力想在他的朋友之中建立起正常的生活秩序。另一位小说人物布莱特·艾施利是英国人,她在战争中当过护士,其未婚夫死于战争。战后不久,她与杰克在相遇,彼此相爱。但是,由于杰克已经失去了正常的性能力而无法和布莱特结婚。布莱特想和杰克在一起,但她也深知以杰克的状况自己迟早会背叛他,所以内心也很矛盾,总和杰克保持一定的距离。布莱特死了丈夫又很快有了未婚夫,她凭着自己的美貌和交际技巧,整天在男人堆里周旋,以掩盖自己心中的失落感和痛苦,还经常与充满浪漫幻想的作家科恩去西班牙游山玩水。后来,杰克似乎从斗牛士罗梅洛身上发现了人的尊严和勇敢精神,进而想到人就是要依靠自己存活下去的,自己要振作起来。此时,布莱特又爱上了罗梅洛,而杰克为了布莱特的幸福,竟也主动安排两人相会。后来,布莱特和罗梅洛离开了潘普罗纳。几天以后,杰克接到布莱特的电报。布莱特在电报里说自己离开罗梅洛了,因为不想毁掉他,所以想和杰克在一起。于是,杰克和布莱特终于成为很好的一对。这部小说记录了第一次世界大战对年轻人肉体、精神留下无法愈合的创伤,导致了精神生活的空虚和无助。战争的残酷和荒谬摧毁了旧的价值观却没有建立起新的价值观,也摧毁了年轻人的梦想和纯真却没有给予新的希望,留下来的只是一个没有意义的世界。小说虽然题材不宽,但在一定程度上反映了时代的精神危机,对青年读者很有吸引力,引起了欧美社会各界广泛重视。

《永别了,武器》是一部自传性很强的小说。作品以作者自己在意大利战场的亲身经历为基础,描写了第一次世界大战中,志愿到意军服役的美国青年弗德里克·亨利与英国护士凯瑟琳·勃克莱之间发生的故事。第一次世界大战期间,由于正义、荣誉的召唤,美国上尉弗德里克来到意大利战场。一次执行任务中,弗德里克负伤,被送往米兰一家医院治疗,在那里结识了英国护士凯瑟琳,期间迸发出了真挚的感情。弗德里克痊愈后重返前线,适逢奥军发起进攻。在大撤退途中,官僚们将自身无能造成的失败归罪于下层军官,并要将弗德里克当作间谍枪毙,弗德里克这才逃离战场,和凯瑟琳一起逃到了瑞士。在那里,他们过着伊甸园般的生活。不久,凯瑟琳在分娩时难产,母子一起离开了人间。弗德里克悲痛欲绝,独自一人走在雨中。这部小说讽刺了战争的荒唐和所谓"光荣""英勇"和"荣誉"的无聊,充满了反战情绪,小说中的其他一些人物,从军官到士兵,都是厌战的,他们诅咒这场"肮脏"的战争,他们无一不向往和平与安详的生活。小说的对话简洁,语言精练,细节生动,能够抓住人物的行动勾勒出人物的性格。

《丧钟为谁而鸣》以 1936 年西班牙内战为背景,展现了一位美国大学青年讲师罗伯特志愿到西班牙,与山区的农民游击队并肩战斗,最后英勇献身的壮丽画面。小说主人公罗伯特·乔登是美国教员,为帮助西班牙共和政府作战,被派往弗朗哥反动势力和法西斯分子占领的后方。游击队在苏联将领戈尔兹的指挥下正准备发动一场反攻,给罗伯特等人的任务是炸毁一座桥。从对战争局势的分析来看,罗伯特意识到,炸桥任务有悖于军事常理,异常冒险,反攻注定要失败。但是,戈尔兹为了实践自己的军事理论而一意孤行。同时,罗伯特也看到,游击队内部还有错综复杂的矛盾,这对战斗力极其有害。负责支援罗伯特的游击队长巴勃罗胆小怕事,对战争也没有什么信心,不断给炸桥计划制造麻烦。向导安瑟莫虽然忠于共和事业,却不情愿开枪杀死已沦为法西斯分子的自己的同胞。整个使命中,罗伯特看到了种种不足,但是出于责任的考虑,仍然坚定争取胜利。游击队里还收容了一个遭受过法西斯军人污辱的西班牙姑娘玛丽亚。两人得以结识并相爱,并希望能结婚后到美国去。罗伯特和游击队执行任务时发生了意想不到的变化,老猎手安斯勒摩在炸桥中牺牲。游击队撤退时,遇上了敌人,罗伯特不幸身受重伤。但是他仍然坚持狙击敌人,掩护游击队队员安全转移,一个人在山顶抗敌,在生命垂危之际仍然想着再多消灭一个敌人。最后,他为西班牙人民自由与民主的正义事业献出年轻的生命。

这部小说以聚焦局部的方式探讨了共和派失败的原因,同时树立起罗伯特这一高大的硬汉形象。罗伯特是一个很有责任感的人,他在极度困难甚至死亡的考验面前显示出无畏、无私的个人英雄主义气概,也就是所谓"重压下的优雅"。小说结构紧凑,时间跨度仅为三天,地点也仅限于一个山谷,海明威通过内心独白、人物追忆、叙事暂停等手法,打破了时空的限制,紧紧围绕炸桥这个中心展开情节,揭示了各种矛盾与冲突,展现了极高的叙事技巧。

总之,海明威借鉴了西方现代派画家直觉的表现手法,并增加了听觉、嗅觉和触觉,以此来描写动作,塑造人物形象,用光、色和声构成纯真而深沉的意境,他倡导的"冰山原则"对后来的小说家产生了很大的影响。

# 第三节　20世纪上半叶美国诗歌的创作

20世纪上半叶,美国诗歌进入繁荣时代,埃兹拉·庞德、罗伯特·弗罗斯特领导的意象派和漩涡派诗歌在诗歌创作上取得了突出的艺术成就,对美国诗歌的发展产生了深远的影响。而在哈莱姆文艺复兴中兴起的黑人诗歌见证了新一代美国黑人知识分子全新的艺术实践,也在20世纪上半叶的诗坛占据了一席之地。

## 一、20世纪上半叶美国现代主义诗歌的创作

20世纪上半叶美国现代主义文学是从诗歌开始的,在美国现代主义诗歌创作中,以埃兹拉·庞德(Ezra Pound,1885—1972)和罗伯特·弗罗斯特(Robert Frost,1874—1963)的成就最高。

### (一)埃兹拉·庞德的现代主义诗歌创作

埃兹拉·庞德(Ezra Pound,1885—1972)生于爱达荷州梅利,长于宾夕法尼亚州。4岁时,庞德随父母迁居费城市郊,并在那里度过了童年。庞德少年时颇有抱负,15岁便立志要在30岁成为世界上最伟大的诗人。21岁时获宾夕法尼亚大学文学硕士学位。1909年前往伦敦,与当时在文坛上颇为活跃的T·E·休姆(T. E. Hulme,1883—1917)等人结识,庞德早期从事意象主义的写作便是受这些人的影响。1908—1920年寄居伦敦,后由英国到巴黎,以一个成名诗人的身份加入了塞纳河左岸英美放逐者的文艺圈,与海明威、乔伊斯等人为友。1908年他在意大利的威尼斯自费发表了处女作《熄灭的蜡烛》。1909年,他在伦敦出版了诗集《面具》《狂喜》,开始受人瞩目。1913年庞德结婚,并在其岳母的引荐下,拜见了叶芝,从此便成为叶芝家的常客。此外,庞德还结识了一批作家、诗人如福特·多马克思·福特和艾略特等,并开始了创建意象派的工作。1916年庞德发表了《驱邪仪式》,这是他与意象主义决裂的标志。1917年,庞德参与《风暴》杂志中,以表现力量为目的,宣扬应该改革意象派创作上的弊陋,要求那些善于写作平淡和伤感性诗歌的诗人用有力的、有运动感的意象和节奏来创作。由于意见的相违,渐渐的庞德脱离出意象派,1917年之后他开始了现代派的写作。1920年,长诗《休·塞尔温·莫伯利:生活与接触》问世。1924年,庞德从巴黎到意大利西北部待了20年。1925年,他发表了倾注毕生精力完成的长诗《诗章》的第一部分(1—15章),其余章节则发表在20世纪下半叶。1941年第二次世界大战双方激战期间,庞德竟在意大利罗马电台数百次公开发表反美讲话,1945年以"叛国罪"被捕,并押回美国受审。后检查发现他精神失常,从而免于受审,并接受治疗。1958年,在众多好友的共同努力下,庞德终于未经审判取消了叛国罪,从精神病院出来。1972年病逝于威尼斯。

意象派诗歌运动由庞德发起,并为意象派确立了诗歌理论和创作实践的标准,使意象派诗歌成了美国现代派诗歌的起点。但当《意象派诗选》第一辑出版时,庞德已经开始脱离这一流派,而转向更为激进的漩涡派。庞德最重要的作品是《休·塞尔温·莫伯利:生活与接触》和他倾注毕生精力完成的长诗《诗章》。以下就《休·塞尔温·莫伯利:生活与接触》和《诗章》第一部分做简单阐述。

《休·塞尔温·莫伯利:生活与接触》是庞德思想和技巧成熟的标志。标题"莫伯利"是庞德虚构的一个 1914 年前的诗人,一方面作为他自己早期生活的分析者,另一方面作为对 19 世纪末颓废诗风的讽刺。不过,全诗前半部都是庞德自己的声音,直到全诗的后半部,莫伯利才出现,因此该诗富有自传色彩。

从结构上来看,全诗共分两部分,第一部分包括 13 节,主要由诗人自己叙述,说的是他在伦敦文艺界中的各种经历,以及由之产生各种情绪特别是愤怒和失望的心情。当时,伦敦是西方现代文明的代表,但在那里,艺术只是一种赚钱的工具。这让真正追求艺术的人无法生存,也破坏了艺术,更扭曲了人性。所以,诗人预言:一种庸俗而廉价的东西,将比我们的日子存在得更久。

第二部分共 5 节,开始出现莫伯利。莫伯利是一个 1914 年前的诗人,但时运不济,在能力方面也有限,所以也就算是一个二流诗人。即便如此,莫伯利却夜郎自大,妄想有一天能创作出属于自己的高雅艺术作品,结果脱离实际,遭人耻笑,最后逃之夭夭。可见,庞德是对 19 世纪末颓废诗风的讽刺。

《休·塞尔温·莫伯利:生活与接触》采用四行诗体,语言简洁朴实,无雕琢痕迹,运用了多种现代派手法,如视角的多变、时空的交叉、反讽与自嘲的结合以及多语种多文化的综合引文,形成了一首多角度多层次多色彩的长诗。因此,该长诗可看做是《诗章》的铺垫之作。

《诗章》是庞德花了近半个世纪写成的长诗。该长诗规模宏大、包罗万象,共有 117 章(第110—117 章是未完成的草稿)。各部分发表的时间不同,持续的时间达 50 多年之久。《诗章》的内容极为庞杂,涉及政治、经济、文化、美学等领域,从古到今,从欧洲、美洲到亚洲,是一部描绘人类历史和文化变迁的大百科全书,连庞德自己也说这是一首"包含历史的诗歌"。长诗还用了古今多种语言,如古希腊语、拉丁语、英语、法语、汉语、法语等。《诗章》的结构看似零乱,但与但丁的《神曲》和荷马史诗《奥德修斯》相似。修改后的第 1 章便是依照《奥德修斯》的第 11 章写成。《诗章》有三条主线:奥德修斯穿过地狱抵达家乡;《神曲》中的诗人在地狱、炼狱中行走,最后重要到达天堂;寻找美堤亚王国的"基石",寻找理想的社会秩序。

《诗章》写于不同的时期和不同的环境,在第一部分中,第 1 章是最出名的篇章之一。它实际上是从安德里斯·狄瓦斯在文艺复兴时期出版的拉丁文译本改译或编写的荷马史诗《奥德赛》第11 卷"入冥府求问特西阿斯魂灵言归程"的缩影。奥德赛在海上航行,苦苦求索,成为诗人眼中现代人的榜样。前 7 章是关于整部作品的主题及构思;第 8 至 11 章写意大利文艺复兴早期的一位威尼斯军人和艺术庇护人马拉特斯塔;第 12 和 13 章将现代国家的经济政策和经济状况与孔子哲学理想中的社会模式作对比;第 14 至 15 章写地狱中一条通往威尼斯的通道,威尼斯是庞德心目中天堂的象征。

《诗章》打破了美学与现实社会的划分,将古今东西方的文化和语言进行有机的融合。这一系列的消解、融合就是庞德独创的拼贴法。由于这种拼贴法,《诗章》也就成为一部划时代的西方现代史诗。长诗文风简洁,直率而生动,各个诗篇风格不同但又各有千秋,其艺术形式的创新和鄙视功利主义的价值观大大地超过了庞德在政治上的一些偏见。

## (二)罗伯特·弗罗斯特的现代主义诗歌创作

罗伯特·弗罗斯特(Robert Frost,1874—1963)生于旧金山,长于美国西部。11 岁时父亲去世,全家返回祖籍新英格兰。中学毕业后,弗罗斯特进入达特第斯学院学习,但不久即退学打工,业余坚持写诗。这期间他游历过南部,当过教员,做过新闻工作。16 岁时,弗罗斯特就发表了自己的第一首诗《诺什·特黑斯》。1897年,弗罗斯特进入哈佛大学,但两年后因病辍学。此后,他在写诗的同时,还教书、经营农场。1912年他卖掉农场,举家去英国。在伦敦结识了一些年轻的意象派诗人。后来,在庞德的鼓励下,分别于1913年、1914年出版诗集《少年的意愿》《波士顿以北》。其中,收录在《波士顿以北》的诗篇《雪夜驻足在林边》《修墙》《摘苹果之后》《雇工之死》被广泛流传。1915年弗罗斯特举家返回美国,他继续务农和教书。1916年,诗集《山间》出版,其中,富有哲理性的诗篇《未走过的路》《白桦树》就被收录于内。至此,弗罗斯特的诗歌创作进入了成熟阶段。1923—1939年间发表了多部诗集,包括《新罕布什尔》《向西流去的小溪》《又一片牧场》《见证树》《诗选》。1963年,弗罗斯特在波士顿去世。

弗罗斯特被称作是"交替性诗人",因为他的诗歌在韵律方面与传统诗歌相近,又与意象派等现代诗歌相通。他的诗歌有许多选用了充满现代色彩的主题,但他却依然沿用了传统的押韵双行诗、四行诗、十四行诗等格律形式,因此,诗歌风格不像同时代的多数现代派诗歌那样晦涩难懂,而有着传统浪漫田园诗歌的质朴清新;他的诗歌主题看似平淡,但却寓意深邃。最具代表性的作品是《雪夜驻足在林边》和《修墙》。

《雪夜驻足在林边》是弗罗斯特最闻名的诗作之一。这是一首独白诗,讲话人在雪夜中骑马前行,在途经郊区林边时被静谧诱人的雪景所吸引,便不由自主地停下开始欣赏。马在诗中被人格化,它无所谓美景,也不懂美景,所以很不理解主人为何无故停步。讲话人沉浸在美景里,不忍离去,欲在那黑暗的雪夜中长驻。开始,他很快就想到了自己肩上的责任、使命,还有承诺,自己的人生道路还很长,还要继续上路。讲话人从一村镇(人类世界)朝另一村镇(人类世界)走去,路途遥远,必要时可以在美景中歇脚,待神清气爽后,才能更好地赶路。现代派作家大都是唯心主义与神秘主义的信徒,他们认为本能、欲望、无意识才是世界和人类的本源,因此他们在作品中也大量着墨于神秘主义的描绘。诗人成功地运用了"择路"这个隐喻来描写现代人面临选择时的矛盾心理。全诗的基本韵律是抑扬格四音步,运用连锁抱韵,即每诗节的1、2、4行押韵,第3行的尾音成为下一节的韵脚,使诗节与诗节之间的声音与意义珠联璧合。只有最后一节4行全押韵,给人以完整和谐的感觉。

《修墙》写的是春天里两个互为邻里的人对话的情景。叙事人说大自然似乎总是和他家的篱笆过不去,因种种原因把墙损坏。为此,他和邻居一年总要有一次一起把墙修葺一番。这两人合作筑墙,就是为了把两家划一条界线隔开,但墙并没有什么实际的用途。在两人的对话中,叙事人诙谐地向邻居说修墙的荒诞性。但邻居却不以为然,他态度温和地搬出"墙高出睦邻"这一先人的格言。显然,诗歌中的"墙"象征了将人与人隔离的屏障,然而其却具有两重的象征意义:"墙"可以把私人领域划分开,也指明人与人之间相互理解总有一道屏障。因此,"墙"使整首诗的寓意更为深刻。诗中的"我"(即叙事人)接受新思潮的影响,其思想不落俗套。"我"认为,自然界中总有"某些"神秘的东西"不喜欢墙",所以把"墙"损坏了,于是"我"和邻居只能每年都修一次墙,"筑墙为了再次将我们分开"。一方面,两位邻居因修墙而每年能够有一次一起干活合作的机会,也因此增加两人互相理解的程度;另一方面,他们一起合作的目的却是为了修补使他们彼此分隔的"墙",显得相当荒诞。而他的邻居则似抱残守缺、因袭旧套、循规蹈矩,小心翼翼地遵守和维护父辈的思想和言论。"墙"这一象征形象暗示了人与人之间并不存在真正意义上的相互理解,更加不会有什么兄弟情谊,表达了诗人对现代社会的悲观态度。

总之,弗罗斯特多用传统的四行诗体的各种变体及无韵体;语言通俗,善用普通人的口语抒发感情,描写日常生活的事件与情景,通过诗歌把乡村和城市、地方和世界、人和自然等因素并列、对比、糅合起来,令人通过一地、一时、一人、一物而领悟到人世间的普遍真理。

## 二、20 世纪上半叶美国黑人诗歌的创作

20 世纪 20 年代,哈莱姆文艺复兴运动带动了美国黑人诗歌的发展,标志着美国黑人文学从原始向现代的转型,兰斯顿·休斯(Langston Hughes,1902—1967)、克劳德·麦凯(Claude McKay,1890—1948)、康梯·卡伦(Countee Cullen,1903—1946)等是这一时期黑人诗歌中的佼佼者和代表人物,被艾伦·洛克誉为黑人民族代言人。

### (一)兰斯顿·休斯的诗歌创作

兰斯顿·休斯(Langston Hughes,1902—1967)生于密苏里州乔帕林。他到芝加哥大学学习了 1 年,因不满周围歧视黑人的气氛,愤然停学,到纽约哈莱姆区自谋出路。18 岁时他开始写诗,后来又写小说。1921 年 6 月,杜波伊斯主编的《危机》杂志刊登了他的诗《黑人谈河流》。1923 年,他到一艘货轮上当杂工。后来他流落巴黎,1925 年返回美国,在华盛顿某旅馆服务。1926 年、1927 年他分别发表了诗集《疲倦的布鲁士》《给犹太人的好衣服》,反响热烈。1929 年,休斯进入宾州的林肯大学就读。1932 年,他和一群黑人应邀访问了苏联,到那里拍了一部反映美国黑人生活的电影。后来,休斯来华访问,在上海会见了鲁迅。西班牙内战爆发后,他去西班牙采访,路经巴黎时出席了第二届国际作家大会,结识了各国知名的左翼作家。1938 年,他返回哈莱姆。冷战时期,休斯受到非美活动委员会的传讯,遭到麦卡锡主义的迫害。1931—1942 年,他发表重要诗集《亲爱的死神》《梦乡人》《新的歌》《哈莱姆的莎士比亚》,生动地反映了工人运动和工人阶级争取正当权益的斗争,同时抨击了美国社会骗人的民主和自由。1967 年 5 月 22 日,休斯在纽约逝世。

休斯被誉为"哈莱姆桂冠诗人",他是那个时代的黑人的代言人,他坚持认为黑人艺术家也需要独立,他被人看作是为黑人呐喊的诗人。他的诗歌中一个重要主题是歌颂黑肤色和黑人民族,他提倡"黑即是美",强调拥抱黑人文化,表现黑人民族意识和民族自豪感,如诗歌《我的人民》写道:

> 夜晚是美的
> 我的人民的面孔同样美
> ……
> 太阳也是美的,
> 同样美的,是我的人民的灵魂。

休斯十分注重向黑人的音乐和民歌汲取营养,在诗歌中融入了布鲁斯和爵士民谣的形式和节奏,格调清新,如《疲倦的布鲁斯》:

> 哼着有切分音的令人困倦的曲调,
> 伴随着深沉感伤的乐声前后摇晃,
> 我听一个黑人在演唱。
> 在一个夜晚,在雷诺克斯大街,

旧式的煤汽灯下,灯光苍白暗淡,
他懒洋洋地摇晃着身子……
他懒洋洋地摇晃着身子……
应和着布鲁斯那疲倦的曲调。
他乌檀似的双手在象牙键上滑行,
让可怜的钢琴在乐曲旋律中呻吟。
哦,布鲁斯!
坐在东倒西歪的凳子来回晃悠,
弹奏着切分音哀曲,像个音乐小丑
甜美的布鲁斯!
它来自一个黑人的灵魂深处,
哦,布鲁斯!
曲调忧郁悲怆,歌喉浑厚深沉,
我听那黑人唱歌和破旧钢琴呻吟——
"这世上我没有亲人
只有我孤独的一身。
我要抛弃我的忧愁,
要把烦恼扔到脑后。"
他一下下单脚在地上拍打着节拍,
奏过了几组和音又接着吟唱,
"我有了疲倦的布鲁斯,
我并不感到满意——
并不觉得高兴,
但愿我能早些死去。"
他低声吟唱把歌声投向夜空远方,
星星走了,月亮消失了。
歌手停止了演唱,他已进入了梦乡。
疲倦的布鲁斯犹在他脑海中回荡。
他睡得像块石头,像死人一样。

这首诗就是采用布鲁斯的形式,并将带有鲜明黑人文化特征的布鲁斯民歌的歌词引入其中,再配上昏暗的煤气灯、摇晃的凳子、破旧的钢琴和喃喃低唱的黑人乞丐这些场景,让读者感受到了黑人内心的极度痛苦和绝望。

除了音乐,休斯还大胆地将方言土语引入诗歌之中,用黑人民众自己的语言记录了黑人的真实生活。黑人方言的运用事实上表达了黑人艺术家试图将黑人文化与主流文化形成某种并置的愿望,这种并置实际上使黑人的话语权受到了某种程度的关注,是对白人话语霸权的消解与对主流文化的抗争。例如《母亲对儿子说的一席话》:

听着,孩子,听我说,
生活对于我从不是水晶梯阶,

有曲折，
有坎坷，
有掀翻的地板。
有不铺地毯——
地面裸露的场所。
但是我永远不停地攀，
不停地拐弯。
有时在暗中摸索，
不见一星光亮。
哦，孩子，你千万不要后退。
不要因为发现有艰险
便停步不前。
现在你不要跌落下去，
因为我还在前进，宝贝，
我还在攀登，
生活对我并不是一架水晶梯。

　　这首诗用平白如话的语言叙述一位母亲不被生活的艰辛所吓倒，勇敢地面对生活中的挫折。这首诗借这位母亲之口，反映了普通黑人的生活，诉说了黑人生活的艰辛，表明了他们对自由平等的憧憬"因为我还在前进，宝贝/我还在攀登"。诗中采用了戏剧性独白的手法，标志着休斯在创作上的进一步成熟。
　　休斯常将密西西比河入诗，思考这条河对黑人的意义，如《黑人说河》：

我熟悉河。
我熟悉像世界一样古老比人类脉管里的血流年龄更高的河。
我的灵魂已经成长得像河一样深沉。
黎明时我曾在幼发拉底河中沐浴。
我曾在刚果河畔搭盖我的茅屋，
它常哼着催眠曲送我入睡。
我曾面对着尼罗河建造起一座座金字塔，高耸在它的河岸上。
当亚伯·林肯南下新奥尔良我曾听到密西西比河唱歌，我看
见它浑浊的胸脯在夕阳中泛涌金波。
我熟悉河：
古老的、昏暗的河。
我的灵魂已经成长得像河一样深沉。

　　这首诗写于诗人乘火车路过密西西比河时，诗人在这首自由体短诗中运用了象征、比喻、拟人和浪漫主义手法，歌颂了哺育人类文明和黑人文化的河流，歌颂了黑人对人类文明的贡献，字里行间充满了自豪感，强调了黑人的尊严。
　　休斯还在他的诗歌中强调了美国黑人的"梦"，强调了人要有追求、有梦想，否则就会失去存

在的意义,如《梦》:

> 紧紧抓住梦
> 因为假如梦已死亡
> 生活就是一只断翅的鸟
> 再也不能飞翔。
> 紧紧抓住梦
> 因为假如梦已灭
> 生活就是一片荒野
> 只有冻结的冰雪。

这首诗间接地反映出了美国黑人的现实生活和他们梦寐以求的愿望,表达了他们顽强的决心:不仅要敢于梦想,而且要执著,要为实现梦想而坚持奋斗。全诗语言非常通俗简朴,但内容含蓄深沉。

总之,休斯的诗歌内容则紧密联系美国底层黑人的生活,用广大黑人群众的语言道出他们的真爱、孤独和失望,热情地歌颂黑人和一切被压迫民族的勇敢精神和崇高品德,强烈抗议美国的种族歧视与阶级压迫,寄托了他对黑人的同情和痛惜以及对美国民主的讥讽,充满了机智、讽刺和戏剧性。这不仅使他成为最优秀的美国黑人诗人,而且对美国和非洲黑人诗歌的发展产生了积极而深远的影响。

## (二)克劳德·麦凯的诗歌创作

克劳德·麦凯(Claude Mckay,1890—1948)生于当时英国属地西印度群岛的牙买加。他父亲是个农民,家庭富裕,他有哥哥姐姐10人。麦凯曾到堪萨斯州立大学农艺系读了两年,后来他停学写诗,21岁时,他已经出版了两本方言诗集《警察歌谣》和《牙买加之歌》,享有"牙买加的彭斯"的美称。1919年,他前往伦敦。1920年,他出版了诗集《新罕布什尔的春天及其他》(1920),这是按欧美传统的格律诗写成的。1921年回国,在美共主办的刊物《解放者》和《群众》编辑部工作,接触了马克思主义,思想倾向进步。1922年,诗集《哈莱姆的影子》问世,反应热烈。1923年他赴苏联访问。离开莫斯科以后,他曾去英、德、法、西班牙和摩洛哥等地旅游,增长了阅历。1934年回国后,他专心致力于文学创作。后来,他皈依了天主教,加上体弱多病,思想沉闷,于1948年去世,年仅58岁。

麦凯是哈莱姆文艺复兴运动的先行者,他以其鲜明的阶级立场,具有战斗力的诗篇,唤起了黑人的种族自豪感,使这些黑人有了心灵的依托与归宿。麦凯的诗歌创作深受社会主义影响,他以标准英语创作诗歌激烈抨击黑人社会的不公,如《如果我们必须死》:

> 不辜负我们洒下的珍贵热血;
> 我们就是死了,也要让凶残的敌人
> 对我们不得不表示尊敬!
> 同胞们! 我们必须迎击我们的公敌!
> 虽然力量悬殊,我们也要英勇无比,
> 用致命的一击回敬敌人的千次攻击!

> 既是男子汉,面对残暴而胆小的匪帮,
> 即使被逼到墙根,我们也要拼死反抗!

这首诗是麦凯最著名的战斗诗篇,在诗中,他用正义而高昂的呼声,号召受压迫受损害的人们去战斗,不怕牺牲,勇往直前。这首诗不但成了美国许多城市黑人抗暴的战歌,而且在第二次世界大战初期,被英国首相丘吉尔引用来作为激励士兵抗击反法西斯侵略的号角。

### (三)康梯·卡伦的诗歌创作

康梯·卡伦(Countee Cullen,1903—1946)生于纽约,身世不详。1918 年哈莱姆黑人牧师卡伦收养了他,供他上学读书。他很用功,上中学时成了闻名的"诗才"。后来,他升入纽约大学,一面读书,一面写诗,在多种杂志上发表诗作。1925 年,卡伦的第一部诗集《肤色》正式出版。1926 年,他去哈佛大学读了 1 年书,拿到硕士学位,毕业后到黑人刊物《机会》任助理编辑。1927 年他又发表了两本书《铜色的太阳》和《棕色少女的歌谣》。1929 年出版的《黑人的基督》给哈莱姆文艺复兴运动增添了光彩。1934 年回国后,他在纽约某中学里教法语。1946 年因病去世,年仅 43 岁。

卡伦是哈莱姆文艺复兴中最强调诗歌艺术性的诗人。他认为诗歌应该遵循前人创作的传统,表达崇高而美好的东西,不应该提出抗议或作为特殊的政治工具。所以,他的诗内容比较复杂,既抒发了诗人对人类命运和社会未来的感触,又表达了黑人诗人对美国种族歧视的悲愤,如《写给我认识的一位夫人的墓志铭》:

> 她甚至想,在高高的天堂,
> 她的阶级仍睡到红日高照,
> 可怜的黑天使却 7 点起床,
> 把天国里的杂活统统干完。

在诗中,诗人看清了白人的好逸恶劳与黑人的当牛做马之间巨大的差异。

总之,卡伦的诗歌采用英国诗歌传统,尤其是济慈和豪斯曼的诗歌传统,来表现种族主义压抑下的黑人身体与灵魂的冲突,语言机智风趣,简练明达,格律严谨,讲究音韵。

# 第十一章  20 世纪下半叶美国小说与诗歌的创作发展

第二次世界大战后,美国经济发展迅速,国力如日中天,从而为文化艺术的繁荣奠定了坚实的社会基础。在这一时期,文学思潮的主流是后现代主义,而与之相辅相成的是现实主义的不断发展和深化。与此同时,随着美国国内民权运动、黑人运动和女权运动等的开展,族裔文学也获得了快速发展。

## 第一节  后现代主义与美国小说、诗歌

在 20 世纪下半叶,现实主义小说与诗歌得到了不断发展与深化,族裔小说与诗歌也获得了极大发展。但是,这一时期小说与诗歌发展的主流是深受后现代主义思潮影响的后现代主义小说与诗歌。

### 一、后现代主义概述

#### (一)后现代主义的概念

后现代主义特指的是"第二次世界大战之后'冷战'时代形成于西方主要国家的现代主义流派,说它是现代主义的第三次高潮也罢,说它是现代主义的尾声也罢,它与 20 世纪前半期风行西方文坛的现代主义是一脉相承的,在思想上是存在主义的发展,在艺术上是现代主义手法的继续"①。也就是说,后现代主义孕育于 20 世纪 30 年代现代主义的母胎,并在第二次世界大战后与母胎撕裂,成为一个毁誉交加的文化幽灵,在整个的西方文化领域徘徊。在 20 世纪七八十年代,后现代主义达到了高潮,进入 90 年代后则逐渐退去了热潮。

#### (二)后现代主义的产生

后现代主义作为一种社会文化思潮,是西方后工业社会发展的特殊产物。后工业社会这一概念是由持新保守主义立场的美国社会学家丹尼尔·贝尔首先提出的,他认为后工业社会是与工业社会相对而言的,在工业社会中以所有权为社会分层的标准,而在后工业社会中以知识和教育为社会分层的标准,从而摧毁了传统的社会结构和生产方式。与此同时,他将文化作为切入点,对西方后现代社会的特点及种种矛盾进行了深入的剖析,并试图对资本主义社会文化深受科学技术的影响这一观念进行重新阐明,从而重建社会学理论,使之与工业社会相适应,并对于现代资本主义社会的文化矛盾进行调和。

后现代主义的产生,与科学技术的迅猛发展也有着密切关系。自 20 世纪下半叶开始,科学

---

① 毛信德:《美国小说发展史》,杭州:浙江大学出版社,2004 年,第 437 页。

技术迅猛发展,人类的知识领域也得到了空前扩张,并深刻影响了人类的心理倾向和行为模式。同时,在科学技术迅猛发展的影响下,原本具有神秘性、神圣性的事物变得不再神秘和神圣,文化在社会生活中的地位以及人类的文化意识也被完全改变了,从而导致了所谓后现代主义中广泛的"反文化""反美学",并使得后工业时代文化的命运陷入了这样一种困境:一方面文化将原有的、特定的范围打破了,并迅速地扩张了疆界,几乎无所不包;另一方面文化因其无所不包而逐渐失去了神圣性以及昔日所拥有的光辉地位,并完全被"大众化"(大量生产),甚至被"工业化""技术化",它不再是人们理解或逃避现实的一种手段,也不是只有少数具有浓厚文化艺术修养的精英才能领悟的阳春白雪,而是人人可以享受的日常消费,即使是没有艺术天赋、没有深厚艺术修养的人也可以依靠计算机技术设计并生产出"精美"的文化"艺术品"。

后现代主义的产生,也离不开各种非理性主义思潮的影响,其中以存在主义思潮和后结构主义的影响最大。存在主义以人的存在先于本质、存在的荒诞性、自由选择的意义等作为基本命题,对西方现代人对存在的困惑进行了深刻反映,并试图赋予处于荒诞世界中的人以崇高的意义。海德格尔认为,个人的存在是与一般的存在物的存在根本不同的,前者是主动的、积极的,因为人(个体的人)能从自己内心体验中领悟到自己是如何在一个流动、变化、生成的过程中存在的,后者则是被动的,只能听任外界的摆布。海德格尔还认为,出于对自然的畏惧,人要依靠技术的保护,但到头来技术却又加深了人的无根无家的无保护状态。后结构主义是从战前的结构主义继承发展而来的,它"从语言学领域发轫,矛头直指西方文明数千年来的基本理念,动摇并消解西方形而上体系中诸如本体、现象、主体、本质、真理、权威、真实、虚假、中心、边缘、正确、谬误、民主、自由、正义、公正等种种核心价值观念,彻底颠覆了西方文化的理性大厦"[①]。另外,后结构主义与女性主义、新历史主义、西方马克思主义、后殖民主义等理论流派进行了融合,对人文、社会科学和自然科学的一切学科都进行了解构,从而充分而深刻地影响了后现代主义。

### (三)后现代主义的核心观念

后现代主义认为,人们逐渐认识到各种各样不稳定、不确定、非连续、无序、断裂和突变现象的重要作用,并对其越来越重视。在这种情况下,人们的意识中逐渐萌生了一种新的看待世界的观念,即"反对用单一的、固定不变的逻辑、公式和原则以及普适的规律来说明和统治世界,主张变革和创新,强调开放性和多元性,承认并容忍差异"[②]。这也是后现代主义的核心观念。

## 二、后现代主义与美国小说、诗歌

后现代主义的出现,"标志着一种标新立异的学术范式的诞生。更确切地说,一场崭新的全然不同的文化运动正以席卷一切的气势改变着我们对于周围世界的原有经验和解释。从其最为极端的阐述来看,后现代主义是革命性的;它深入到社会科学之构成要素的核心,并从根本上摧毁了那个核心。从其比较温和的声明来看,后现代主义提倡实质性的重新界定和革新。后现代主义想要在现代范式之外确立自身,不是根据自身的标准来评判现代性,而是从根本上揭示它和解构它"[③]。因此,深受后现代主义影响的美国小说与诗歌呈现出了独特的特征:第一,后现代主

---

① 匡兴:《外国文学史(西方卷)》,北京:北京师范大学出版社,2010 年,第 398 页。

② 陈世丹:《美国后现代主义小说详解》(中文版),天津:南开大学出版社,2010 年,第 1~2 页。

③ 陈世丹:《美国后现代主义小说详解》(中文版),天津:南开大学出版社,2010 年,第 2 页。

义的小说与诗歌虽然表面看起来非常冷漠、玩世不恭,但在其背后却隐藏着后现代人精神上的迷茫、紊乱和痛苦,从而引发人们去思考西方后现代社会的各种问题;第二,后现代主义的小说与诗歌呈现出了鲜明的理性与非理性都不可信的观点,即既怀疑理性,也反对崇尚非理性;第三,后现代主义的小说与诗歌是一种无视任何既定规范的、极度自由的"破坏性"文学,是某种意义上的"反文学";第四,后现代主义的小说与诗歌反对现代主义文学关于深度的"神话",拒斥孤独感、焦灼感之类的深沉意识,将其消解或平面化,同时更加注重思考与探索社会的本质以及人类的思维,并通过与电影、电视、音乐、戏剧、绘画、雕塑、舞蹈等艺术载体的结合,使作品的思想内容更加深刻;第五,后现代主义的小说与诗歌否认作品中要有一种中心意义以及为这种中心意义服务的结构,同时将作品中的各种成分进行了互相的分解与颠覆,使作品无终极意义可以寻求;第六,后现代主义的小说与诗歌总是频繁地转换叙述角度,而且常常行文随兴所至,因而留下了大量空白,这在激发读者思考的同时也往往令读者摸不着头脑。

深受后现代主义影响的小说与诗歌,虽然呈现出鲜明的特色,但也有着自身不可避免的思想局限和艺术偏见。具体来说,一些后现代主义小说家或诗人在对作品的主题进行反映时,刻意采取特殊的艺术方式,以致将文学作品等同于文字游戏,从而失去了大部分读者的认同。这也是导致后现代主义在 20 世纪 90 年代以后逐渐衰落的一个重要原因。

后现代主义不仅深刻影响了美国小说与诗歌的创作特色,还使美国小说与诗歌的创作形成了多种不同的流派。就小说来说,出现了黑色幽默小说、现代派小说、存在主义小说等;就诗歌来说,出现了黑山派诗歌、垮掉派诗歌、纽约派诗歌、自白派诗歌、后现代诗歌等,从而极大地促进了后现代主义的发展。

# 第二节　20 世纪下半叶美国小说的创作

在 20 世纪下半叶,美国小说获得了快速发展,并呈现出多元化的发展趋势。其中,发展最快、影响较大的是南方小说、心理现实主义小说、黑色幽默小说、现代派小说的创作。与此同时,犹太小说、黑人小说、华裔小说、印第安裔小说等过去处于边缘的族裔小说,也开始进入主流文学,并获得了快速发展;科幻小说和通俗小说也得到了一定的发展。

## 一、20 世纪下半叶南方小说的创作

南方小说指的是在南方长大的作家描写的有关南方的小说作品,"注重对南方地方特色的描写,有很强的地方色彩。作品中强调家庭、社区、宗教信仰、时间和地点等概念,并对历史、人性的局限等加以揭示。在创作中,南方特有的声音和方言得到了广泛的应用"①。南方小说兴起于 20 世纪 20 年代,在三四十年代进入了鼎盛时期,在第二次世界大战后则逐渐走下坡路,但在 20 世纪下半叶的美国小说界仍占有一定的地位,并始终保有着独特的魅力。尤多拉·韦尔蒂(Eudora Welty,1909—2001)、沃克·珀西(Walker Percy,1916—1990)、威廉·斯泰伦(William Styron,1925—2006)、弗兰纳莉·奥孔纳(Flannery O'Connor,1925—1964)等都是 20 世纪下半叶

---

① 李美华:《二十世纪美国南方女作家的小说创作主题》,译林杂志,2004 年第 1 期。

较有影响的南方小说家,下面具体分析一下沃克·珀西、威廉·斯泰伦和弗兰纳莉·奥孔纳的小说创作。

## (一)沃克·珀西的南方小说创作

沃克·珀西(Walker Percy,1916—1990)出生于阿拉巴马州伯明翰,读高中时父亲自杀,母亲也在一次意外中丧生。之后,他带着两个弟弟移居到密西西比州。珀西起先学医,曾先后在北卡罗莱纳大学和哥伦比亚大学医学院获得学士学位和硕士学位,但在 1942 年不幸感染了肺结核,并在与肺结核进行了三年的生死较量后改信天主教,也改行从事文学创作。珀西的一生先后发表了《看电影的人》《最后的绅士》《废墟上的爱情》《兰斯洛特》《第二次降临》和《死亡综合症》六部长篇小说。1990 年,珀西在路易斯安那州的卡文顿去世,终年 74 岁。

珀西是主张将南方小说创作的实践从古老的南方转向新的南方,进而改变南方小说的老面孔以使其以崭新的面貌在美国文坛亮相的南方小说家。这里所说的古老的南方,指的是以前落后的种植园;而新的南方,指的是南方新兴的工业城市。因此,珀西的南方小说主要对南方新兴工业城市的社会生活以及生活其中的人们的精神状态进行了深刻反映。另外,珀西的南方小说有两个鲜明的主题,即现实和历史的脱节以及贵族文化传统的断裂;充满了思辨色彩,最鲜明的表现是运用存在主义与天主教的观点,通过爱情、性与个人责任等的关系,对人生的意义进行了深入探讨,这也使得小说中的主人公不同程度地带有存在主义的思想,且总是回南方寻找失去的自我进行。这在其代表作《最后的绅士》中有鲜明的体现。

《最后的绅士》讲述了一个住在纽约的南方青年因得了健忘症而不得不返回故乡寻求自我的故事。小说的主人公是和蔼可亲、为人正直但始终以一种病态的态度对待生活的威尔·巴雷特,他总是通过一架泰兹拉望远镜观察生活。一天,他将望远镜架在了曼哈顿的中央公园对成熟的女士进行观察,但在此期间他观察到一位美丽的少女并爱上了她。经过多方打听后,威尔知道了少女的名字,并向少女求婚,而少女也接受了他的爱情。最终,他带着少女慢慢地走向南方,去寻找新的自我和归宿。

这部小说中的故事情节本身无关紧要,重要的是对人物性格的刻画、对人物语言所下的功夫以及对一个复合的南方的再现,正如作家在书的前言里所说的:"我有意将亚拉巴马、密西西比和路易斯安那搅和在一起。"

珀西的南方小说还有一个鲜明的特色,那就是相同的人物会在不同的作品中重复地出现,这也使得珀西南方小说中的人物的生命超然作品之外,并在现实的社会中衰老和死亡。例如,《最后的绅士》和《第二次降临》的创作时隔 30 年,而小说中的主人公都是威尔·巴雷特,只不过在《第二次降临》中的威尔已经走过了 30 年的人生历程。

## (二)威廉·斯泰伦的南方小说创作

威廉·斯泰伦(William Styron,1925—2006)出生于弗吉尼亚州的纽波特纽斯镇,父亲是造船工程师。他曾在代维森学院和杜克大学学习,后因第二次世界大战的爆发而中断学业,参加了海军陆战队。战争结束后,他又回到了大学继续读书。1951 年朝鲜战争爆发时,他再次去当兵,并写了小说《长途行军》对这次侵略战争进行谴责。朝鲜战争结束后,他开始专心进行小说创作,发表了《躺在黑暗中》《烧掉这所房子》《纳特·特纳的自白》《苏菲的选择》《涨潮的早晨》等作品。2006 年,斯泰伦因肺病不幸去世,终年 81 岁。

斯泰伦的南方小说创作深受南方文学传统,尤其是福克纳的影响,重视探讨和描绘人心灵深处的冲突,注重关注南方人的精神危机及其出路。但同时,斯泰伦的南方小说又运用了心理分析、意识流以及内心独白等创作手法,着意对人物的下意识进行描绘,对人物的欲望、梦境和性爱进行表现。这在其代表作《躺在黑暗中》《纳特·特纳的自白》和《苏菲的选择》中有着鲜明的体现。

《躺在黑暗中》通过讲述美国南方一个中产阶级家庭的悲剧故事,对南方社会因工业化而造成的道德失落以及由此而带来的痛苦、失落、绝望、混乱进行了深刻表现。在这个家庭中,父亲密尔顿·洛夫提斯由于深受美国北方生活方式的影响,将南方的传统都抛弃了,嗜酒成性,并沉湎于婚外恋;而母亲海伦有着坚定的信仰,并始终忠于传统。于是,密尔顿与海伦间产生了严重分歧,而且密尔顿渐渐将自己的感情移到了女儿贝藤的身上。随着女儿的长大,一种类似乱伦的关系在父女间发展,这使得这个家庭爆发了更加严重的冲突和纠纷。为了避免事情发展到不可收拾的地步,贝藤嫁到了美国北方,但她在成长过程中所经历的复杂爱恨关系却一直使她深陷其中,难以自拔。因此,身在北方的贝藤十分想家,也非常想念自己的父亲。为了排解心中的这份忧愁,她开始不断地和男人发生关系,但这一举动并没有使她的痛苦得到一丝缓解,更没有将她从痛苦和绝望中解救出来。最终,走投无路的贝藤选择了从窗口跳楼,在黑暗中躺下,和她所经历的一切来了一个彻底的了断。

在这部小说中,斯泰伦还运用意识流的写作手法,对人物的内心矛盾进行了着重揭示和分析,从而显示出当代生活对人的意识的影响。比如在小说的末尾,贝藤的一大段内心独白,读来颇似詹姆斯·乔伊斯的《尤利西斯》最后一章里莫莉思想活动的翻版。

《纳特·特纳的自白》是根据真实发生在斯泰伦家乡附近的一次黑奴暴动事件写成的。小说以一个黑人反叛者的口吻,讲述了1831年弗吉尼亚州发生的由黑奴领袖纳特·特纳领导的黑奴暴动,进而从历史题材的角度对人生的意义进行了探索。纳特自幼在白人主人家里长大,并在那里熟读了《圣经》,成长为一个宗教狂式的人物。他声称自己看到了神示的幻象,还说上帝命定他做一番大事,于是自封为布道者,领导黑人奴隶起来反抗白人。起先,他带领着五个黑人奴隶对白人奴隶主展开了杀戮,接着,他组织了一支由四十余人组成的黑人队伍,杀死了包括男人、女人和小孩在内的59个白人。这时,政府出动了军队,杀戮无辜的黑人,白人奴隶主也趁机对他们的黑人奴隶进行屠杀。几天内,黑人反叛军和政府军血刃相见,最终纳特的多数随从都被杀害了,他也在躲藏了几天后选择了自首,被关进了监狱。当狱中,一个名叫托马斯·格雷的记者对纳特进行了访问,后将访问的结果写成了一本长达二十页的《纳特·特纳的自白》。在小说的最后,纳特被政府处以了绞刑,但是他叛乱的后果仍然延续了几十年。

这部小说在出版后引起了人们激烈的争论,而且黑人学者和白人学者在对待这部小说时表现出了截然不同的立场。黑人学者对斯泰伦将他们爱戴的黑奴起义领袖纳特写成是优柔寡断、笨头笨脑、迷恋白人女人、神经不正常的阉人以及在被捕入狱后只想着活命的懦夫进行了严厉的批评,但白人学者却对这部小说表示了赞扬。

《苏菲的选择》通过讲述一个从德国纳粹集中营逃到纽约的漂亮姑娘苏菲的曲折经历,深刻揭露了纳粹德国对犹太人的大屠杀在人的心灵上所造成的毁灭性浩劫。小说的叙述者斯廷戈是一个来自南方的年轻人,一心想成为小说家,于是带着他的铅笔和便笺于1947年来到了纽约,住在布鲁克林的一幢寄宿公寓里。在这里,他遇见了苏菲,一个刚从奥斯维辛出来不久的波兰天主教徒移民。在交流中,斯廷戈得知了苏菲的故事:在第二次世界大战期间,苏菲的家人、丈夫、两个孩子全部被杀害,只有她侥幸逃到纽约,并努力开始生活,但是往昔的阴影紧紧地笼罩着她。

这部小说的结构十分特别,由主线和副线两条线索组成。其中,主线是苏菲从德国纳粹的奥斯维辛集中营逃到纽约,先是与一个患有严重精神分裂症的犹太青年纳珊同居,后又爱上了住在楼下的青年作家斯廷戈,三个人由此演绎了一出生动、复杂且奇特的故事。副线是苏菲早在波兰时就已经结婚并生育了两个孩子,当她不幸被捕时两个孩子也被捕入狱,而集中营中凶狠、残暴的监狱官告诉她只能在两个孩子中选择一个留下,无奈中苏菲做出了痛苦的选择,但最终两个孩子却都被杀掉了,这给她的心灵造成了无法治愈的创伤。同时,这两条线索即《苏菲的选择》的双重含意。

这部小说的写作手法也十分独特,既有内心独白、倒叙,也有人物的梦和遐想;既有悲情,也有滑稽,还充满了哥特式的恐怖气氛和惊险场面,因此在发表后曾被人称为是一部高级的惊险小说。

### (三)弗兰纳莉·奥孔纳的南方小说创作

弗兰纳莉·奥孔纳(Flannery O'Connor,1925—1964)是一位生命短促、作品不多但却很有特色的南方小说家。她出生于佐治亚州萨凡纳市的一个普通家庭,父母都是爱尔兰移民的后裔,也是虔诚的天主教徒。奥孔纳生活在这样一个有着浓厚宗教氛围的家庭中,也深受天主教的影响。1938 年,她随家人移居到了曾是佐治亚的首府且在内战中显赫一时的、有着浓重南方历史感的米利奇维尔市。对于这个城市中人们,奥孔纳非常感兴趣,并着意对州立疯人院中的怪人、畸人进行了仔细观察,这对她日后的小说创作产生了重要影响。1941 年,她的父亲因患红斑狼疮症而去世,这给了她造成了沉重的打击。1942 年时,她在母亲和外婆的帮助下升入了佐治亚州立女子学院,并于 1945 年毕业,获得了文学学士学位。之后,她进入全美首批设立了创作和训练课程的衣阿华州立大学进行深造,一开始曾计划成为一名职业的政治漫画家,但后来放弃了成为政治漫画家的想法转向了文学专业,并获得了文学硕士学位。1950 年,她意外发现自己也患上了红斑狼疮症,于是回到母亲身边,并永久定居在米利奇维尔市。自此,她对南方的农村进行了更加深入的观察,对南方农村的宗教意识以及社会文化的领域也有了更加深刻的认识。1964 年,奥孔纳因肾衰竭医治无效去世。

奥孔纳在其短暂的一生中,留给给我们的作品并不多,总共有《慧血》和《强暴的人夺走了它》两部长篇小说以及 31 部短篇小说。总体来说,这些作品的题材范围非常狭小,宗教色彩非常浓重。不过,这些作品都有着显著的南方文学特征,奥孔纳也因此被誉为美国"南方文学先知"。

奥孔纳的南方小说多取材于她非常熟悉的南方乡下人的生活,而且她笔下的南方是"一种不具有时间性的纯地域的存在……充满着各种经审核道德的混乱,(一个)阐发警世的宗教启示和宗教语言的隐喻世界"[①]。另外,奥孔纳的南方小说创作深受艾伦·坡的怪异文风以及纳撒尼尔·霍桑对理性的反对和救赎的寻求主旨及其浪漫传奇文学体裁的影响,因而既充满了神秘,也充满了真理。另外,奥孔纳的南方小说中充满了浓厚的宗教意识,充斥了阴郁的天主教色彩,她还通过细腻的文笔深刻展现了迷信宗教的人们的复杂心态和怪诞形象。这在其长篇小说《慧血》中有着鲜明的体现。

《慧血》是一部融神秘宗教与黑暗暴力于一体的杰作。主人公海泽尔·摩特兹出身于乡村牧师家庭,从小希望长大后成为一名牧师。然而,在当兵参加战争的几年里,他的信仰发生了动摇——他发现自己的灵魂已然不复存在。退伍回乡后,他想要建立一个"没有基督的教会",比希

---

① 傅景川:《美国南方"圣经地带"怪诞的灵魂写手》,吉林大学社会社会科学学报,2000 年第 5 期。

望通过推翻原罪概念来消灭基督教。于是,他到了一座名叫托金汉姆的城市,打算从那里开始自己的梦想。然而,沉溺于物质生活中的人们无暇于他有关罪恶信仰的谈论,而且他所宣传的那种新教竟被人利用——假冒先知以行骗。慢慢地,他变得歇斯底里,并希望以自残的办法洗刷自己过去的罪行,进而求得精神上的再生。但是,他还没来得及自残便被警察打死了。

海泽尔是迷失在虚无的理性神殿中的现代知识分子,他认为上帝已死,转而崇拜人类自身的理性力量。他存在的领域囿限于头脑的范围,到达不了温情的感性世界。理性的自负使他鄙夷周围环境,殊不知,他真正不明了的却是对自己的认识。海泽尔的悲剧经历说明,抛弃宗教传统而追求人的拯救只能得到与主人公自残自虐一样的结局。据此,作家也传达出这样一个观念:否定上帝就等于自取灭亡,只有向基督赎罪才能获得生活的意义。

奥孔纳的南方小说的故事情节,总体来说是非常怪诞的,充斥着南方的哥特式小说特有的恐怖和紧张的气氛,往往令人心惊胆战。她用怪诞的风格展示着人的真实,而那真实又注定了悲剧的结局,因此奥孔纳的南方小说基本上都是以死亡和暴力结尾的。透过死亡,奥孔纳对所谓的世俗文明人对死亡的恐惧态度进行了无情的嘲讽,还对死亡才是唯一通往救赎的途径进行了深刻的揭示。这在其短篇小说《好人难寻》中有着鲜明的体现。

《好人难寻》通过讲述一个六口之家外出度假旅游却被暴徒杀害的悲惨故事,深刻展现了充满着野蛮暴行和兽性的人世间,弥漫着恐怖的气氛。贝雷一家六口驾车外出旅游,在小路上翻了车,遇上一伙暴徒,老祖母认出其中一个正是报纸上登的越狱逃犯。暴徒先把老太太留下,把其他五个人都杀了。接着,暴徒与老太太经过了一番"谁是好人""什么叫犯罪"的辩论之后,把她也杀了。

这部小说的南方色调非常浓厚,着重刻画了一个南方淑女式的祖母。她是对生活心满意足的小资产者,将物质利益作为生活的目的和精神支撑,从而堕入了世俗的欲望深渊。她自以为在蝇营狗苟之余重复几句大众化的祷词就是模范的基督徒了,却浑然不觉已堕落成怠慢上帝的逐利者。慢慢地,物质俘虏了她的灵魂,取代上帝成为她顶礼膜拜的欲望对象。同时,她自私任性、举止张扬,沉迷于自己年轻美貌的时代,全家遇到暴徒被杀害正是由于她沉浸在吹嘘之中而记错了路导致的。而她在与那些暴徒谈话时,居然认为自己和他们有着共同的基督教根源,于是想要去拯救他们,但他们却向她连开了三枪。应该说,祖母代表了大多数的南方妇女,她们为自己构造了优雅、睿智和虔诚的光环。可实际上,优雅是编造的幻象,睿智是拾人牙慧,虔诚已堕落成虚伪,精神世界的黑暗成了她们甚至是所有的现代罪人生存状态的显著表征。

这部小说还突出描绘了暴力,通过将日常生活的琐碎细节同令人发指的暴行巧妙地结合在一起,收到了奇妙的艺术效果。小说对暴力的描写貌似漫不经心,实则透过平淡无奇的描绘,逐渐使恐怖的气氛感染读者,令他们感到作家所探索的乃是人生中诸如信仰之类的根本性问题。当人们读到老祖母与在逃犯对话的末尾部分时,这种感觉尤其强烈:

> 树林里传来一声刺心的惨叫,紧接着是声枪响。"老太太,有的人没完没了判刑受罚,有人从来没有,您认为这合理吗?"
>
> "耶稣啊!"老奶奶喊道,"你是好出身,我知道你不会枪杀一个好人家妇女的!我知道你是好人家出身的!求求你!耶稣啊!你不该枪杀一个好人家妇女。我把我身上的钱都给你。"
>
> "老太太,"背时人说,望着她后面的森林,"从来没有听说过死人给抬棺材的赏钱的。"

……

"也许耶稣没有叫死人复活过。"老奶奶咕咕噜噜不知所云地说。

通过这些对话,作家便将美国社会生活中存在的令人震惊的暴力客观而深刻地揭露了出来,进而发出了"好人难寻"的悲凉呼声。

## 二、20世纪下半叶心理现实主义小说的创作

心理现实主义小说是20世纪下半叶以来美国心理现实主义文学在小说创作上的主要表现,主要通过描写人物的心理,对人类社会的精神演变过程以及社会现实进行反映。亨利·米勒(Henry Miller,1891—1980)、约翰·契弗(John Cheever,1912—1982)、约翰·巴思(John Barth,1930—　)、约翰·厄普代克(John Updike,1932—2009)、乔伊斯·卡罗尔·欧茨(Joyce Carol Oates,1938—　)、安·贝蒂(Anne Beattie,1947—　)等都是这一时期较有影响的心理现实主义小说家,下面具体分析一下约翰·巴思、约翰·厄普代克和乔伊斯·卡罗尔·欧茨的心理现实主义小说创作。

### (一)约翰·巴思的心理现实主义小说创作

约翰·巴思(John Bath,1930—　)出生于马里兰州剑桥市,曾上过纽约的音乐学校,后升入约翰·霍普金斯大学,先后获得了文学学士和文学创作硕士学位。毕业后,他先后在宾夕法尼亚州立大学、纽约州立大学、约翰斯·霍普金斯大学任教,并坚持进行文学创作,发表了《流动的歌剧》《路的尽头》《休假年》《潮水的故事》《某水手最后一次航行》《三条路交汇处》等长篇小说以及《星期五之书》等论文集。

巴思的心理现实主义小说借用英国18世纪小说家的手法和语言对人物的内心世界进行了深刻的描写,进而对当时美国的社会现实和人们的精神状态进行了生动表现。这在其代表作《路的尽头》和《烟草代理商》中有着非常鲜明的体现。

《路的尽头》通过描写杰克·霍纳、乔·摩根与同一个女子雷妮之间的三角爱恋,展现了青年人中存在的存在主义和虚无主义的精神创伤。小说的主人公杰克是一位有麻痹症史的年轻大学生,在"许多情况下不能做出选择",而且对一切都失去了兴趣,"什么也干不下去",因此干脆"选择了绝对不动"。这时,他遇到了一位专门治疗麻痹症的医生,而医生对他的病症进行了一番"存在主义哲学"分析:

> 我认为理论上不能选择是相对而言的,选择者不存在,选择也就不存在了。给定一个特殊的选择者是不可思议的。因而,既然这无能的确在你身上表现了出来,那原因不在于环境,而是在于选择者不存在。选择就是存在。你若不选择,你便不存在。如今我们的一切必须面向选择和行动,不管这行动究竟比不行动合理多少。关键是这行动是不行动的对立面。

医生对杰克病症的分析,显然是法国哲学家、小说家兼剧作家的萨特在阐述"存在先于本质的原理"。而医生为了治疗杰克的病症,建议他去做教师,教授规范语法,因为规范语法强调的是逻辑和规则,并不复杂,而且将证明是一种稳定的影响。杰克听从了医生的建议,成了一名教师,

并与另一位教师乔成为好朋友。而杰克在与乔交往的过程中,认识了乔的妻子雷妮,并与其发生了关系。于是,三个人陷入了三角性爱关系之中。后来,杰克使雷妮怀孕了,但又因其优柔寡断和撒谎,导致因流产需做手术的雷妮死在了手术台上。而雷妮的死亡事实,使杰克治疗麻痹症的行动戛然而止,也使杰克恢复了"绝对不动"的状态。

这部小说总体来说缺乏丰富而连贯的情节线索,但是创造了独特的艺术个性以喜剧与悲剧混合的幽默风格对美国当时流行的哲学观念进行了表达,并将青年一代的内心世界深刻地呈现了出来,因而被认为是"心理现实主义的完美表达"。

《烟草代理商》以殖民地时期的马里兰州为背景,在内容上了模仿美国18世纪上半叶的讽刺诗人艾卜尼泽·库克发表于1708年的同名讽刺诗。小说的主人公是年轻的英国人艾卜尼泽,他立志坚持童贞,并成为一个诗人。一次偶然的机会,他结识了妓女琼·托斯特,并在她的启发下写出了一首关于童贞的诗。后来,他的父亲发现他和妓女来往,十分震怒,于是将他送到了美国马里兰州照看祖产。在马里兰后,他先是被任命为该州的桂冠诗人,接着卷入了该州的政治斗争中,并因此失去了家产。正当艾卜尼泽穷困潦倒之际,琼来到了马里兰州,和他共甘共苦。在小说的最后,艾卜尼泽的家产失而复得,也和琼结了婚,过上了幸福的生活,还写出了名为《烟草代理商》的长诗。

这部小说采用了全新的创作手法:在形式上虽然模仿了18世纪作家菲尔丁的作品《汤姆·琼斯》,但内容却并非表现秩序和协调思想,而是用18世纪小说的外壳包装20世纪的荒诞现实以及这种现实的毫无意义和不可预测性,因而出版后获得了高度好评。

## (二)约翰·厄普代克的心理现实主义小说创作

约翰·厄普代克(John Updike,1932—2009)是美国当代文坛上最享有盛誉的小说家之一。他出生于宾夕法尼亚州的西灵顿小镇,很小便在父母的影响下对文学和绘画产生了很大的兴趣。进入中学后,厄普代克曾任校刊主编,并借此经常练笔。后来,他进入哈佛大学就读,毕业后因获得了奖学金得以到英国牛津大学的拉斯金美术绘画研究院深造一年。回国后,他供职于《纽约客》杂志社编辑部,并经常为该杂志撰稿,后辞职专心从事写作。2009年1月27日,厄普代克因肺癌在马萨诸塞州去世。

厄普代克的一生创作了大量的优秀作品,1959年发表的长篇小说《养老院义卖会》和短篇小说集《同一个门》在评论界引起了高度的重视。1960年,他发表了长篇小说《兔子,跑吧》,之后陆续发表了《兔子回家》《兔子富了》《兔子歇了》和《兔子复活》,构成了《兔子五部曲》,奠定了他的小说家声誉。此外,他还发表了《马人》《在牧场》《夫妇们》《和我结婚吧》《政变》等长篇小说,《鸽子的羽毛》《音乐学校》《博物馆与女人》《太远走不动》《问题》《相信我》《生命之后》等短篇小说集。

厄普代克的心理现实主义小说往往通过对人物的内心世界以及性行为、性追求的描述,展现人物的精神变化,揭示当时美国的社会现实。而且,厄普代克的心理现实主义小说和强烈的玄学神秘主义紧密结合在了一起,因而充满了古怪的气氛。这在其代表作《兔子五部曲》中有鲜明的体现。

《兔子五部曲》通过描写外号为"兔子"的主人公哈罗德·安格斯特罗姆的人生经历和心理变化过程,对美国从20世纪50年代到90年代以来的社会生活进行了生动的展现。在《兔子,跑吧》中,作家主要对哈罗德的性压抑以及变态行为进行了直率描写。他精力充沛却缺乏疏导的途径,对生活和工作感到枯燥和失望,与妻子珍妮丝和情人露丝的关系也只给他带来麻烦和失望。渐渐地,他不满足却不清楚究竟想要什么,知道自己有问题却又不知道症结,更无法解决。最终,哈罗德选择了逃跑,但却不知道该往哪儿去。这部小说在写作时运用了现在时,这是因为哈罗德的脑子里没有过去或将来的印象,这也表明他缺乏责任感和传统观念,而且始终没有寻找到自己的立足之地。应该说,哈罗德的这种生活状况和精神状态在 20 世纪 50 年代的美国是具有相当的典型性的。在《兔子回家》中,作家主要描写了哈罗德在逃跑十年后重新回家的情景,重新回到家的哈罗德与妻子又生活了十年,他开始变胖了,还在一家印刷厂找到了当排字工的工作,日子过得较为安定。可就在此时,他的家庭又起了波澜,原来妻子珍妮丝有了外遇,还公开和情人同居,而哈罗德一气之下也找了一个 18 岁的"嬉皮女"做情人,并将她带回家同居。后来,在哈罗德妹妹的调解下,哈罗德和妻子重归于好,并决定开始新的生活。作家在描写这一时期哈罗德的生活时,将其置于 20 世纪 60 年代的大背景中,并与重大的历史事件相结合,从而在增加了故事的真实感的同时,扩大了小说的描写空间。在《兔子富了》中,哈罗德因在岳父生前创立的汽车公司当推销员,已经上升为中产阶级,收入丰富,生活也十分安定。于是,他开始陶醉在物质享受中,完全不关心什么社会、政治、道德等。但不久,他的安定生活就遭遇了时代的冲击,而且他在之前所交的厄运仿佛传给了他的儿子纳尔逊。这使得哈罗德的精神沦丧,变得日益悲观了。而作家在描写哈罗德这一时期内心变化的过程时,运用了意识流的手法,并深刻地展现出 20 世纪 70 年代美国的信仰危机。在《兔子歇了》中,作家主要讲述了哈罗德的最后一次逃跑以及其最终的死亡,进而展现了 20 世纪 80 年代美国人的迷惘情绪。在《兔子复活》中,作家主要描写了哈罗德家人对他的回忆,这使得哈罗德似乎又复活了,回到了人间。

将《兔子五部曲》作为一个整体进行分析,可以发现哈罗德实际上就是美国中产阶级社会中的一个无足轻重的人物,而且有着难以自控的性欲、充满了不知该如何处置的能量与精力。

## (三)乔伊斯·卡罗尔·欧茨的心理现实主义小说创作

乔伊斯·卡罗尔·欧茨(Joyce Carol Oates,1938—　)出生于纽约州洛克波特市的一个穷苦工人家庭。虽然家境十分贫寒,但欧茨的父母非常支持她读书,这使她得以接受了良好的教育。在高中读书时,欧茨便对文学产生了浓厚的兴趣,并熟读了梭罗、陀思妥耶夫斯基、勃朗特姐妹、狄更斯、哈代、巴尔扎克、托尔斯泰等名家的作品;进入大学后,她又广泛阅读了乔伊斯、卡夫卡、福克纳、弗洛伊德和尼采等人的作品,这对她日后从事文学创作奠定了重要基础。大学毕业后,欧茨又先后在威斯康星大学获得了硕士学位、博士学位。之后,她先后在密歇根的底特律大学、加拿大安大略省的温莎大学、新泽西州的普林斯顿大学任教,至今她仍是普林斯顿大学人文学科的著名教授。而且,到目前为止已发表了《颤栗地落下》《在泛滥的洪水上》《人间乐园》《阔佬》《他们》《奇境》《我任你摆布》《晨之子》《贝尔夫勒世家》《布鲁德斯摩传奇》《温特瑟恩的秘密》《光明天使》《乌鸦翅膀》《你必须记住这》《僵尸》《花痴》《袒露我的心怀》《冲破忧伤心曲》《浮生如梦》《大瀑布》《掘墓人的女儿》等 50 多部中长篇小说,以及《门边》《爱之轮》《婚姻与不贞》《最后的日子》《炎热》《鬼魂出没:畸人故事》《你会永远爱我吗?》《心灵絮语汇编》《不忠:犯罪故事》《我不是你认识的人》《雌性:神秘和悬念故事》等 20 多部短篇小说集,并仍有新作问世。

欧茨的心理现实主义小说在遵循现实主义创作原则的基础上,采用意识流、象征等艺术手段对人物的"非理性意识"进行了深刻剖析,进而揭露出美国社会潜在的暴力倾向以及人性的黑暗。这在其代表性作品《他们》中有着鲜明的体现。

《他们》通过讲述底特律的一个贫困家庭中两代人的悲剧,展现了美国从 20 世纪 30 年代到 60 年代的社会变迁,揭露了美国底层人民,尤其是妇女在现代化的都市中的悲惨生活,反映了暴力和颓废对下层民众的冲击和腐蚀。

　　小说的女主人公是年轻且性情随和的洛雷塔,她生活在贫穷而又不安定的贫民窟的工人家庭,但拥有纯真的爱情,而且对未来生活充满了美好的憧憬。可以说,在她的身上到处都散发青春的朝气。但不久,她就遭遇了各种不幸。她青春妙龄时的恋人被她的流氓哥哥开枪打死,她向警察温德尔求救,谁知这个无耻的警察竟然在她恋人的尸体旁奸污了她,还将她恋人的尸体扔在大街上,对这起凶杀案也不追查。后来,洛雷塔发现自己怀了孕,只能委身于温德尔,生下了两个孩子,匆匆结束了自己少女时代的梦想。随着生活的日渐衰败,洛雷塔变得愤怒且爱抱怨。第二次世界大战爆发后,温德尔被征入伍,洛雷塔则带着孩子生活,后为了生计到街头卖淫。战争结束后,温德尔回来了,在一家汽车工厂当工人,但不久死于一场无端的事故。之后,洛雷塔带着孩子改嫁汽车司机。从这里开始,洛雷塔的两个孩子逐渐成为故事的主角。洛雷塔的儿子朱尔斯的遭遇比较离奇和戏剧化。他认识了一个黑社会老大及他的侄女娜丁,并与娜丁相爱,私奔到了美国南部。但是,他们的生活极端贫困,朱尔斯只能靠偷窃维持生计。后来,朱尔斯患上严重的流感并陷入昏迷,而娜丁不得不返回家中,遵从家人的意愿嫁给了一个有钱的律师。但没多久,朱尔斯就幸运地治愈了流感,回到了家乡,并再次遇到了娜丁。而娜丁为了和朱尔斯能永远厮守,先开枪击中了朱尔斯,然后自杀。但是,朱尔斯再一次幸运地死里逃生,并自此过着放荡的生活。后来,朱尔斯所在的城市发生了暴乱,他在逃避警察追捕时不慎将一名警察打死,之后跟随一名激进分子逃到了加利福尼亚。洛雷塔的女儿莫琳原本温和、恬静,但因成长于一个暴力的家庭、深受身体的伤痛与精神的折磨,因而逐渐变得麻木不仁,并在内心十分渴望摆脱母亲那样的命运、逃离充满暴力的家。在屡经挣扎之后,莫琳发现只有金钱才能使自己得到解脱。于是,年仅 14 岁的她开始出卖肉体。为此,她遭到继父的暴打,昏迷了很久,洛雷塔也因此与丈夫离婚。莫琳痊愈后,进入夜校读书,看中了一位有钱有地位的教授,引诱他抛弃妻子,和自己结婚。最后,莫琳住进了郊区的大房子,有一个收入稳定的丈夫,她得到了她想要的一切。但是,莫琳并没有得到真正的幸福,她"把自己内心的一切都亮了出来,却空空如也"。

　　小说中讲述的故事明显是一个悲剧,而欧茨为了更好地将这个悲剧故事讲述出来,描写了一个充满混乱与绝望的世界。在这个世界里,城市的穷人们过着悲惨的生活,到处是凶杀、遗弃、妓女、暴乱、欺骗、暴力和死亡,读者会感到一种窒息与恐惧。这也体现出当代美国生活中的感情和精神上的危机。另外,这部小说探索的重点是"我们这一代人",因此不论是朱尔斯、莫琳,还是为了表达疯狂的爱企图拿手枪杀死朱尔斯后自尽的娜丁,都包含了一种可悲的心理因素,正如莫琳写给她的老师欧茨女士的信中所发出的痛苦的呼声:

　　　　……我一直坐在这里想着时间,现在是 1966 年 3 月 11 日 10 点 15 分,我知道这是一个神圣的时刻,因为它将一去不复返了。但我对此并没有什么感觉,我已经麻木不仁了。将来还会发生什么事情呢?我感到害怕,不仅仅是为自己的前途而担忧,我还为整个世界的前途而担忧。当我阅读报纸时,我感到自己——莫琳·温德尔正在消失,就像世界本身一样,不知道明天将发生什么事,并且毫无应付的准备……

　　由莫琳信中的这段话,我们可以进一步得出这部小说的警示意义,即提醒人们切勿忘记"哀莫大于心死"。

## 三、20 世纪下半叶黑色幽默小说的创作

　　黑色幽默小说是 20 世纪六七十年代流行于美国的一个重要小说创作流派,"强调世界的荒

谬、混乱、神秘莫测以及人与环境的不协调，并以夸张到荒谬程度的幽默手法嘲讽社会、人生以及人类的灾难、痛苦和不幸，将快乐与痛苦、冷漠与荒唐、大笑与悲剧并列在一起，让生活中一切为之沮丧、为之悲叹的事物在逗笑和嘲讽中暴露无遗"①。弗拉基米尔·纳博科夫（Vladimir Nabokov,1899—1977）、科特·冯尼格特（Kurt Vonnegut,1922—2007）、约瑟夫·海勒（Joseph Heller,1923—1999）、约翰·巴思（John Bath,1930—　）等都是著名的黑色幽默小说家，其中影响较大的是弗拉基米尔·纳博科夫和约瑟夫·海勒。

## （一）弗拉基米尔·纳博科夫的黑色幽默小说创作

弗拉基米尔·纳博科夫（Vladimir Nabokov,1899—1977）是黑色幽默小说的创始者。他出生于俄国圣彼得堡的一个贵族家庭，因而自小就受到了良好的教育。1919 年，他因俄国十月革命的爆发而随家人流亡西欧，后到了美国，并取得美国国籍。1960 年，他又移居瑞典。1977 年 7 月 2 日，纳博科夫因病去世。

纳博科夫的黑色幽默小说往往抛弃传统的思维模式和写作模式，运用叙事的虚构、结构的交叠、意义的不确定、字句的争论游戏以及戏仿、隐喻等表现手法，将现实荒谬的方面深刻地表现出来。这在其代表作《洛丽塔》和《微暗的火》中有着鲜明的体现。

《洛丽塔》是纳博科夫最为著名的一部小说作品，采用电影倒叙的手法讲述了主人公汉伯特的一生极其变态的心理。汉伯特是出生于欧洲的一个混血儿，母亲不幸早逝，在姨妈的照料下长大。他生性早熟，在十几岁时就爱上了与自己同年的一位姑娘。后来，这位姑娘不幸早逝，他也因此草草结束了自己的初恋。但是，他始终沉浸在对这场刻骨铭心的初恋的记忆之中，无法释怀。进入大学后，汉伯特只会对"性感少女"产生浓厚的兴趣，即使在成年后和一名医生的女儿结了婚，也无法改变自己内心对"性感少女"的企求。因此，他与妻子的生活并不和谐，最终因妻子出轨而结束了这场婚姻。之后，汉伯特孤身一人从欧洲到了美国。但在美国，他仍然一见到十几岁的"性感少女"就会立刻感到狂躁不安，甚至导致自己精神失常。为了能使自己狂躁不安的心静下来，他选择到美国东北部的一个小镇上生活，寄居在寡妇戴格瑞特夫人家中。而戴格瑞特夫人有一个年仅 12 岁的、活泼动人的女儿洛丽塔，汉伯特在见到她后立刻被吸引了，并起了淫心，刻意紧追不舍。而洛丽塔不仅不回避他，反而在他身上发现了介于父亲与情人之间的异性魅力以及成熟的中年男子的力量。为了能够长期占有洛丽塔，汉伯特娶了戴格瑞特夫人，但两人婚后的生活并不和谐，而且汉伯特一面在日记中记录着他心中对洛莉塔的恋情，一面又在寻找结束戴格瑞特夫人生命的方法。没多久，戴格瑞特夫人便发现了汉伯特的日记，知道了他与自己结婚的真实目的，盛怒之下写了三封告发他的信，却在寄信途中遭遇车祸身亡。侥幸逃过一劫的汉伯特，通过欺骗手段最终占有了洛丽塔，并带着美感与罪疚的复杂心情和她一起走上了流亡之路。在流亡途中，为了讨得洛丽塔的欢心，汉伯特对其有求必应，不料洛丽塔最终因受到表面斯文、内心肮脏的色狼剧作家克莱尔·奎尔蒂的诱骗而离开了他。后来，洛丽塔又被克莱尔抛弃，四处流浪，最终与一个贫穷的技工结了婚，并生下了孩子，过着十分艰辛的生活。狂怒的汉伯特整整寻找了洛丽塔三年却一无所获，于是再次坠入失恋的苦恼之中。直到有一天，汉伯特收到了洛丽塔的来信，信中希望他借几百元钱以解决她的生活困难。收到信后，汉伯特立即赶到了洛丽塔生活的小镇，却发现此时的洛丽塔不再是自己心目中的那个性感少女，而是一个因生活所迫而艰难挣

---

①　聂珍钊:《外国文学史（四）》,武汉:华中师范大学出版社,2010 年,第 59 页。

扎的小妇人。伤心的汉伯特给洛丽塔留下了四千元钱后，便去寻找将洛丽塔从他身边骗走的剧作家，并枪杀了他。最终，汉伯特因杀人而被捕入狱，在狱中写完了自白后因脑溢血死去了。而汉伯特的自白，便是后来的《洛丽塔》一书。

这部小说在出版后，遭到了很多评论家的非议、质疑和抨击，他们认为这是一部"淫书"，也是一部非道德小说，里面的色情描写不堪入目，而且主人公对异性的疯狂追求是一种堕落和乱伦。然而，也有人认为这是一部有着深刻内涵的小说，与低俗庸俗的色情小说完全不同，而且有关人物性爱的描写恰恰表现了人类对两性性行为美的本质追求和思考；主人公的乱伦行为，也是其病态心理和唯美主义爱情倾向使然，是对社会上普遍认定的爱情观的怀疑与反抗。随着时间的推移以及美国嬉皮士运动的兴起，所谓的"性革命"成为时尚，这部小说才日益受到人们的认可、接受和高度赞扬。

《微暗的火》是纳博科夫最富有实验性、最神秘莫测的一部小说。小说的主人公查尔斯·金伯特声称自己曾是北欧一个王国的国王，后因统治不当被反王室的人们废黜。之后，他通过买通看守自己的狱卒逃了出来，在国外的一所大学做了访问教授。在学校中，他与诗人约翰·沙德成了好朋友，并希望约翰能写一首诗歌对他昔日的王国以及他本人的辉煌功绩进行歌颂。有一天，查尔斯和约翰在散步时，约翰被前来追杀查尔斯的暗杀者错杀。约翰死后，他的夫人拿着他在生命的最后阶段写出的一首 999 行的自传双韵体诗找到查尔斯，请查尔斯帮忙编辑此诗。查尔斯欣然应允，但发现这首诗的内容并不是关于他和他的国家的，于是他按照自己的意愿对这首诗进行"编辑"和注释，并努力发现诗行与他和他的国家的关系。最终，他的评论性注释和索引形成了一个独立的作品，即查尔斯的自传性小说。

这部小说的形式是十分奇特的，由约翰的诗与查尔斯对诗的注释构成，而且两者形成了一种辩证法模式：如果约翰的诗是一个命题，那么查尔斯的"学者注释"就是它的对立命题，读者必须将它们并入小说的综合体中，使它们产生意义，才能揭示出小说所表现出的艺术与生活之间、想象与现实之间的张力。因此，小说的叙事方式也是独具特色的，在故事当中套着故事。

## （二）约瑟夫·海勒的黑色幽默小说创作

约瑟夫·海勒（Joseph Heller, 1923—1999）是美国黑色幽默小说中最有代表性的作家。他出生于纽约市布鲁克要区柯尼岛的一个俄国移民家庭，父母都是犹太人。第二次世界大战爆发后应征入伍，在美国第十二飞行大队服役，执行飞行任务 60 多次，这段经历为他之后创作《第二十二条军规》提供了素材。第二次世界大战结束后，他退役，并先后在加利福尼亚大学、纽约大学、哥伦比亚大学和牛津大学学习。从 1952 年起，先是在宾夕法尼亚大学讲授写作和文学，后任职于《时代》《展望》等杂志。1961 年，他发表了第一部长篇小说《第二十二条军规》，轰动了整个文学界，并揭开了 20 世纪 60 年代"黑色幽默时代"的序幕。之后，他有陆续发表了长篇小说《出了毛病》《好得不得了》以及剧本《我们轰炸纽黑文》《克莱文杰的考验》等。1999 年 12 月 12 日，海勒因心脏病突发在家中逝世。

海勒是公认的黑色幽默小说的代表作家，总是用喜剧的形式表达悲剧的实质，以冷漠的心态对待暴行、意外和暴行，将不正常的东西当作正常的来写，使不可思议的事情变得合情合理，进而对这些现象进行调侃和讽刺。同时，他并不重视写实，而是用冠冕堂皇的语言和夸张的手法叙述荒唐滑稽之事，将生活漫画化，展现出一种完全不同的真实。其最为重要的黑色幽默小说就是《第二十二条军规》。

《第二十二条军规》通过描写发生在 1944 年第二次世界大战的关键时刻的美国第 256 空军

轰炸机中队内部的故事,揭露和讽刺了美国官僚机构的"非人性"倾向以及当权者的腐化现象;通过描写一条并不存在的第二十二条军规却可以将人置于死地,展现了现代生活中存在的荒诞现象。第256空军轰炸机中队由指挥官卡司卡特上校掌管,为了能升官发财,他不顾士兵的死活,无限度增加他们的飞行任务。由于经历了太多的轰炸任务,这些飞行员最后都变得疯癫,其中的代表人物就是主人公尤索林。他不想升官也不想发财,只想能够早点完成规定的32次飞行任务后回家,因为空军司令部规定已经飞满32次的人可以不再执行任务,并复员回国。可是,尤索林已经执行了32次飞行任务,卡司卡特上校却仍给他新的命令,他只能无止境地增加飞行次数。为了能停止飞行,生存下去,尤索林想到了空军内部的规定疯子可以停止飞行的第二十二条军规。他想要去弄清楚是否真的存在这条军规,可一旦去问,就恰恰证明他头脑正常,还要继续执行任务。但如果还要让他去飞,他就会发疯了。最终,他领悟到第二十二条军规表面上看是一条约束每个官兵的军规,但它并非是白纸黑字写下的条文,军官还可以对它作任意的解释,因而它实际上是一个永远也摆脱不掉的"很妙的圈套":

> 第二十二条军规并不存在,这一点他可以肯定,但这也无济于事。问题是每个人都认为它存在。这就更糟糕了,因为这样就没有具体的对象或条文,可以任人对它嘲弄、驳斥、控告、批评、修正、憎恨、辱骂、唾弃、撕毁、践踏或烧掉。
>
> ……
>
> 这里面只有一个圈套,这就是第二十二条军规。这条军规规定,面临真正的、迫在眉睫的危险时,对自身安全表示关注,乃是头脑理性活动的结果。奥尔疯了,可以允许他停止飞行。只要他提出请求就行。可是他一提出请求,他就不再是个疯子,就得再去执行飞行任务。倘若奥尔再去执行飞行任务,那他准是疯了,如果他不肯再去,那他就没有疯,可是既然他没有疯,他就得去执行飞行任务。倘若他去执行飞行任务,他准是疯了,不必再去飞行,可是如果他不想再去,那么他就没有疯,他就非去不可。尤索林觉得第二十二条军规订得真是简单明了至极,所以深深受到感动,肃然起敬地吹起了一声口哨。
>
> "这个第二十二条军规倒真是个很妙的圈套。"他说。

在小说的最后,尤索林为了逃出在第二十二条军规笼罩下的疯狂的世界,也为了保全自己的生命,在同伴的鼓励和帮助下逃到了中立国瑞典。

海勒在小说中描绘了一个荒诞的,充满了疯狂、喧闹和混乱的气氛,没有理智和希望的世界。但是,海勒又将充满了合乎情理的、逼真的画面巧妙地和荒诞的插曲融合在了一起,因而在这个世界中生活的人们以及在这个世界中发生的一切又显得是那么的真实,从而更深刻地抨击、挪揄了军事官僚机构和整个资本主义世界。

这部小说也突出体现了黑色幽默小说的主要特征。首先,叙事结构是独特的"反小说"模式,从而通过外观散乱的结构、松散凌乱的情节、庞杂的内容、众多的人物来显示其所描述的现实世界的混乱和荒谬;其次,塑造了怪僻、无能、不幸、滑稽而又圆滑的"反英雄"人物尤索林,并以一种绝望、沉郁、玩世不恭的幽默将其"内心无形的恐惧变为有形的大笑,借以表示对现实世界的不满与反抗"[①],而且这种幽默是痛苦的、残酷的、怪诞的,拿痛苦、不幸甚至死亡开玩笑;再次,运用象

---

① 聂珍钊:《外国文学史(四)》,武汉:华中师范大学出版社,2010年,第85页。

征的表现手法对世界的荒诞可笑进行了揭示,其中最成功的象征便是"第二十二条军规",对官僚体制的混乱、专横和冷酷进行了高度的概括,表达了现代人的灾难感和困惑感;最后,运用了有着鲜明反讽特点的语言,或是用插科打诨的文字来表述严肃深邃的哲理,或是用故作庄重的语调来描述怪诞滑稽的事物,或是用冷漠戏谑的口气来讲述痛苦悲惨的事件,或是用幽默嘲讽的语言来诉说沉重绝望的境遇,从而在不经意的调侃之中显露出锐利的讽刺锋芒,直指荒诞的要害。

## 四、20 世纪下半叶后现代派小说的创作

自 20 世纪下半叶开始,随着后现代主义思潮影响的增大,后现代派小说发展迅速。后现代派小说批判地继承了现代派小说的象征主义、意识流的内心独白、自由联想、时空错位等艺术技巧,同时广泛运用了语言游戏、元小说、蒙太奇、戏仿、拼贴等表现形式,从而呈现出零度写作、叙事零散、语言主体、不确定性和内在性等重要特征。进入 20 世纪 90 年代后,后现代主义的热潮已过,但后现代派小说仍有一定的发展。威廉·加迪斯(William Gaddis,1922—1998)、约翰·霍克斯(John Hawkes,1925—1998)、罗伯特·洛厄尔·库弗(Robert Lowell Coover,1932—  )、托马斯·品钦(Thomas Pynchon,1937—  )、威廉·伏尔曼(William Vollmann,1959—  )、埃德加·劳伦斯·多克托罗(Edgar Lawrence Doctocow,1931—  )、道格拉斯·考普兰(Douglas Coupland,1961—  )等都是著名的后现代派小说家,这里具体分析一下罗伯特·洛厄尔·库弗、托马斯·品钦和埃德加·劳伦斯·多克托罗的小说创作。

### (一)罗伯特·洛厄尔·库弗的后现代派小说创作

罗伯特·洛厄尔·库弗(Robert Lowell Coover,1932—  )是美国一位极其重要的后现代派小说家。他出生于衣阿华州查尔斯市,后随父母搬到伊利诺州赫林子镇。1953 年,他于印第安纳大学获得学士学位后应征入伍,退伍后返回家乡,开始进行文学创作。他在 1966 年发表了第一部小说《布鲁诺主义者的起源》,但未引起太多注意,直到 1977 年发表了小说《公众的怒火》后,才引起很大的轰动。之后,他笔耕不辍,陆续发表了《宇宙垒球协会有限公司老板》《打女仆的屁股》《吉拉德的晚会》《芝加哥熊球队的忧愁加斯怎么了》《皮诺其偶在威尼斯》《约翰的妻子》《蔷薇》《鬼城》等中长篇小说以及《符点与旋律》《在影院度过的一晚》等短篇小说集。

库弗的后现代派小说有着极其鲜明的特色,运用了超现实主义的手法以及意识流、"元小说"(即有关小说的小说,是关注小说的虚构成分及其创作过程的小说)等表现手法,从而形成了独具特色的后现代派小说作品。这在其代表作《公众的怒火》中有着鲜明的体现。

《公众的怒火》的主题严肃而凝重,以超现实主义的讽刺手法对 1953 年 6 月 19 日因被怀疑向苏联出卖原子弹秘密的青年科学家罗森堡夫妇被电刑处死前两天两夜的情况进行了集中描写,并故意将刑场移到了纽约市著名的时报广场,行刑的当天全市的许多市民都前来看热闹。实际上,这次电刑的目的是通过一时混乱的制造来避免一切都消失得精光,因而罗森堡夫妇只是悲剧性的牺牲品。

这部小说的叙事很有特色,以小说中的人物尼克松为主要叙述者,而库弗的点评与说明不时插入其中。尼克松是一个富有同情心的人物,但又具有双重角色,既是官方的小丑,又是中间协调人。他谦逊和蔼,又自以为是,且追求权力,野心勃勃。库弗借用真实的素材,对尼克松从青少年时代到入主白宫的曲折历程进行了描写。同时,库弗以漫不经心的态度将细节描写的真实与虚构相结合,对昏庸腐败的官场进行了入木三分的刻画。因此,库弗写这部小说的目的并不是为

含冤而死的罗森堡夫妇唱挽歌,而是企图利用美国历史上关键的一天对美国的概貌进行反映,进而对美国官僚政治的凶残进行揭露。

这部小说的艺术表现手法也很有特色,运用了"元小说"手法,"自我揭示虚构、自我戏仿,把小说艺术操作的痕迹有意暴露在读者面前,自我点穿了叙述世界的虚伪性、伪造性。小说的基本立足点就不可能再是模仿外部世界或内心世界而制造逼真性。基于这样一种信念,'掩盖虚构的企图越是煞费苦心,虚构就变得越是吱嘎作响'"①。而库弗在强调这部小说的虚伪性与伪造性时,在表现形式上采用了蒙太奇、戏仿、并置等手法;在语言上运用了大量的修辞戏仿、故意与语法不符的言语表达、深奥且难懂的字谜游戏和双关语,以及斜体字、电影字幕、省略法、印刷图案等各种各样的图式成分,从而向人们揭示了这部小说创作的虚构性以及它所反映的现实的虚构性。

### (二)托马斯·品钦的后现代派小说创作

托马斯·品钦(Thomas Pynchon,1937—　)出生于纽约市长岛,1953年进入康奈尔大学英文系学习,后因服海军军役两年而中断大学学业。退役后,他又回到了康奈尔大学继续学业。毕业后,他在西雅图波音飞机公司当科技作家,后辞职专心进行文学创作。1953年,他发表了第一部长篇小说《V》,引起了文坛的高度关注。之后,他又陆续发表了《进步缓慢的初学者》《葡萄园》等短篇小说集以及《拍卖第四十九批》《万有引力之虹》《葡萄园》《梅森和狄克逊》《临近那一天》等长篇小说。

品钦的后现代派小说也极有特色,总是将神秘的、荒诞的文学和当代科学相结合,从而展现出一个荒诞的世界;将"熵"作为自己小说世界的基础,而"熵"是用来测定不能再用来做功的热能数量的总合单位,可以表现为秩序的破坏、造成能的乱扩散,到最后成为惰性、静止状态,简单来说,"熵"表现了所有事物都向混乱无秩序、无用的废物方向转化,运用于社会则表明人类社会正日趋混乱和衰竭。这在其代表作《V》和《万有引力之虹》中有着鲜明的体现。

《V》的出版奠定了品钦在美国小说界的地位。这部小说总体来说并没有一个完整的情节,甚至可以说根本没有情节,全部的内容就是三个人围绕着"V"字母所展开的一系列探索。第一个人是一个女生,她在她父亲的日记中发现了一个经常被提到的"V"字母,而为了弄清"V"字母的含义,她收集了多方面的资料,也进行了多领域的考察,但始终无法寻找到结果;第二个人是一个学生,他扩大了"V"字母所代表的范围,并指出它可以是百科全书式的机器人,也可以是女特务维多利亚在不同地方的化身,还可以是维苏威火山、委内瑞拉等一切以"V"字母开头的地方;第三个人也是一个学生,他从当代人有意义的生活出发阐释了"V"字母,认为它代表的是人类毫无意义的生命。但在小说的最后,三个人还在寻找"V",这说明作家留下许多问题没有解决。

这部小说在艺术方面也有一定的特色,将史实与虚构、有生命的人与无生命的机器人混合组成一个荒诞的世界,从而展示了现代生活的不确定性以及不可知性,隐喻了人的生命是毫无代价的结束。当然,这部小说也有不少的缺点,如语言晦涩、典故太多、涉及面太大,但这并不影响其在美国后现代派小说中的地位。

《万有引力之虹》被称为是"后现代派的开放的史诗"和"时代的启示录",因而在美国小说界甚至是世界小说界都有着独特的地位。但是,它也因为晦涩难懂,被一些人认为是后现代派的

---

① 陈世丹:《美国后现代主义小说详解》(中文版),天津:南开大学出版社,2010年,第101页。

《尤利西斯》。

这部小说也没有完整的故事情节,在长达 800 多页的篇幅中,以欧洲为背景,讲述了发生于 1944 年 12 月到 1945 年 9 月,即第二次世界大战的最后九个月的故事。小说一开始时,围绕着德国向英国疯狂地发射 Ｖ－2 火箭展开了叙述,而火箭的落点竟然与主人公即美国驻伦敦的情报军官泰洛恩·斯罗普斯与某女人做爱的地点一致,只要是他做过爱的地方就会在二到十天内遭到火箭的袭击。于是,泰洛恩被英美军事情报机关派到德国调查 Ｖ－2 火箭的秘密。他最终发现,他的父亲曾把他卖给心理学家杰夫做儿童实验,而杰夫用的化学试剂是制造 Ｖ－2 火箭的重要原料,因而德国纳粹现在能够利用他的性行为对火箭的攻击进行引导。在德国时,泰洛恩还遇到了苏联情报官切车林的情妇洁丽,而且洁丽的爱使他感到平静。慢慢地,泰洛恩的感情与欲望变得淡薄了,也开始忘记了过去,最终身体分解不见了,变成了一个十字路口,等于没有了,落了个不了了之。小说这样的结局,可能会使读者感到十分失望:为什么泰洛恩的严肃追寻没有结尾? 究其原因在于,在品钦的心目中,世界不是有秩序的、理智的而是混乱的,因而问题不应该得到解决。

这部小说有着深刻的现实意义和警世作用,"天上的虹"在《圣经》中是上帝惩罚人类后与人类和好的象征,而"万有引力之虹"在小说中是导弹发射后形成的弧形抛物线,象征着死亡,也象征现代西方世界。品钦精心选择第二次世界大战即将结束的欧洲为背景,将在这次大战中发生的一场侦察与反侦察的斗争写成一出扭曲而绝望的闹剧,并描写了战后欧洲的混乱和崩溃,世界在走向大熵化。如此下去,世界末日指日可待。

不过,这部小说是对世界的现代和未来的荒谬虚构,因而同其他"黑色幽默小说"一样,缺乏真正的时代价值。

## (三)埃德加·劳伦斯·多克托罗的后现代派小说创作

埃德加·劳伦斯·多克托罗(Edgar Lawrence Doctocow,1931—　　)是美国后现代派小说家中非常与众不同的一位,他出生于纽约市,1948 年进入肯尼思学院学习哲学,后因对戏剧活动产生了浓厚兴趣而在 1952 年转入哥伦比亚大学研习英国戏剧。1953 年,他入伍当兵,退伍后想专事创作,但因经济困难只好先去工作。1963 年,他出任戴尔出版公司总编辑,后升任副总裁。1968 年,他到萨拉·劳伦斯学院任教,边讲课边写作。目前,多克托罗已经发表了《诗人的生活》《芳香的土地》等短篇小说集,以及《欢迎到哈德泰姆镇来》《大如生活》《拉格泰姆时代》《但以理书》《世界博览会》《比利·巴思格特》《鱼鹰湖》《滚滚流水》《上帝的城市》《进军》等长篇小说。

多克托罗的后现代派小说总是创新立异,令人吃惊,最有代表性的作品是《比利·巴思格特》。

《比利·巴思格特》采用倒叙的电影艺术手法,通过天真少年比利·巴思格特的视角,对 20 世纪 30 年代纽约黑社会的内幕以及黑社会头目与官场的勾结和冲突、黑社会内部的相互残杀与对老百姓的掠夺等进行了生动的展现,极富独创性。

比利出生于美国大萧条时期纽约市的布隆克斯区,从小十分聪明,但家境贫寒,只读了几年书就停学了。比利 15 岁那年有一天,因在离苏尔兹黑帮啤酒贮藏地不远的地方给孩子们表演杂耍而引起了苏尔兹黑帮一伙的注意。他们给了他 10 美元,拉他入伙。不久,比利因表现出色而被引见给帮首苏尔兹。随后,他逐渐进入苏尔兹黑帮的权力核心,并得到了苏尔兹的充分信任。然而,苏尔兹黑帮组织不久被告上了法院,为对付法院对苏尔兹诈骗罪的起诉,黑帮总部暂时搬到了纽约州的奥农达加镇。而苏尔兹为改善自己的形象,在镇上广泛结交朋友、施舍穷人,还在接受审判的前几天买通一些人举办了皈依天主教的隆重仪式,实际上他根本就不信天主教。仪式后不久,苏尔兹就在宾馆内杀死了一个参与他餐馆诈骗的商业同行,比利被叫进现场清除房间地毯上的血迹。看到这一幕的比利吓呆了,他因迟了一点而被苏尔兹打断了鼻梁骨。在法院开庭审判苏尔兹期间,比利奉命陪苏尔兹的情妇杜小姐去沙拉托加旅游。杜小姐曾是苏尔兹的同伙波·威恩伯格的女朋友,苏尔兹叫人杀了波·威恩伯格,并占有了杜小姐。比利与杜小姐到山中游览时相互同情和爱慕,发生了浪漫的插曲。但比利深信,他俩的恋情一旦暴露便会被苏尔兹杀死,于是将这件事隐瞒了起来。针对苏尔兹的审判如期举行,但他却被判无罪。不过,纽约市总检察官托马斯决定再指控苏尔兹逃税罪,于是苏尔兹指使比利去侦察托马斯的上下班规律,以便随时暗杀他。但暗杀计划还未实施,苏尔兹黑帮就遭到了枪击,苏尔兹也身受重伤,其他人被一网打尽,只有比利跳窗逃脱。之后,苏尔兹被送进了医院,比利偷潜入病房看他,并从苏尔兹模糊不清的言语中了解到他藏钱的地点,接着逃回了他母亲的住处。可是,他的这一举动被侦探发现了,并由神父出面盘问他藏钱之处。而比利假装什么都不知道,获释后潜心研究苏尔兹临终话语,终于在一个废弃的仓库中找到了那笔钱。这个巨大的发现使他意外地得到一大笔遗产,得以在今后顺利地从事商业活动,大发其财。苏尔兹死后的某一天,有人把他和杜小姐偷情留下的男孩送到了他母亲的住处。自此,他经常和母亲推着婴儿车沿着巴思格特大道漫步,过着幸福的日子。

小说中的故事发展悬念丛生,富有戏剧性,杀人的场面多次出现,人头落地,鲜血淋漓,展现出十分浓烈的哥特式小说气氛。同时,小说采用了拼贴手法,达到了惊险和暴力的画面与抒情描写的统一,从而产生了扣人心弦的艺术魅力。

# 五、20世纪下半叶族裔小说的创作

20世纪下半叶以来,随着美国内部不断爆发的民权运动,各种族的觉悟日益提高,对自我和种族进行表达的热情也空前高涨,从而极大地促进了族裔小说的发展。而在族裔小说中,成就最大的是黑人小说、犹太小说、华裔小说、印第安裔小说。

## (一)黑人小说的创作

20世纪下半叶以来,美国黑人文学继续保持着持续发展的势头,黑人小说的创作更是取得了令人瞩目的成就。这一时期的黑人小说不再以抗议为主题,也不再以现实主义为主要手法,而是以白人读者为主要受众,并在语言、技巧、主题方面获得了一定的新突破。理查德·赖特(Richard Wright,1908—1960)、拉尔夫·艾里森(Rolph Ellison,1914—1994)、詹姆斯·鲍德温(James Baldwin,1924—1987)、托妮·莫里森(Toni Morrlson,1931—  )、艾丽丝·沃克(Alice Walker,1944—  )等都是这一时期著名的黑人小说家,其中影响较大的是拉尔夫·艾里森、托妮·莫里森和艾丽丝·沃克。

拉尔夫·艾里森(Rolph Ellison,1914—1994)出生于俄克拉何马州俄克拉何马市。中学时,他在黑人教育家布克·T·华盛顿创办的塔斯克吉学院学习,期间广泛阅读了文学书籍,并决定将文学作为对黑人的特殊历史进行表现的手段。1936年,他到了纽约,并在黑人作家休斯和赖特的鼓励、帮助下开始了文学创作。一开始,他写了一些短篇小说和评论文章,后收录在论文集《影子与行动》中。1952年,他发表了震惊文坛的长篇巨著《隐身人》,并一举成名。1994年,艾里森因病在纽约去世。

艾里森的小说着重对美国文化、种族问题和黑人文学等问题进行了深入的探讨,代表作便是其一生中唯一的长篇小说《隐身人》。

《隐身人》的主人公是一个无名无姓的黑人青年,在小说的一开始他就将自己的存在主义危机清楚地呈现在了读者面前,说自己是一个"隐身人",接着追叙了自己变成"隐身人"的经过和原因":

> 我是一个看不见的人。可我并不是缠磨着埃德加·爱伦·坡的那种幽灵,也不是你习以为常的好莱坞电影中虚无缥缈的幻影。我是一个有形体的人,有血有肉,有骨骼有纤维组织——甚至可以说我还有头脑。请弄明白,别人看不见我,那只是因为人们对我不屑一顾。在马戏的杂耍中,你常常可以见到只露脑袋没有身体的角色,我就像那个样儿,我仿佛给许许多多哈哈镜团团围住了。人们走近我,只能看到我的四周,看到他们自己,或者看到他们想象中的事物——说实在的,他们看到了一切的一切,唯独看不到我。

整体来看,小说中没有统一的故事情节,只是由主人公的种种经历组合成了整个故事。而且,小说的叙述是几乎荒诞的,但却传达出了作家要表达的深刻主旨,即"由于黑人在美国得不到真正的平等、独立和生存的自由,所以他们永远只能成为'隐身人',失去自我本质,躲在不见阳光的地层底下过着暗无天日的生活"[①],从而深刻披露与抗议了美国不合理的社会关系。另外,小说采用现实主义和超现实主义相结合的方法,巧妙地将荒诞和现实、过去和现在、梦境和意象、黑人民间传说和现代音乐等融合在一起,从而获得了丰富意义。

托妮·莫里森(Toni Morrlson,1931—  )是美国文学史上也是世界文学史上第一位获得诺贝尔文学奖的黑人女作家,她的小说创作更是使得美国黑人小说在"哈莱姆文艺复兴"之后进入了另一个高潮。莫里森出生于俄亥俄州北部罗兰镇的一个种族仇恨很深的黑人家庭中。1953年,她在霍华德大学获得英美文学学士学位后,到康奈尔大学英文系读研究生课程。毕业后,她到兰登书屋做编辑,编辑了不少的书籍,其中最有影响的是《安吉拉·代维斯自传》和《黑人书选》这两部介绍黑人历史和文化的选集。1970年,她发表了第一部小说《最蓝的眼睛》,在文坛引起极大的反响。之后,她又陆续发表了小说《苏拉》《所罗门之歌》《宠儿》《沥青娃娃》《天堂》等。

莫里森的小说,根植于黑人文化传统,对美国黑人民族的坎坷命运和奋斗精神,以及黑人在美国社会中对自己生存价值及意义的探索进行了生动展现,从而呈现出了如史诗般的恢宏气势。同时,莫里森的小说中巧妙地融入了黑人的神话与民间传说,并运用象征的手法对美国社会中存在的严重种族冲突进行了揭示和剖析。这在其代表作《最蓝的眼睛》和《所罗门之歌》中有着鲜明的体现。

《最蓝的眼睛》是以一个黑人小姑娘在美国社会种族歧视背景下矛盾而复杂的多重心理进入读者视线的。小说中运用20世纪60年代流行的读者反映论来构建文本,讲述了黑人小姑娘佩柯拉·布里德拉夫的不幸命运。佩柯拉年仅11岁,一直在粗暴的父母、敌视的同学和周围冷漠的成年人之中生活。后来,她发现自己的这一切难堪遭遇都是因为自己是一个容貌丑陋的黑人女孩,并开始幻想能拥有一双人见人爱的像当红美国白人童星秀兰·邓波儿那样的蓝眼睛,那样自己的生活就可以完全改变。佩柯拉的这一幻想也表明,她幼小的心灵已经在美国白人主流文

---

① 毛信德:《美国小说发展史》,杭州:浙江大学出版社,2004年,第410页。

化的社会中扭曲了。但不幸的是,她先是被醉酒回家的父亲强奸并怀孕,接着向牧师寻求帮助却被牧师嫌弃又丑又黑,这使得佩柯拉大失所望,不久便因分娩时婴儿死于胎中而发了疯。此后,她便生活在了一个虚幻的世界中,在那里她是最可爱的姑娘,也有一双人见人爱的蓝眼睛。

小说表面上看是在描写黑人小姑娘的愿望,实际上通过展现佩柯拉的悲惨命运,对在美国白人文化和黑人文化背景下形成的不同价值观和审美观对生活在其中的人们的心理结构的影响进行了深刻的反映。在莫里森看来,美国黑人要拥有真正属于自己的生活,就必须要始终保持自己的传统,这也是美国黑人能够在敌视他们的社会中生存下来的精神支柱。

这部小说在结构上也独具特色,以"秋、冬、春、夏"四章将一个并不复杂的故事进行了象征性的情节描述,形成了社会与自然、人生与季节合一的框架结构,也表明了佩柯拉的悲剧命运与自然界的四季轮回一样不可避免,而且会一年又一年地延续下去。

《所罗门之歌》是融黑人家史、神话传说和民间故事为一体,对整个黑人民族的发展历史进行探索的史诗性作品,也标志着莫里森的小说创作从深度向广度拓展。小说以 20 世纪 30 年代的密歇根某小镇为背景,以黑人戴德一家三代的生活变迁为线索,展示了自美国内战到 20 世纪 60 年代一百多年间的黑人历史,其中既包括黑人在白人世界中生活的悲惨境遇,也包括黑人社会内部各种错综复杂的矛盾。小说在讲述戴德一家三代的生活变迁时,还插入了来自非洲的传奇故事、各种民间神话及黑人音乐等民族文化元素,体现出了浓郁的黑人文化传统。

在这部小说中,莫里森还一改以往的黑人作家用现实主义或自然主义对美国黑人在种族歧视下的生活与遭遇进行描述进而激发黑人觉醒的方法,着重关注黑人自身的历史传统和文化习俗,帮助美国黑人发现他们家庭的历史,使他们对自己的历史与传统感到自豪,并以此来期待一个自由与幸福的未来。

艾丽丝·沃克(Alice Walker,1944—  )是 20 世纪 70 年代后崛起的一位黑人女性小说家。她出生于美国南方佐治亚州伊顿镇的一个黑人佃户农家,在大学期间便开始了诗歌和小说的创作。1965 年,她发表了第一部诗集《一度》,不久又发表第二部诗集《革命的牵牛花》。之后,她便转向了小说创作,先后发表了《格兰奇·科帕兰的第三次生命》《梅丽迪恩》《紫色》《我那小精灵的殿堂》《拥有快乐的秘密》《在我父母微笑的灯光旁》等长篇小说以及《爱的烦恼》《在爱情与麻烦中》《你征服不了女人》等短篇小说集。

沃克的小说侧重于表现黑人妇女在社会多重重压下的不幸命运,并对她们的坚定忠贞以及战胜逆境的勇气进行了赞扬,这在其代表作《紫色》中有着鲜明的体现。

《紫色》是一部黑人女性精神小说,讲述了黑人农家女孩茜莉的生活经历,进而展现了黑人妇女在社会和家庭压迫的大环境下生活与成长的痛苦过程,表现了黑人与白人的不平等关系,探讨了黑人的自我、黑人的家庭关系和黑人男女之间的关系。

茜莉从小喜爱紫色,天真可爱,但自幼自卑且逆来顺受,因而屡遭不幸。她先是遭到了继父的强奸,并因此怀孕生下了两个孩子,但孩子一出生便被继父抱走送人了,这使得茜莉的身心遭到了巨大打击。之后,她被继父嫁给了一个有四个孩子的鳏夫阿尔伯特,婚后经常遭到虐待,过得并不幸福。同时,阿尔伯特对茜莉的妹妹奈蒂心怀不轨,逼得奈蒂不得不逃走,这再次给茜莉造成了重大打击,使她内心非常苦闷,只好不断地给上帝写信,诉说自己的不幸和悲伤。有一天,阿尔伯特竟然将生病的情人莎格·艾弗里带回了家,让茜莉照顾。莎格是一个美丽、活泼、性感而又自信的黑人妇女,而且不甘心做男人的泄欲工具,于是自由自在地流浪江湖,靠自己的歌唱才能谋生。正是在她的指引下,茜莉的心理逐渐成熟,自我意识也日益增加,走上了自立道路。在小说的最后,茜莉的继父死后给她留下了一笔较大的遗产,丈夫阿尔伯特向她真心忏悔,两人重归于好,失散多年的妹妹带着她之前被继父送人的两个孩子平安归来。应该说,小说的结局是过于圆满和理想化的,但这也正体现了沃克的立场,即不彻底改变种族歧视和男权主义,美国社会是根本不可能获得发展的,而且黑人女性要想获得应有的尊严,必须要自立自强。另外,小说采用了夸张和变形的表现手法,从而具有了强烈的超现实性与诗意;运用了美国南方黑人农民的口语,从而具有了浓重的乡土气息。

## (二)犹太小说的创作

自20世纪下半叶以来,随着美国犹太移民人数的不断增加以及犹太人在美国社会各个领域中影响的增大,犹太文化与美国本土文化之间不断碰撞,从而促进了犹太文学的发展。而在犹太文学的发展中,成就最大的是小说。犹太小说将细致的描写和荒诞、象征、寓意性的概括相交融,从而对19世纪以来几代犹太移民在美国大陆生存、发展和融入的历史进行了生动的展示。伯纳德·马拉默德(Bernard Malamud,1914—1986)、索尔·贝娄(Saul Bellow,1915—2005)、辛西娅·欧芝克(Cynthia Ozick,1928—  )、罗纳德·苏克尼克(Ronald Sukenick,1932—2004)和菲利普·罗思(Philip Roth,1933—  )等都是这一时期重要的犹太小说家,其中影响较大的是伯纳德·马拉默德、索尔·贝娄和菲利普·罗思。

伯纳德·马拉默德(Bernard Malamud,1914—1986)出生于纽约市布鲁克林区的一个俄国犹太移民家庭。1936年,他于纽约市立学院毕业后进入哥伦比亚大学学习,并获得了硕士学位。毕业后,他一直从事教书工作,并进行文学创作。他在1952年发表了处女作小说《天生的运动员》,1957年又发表了代表作小说《店员》,得到了评论家的高度认可。之后,他又发表了《新的生活》《费尔德曼的肖像》《杜宾的生活》《基辅怨》《房客》《上帝的恩惠》《部族人》等长篇小说以及《魔桶》《白痴优先》《拉姆布兰特的帽子》等短篇小说集。1986年3月,马拉默德因心脏病突发不幸离世。

马拉默德是最富有犹太味的小说家,因而他的小说中有着非常浓重的犹太味,主人公几乎都是犹太人,主要对犹太人在艰难生活中的挣扎、美国犹太人和白人的种族冲突以及犹太人和黑人的种族纠纷等进行真实、生动而深刻的描述。最能体现马拉默德小说特色的作品便是《店员》和《基辅怨》,下面对其进行详细阐述。

《店员》以20世纪30年代美国大萧条时期的纽约市犹太移民的贫民窟为背景,通过描写犹太小店主莫里斯·波贝尔一家的艰难生活以及他与意大利流民弗兰克·阿尔派恩之间的戏剧性关系,塑造了一个为人类赎罪而受苦一生的犹太人典型,进而对犹太社会一个角落的生活画面以及美国犹太人的内心世界进行了反映,对犹太移民到美国追求美好生活理想的幻灭进行了揭示,对非犹太人如何在"圣者"的净化下脱胎再生为犹太人的经过进行了再现。

在小说的一开始,呈现在读者面前的是莫里斯为了维持一家的生活而惨淡经营不景气的小杂货店的情景以及莫里斯勤劳、正直、老实、善良的美好品行,接着讲述了弗兰克在莫里斯的影响下灵魂得到净化、从一个邪恶的流窜抢劫犯再生为一个正派人的过程。马拉默德"强调这一精神力量的巨大感染力固然有夸大的成分,但也绝不是凭空的臆造,它的生活和社会基础是:一切在社会底层受压迫的善良而正直的人们最终必将成为精神的强者,他们灵魂的净化过程也就是摆脱世界上一切罪恶的过程"①。

---

① 毛信德:《美国小说发展史》,杭州:浙江大学出版社,2004年,第383页。

　　小说中出色地刻画了莫里斯这一犹太人形象,他心地善良、待人诚恳、忍受生活的煎熬,虽然在小店的经营上失败了,但在精神和道德方面获得了成功,弗兰克在他影响下的转变便是最好的佐证。这也反映出,作家始终坚持犹太文学的传统,热爱犹太教的精神文明。

　　这部小说在艺术方面也取得了重要的成就,选用了犹太民间素材,并用具有双重用途的荒诞性讽刺将它表现了出来,收到了希望和绝望、乐观和悲观相互作用而达到某种平衡的精妙效果;艺术结构十分严谨,情节也非常生动,还巧妙地运用犹太人的幽默渲染了莫里斯世界的犹太气息;语言有着浓厚的犹太语味道,还巧妙地在现代英语中融了依第绪语的节奏和风趣的习语、吸收了海明威式的简洁明快的风格,幽默而风趣。

　　《基辅怨》以反犹太的沙皇俄国为背景,描写了 1914 年以前沙俄时代的犹太人的痛苦生活,进而对沙皇专制统治的腐败、残暴和排犹主义进行了无情揭露,也反映了下层犹太人要温饱、要正义、要自由的强大呼声。

　　小说的主人公雅可夫·博克是一个可怜的犹太孤儿,母亲在分娩时死去,父亲则在一次对犹太人的大屠杀中丧生。雅可夫自小靠自己的双手度日,并始终对外隐藏着自己出身于犹太家庭的秘密。后来,他进入俄国军队服务,并学习了俄语、科技、算术、历史、地理等知识。退役后,雅可夫回到家乡,一直努力工作,希望能过上好日子,但他始终无法出人头地,妻子也离开了他,于是他怀揣着探索人生、了解新世界的渴望来到了基辅。到了基辅后,他有一天在雪地里救了一个名叫尼古拉的砖厂老板,而尼古拉为报恩让他到自己的砖厂打工。在砖厂里,雅可夫任劳任怨,埋头苦干,后因得罪了一个上司,被诬告杀害一个信基督教的男孩而被捕入狱,在监狱中过着非人的生活。雅可夫虽然在狱中饱受熬煎,但他知道自己是无辜的,因而坚决不向暴政屈服,并坚持读书、思考、与他熟悉的人交流。慢慢地,他开始明白责任的内涵,愿意承受做人和做犹太人应该受到的苦难,并开始以全新的眼光看待生活,懂得了要为人类负起责任,成为人类公正和爱的象征。在小说的结尾,雅可夫被押赴法院受审,途中不少犹太人站在路旁看他,有的为他痛哭,有的向他招手,还有人呼唤着他的名字,这说明雅可夫并不是孤立的,他的不幸遭遇得到了人们的同情,即使他被杀害了,也会迎来为他伸张正义的那一天。

　　这部小说的主题深刻,结构紧凑,文字简洁,形象鲜明,叙述时而抒情时而讽刺,富有幽默感。另外,这部小说中还将现实主义描述和浪漫主义的想象巧妙地结合在一起,从而产生了巨大的艺术魅力。

　　索尔·贝娄(Saul Bellow,1915—2005)出生于加拿大魁北克省拉辛的一个俄国犹太移民家庭,后移居美国芝加哥。他先后在芝加哥大学、伊利诺斯州埃文斯顿的西北大学、麦迪威的威斯康星大学学习,毕业后成为一名社会学教师。贝娄在进行教学工作的同时,也积极进行文学创作,发表了《挂起来的人》《受害者》《奥吉·马奇历险记》《只争朝夕》《赫尔索格》《赛姆勒先生的行星》《洪堡的礼物》《院长的十二月》《拉韦尔斯坦》《更多的人死于悲痛》《盗窃》《贝拉罗莎的亲戚》等长篇小说以及《莫斯比的回忆》等中短篇小说集。1976 年,贝娄获得了诺贝尔文学奖,成为继福克纳和海明威之后最杰出的当代美国小说家。2005 年,贝娄寿终正寝。

　　贝娄的小说,主人公也几乎都是犹太人,并往往以纽约、芝加哥这样的大都市为背景,从而通过描写犹太人在美国大都市的遭遇,深刻反映出美国社会的精神危机。同时,他"采用现代派的新技巧和现实主义细节描写,塑造了性格迥异、多姿多彩的'反英雄'形象,展现了处于尴尬时代的广阔而生动的美国社会生活图景,揭示了当代西方人没有立足点而不断奔波的深刻的主题,将现实主义推向新高度"①。这在其代表作《赫尔索格》中有着鲜明的体现。

《赫尔索格》通过表现主人公赫尔索格的精神危机,对 20 世纪 60 年代美国的社会风貌以及现代社会中人文精神支撑点的动摇进行了深刻反映。赫尔索格出身于俄国犹太移民家庭,是第二次世界大战后随着美国高等教育事业的迅速发展而成长起来的一名知识分子。他为人正派且崇尚理性,有钻研学问的精神,还立志要完成一部有关历史学的巨著,可是因为生活的不顺一直未能实现。他有过两次失败的婚姻,第二次离婚时他甚至丢了女儿、职业、财产和房子,这使他感到极端苦闷。由于心中的苦闷无处发泄,他便开始写信排遣,既写给生者,也写给死者,讨论了让他发疯的社会不平等、贫穷、失业、政治歇斯底里、工业污染、种族冲突、犯罪、暴力以及普遍存在的惊人的痛苦,可信一封也没有寄出。慢慢地,他搞不清生活意义何在,逐渐走向了精神崩溃的边缘,成了一个可怜又可笑的落难"英雄"。赫尔索格之所以会落得这样的人生状况,主要是因为他对现代思想文明和现在生活文明的结合进行了过于简单的理解,以至于无法在现实的生活中生活。

小说中,作家在塑造赫尔索格这一人物形象时,运用了电影蒙太奇手法和意识流手法,着重展示了他的思想,使得赫尔索格的思想总是有着大幅度的跳跃,也使得小说情节扑朔迷离。但这恰好加强了小说的主题,即犹太知识分子在乱哄哄的人间无法找到一个平安的落脚点,最终会在社会的重压下成为另一个形式的潦倒穷困者。

菲利普·罗思(Philip Roth,1933—  )成名于 20 世纪 50 年代末,是新一代犹太小说家的代表。他出生于新泽西州纽瓦克市的一个来自奥匈帝国的犹太移民家庭,先后在巴克内尔大学和芝加哥大学读书,毕业后在美国陆军中服役一年。退役后,他进入芝加哥大学任教,并开始进行文学创作。1959 年,他发表了小说集《再见吧,哥伦布》,一举成名。此后,他一发不可收拾,发表了《信仰的卫士》《当她顺利的时候》《波特诺的怨诉》《乳房》《美国田园牧歌》《我嫁给了一个共产党》《人性的污秽》和"朱克曼三部曲"等多部小说作品。

罗思的小说侧重于用冷眼旁观的态度,对新一代犹太人尤其是出身寒微的新兴犹太中产阶级的心理状态及思想冲突进行刻画;从不刻意强调犹太主义、犹太复国主义、反犹主义等,只是通过对人物日常生活的感受和言行的描述来表达自己的见解,因而既没有将犹太人理想化,也没有将犹太人置于神圣的地位,而是将他们看成是有血有肉的人;"往往采用幽默、讽刺甚至荒诞不经的手法来产生艺术效果;他对人的内心世界的揭示是赤裸裸的,而过分的色情描写却又使他作品的严肃性受到损害"②。这在其代表作《波特诺的怨诉》中有着鲜明的体现。

《波特诺的抱怨》因将犹太人没有家园、追求同化、最终只能忍受异化之苦的现实深刻而犀利地刻画了出来,引起了人们对犹太人社会的普遍关注;也因将主人公塑造成了心理变态的犹太青年而引起了极大争议。

小说以不间断的独白形式,对陷入苦恼之中的主人公——犹太青年波特诺的性变态心理和行为以及他跟犹太传统家庭的束缚和限制进行疯狂斗争的过程进行了生动的描写,进而对纽约犹太中产阶级的丑态进行了揭示和讽刺,同时指出了犹太人没有家园,追求同化,最终忍受异化之苦的心灵怨诉。波特诺是一个不按传统形象出现的、失去人类之爱的"反英雄",他对自己的犹太名字和犹太脸庞十分厌恶,他的那段自白更是深刻讽刺了危机中的犹太信仰:

---

① 杨敬仁:《20 世纪美国文学史》(第 2 版),青岛:青岛出版社,2010 年,第 524 页。
② 毛信德:《美国小说发展史》,杭州:浙江大学出版社,2004 年,第 391 页。

　　这就是我的生活,我的唯一的生活,然而我却在一个犹太笑话里度过。我是犹太笑话里的儿子——只是它并不是什么话!

　　与此同时,波特诺对白人的一切非常羡慕,因而极其希望自己能够成为一个美国人。而为了实现成为一个美国人的愿望,他搬出了犹太人居住区,但现实的社会却使他处处受挫,最终成为美国人的梦想破产了。这给波特诺的内心造成了极大的打击,他开始叛逆,沉迷于手淫,并本能地以完成对美国姑娘的征服来实现他的“美国梦”。波特诺还是对母亲极力进行丑化的犹太儿子,并与母亲有着严重的冲突,这也反映出年轻一代犹太人与老一代犹太人在文化和理念上的冲突。最终,波特诺在两种文化的冲突中陷入了精神困境,失却了精神上的归属,成为一个没有心灵家园的人。

## (三)华裔小说的创作

　　在美国,华裔一直是一个十分特殊的群体,身在美国却无法舍去自身和祖国的血肉联系,在受到中国文化熏陶的同时又受到美国文化的影响。但是,美国华裔一直没有形成自己的文学,即使有也不受重视。直到 20 世纪 60 年代以来,这种情形才有所改变,华裔文学尤其是华裔小说进入了一个新的繁荣与发展阶段,并涌现出一批优秀的华人小说家,如汤亭亭(Maxine Hong Kingston,1940—　)、赵建秀(Frank Chin,1940—　)、谭恩美(Amy Tan,1952—　)、任璧莲(Gish Jen,1955—　)、伍慧明(Fae Myenne Ng,1956—　)等。其中,以汤亭亭和谭恩美的影响最大。

　　汤亭亭(Maxine Hong Kingston,1940—　)是伴随着 20 世纪六七十年代美国弱势族裔民权意识增长中脱颖而出的作家,也是 20 世纪 70 年代以后在美国影响最大的华裔女作家。她出生于加利福尼亚州斯托克顿市,祖母原籍广东新会市。1962 年,她于加州伯克利大学毕业,之后在夏威夷大学任教多年,并从事文学创作,发表了《女勇士》《中国佬》《引路人孙行者:他的即兴曲》等小说作品。

　　汤亭亭的小说掀起了美国华裔文学的“第一次浪潮”,而她在进行小说创作时侧重于在传统中国文学的基础上融入一些新的美国元素,进而对中国文学原著中的经典人物进行再创造。因此,她的小说总是用中国移民及其后代的角度,对他们在美国的奋斗史进行叙述,如其代表作《女勇士》。

　　《女勇士》的全名是《女勇士——一个鬼魂中长大的女孩记忆》,它的发表有着非常重要的意义,标志着“亚(华)裔作品进入了主流,既吸引了普遍读者又吸引了学术界的注意,在流行出版物、星期日副刊以及专业文学刊物中都引起了反响”①。小说是由“无名氏女人”“白虎山学道”“乡村医生”“在西宫”和“羌笛野曲”五部分组成的,想象奇特,构成了多层次的中西文化交融,生动展示了一个生活在艰难创业的华人圈中的小女孩的童年生活及她周围的女性的现实生活。同时,小说中创造性地运用了中国的传统文化对自传和神话进行了巧妙的结合,通过插进花木兰的神话故事表明女勇士就是当代的华裔美国花木兰,进而表明自己对种族压迫和妇女压迫的反对。

　　小说之所以冠以“女勇士”的名字,意在强调中国的女性虽然受到多重的压迫,但仍具有勇敢的反抗精神、自强自立的牺牲精神和坚韧的奋斗精神,从而以女性主义角度批判了中国的封建传统文化。

---

① 毛信德:《美国小说发展史》,杭州:浙江大学出版社,2004 年,第 528 页。

汤亭亭的小说在对华裔在美国的奋斗史进行表现的同时,也对在美国土生土长且深受美国文学影响的年轻华裔一代进行了深切关注,如其代表作《引路人孙行者:他的即兴曲》。

《引路人孙行者:他的即兴曲》以20世纪60年代的旧金山唐人街为背景,主人公惠特曼·阿新是加州土生土长的华裔,在加州大学毕业后成为一个不满现实的嬉皮士。他最崇拜的人是大诗人瓦尔特·惠特曼,因而自命自己是大诗人兼戏剧家,还自命自己有《西游记》里的孙悟空那种天马行空、呼风唤雨的气质。但他在现实的社会中却是一再碰壁,逃避过兵役,参加过反对越战运动,不愿为美国去杀害无辜的人,甚至还几乎自杀。可以说,惠特曼·阿新的经历对美国20世纪60年代动荡的社会生活以及华裔追求自我的过程进行了真实而生动的展现。

在这部小说中,作家也明确地提出了华裔的身份问题,同时巧妙地运用了时间顺序颠倒、黑色幽默等表现手法,从而具有了浓烈的时代气息。

谭恩美(Amy Tan,1952—  )出生于加州奥克兰,属于第二代华人,曾先后在圣何塞州立大学、加州大学伯克利分校读书。毕业后,她从事了开发残疾儿童语言能力的工作,并积极进行文学创作。1989年,她发表了第一部长篇小说《喜福会》,引起了文坛的关注。之后,她又发表了《灶神娘娘》《通灵女孩》《正骨师的女儿》《拯救溺水的鱼》等长篇小说。

谭恩美的小说有着十分鲜明的特色,在对女性的自我命运、自我生存状况进行凸显的同时,着重展现了母女两代人之间因生存经历和文化背景的不同而造成的隔阂,深入探索了女性的出路问题,如其代表作《喜福会》。

《喜福会》一经发表,便好评如潮。她是谭恩美根据自己外婆和母亲的经历创作而成的,运用拼贴手法,"以自述形式,通过对四个华裔妇女和她们女儿20世纪前后时期在中国和美国不同生存经历的描绘,折射出时代变迁的历史烙印、两代人之间的思想冲突和中美文化的巨大差异"[①]。这四个华裔妇女分别是吴宿愿、钟林冬、苏安梅和顾映映,她们组成了打麻将的"喜福会",轮流坐庄,相互请客吃饭,过着十分悠闲的生活。其中,吴宿愿来美国前曾有一对双胞胎女儿,但在抗日战争期间因逃难与她们失散了。她辗转到了美国后,又生下了女儿吴晶妹。但是,她一直想找到自己在抗战逃难中失散的双胞胎女儿,但没能实现。最终,她怀着深深的愧疚去世了。当吴宿愿死后,吴晶妹在其他三位牌友的劝说下代替了母亲的位置,加入了"喜福会",并得知了母亲想要寻找双胞胎女儿的心愿。之后,她到大陆寻找失落的同母异父的两个姐姐,并渐渐理解了母亲的苦难与不幸。

小说中,作为第一代移民的四个母亲们虽已身在异国,却仍是彻头彻尾的中国女性,国难家仇可以抛在身后,却无法抛却与祖国的血脉亲情。而在美国出生的女儿们,外表看来与母亲非常相像,但却是在迥异于中国的价值观与环境下成长起来的,不得不亲身承受两种文化与价值观的冲撞。而母女之间既有深沉执著的骨肉亲情,又有着无可奈何的隔膜怨恨,既相互关心又相互伤害。但是,超越了一切的仍是共同的中华母亲,是血浓于水的母女深情。

任璧莲(Gish Jen,1955—  )是20世纪90年代涌现出来的华裔女作家。她出生于纽约州的斯卡达尔,毕业于哈佛大学,主修英语。1984年,她发表了处女作短篇小说《水龙头初影》,但并未引起文坛的注意。1991年,她发表了长篇小说《典型的美国佬》,一举成名。之后,她又发表了长篇小说《希望之乡的莫娜》《俏太太》和短篇小说集《谁是爱尔兰人》等,并不断有新作问世。

任璧莲的小说有着非常鲜明的特色,充满了各种文化的冲击与碰撞,涉及的人物也是各种族

---

① 毛信德:《美国小说发展史》,杭州:浙江大学出版社,2004年,第532页。

裔混杂,既有华裔、日裔、犹太裔,也有黑人和代表主流文化的白人,从而在一定程度上改变了以往华裔文学着重表现单一华裔群体的做法,如其代表作《典型的美国佬》和《希望之乡的莫娜》。

《典型的美国佬》讲述的是来自中国的移民留学生张意峰从之前的对缺乏传统的"典型的美国佬"的鄙视到最后自己也被同化成"典型的美国佬"的过程。张意峰抱着要成为一名工程师的愿望来到美国求学,并打算深造之后再回到祖国,为祖国的发展贡献自己的力量。但是,当他到了美国后,为了改变自己的生活境遇,先是改名为拉尔夫·张,接着在美国社会金钱至上的诱惑下放弃学术去经营餐馆,不料因亏本而倒闭,妻子也被别人强奸了,最终他的"美国梦"破碎了。

小说中有着一明一暗两条线索,明线索是拉尔夫·张追寻"美国梦"的过程,暗线索是拉尔夫·张及其家人的价值观以及对"典型美国佬"这一概念认识的演变过程:从一开始的否定、讽刺甚至鄙夷转向了迷失。

这部小说在发表后,因对美国族裔双重文化身份的转换和建构、双重价值标准的冲突和调和进行了探讨并质疑了"熔炉"模式中"典型美国佬"的定义而颠覆了美国主流社会对族裔的本质论式的偏见,还因貌似松而内涵深刻的独特艺术性而受到了美国评论界的好评。

《希望之乡的莫娜》是《典型的美国人》的续篇,通过讲述拉尔夫·张的小女儿莫娜从小学八年级到长大后结婚生子的成长历程,对多种族、多元文化语境下的美国社会和生活进行了生动而深刻的反映。

小说的故事始于1968年,那时拉尔夫·张一家搬到了纽约郊区的富人居住区,当时莫娜13岁,上八年级。在这段时间里,莫娜意识到了自己的华裔背景及其与周围人们文化上的差异,并在与犹太人、黑人等少数族裔的交往中产生了一种文化认同上的迷惑。而为了找到真正属于自己的身份,她先是因不满自己的华裔身份而要求"变成"犹太人的身份,后来为了逃离母亲的束缚选择了离家出走,漂泊多年后嫁给一个犹太人,并生下了混血女儿。经过成长的洗礼之后,莫娜对美国各个族裔、各种文化间的关系有了更深的理解,并最终找到了属于自己的文化身份——不是单纯的华人、美国人或犹太人,而是犹太教华裔美国人。

这部小说也体现了作家对多元文化的思考,在她看来,不同的民族之间虽然有着不同的习俗,也存在着较大的文化差异,但是各个民族之间是可以相互渗透、从而形成一个广泛的多元民族文化的。

## (四)印第安小说的创作

相比其他族裔文学,印第安文学的发展较为缓慢,直到20世纪60年代末、70年代初,在美国文学中的地位才得到很大提升。而在印第安文学中,发展最快、成就最大的是刻意对印第安人的"身份"和"归属"问题进行探讨的印第安小说。史科特·莫马戴(Scott Momaday,1934— )、詹姆斯·韦尔奇(James Welch,1940— )、莱斯莉·马蒙·西尔科(Leslie Marmon Silko,1948— )、路易斯·厄尔德里奇(Louise Erdrich,1954— )等都是这一时期重要的印第安小说家,其中影响较大的是史科特·莫马戴和路易斯·厄尔德里奇。

史科特·莫马戴(Scott Momaday,1934— )是印第安文学的开拓者,出生于俄克拉何马州洛顿镇,曾留学国外,后在斯坦福大学获博士学位,近年来在亚利桑那大学当教授,并为一些大杂志写撰写诗歌和评论。莫马戴在1965年发表了《通往雨山之路》和《黎明之屋》两部小说,引起文坛的关注。之后,他又发表了长篇小说《古代孩子》《文字之人》等。

莫马戴在进行小说创作时,常常运用蒙太奇的手法,对印第安人的身份认同问题进行表现,如其代表作《黎明之屋》。

《黎明之屋》讲述的是印第安青年艾贝尔在第二次世界大战后从海外回到故乡,却很难融入自己的家庭和白人社会的故事,从而对印第安人的自我发现与现代性进行了探讨。另外,小说中还浓墨重彩地描写了美洲印第安人的传统文化,如艾贝尔的祖父曾参加并夺魁的狩猎与收割竞赛、印第安人为祭祀神灵所进行的一年一度的猎鹰活动、带佩克斯的斗牛表演的珀辛古拉的大宴会、以斗鸡比赛为开场式并以鞭打一名参赛者为获胜奖励的圣地亚哥大会餐、可使人精神康复的纳瓦霍夜曲、用木炭在比赛者双肩及双臂涂满色彩的拂晓赛跑等。通过这些描写,读者就可以对印第安人的传统文化有更为深入的了解。

这部小说在写作形式上很有特色,抛开了时间概念,打乱了时间顺序。全书由一个引子和"长发人""太阳祭司""黑夜吟唱者"和"黎明赛跑者"四个篇章组成,而且每章都穿插有许多倒叙和回忆,读者不易搞清先后次序,因而每章都标有故事发生的时间,借此帮助读者理清全书内容的时间框架。

路易斯·厄尔德里奇(Louise Erdrich,1954—  )出生于明尼苏达州小瀑布城,长于北达科他州瓦帕登镇。1984 年发表了第一部长篇小说《爱药》,获得很大反响,之后又发表了《甜菜女王》《足迹》《赌博宫》《燃烧的爱情传奇》和《羚羊妻》等小说。

厄尔德里奇的小说,十分关注当代印第安人的生存状态,并侧重于对当代现代印第安人和白人的生存危机与精神危机进行揭示,如其代表作《爱药》。

《爱药》通过 1934 年到 1984 年住在北达科他州印第安保留地的本土美国人卡什普家庭内四代人之间的爱与宽容的故事,对本土美国人在面对主流社会的威胁和邪恶时依然按照自己的传统格局坚持不懈地生活的历史兴衰过程进行了真实而生动的展现。而小说在讲述卡什普家族爱与宽恕的故事的同时,也展现了印第安人部族内部的土地纠纷、宗教矛盾、平民百姓的乱伦与酗酒,这样的描写意在说明印第安社会已经出现令人担忧的分裂状态。

这部小说的一个值得称道之处,是采用了独特的叙事视角,除第一章在叙述时采用了第三人称外,其余的各章在叙述时都采用了不同人物的第一人称方式。不过,这样的叙事方式使得小说明显缺乏时空上的条理,也很难将小说的时间线索理清,不利于读者的阅读。

## 六、20 世纪下半叶科幻小说的创作

自 20 世纪下半叶以来,随着美国信息科技的迅猛发展以及美国登月的成功,科幻小说产生了新的活力,走进了新的时代,并以电影、电视剧的形式搬上舞台,备受人们的青睐。艾萨克·阿斯莫夫(Issac Asimov,1920—1992)、罗伯特·海因莱因(Robert Heinlein,1907—1988)、威廉·巴勒斯(William S. Burroughs,1914—1997)、厄秀拉·勒·魁恩(Ursula Le Guin,1929—  )、乔安娜·拉斯(Joanna Russ,1937—  )、威廉·吉卜森(William Gibson,1948—  )等都是这一时期著名的科幻小说家,下面具体分析一下罗伯特·海因莱因和厄秀拉·勒·魁恩的科幻小说创作。

### (一)罗伯特·海因莱因的科幻小说创作

罗伯特·海因莱因(Robert Heinlein,1907—1988)是美国科幻小说家中资格最老、成就最大的一位作家,被誉为"美国现代科幻小说之父"。他出生于密苏里州巴特勒市,毕业于马里兰州安纳波利斯海军学院,还曾在 1929 年至 1934 年在美国海军服役。退役后,他到洛杉矶加利福尼亚大学攻读物理学研究生课程,同时开始创作科幻小说。1947 年,他发表了第一部科幻小说《生命线》,后来又陆续发表了《出卖月亮的人》《地球青山》《2100 年起义》《梅瑟斯拉神的孩子们》《天堂

的孤儿们》《傀偶主人》《双星》《进入盛夏之门》《星际船上的部队》《有足够的时间谈情说爱》《野兽之号》《星期五》《穿过墙壁的猫》等 64 部科幻小说。1988 年 5 月 8 日,海因莱因因肺气肿和充血性心力衰竭于睡梦中去世。

海因莱因的科幻小说视未来为既成事实,在写作时又力避冗长的陈述和解释,往往是通过对话和行为将信息巧妙地传递给读者。同时,海因莱因的科幻小说借助科幻外衣,对现实社会中的种种弊端进行了揭露和讽刺。这在其代表作《星际船上的部队》和《怪国的怪客》有着鲜明的体现。

《星际船上的部队》的主人公是乔尼,每当他徘徊在人生的十字路口时,杜波司先生便会及时出现,帮助他做出最好的选择。在这部作品中,作家还借助杜波司先生和学生之间的大段对白,对自己的某些观点进行了充分阐述,如在对待青少年的教育问题上,不能采用现在社会这种“过于温和”的手段,而要采取暴力手段;在对待如何取得公民权的问题上,质疑了“天赋人权”的观点,认为任何一个公民想要获得公民权,参与政治事务,都必须首先履行自己的义务——参军服役。这种想法无疑与现代民主社会的观念大相径庭,但是作家丝毫不畏惧世俗的压力,热烈地表达出了自己的这种观点。因此,这部小说在发表后曾被称为是一部爱国主义的科幻小说。

《怪国的怪客》的主人公在地球上出生,由外星人抚养长大,成了一个空间旅行者。第三次世界大战爆发后,他被带到一个专制统治的世界。而他在那里,排除万难,创建了一个乌托邦式的社会,保持了人的个性,让大家安居乐业,人与人之间也充满兄弟般的情谊。小说从多方面对 20世纪 60 年代美国社会的变态和冷漠进行了影射,并讽刺了当时社会中人性道德的堕落和宗教的偏执。

## (二)厄秀拉·勒·魁恩的科幻小说创作

厄秀拉·勒·魁恩(Ursula Le Guin,1929—　)是 20 世纪下半叶以来非常活跃的女科幻小说家,出生于加利福尼亚州的伯克利市。她从小就有广泛的阅读兴趣,12 岁时在父亲的书架上发现了丹绥尼勋爵的奇幻故事集《梦想者的故事》,自此与奇幻文学结下了不解之缘,并从 20 世纪 60 年代开始,发表了《罗康伦的世界》《流放的行星》《幻想之城》《地海巫师》《地海古墓》《地海彼岸》《黑暗的左手》《天钧》等多部科幻小说。

魁恩的科幻小说通常是关于外太空或者相距我们甚远的远古时代或未来世界的,但她小说中的人物“从来没有脱离我们生活着的这个时代,没有跳出弗洛伊德现实准则下的真实世界”[①]。魁恩的科幻小说,依据背景具体来说可以分为地海系列、伊库盟系列、欧西尼亚系列和未来的美国西海岸系列四种类型。

魁恩的地海系列科幻小说中,地海是一个住满了人、巫师和龙的群岛,包括五部长篇小说和一部短篇小说集,其中以《地海巫师》《地海古墓》和《地海彼岸》构成的“地海三部曲”最有代表性。《地海巫师》以少年戈德的成长经历为主线,讲述他在受到黑暗力量诱惑时,如何经过挫折和挑战而最终了解和认识自己的奇幻故事。对于这部小说的主题,魁恩是这样解释的:“成长是一个漫长的过程,我花了许多年去经历和体会它,大约在 31 岁时,我才真正完成这一过程。所以,我对它感受极深。大多数青少年也同样如此。事实上,对于青少年来讲,成长就是他们的主要任务。”《地海古墓》的男主人公仍是戈德,但其叙述的主线却是女性的成长历程。特娜是一个 6 岁便被

---

① 　金莉等:《20 世纪美国女性小说研究》,北京:北京大学出版社,2010 年,第 220 页。

关进古墓、终年不见天日的少女牧师,所学的是一些祭祀礼仪以及纺织等女性技巧,完全不同于戈德在奇幻世界里的冒险经历。而当戈德无意闯入古墓时,她内心对自由和光明的渴望被唤醒了,并最终逃出了古墓。而特娜逃出古墓的那一刻,代表着她的成长和新生,是女性独立意志的复活。《地海彼岸》重新回到了男性成长的主题,讨论的是成长过程中必须要面对的死亡话题。戈德在这部小说中仍有出现,但不再是主人公,主人公是少年阿伦。阿伦在戈德的帮助下学会了勇敢地面对死亡,且在经过了重重考验后,将地海从神秘的邪恶势力中解救了出来,使地海世界中的生与死恢复了动态平衡。

魁恩的伊库盟系列科幻小说中,伊库盟是存在于外太空的一个星系联盟,代表作品是《黑暗的左手》。小说以发展一个洲际联盟为主线,讲述作为伊库盟特使的主人公杰力·艾在格森星球的见闻。格森星球的气候异常寒冷,而格森人一出生便是双性同体,没有真正的男女差别,只是在每个月的固定几天依据同伴的性别出现女性或是男性的性别特征,因而每个格森人都能成为养育后代的母亲,也能是其他孩子的父亲。正因为格森人没有真正的男女差别,才使得对女性和其他弱者的压迫不存在。他们讲求尊重自然法则,相信"光明是黑暗的左手,黑暗是光明的右手",对生死也泰然处之。因此可以说,这部小说是借科幻题材讨论社会及文化问题。

魁恩的欧西尼亚系列科幻小说中,欧西尼亚是一个假想的中欧国家,代表作品是《欧西尼亚故事集》。这部集子由 11 个短篇小说组成,生动描述了从 1150 年到 1965 年发生在欧西尼亚的不同历史阶段的社会和政治生活。而小说中的人物,都是一些很普通的人,既不能创造神话,也不能改变历史、阻止战争。因此,他们虽然生活在虚拟的欧西尼亚,但西方文明中的许多重大事件他们也同样经历着。

魁恩的未来的美国西海岸系列科幻小说中,未来的美国西海岸是一个 21 世纪被人为破坏和自然灾害彻底改变的美国西部沿海地区,代表作品是《天钩》。"天钩"出自《庄子》中的"知止乎其所不能知,至矣!若有不即是者,天钩败之",意味着自然的均衡、贯通。小说以此为题目,表达了对自然法则的尊重和对现今社会阴阳失衡的担忧。小说开篇便笼罩在一种极度悲观的氛围中:长期的工业污染致使全球气温不断升高、生态环境急剧恶化、物种相继灭绝等,还有很多国家发生了暴乱。主人公乔治·奥尔就生活在这样的环境中,但他可以通过自己的梦境来改变现实生活。对此,乔治感到十分恐慌,于是求助于医学专家哈伯大夫为自己进行诊治。哈伯大夫对于这一发现十分兴奋,并准备利用乔治的梦境来实现自己的乌托邦设想。而乔治认为,凡事都应顺其自然,因而强调尊重自然法则和无为。围绕着乔治和哈伯大夫两人的不同世界观,小说展开了叙述。在小说的最后,乔治恢复了正常,而哈伯大夫在乌托邦梦想破灭后被永久性地关进了精神病院。

在小说中,这种阴阳失衡发生在虚拟的未来世界,但其细节处理无不透射出魁恩对许多社会现实问题的担忧与愤慨。另外,小说中影射了对加州印第安部落的驱逐、对犹太人的大屠杀、广岛、长崎的原子弹爆炸以及世界范围的军备竞赛等事件,从而猛烈地抨击了社会现实。

## 七、20世纪下半叶通俗小说的创作

20 世纪下半叶以来,通俗小说也获得了进一步发展,其中最受欢迎的是埃里克·西格尔的言情小说、马里奥·普佐的犯罪小说和约翰·格里森姆的暴露小说。

## (一)埃里克·西格尔的言情小说创作

埃里克·西格尔(Erich Segal,1937—2010)出生于纽约州布鲁克林,1954年进入哈佛大学学习,并获得了文学博士学位。之后,他受聘于耶鲁大学担任古典文学教授,同时开始进行小说创作。1970年,他发表了言情小说《爱情故事》,引起了文坛轰动。之后,他又发表了《奥利弗的故事》《男人、女人和小孩》《班级》《大夫》《信条》《嘉奖》等言情小说。2010年1月17日,西格尔因心脏病去世。

《爱情故事》是西格尔最重要的一部言情小说,讲述了一个催人泪下的爱情加亲情的故事。富家子弟奥利弗和穷学生詹妮一见钟情,之后两人相恋结婚。而奥利弗为了和詹妮结婚,还和父亲结了怨。结婚后,两人的日子过得十分艰难,但奥利弗仍艰难地继续学业。在詹妮的爱的支撑下,奥利弗最终完成了学业,可当他毕业之际,詹妮却因患白血病去世了。痛苦的奥利弗按照爱妻的遗愿,恢复了父子情谊。

这部小说在写作时,还运用了传统的感伤主义手法,并以简洁、明快的笔调谱写了一曲纯如秋水的爱情,展示了当代美国社会中人们的恋情、夫妻情和血缘情,触动了人心底最柔软的地方,具有较强的艺术感染力。

## (二)马里奥·普佐的犯罪小说创作

马里奥·普佐(Mario Puzo,1920—1999)出生于纽约市曼哈顿,曾在第二次世界大战期间赴欧洲作战。战争结束后,他进入哥伦比亚大学学习社会学,毕业后成为自由撰稿人。1969年,他根据自己长期对西西里人的研究,创作了一部反映黑社会家族兴衰的犯罪小说《教父》,出版后受到了热烈欢迎,且多次被改编成电影作品。此后,他又创作了《西西里人》《拒绝作证》《家族》等小说作品。1999年,普佐因心脏病去世。

《教父》是普佐最著名的一部犯罪小说,讲述的是纽约黑社会组织科利昂家族如何采取种种非常手段来实现其在整个黑社会势力中的独尊地位的故事。"教父"维托·科利昂是美国本部黑手党的首领,有三个儿子:好色的长子逊尼、懦弱的次子弗雷德以及小儿子迈克。其中,逊尼是"教父"的得力助手,而迈克是一名精明能干的"乖乖的大学生",对家族的"事业"没有一点兴趣。"教父"带领的黑手党常常会干一些违法的事情,但他们也是很多弱小平民的保护神,因而深得人们的爱戴。"教父"在经营自己"事业"的同时还有一个准则,那就是决不贩毒,为此他不肯跟其他帮派合作贩卖毒品,拒绝了毒枭素洛佐的要求,并因此险遭暗杀,还激化了与纽约其他几个黑手党家族的矛盾。素洛佐在圣诞前夕劫持了"教父"的亲信律师汤姆,并派人暗杀"教父"。"教父"中枪入院,素洛佐要挟汤姆设法让逊尼同意毒品买卖,重新谈判。逊尼有勇无谋,无计可施。此时前往医院看望父亲的迈克发现保镖已被收买,警方也和素洛佐串通一气,各家族之间的矛盾一触即发。迈克诱使素洛佐和警长到小餐馆内重新谈判,并用事先藏在厕所内的手枪击毙了他们,之后便逃往了西西里。在那里,他娶了美丽的阿波萝妮亚为妻,过着田园诗般的生活。而此时,纽约的各个黑手党家族间的仇杀越来越激烈。逊尼被妹妹康妮的丈夫卡洛出卖而死,听到噩耗的迈克十分伤心,他自己也遭到了法布里奇奥的袭击,虽幸免于难,却痛失爱妻。之后,迈克在父亲的安排下回到了纽约,并和前女友凯结婚。不久,日益衰老的"教父"将家族首领的位置传给了迈克,而他在父亲死后开始了酝酿已久的复仇,先是派人刺杀了另两个敌对家族的首领,并亲自杀死了谋害他前妻的法布里奇奥,还派人杀死了出卖逊尼的卡洛。渐渐地,仇敌都被除尽,他也成了新一代的"教父"——迈克·科利昂。

相比传统的犯罪小说,这部小说可以说是一个新的突破。传统的犯罪小说多与个体罪犯和谋杀案件有关,即便是一些描写犯罪团伙的小说,所强调的也是犯罪主人公的个人兴衰,其形象为惩罚型,意在表现犯罪主人公的悲剧性结局;而这部小说描写的是一个犯罪家族以及这个家族在整个美国黑社会势力中的争斗,主人公的形象为冒险型,意在表现其惊人的冒险经历。因此,自《教父》起,美国犯罪小说的模式实现了从惩罚型主人公到冒险型主人公的转变。

### (三)约翰·格里森姆的暴露小说创作

约翰·格里森姆(John Grisham,1955——  )出生于美国的阿肯色州,11岁时移居密西西比州,后进入密西西比州立大学进行学习,并获得了法律博士学位。毕业后,他从事法律事业,受理刑事和民事案件。1983年,格里森姆被选为密西西比州议会议员,而这一时期的工作和生活经历也为他后来的法律暴露小说的创作打下了坚实的基础。1989年,他出版了第一部法律暴露小说《杀戮时刻》,虽获得一些好评,却没能在商业上获得成功。第二年后,他又发表了第二部法律暴露小说《法律事务所》,立即引起了公众和评论界的瞩目,不仅成为当年的头号畅销书,还被电影公司高价买下了电影改编权。此后,他辞去议员职务,专心进行暴露小说的创作,发表了《鹈鹕案卷》《超级说客》《失控的陪审团》《合伙人》等多部法律暴露小说。

格里森姆的法律暴露小说,从法官、律师、原告、被告、陪审团等多种角度淋漓尽致地揭露了当代美国的法律制度;十分擅长塑造具有人格力量的主人公形象,而且这些主人公形象几乎都是小人物,但他们却凭着自己的智慧和谋略,屡屡战胜掌握国家机器和巨大财富的大人物。

《法律事务所》讲述的是一名哈佛大学毕业的法学院学生米切尔刚刚受雇于纽约的一家名牌法律事务所便获得了事务所的许多优厚的待遇,包括帮他偿还助学贷款,租给他一辆宾士轿车代步等。然而,天下没有白吃的午餐,不久他就发现,自己所在的事务所原来是由芝加哥的黑手党持有的,主要事务就是洗黑钱等勾当。《超级说客》讲述的是刚刚踏入律师这一行的新手鲁迪,一心想在这个自己向往已久的领域中大展宏图。然而,他迎面碰上的却是污泥浊水,与当初设想的完全不同。凭着良知,他要为向保险公司索赔保险的布莱克太太等普通人说话。历尽艰险后,布莱克太太终于胜诉,然而却未能讨回公道。《失控的陪审团》讲述的是一个男人被一名持枪者在自己的办公室枪杀,他的妻子向地方法庭提出诉讼请求,向军火商发难,索赔更是震惊全美。而12名陪审员的裁决,居然掌握在一位名叫马莉的女郎手中。《合伙人》讲述的是一个被囚律师帕特里克,竟然以其掌握的大量内幕材料,同政府做起了法律交易。凡此种种,可以说对美国司法界的极端虚伪和尔虞我诈进行了充分的暴露。

# 第三节 20世纪下半叶美国诗歌的创作

20世纪下半叶以来,美国诗歌呈现出多元化的发展趋势,出现了黑山派、垮掉派、纽约派、自白派、后现代派等众多的诗歌创作流派,他们用自己的诗歌创作实践推动了诗歌的多元化发展。与此同时,诗歌在这一时期不再是白人所独有或专享的领域,一批又一批的少数族裔诗人(包括黑人诗人、亚裔诗人、犹太裔诗人、印第安诗人等)先后踏入了诗歌殿堂,并自由地放声高歌。

## 一、20 世纪下半叶黑山派的诗歌创作

黑山派诗歌产生于 20 世纪 50 年代中期北卡罗莱纳州的文科教育中心——黑山学院,院长查尔斯·奥尔森是主要的发起人之一。后来,黑山学院因经费短缺和生源问题不得不停办,黑山诗派的数人也纷纷离去,黑山诗派自动解散。黑山派的诗歌创作有三个鲜明的特点:一是体现了一种"反文化"的思潮;二是在诗歌内容和表现手段上具有革命性的突破;三是诗歌创作的理论是奥尔森的"投射体诗",即诗歌是一种"能量的结构,能量的投射"。查尔斯·奥尔森(Charles Olson,1910—1970)、罗伯特·邓肯(Robert Duncan,1919—1988)、丹尼丝·莱弗托夫(Denise Levertov,1923—   )、罗伯特·克里利(Robert Creeley,1926—2005)等都是黑山派的代表性诗人,下面具体分析一下查尔斯·奥尔森、罗伯特·邓肯和罗伯特·克里利的诗歌创作。

### (一)查尔斯·奥尔森的诗歌创作

查尔斯·奥尔森(Charles Olson,1910—1970)是黑山派诗歌的主将,出生于马萨诸塞州伍斯特市一个移民家庭,父亲来自瑞典,母亲是爱尔兰裔美国人。他曾就读于耶鲁大学和哈佛大学,后在哈佛大学和北卡罗莱纳州的黑山学院任教。1950 年,奥尔森发表了《投射体诗》一文,被认为是黑山诗派的宣言书。1970 年,奥尔森因患肝癌不幸去世。

奥尔森是第二次世界大战后第一位号召创作新诗的人,并提出了诗歌创作的"投射体诗"理论,主张诗歌应既是高度能量的合成物又是高度能量的释放,在将音节、音响、诗行、意象等要素融为一体的同时,也要将诗人从社会和自然中获得的能量投射给读者;注重诗歌形式的自由开放,允许诗人追随自己片刻的心灵感受去大胆实验。这在其代表作《翠鸟》中有着鲜明的体现:

我想起了石块上的 E 字形,和毛的讲话
曙光
但是翠鸟
就在
但是翠鸟向西飞
前头!
它胸脯上的色彩
染上了炽热的夕阳!

诗中的结构松散,诗行即兴排列,长短不一,有时一个词也成了一行,颇有庞德和威廉斯诗歌的风格,也给读者留下了广泛的想象空间。

奥尔森在进行诗歌创作时,对长诗情有独钟。而且,他的长诗也是结构自由松散,形式不拘一格,诗行有长有短,还十分讲究语言的运用。《麦克西姆斯诗集》便是这样一部系列长诗:

牙龈脱落,牙齿
就大了。鼻子就无所谓,
眼窝也不算回事
此刻,散热器

影子落在地板上

像母狼的乳房,整齐的一排

适于抚养

野蛮的孩子。

你会把它们都算进来,

……

在这首长诗中,诗人以公元 4 世纪的腓尼基神秘主义者为第一人称的叙述者,集中描绘了自己的家乡格洛斯特滨海小城的过去和现在,并通过诗中人对格洛斯特的回忆和联想表明了自己对资本主义工业化带来的弊病的不满和苦闷,以及自己渴望返璞归真、重建过去乌托邦式的和谐的社会风尚的愿望,还对美国现实中的"腐败统治"进行了强烈抨击。另外,全诗结构松散,前后不连贯,灵活的句法中穿插了不少古词,诗意朦胧,神秘莫测。但是,过于松散的结合、过多的古词运用也使得诗歌晦涩混杂、单调乏味。

## (二)罗伯特·邓肯的诗歌创作

罗伯特·邓肯(Robert Duncan,1919—1988)出生于加利福尼亚州的奥克兰,从小爱好文学,少年时开始练笔。1936 年,他进入加州大学伯克利分校读书,后因第二次世界大战的爆发而中断学业,应征入伍,但不久便退役。1956 年,他接受奥尔森的邀请到黑山学院任教,自此正式成为"黑山派"的一员,并在其中发挥了重要的作用。20 世纪 60 年代,邓肯进入了诗歌创作的鼎盛时期,发表了《田野的开放》《根与枝》《通道》《弯弓》等诗作。进入 20 世纪 80 年代后,他又发表了《基础:战前》《基础之二:在黑暗中》等诗作。1988 年,邓肯因病去世。

邓肯是一名多产的黑山派诗人,认同并竭力支持奥尔森的"投射诗"论,并将人体的五官和心脏都纳入诗歌的创作过程。同时,他认为诗是生命的灵魂,其核心是爱,诗人应学会爱;诗歌的形式是由内容决定的,而要做到形式自由,就需要创作"开放型"诗歌。因此,邓肯的诗歌大多即兴而作,并将自己的真情实感充分融入了诗歌之中。

邓肯的诗歌从内容方面看,涵盖了古代神话、中世纪历史、古希腊哲学、基督教教义、犹太文学和印度文化,这可谓包罗万象。另外,邓肯的诗歌常常在内容中蕴含着丰富的哲理和浓郁的浪漫主义情怀,如他的名作《回到一片草坪》:

我常常被允许回到草场上

好像这是头脑的天生财富

某些疆界使它免于混乱

那是一块人们最早得到允许的地盘

事物实质的永恒征兆。

在这首诗中,诗人将草坪作为自己心中向往已久的自然圣地,它受到人们的保护,是一片世外之地,让人可以在这里自由自在的畅享,并感受到一份清静。同时,"这块草坪是'事物实质的永恒征兆',结合奥尔森的'原野创作',可见,草坪也是一个新的诗歌创作领域,展现了诗人的创作理论和美学原则"①。

## （三）罗伯特·克里利的诗歌创作

罗伯特·克里利（Robert Creeley，1926—2005）出生于马萨诸塞州的阿灵顿，先是就读于哈佛大学，后在黑山学院取得学士学位，在新墨西哥大学获硕士学位。毕业后，他应邀赴黑山大学任教，并开始进行诗歌创作。黑山大学停办后，他先后到哥伦比亚大学、纽约州立大学的巴伐罗分校任教，并继续进行诗歌创作，共发表了《为了爱》《话语》《片片》《日记本》《离开》《镜》《一本日历》等多部诗集。2005年3月30日，克里利在纽约去世。

克里利的诗歌创作继承了庞德和威廉斯的传统，特别是摄取了威廉斯的本土风格和自由体诗行，因而诗作的措辞随意，倾向于运用口语。另外，克里利认为诗歌的形式是内容的延伸，因而反对只重视诗节和音韵的封闭诗，完全赞同开放式诗歌。同时，克里利的诗歌大都"篇幅短小精悍，善用短行短句，诗作中很少运用典故，语言朴实，浅显易懂。他常常用几个词，或几个音节来创作一首诗，但是诗歌的结构紧凑，寓意深邃，每个词和音节都有它们内在的含义。同时，诗行的即兴安排也使诗人的情感淋漓尽致地表达出来"②。这里以其代表诗作《我认识一个人》为例进行具体分析：

　　　　我跟我朋友
　　　　说，因为我老在
　　　　说话，——约翰，我

　　　　说，可那不是他的
　　　　名字，黑暗包围着
　　　　我们，我们有什么

　　　　办法对付呢，要不，
　　　　我们要不要……干嘛不……
　　　　买一辆该死的汽车，

　　　　开吧，他说，看在
　　　　基督份上，注意
　　　　开往哪儿去。

这是一首短诗，由四个小节组成，读者第一次读这首诗时肯定会感到是两个人在对话，但又有点混乱：开车的"我"似乎是神志不清或者发生暂时性遗忘，因为他竟然无法确定与自己同坐一车的朋友的名字。另外，开车的"我"并没有专心致志地开车，满脑子想的是有没有必要买辆大车，完全没把人身安全放在心上，而坐车的朋友则因担心他走神而不断提醒他要小心开车。读到这里，读者也许不禁要问：开车的"我"为何会发生暂时性遗忘？为何会如此颓废、悲观？再次细

---

① 唐根金等：《20世纪美国诗歌大观》，上海：上海大学出版社，2007年，第139页。

② 唐根金等：《20世纪美国诗歌大观》，上海：上海大学出版社，2007年，第135～136页。

读便会发现,是因为"黑暗包围着我们",而人们竟然毫无应对之法,使"我"对生活充满了恐惧和绝望;而坐车的朋友对此浑然不觉,又使"我"感到了无奈与可悲。

## 二、20 世纪下半叶垮掉派的诗歌创作

在 20 世纪 50 年代,美国旧金山爆发了轰轰烈烈的"垮掉运动",垮掉派诗歌便是在这一时期诞生的。垮掉派诗歌在形式上,冲破了形式主义诗歌的束缚,恢复了惠特曼的诗歌创作传统;在表现手法上,与黑山派存在相似之处,对庞德和威廉斯的开放式诗风十分推崇,并向读者敞开心扉,坦率地讲述自己的人生和隐私。另外,垮掉派诗歌大量采用了触目惊心的字眼、梦呓般的思路和名词的堆砌,从而在对自我的疯狂和愤懑进行凸显的同时,达到了对美国令人窒息的社会体制和僵化的精神氛围进行批评的目的。垮掉派的代表性诗人有肯尼思·雷克斯罗斯(Kenneth Rexroth,1905—1982)、艾伦·金斯堡(Allen Ginsberg,1926—1997)、威廉·艾沃森(William Everson,1929—1996)、加利·斯奈达(Gary Snyder,1930— )、格雷戈里·科索(Gregory Gorso,1930— )等,下面具体分析一下艾伦·金斯堡和加利·斯奈达的诗歌创作。

### (一)艾伦·金斯堡的诗歌创作

艾伦·金斯堡(Allen Ginsberg,1926—1997)出生于新泽西州,在佩特森市读完中学后进入哥伦比亚大学学习,后因故曾被开除一段时间,最后于 1948 年毕业。金斯堡年轻时做过多种工作,同时认真研读了他所喜爱的诗人惠特曼和布莱克的诗作,还通过吸毒来体验精神状态的变化。1956 年,城市之光出版社出版了他的诗集《嚎叫及其他》,立即取得了巨大成功,奠定了他在当代美国诗坛的重要地位。之后,他又出版了《凯地什及其他》《空镜子》《现实的三明治》《行星消息》《美国的衰亡》《精神呼吸》等诗集。1997 年,金斯堡由于肝癌医治无效去世。

金斯堡的诗歌创作,通常以其自身意识的流动为源泉,并借助自由体的形式和丰富的意象,对他所处时代的美国进行了猛烈的抨击,无情地披露了美国社会对美国最杰出的一些人的疯狂摧残,揭示了美国工业文明所产生的精神痛苦和绝望情绪;打破了传统的诗歌节律,不是以韵脚而是以呼吸或一个意象的长度来划分诗句,因而诗中充满了长句。这在其代表诗作《嚎叫》中有着鲜明的体现。

《嚎叫》出版后,因思想"偏激"、语言粗野曾被指控为"淫秽"而受到审判,但这使它更令世人瞩目。全诗由三部分组成。第一部分是"垮掉的一代"的一幅画像:

> 我看见我们这一代的精英被疯狂毁灭,饥肠辘辘赤身露体歇
> 斯底里,拖着疲惫的身子黎明时分晃过黑人街区寻求痛
> 快地注射一针,
> 天使般头脑的嬉普士们渴望在机械般的黑暗中同星光闪烁
> 般的发电机发生古老的神圣关系,
> 他们穷困潦倒衣衫褴褛双眼深陷在只有冷水的公寓不可思议
> 的黑暗中吸着烟昏昏然任凭夜色在城市上空飘散冥思着
> 爵士乐。
> ……

　　这一部分首先表现的是金斯堡和"垮掉的一代"等被疯狂摧残的一代精英的生活状况,他们堕落、颓废、绝望,诅咒自己命运不佳,口中喷吐着一种旨在惊醒公众的下流语言;其次表现出这些人对深刻见解的不懈追求,他们坐在非凡的黑暗中,向上天表白心迹,经历梦想、幻觉、非凡的顿悟,在头脑里雷鸣电闪,照亮时间的世界;最后表明这些人有些自命不凡,相信"天生我才,必有所用",他们要创造历史,他们不落窠臼,决心在文学上走出新路,要创作出一种让后人铭记的诗歌来。诗的这一部分有力地表达了第二次世界大战后善于思考的知识阶层所受到的欺骗和摧残的痛苦感觉。第二部分中绝望的情绪有增无减,同时诗人积极寻找着使他们濒于绝望的根源——美国现代文明。这一部分集中抨击了美国的机械文明,金斯堡称之为"摩洛克":

　　　　那是怎样一种史芬克斯般的怪物用水泥和铝合金铸成敲碎了
　　　　他们的头盖骨吞下他们的脑浆和想象?
　　　　摩洛克!孤独!污秽!丑恶!垃圾箱和得不到的美元!孩子
　　　　们在楼梯下厉声尖叫!小伙子在军队里痛哭!老年人在
　　　　公园里呜咽!
　　　　摩洛克!摩洛克!噩梦般的摩洛克!缺乏爱的摩洛克!精神
　　　　摩洛克!摩洛克人类无情的审判官!
　　　　……

　　第三部分是诗人献给他的朋友卡尔·所罗门的。所罗门是个极富想象力的人,想象对他而言是生活中的头等大事,所以他可能比金斯堡更疯狂。所罗门热爱他的祖国,但他的祖国却对此感到不安。他最终住进了精神病院,他的"纯真而不朽"的灵魂,经过多次无情的电疗,极有可能会在没有武装看守的精神病院里死去。在诗的这一部分,诗人表示了自己和病人同甘苦共命运的立场。现在回顾起来,"垮掉的一代"正是因为这样不屈不挠地为争取思想的最大限度的自由而战,才得以在历史上留下脚印。

　　全诗的基调是立足在"愤怒"二字上的,诗人运用了无数个意象来表达这种愤怒。同时,诗中充满了触目惊心的、刺耳的、赤裸裸的粗俗语言,从而更好地将美国的黑暗以及知识分子的愤怒衬托了出来。初读《嚎叫》,人们会感到它不是诗,而是淫词秽语的堆砌。但是,随着时间的推移,人们逐渐认识到,《嚎叫》是一篇精湛的艺术品,是针对摧毁了第二次世界大战后一代最杰出人物的美国社会而认真写成的一篇流利的咒骂檄文。

### (二)加利·斯奈达的诗歌创作

　　加利·斯奈达(Gary Snyder,1930—　　)出生于旧金山,1951年从里德学院获得文学和人类学学位后进入加利福尼亚大学学习东方语言文学。毕业后,他先后从事过伐木工、森林测量员、油轮上的舱面水手等职业,后成为加利福尼亚戴维斯分校的教授。

　　斯奈达对大自然有一种近乎痴狂的迷恋,认为自然是人类心灵的家园,人的身心也只有在大自然中才能得到最大程度的净化,因此他的诗歌经常会对自然物象以及人的心灵如何在自然中得到启迪进行描述,如《松树冠》:

　　　　蓝色的夜里
　　　　霜雾,天空上
　　　　月亮发光

> 松树冠
>
> 雪蓝色地弯曲,隐退
>
> 入天空,霜,星光。
>
> 靴子的嘎吱声。
>
> 兔迹,鹿迹,
>
> 我们知道什么。

　　诗中描绘了一幅静谧的月夜图:霜雾、松树冠、月亮、星光、靴子、兔子和鹿,仅凭这些意象就足以给人一种清新的感觉。另外,全诗静中有动、以动衬静,给人一种和谐的美感,从而使人的灵魂得到自然界的净化。

　　斯奈达在迷恋大自然的同时,也对东方的宗教产生了浓厚的兴趣,因而他的诗作中也不乏神秘主义的创作倾向。

# 三、20 世纪下半叶纽约派的诗歌创作

　　纽约派是在 1950 年前后形成于纽约城的一个诗歌创作流派,但直到 20 世纪 60 年代才引起评论界的重视。由于纽约派的诗人们并没有制定任何共同的纲领或行为准则,也没有公开发表什么宣言以昭告天下,因而他们实际上是一群志趣相投、目标相近的实验主义者。纽约派的诗歌创作深受法国诗歌和绘画的影响,对超现实主义和达达派艺术也怀有浓厚的兴趣,主张用自由开放的形式写诗,因此他们的诗作多表现为"自我沉思,远离外界现实,脱离大众的生活,滑稽模仿,具有讽刺性和荒诞性"[①]。詹姆斯·舒亦勒(James Schuyler,1923－1991)、弗兰克·奥哈拉(Frank O'Hara,1926—1966)、约翰·阿什贝里(John Ashbery,1927－　　)等都是纽约派的代表性诗人,下面具体分析一下弗兰克·奥哈拉和约翰·阿什贝里的诗歌创作。

## (一)弗兰克·奥哈拉的诗歌创作

　　弗兰克·奥哈拉(Frank O'Hara,1926—1966)是纽约派诗歌的标志性人物,出生于马里兰州的巴尔的摩市,后随家人迁往马萨诸塞州的格拉夫顿。奥哈拉曾先后在哈佛大学和密执安大学学习,毕业后去纽约工作,并开始进行诗歌创作,发表了《1950 年阵亡将士纪念日》《复活节》《今天》《第二大道》《午餐诗》等众多诗作。1966 年,奥哈拉因车祸不幸在爱尔兰去世。

　　奥哈拉在进行诗歌创作时,主题往往取自周围的人和事,还常常将使他产生创作激情的环境以及自己的心理活动直接写入诗中,如《为什么我不是画家呢》:

> 我不是画家,我是个诗人。
>
> 可为什么这样呵? 我宁愿自己是
> 一个画家,但我不是。好吧,我举个例。
> ……
> 而我的创作也是这样的么?

---

　　① 杨仁敬:《20 世纪美国文学史》(第 2 版),青岛:青岛出版社,2010 年,第 643 页。

　　某天我想到了橙色,写下一行

　　描述橙色的句子。多妙呀,

　　很快,我写下的已不再是几行,

　　一整页纸都被我写满了

　　接下来又写满了一页

　　我写得越来越多,已不只是

　　关于橙色的描述,不是词汇的堆砌,当然更不是

　　我把橙色描述得有多么糟糕

　　时间就这样被我耗去,我的生活

　　平凡而又单调,但我发现

　　自己真是个实在的诗人

　　我的诗被完成,然而诗里未提及过橙色

　　一共是十二首诗,我叫它们"橙色之诗"。

　　有一天在画廊,我又看见麦克

　　他正在绘画,我说他画的那些是

　　"沙丁鱼之画"。

　　诗中,诗人用诗句将自己的日常生活及心理活动生动地展现在读者面前,从而向世人展示了自己与传统不同的诗歌创作倾向。

　　奥哈拉的诗歌也运用了即兴、开放的结构,往往于平淡中透出深刻的哲理、于幽默机智中透出梦幻感和荒诞感,这既突出地表现了他的个性,也开创了反文雅反高贵的诗风,如《今天》:

　　哦! 袋鼠,金币,巧克力苏打!

　　你们真美! 珍珠,

　　口琴,胶糖,阿司匹林! 所有

　　他们经常谈论的素材

　　……

　　诗中这短短的几行就包含了诸如巧克力苏打、胶糖、珍珠、阿司匹林这样琐碎的事物和词语,从而大大拓展了诗歌对经验的吸入能力与范围。

## (二)约翰·阿什贝里的诗歌创作

　　约翰·阿什贝里(John Ashbery,1927—　　)出生于纽约州罗切斯特市,早年即显示出诗歌方面的天赋。他曾先后在哈佛大学和哥伦比亚大学学习,毕业后前往法国研修,一去10年。1965年,他回到纽约,出任《纽约先驱论坛报》《国际艺术》和《艺术新闻》等报刊、杂志的撰稿人,后开始在大学任教。阿什贝里从20世纪50年代初开始进行诗歌创作,到目前为止已发表了《一些树》《山山水水》《凸镜里的自画像》《三首诗》《住水上屋的日子》《狭窄的火车》《四月的大帆船》《波浪》等20多部诗集。

　　阿什贝里的诗歌体现了当代美国诗中一种开放的、实验性的倾向,其创作理念是随性而为、真实地记录处于原生态之下的思想状况,并通过将散乱无序的物体联系在一起而使作品具有视觉和感官上的冲击力。另外,阿什贝里的诗歌创作往往从平淡的日常生活中取材,从表面看来漫

无头绪的沉思中探索原始的或是高尚的意义,进而揭示出现实社会的残酷和无情。

诗集《凸镜里的自画像》中的同名诗作被认为是诗人的峰顶之作,全诗长达 552 行,共分为六个诗节,表达了六个相互联系而又循环往复的主题,即艺术总是歪曲现实,现实不可能被艺术准确地表现出来。这种观点具有一定的道理,但也有失偏颇,因为他忽略了一个重要事实:现实虽然时时在,但不是瞬息万变,它也有相对稳定的特点,现实的这种稳定性恰是艺术创作的根本和基础。

## 四、20 世纪下半叶自白派的诗歌创作

自白派是 20 世纪五六十年代出现的以罗伯特·洛威尔为代表的诗歌创作流派。"自白"一词出自英文的"confessional",意思是"招供、供认、忏悔"。因此,自白派的诗歌从不回避个人隐私,而是对自我包括自己的背景、传统、隐私、愿望、幻想等进行大胆的暴露与分析,并希望借此摆脱个人的内心痛苦和心理危机。但是,他们对自我的大胆暴露与分析并没有使他们平静下来,反而导致了他们更加疯狂的举动。罗伯特·洛威尔(Robert Lowell,1917—1977)、约翰·贝里曼(John Berryman,1914—1972)、安妮·塞克斯顿(Anne Sexton,1928—1974)、西尔维亚·普拉斯(Sylvia Plath,1932—1963)等都是自白派的代表性诗人,下面具体分析一下罗伯特·洛威尔、安妮·塞克斯顿和西尔维亚·普拉斯的诗歌创作。

### (一)罗伯特·洛威尔的诗歌创作

罗伯特·洛威尔(Robert Lowell,1917—1977)出生于波士顿新英格兰的一个书香门第,堂祖父是 19 世纪著名的诗人,远房堂姐是象征主义诗歌在美国的传播者。洛威尔自小生活优裕,也接受了良好的教育。1935 年,他进入哈佛大学学习,两年后转学至俄亥俄州的肯庸学院主攻古典文学。在此期间,他还结识了"逃亡者"诗人艾伦·塔特和兰色姆,并在他们的影响下开始尝试诗歌创作。1944 年,他发表了第一部诗集《陌生的土地》,开始引起文坛的关注。之后,他又陆续出版了《威利勋爵的城堡》《卡瓦诺家的磨坊》《人生研究》《模仿》《献给联邦死难者》《大洋附近》《海豚》《日复一日》等多部诗集。1977 年,洛威尔因心脏病突发去世。

洛威尔的诗歌创作深受艾洛特、惠特曼等诗人的影响,偏重于创作形式主义诗和自由体诗,诗行长短不一,音步参差不齐,面向现实生活,反映个人、朋友和家庭的经历和变迁,代表性的诗作是《人生研究》和《献给联邦死难者》。在《人生研究》中,诗人巧妙地运用了"双重自我",分别从"儿童时代的我"和"成年的我"两个角度,对自己的父母和祖父母一家以及自己童年的生活遭遇和心理历程,特别是自己内心的痛苦和感情危机进行了坦率且赤裸裸的表述。《献给联邦死难者》是诗人为了怀念南北战争中肖上校及其率领的黑人步兵团的英勇牺牲而创作的一首诗歌:

> 新英格兰千把个小镇绿了
> 古老的白色教堂保存着
> 当年真诚的造反精神;磨损的旗帜
> 盖着共和国大军的墓地。
>
> 联邦无名将士的石像
> 一年比一年苗条而年轻——

　　腰细如蜂,他们伏在步枪上瞌睡,
　　连鬈胡子都在沉思……

　　肖的父亲不要纪念碑,
　　只求有个深沟,
　　可扔进他儿子的尸体,
　　跟他的"黑鬼们"一起消失。

　　诗中,诗人因眼前纪念碑的荒凉而联想到现实的无情令死者失望、生者心寒,读后令人感动。

　　洛威尔的诗歌也充满了痛苦和绝望的情绪,而这些情绪是诗人在生存中所遭遇的,也是由他的家庭、婚姻、事业等多方面的原因造成的。这在其诗作《夫妻之间》中有着较好的体现:

　　我们被弥尔镇征服,躺在母亲的床上;
　　冉冉升起的太阳把我们染成战争的红色;
　　大白天镀金的床柱闪闪发光;
　　我们纵情行乐,如痴如狂。
　　终于马尔博罗大街上的树一片翠绿,
　　我们的木兰花
　　用五天杀气腾腾的白色点燃了黎明。
　　……
　　你那爱怜的飞快的无情的
　　老一套的滔滔不绝的话语
　　像大西洋的波浪冲击着我的思绪。

　　诗中,诗人真切地倾吐了自己的婚姻危机以及其给双方造成的痛苦,从而使诗中弥漫着一种痛苦和绝望的情绪。

## (二)安妮·塞克斯顿的诗歌创作

　　安妮·塞克斯顿(Anne Sexton,1928—1974)是自白派中最有名的女诗人,也是美国当代诗坛的一颗"奇异果"。她出生于马萨诸塞州,曾在波士顿的加兰学院学习,还曾在波斯顿大学任教。塞克斯顿患有严重的精神病,诗歌创作于她而言是一种治疗和复活,因而她积极从事诗歌创作,发表了《去精神病院半途而返》《生或死》《变形记》《死亡笔记》等多部诗集。1974 年 10 月 4日,她因无法承受精神疾病的折磨选择了自杀。

　　塞克斯顿的诗歌创作敢于突破传统,大胆坦白,将她作为女人的全部情感体验都坦诚地、毫不隐晦地、赤裸裸地展现在人们面前,充满了真情实感。例如,在诗集《去精神病院半途而返》中,她讲述了自己因精神病不得不在精神病院接受治疗的痛苦历程;在诗集《生或死》中,她用赤裸裸的自白对自杀和死亡进行了描写。

　　塞克斯顿也积极创作开放型诗歌,即不再重视意象的使用和形式的完美,不再关心句式是否工整、韵律是否和谐,而是力求做到诗歌形式的自然,并努力拉近诗人与读者之间的距离。这在其诗作《你,马丁医生》有鲜明的体现:

你，马丁医生，从早餐

踱步到疯子。八月半以后

我快步穿过消毒的地道

那儿活动的死人依然在说

把他们的一具具尸体向医疗的

猛刺冲撞。我是今年夏天旅馆的王后

或者是一枝死亡花梗上狂笑的

蜜蜂。我们排着零乱的队伍

站着等待，等他们把门上的锁

打开

......

诗中的句式并不工整、韵律也不和谐，结构还十分松散。但正是在这看似随心所欲的句式排列中，将诗人对医生的无可奈何、对自由的无限渴望自然、简单而又明白地勾勒了出来。

## (三)西尔维亚·普拉斯的诗歌创作

西尔维亚·普拉斯(Sylvia Plath，1932—1963)出生于美国马萨诸塞州的波士顿，从小勤奋好学。1950 年，她进入美国著名的女子大学史密斯学院学习，并开始创作和发表诗歌。1955 年，她以优异的成绩获得了富布赖特奖学金，进入剑桥大学深造。在剑桥大学深造期间，普拉斯结识了英国著名诗人特德·休斯(Ted Hughes)，后两人结婚，相敬如宾，还在诗歌创作上互相给对方指点迷津。1960 年，普拉斯发表了第一部诗集《巨人》，引起了文坛的注意。但不久，她与丈夫的婚姻出现危机并最终离婚，而她独自带着孩子移居伦敦。身处异国他乡，普拉斯的生活十分艰辛，精神上更是极度消沉，逐渐陷入绝望境地，最终于 1963 年 2 月 11 日选择自杀，结束了自己短暂的一生。在普拉斯死后，特德·休斯帮她整理了留下的几百首诗，并分成三部诗集出版，分别是《爱丽尔》《渡湖》和《冬之树》。

普拉斯诗歌创作的一个重要主题是，女性及其在家庭、社会生活中遭遇到的不幸。作为一位女诗人，普拉斯认为女性在男性主导的社会中，往往会面临身份迷失的窘境，不仅会在婚姻上品味到诸多的不如意和痛苦，而且在社会生活中也多难以做到真正主宰自己的命运，因此她利用自己的双重身份——女性和诗人——对女性在现实生活中的地位问题表现出了异乎寻常的关注，并对女性的身份问题进行了探寻和确认。不过，她在对女性的身份和地位问题进行关注时，并没有停留在把问题揭示出来的层面，而是意图通过这些给女性带去切肤之痛的描述，激励女性要敢于向传统社会提出抗议，从而将压在自我身上的无形枷锁卸除，还原自我的风采，实现自我的价值。这在普拉斯的很多诗作中都有鲜明的体现，这里以《快邮》一诗为例进行具体分析：

一个金指环，里面有个太阳？

谎言。谎言加上痛苦。

叶子上的霜，洁净的

大锅，说着话，噼啪地响

在阿尔比斯山九座黑色的

峰顶上对自己谈着。

镜中的一场动乱，
大海击碎了它的灰色——
爱情，爱情，我的季节。

诗中，诗人将爱情描写成了女性生命中的一个陷阱，女性为此付出了太多，但内心深处却始终不敢相信有真正爱情的存在，而且女性在恋爱之中始终无法逃脱被欺骗、被抛弃的命运，致使她们认为爱情"那不是真的""谎言加上痛苦"等。据此，诗人提醒所有的女性要对爱情敬而远之。

普拉斯诗歌创作的另一个重要主题是，广泛意义上的失望、绝望和死亡情绪，尤其是死亡情绪。对普拉斯来说，死亡是其诗歌创作的源泉和驱动力，因此她的诗歌中表现死亡主题的作品比比皆是，如《拉撒路夫人》《爸爸》《所有死去的亲人》《边缘》《死亡与商号》等。这里以《边缘》一诗为例进行具体分析：

这个女人尽善尽美了，
她的死

尸体带着圆满的微笑，
一种希腊式的悲剧结局

在她长裙的褶缝上幻现
她赤裸的

双脚像是在诉说
我们来自远方，现在到站了，

每一个死去的孩子都蜷缩着，像一窝白蛇
各自有一个小小的

早已空荡荡的牛奶罐
它把他们

搂进怀抱，就像玫瑰花
合上花瓣，在花园里

僵冷，死之光
从甜美、纵深的喉管里溢出芬芳。

月亮已无哀可悲，
从她的骨缝射出凝睇。

它已习惯于这种事情。

黑色长裙缓缓拖拽,悉悉作响。

在这首诗中,诗人表达了对死亡的赞美和渴望。前两节中,诗人写到死亡能让"这个女人"达到"尽善尽美"的最高境界,因而她用微笑来迎接渴望已久的死神的到来,也因死神而有幸得到一个"希腊悲剧式结局";第三、四节中,诗人运用拟人的手法,通过描写女人的脚诉出了自己的心声——"到站了",这里富含深邃的寓意,诗人在生活中遭受到一系列的打击和挫折,孤独和忧愁围绕着她,因而对她来说人生是充满了艰辛和坎坷的炼狱既短暂又漫长,但结局都是死亡,由此可见诗人的人生观和价值观是多么消极;第五至第八节中,诗人透过死去的女人的视角,刻画了一个完美的、无可挑剔的死神形象,让人感觉到死亡并不可怕,甚至会对死亡充满憧憬,由此进一步表达出诗人对死亡的渴望;最后两节中,诗人暗示自然界中的万物都对死神恭恭敬敬,且不会为生命的逝去而悲哀,由此更进一步凸显了自己的生死观。

## 五、20 世纪下半叶后现代派的诗歌创作

后现代派诗歌也称新超现实主义诗歌,是"诗人后现代的思维与各种诗歌技巧相结合的成果,体现了诗人自我角度的欣赏,对距离的思念,对诗歌价值的深刻探求"[①]。具体来说,后现代的诗歌创作强调探寻诗歌的价值,注重表现"自我"的无意识和非意识成分,并在超越个人、社会和历史的层面上挖掘深层意象。詹姆斯·迪基(James Dickey,1923—1997)、罗伯特·布莱(Robert Bly,1926— )、詹姆斯·赖特(James Wright,1927—1980)、威廉·斯坦利·默温(William Stanley Merwin,1927— )、菲利普·莱文(Philip Levine,1928— )、查尔斯·赖特(Charles Wright,1935— )、格雷戈里·奥尔(Gregory Orr,1947— )、杰特鲁德·施纳肯伯格(Gertrude Schnackenberg,1953— )、阿尔弗雷德·柯恩(Alfred Coen,1943— )等都是这一时期重要的后现代派诗人,下面具体分析一下罗伯特·布莱、查尔斯·赖特和威廉·斯坦利·默温的诗歌创作。

### (一)罗伯特·布莱的诗歌创作

罗伯特·布莱(Robert Bly,1926— )是后现代派诗歌的旗手,出生于明尼苏达州麦迪逊的一个农家,第二次世界大战期间在美国海军服役,后退伍,先后到哈佛大学和依阿华州立大学攻读学士学位和硕士学位。毕业后,他定居纽约,并创办《50 年代》杂志,后随着时间的变化改为《60 年代》《70 年代》和《80 年代》。与此同时,他积极尝试诗歌创作,从 1962 年发表第一部诗作《雪野的宁静》开始,陆续发表了《灵光遍体》《跳下床来》《牵牛花》《躯体由樟木和香槐制成》《爱两个世界的女人》等 20 多部诗集,是名副其实的多产诗人。

布莱的诗歌创作经历了从早期的田园诗到后期的政治诗和散文诗的发展历程。但是,他不论哪个时期的诗歌创作,都坚持将超现实主义和意象派结合在一起,对深层意象派的艺术手法进行探索,并巧妙地在诗歌中引进了荣格的"集体无意识",对人的无意识中的潜在意义进行探索,对原始意象进行捕捉,对内在的语言进行挖掘。

布莱的诗歌创作的代表作是诗集《雪野的宁静》。在这部诗集中,他通过自己在平凡而宁静的环境中的主观感受和突发奇想,对田园生活、自然景色的美妙、静谧与独处,以及远离人群的嘈

---

① 唐根金等:《20 世纪美国诗歌大观》,上海:上海大学出版社,2007 年,第 256 页。

杂和侵扰进行了歌颂,并生动展现了自己故乡的田园生活和秀丽风光。其中,《三章诗》是这部诗集中最有代表性的作品:

一

啊,清晨,我感到自己将永生

快乐的肉体将我裹住,

宛如青草裹在它的绿云里。

二

从床上起身,我做了梦

梦见骑马驰过古堡和火热的煤堆

太阳开心地躺在我的膝上

我熬过了黑夜,幸存下来

漂过黑暗的流水,像一片草叶。

三

黄杨树的大叶片

在风中摇曳,呼唤我们

投身于宇宙的荒原里

那里,我们将坐在树下

像尘土,永远活着。

近年来,布莱的诗歌创作呈现出更加宏大和明朗的诗风,从而为美国诗歌的发展开创了新的天地。

## (二)查尔斯·赖特的诗歌创作

查尔斯·赖特(Charles Wright,1935—　)是后现代派诗歌最有代表性的诗人之一,出生于美国南方的田纳西州,1957 年在戴维森学院获得学士学位,之后进入美国陆军情报部队服役 4 年。20 世纪 60 年代初,他到爱荷华大学的创作班就读研究生课程,并开始尝试诗歌创作。到目前为止,赖特已发表了《乡村音乐》《黑色黄道带》《颓废的蓝色》等 20 多部诗集,诗歌创作成果丰硕。

赖特认为,“真正的诗歌天赋在于抒情与意象,在于意象简洁和意味深长,在于某种惊鸿一瞥的若隐若现”[1],因而他的诗歌中有着大量的意象,并不断在意象之间进行跳跃。另外,赖特诗歌创作的材料主要是从他的个人生活中而来的,但他在诗中并没有过分地突出自我,因而出现在其诗中的“我”既可以是真实的自我,也可以是包含着很多非个人性的特点多层面的“我”,如《彩虹伸错的那端》:

我在沉寂中凿开一个小洞,很小

只是一个字的空间

当我从死亡之境升起,我将说出那个字,无论那是

---

① 　唐根金等:《20 世纪美国诗歌大观》,上海:上海大学出版社,2007 年,第 259 页。

何年何月,而此刻我还记不起那是何字

不过,当西北风从喀利勃山上吹来

那个字也将回到我的记忆

在那一天,我会从死亡之境升起,无论那天何时来临

在这首诗中,"我"很明显并不仅仅只是通常意义的自我,而是"'诗意'而又'超验'的'我'"[1]。

赖特的诗歌也有着丰富的表现力和极强的音乐性,还常常在对传统艺术形式进行吸收消化的同时不断进行新的尝试,如诗集《中国踪迹》中的诗歌,无论是诗歌形式还是诗歌语言,都深受中国律诗和绝句的影响。

### (三)威廉·斯坦利·默温的诗歌创作

威廉·斯坦利·默温(William Stanley Merwin,1927—   )出生于纽约一个牧师家庭,从小酷爱诗文。1947 年,他从普林斯顿大学毕业后,到纽约担任《民族》周刊编辑,并尝试进行诗歌创作。他在 1952 年发表了第一部诗集《两面神的面具》,1954 年又发表了第二部诗集《跳舞的熊》,这两部诗集中诗歌形式是传统的六节六行诗或民歌式的押韵,内容涉及很广,从古希腊到古代中国和巴勒斯坦,采用民间传说和神话为素材,对人类的生与死及复活、魔法、信仰和冒险等进行了探索,但缺乏新意。1954 年,他又发表了长诗《东方的太阳与西边的月亮》,展现了一个神奇的梦幻世界,将神话、传说和寓言熔于一炉,富有象征主义色彩,语言有音乐性,受到了人们的关注。自 20 世纪 60 年代开始,默温的诗歌创作逐渐转向了新超现实主义,创作了《移动的目标》《虱子》《扛梯子的人》《为一次没有完成的伴奏而作》《写给我的死亡纪念日》《罗盘之花》《找到小岛》《旅行》等后现代主义诗作。

默温的后现代主义诗歌善于深思和探索哲理,因而有着较强的暗示性和寓言性;常常运用断裂的句法、不规则的节奏和无标点的对话,将存在主义和超现实主义融入其中,描写人的无意识,并对复杂的深层意识进行探索,对个人的生活经验和大自然的奥秘进行挖掘,进而表现了虚无、死亡和再生的主题,如《写给我的死亡纪念日》:

一年一度,我竟不知道这个日子

当最后的火焰向我招手

寂静出发

不倦的旅行者

像黯淡星球的光束

那时我将发现自己

已不在生命里,像在奇异的衣服里

大地

一个女人的爱

男人们的无耻

---

[1] 唐根金等:《20 世纪美国诗歌大观》,上海:上海大学出版社,2007 年,第 260 页。

将使我惊讶

今天,一连下了三日的雨后

我听见鹌鹑在鸣唱,檐雨停息

我向它致敬,却不知道它是什么

默温的后现代主义诗歌,也呈现出一种鲜明的悲观思想。他常常在诗作中表露出"前景过于荒凉、创作已无意义"的感情,如《为将出现的灭种而作》中,第一诗节讲述了灰鲸要灭绝了,指责人类制造出"原谅",但却不原谅任何事和物;第二诗节继续对人类无情地统治万物进行了谴责,诗人看到人类和万物一起灭亡的前景;最后一节在环视堆满灭绝物种的"黑色园地"后,以对人类的妄自尊大的辛辣抨击而结束。

## 六、20 世纪下半叶少数民族的诗歌创作

20 世纪下半叶以来,少数民族的诗歌由于贴近社会、具有白人诗人所欠缺的族裔文化背景和文学传统而日益受到人们的关注,从而获得了极大的发展。其中,以黑人诗歌、印第安诗歌和华裔诗歌的发展最快。罗伯特·海顿(1913—1980)、玛雅·安吉拉(Maya Angelou,1928—　)、丽塔·达夫(Rita Dove,1952—　)、西蒙·奥蒂兹(Siman Ortiz,1941—　)、约瑟夫·布鲁夏克(Joseph Bruchac,1943—　)、姚强(John Yau,1950—　)和施家彰(Arthur Sze,1950—　)等都是这一时期出现的重要诗人,其中影响最大的是玛雅·安吉拉和丽塔·达夫。

### (一)玛雅·安吉拉的诗歌创作

玛雅·安吉拉(Maya Angelou,1928—　)的原名是玛格丽特·约翰逊(Marguerite Johnson),出生于密苏里州圣路易斯市的普通家庭。青少年时,她曾在阿肯色州和加州受教育,未获大学学位。但她学过音乐和舞蹈,曾靠教儿童歌舞为生。后来,她通过长期坚持不懈的努力,成为集诗人、传记作家、剧作家、历史学者、演员、导演、舞蹈家、民权活动家等诸多角色于一体的杰出艺术家。同时,安吉拉从 1966 年起开始到几所大学任教,并陆续出版了诗集《我死以前只要给一杯冷饮》《我还站起来》《沙柯,为何不歌唱》《现在斯巴唱歌了》《永不被感动》等。

安吉拉的诗歌有着非常鲜明的个人特色,总是饱含激情,乐观向上,擅长对人性中的真善美进行挖掘,强调要以一颗爱心融入社会生活中,因而充满了对生活的热爱以及对未来的憧憬。这在其代表诗作《地平线升起来了》中有鲜明的体现:

大山、大河、大树

接待久已消亡的巨大的生灵。

恐龙,留下说明它们

曾经停留在地球上

冷冰冰的遗迹。

它们仓促毁灭时震天动地的恐慌

已消失在尘埃和几个世纪的忧愁里

诗中洋溢着鲜明的政治激情,而且节奏铿锵,气势宏伟,鲜明地体现出时代精神。在 1993 年

1月20日,安吉拉曾应克林顿总统的邀请,到白宫朗诵了这首诗作。自此,这首诗一下子传遍了全国。

安吉拉的诗歌还有着极其鲜明的女性和黑人意识,深受几代年轻的黑人读者的喜欢,也开创了黑人女作家的写作新时代。这在其代表诗《非凡的女人》中有鲜明的体现:

> 漂亮女人欲知我美丽的秘密。
> 我并不可爱,也不塑身打造,
> 以符合时装模特的标准。
> 但当我开始告诉她们,
> 她们却认为我在撒谎。
> 我说
> 是我胳膊的长度
> 我臀部的跨度,
> 我脚步的幅度,
> 我嘴唇的卷曲。
> 我是一个非凡女人。
> 非凡的女人,
> 这就是我。
> ……
> 现在你明白
> 我为什么不垂首。
> 不呼喊,不乱跳
> 不高声谈笑。
> 当你看到我走过
> 会让你感到骄傲。
> 我说,
> 是我高跟靴的踢哒,
> 我头发的弯曲,
> 我的手掌,
> 我的呵护需要,
> 因为我是一个非凡的女人。
> 非凡的女人,
> 这就是我。

这首诗歌共有四个诗节,都围绕着"非凡女人的秘密何在"展开,并在描写对象的自我陈述中完成了对描写对象的刻画。诗中塑造的在种族以及性别的夹缝中依然顽强奋起、自信非凡的黑人女性形象,诠释了黑人女性的非凡是存在于自信的举手投足、坦然的自我认同以及潇洒的言谈交流之中的,对于鼓励所有的黑人女性勇于摆脱传统观念中的弱势形象、努力建立自尊自信的人生姿态有重要的作用。同时,这一黑人女性形象也是在受尽了苦难与贫困后仍然奋起、最终成就了自己作为一个女性的非凡一生的诗人的真实写照。

### (二)丽塔·达夫的诗歌创作

丽塔·达夫(Rita Dove,1952—　)出生于俄亥俄州阿克伦,父母均受过良好的教育,父亲是第一位在轮胎和橡胶业领域打破种族障碍的美国黑人化学家。1970年,她以优秀的成绩高中毕业,并荣获了美国总统奖学金。之后,她进入俄亥俄州迈阿密大学学习,毕业后赴德国进修一年。1977年,她在依阿华大学获得了美术硕士学位,毕业后一直在大学任教。达夫在任教的同时,也积极进行诗歌创作,1980年发表了第一部诗集《街角上的黄房子》,之后又发表了《博物馆》《托马斯和彪拉》《诗七首》《天上唯一的黑点》《曼陀林》等多部诗集。1993年5月18日,达夫被选为美国国会图书馆的桂冠诗人,她既是第一位黑人桂冠诗人,也是最年轻的美国桂冠诗人。

达夫认为,诗歌是文学艺术的精华,不仅能陶冶人的情操,而且能净化人的心灵。因此,她积极创作并推广诗歌,极大地推动了诗歌的发展。达夫的诗歌创作,总体来说不受时代的局限以及自身种族身份的束缚,往往在对政治和社会变动中黑人的生活和思想变迁进行生动展示的同时着重探讨了人生、宇宙和感知等抽象性主题;诗歌语言十分平易,人物形象真实生动,抒情色彩十分浓烈。这里以诗集《托马斯和彪拉》中一首很受欢迎的短诗为例进行具体分析:

> 她最爱早晨——托马斯已离家
> 去找工作,她在咖啡里冲了牛奶,
> 屋外秋天树木已红,叶子飘落,
> 她怀孕七个月,望不到脚,
> 她从一个房间仿佛飘到另一个房间
> 鞋子叭叭响,恐惧地逃到屋角。当她
> 倚在门柱上打呵欠时,她的身子完全消失。

诗中,诗人通过浅俗而平易的语言,生动刻画了"她"的形象,并集中展现了平凡生活中日常事务的美好以及其中所蕴含的深意,引人思考。

# 参考文献

[1]蒋承勇等.英国小说发展史.杭州:浙江大学出版社,2006

[2]毛信德.美国小说发展史.杭州:浙江大学出版社,2004

[3]侯维瑞,李维屏.英国小说史.南京:译林出版社,2005

[4]孟秀坤.英国文学史及作品选读.北京:知识产权出版社,2008

[5]侯维瑞.英国文学通史.上海:上海外语教育出版社,1999

[6]常耀信.英国文学通史.天津:南开大学出版社,2011

[7]王守仁,方杰.英国文学简史.上海:上海外语教育出版社,2006

[8]王守仁,何宁.20世纪英国文学史.北京:北京大学出版社,2006

[9]王佐良.英国文学史.北京:商务印书馆,1996

[10]阮炜,徐文博,曹亚军.20世纪英国文学史.青岛:青岛出版社,2014

[11]王佐良.英国诗史.南京:译林出版社,1993

[12]陈庆生.精编英国文学教程.杭州:浙江大学出版社,2009

[13]温晓芳,吴彩琴.英国文学发展历程研究.北京:中国书籍出版社,2014

[14]常耀信.美国文学史.天津:南开大学出版社,1998

[15]张中载.二十世纪英国文学(小说研究).郑州:河南大学出版社,2001

[16]杨仁敬,杨凌雁.美国文学简史.上海:上海外语教育出版社,2008

[17]董衡巽.美国文学简史.北京:人民文学出版社,1986

[18]史志康.美国文学背景概观.上海:上海外语教育出版社,1998

[19]常耀信.精编美国文学教程(中文版).天津:南开大学出版社,2005

[20]杨仁敬.20世纪美国文学史.青岛:青岛出版社,1999

[21]陈许.精编美国文学教程.杭州:浙江大学出版社,2009

[22]王忠祥.外国文学史.武汉:华中师范大学出版社,2010

[23]郑克鲁.外国文学史.北京:高等教育出版社,2006

[24]聂珍钊.外国文学史.武汉:华中师范大学出版社,2010

[25]吴元迈.20世纪外国文学史.南京:译林出版社,2004

[26]匡兴.外国文学史(西方卷).北京:北京师范大学出版社,2010

[27]刘建军.20世纪西方文学(第2版).北京:高等教育出版社,2007

[28]唐根金等.20世纪美国诗歌大观.上海:上海大学出版社,2007

[29]徐颖果,马红旗.美国女性文学:从殖民时期到20世纪.天津:南开大学出版社,2010

[30]程爱民等.20世纪美国华裔小说研究.南京:南京大学出版社,2010

[31]王家湘.20 世纪美国黑人小说史.南京:译林出版社,2006

[32]金莉.20 世纪美国女性小说研究.北京:北京大学出版社,2010

[33]陈世丹.美国后现代主义小说详解(中文版).天津:南开大学出版社,2010

[34]彭予.二十世纪美国诗歌.郑州:河南大学出版社,1995

[35]毕小君.英美诗歌概论.北京:知识产权出版社,2009